谨以此作献给我同征南极的队友和关心极地科考大业的同志。

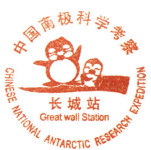

——作者

1980 年 1 月董兆乾（左）、张青松（右）两位中国科学家第一次踏上南极洲，在澳大利亚南极凯西站考察。
（张青松提供）

1984年12月31日，中国首次南极考察队54名队员登上南极洲乔治王岛。手举五星红旗的是时任南极办主任郭琨，前排右二步履最为豪迈的是第一位踏上南极的中国科学家董兆乾。背景中海边的小艇旁不远处几年后出现了一座码头——中国南极长城站码头。（极地办档案）

1993 年"雪龙"船自乌克兰购入，2006 年改造之前"雪龙"船船身仍保留了前苏联极区船舶惯常使用的黑色，改造之后"雪龙"船颜色改为下红上白，红色定为中国红。（极地办档案）

"雪龙"船在极地海冰中。（极地办档案）

1989 年 12 月 12 日，全体国际徒步横穿南极考察六名队员从南极半岛出发，到达南极点后全体队员手持各自国旗合影。（秦大河提供）

2007年南极夏季曾经是"雪龙"船历史上最忙碌的一个南极夏季,那年"雪龙"船两次满载了实施长城、中山两站更新改造计划的物品,目前南极考察所使用的最重型的卡32直升机也被首次使用。(张建松摄)

2007年1月"雪龙"船在长城站进行卸货作业,阿德利岛上企鹅群也在南极夏季抚育新生代。(张建松摄)

"雪龙"船在 2007 年 3 月完成中山站夏季作业驶出普里兹湾，此时普里兹湾已新冰初上，"雪龙"船避实就虚腾挪于新老浮冰之间。（张建松摄）

这是一幅"雪龙"船船员在南极海冰的新雪雪面踩出的一串脚印的照片，"雪龙人"的足迹。（袁东方摄）

1997 年的南极夏季，中国第十三次南极考察队员薛冠超心血来潮，在中山站油库上画了五个京剧脸谱。之后很多年，油库脸谱成为访客必到的地方，不同角度的照片也见诸外刊。据多数人解读，最右边脸谱原型人物是那年在中山站越冬的夏立民。（薛冠超摄）

2005 年 1 月，中国第二十一次南极考察队在内陆考察队队长李院生的率领下，成功登顶冰穹 A。这张照片也被美国当年的《科学》刊登。（李院生提供）

鬼斧神工的大自然——中山站附近海冰。2007 年中山站附近区域海冰严重，"雪龙"船止步于乱冰嶙峋之中，远离中山站一侧的海冰呈现出令人称奇的规则景观。（秦为稼摄）

中国第二十六次南极考察期间，一名中山站队员工作中身负重伤。考察队启动紧急国际救援，中澳合作接力运送，72小时内将伤员运回澳大利亚。（极地办档案）

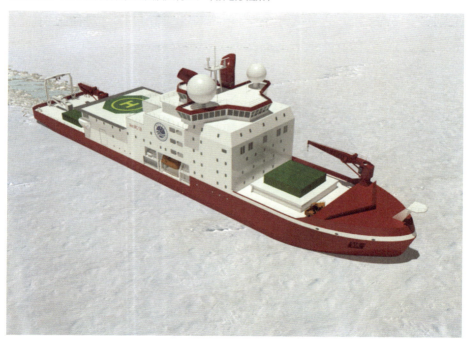

正在设计建造中的下一代"雪龙"。她的科学调查能力更加强大，她的破冰能力大大提高，她将延续"雪龙"的血统。（极地办档案）

二十九队和三十队队员交接合影（二排右三为本书作者骆允岭）。（骆允岭提供）

本书作者殷允岭（左）与长城站站长曹建军在队旗下。（殷赞摄）

"雪龙"纪实

殷允岭 著

中国青年出版社

山东人民出版社

国家一级出版社 全国百佳图书出版单位

目录

十六、气象万千 _482

序

许嘉璐

　　很久了，我告别了文学作品，当代的和古代的，中国的和外国的。虽然我是中国语言文学系出身，虽然我时时感觉到学习和研究传统文化——包括枯燥艰涩的训诂学和哲学——离不开文学，但是以老迈"半残"之身，既然要回应时代的急切呼唤，就只能拣客观最急需的东西狼吞虎咽地去吸吮，文学，先放到一边吧。

　　感谢山东籍作家殷允岭先生，是他"逼"我"闪回"文学爱好者的行列——他的新作《"雪龙"纪实》即将问世，命我为之序。我慨然而忐忑地接下了这突然而又非我所长的任务。应允之由，是因"雪龙"号、"向阳红"10号、南极、长城站，一直是我关注的神秘世界。我也曾有过聊发少年狂的想象：如果有一天，能乘坐中国人自己的航船，经历一次印度洋、南太平洋和大西洋狂涛恶浪的洗礼，在万年冰雪地上仰望纤尘不染的南半球星空，和南极海豹企鹅亲近亲近，该多惬意！尤其有一年夏天访问阿根廷和智利，进了宾馆即换上皮衣的时候，觉得南极已在咫尺，于是向着西南极目而眺，唯见茫茫大海与蓝天，原来离得还远。看来此想只成追忆了，不曾想，殷允岭先生以他的大作，把我的心带向了那个纯洁神圣的世界，一补我身不能至的遗憾。

　　《"雪龙"纪实》还没有开印，我看到的只是今年发表在山东文学期刊《时代文学》上的连载之章。

"雪龙"，多么好的名字！万千年来一直盘旋、升腾在东方温润的大地上，中国人图腾崇拜的神圣、亲切、尊严而活泼的中华之龙，如今飞到万里之外的冰雪世界去圆百年之梦，一显它的气度、胸怀、风采和活力了，怎能不让所有的中国人激动！从它试航那一刻起，多少人和我一样日日关注着它的动向。但是，媒体上所能搜寻的只是简短的消息，即便"雪龙"与惊涛骇浪的奋战，人与轮机故障的较量，也只寥寥数语。殷允岭先生所赐的《"雪龙"》，给我以详尽的纪实感受，真乃快哉！

甫一开卷，我就被作者所记述的，他多次巧逢的"幸遇"所吸引：他那些热情、豪放、憨厚、能干的小老乡"侄儿"们，似乎什么危险场景都经历过的摄影家郭广生，抛掉能"来""千把万儿"生意却到南极日日操弄几十人四顿饭的小老板朱宗泉，巨野独生小伙儿邢豪，"引龙主角"吴军，以及聪敏、秀美、多才、敢于创新的科学家"慧敏女子"……都在作者质朴鲜活、轻松幽默、大江东去与小桥流水中无缝衔接、大起大落的笔锋下，一个既动又静的英豪群体栩栩如生。这是"雪龙"的灵魂，是《"雪龙"》的脊梁。一个个活泼、平凡而伟大的队员穿插于各个故事之中、故事与故事之间，让我们看到了一组"大丈夫"群雕——高大、亲切、鲜活；也让我们读到了一张比他家乡梁山泊好汉座次表更能激人自豪、钦羡的英雄谱。这些队员以责任的焦虑、疲惫、汗水和欢笑，书写着南极精神、中华民族精神、龙的精神。

始读《"雪龙"纪实》之时，我误以为作者要从头到尾写出他在"雪龙"号度过的日日夜夜、亲身经历的风风雨雨；因此也曾担心：那不就成航海日志了？虽然纪实文学不忌讳按照时序，款款道来。但这种写法难以充分施展对主人公们的记述、描绘，也不便突出欲着重墨的所在，易生枝杈，营构失衡，令读者感到沉闷乏味。但我卒读之后发现，我过虑了！允岭高！实在是高！他写"雪龙"，却超越了"雪龙"，从"雪龙"号的购置，归家，直到试航，考察船载着一心奉献、创造奇迹的年轻小伙儿们屡闯南极、扎根南极的全过程，乃至南极这个"小联合国"里显现的人类渴望和平、友爱的奇闻趣事，古怪而让人起敬的捷克老头，视人为友、可爱至极的动物精灵们，都尽收于笔下。他引用了多篇队员们的日记、诗歌，故事中套着故事，激情中蕴含温情，读来津津有味，不忍掩卷。

闭目自忖：作为一部文学作品，是什么吸引了我？没有貌似诡谲的情节，没有故设的悬念，没有无中生有的"三角"关系，一切皆是真实、真情、真诚、真话。噢，原来抓住我的是作者及时记下、如实叙述的冰雪、风暴，危险、拼搏，血性、豪迈和从容的互助！贯穿其中的是他和南极勇士们对祖国、对队友、对家人、对人类的深情和对大自然的由衷热爱与深刻理解，是在南极那个"小世界"里，弥漫着的孔孟"和而不同""四海之内皆兄弟"伟大思想的实现。而他时而写意，时而工笔，时而雷霆万钧，时而柔情似水的笔法，也如游龙一样变化无穷，添我兴味。

一个时代有一个时代的精神。人们各自的解读，可见仁见智。而作者的解读，未见以文造情与硬贴的论述，故事自他的笔端涓涓流淌。30年来，他写微山湖，写焦裕禄，写雷锋，写孙家栋，讴歌了蕴涵在党的干部、农夫渔郎、普通士兵和科学精英身上那些充满大爱、永不言歇的高贵灵魂。据此，我懂得了他为什么千方百计要成为"雪龙"之一员，要去南极，要写"雪龙"之魂了。他要投身于一个为了崇高目标而不断与危难博弈、以探索宇宙奥秘为荣的英雄群体中体验"侄儿们"身上的时代精神。

《"雪龙"纪实》给了我许多启示，我想在这篇忝称为"序"的短文末尾注出其中的一点，就教于殷允岭先生和读者，这就是：在南极那个充满生死考验的特定情境里，大自然迫使国与国、人与人、人与自然之间产生了本该如此的关系；人，不管是个体还是群体，也许只有走到"穷途末路"时，才肯"静言思之"，才懂得自己和人类在大自然面前的渺小，才能领会到"同胞物与"的真谛，才可能愿意和仁者联起手来，寻找彼此的共性，尊重他人的异点，才能懂得，不如此，则灭亡。放眼全球，今天的人类，岂不是已经面临了这样的处境？环境的毁坏，就像冰山崩塌对考察者的威胁。人类的不平等，与13级暴风对探索者的狂袭并无以异。而塌天般袭来的巨浪，岂不似不知何时便会突至的核弹？为什么多数人还在安之若素？那只不过是因物欲诱惑的慢性宰割和侵蚀，麻痹了眼睛的神经。近年我在拼命地呼喊"构建世界共同伦理"，希望人类寻回古老的智慧，应之者固已渐多，但就全球嚣然的聒噪而言，这种声音还显软弱。或许应该在长城站，也举行一次这道课题的国际论坛：请各国的学者，在那严酷而美丽的大自然中少一些思辨，亲身感受一下人与人、人与自然、人身与心的密不可分，从中体悟时至今日的南极精神、"雪龙"精神之可贵，一起向五大洲发出强有力的理性声音？—— 一不小心，我又乱发少年狂了！就此止笔。

2015 年 1 月 2 日于

日读一卷书屋

（许嘉璐，教授，中国著名语言学家、教育家、社会活动家，曾任全国人大常委会副委员长、民进中央主席。）

引 子

　　这是一次蓄谋已久的行动，一种无人想起，也似乎无从想象的目标。当我以建筑工序的奠基、砌垒、支架、上梁、一砖一瓦构建本文时，那心底所感觉的，竟像是写罢了航天功勋《孙家栋》之后，又将那未了的激情融入时代脉搏、时代精神，文以载道地顺理成章——中国已跨入海洋化时代，我的笔，本应该在写过孙大圣大闹天宫之后，再续作这举国创造、世界颂扬的达摩跨海的神话：

> 弱冠便未少激情，
>
> 梦里非海即天宫。
>
> 航天写罢孙家栋，
>
> 两极科考著"雪龙"……

　　如此，我便要表达心力感性显现的、咏诵族谱亮点的"航天精神""南极精神"之诗章，乘龙放歌了。说起南极精神，自有"爱国、求实、创新、拼搏"之格言高度概括：南极精神，是一种新兴的个人或全人类所向往的道德准则，在环境恶化日渐加剧的社会大背景之下，在依旧是人类净土的南极尤为珍贵。而为了保护这片难能可贵的净土，人类自发地建立了一种保护南极环境的默契。

如今，南极精神已不仅仅代表"保护南极"，人们从更深意义上将之划定为：对环境、对生态、对全人类的爱护……对于中国，它是民族复兴，科技赶超世界，进入海洋大时代，实现中国梦的标志和象征！

崛起的中国破雾穿云，创建两极的科考大业。"南极精神"是强大的中国力及天外的证明。智勇双全的族人，在极地淬炼凝华文化科学的结晶、登峰造极的英雄集体。

当那条被诗化和神化了的大气磅礴、大义凛然、吞云吐雾的"雪龙"，在南大洋屡经磨砺和劫难，昂首闯荡，世界为之慨叹喝彩的时候，牵动历史人文思绪的探险造极景象，便在亿万人心目中五彩纷呈了。光怪陆离或巨舰载梦的篇章，随叠叠大浪哗哗翻出，一种深沉而幽远的船号样的回声，穿透人心地延宕，吟咏着大洋和极地科考的壮美赞歌：

飞起玉龙三百万，搅得周天寒彻……雪压冬云白絮飞……高天滚滚寒流急……夜阑卧听风吹雨，铁马冰河入梦来……

借尽神灵诗句，也无法形容"雪龙"之舞的潇洒。用尽豪迈辞赋，亦不能描述"雪龙"造极的威猛！我自己却因靠近"雪龙"而被烧烤，惹得书法家周峰为我撰联喝彩：

达摩跨海赴震旦，

允岭腾云到南极。

另一书法家吕建德的联书已被"雪龙"带到了南极长城站：

情到极致最为高，

人在极地是英豪！

族叔作家殷宪恩，读我书稿，亦即作诗夸奖。一首《七律·读云岭〈"雪龙"纪实〉》抄与读者共赏：

谁为异域作奇传，时代潮头著长鞭。
云岭雪龙华夏梦，冰山南极宇空前。
艰难乘龙迎风浪，飞车行吟赋美篇。
书里画中皆英豪，文章热血荐轩辕。

水荡天摇，星移斗转，惊魂慑魄，冰解雪进。在电闪雷鸣、极光烧照中，万千的气象、天象、海象烘托出光彩熠熠的极地科考众生相、群英图和南极精神的闪闪灵光！

随龙入海

骇浪惊涛赴壮游，龙飞凤舞驾神舟。

休言巨舰身心铁，俯仰飘萍鬼魅愁。

吐尽酸辛人空瘦，收来云梦意多缪。

乡亲幸有同船渡，朋友温情满卷头。

——殷宪恩

"幸遇"屡现

赴南极之前，我曾随"雪龙"号踏浪跨海，那是"雪龙"号远征前必须进行的一次"海试"。

2013年10月15日，我在上海外高桥"雪龙"号专用码头登上这艘巨轮。你无法一眼看懂这海上琼楼般的"雪龙"，它分层结构的甲板、通道、舱室、水密门，让你如入迷宫，晕头转向。立于"雪龙"号甲板看码头，有一览众山小的优越感：好大的上海港区！小山样的塔吊，钢声铁气，群群集簇，片片林立，布满了海湾沿岸。一座座海市蜃楼样的巨轮，停靠在码头或黄浦江上，有的装货，有的待发，有的排队进港。从港区出发的海轮，组成了一条钢铁的洪流，气势磅礴，威武雄壮地驶过黄水，闯入蓝水，跨过领海，走向世界。

祖国富有了，强大了，"雪龙"号加入铁流，如大象并入了驼队，船号一声，气冲霄汉。在这条令我充满敬畏感的巨轮上，又一次开启了我"出门逢贵"的命运密码——送我上船的海洋研究所小王姑娘是金乡乡亲，上船后又遇个金乡小伙。邻居的泗水小子彭帅，又领来个小老乡，枣庄峄城人许浩，距我微山湖边的老家二十华里。驾驶台上又有乡人，巨野青年邢豪，豪爽热情的驾驶员。他们以乡中礼俗唤我"大爷"，弄得我浑身恣儿。我如刘姥姥进了大观园，一切鲜见，现在却无知无畏了——有贾府焦大的辈分，可倚老卖老：一事不明，便打破砂锅璺到底。一有所需，便喝五吆六，发号于侄辈，这就是孔孟之乡老人之福分！

侄儿们送来几条信息：一、国家海洋局常务副局长陈连增率队参加试航，极地办公室主任曲探宙、副书记秦为稼，极地研究中心书记袁绍宏、主任杨惠根和副主任专家孙波参加；二、为庆贺试航，晚餐有酒；三、晚餐后，杨惠根主任邀我喝咖啡；四、会议室准备了水果，会拣最好的送我！

都是我的福音，你想：一下子聚集这样多的领导和专家，一周之采访，怎一个丰富了得？

我走上甲板，对着茫茫大海，体味"海上生明月，天涯共此时"的诗意。透明的天顶，星影似要滴落下来，沁凉的海风冲净我肺孔的每一个细胞。海浪翻滚跳荡，光影跃动。白云丝丝缕缕，疏疏朗朗，意象空灵。那是怎样圆大的一颗月亮啊，初升之时，半边浸于海水，浮浮漫漫，游游移移。费很大力气才从黏稠的银液中跳脱，留下长串淋漓的光斑。小侄们憨腔傻调地诵诗："大海啊！你真酷！大海啊！你真厉害！你没治啦！明月啊！你真亮！你比秃二叔的脑瓜亮多啦！"

一艘游轮出现在前方，层次很高，体量巨大，辉煌的灯火，从底舱直亮到九层。我猜想那豪华的厅内，正举行欢宴舞会，蹁跹的舞影里，迷醉的男女们正唱："你说我潇洒，我说你漂亮"。倘是外洋游轮呢？我想起"泰坦尼克号"的影像，天涯极地的冰山、浮冰，在凄婉的主题歌里，我的意识飞快流动，汇入了南极的冰光雪影。

酒会丰盛热闹，陈局长与参加海试的科考专家、机修专家互相敬酒，杯斛交错。秦书记介绍我同大家认识，与陈局长、袁绍宏、孙波合影留念。而后是一连串预报的实现，色味俱全。待躺到舱室床上，在"雪龙"的轻摇里入睡的时候，我感似卧在母亲的怀抱。翌日的阳光鲜亮，甲板上站满工作一夜的机修专家，皆来自驰名中外的"江南造船厂"。他们为"雪龙"号换上芬兰产发动机机芯之后，担负起一系列试验任务。一个身着红色工装的小伙子与我拉对了路子，侃起了"雪龙"五脏的机械结构、丝丝入扣的缜密功能。他想炫耀，却又话留三分地馋我：江南厂正担负着研制先进舰艇的重任，深潜的、隐形的、极速的、不依赖空气的、无声的……我探问他：为什么我们造不出先进的发动机？他瞪起黑黑大眼小声说："快了！真的快了！"

哦！面对着这个二十几岁的技工，这个生于浙江山套里的神色坚定的独生子之许诺，我吞下了一颗定心丸：他的生成原因和知识结构都在向我证实，他没必要对我故弄玄虚。

驾驶员邢豪来了，二人争着向我描述稀奇的海趣：龙卷风在眼前出来，却打个旋儿躲开。飞鱼飞来，落上甲板又蹦跳入海。气压低的天气，成团的红色梭子蟹漂浮海面。将猪肉挂于钢钩，可钓上有"海狼"恶名的鲨鱼。在菲律宾附近平静的海面上，可见到漂浮着的一具具无盖的棺材，里面盛放着"木乃伊"和雪白的骨架……

邢豪告诉我：他是集美海洋学院毕业的学生。暑假里，与同学驾着小小机帆船闯入南海菲律宾、新加坡海面，遭遇了千奇百怪。如我愿意，下次带我去，就是淹死他自己也不会淹死"我大爷"……

我惊讶地望着这些90后的独生子，细究着这代人与我相差万里的人文心理和世界观形成的原因：他们拥有超前的知识，奇特的见识。振翅一飞的平台便是乘龙的探极和先进军械的密造。坚强的后盾，是经济居二的世界强国，他们衡量外洋、遇触洋人之时不再仰视，而有背负青天朝下看的骄傲，我们有理由将对这辈人的担心变为自豪！

我的采访心理有了质的变化：可以跟邢豪登上六层的驾驶台，随小王下至海底三层的机舱，"可上九天揽月，可下五洋捉鳖"！我缺少的是一个随我摄像拍照的人。在这条藏龙卧虎的巨轮上，我不敢随便指使一人，倅儿们又在各司其职。但是，我发现了一个五十多岁的"闲人"，他穿着肥大的连体套装，站在甲板上看景，看我们神聊的热闹。我客气地请求："师傅，请帮我拍个照！"他接过相机，咔嚓嚓横拍、竖拍，然后以眼神问我：还有事吗？我得寸进尺，请他录像，他按亮了机灯，跟随我下机舱，上甲板，进直升机库、咖啡厅、娱乐厅、健身房、室内泳池、食堂……气象发布室，最后登上驾驶台，拿起望远镜，走上船艏、集装箱甲板……我从惊奇变为了惊疑——该君在熟练的拍摄中加入解说，语言简练，用语专业，字正腔圆，浑厚悦耳。

问君尊姓大名，答曰：郭广生。担当任务？竟答：摄影录像，整理考察资料。啊！我不知道考察队中有此专职，有此专家，即便有，也不一定参加海试。即使参加，也不一定好请，遑论碰到！即是碰到，也未必顺从地服役半日！我又一次被命运震惊，对冥冥中的上苍关照而感动：我又得遇了一位可佑我事成的真人和高人！

在之后的神交中，我发现他堪称极地科考的活字典：他了解考察事业破雾耕云、流血牺牲和建功立业的全过程！他的叙述不是客观地再现生活，而是主观评判、艺术发现、审美地表现一切。我惊叹他对事物、事体敏锐的观察力和洞开天目的感悟能力，当我忘形地在他面前唱起京戏的时候，我们心气已通！

我又唱"山东梆子"《两郎山》杨令公的一段唱词：

带领孩儿出都城，

在马上夸夸父子兵。

大郎儿生得君王相，

二郎儿练得武艺能……

我在感慨一句乡俗俚语：成事还是亲兄弟，上阵还是父子兵。在漂洋过海的"雪龙"号上，我尝到了兄弟、父子的情味，还有良友。再说说中国的"雪龙"号吧！它已是中国科技进步的象征——中国从乌克兰购来的两艘巨舰，"瓦良格"号，已改造成中国的第一艘航母，而这一艘"雷亚"，又成为承载中国极地梦想的科考船。三十年来，它经过三次大修，已面貌全新，铁骨铮铮，伟岸如山。机舱里的机械精密，拥有先进的导航通信系统和自动化控制系统，各类管线纵横交错，如人之脉络、神经网络繁密。它拥有容纳两架直升机的机库和配套系统……

船长王建忠正在驾驶台上，邢豪也值班在岗。"雪龙"游走了一天一夜，已越过舟山群岛外海的黄水区，进入公海，中国的渔船像鸭群一样密密匝匝，高频电话里传来船间对话："买鱼吗？用柴油换也可以……"我拿起望远镜，跟随郭广生走到驾驶台窗前，那是飘飘欲仙的感受：人悬在半空，像鸟儿向前滑翔。"泰坦尼克"号上相爱的一对，就是在此处展开双臂，体验着飞翔的！郭广生的拍照和录像，成为我曾经飞翔的证明。

天时、"海利"、人和，我的采访顺风顺水：会见了国家海洋局副局长陈连增、副书记秦为稼。在"雪龙"的大颠大荡中，发扬雷锋的"钉子"精神，又钻又挤地采访了"中国极地研究中心"杨惠根主任、袁绍宏书记和孙波"三仁"。万般之感慨，皆在《三仁诵》之诗意：

> 智慧有根杨惠根，
> 职在"主任"执"中心"。
> 党组书记袁绍宏，
> 铁马钢船武艺能。
> 风波浪里读孙波，
> 功业深厚化冰雪。
> 笔者乘龙识三仁，
> 亲见"海试"秘辛多。
> 雪龙船上率龙虎，

南极科考筹帷幄。

"三星在沪"（户）吉利景，

"五站天外"起城郭。

"三仁"访谈之后，未忘访驭"龙"者：船长王建忠、政委王硕仁、轮机长赵勇。我将书法家吕建德书写、我撰句的对联送给"雪龙"朋友。我像一只干枯的莲房，吮吸着清凉甘甜的新露，笔触了各路豪杰、各行专家，真乃银镰金禾，秋雨洗葡萄的畅意。但是，识透天意的秦为稼，却以反向的思维，说了一句谶语："还缺一场风暴。"

十一级大风暴

10月17日午夜。

在我很浅的睡眠和隐幽的梦境里，像有繁杂的车流行进。我躺在马车上，坎坷的土路叩响着马蹄，多么恣儿的颠荡！这是40年前的旧景：拉草的马车，凹凸的湖堤，马儿跑起，颠荡得云飞树倒。我滚下车来，落在蓬松的湖草上，吸了满鼻苇香。然而梦醒了，清楚地感觉床的大晃，船的大荡。海浪拍击"雪龙"，像无数人阵阵哄笑。嗬！真起风啦！风暴果然来了。我愉快地抓住床柱，品尝着车马颠荡、苇草芳香的梦味儿。很多年没这梦啦！在微山湖姥姥家的八尺小舟上，摘菱割苇的我一荡就是一天。我敢和邢豪一样，挑起一幅床单儿奔向湖对岸。记得起哪块苇荡淹死过同学的爷爷，哪块荷塘里淹死过湖人的亲戚。现在，海上的风暴终于来了！半个钟头之后，船的颠跳粗野起来，升上海空，掉入深谷。舱室内所有的东西都在滑移、奔突。船体发出"哐当、哐当"的巨响，开始了横向的晃荡。在我的记忆里，湖里的浪花是细碎的，小船的晃荡是急促的。而海浪是大山的压顶，大船是大幅地摇摆：左一摇甩飞一程，右一摆拽扯回来，大掉大阖，大摇大摆！船体在拧拽扭曲中发出着呻吟，海浪开始咆哮。

我攀住舱室的小窗，看见黑色的大涌压迫下来，倏忽间又举上天穹，完成一次悬空的摔落。踉跄走出房门,抓住铁扣,打开通向甲板的水密门,一股噪叫的狂风吹进,又反冲出去,险些把我吹飞。惊惶地返回房间,政委王硕仁打来电话:"还好吗?吐了没有?""几级风?"我问。他说:"九至十级,阵风十一级!"哦!我经历的是海上十一级的大风浪,真乃艺术的极致!让风暴再大一点吧!我幸灾乐祸地祈祷。隔壁的泗水小子来了:"大家都吐了,大爷为什么不吐?"

是啊!幼小的时日,在姥姥家的网船上,早已经过了风浪的洗礼,我无奈中苦练的"童子功",竟是为五十年后的今日准备。我还经受过"高人"点化呢:

钱钟书、杨绛一家三口乘坐轮船从欧洲回国。一路上,风急浪大,轮船犹如一片叶子漂在无边无际的大海,颠簸得特别厉害,本来就晕船的钱钟书难受得不得了。心有灵犀的杨绛对钱钟书说:坐船不晕船,就要不以自己为中心,而以船为中心,顺着船在波涛汹涌间摆动起伏,让自己的身子与船稳定成90度直角,永远在水之上,平平正正,不波不动。钱钟书按杨绛说的去做,果真有用,不晕船了……

邢豪的电话来了,也对"大爷"的功夫称奇,却言之谆谆地警告:千万别开水密门,一闪缝就会飞出去,不会有法救你!我倒吸了一口冷气,偷偷地叽咕:这样的冒险,一生玩得多啦!我不会让任何人知道!面无表情的秦书记告诉我:"雪龙"号海试,就需要大风浪,这是老天有意的安排!

有铁链蹭船的哗哗大响,有人通报:"雪龙"号择锚地抛锚,不再向深水域航行。这就说明,需要振荡试验的机器,也达到了"度"的极限。我所经历的人身体验,已达到至高的境界。秦书记感叹,批准我入队,是"选对了家什",并展望船行"西风带"时,还会有更大的考验。

早晨被紧急叫醒:举行海上救生演练。我抓起救生衣飞奔甲板,发现海洋局、极地办与极地中心的同志早已来到。孙波帮我系好安全带的镜头,也被郭广生抢拍。秦为稼跳入了救生吊篮，由吊车吊起，放到了救生船上。我们进行了各类演习。老队员告诉我，到了相关的海域，还会有防海盗的战斗演习，"雪龙"组成民兵组织，配发包括机枪在内的几十支先进枪械，还有威力强大的水枪水炮。"雪龙"曾遇到过海盗，龙兵天将们排阵亮剑，吓得海盗屁滚尿流。

风停了，锚地在深水区，东经128度。从海图上可见，此处距日本最近的×岛五十海里。离我国钓鱼岛则是很远。我走上船舷，欣赏这连天碧海的博大景象。海上的夜晚，天景似一口透亮的铝锅。白天看来，海平线似乎更近，大锅呈莹明剔透的水晶质地。与黄浦江出口和舟山群岛外的"船若鸭群"不同，海天一色中，不见一艘渔船，一只鸟儿。瞳瞳日光里，海水却大有文章：一块边沿清晰，图形奇怪的翠绿水体，镶嵌于蔚蓝的海面，不扩大也不缩小。我的意识又一次流动起来，想到我读过的描绘大海的小说：《白鲸》《海底两万里》《老人与海》……那些人与自然、人与海之主人神鱼的交道，多么的壮美和充满善恶有报的意味！还有安徒生童话《海的女儿》！在蔚蓝的平静的海面下，还生活着一个海神的世界。神仙们以最美的姿态跳舞，打发那永无天日的岁月。我想起海南岛三亚潜海的经历：幽深的海底，色彩斑斓的游鱼们，悠悠柔柔地游动于海草礁石间，一见有人，便围绕来，像老鼠戏猫一样蹭蹭碰碰、躲躲闪闪。在水的阻力下，你的抓握像放慢的镜头，慢且无力，它那摇尾点头的样子，便是分明的嘲弄。最美的风光在你头上：那些穿着泳衣、拖着美丽长发，因水光折射美腿更加修长的女人，因不敢潜向深水，便在你头顶扮成飞天、仙女的姿态，飞来飘去，搅你神魂颠倒。我又想起一位两次远征南极的女科学家周慧敏，她以女人特有的细腻审美心理，描述了"雪龙"远航中人之寂寞的故事：那是第十二次南极考察的"雪龙"，驾驶员发现了遥远的一个黑点。船正在靠近赤道的平静海面，在蓝天碧海相接的虚光里，你无法分清黑点飞在天空，还是浮在海上。人们纷纷爬上甲板，走向船舷，猜谜一样解读着那个既不像船，不像鸟，也不像飞机的黑点——它不飞不动却又绝不安定！随着行船的缓慢接近，人们又发现那黑点里有飞行之物进进出出，便断定那是某国的航空母舰、军事设施。但是，当寂寞的人们千猜万猜，猜到眼前之时，才发现它不过是一只空桶，破洞的一面向着天日。在"太阳造风"的原理下，赤道下的平静海面，使破桶成了不沉的航母，聪明的海鸟便扮演战机起起降降，飞飞落落。妖道更深的夫妻鸟儿，干脆在桶内做窝、生儿育女，赤道安家，做了太阳公公的儿女。

我羡慕赤道下的鸟儿，它投靠了太阳，投靠了现代文明的铁甲舰。它们像辽宁舰上的战机，一心要演练出飞天掠海的本事。它热爱太阳、大海和航母，就像我们的南极科考，为了子孙和世界的幸福！

日机如蝇

就在我凝望大海，做着这种种思考的时候，忽然听到了一声高喊："飞机、飞机！"俄而有多处的多人同声叫道："飞机，日本的飞机……"顺随指点，我确切地看见一个黑点，越来越大，越飞越近，隐约发出苍蝇样的嗡嗡声。当它飞到顶空的时候，好像是忽然加速的贼鸥飞过，旋即又飞回来。2006年，我应出版社之约，写过一部题名《大轰炸》的专著，为纪念二战胜利60周年，控诉日寇轰炸我国的罪行。在各种资料的提示中，我担心日机回头是要投弹，因而问身边的广生君，能否开枪？他答不可，此处是公海。我问公海它为何骚扰？答是常事，并判断：可能怀疑"雪龙"号长时间抛锚的目的。我问他：是否中国的飞机也跟踪日船？朋友叹气道：没见过。

日机离开了，像贼鸥，像乌鸦。2010年，我在日本的足利市看见过肥腻阴鸷的乌鸦。郭兄说这是P-3侦察机，我突然感觉到胸闷，有晕船欲呕的感觉。直到今日，听外交部部长王毅答记者问的发言曰"世界不能以大欺小，也不可以小取闹"之时，我还想将"以小取闹"改成"小儿无赖"。当时的我，倚船写出这样一首泄愤的诗：

> 龙行东经一二八，
> 日机如蝇绕三匝。
> 此距彼岛五十浬，

撒尿可淹倭寇家。

愤懑勿忘聚精气，

好赴南极写天涯！

诗的原句是写"倭人家"，我本善良，觉得改成"倭寇"理直。

二

"雪龙"出世

"雪龙"，"雪龙"，

你这探极的标志，

你这神奇的象征。

说你横空出世，

因你"乌国"诞生。

喻你金首银鳞，

是赞你造极冰雪，

如龙行空。

你灵光闪闪，

云中隐踪，

浪里无形。

你见义勇为，

救"院士"寻"马机"，

天下美名！

你倚天的长吟啊，

是中国探极的雄声……

我将中国南、北极科考的传记文学题为《"雪龙"纪实》，引发了文友与探极人的热议。仁者异议：截至 1990 年年底，中国有 4 艘英雄之船先后到达南极洲及南大洋，从事过科学考察或承担运输任务，它们是："向阳红 10"号、"J121"号、"极地"号和"海洋四"号。都承当过中国越洋探极之载体，且都在"雪龙"号之前建功，为何不以它们命名？

而智者辩曰："雪龙"号作为中国连续 17 次南极科考和 6 次勇闯北极之船，是我国唯一一艘专门从事南、北极考察的破冰船，大洋调查的科考平台，功勋盖世，享名世界。特别是承载笔者"三十次队"科考的神龙出海之役，冲冰破雪，勇救俄罗斯"绍卡利斯基院士"号，搜寻马航失联客机之善举，真乃义薄云天。"雪龙"，已成为中国两极科考的标志性圣物，遒劲俊逸的"龙"之象征。如此，便如某君之喻：中国的革命领袖灿若群星，但是，天安门前还只能悬挂毛泽东画像……

> 千船一魂成"雪龙"
> 万众一心筑"长城"。
> 冰崩玉碎中华胆，
> 金甲银鳞载龙兵！

既然获得过乘龙赏海、乘龙赏龙的天宠之幸，笔者之述龙，便要知根知底——"雪龙"号巨轮，总长：167 米，最大航速：17.9 节，型宽：22.6 米，续航力：20000 海里，型深：13.5 米，主机一台：13200 千瓦，满载吃水：9.0 米，副机三台：3×1140 千瓦，总吨：15332 吨，净吨：4600 吨，满载排水量：21025 吨，载重量：8916 吨。该船属 B1* 级破冰船，能以 1.5 节航速连续破厚度 1.2 米（含 0.2 米雪）的海冰。

"雪龙"船自 1993 年从乌克兰购进以来，先后完成了 17 次南极科学考察和 6 次北极科学考察任务，足迹遍布五大洋，安全航行 2932 天，500100 海里，最北航行到北纬 88°22′，最南航行到南纬 70°21′，创下了中国航海史上多项新的记录，国际上也是屈指可数。为探索极地科学、弘扬名族精神和维护国家权益，做出了突出的贡献。

2007年4月至2008年6月，"雪龙"船实施能力建设，进行全面改造，功能布局更趋合理，各种设施较为完善。新增了贵宾接待室、多功能学术报告厅、考察队会议室等场所，船舶的自动化程度、科考调查能力和工作生活条件等，得到了全面的提升。船上共有120个床位，2个公用餐厅；实验室面积500多平方米，可进行多学科海洋调查；多功能学术报告厅，可满足科考队员在船上进行学术交流的需要。船上配备先进的通信导航设备、数据处理中心、安保监控中心、机舱自动化控制系统和科考调查设备，拥有能容纳两架直升机的机库和1个停机坪。

2013年4月至10月，"雪龙"船进行了恢复性维修改造工程，历时170天，完成了动力系统、甲板机械、环保系统、科考设备等恢复性修理和改造。改造后的"雪龙"船更新了主推进动力装置和辅助机械，配备了先进的船舶防污染设备，增强了穿越西风带和进行冰区作业的安全系数，提高了适航性、可靠性和环保水平，整体性延长了使用年限，进一步满足了极地考察和海洋调查的需要。

在我家乡济宁市嘉祥县，有着麒麟城的美称。在传奇故事的获麟之地，兀立着一只巨大的张牙舞爪的石雕麒麟。我乘龙赏龙，亦在寻找着获龙之地。早在未登龙船的夏月，我便在京城采访过引龙入门的国家海洋局极地办公室副主任吴军，他用好听的湖南腔普通话，对我介绍了"雪龙"的前世今生。

吴军，湖南人，51岁。五次去南极、五次去北极考察，顶风踏浪，漂洋过海，跋雪冲冰。曾担任第13次南极考察队长城站助理站长，在长城站工作一年，其间，到过美国建于南极极点的科学考察站考察、学习。担任过第4次北极考察队领队、党委书记。带领部分考察队员组建了国家科学考察队，首次登陆北极极点，开展科考的纪录，也是中国大陆为数不多的同时到达地球南北两极地理极点的科考队员。但是，他引以为傲的还是从乌克兰买来了这条原名"雷亚"号的"雪龙"船。

吴军副主任,本科毕业于武汉理工大学船舶动力工程系,硕士毕业于武汉大学政治与公共管理学院。他曾经承担组织南极长城站、中山站和"雪龙"船的改造扩建项目的立项、科研和初步设计工作;承担组织并参与中国北极黄河站的立项以及现场实施等工作;负责中国南极内陆昆仑科学考察站建设项目的立项、科研和初步设计的组织工作;负责中国"南北极环境综合考察与评估"专项组织协调管理工作;获国家海洋局二等功、三等功各一次。他参与并现场负责在乌克兰船厂购置"雪龙"船具体工作……

引龙主角

1990 年 8 月之前,吴军有过几年在船舶工业系统工作的经历。

90 年代初,我国已建立了南极长城站和中山站,南极事业正处于上升阶段。当时承担南极考察的"极地"号船龄已达 20 多年,故障不断。我国对能够拥有可靠实用、性能先进的极地考察破冰船一直怀有梦想,但限于国力,一次性支付 3 亿 ~4 亿元人民币建造新船压力不小,我国的造船技术尚不能胜任,于是决定,从国外寻找破冰技术成熟、经费上可以承受、船龄低于 10 年的船舶来替代"极地"号。

1990 年 11 月,吴军被派往澳大利亚,考察他们新建造的"南极光"号极地考察船的技术性能、运行及管理等情况,并乘坐其到达中国的中山站,参加了中国第 7 次南极考察。在中山站,他写成了《赴澳对"南极光"号极地破冰科考船进行航行性能考察的报告》。这次考察,为后来参与购买"雪龙"号提出正确的技术路线、思想方法有很大的帮助。后来他参与决定购买外国船,选定了在乌克兰赫尔松船厂建造的一条全新的北极供应船。

国家海洋局、国家南极考察委员会,在初步选定"雪龙"船目标后,于 1992 年 10 月 9 日到 18 日,派遣了一个由我国著名的科考船设计专家张炳炎院士带领的技术调研勘察小组,赴乌克兰对"雪龙"船进行实地调研,吴军是其中一员。他们重点考察了船舶的技术状况和在国内改造成科考船的可行性,找出了实际船况与船方提供的技术资料的主要不同处。技术调研勘察小组向国家海洋局、国家南极考察委员会提交了《北极破冰供应船技术考察报告》，结论是："该船性能良好，价格便宜，应抓住时机下决心购买，机不可失。如不购买此船，在国内建造这样一艘船，1 亿元人民币是绝对造不出来的。"该报告为国家领导人最终下决心购买"雪龙"船，提供了重要的技术参考。

经时任国务院总理李鹏、副总理邹家华批准，动用当年的总理备用金，连同国家计委配套的投资，1 亿元人民币到位。1992 年 10 月 27 日，时任国家南极考察委员会主任的武衡，正式对外宣布，我国购买"雪龙"船。

在完成赴乌克兰船厂实地勘验回国后的两个月时间里，吴军承担组织和参与了几轮商务和技术谈判，又在原合同价格的基础上，迫使对方减掉了 75 万美元。12 月 1 日，购买合同正式签订。

12 月 18 日，国家海洋局、国家南极考察委员会派出了监造验收小组，赴乌克兰赫尔松船厂，开展为期近 4 个月的现场监造验收工作。吴军曾在船舶工业系统工作，了解张炳炎院士。张院士对前苏联船舶技术体系非常熟悉，于是吴军推荐他作为监造验收组首席技术代表。吴军作为船东代表（业主代表）又从中国船舶检验局聘请了两位高级验船师，作为技术代表，共同组成了监造验收组。随着"雪龙"船建造接近尾声，国家海洋局又派出以船舶飞机指挥中心领导带队的，由 30 名船员为主组成的接船工作组，分批进入乌克兰船厂。

近 4 个月时间里，在张炳炎首席技术代表的带领下，监造验收组在船舶技术方面，查看船舶各种图纸、技术资料、设备证书，参加各种设备的实验和船舶海上性能测试等，督促船厂严格按照技术规格书和船舶规范，修正完善建造中的缺陷，为我方船员顺利掌握船舶的各种操作系统提供便利，保证了"雪龙"船技术性能质量。

监造验收船舶的商务事务，主要由吴军这个船东代表承担。随接船工作组一起到厂的极地办公室翻译朱增新同志，成为吴军的得力助手。在驻厂的近 4 个月，尤其是随后两个月时间里，吴军与乌方谈判、协商、厘清合同之间甲、乙、丙三方的责权关系，聘请了在英国和俄罗斯两地的律师，为交接的各种法律问题，准备各种文件，并充分利用了乌方在那个特定时期内部各岗位人员的矛盾，为我方争取利益。

经过 100 天日日夜夜勤奋工作、无数次大大小小的协商、谈判，甚至斗争，时任国家南极委员会办公室主任的郭琨代表中方，于 1993 年 3 月 25 日上午，与乌方正式签订了"雪龙"船交接证书。从此，中国终于拥有了第一条全新的专用极地考察船。

在技术检验和船舶性能的测试中，张炳炎这个"首席技术代表"起到了慧眼识珠、名医诊病的关键作用。在中国船舶工业集团公司第七〇八研究所汇编的《张炳炎院士文选》中，详细记载了当年的张院士远征乌克兰的购船之役——

他驻厂进行为期 4 个月的"雪龙"号破冰船的技术监造和验收，最终完成了"雪龙"号船的购买和监造。之后又对"雪龙"号破冰船的大型直升机平台、多学科考察实验室和考察队员住舱等重大技术层面，进行了更新和改造，使具有先进导航设备、续航力达 2 万海里、满载排水量达 2.2 万吨级的我国第一艘极区航行的"雪龙"号破冰船，科技含量跃居世界极地考察船的前列。

能够拉动中国船舶事业向前的力量何来？请看张炳炎两组锦言：第一，"大胆设想，周密思考，仔细求证"；第二，"敢走自己的路，敢为天下先，敢承担风险"。

从七〇八研究所提供的文献中笔者得知，我的这位山东乡亲，为祖国的海洋事业和两极科考做出了巨大的、架海金梁般的贡献，以我国"向阳红 10"号船为代表的多艘科考船、海洋调查船，保卫海疆的军舰、电子侦察船，都出自他的设计。怪不得极地办副书记、副主任秦为稼，在忠告我成书要领中谆谆教导"一定要写好张炳炎"呢！

但是，这位不惧艰险、攻坚克难、胆大心细、睿智勤勉、视野开阔、机谋善断的智者，已于 2012 年 7 月仙逝于上海。我无缘拜会、聆听他高山流水的叙述，只能从成书中卒读他千船万舸的创造，从格言中想象他波澜壮阔的内心世界了。

张炳炎，1934 年 10 月出生在山东庆云县。1955 年 9 月，就读于苏联列宁格勒造船学院。1960 年回国，被分配到当时的三机部上海船舶产品设计院工作，历任技术员、工程师、高级工程师、研究员和博士生导师。1991年享受政府特殊津贴。1995年当选为中国工程院院士。1998年荣获中国工程科学"光华"奖。1999年被评为全国优秀科技工作者，荣获国家科技进步特等奖……

展示于张院士卓越贡献耀眼金榜的，有他的一篇珍贵遗作：

我的船之路

1953年8月：一个偶然事件改变了原打算学造飞机的想法和准备，并使我走上"造船之路"；

1955年8月：去原苏联上学前夕，填写学习志愿，有三个供选择，我都填了"造船"，被分配到列宁格勒造船学院；

1960年6月：回国参加学习，10月1日，到三机部九局上海船舶产品设计院报到，开始了"造船"；

1965年9月：我被交通部借调到法国大西洋船厂监造"耀华"远洋客船，完成建造试航交船任务后，于1967年9月回国；

1970年5月：承接"718工程"远洋调查船应急改装任务。驻船厂任"三结合"设计组长，半年内将"长宁"号万吨级远洋货船改装成"向阳红5"号远洋调查船；

1971年2月：承接新的远洋综合调查兼海洋气象保障船"向阳红10"号的设计任务。任"三结合"设计组长，既是研发者又是总设计师……荣获国防科委重大科技成果"总体设计一等奖"、国家科技进步特等奖并于2005年以得票率居首被评为"中国十大名船"之船；

1980年8月：承接"向阳红21"号船的施工配建任务，发现问题，亲自修改线型和总布置，使其技术经济性达到同类船的国际先进水平并消除了安全隐患。

1981年10月：为获出口船设计，参与了我国第一艘出口"700TEU全集装箱船"国际竞标方案设计。接受了出任总设计师，自主研发成功。获得新加坡船东代表和美国领航人员的高度称赞，为开拓国际船舶市场赢得了信誉。

1991 年为博士研究生导师，2001 年被评为研究生优秀导师；

1988 年 8 月：编纂《向阳红 10 号远洋调查船史料集》（中国船舶工业历史资料丛书），任第一主编。该书获中国船舶工业总公司特别奖；

1989 年 8 月：任总师主持民船国防动员改装工程的试验研究工作，研发成功直升机训练和医疗救护型国防动员船及其模块化功能转换系统；

1991 年 5 月：应原青岛海洋大学之托，首次采用了非对称总体布局和双机并车的单调距桨推进系统，任总设计师，主持设计建造了"东方红 2"号船；

1993 年 10 月：受聘于国家极地委员会为购船首席专家，主持购船考察和谈判，以及驻国外船厂施工监造和实验试航验收与交接船的各相关事宜，作为总设计师主持了"雪龙"号船的头两次改装设计和国内船厂施工等相关工作，将重型冰区航行的极地供应船改装成为极地综合科学考察船。此后，该船圆满完成了多次南极科考供应等任务和首航北极的科考任务；

1998 年 4 月：应《世界科技 R&D》杂志之约，撰写了《我国海洋调查船的现状与未来》（发表在 1998 年第 4 期）；

2000 年 2 月：设计"中国海监 83"，获得了完全成功；

2003 年 8 月：作为研发者和总设计师，主持设计建造了"海洋六号"，世界上第一艘综合地质地球物理调查船；

2010 年 11 月：应邀撰写了《海洋 6 号船人性化设计》，继续承担极地综合科学考察破冰船的开发研究等工作，为造船和海洋事业做贡献！

他立志还要再做贡献，但是，2012 年 7 月，78 岁的老院士仙逝，他的灵魂，一定还巡视着祖国的海疆。请聆听他临终之前，对于海洋的大爱诗语吧："每当我想到海洋之广阔，蕴藏之丰富，波涛之壮观，变幻之莫测，便觉得自己所做的一切是多么微不足道，就从内心涌出一股热流，产生莫大的力量，激励我继续努力奋斗……"

逝者长已矣！披云激浪的"雪龙"，首闯南天的"向阳红 10"号，一艘艘船坚炮利的战舰，还在为伟大的创造者唱着赞歌。

当年的主要"船东代表"之一的吴军，继续向笔者讲述着在张炳炎院士指导下战胜种种困难的故事。

初次过招

第一次到达刚从苏联解体分离出来的乌克兰，感觉市场一片萧条。进入"赫尔松"船厂，发现厂房面积很大，各种设备也较先进，有1万多人。该厂专门建造特种工作船、军辅船及大型油船等，和国内大型造船厂"江南"和"沪东"规模大体相仿。"赫尔松"船厂是出产著名的"辽宁"号航空母舰的"里古拉耶夫"造船厂的邻居，正在建造尚未完工和即将完工的船舶，有本国的，有出口到欧洲的，另外就是"雪龙"船。

1992年10月10日，第一次看到的"雪龙"船已经下水，靠泊于船厂码头。船体的工作已基本结束，驾驶室内部，机舱集控室、直升机平台上，许多工作尚未完成。吴军是第一次看到这种特种船舶，驾驶室在船艏，船舶的底部到顶层33米，有10多层楼高，给人的感觉是"粗壮结实"。艉部有装载直升机的机库和平台，中部右舷，有滚装门，能装载各种车辆。三个非常大的货舱分为上下两层，一条多么符合我们需求的多功能极地考察船啊！

尽管性能优良、价格便宜，我们也未马上表现出十分满意。在考察结束前的最后一次洽谈中，船厂表现出急于卖船的意愿，首席谈判代表问："尊敬的中国朋友们，你们经过这几天的勘察了解，觉得这条船怎么样？我们造这种破冰船已有很丰富的经验了，实践证明质量很好，你们的选择肯定没错。"

我方首席代表张炳炎表示："根据这几天的实地考察，查看图纸等，这条船总的来说比较符合我们的需求，但是对于一条2万多吨排水量的特殊用途的船舶，在这一个星期内弄清楚各种问题是不可能的，希望你们继续提供详细的资料，以便我们做出最终购买与否的决定。另外我们发现，该船设计说明书，与看到的图纸及实船有两处明显不同的地方，一是实机舱自动化程度、等级比说明书低，二是导航系统设备品牌，不是说明书上写的国际名牌。"

船厂首席谈判代表惊讶地说："我们提供的说明书和实际情况怎么会不一

致呢？"随后拿出了工厂俄文版的说明书。由于我方带来了英文版的说明书和全部的洽谈材料，吴军当面提交给船厂代表看，他们愣住了。

在长时间的交换意见后，船厂首席谈判代表尴尬地说："从船厂的说明书和你们提供的材料看，应该是船厂方面委托的中介代表，在翻译给中方的说明书时搞错了"。

吴军想：错了？怎么不把贵的产品搞成便宜的，而非要反过来呢？这就充分说明在技术和商务谈判中，证明材料是多么重要。这是我方进驻船厂参加监造验收工作一次非常有益的过招。

张院士一夫当关

1992 年 12 月 22 日——监造验收组进入船厂一个半月前，我方就与船厂的建造技术主管，以及俄罗斯的驻厂验船师屡打交道。开始的一段时间，船厂对我方并不太重视：虽然那时他们很穷，但建造复杂的特种船舶要比我们强许多，心底看不起我们。的确，直到现在，我们也没能建造出一条破冰船。俗话说："瘦死的骆驼比马大"。

除了首席监造师张炳炎对俄罗斯造船情况较熟悉外，其他专家，的确是第一次碰上这样的破冰船验收。张炳炎院士除了早年在俄罗斯著名的造船学院学习造船技术以外，毕业前又恰巧在赫尔松船厂实习过，著名的"向阳红 10 号"船，就是张院士设计的。所以，他对于"雪龙"船的监造验收，起了关键作用。比如，在船厂进行的船舶稳性验收试验过程中，第一次试验后的数据，和技术规范的要求有差距，船厂方面试图用其他客观说辞让我们放行，张院士分析后，指出他们的数据可能存在差距的技术原因，指出俄罗斯规范为什么要这样制定的依据，这一下敲击了他们的麻骨，使船厂和俄罗斯验船师对他十分佩服。船厂还特别邀请当地的电视台专门采访了张院士，从此后，对我们监造验收组就另眼相看了，如在黑海进行的船舶试验、直升机支持系统和滚装门密封试验等，都进行得比较顺利了。

那时的乌克兰生活很艰苦，食品严重匮乏，肉类缺乏。验收组常以酸黄瓜为主菜，大家营养不良。有一次因食腌制品，都出现了中毒现象。但是，同志们依然发扬艰苦奋斗的精神，圆满地完成了监造验收的任务。

三角关系

除了在技术上严格把关外，商务、法律方面的事务和程序也同样重要。在监造验收的后 40 天里，各种商务和法律问题逐步凸显出来。

由于船厂当时非常缺钱，便急于完成"雪龙"船的交接工作。吴军首先碰到的，是合同的三角关系问题：我方与船厂方面指定的乌克兰境外代理人签订合同，船厂再与他签订合同，这就产生了因我和船厂不是直接的买卖双方，而出现的隐性风险，这是当时乌方错误的出口政策所致。

1992 年 2 月 15 日，船厂贸易公司经理突然通知吴军：2 月底交船。吴军说："根据协议，船方应提前 1 个月、15 天、7 天和 3 天四次预先通知交船日期，而我们没有接到任何通知，不符合合同条款。而且，这条船在海试以后，我们提出许多不完善的地方，你们也必须完善后，才可交船。"

乌方说："我们已经提前通知乌克兰境外的中间代理人了。"

吴军说："那我也应该得到中间人的预先通知！"乌方哑口无言。吴军马上报告验收组，提出三个建议：一是继续组织人员向船厂方面提出验收过程中新发现的技术问题，二是聘请律师，为交接过程中提供法律咨询服务和法律文件，三是尽快要求船厂，把他们指定的中间人请到船厂来，三国四方面对面洽谈，厘清重大问题。

3 月 12 日和 13 日，我方与乌克兰境外的代理人，在船厂就有关重大问题，进行两天的磋商，达成了一致。但商务问题还未一致：关键的是付款问题，中间人和船厂指定的接款银行，不是同一家。船厂坚持要汇到他们指定的银行，我方底线是，货款到达中间人指定银行后，必须办理交接手续。吴军聘请了两位律师为我们服务，一位是英国资深的船舶买卖律师，为我们准备法律文件。另一位是从莫斯科请来的熟悉乌克兰法律，到船厂实地为我们提供服务的律师。虽然律师费用不菲，但实践证明，两位律师都起到了关键作用。

利用矛盾

船厂在商务问题没有最终达成一致意见的情况下，要急于交船。3月16日，他们由贸易公司的副经理出面说事。这位副经理可比经理难缠多了！他是一位70岁的犹太裔俄罗斯人，已在船厂工作了40多年，国际贸易知识和经验相当丰富，人也精明。

他对吴军说："根据合同规定，我们已把交船的一切准备工作完成，今天我正式通知你们，3天后举行交船签字仪式。"

吴军说："不可能！一些关键的商务问题还没有达成一致，并且，船检证书也还没有签发完成呢。"

他说："根据俄罗斯、乌克兰法律，只有钱到我们指定的银行，我们才能签字交船。并且，我有了授权书，有乌克兰境外代理人的签字。我们也请了律师，在伦敦与你们所请的律师一起商量各种法律文件，能够在三天内完成。"

吴军说："根据合同和我们3天前谈判的意见，所有问题解决后，我们会马上付款，办理交接手续。另外我告诉你，我们还请了一位俄罗斯律师，后天就到船厂与你谈相关细节问题。"

吴军看到他愣了一下，眼珠儿打转，神情不安。而口中却说："那好吧，等着和你们的律师谈。"

实际上，由于进入了"雪龙"船验收的最后阶段，我们的船员、接船的领导和极地办的郭主任，都已经陆续到达了船厂，我们这边各项工作也准备就绪了，剩下的一点，就是货款拨付以及财产转移的程序问题了，双方各不让步，僵持不下。

在吴军几个月与他们的接触中，观察到由于苏联的解体，社会不稳定，经济状况恶化，导致人们生活水平大幅度下降，每个人都在为自己的生存和利益奋斗。他们考虑个人或小团体利益时，比考虑所谓的国家利益更多一些。我们为了国家能够安全地买回一条性能可靠、质量优良、没有任何产权纠纷的极地考察船，却是群策群力。吴军利用他们的矛盾维护了国家利益：一是原来计划不去机场接莫斯科来的律师，但吴军在与副经理谈完后，突然意识到应该去接。

他对朱增新说："我觉得我们应该去机场接律师，因为可能船厂会派人去接他。"

朱增新说："不会吧，他又不是船厂聘请的律师。"

吴军说："按常理是这样，但根据副经理不同寻常的反应，我猜想，他有可能会派人去机场接他。"

当吴军和朱增新去机场接律师时，船厂果真已派人先去机场，还表示要安排他住船厂的招待所。吴军当即表示，他是我们聘请的律师，必须服从我们安排，和我们同住，工作起来会很方便。实际上吴军有理由担心：那位狡狯的副经理，一定会给律师经济上的贿赂，危害我们的利益。在吴军向律师交代了我们的原则后，律师心无旁骛地与我们同出同入，经过几天与副经理的谈判，终于解决了所有的商务法律方面的问题，只差付款银行不同，对方仍然不肯让步。

时至3月21日，我方人员心里也着急，但必须坚守底线，不能让步。并能确信，他们会比我们更急！当天晚上研究工作，吴军提出明天由朱增新陪郭琨主任，和船厂的主管副厂长谈，吴军和律师与副经理谈；郭主任与主管副厂长的谈话，结果最重要。因为按乌克兰的计划经济体制，厂领导是绝对权威，而且通过与他们接触发现，主管厂长与贸易公司副经理关系并不融洽。

3月22日，两场谈判同时进行，副经理并不知道我们也在和主管副厂长谈，仍在付款银行问题上唇枪舌剑，据谬力争，绝不退让。律师和副经理就乌克兰、俄罗斯法律条款各自解读。多谋的吴军却在等待那边的谈判结果，火烤般熬过了一小时左右，朱增新的电话终于来了，报告吴军"主管厂长在付款银行问题上痛快让步"的好消息，吴军如释重负，笑笑地告诉副经理："我们别谈了，人家厂长已经同意付款银行的问题了。"副经理惊愕非常，金黄的胡须抖动起来，马上打电话核实，然后表露了失望的表情，讪讪离去。双方商定，三天后举行交接。

听到这四个故事的笔者几乎喘不过气来：中国历史上出现过无数的谈判大师，《三国》故事中，无论吴军、魏军还是蜀军，都不乏机谋善断、巧于利用对手矛盾的高人。反观引"龙"入门的吴军、张院士，不都是我族智者的优秀传人吗？

3月25日，"雪龙"船完成产权交接仪式，立刻升起了五星红旗。又经几天补给准备，"雷亚"号变成了一条崭新的"雪龙"船，终于在4月6日踏上了驶往中国的航程。引"龙"人还告诉我一段听来近乎悲壮的故事，权作"第五个故事"：

当我们满装顺船捎回的大批廉价钢材、齐全的"雪龙"备用部件和成吨的"龙"图纸鸣号启航时，不约而同前来告别"雪龙"的"赫尔松"官兵突然立正，向着他们"医得眼前疮，剜却心头肉"——不得不卖掉的亲生孩子，唰地举起了右手敬礼，那闪闪的泪光，令龙之传人动容动情。"赫尔松"的朋友们具有强烈的爱厂、爱国情怀。这是中国人除得到了"雪龙"，又一种更加宝贵所得！

此处不可或缺的，还应有"第六个故事"：那便是高瞻远瞩，胸怀全局的开疆大吏武衡，为这条横空出世的"洋娃娃"取了个中国血统的大名——"雪龙"号，如今昭示世人，使世界眼睛一亮的沉稳如山、藏锋不露、不骄不躁、不怒自威的"雪龙"楷书，也为该君所题，真有字若其人的气势！

武衡，徐州人士，与我乡相距不足百里。1953年前，徐州归山东所辖。武长官与我，既是乡情圈内人，又属文化圈内人。探极功勋评论：没有武衡，便没有中国两极科考的今日——是英雄率领勇士，创造了中国南北极科考历史！

多年后，有热血诗人抒情，写下了《临江仙·"雪龙"号启航》一词。这是武衡无缘看见"雪龙"号"启航"的遗憾，真正的"启航"乃从兹时：

> 几探极光功绩著，扬波又待征南。
>
> 身披铁甲破冰山。
>
> 巡川翔赤鸟，踏雪写白宣。

日耀金星旗猎猎，笛鸣浩海云间。

精英二百浪花翻。

登程寻奥秘，载誉赋新篇。

大珠小珠落玉盘

诗人只知道三十回的"征南"，还有六次豪迈的"征北"呢。便是那"雪龙"归国途中，也有唐僧万里取经的艰辛。吴军和他的"得力助手"朱增新，共同向笔者描述了西天取经的精彩。

第一次见朱增新的名字，是在张炳炎院士文选内，言及与朱监造龙船。二次闻得其名，是与吴军在京访谈中。三次谈及增新，是中国驻智利南极办事处张福刚主任，言朱是上一任主任。第四次提起这名儿的，竟是滕州乡亲，长城站朱宗泉大厨，他语出惊人地说："他是我的堂兄，我来南极，就是他的促成！"

哦！又多了一个老乡，亲戚！我于2014年7月上旬一天，在我一位族叔居住的同一栋楼上会见了他，他的父母，与叔是挨门邻居。细究下去，知他族家近在我县欢城，还算得不近不远的亲戚，引发了我又一阵感慨：难道这"雪龙"之作，非得要乡亲、本家的相助才成吗？

朱增新，山东滕州市人。父亲是当地"八一"煤矿的工区区长。朱家是武术之家，远近有名。祖父、父亲皆练长拳。到了朱增新、朱宗泉兄弟辈上，花样多了起来，有长拳、少林拳、武当功、拳击等。练得一身铁硬，钢筋铁骨。增新在北京踢足球，是有名的前锋。朱宗泉在乔治王岛联欢会表演少林拳，有"功夫朱"之美称。我捏过兄弟俩的小腿，疑是浑铁。

1985年，朱增新毕业于北京外国语学院英语系。1989年7月，入国家海洋局南极办外事处做"项目官员"和翻译工作。所学英语、西班牙语，有了广阔的用武之地。跟随初探两极的专家队伍，与多国极地考察队合作。后调至中国驻智利大使馆，主管国家海洋局驻智利圣地亚哥的"南极办事处"，主办极地事务。

2013年12月，笔者赴南极长城站考察，来回两次均住进那个温馨的"办事处"小院。小院有一个西门，一个南门，门前的街道上，野生的白玫瑰散发着阵阵幽香。院中有一棵杏树，杏子正红，十分诱人。一棵石榴树，开着火红的榴花。还有几棵不认识的树，皆是枝叶繁茂，绿荫匝地。辛勤的张福刚主任种了几畦西红柿，柿子一半青，一半红，笑嘻嘻地长着。处所是一栋两层，约有十个房间。征极队员在这里休憩整顿后，由办事处送入极地或送回祖国。朱增新在这里的工作是成功和愉快的。他和使馆的工作关系、和智利人的沟通关系十分顺畅。干练的处事能力，熟练的西语水平，使他的工作游刃有余，左右逢源。

在采访朱增新之时，没忘记向这位有着多项南极工作经历、有理论修养的人提问一下他对南极精神的理解。他说：作为从事南极工作中生代，他在开创我国南极事业的第一代前辈面前，实在没有谈论南极精神的资格。若一定要讲个人感受，那便是老一辈南极人最值得我们学习的、时时刻刻所表现出来的——对事业的纯情和执着。无论任何国家，南极科考都是一个充满挑战和冒险的、克服一个困难又接着一个困难的求索。特别是在我国刚刚开始改革开放、百废待兴之际，国家财力、技术、装备和对南极的了解都十分有限的情况下，老一辈征极人克服重重困难和挑战，毅然决然地挺进南极大陆，在遥远的南部冰雪世界，发出中国人要为人类和平利用南极做出贡献的时代强音，令后辈钦佩。

他讲到了首闯南天的科考队队长、南极办的老主任郭琨先生，在长城站建成典礼上，国歌声起，锣鼓敲起，鞭炮响起之时，郭琨和他的战友都泣不成声……

朱增新时刻在感受着这个温暖组织的关心和爱护："上班第一天，老主任郭琨把我叫到办公室，询问了食宿安排后，拿出了5块钱的菜票给我，说是对我的欢迎。5块钱在今天，也许不是什么，但在当时，5块钱可是'大数据'。时至今日，想想老先生对我的关心，我还是情不自禁地泪眼蒙眬。另外一次经历令我永远难忘，那就是为父亲在太原的师傅购买治疗肝病的名为凝血酶原的药品。这种药需从人的血液中提取，非常稀缺。此事成了南极办大家庭的事情，领导和同志纷纷联系所认识的医生和专家，我骑着自行车几乎跑遍了京城各大医院，终于在西直门的人民医院买到了两支凝血酶原，救了一条人命。我拿着处方到药房取凝血酶原时，负责发药的年轻医生对我说：'可不可以只给你一支？因为给你两支后，这里就剩一支……'"

他想起张炳炎老院士的儒雅、大度和贡献，想起他胸有成竹的、为国家利益奋争不息的韧性，想起征极人的高尚人格："感谢他们接纳我进入这个温暖的大家庭，他们帮助我不断进步和成长。我会永远想念和感谢这个大家庭给我的关爱和温暖……"

他动员生意兴隆的小企业主、堂弟朱宗泉丢下金银，勇闯南极，到冰雪重围的中山站做了大厨。那个精通拳术的棒小伙子，在长城站用滕州乡音对我直言："真事儿大哥！真事儿！我接了'一炮'（一桩）很来钱（挣钱）的买卖，又丢掉了……我得上南极！我学过厨师，不是吹的，我会几十样菜，真事儿！我图个新鲜！不挣钱了……上南极！俺哥说了，做人要有雄心壮志！不挣钱了……要贡献了……"

我问他那"一炮"生意多少钱？他说千把万儿吧！我被深深地感动了。因为张国强站长告诉我，这个曾率领几十员工的小老板，在南极捋起了袖子，没白没夜地在炊房里拼命，不摆大厨师谱儿，而像个小学徒的样儿，操弄着几十人的四顿饭。他说："钱算王八孙子！南极的伙计可交……"他说的"伙计"，包括老外。

怀着对朴实小伙儿的感慨，我在长城站时，写下过一首顺口溜《夸大厨》赠他：

> 脍不厌细本真儒，
> 小鲜烹来黄金屋。
> 不恋小城银钱多，
> 偏向南极做大厨。
> 鹅、豹闻香流涎长，

> 九国君子乐口福。
>
> 少林拳法震南天，
>
> 谁不夸咱"功夫朱"？

这诗美得他屁溜溜的。在大家的哄笑声中，他用滕州腔夸我："大哥真会转（zhuǎi）！""转"者，卖弄文字之意也！大家就又谈起，他的小媳妇从老家打来电话，有"一炮"生意太大，买主信任他，委托他加工建筑成品。他的心里是有波动的，但在大家的挽留下义勇陡增，却说："那钱要是咱的，会乖乖地等咱，回家再挣！"

但是，这位不怕虎的初生牛犊所遇到的，并不是钱是什么的问题，而是命还要不要的难题：下"雪龙"奔南极内陆中山站，坐在笨重的卡特车上，没黑、没白、没有参照地前行。白化的雪天，遍是地裂的雪地，还有冰粒雪、水晶雨，"像一头拱进了面缸里，摸不着天边地沿！"吃冷罐头，泡方便面，地裂把车陷住。下车解手，手僵了解不开裤带。和下到煤窑一样，不见天日！那时的朱宗泉想：天就没个边吗？就遇不上一只小老鼠，一只黄鼠狼吗？在零下几十度里，冻掉了耳朵、鼻子，解小便冻掉棍儿怎么办？能接上吗？在中山站的冰场上，他与一帮战友精赤着身子裸奔，录像清晰。我被他的天真无邪、无私无畏又一次感动了。我看着他说是害怕而不知怕的"小样儿"将不花钱买的小诗，又添赠一首：

> 置身冰雪未知惜，
>
> 赌命地裂赴南极。
>
> 英雄好汉食为天，
>
> 煎炒烹燎总相宜。
>
> "功夫朱"震琼岛日，
>
> 再铸金杆挑大旗！

他说："大哥真会转！"他的又胖又俊的小媳妇和他一起来济宁看我，也抿起小嘴儿夸我："大哥真会转……转，活该吃这门饭……"

夸我会转，是笑言。在济宁我家，小两口儿与我商讨，他们要到智利开一家饭店，专门接待征极战友，请我拿上京胡，随他同去，管我吃喝和机票。我爽快地答应：到退休后。增新见我，开口便问："你真的要随他们去？"我说没定。增新说："他俩可信了，说你会说话，能帮忙照顾生意！"我笑不出来了，朴实的小弟小妹儿，这玩笑，我与你们开不得呀……

现在，这个高挑帅气的增新才子又来到我的面前，向我侃侃而谈在乌克兰引"龙"的故事。这就是那个张炳炎院士、吴军主任一齐夸奖的人。我因了亲情而诗意盎然，为了兄弟俩皆为探极奉献而激动；我不知诗名叫作《并蒂雪莲》还是《双珠歌》更妙；想起南极玉海琼峰的仙境，还是叫《大珠小珠落玉盘》吧：

朱家兄弟兼文武，
年幼情似手与足。
老大身心皆成钢，
相励双飞南极去。
兄长事外顾全局，
小弟执勺做大厨。
大珠小珠落玉盘，
天涯海角显风骨。
喜见雪莲并蒂开，
光彩熠熠是双珠！

我为"双珠"写诗三首，兄弟俩对我回报亦是丰厚：一是宗泉携美妻送我精美的南极"红铁玉"石；二是送比南极石还贵的资料；三是增新与我座谈后，又汇同了吴军主任，给我发来细致而精彩的文稿，我想要他为龙添鳞，他却能在"龙"上点睛，正是我文运发动的吉兆。

1993 年 3 月 31 日，"雪龙"船离开赫尔松船厂码头，途经黑海—博斯普鲁斯海峡—地中海—苏伊士运河—红海—印度洋—马六甲海峡—南海—台湾海峡，于 7 月 15 日开进上海港。8600 海里的航程，本应 1 个月完成，但因首航中遇到若干意外，初生的"雪龙"归程，才显得海路漫漫，步履蹒跚。但也因为这些曲折，生成许多难忘的经历和美好的回忆。

吴军在乌克兰船厂工作 3 个多月，完成了"引龙"重任乘飞机回京，留下翻译朱增新，随船返国，具体负责返航途中的翻译和对外联络工作。

但领导又同时指定，吴军必须在国内随时与"雪龙"保持密切联系，处理相关事务。比如雷达出现故障，就是他与船厂联系，并前往俄罗斯，现场解决了雷达配件问题。

关于这漫漫航途的步步艰辛，吴、朱二人叙述了"三个意外"：

"龙"困亚丁

亚丁是前南也门的首都，1990 年南北也门合并后，成为也门重要的经济文化中心，也是也门的最大海港，在也门的地位，类似我国的上海。亚丁因其优越的地理位置，扼红海与印度洋出入口，是欧洲、红海至亚洲、太平洋之间的交通要冲。

"雪龙"船在红海航行，船上的一部避碰雷达出现了故障。代表赫尔松船厂随船执行保修任务的首席代表、船厂副总工程师马尔科夫和他们随船执行保修任务的电器工程师沙沙几经努力，找到了症结所在，却无法修复：因为出了问题的部件，是发生故障率本该极低的一个，船上没有备件！既然船舶的眼睛（雷达比喻人的眼睛）出现故障，国家海洋局就要求"雪龙"船停靠就近港口，待赫尔松船厂发来备件，"雪龙"船便来到了亚丁港。

根据与船厂签订的保修协议，船方负责免费修理。于是吴军与赫尔松船厂联系，要求他们把配件及时发至亚丁湾。然而，随后发生的故事，令人哭笑不得。

吴军要求船厂把雷达配件空运到亚丁湾，但因乌克兰船厂和俄罗斯的圣彼得堡雷达厂已分属两个国家，打电话和发传真已属国际业务，需要提前一天预约，沟通并不容易。二是新雷达从圣彼得堡发到莫斯科，是铁路运输。我一再要求空运，又多费一天时间。三是新雷达是5月8日到莫斯科，本应搭5月9日的航班飞往亚丁。却因5月9日是俄罗斯二战胜利日，全国放假，当天无法安排空运，而下一航班到了5月16日。在收到船厂明确的承诺后，仍然担心——吴军已和赫尔松船厂打过半年交道，他们的工作效率实在不敢恭维。

十天后，吴军联系船上，询问情况，船上答复：仍未收到。与船厂核对发货信息，答复"已经发出"。又过三天，船上仍没收到配件，便觉得肯定是运输环节中出了问题，于是一边催促厂方派人核查，一边做好了到现场查询处理的准备。还是由吴军抵莫斯科，住进为接船帮过忙的中国贸易促进委员会驻俄代表处，首席代表张清正夫妇热情接待了吴军。吴军立即询问赫尔松船厂，船厂却并没派人到莫斯科来，而是委托了当地一人代理，但吴军无论如何也联系不到该人。十分着急中，决定自己去机场查询下落。他与贸促会的一个俄语翻译，一起来到机场货物查询处，仍没有结果，更加焦虑。吴军和翻译商量：须首先查到配件到达的准确位置。当时的俄罗斯、乌克兰人，工资很低，不足以维持生计，工作效率低下，责任心很差，收受工资外的现金就成了普遍现象，他对翻译说：能否找一个查询处工作人员，帮忙后给予报酬？翻译答应。第二天翻译来电话说，他找的人已查到货物的确切地址，要我们带美元现金去和她见面。吴军和翻译在约定地点见到一年轻漂亮、金发碧眼的俄罗斯姑娘。吴军把美元给她，她灿烂地笑着，拿出了查询结果，吴军一看，叫了一声"天哪"！原来发往亚丁的配件，居然运往了遥远的埃塞俄比亚首都亚的斯亚贝巴！

惊定思惊，认为接下来最理想的办法，应是俄罗斯航班不让雷达下飞机，而是飞回亚丁时带回雷达。据朱增新讲，漂亮的俄罗斯小姐承认工作失误，一再道歉，并表示会在下个航班，一定把我们的新雷达接回来。下个航班须待何时？漂亮的俄罗斯小姐微笑说，只能是一周后了，本周飞回莫斯科的航班不经停亚丁，而经停也门首都萨那。

打仗还靠亲兄弟，立即找使馆帮忙。中国驻埃塞俄比亚使馆十分重视，特意安排科技参赞专门负责，确保新雷达在 5 月 23 日的俄航飞回亚丁时，确认配件装上航班。吴军通知朱增新，并把中国驻埃塞俄比亚使馆传真件传给他。朱增新火速前往亚丁机场。此时只是激动，不敢高兴，因为还怕新雷达再随俄航飞回莫斯科！在那般乱局中，一切笑话都可能发生！还算靠谱，新雷达终于到了亚丁。当朱增新拿到朝思暮想的新雷达后，摸着硬实的雷达包装箱，才真的高兴起来，"雪龙"船上的同事和赫尔松船厂的随船工程师也同样激动。朱增新很快跑到船上的电报室，给吴军拨通电话，一干人心里的石头才落了地，第二天便启程返国。

"万宝路"运河

尼罗河是埃及的母亲河，而苏伊士运河则是埃及的摇钱树。每年过往 170 公里苏伊士运河的船舶，约 1.8 万艘，为埃及带来约 20 亿美元的收入。1993 年 4 月，"雪龙"船由此经过，当然也会留下买路银子。

苏伊士运河有个非常有意思的绰号——万宝路运河。万宝路本是美国生产的一种香烟，与河产生联系，皆因过往苏伊士运河的船方，不仅要缴给运河管理当局一笔不菲的通行费用，还需要以万宝路为代表的高级香烟，打点河上服务的各类人员。没有万宝路，过苏伊士运河就不会一帆风顺。靠山吃山、靠水吃水，靠苏伊士运河，就要吃万宝路香烟，世界之大，道理一般。到了万宝路运河，朱增新等待接船人员，果然在此增长了见识，开阔了眼界，遭遇了意外。

船抵苏伊士运河北端的塞得港，补充油料。履行过加油前的文件签署、交接和双方船上油料计量表的共同检查之后，加油工作顺利开始。埃及朋友的工作技能和服务效率不错，办理入港手续时，海关、边防、警察等各路神仙，纷纷索要纪念品或礼物的压抑心情，此时也烟消云散。

加油 1 小时，对方的负责人便十分热情地走近朱增新，说："纪念品，礼物？"一共有 20 个人的。中国远洋运输公司的船长顾问介绍：埃及朋友所说的纪念品，就是指万宝路香烟。朱增新等人却感意外，供应油料已赚了钱，怎还要礼物？对方说：加油费都进了他妈老板的腰包，而一线工人没有。读洋书过穷日子、孔孟之乡长大的朱增新仍然认为，对方的要求不可思议！礼品都是主动赠送，岂有开口索要之理？这无异于温柔的敲诈勒索。他婉拒了对方要求。然而，当加油结束，有关文件签署之后，船方与港口联系，请他们安排引水员上船，协助离开塞得港，过苏伊士运河时，突然听到油料供应员在船尾大声叫喊油料泄漏！随声看去，果见轻质柴油，顺甲板侧面的排水孔向海里流淌。原来是加油结束，我们的船员已把加油孔关闭，油管从我甲板撤走时，加油员故意又泵了一下油，油料便从他们的油管流上我们甲板，又流到了海中。

轻质柴油色浅，流到海中不那么显眼，再加过往船舶荡动，很快无影无踪，掩盖了他们的行为。这是他们非常成熟的、早就设计好了的、用来收拾不愿送礼船员的妙招：因为谁都知道，船在港口发生油料泄漏，对海洋环境造成污染，港口当局会进行海洋环境调查，而后处罚。若媒体再对泄漏事件加以报道评论，又该如何面对繁杂的局面？眼下的问题是你百嘴难辩，而且，即便上法庭能够赢得官司，谁知走完司法程序要多长时间？身处异国他乡，真要去打洋官司，里里外外要动用多少人脉？多少资源？而最后能有几成获胜把握？而且，这里的司法，恐怕也不会那么公正。折腾半天，最后很可能还是以我们的失败、缴纳海洋环境污染费而告终。且在外每多待一天，海洋局、南极委的领导和同志们，以及我们的家人就要多担心一天。因此，快刀斩乱麻就成了当时"雪龙"船的必然选择：吃哑巴亏，"赠送"对方1050美元，作为礼物，息事宁人。得逞之后，这些朋友不声不响地离开了"雪龙"船，神情异常愉快。

加油船刚刚离开，运送引水员的小艇，就到了"雪龙"泊地。苏伊士运河管理还是高效的，值得尊敬和佩服。我们支付的过河费12万美元，不是一笔小数。按约定，我船给引水员放下左侧舷梯，方便他上船。但五六分钟后，却迟迟没有引水员身影，却见小艇甲板上，一名工作人员向我们伸开双手，比画什么。船长顾问说，又是向我们要万宝路，10个指头伸出，表示他想要10条。在船方没有送烟之前，引水员绝对不会走出小艇休息室。有了刚才"敬酒不吃、吃罚酒"的教训，朱增新马上安排水手，给小艇扔去三条万宝路，对方十分娴熟地逐一接住。此时，身着制服、看上去相当精干的引水员，像主角登台般从小艇的休息室走出，四平八稳地走到"雪龙"船驾驶厅。他接过我们捧上的咖啡，慢慢地品尝，一言不发，没发任何舵令，"雪龙"船只得原地不动。

这时，朱增新看见运送引水员的小艇，速度很快地围绕"雪龙"转起圈儿，一边转一边鸣号。缴过学费的中国人意识到，对方对万宝路的数量不满。果然，小艇停在了引水员上船的地方，有人站上甲板，比画手指，由十个变成了五个。水手给他扔过去三条，其中一条因小艇晃动了一下没能接住，落入水中。正想着这条"万宝路"要淹死在苏伊士运河时，只见小艇往后一倒，机灵的小兄弟飞快地从小艇休息室跳出，拿出一个钓鱼时才用的、带着长柄的抄子，干净利落地一下子把落到水中的万宝路捞了起来。佩服啊，佩服！看来，运送引水员的小艇，装备已十分齐全！

拿到六条万宝路香烟的朋友们已很满意，开起小艇径直离去，把突突冒出的黑烟留在了身后。引水员心情好起来，开始与船长商量发舵令的事情。但并不急切，又要了一杯咖啡慢饮。应该说，一干起活儿来，这个埃及朋友还是非常专业的。在他工作了约8个钟头下船时，我们自愿送给了他两条"万宝路"，以感谢他出色的工作。新换上来的引水员同样优秀，他工作了10个小时，协助我们把船开到了苏伊士运河南端的苏伊士港，完成了苏伊士运河的航程。我们还是以两条"万宝路"表示感谢，虽感觉到好气，也好笑，却称幸有了一个圆满结果。这也说明，我们已飞快地适应了异地奇俗。

朱增新从来不抽烟，但在走过苏伊士运河之后，却对"万宝路"产生了十分特别的印象：没有万宝路，一切都不顺；有了万宝路，一切则变得那么轻松和顺畅。时至今日，每每见到万宝路香烟，朱增新都会想起苏伊士运河的故事："万宝路"，万能的小宝贝！

印度洋上

进入亚丁港，因雷达问题，他们还是满心忧虑。离开亚丁港，因"雪龙"恢复了视力，走在回家路上满心欢喜。亚丁港口当局非常职业和高效，引水员按照约定的上午 11 点，准时登船。巧合的是，这位护送"雪龙"船出港的亚丁引水员，曾在香港工作过四年，会说粤语，十分喜欢香港和中国大陆，所以格外的热情友好，也使得整个出港过程十分高效、顺利和愉快。

带着对亚丁不知何年何月再能重游的留恋，"雪龙"船驶入了印度洋。为节约时间，"雪龙"船没顺着索马里东海岸南下，走南北纬 5 度之间的赤道无风带，穿行印度洋，而是在出亚丁湾后，一直向东航行，向斯里兰卡方向行驶。

在印度洋上航行的前三天，一切顺利。虽然"雪龙"船在航行中一直有晃动，但左右摇摆的幅度，单边在 15 度上下，可以接受。印度洋海底地形复杂，落差大，涌带长且凶猛，且已临近 6~8 月势头暴烈、破坏力强的西南季风期，觉得这种摇晃不足为奇。因此，潇洒快乐的朱增新等人，在船上的幸福生活是"马照跑，舞照跳"，有滋有味。每天晚饭前，将底舱的桑拿房通上电，晚饭后，先在餐厅听一小时音乐，然后蒸桑拿。因为船晃，桑拿室两侧的游泳池和篮球场暂无享用，稍有遗憾。但船上并不是人人都如此幸福，晕船的同志，比孕吐的妇女一点不差。有的船员说，小脑发达的聪明人容易晕船。谢天谢地，朱增新不属于小脑发达的人，他是大脑发达。

好运在第四天下午 3 点，遭遇到巨大挑战，"雪龙"船的速度，突然从正常的 15 节 / 小时降到了 7~8 节 / 小时，主机的 7 号气缸出现了故障。该船的主机共 8 个气缸，一个气缸出现故障后，推动力骤降，封缸运行仅是权宜之计，不可长久。"雪龙"船必须关闭主机，立即组织抢修。据老船员讲，船舶航行在海上，最怕的就是失去动力，没有动力的船，因无法主动调整航向，有可能受海洋洋流和风向影响，船舶的受风面积加大，遭遇可能的不测。好在海况较前三天有明显改善，此次抢修比较顺利。从关闭主机、气缸降温、拆卸故障缸头，换上新缸头，总共用了 5 小时。随后，"雪龙"船便又恢复正常航行，同志们压抑的心情，重新奔放开来。

常言说：福无双至，祸不单行。轻松的心情持续不到 24 小时，"雪龙"船的广播喇叭里又传来通告：主机的 8 号气缸出现故障，须停机修理。风急浪高，船的单边摇摆幅度竟到了 25 度。虽然"雪龙"船的实验室数据，说单摆最大幅度可达65度，而且赫尔松船厂的保修工程师也一再表示，这种幅度的摇摆，对"雪龙"船的总体安全不会构成威胁。但65度毕竟是实验室数据，现实中单摆25度，还是有些吓人。关闭主机后，"雪龙"船自控能力下降，晃动幅度加大，单摆从25度上又升到了32度，个别时间点，竟突然达到35度。单摆35度的冲击力，显然比25度凶猛了许多，朱增新卧室茶几上沉重的老式苏制打字机，被狠狠甩落到地板上，文件散落一地。

马尔科夫和赫尔松船厂的保修工程师，全都参与了8号气缸的抢修工作。但在讨论抢修方案时，马尔科夫表示：按照操作规程，单摆超过15度时，机舱中的滑行吊车便不能使用，因为滑行吊车可能因为船舶晃动幅度大，会脱离滑行轨道，掉下来砸坏气缸。为证明其观点，马尔科夫还拿出文件，指出具体出处。我们相信马尔科夫没有撒谎，尊重他作为工程师的严谨，还清楚他是赫尔松船厂的首席保修工程师、赫尔松船厂的利益代表。但此时他搬出滑行吊车的操作规范，绝不是想让我们了解和熟悉规范，分明是在推卸责任，要滑头。我们当然清楚，滑行吊车万一掉下来，后果不堪设想：一是不知会伤害哪个气缸，船上只还有一个备用气缸，另外一个备用气缸前一天已派上了用场。二是一旦摔坏了滑行吊车，更换气缸头则变成了不可能完成的任务——一个气缸头重达两吨！紧急关头，困难之际，石永珠副主任挺身而出，当机立断，一针见血地指出："现在不是讨论合同条款的时候，使用滑行吊车的字我来签，我来承担使用滑行吊车的一切责任！"

面对石主任的坚决态度，马尔科夫表示他们会全力以赴，参与第8号气缸的抢修。除驾驶室值班人员外，全都参与了抢修，包括因晕船几天不吃饭、靠输液度日的人。"精神可以变物质"的理论用在"晕船明星"身上十分灵验——他们竟然都不晕船了，发矿泉水，递擦汗毛巾，比好人还快。

50多度的高温，紧张的抢修，参战人员的汗水洗面，生死攸关啊！尽快恢复"雪龙"船动力，才能摆脱不可预知的风险！朱增新记起，曾是山东省劳动模范的父亲说：当年他在煤矿一线工作时，身上的工作服可以拧出水来。参与此次抢修，他体验到泉涌样的、水泻样的流汗，流一个通透。在紧张忙碌中，时间过得飞快。7小时后,完成了8号气缸的更换工作,"雪龙"船恢复了动力,在印度洋上继续劈风破浪,"雪龙"又兴致勃勃,安全地驶在回家之路上。

第二天,各岗人员津津有味地与马尔科夫论谈,检讨着抢修工作的得与失。抛开围绕合同条款的讨价还价,就现场工作而言,马尔科夫和他们的保修工程师们真是非常职业、非常敬业的,应给予高度评价。他们也对石永珠副主任的果断决策,表示了敬意和赞赏,对双方在抢修工作中的合作表示了感谢。朱增新更理解石主任勇敢决策的良苦用心:毕竟"雪龙"船已是我国资产,"雪龙"船的总体安全和"雪龙"船人员的生命安全,已不可围绕合同纸上谈兵!只有他敢负这个责任。

朱增新感慨:空谈误国,实干兴邦!他们在"雪龙"船上实干的精神和拼命精神,已昭示了"雪龙"会有功高盖世、业绩齐天的今天。一张显示"雪龙"船历次极地考察功绩的表格,成为"雪龙"之诗的豪壮吟诵:

1994.10~1995.03 执行中国第十一次南极科学考察

1995.11~1996.04 执行中国第十二次南极科学考察

1996.11~1997.04 执行中国第十三次南极科学考察

1997.11~1998.04 执行中国第十四次南极科学考察

1998.11~1999.04 执行中国第十五次南极科学考察

1999.07~1999.09 执行中国首次北极科学考察

1999.11~2000.04 执行中国第十六次南极科学考察

2001.11~2002.04 执行中国第十八次南极科学考察

2002.11~2003.04 执行中国第十九次南极科学考察

2003.07~2003.09 执行中国第二次北极科学考察

2004.10~2005.03 执行中国第二十一次南极科学考察

2005.11~2006.03 执行中国第二十二次南极科学考察

2007.10~2008.03 执行中国第二十四次南极科学考察

2008.07~2008.09 执行中国第三次北极科学考察

2008.10~2009.04 执行中国第二十五次南极科学考察

2009.10~2010.04 执行中国第二十六次南极科学考察

2010.07~2010.09 执行中国第四次北极科学考察

2010.11~2011.04 执行中国第二十七次南极科学考察

2011.11~2012.04 执行中国第二十八次南极科学考察

2012.07~2012.09 执行中国第五次北极科学考察

2012.11~2013.04 执行中国第二十九次南极科学考察

2013.11~2013.04 执行中国第三十次南极科学考察

2014.07~2014.09 执行中国第六次北极科学考察……

"雪龙","雪龙",

中国之龙。

两极科考成功的象征!

你脱胎换骨,

重铸魂灵。

你承载龙兵,

成就族人的至极美梦……

"长城"笔记

昂首天涯意气发，饱赏极地冰雪花。

红星五朵金光灿，热血一腔勇可嘉。

玉柱耿耿擎宇宙，豪情烈烈献中华。

青春无悔旌旗奋，热恋长城是我家。

——殷宪恩题

各种原因形成了遗憾，我未能搭乘"雪龙"号去南极，而是乘飞机先到智利，然后转机赴长城站。同机的二十几人，是去纳尔逊岛的韩国考察队员。

飞机自智利蓬塔阿密纳斯机场起飞，掠过窗外的芳华。再无有圣地亚哥的红、白玫瑰，而是南大洋上空厚重的白云、璀璨的红霞。那是怎样奇妙的云啊！如雪坨，如乳酪，如丝团，如白玉的雕塑。它悬停于清亮的虚空，永远不化的样子！那又是怎样灼灼的霞啊？如金马，如花垛，如橘汁，如熔红的铁液，与白玉、雪坨的景致错落，重叠，交融了……

我极目北望，想看见那条据说已过了赤道的"雪龙"何在。10月15日，我"乘龙"经过一周的海试，经历了十一级的惊涛骇浪。11月7日，它载负着大批的科考队员踏浪南进，经历着海上的传奇与困苦。我跟随十多位夏季南极考察的队员，口念"雪龙"，遥望队友。天海茫茫中，只望见湛蓝的海面上，黑色的礁岩上厚积着白雪。海与雪的光芒透过云霞反射上来，在飞机的翼下映现出奇妙的光环，连续不断。我向往的"雪龙"，还远在天边。

仿佛是梦幻的初醒，一千多公里的海峡飞过了。飞机快速冲向一块礁岩，却又稳稳落地，引发了中韩考察队员的一片掌声。我被机场边的冰天雪地、琼楼玉宇照晕了。海风像凉水倾泼而来，冷雾弥漫。海上的浮冰雪坨组成了千山万壑，放射出瑞气千条。这便是南极的乔治王岛、中国长城站坐落的宝地。一辆巨大的雪地车停在了面前，刚看清车上的"China"字样，一群红衣汉子便跳下车来：长城站的同胞热情地迎接了我们。

雪皑皑、路茫茫，冰雪在日光下银光闪闪，每一处都似火镜的焦点。雪地车翻转着银色的链滚板，像坦克一样嘎嘎怪叫，滑蹭颠跳。积雪的道路蜿蜒曲折。路旁间或竖起的木杆上，绳索被冰雪凝裹得粗壮如蛇。索边的雪坨冰堤参差凹凸，幽蓝的冰窟张着大口。长城站队友警告我们：没有人知道冰窟多深多长、通向哪里。雪坨后不远的地方，智利考察站低矮的钢结构房屋散布于雪坡冰崖。稍远的俄罗斯站，尖顶的教堂坐落于冰山之巅，肃穆地看守着这片上帝关照的小岛。

我入住于长城站生活楼206室，的确被晴雪照成了玉堂。我搜肠刮肚地寻找着描述的词语：水银泻地……银墙玉壁。琼楼玉宇，珠光宝气……我的窗子正对着长城湾，湛蓝的海水里，几座冰山破裂成的浮冰顺着海流、海风游走。它的上部被日光霞影映成五彩，下部却呈翠蓝颜色。几只海豹样的礁石边，大群的白色燕鸥、黑色贼鸥和长翅的巨海燕追逐嬉戏，正是乔治王岛盛夏的热闹。我突然听见"啊啊"的鸟声来自身边，一对贼鸥正蹲在窗下的雪堆，对我召唤。它生着全黑的羽毛，红红的脸蓝汪汪的眼，眼神里充满企求。在先前的知识里，我听说企鹅的名字，是因她们翘首企望、长久等待的姿态所得。这名声并不美好的贼鸥，对我这位远来的陌客企求什么？终于得到的解释是：前任的屋主喂养过它们，它记住了窗子，错把我当成了原来的房主。我不能冷待小鸟的热望，偷空抛出从伙房拿来的火腿肠，它们噼啪啪腾飞起来，带着"啊啊"的欢呼，从半空接吞了它，以感恩的眼神长久地看我。我只有继续将一连串的小恩小惠施舍与它们，心中忆起乱纷纷文不对题的诗歌："同是天涯沦落人，相逢何必曾相识……""你从哪里来，我的朋友，好像一只蝴蝶飞进我的窗口……"

几日来，像娇宠娃儿一样，我将所有的糖块、蚕豆、花生米一粒粒抛撒去，它们信任了我，竟迎着美食飞上窗台。更惊奇的是在某日餐前，它们从背后跟上我，学家鸽的模样亦步亦趋。老队员审问我：是否喂饲了它们？我的矢口否认引来了哄笑：这是一个公开的秘密，队规上虽有不准喂饲的明令，大家却都有犯错的好心。

原来南极是我家

12月的南极没有黑夜，只有白昼、白夜之分，也因而使我笔记的，是南极的日日日日。我看着长城湾浪涌鸟翔之时，想起杜甫咏泰山的诗句："荡胸生层云，决眦入归鸟……"我的贼鸥又归窗下了，我现在唤它们就像唤我孙子一样亲昵："我的小贼羔羔来……"

连续的七个日日日日全是晴朗天气，创造了南极气象史的奇迹。长城站站长因势利导，安排我们先看本站全景，再到长城湾对面的企鹅岛考察。这令我想起我生来与各类动物的亲缘，也是我造化中猜不透的谜：在我早年居住的微山湖畔的小院里，惯常的睦邻有刺猬、鼠狼和赤练蛇。晚八时，刺猬准来讨吃，饼干、糖果、稀饭，都要。炎夏日，赤练蛇爬上通风的窗棂，与儿子一同午睡。母亲说：小动物都通人性，懂人心。她还讲动物与人恩怨相报的故事。这四万里外的贼鸥也来认亲，加强了我对"出门逢亲"命相的坚信。

长城站的第一餐，我奇遇到菜品的乡味儿——辣椒炒鸡蛋、白菜炖羊肉……忙问大厨为谁？答曰山东滕州人士，姓朱名宗泉，距我家二十里近邻。于是我想起采写《焦裕禄传》时，遇到了乡亲。采写《雷锋传》时，遇到近邻。采写《孙家栋》时，传主又是老乡。便是参加"雪龙"号海试，我遇到的船员、官长和考察者，竟有了峄城、金乡、泗水、巨野的6位近邻，距我家最近者仅二十华里。谜语还会继续下去：

在对面的 205 室，我看见了"殷赞"的名牌。"殷"为古老姓氏，《大唐通典》中有"殷微子葬于距彭城百里宋地，族人簇墓而居"之记载。问询这位二十九岁通信专家的根本，答曰：今居宁阳县城，祖籍微山湖郗山村。

我震惊了，这就是说：我在这四万里之外的天涯海角，巧遇了源于同村的族人！千山连万水，家书抵万金，我直接的获益，便是用他管理的卫星电话对家人喜报平安！

感慨的我，庆幸的我，开始检索一个个偶遇知近乡亲的密码。这不能以功利之心算计方便多少，却猜想这辽远的南极冥冥之中，深含了一种对我完成使命的期待与祝福。它使我亲近南极，万里有依，爱物爱人。它使我这个年至六旬的天涯旅客，产生了家的感觉与感情。这是一个明白的深夜，我写下了一首近乎觉悟的诗：

生来不知北朝哪，

寻芳亦爱向阳花。

问水无语冰有解，

原来南极是我家。

你想，多么好的家味儿啊！清洌爽朗的南极空气，饱蕴企鹅海鸟的气息。还有夏季滩涂苔藓初生、新土敦化的芳馥。我们在餐厅楼上的俱乐部唱歌，发现了一位近乎专业的歌者李航。在"发电栋"楼上的乒乓球室博弈，发现了一位南极冠军。我还要到友好国家的考察站去联欢、看戏。到白雪封盖的玛瑙滩、碧玉滩、海豹滩……企鹅岛参观世间的珍奇，简单地说，这不是人过的日子！

但是，在第二日站内的考察中，我在距生活楼 40 米的平坦雪地里，将油亮的牛皮长靴陷进没膝的雪地，拔不出来。赤脚拔脱了，由队友帮着挖靴子。我亲手触摸着雪窟的结构：它在日晒雪化时浸透了水，又在寒冷中凝成冰，那么一层一层地叠罗进雪中。如有慢镜头拍摄陷入过程，定是咔咔有声地层层下陷、一段段地卡在了冰雪夹缝。重力能使我一陷到底，拔脚时却遇到层层阻塞。可以想象，倘我多次下陷不能自拔，或多次挖拔割伤、冻伤了手脚，便肯定走不出几里雪路。但是，那一日的看点，恰恰是三公里之外我梦寐以求的企鹅岛，自诩"明白人"的我又该如何决断？

企鹅乖乖儿

企鹅岛正对着我的窗口，冰封雪罩，玲珑剔透的样子。浮冰漂过、海鸟飞过海湾，都以它为背景。深谙人意的老天爷，以海浪潮汐的神力，在长城站与企鹅岛之间，筑起了一道沙坝。这一头接上海滩的雪崖，那一端正对着岛下礁岩。沙坝在落潮时显现，露出它卵石造就的鳞片。涨潮时被完全淹没，像蛟龙潜入海底。乘雪地车开过沙坝，在对岸礁岩前下车，那不可行车的岛前海滩，厚铺着毛茸茸的积雪，行者的踏跋，须超过六里。我望望乌龙般的沙坝，玉雕般的海岛，再看看40米外那个深深的陷坑，泛起了隔河望金的醋意。

在这样的时刻里，通信专家、新结识的同宗同族的殷赞来到我房间，问我能否登岛。我谈了渴望和担心，自然地问他："你能否陪我去？"他说，按常理肯定不成，长城站与国内外的联络，都靠在岗的他。"但如果你和站长申请一下，要我帮助拍照、录像，也许……"

"也许……"使我的感觉突然变化，因为殷赞本人充满了积极的因素，一切都可以变为可能：站长同意！于是，年轻挺拔的殷赞手端着照相机，颈挂着摄影机，肩挎我的小皮包，扶起我踏上了雪地。

我登上雪崖需要提拔，滑下雪坨需要坐地。理解了"提拔"与"滑坡"的原意。柔软的雪，滑溜的雪，我惊异新雪会在我冲击下像鹅毛一样飞扬起来，也惊奇这呛鼻扑面的雪絮，会发出甜中加香的味道，这在家乡是绝对闻不到的。雪崖靠近海滩卵石，满挂了一排排晶亮的冰棒，我折下一根含化，味觉便穿越千年的时光隧道，回到古典的本真。董利队长高声警告："不要靠近雪崖，塌下来会被埋住！"

我立即想象到被晶莹香雪埋藏的快乐：在雪下唱一段京戏，队友们能听见吗？多孔的雪堆会消音吗？如果我雪藏了千年，人类科学进步了万里，解冻了的我还会活吗？死了的我有文物价值吗？在吱吱的趷雪声中，忽然有鸟声成喧，巨海燕张大双翅，从闪光的崖头飞掠过来，之后是贼鸥、燕鸥追逐的乱阵。蓝天的云絮被拽扯得很长。

深陷在积雪里，冰凉的雪沫灌入靴口。再走上海滩卵石，朽烂的海藻又滑腻粘连，引发我不断地趔趄。我发现了美丽的石头，色彩斑斓地闪烁在水下。看见了一根根、一撮撮粘于石、漂于水、杂于雪、飘于空的鸟翎燕毛。倏忽之间，我看见了第一只企鹅，两只，在海湾的拐弯处，在卵石的闪光里。三三两两，闲庭信步，懒懒散散。像一群娃娃的游闲，口中一动一动地咀嚼着什么。一个娃娃趔趄一下，站稳后直盯着我，转面对伙伴说了句什么。我仔细打量着这生平第一次看到的神奇：40厘米的个头，白衬衫，黑披风，一条细细的带子盘过颈下，衬托它鲜红的尖尖的喙。并肩的两个昂首挺胸，洋娃娃般的气质，看我的眼神是斜睨。立在岸上的那位，神气活现地扭摆着脖子，看看同伴，再看看我。而一律的姿态是看我的嘴、我的手，听我说话，仔细地研究着殷赞手上的摄像机。我试图接近它们，它们侧一侧身子，让我过去，见我不过，便生疑惑，眼神里分明写着，你这笨人，让你路你怎不过？当发现我们不过是照相之时，它们相视而笑了。那是一种轻松的、善解人意的过来鹅的大度。我突然意识到，那只小个子却气派不小的鹅儿，也许是鹅族的首长，它有着沉稳的举止与眼神。

董利在前面催促着我："快走，快走，我们要赶在涨潮之前回营……"我扶着殷赞的肩膀，问他把刚才的一切拍下、摄入了没有。他轻松一笑，又一个企鹅首长的味道："岳父在青岛开照相馆，我学过拍照和摄影……"

哦！还有什么话说？他，连同他的技艺，都像是为我的今日所准备。

先前，我了解不少企鹅的故事，习惯将动物拟人化理解，因而怀疑它们的叽叽咕咕，是议论我滑滑擦擦的丑态。因为它们看我的眼神从脸上移到脚下，在我趔趄时，发窃笑的声息。有大群企鹅占领的雪坳上，一队企鹅歪歪扭扭地顺坡而下，领队者摇头晃脑，左顾右盼，盛气凌人。它在与我相遇时不但不躲，反而挺胸昂首、甩臂阔步，那种对我熟视无睹的傲气，那种漫不经心不屑理我的矫态，让我哭笑不得。然而，这群小精灵竟跟上了我，学我走路的样子，大秀蹒跚。我止步回身，未想这厮们乍翅跷腿，突然"定格"，做雕塑模样。再来一次突停、回首，这一二步紧跟的队伍，也即时刹车，无碰无撞，扮成好鸟标本：形态各异，然造型精妙，垂看着雪地，不惊不乍。这套动作的做出，既无口令又无指挥，真不知它们的一律靠何默契，也不解它们排序、列队之依据为何，而只能简单地猜测，小精灵在自家的门口，如我这般的笨汉见得多了！跟你几步玩儿玩儿并无稀罕！你那些惊奇、惊喜，只能说明你是初入南极的主儿。

殷赞的手指向雪岭顶端一幢木屋，说这是智利人建造的避难之所；他们担心考察企鹅岛的各国朋友会被风雪、海潮阻住，回不到彼岸，故而在木屋里备放了火炉、睡袋、干肉、奶酪。这种人性化的极地博爱让我感慨，我无端的思绪，想象出一位皮衣沾雪的探险者，络腮的胡须连扯着墨镜和长毛帽子，疲乏饥饿地走进木屋，瞬间燃起的火炉，照亮一幅中国书法的楹联："雪岭山上高士卧，明月林下美人来。"我期望困顿中的高士探险者有这样的运遇，南极女神关照着这里的一切。

我凭着想象向老队员询问，却听得一个完整的、比之我想象更奇特更精彩的故事，它既包含了这片雪岭山，又牵涉了"美人来"。这个故事的名字叫作《捷克老头》。因为"戏要成块"的要求，我会在下一节集中描述。现在，我必须先写我心爱的企鹅。在海岸的转弯处，仿佛突现的一道雪岭上，蓦然出现了大群的企鹅。它们密集簇拥，众而不喧，喧而不乱地群聚，有点像天安门前的红卫兵，等待毛主席接见。它们一律昂首向上，似看城楼红灯的方向，无骄无躁，秉持着象征其名的"企盼"姿态，然而，因鹅多而呈现出的"势众"气氛，仍然威压着我们这群外来人。

一块方形岩石上，各姿的企鹅有唱有舞，有主有次，如台上的演员表演节目，并不因人的接近而变态。我靠近了照相，那边的张正旺教授又发警告："作家，不许靠近，有国际公约，有站上规定！"我慢慢离去，却分明看见，那恣情于台上的企鹅也有憾意。教授并不知道，我在工厂曾是宣传队长，吹拉弹唱，与鹅同妙，应是"票友"关系啊！前方鹅友主动接近，侧目瞟人。正眼看人者，视点皆落人脸人眼。小精灵对人之结构如庖丁解牛。还有可怜可爱的馋娃呢！女队员口含了香糖，小鹅闻见，歪头看嘴时，竟滴下了涎水，全是人的性情！

在感性的认知之后，我对鹅的举止上升到了"理解"。长城站设"南极大学"，授课人里便有这位视鹅如亲的张教授。他说企鹅种类起源于6500万年前，6属18种，流线体型，上体蓝灰，下腹雪白，不同种类的区分在于头部。按图索骥，我们知道颈部有黄斑，喙上有花纹，形体巨大的叫作帝企鹅。这种重达40余公斤的大个儿绅士，可在南极最寒冷的区域生存。漂亮的王企鹅，脑后的黄斑一直延伸至颌下，体重10公斤左右。大众化的金图企鹅在南极保持38.7万个繁殖对。帽带企鹅的颌下生成一条黑纹，形同帽带，拥有150万只的大种群。阿德利企鹅的命名源于一位来南极考察的法国船长夫人，它的头长成方形，群体在南极达到522万只。还有美丽的阿德雷企鹅，头部饰有金黄如菊的冠羽，红嘴、白脚丫，在南极岛上有100万个繁殖对。更有意思的是，那种名叫非洲企鹅的，脚是黑的，颈下生有黑环。还有以"麦哲伦"命名的企鹅，单体迁移可达2400英里。后肢三趾发达、 趾退化。其他禽类，骨皆如竹中空，然企鹅骨骼盈实如玉，生鳍状前肢和腿，脚皮下脂肪厚重，可忍受零下几十度低温，因食磷虾与南极优质鱼类而健壮非常……

以"理解"之眼光再看鹅群，我所产生的"爱鹅"情节比王羲之更甚。而眼前的张正旺，又分明比我们爱鹅万分。

在这里，我们痛苦体验的是爱莫能助的尴尬：我亲眼看见两只健硕凶顽的贼鸥，大步大步地围绕着一个企鹅转悠：企鹅的腹下掩护着几颗鹅卵，贼鸥的黑眼紧盯鹅腹，以黑光一闪的疾速抢啄一口。企鹅怒目圆睁，甩头格斗之时，另一贼鸥却乘机抢啄，洞穿了鹅卵。企鹅眼光里满是悲伤与无奈，它的孩子没有了，人们只可以同情它失子之痛，而不能拔剑相助——这是一种弱肉强食的自然规律，它维持着南极亿万年物种的平衡。企鹅、贼鸥、磷虾或海豹的子孙，都是南极大自然生物链、食物链天然的一环，不可有杀强救弱或英雄救美的仁义之心。南极就是南极，你必须给这块上天恩赐的唯一的无瑕宝地以完全的自由。

我的九三学社同仁，11 次和 12 次南极考察队的"队花"周慧敏讲给我一个悲剧故事：她在海边看见一只受伤的企鹅，想抱到站上救治，但未得允许。第二天探视，见伤鹅已被海豹吃掉，留下一堆血毛。那有什么办法？弱肉强食，本是大自然优胜劣汰的法则。

海 豹

企鹅岛的海滩上躺着肥腻腻的海豹，每群七八只的样子。据朱宗泉说：海豹滩上会有成千只。正是夏暖季节，海里鱼肥虾稠，腰粗肚圆的海豹吃饱喝足了，便上滩裸晒。科考队的朋友告诉我：海豹的时间是用来浪费的，它们 99% 的时间是睡觉！白雪柔柔，海风习习。鸥燕的啼声是最美的音乐。我们走至它们身边，咯吱吱踩响厚雪，它充耳不闻。与之合影留念，亦不抬眼皮，那劈腿晾裆的姿态实在不雅。熟知海豹脾性的队友说：它们已躺此多日，死猪不怕开水烫的样子，连身也不翻一下，又懒又赖的德行。但是，厮们却是贪腐好色的痞子，你免费挠它个痒痒，按摩按摩，则绝对欢迎！滕州乡亲朱宗泉是长城站大厨师，煎炒烹炸无所不能，又精通少林拳术，在乔治王岛九国联欢中，有"功夫朱"美誉。该君生性活泼，通几分水兽性情，学太极慢动作的招式，与一只雄性亲近：先挠痒，后摩挲，再扳脚扭鼻，最后找到了兴奋点，三揉两弄，弄出了人家的鸡鸡。那厮竟让他骑上了肥背侍候，作陶醉之状。好心人怕他违纪，又忌兽性难测，赶紧拉他下驴，未想那厮勃然大怒，挺身昂首，龇出了獠牙，朝好人"喝喝"地喷起了鼻涕，使人见识了嗤之以鼻的确切景观。照相时刻，我盼望这厮龇牙，但它们正做着心想事成的蜜梦，无暇做戏。

看着海豹的乖相，听张正旺讲述解剖死海豹、死海鸥、死企鹅的情节，觉得大千世界，总有个冥冥之中的大约。你可以为王，但不可为霸。眼望美丽的西海岸，红色的韩国站，恍惚于天光海冰之间的纳尔逊岛上，雾气虚浮缥缈。蓝天上的云卷云舒，随风作态，云下飘动着鸥燕的光影。冰山浮动，雪地上散布的星星点点，不是海豹便是企鹅或鸥燕。在这天涯海角里，你不可能只见树木不见森林！长城站的雪堆上，中国科学院生态环境研究中心的研究员张庆华解剖着鳕鱼。这是他冒着严寒，用极简单的垂钓方法钓捕的"憨鱼"——你甚至不用鱼饵，它也会咬住鱼钩。在它们好奇的眼中，钓钩便是玩乐的秋千。我问张教授："墨玉样的黑鱼放到雪上就叫鳕鱼？"他答："放在石头上就叫石鱼。"人问："姓张的钓了就叫章鱼？"答曰："姓李的钓了就叫鲤鱼！"解剖后的鳕鱼熬了一锅鲜汤，我可以鼓吹一回：你不可能吃过这样莹白如雪的鱼，也不可能喝到同级的釅如奶汁的汤，因为此味只应天上有，人间哪得几回尝！

在这样的情景中，我们流连忘返，置身于"不知天上宫阙，今昔是何年"的妙境，并未感觉"琼楼玉宇，高处不胜寒"啊！但是，董站长又叫唤了！我们必须按时返回长城站，载着浮冰、企鹅与海豹的海潮，无一刻忘记升涨。那条可引我们回家的沙坝，像一条飞架玉海的金桥待着我们。

四海之内皆兄弟

乘飞机赴南极，途径智利。在圣地亚哥下机之时，年龄最大的我，给队友们讲了一句玩话："圣地亚哥啊！我这圣地的大哥来啦！"我家居圣地，因是处出了孔孟。孔子与他的儒教理念，是营造世界和谐，世界之大同。这甚至有点共产主义的味道！当各种论调宣讲世界和平、经济全球化的时候，2500年前的孔子已用"四海之内皆兄弟"的圣言概括了一切，而多极世界处成兄弟谈何容易！但是，在南极那个极端的世界，严酷的环境与生存的需要，让人心领神会地觉醒、觉悟、明白并默契了一切，包容了一切，他们拥抱在一起，同舟共济。

感谢上天的关爱，给了我们进入长城站连续一周的好天气！管气象的同志祝贺我们：你们之中肯定有了贵人，在南极、在乔治王岛，这样的黄道吉日创造了历史。今天又是好日子,心想的事儿都能成:站长乘天时组织我们访问乌拉圭站。该站位于长城站东北向的海湾,一条委曲的雪路婉转而至。站东的雪坨旁,有同胞立碑,镌刻"好汉石"字样,活用"不到长城非好汉"诗意。我们与之合影,做一回好汉。

福建大老徐开起了雪地车,使我想起了坦克冲锋的威势,铁马冰河的诗意。我们浮光掠影地经过了智利站、俄罗斯站,一直开到那处宁静的海湾:几块冰山破裂成的浮冰浸在海里,峻峭挺拔,形若玉雕。它的头顶被日光染红,腰肢被海浪冲刷细瘦,入水蓝冰,真乃虞美人的体态。几座红房子建于倾斜的海滩,与蓝天绿海、银色冰盖互为背景。在拥有会客室的站房前,大片的积雪化净,露出小卵石铺就的坪场。我沿着海滩寻觅,找到了好几块晶莹剔透、艳若鸡血石的小石头。朋友告诉我:这叫铁红玉,非常珍贵!队友还告诉我:别费心机吧!我们还在这里淘到了"木化石"宝贝,还在玛瑙滩捡到过玛瑙,都被智利的蓬塔机场检扣下来。现在,让我悄声地告诉知己:我安全地带回了它们,并由西泠印社的艺术家刻成了名章,备显珠光宝气。

游览智利的几座城市,我得了印象:仿佛这几万里外的南美人,与华人更加亲近。他们虽肤色微黑,但体格壮硕、皮实,浓眉大眼,五官端正,稍微发福的体态,形若我们的武林小子,非常可爱。我一路走来,无论是司机、警察、机场人员,直至乌拉圭站朋友,无一不热情礼貌。我想起游安第斯山脚下的瓦尔帕莱索市,那位祖籍山东的女导游讲起的故事:初来圣地亚哥,她满眼陌生,智利人却不欺生,亲近关照她。她和其中的一家处成了"铁哥们儿"。但是,诚实的智利人一根肠子通到底,所以误会来了:原因是请那家人吃饭时,菜里放了辣椒!

你无法估计他们对"辣椒事件"怎样上纲上线,他问:"我们是不是真朋友?"她答:"是!""那为什么要辣我们,连孩子也不放过?"她惊讶道:"没问你能否吃辣是粗心,但绝无伤害孩子之心!"但是,智利好友义正词严地质问:"你们中国人制造的毒奶粉,不是直接残害孩子吗?我们被辣哭辣怕的孩子,心灵上受到多重的创伤?你能在小事上欺骗我,就能在大事上害我们!"

一家人齐刷刷离席：从此绝交！在我们愕然之时，导游忙说：后来，两家又重归于好了。但是，那仍是一次不良记录，大概要用百年的天光地气，才能冲净！

我没法笑出来，像水晶一样清纯莹明的南美朋友多么可爱啊！我们能够做到的：哪怕是一点点，也不要欺骗、污染他们的无瑕，包括此次访问乌拉圭站的举止。

热情的朋友围过来了，拥抱！臂展得很开，力用得很大，脸贴得很紧，不管是男人还是女子。美丽健壮的女主人脸上，竟有了艳红的羞色，更加可爱！水果、奶酪、烤肉、蛋糕、葡萄酒，还有滚热的咖啡，我们边吃边喝，欢声不断，然后欣赏墙上风光。

优质的木墙上，挂满了乌拉圭的国旗、国徽、队旗、奖旗，还有各国各方朋友赠送的纪念品、艺术品。最多的还是一次次组队的考察队员照片。那些表情丰富的各类男女们，留下了肖像、名字和赠言，留下了他们的期望和故事。那是12月上旬，距离圣诞节还有些时辰，想家的南极人，却像中国娃儿般盼年慌年了。乌拉圭人将大叠的明信封盖上站章、纪念章，送给我们。我们拿它到智利站上去邮寄——那里有一个冰雪覆盖、各国人填满的绿色的邮局小屋，它作为一个发射情感与友谊的平台，将一只只温馨博爱的鸟儿放飞出去，让整个世界回荡福音！

我在长城站期间，共3次去智利站，那所挨着邮局的大厅，仿佛是联合国的公共场所。在充满温馨气氛的邮局里买了邮票、明信片，坐进宽敞温暖的大厅里写邮址、贴邮票，通过大厅，走向各办公室的智利朋友都会热情地来打招呼。大概发现了我是个新客，便有一鸟进林、百鸟雅静的瞬间。队友介绍我是随30次队采访的作家，洋朋友便过来拍肩膀、握手拥抱，还有人端来了咖啡，礼貌周全。大厅的四壁上也挂照片、锦旗，还有国旗、山明水秀或描绘静物的小幅油画。我对于西画的色彩应用和造型能力一贯称奇。一位游孔府、孔庙的俄国朋友为我造像，几笔就勾勒出我的特征。这位也叫戈尔巴乔夫的美学教授告诉我："物体上本来没有线，面的转折形成了线……"西人就用那些纵纵横横的线条绘出了世界。邮局的小厅内还兼卖些南极纪念品：运动服、牛皮画、纪念牌、T恤衫、小包之类。我买的绒毛小企鹅30美元一个，在智利只售8元。但这是冰穹下的南极小店。

从今年起，邮资涨了一倍，达到3美元，明信片1美元一个。舒心的是女邮服人员十分热情，以极慢的速度算钱、贴票，再花细功夫找零。如有闲暇，就帮贴邮票；轻拿慢贴，面带微笑，不但不会哭喊"我的时间哪里去啦……"还用很悦耳的汉语问候"您好！"

但是，到了圣诞将至之时，整个乔治王岛的人都来发信。到下班时间了，我们的邮票仍未贴完。在这里，你想说服和蔼的女服务员晚下班几分钟那是上天揽月！想起智利的蓬塔街上，我们看中了一个小店的羊皮画，说好了回程来买。饭后来到小店，女店主正要锁门下班，30美元一幅的画，我们要买20幅，一宗不小的买卖，但她却强调下班了。无奈中问她哪里还有？她领走在前，耐心指点去处，不算计这功夫早成她生意的细账，令这群明白人啼笑皆非。

但是，我们的人群里有能人张国强：第二十九次队的副站长兼管理员，这位精干聪敏的上海人胸有成竹，他说：信寄不出去是幸运，因他的经验证明，南极的明信片100%寄不成功——明信片不受保护，南极的邮戳又太珍贵，几万公里邮走，像小溪想要流过"塔克拉玛干"大沙漠！成功的办法是在南极盖上邮戳，带回家再盖"落地戳"。我们只需在长城站内填好邮址，其余的事情由他来办！你不得不佩服上海人的聪明和国强的强势，他运用英语、西班牙语的神通，把后门走到了南极，找到他的"铁哥们儿"，智利空军的一名军官——女邮政局长的丈夫，告诉他长城站的中国朋友，必须在圣诞节前寄出这批明信片儿，因为呈寄的对象不光是凡常亲友，还有包括习近平、李克强等全体党中央政治局委员的领导们。我们在这遥远的南天之涯向他们汇报吉祥，如同月中的嫦娥发回天宫的信息。而恰在此后的时辰里，第三十次考察队的主力队员，正驾驶"雪龙"号破冰前进，为援救俄罗斯院士号科考船而身陷冰围。习近平总书记为他们的英雄义举发电表彰的故事世人皆知。

邮局侧后的智利医院，像半个油桶埋进雪坨，低矮而坚固，很合时宜、地宜。

内有医技了得的医生四名，是乔治王岛各国队员终极关怀的依仗。如有此处不治的伤病，皆由空军飞机送往智利。智利空军的两排营房也建在雪地，齐脊的矮房，如我国油田工人的宿舍。得知那位空军军官和局长（或所长）妻子也住是处，我感到一种由衷的亲近。我们在站长的带领下参观了智利站的所有设施：科研楼、综合楼、仓库、车库、站长楼。和我站建筑不同的是，他们的建筑皆是低层，在风雪肆虐的南极环境里，这似乎更接近合理。比我们多出来的设施便是机场和军营，这个临近南极的国家，更具"地主"意味。在南极大陆出现的多次灾害、事故救援中，智利空军都发挥了神兵天将、仁义之师的作用。我们的南极考察活动得到智利朋友多回帮助，并在圣地亚哥建立了办事处。

据云：1984 年我们在乔治王岛建站的时候，选择这块依山傍湖的风水宝地并不容易；它离智利站太近，比智利站距离企鹅岛、玛瑙滩、碧玉滩更近。站前的长城湾，正好建成码头，友好的智利人心中纠结但仍然同意，并帮我建站，不得不承认是大义之举。反观稍晚于我们的韩国，就不得不到遥远的西海岸建站，并无淡水。今日的智利朋友借睦邻之便，来我站喝喝小酒，过过洋节也是随随便便、大大咧咧，亲不讲理、近不讲礼的劲头儿。

我读到一首智利科考队诗人琼斯·古哈·罗德古斯的诗《白色的少女》，他以细腻的审美心理，娴熟而不动声色的比兴手法，描写他所依恋的南极，似可看出智利人对人对物的一片纯情：

你如此美白

低声絮语令我连连叹息

我满目春色

我已成了你的俘虏

噢！白色的梦境

地球上的人们

渴望你的温存

你的风韵

轻风拂面
你白如羊毛的山峦
藏着神秘
你的娴静，令我心醉

你，一位少女
偷走了我的心
但生气起来，噢我亲爱的
怒颜纯真，撼动我心

若是沮丧了，你白色的眼泪
好像繁星掉下
令我思考，所做一切
是否正确

春天来临
你慢慢地
从我手中溜走
像水从指间滴下

噢，我亲爱的南极
谁人能抵抗你的魅力
相识后离别
我会流下依恋的眼泪

（峰蒂斯 译）

12月10日，阿根廷来了一个美国的金属乐队，四位长相扮相皆酷的乐手，在世界弄出过很大的动静。全乔治王岛都群情振奋，大开洋荤。智利站请我站派代表参加晚会，第二十九次队尚未撤离的老站长俞勇，带领30次队度夏女队员于海宁观看演出，回来手舞足蹈地讲述一番，我未得要令，遗憾未能亲见。

万万没有想到的是，我自己也当了一回新奇人物。12月8日晚，我们预先得知：法国"恒众"旅游公司的一艘豪华游轮，携百余游客来站参观。9日晨尚未起床，我便从临海的小窗看见一艘白轮船，穿过闪亮的浮冰泊进长城湾内。你不得不承认法国公司对高格旅游团安全保护的细心；轮船距码头500米光景，大船放下了六艘汽艇，驶向长城码头，艇上皆无乘员。到岸即有三五人下艇，上岸观察后又涉入海中，两边把住汽艇，另有三二人扮乘客，由人搀接下艇。一番演习之后，六艇皆返，这才载满了六艇男女，满湾欢笑地驶来。

我来到码头，才发现那涉水下海者皆穿胶皮衩裤，裤腰齐胸，与胶靴焊结一起，细观面目，皆是蓝眼白皮的纯种法人，长鼻被寒气冻成胡萝卜模样。再看船上贵宾，皆是中华儿女，皆着红色套服，蹬高勒皮靴，皮帽檐下，口罩、墨镜遮脸盖腮，由法人搀扶上岸之后，才露真容。果然是男子潇洒，如青松翠竹，大大方方，福相富态。女子皆美，雍容华贵，花容月貌。一端庄大方的中年女子，含笑问我是否站长？我说不是。她恭敬道："我们为考察队带来了水果、食品，请问交谁？"我答交站长，她转而问我职务，后边跟来的海洋局朋友答曰：随队采访的作家，那女子更加客气，引来了一群青年与我合照。从简短的问答中得知：这是一个富豪旅游团体，从澳大利亚上船，游过了阿根廷、智利，又游南极诸岛，但一定要看看祖国的长城站。从中国导游口中得知，上船的起步价是10万元、豪华舱每位20万元，还有其他开销，吃住皆在船上。法国旅游管理很好，同胞皆言满意。

我虽不是嫌富爱贫之人，但以为与我距离尚远，故欲躲开。未想在问东问西中，又来了一对青岛男女，谦恭地叫我"大爷"。我吞不下这颗甜枣儿，只得留下，供他们问询。好感是在他们匍匐于雪地，拥抱"长城站"立石产生的。孩子们蹲跪在长城石前、国旗下照相。有人自带了国旗，一团团、一伙伙以长城站为背景，拍个没完，赞扬长城站，赞扬祖国的话语也热烈奔放。后来，他们蜂拥到综合楼，规规矩矩地排队，以便在纪念册上盖一枚长城站章。

看这些热汗腾腾的红苹果脸的青年们，我心中产生了一层觉悟：在这个相对有知识、有教养、有力量、懂规矩的团体中，爱祖国有奉献的青年一定是多数。我希望他们花费的十万、二十万大洋来自正道，是力气、智慧换来。如此，爱这些爱国、爱考察队，并尊我"大爷"的孩子们便顺理成章，愿他们旅途平安！一世幸福！

无论从历史文化还是以现实意识形态、地缘政治考量，俄罗斯都是一个值得重视的国家。在智利忙于发信，兼顾俄站的过程未免匆忙。热心的张国强愿帮我消除遗憾，再访俄站。

20世纪60年代末，中苏在珍宝岛打过一仗，那时，我姨母携我妹妹，和本家的二舅，就在战场边的虎林县庆丰农场工作，紧张信息直接来自火线。90年代初，我曾踟蹰于姨家山后的烈士墓地，辨认着那次战斗牺牲而镌于水泥碑上的人名：牺牲者有县长和连级军官。我遥望着乌苏里江对岸"馒头山"上高高的瞭望塔，心潮澎湃。我学了多首苏联歌曲，读了多本苏联战争文学书籍，受过很深的影响。在孔子文化节上，我接待俄"友好城市"代表团，十分用心；俄是我们的强邻，在我与日、印、东南亚领海领土发生麻烦、美国居心叵测搅局之时，与俄地缘政治关系之重要性显然增强了。我们这些人不关心中国外交，还靠什么人？

张国强副站长就是一位极地外交家，他的智利公关打入了军界，情缘也是男女皆佳。我羡慕与他相拥的外籍女子的热烈，伴有微妙的羞涩，也钦佩他在热烈之时的挥洒自如。他似乎熟悉每个人和每一种语言，而又能风趣地使用它。俄罗斯站站长迎出来，与国强拥抱，四蹄溅雪的表演令人捧腹。客厅的小桌上摆满了伏特加、葡萄酒、啤酒、咖啡、红茶、水果、饼干、蛋糕、巧克力。张国强却狼声大叫："烤肉，烤肉。"看来，他是吃惯了这口巧食。一个大胡子厨师跑出连厅的厨房，拉我们参观烤肉。那是一个巨大的长方烤箱。铁板厚重，火力旺盛。穿了铁条的牛肉羊排密倚于铁板，毕剥爆响，哗哗流油。灶台上放置一排瓷碟，酱醋、芥末、料酒、孜然粉等调料一应俱全，戏弄得我们馋涎欲滴。

我们围桌边坐定，站长拿来他珍藏的伏特加酒：祝圣诞快乐！祝中俄友谊像南极冰山一样纯洁！祝三十次科考队取得佳绩！我们感谢俄国朋友的盛情招待，祝福俄罗斯人民幸福，并祝越冬度夏年余的朋友快快回到祖国和亲人怀抱！他们高兴了，一个个表态说：一回到俄国，就搂着老婆天天睡觉！站长做了个搂人睡觉的姿势，逗得我们笑出泪水。大厨送肉来了，灌了一气白酒，又入厨房。我努力搜寻着学过一年俄语的零碎记忆：飞机是"萨木了特"，电灯是"拉木巴"，书包放在桌上是"苏木嘎那斯达列"，还背了一小段俄语对话，他们竟竖起了拇指，大杯地敬酒。酒长光棍胆，我唱起了《喀秋莎》《山楂树》《红莓花儿开》和《莫斯科郊外的晚上》，他们与我合唱，并且跳起了舞蹈。能歌善舞的民族，舞步阳刚强健，歌曲优美壮丽。五六十年代的中国人，无不被"老大哥"健康的文化风范折服！

站长的脸红了，抓住我左拇指并在他右拇指上，高声地叫道："中国是这个！俄罗斯是这个！中俄团结起来，世界上没人能比！"

张国强叫起来，我拼命鼓掌。俄国朋友是有担当精神的汉子。在"雪龙"号船上，我新交的朋友郭广生告诉我：他钦佩俄罗斯人的坚强自持精神。90年代初，苏联解体。国内一片混乱，南极的科考者被遗忘在天涯海角，没有人供应他们食品、油料和科考后勤物资。没有人告诉他们下一步的前景。当中山站队员来到冰封雪围的俄国进步站看望的时候，发现他们早已断炊，所有的人都雕塑般凝固房内，一言不发。房间已不再打扫，凌乱不堪。油料枯竭，不能发电营炊、取暖、烧水洗澡。实际上连脸也不再洗，只靠少量冷硬的罐头食品保命。

这是一种震撼人心的悲壮，一种冰山样的坚不可摧的民族精神。他们没向任何国家借油、借粮，尽管南极不成文的互助精神中早有默契。在那个严寒的酷境中，没了油就没了性命，中国站表示立即送油，俄国人深表谢意，却只接受 20 吨的援助，只有天知道靠这杯水车薪，怎样熬过漫长寒冬。

宝马献壮士！当我们的机械工帮俄罗斯吊油时摔断腰，智利军机将伤员送往蓬塔医治之时，当中山站考察队员急病，美国大兵驾机在冰盖降落，惊愕地发现中国人是在如此严酷的环境下拼搏，病员几乎忍耐至死的坚守之时，这些被南极情结深深感化的勇士们，心怀见贤思齐、英雄相惜的互敬！

我们走出俄站的时辰，正有一个俄罗斯旅游团上岸。他们在国旗下，在教堂前留影，爱国的情怀，犹如南极冰雪的纯净。他们友好地招呼我们，与我们合影留念，亲近之情溢于言表。我望着晶莹的冰盖和绿色的教堂，慢慢地打开了天目，酝酿出一首显示自觉的诗：

坐井并未得根底，
总讥蓝眼为蛮夷。
人到南极知天命，
四海之内皆兄弟。

四

慧敏女子

我要讲一个真实的女子，
她的家隐于泉城的绿柳。
因这角儿玲珑剔透，
谁和她都可能交成挚友。

　　她坐在省政协会议主席台上，"瓷娃娃"一样晶亮。她是科技界，我是文化界，隔行如隔山的距离。这是十年前的慧敏，青春漾溢，意气盎发，惹起台下人阵阵热议：好厉害啊！刚从南极回来，她发明的高氯化油漆，装饰的中国长城站、中山站，像她一样光鲜靓丽了！

　　她稳步地走向讲坛，脸上带着一点调皮的笑，以充满磁性的声音，读出了她此次演讲的题目——《南极考察做贡献 "长城" "中山"换新颜》：

委员同志，你们好！

　　我叫周慧敏，是山东省冶金科学研究院的一名高级工程师。

　　十几年来，我一直从事着科研工作。和许多的科技人员一样舍家撇子、废寝忘食、通宵达旦地工作着。参加过二十几项课题的研究，其中有十五六项是以我为主研制的。这些项目有的获省科技进步奖、全国优秀节能项目，有的列入国家科委重点科技推广项目，有的获国家专利。令我高兴的是，这些大多数已应用于生产。在工作中我整理了十几万字的资料，我的学术论文被选入《中国科学技术文库》和《中国冶金文摘》。

为了科研的实用性，我钻过锅炉，爬过塔架；为了新技术的推广，我去过许多企业和厂矿；为了提高专业人员的技术水平，曾组织主持过全省大型的技术研讨会；为了使广大群众了解社会的发展，我曾多次到各地宣讲知识经济；为了我国南极考察站的壮美辉煌，我两下南极。

南极对大家来说是陌生的，到南极，在人们的心目就像到了其他星球。那是一片亘古洪荒的土地，90% 终年被冰雪覆盖，是世界上唯一一块保持着原始生态的大陆，矿产资源也非常丰富，具有非常高的科学价值和战略意义，因此，南极考察是造福子孙后代的大事。

21 世纪以来，越来越多的国家纷纷派出考察队赴南极洲考察，目前有 18 个国家在南极地区建立了 48 个常年科学考察站。

我国的南极考察起步于 80 年代初。并分别于 1985 年在西南极乔治王岛的菲尔德斯半岛建立了"中国南极长城科学考察站"（南纬 62°12′59″，西经 58°57′51″），1989 年在东南极大陆伊丽莎白公主地拉斯曼丘陵建立了"中国南极中山科学考察站"（南纬 69°22′34″，东经 76°22′40″）。在邓小平同志"为人类和平利用南极做出贡献"的题词指引下，利用这两个站完成了很多项具有极高价值的科学研究，硕果累累。为国际南极研究做出了我国的贡献，提高了我国在国际南极事务中的地位。

但是，经过十多年风雨的侵蚀，两个曾为南极事业立下汗马功劳的考察站，逐渐失去了往日的光彩，长城站已被腐蚀变得破旧不堪。一个报效祖国、为国增光的信念油然而起。我要用我们的防腐新技术去重塑长城站的壮丽与辉煌。

我来到国家海洋局极地办，向他们介绍了我们列入九五全国重点推广计划的涂刷型钢铁表面磷化技术：将特制的磷化液涂刷于钢铁表面后，可形成一层结构致密的保护膜，少量的铁锈在反应过程中转化为膜层的有效成分，同基体有良好的结合力，同时又可吸附表面的防腐涂料，提高漆膜的附着力。该技术如能在长城站应用，将会大大提高在潮湿环境中极地设施的防腐能力。

国家海洋局对我们提出的防腐施工方案进行了认真的论证，派专人来我院进行了考察，终于批准由我院承担南极长城站12年以来最大的一次防腐工程。之后，第二年又将中山站的防腐工程交给了我院，使我有幸连续两年赴南极效力，并成功地组织、指挥完成了建站以来两次最大的防腐工程。我们收获了祖国的信任和国际的荣耀……

会堂里沸腾了，掌声轰然而起。她抬起头来望着大家，似乎在寻找着她的熟人，当我确凿感到她望向我时，我的眼前掠过一道彩虹：迷人的"雪龙"号，玉砌的长城站、中山站！写过航天的我能写航海、探极吗？俏丽的慧敏女子可做金桥吗？但是，我与她的接触碰上了一百次的不巧，直到去年3月，我才在省九三学社常委会上与她并肩而坐。当她得知我的《焦裕禄》新改成30集电视剧的时候，竟然大惊小怪地问我："为什么不写'雪龙'号？不写中国30年极地科考？"

之后的一切像好马遇到草地一样幸运，2013年5月，我采访国家海洋局，专家说："先采访你的乡亲慧敏吧！"6月，杭州海洋研究所的所长说：一定要采访慧敏。7月，我采访了她。

从她提供的材料中，我读到了她富有诗人浪漫气质的、文采飞扬的日记，也读到了《中国冶金报》那篇用语准确、简约、字字珠玑，却不乏由衷自豪情感的《编者按》：

继1993年米克尔森夫人成功地登上南极大陆，成为第一个征服那块神秘土地的女性之后，女性在进军极地中渐露头角，但勇于两次远征南极大陆的女性在世界上仍屈指可数。在我们冶金系统就有这样一位女性，山东省冶金科学研究院高级工程师周慧敏连续两年赴南极考察，并成功地设计、组织、指挥完成了建站以来两次最大的防腐工程，创造了我国女性参加南极考察的又一项纪录，填补了我国冶金系统在南极考察中的空白。

1996 年 11 月，在周慧敏第二次赴南极时，得到一份特殊的礼品——《中国冶金报》40 周年社庆首日封。这只象征着全国冶金战线 400 多万职工的关爱和祝福的信封，经历了极地的冰雪、风暴和紫外线的考验后，带着中山站 11 枚印章和 9 位科学家的签名，同周慧敏一道载誉归来。

周慧敏两赴南极，历尽艰险，不辱使命，她的南极日记摘抄，把我们带入她曾经历过的神奇世界。

事实也在证明，这个有文采的慧敏女子也是懂真情的人，她的一篇篇日记，当真把人们带入情感的世界：

1997 年 8 月 25 日　周一　晴

望着这只布满中国第 13 次南极考察纪念戳和部分考察队员签名，跟随我航海 18000 海里的《中国冶金报》创刊 40 周年纪念封，我陷入对往事的回忆，南极考察的日日夜夜就像一轴气势磅礴的画卷，在我面前翻卷着，我被曾经历过的那些令人激动的场面再一次震撼着……

2014 年 5 月 15 日，是慧敏这个可人的小精灵引领笔者跨过命运的金桥——外高桥的日子。我登上"雪龙"号参加海试，她随船两赴南极的故事，仍在"雪龙"号上流光淌亮。

"雪龙"号的红珊瑚

1995 年 11 月 18 日，第 12 次南极考察的"雪龙"号在上海码头起航。当送行的人群渐渐淡远，激烈的情潮慢慢冷却的时候，有人突然发现：船上还呆立着一位女子。清冽的海风吹拂她的长发和红风衣，袅袅婷婷。长长的睫毛和口唇在海光中眨闪、翕动，泪珠在闪闪滚落。人们和着她的情绪，想着天涯的寂寥、妻儿的温柔、父母的难舍……惹人怜爱的女子，成了征人倾情赋诗的载体。

能够佐证她那时心情的东西很多，可以排上头条的，应该是这一篇日记：

1995 年 9 月 12 日　周二

国家海洋局已经同意我去南极了，查体合格，但还须家属签署一份同意协议。我小心翼翼地把协议书拿给爱人时，他看后久久不语，然后收了起来。我知道他的心情，这是一种什么样的签字啊！它意味着什么？（这就是一张生死状啊！）南极考察是一项带有探险性的事，它要求所有的队员和家属要有为祖国献身的精神，对于随时而来的不测，要有充分的思想准备。今天，南极办来电话催要，晚上，他对着协议书愣了许久，终于颤抖着签上了他的名字。

思念随同海的岸线远去了，却牵着心肠。倏忽间美女转过面来，惊讶地望着看她的人们，飞快地擦一把眼泪："你们好，战友们！"她竟然朗笑，甩飞两滴眼泪。

"你好！"男子们错落回答。

"你是……"总领队王胜利想问她大名，她快口抢答："慧敏啊……"

群人便露出早知道的神态："山东好汉啊，女科学家，你也会流泪？"她眨着水汪汪的大眼答道："知道山东的风俗吗？闺女出嫁流泪，是给娘家掉金豆豆！"

故意的山东土话逗乐了大家，齐夸她的"鲁普"动听！她反唇相讥："孔子是我乡邻。春秋时期的普通话，由他的三千弟子推广到各国！"群人笑她的谬论如此有据，夸她还没演出，就已经贡献了快乐。她高兴了，开始朗诵表妹刚写的《我还没有作诗》：

> 清晨，我打了一个喷嚏，
>
> 鸟儿飞了，鱼儿跳了，

太阳红了，浪花笑了，

我还没有作诗，

就已经活跃了海上的空气！

"哈！多高的诗才！""多足的霸气！"群声鼎沸。一个腼腆的小伙偷声问道："她现在哪儿？"

慧敏答："养鱼呀！还会唱渔歌！"

"她只学养鱼吗？"小伙问。

她大声道："小二宝，只要你干好长城站的工作，回家我让你俩见面儿，表妹比我漂亮……"后话被乱声打断，二宝的脸颊激动个绯红。

天苍苍，海茫茫，原本艰辛寂寞的漫漫日月，因慧敏的戏演而热闹了。她成了《林海雪原》中"千军万马一枝花"的白茹，慰藉着二百名离家男子的心田。在伙房面点间，她灵巧的手中飞出一只只小鸟，鸟肚里包上糖、苹果、小橘子。吃它的人分别得到的是幸福、平安和吉祥。她说出蹊跷的谜语，使一个个自恃聪明的坏小子上当：她说："因为你，打了我，破了你的肚皮，淌了我的血！"看看没人能解，她揭底道："蚊子啊！"在不同年龄的人前，她扮出大姐、小妹、侄女或小阿姨的样子，总是那么适宜。使她激动万分的是妈妈生下她的那个日子，她把自己的快乐和幸福分给了每一位战友！谁能有这样的幸运，谁能有这样的荣光，能够像女神一样，到赤道上过生日？

1995年11月29日　周三　晴

纬度0°　东经148°20′

今天将是我永生难忘的日子，我在赤道上度过了我40周岁生日。

赤道的海，如缎面一样在船下柔动着，垂直照射的太阳吝啬地没给甲板上的人留下一寸影子。上午9∶30船到达纬度零度，随着汽笛的长鸣停下了。按照惯例，人们穿草裙、戴上面具，举行狂欢仪式。我也穿上草裙，跳起了迪斯科，在欢乐的气氛中，他们向我表示生日祝贺，东方女性不惑之年生日在赤道上度过！连常年远航的船员们都难得遇到，人们在狂欢中忘却了赤道的炎热。

她不小心泄露了年庚："不惑。"但我负责地告诉你，那时，她看上去"而立"芳龄。狂欢而后是奋斗，最多的时间，是宣传她的防腐高氯化漆在国家的评价，北科大研究所的赞扬。她模仿北科大老教授刘树林敲着拐棍夸她的南方话："小慧敏！我们的技术，不管花多大代价，都要申报世界专利！"

"雪龙"号成立起一所"海洋大学"，各方的专家都讲出自己学问的经典：气象、海洋、生物、环境、水产、冰雪，真乃是层次最高、专业知识最为密集、丰富的科技盛宴。潇洒倜傥的慧敏声情并茂地演讲"涂刷型钢铁表面磷化技术在极地环境防固化应用"的课程，并在欢呼声中招兵买马，求各方大仙、各路君子、各位好人，学山东英雄秦琼为友两肋插刀的义举，为她的工程队帮工。人们纷纷应征，并承诺动员十一次队战友在撤离之前助战，慧敏的眼前似乎柳暗花明！但是，波诡云谲的大海，正为"雪龙"号设计着一场严峻考验。

"雪龙"一进入可怕的西风带，便遭遇13级的台风。2万余吨级的巨轮顿成沧海中的一片树叶，大浪像卷云一样，直扑六层楼的驾驶台。大涌像山岭奔驰，将"雪龙"举上阴云，摔进浪谷。"雪龙"号关封所有水密门，各就各位的船长、大副、驾驶员、轮机长如临大敌，扬声器里呼出各种命令，船体单摆达到30多度。

慧敏的床在滑动奔突。透过飞掠的舷窗，一眼是压顶的乌云，一眼是森森的黑水。盆花被发射过来，砸到慧敏刚离的枕上。假如击中目标，定会血花灿烂！她躲闪着翻滚的箱包，爬出舱室，要去看集装箱里的宝贝油漆若何。她忘了一切规定，学一只猫儿钻进机舱底层通道。在可以仰望货舱的小窗里，她发现一只集装箱的钢筋绊扣被狂风撕断，一只红色漆桶被发射出去，击中六米外的箱体爆裂，喷涂出一朵怒放的焰火，烧得昏天黑海花里胡哨！

在这个概念模糊的日子里，这个命定的翻天覆地的时辰，她的日记记述了精彩：

1995年12月16、15日 周六、五 阴

南纬56° 西经172°

今天白过了一天，19：00以前1995年12月16日，19：00以后又成了12月15日，按照船上的惯例，每进入一个新时区，都在这天19：00拨表，昨天船已穿越国际日期变更线，却忘了变更，今天补上。

半夜风12级，海上的涌浪高达10米多。船大幅地摇摆，单摆近40°。房间里所有没有固定的东西就像过筛子一样，横冲直撞。船处于险情之中。难道我的生命就要在这里终结吗？我有一个美满的家庭，善解人意的丈夫，聪明伶俐的儿子，疼爱我的公婆，还有与我共同度过艰难岁月的哥哥姐姐，我的朋友们，还有我的事业……

清晨6点电话铃响了，是刘书燕站长（他任本次考察长城站站长）。他用急促的、听了让人发毛的声音告诉我：防腐工程涂料洒了……是啊！没有了涂料，活就无法干，他能不急吗？我急忙套上衣服和鞋子……

她攀上了甲板，踩踏着满地溜滑的油漆奔向集装箱，假如她在风中滑倒或被吹飘，我们唱出的歌便不再是《红珊瑚》。当时的她的确将红漆焰火看成一棵红珊瑚，连此后屡现的梦境里，她都常见一棵粗枝大叶的珊瑚，燃烧着洇染开来，大写意的狂放。她自己被风吹飘，像那一夜的实景：不是落入大海而是飞上货舱，握住钢筋的绊扣，借助风力关上铁门，学着秋千的浪荡锁严绊扣。那时刻，她在秋千上美到了极致：红队服吹鼓成灯笼的饱满鲜亮！在好几支强光灯的直射里，艳红的灯笼湍急旋转、飘扬。无数人奔涌过来，无数双手将她捧托下舱，歌颂着她。她成了王杰、雷锋、赵一曼。会拍马屁的二宝播放起一支天作之合的《珊瑚颂》：

一树红花照碧海，

一团火焰出水来。

珊瑚树红春常在，

风波浪里放光彩……

歌儿是提前五十年替她写的！

　　台风的中心是平静的，慧敏夸张地啃着一只鸡腿，以山东快书的腔韵，和徐剑英一起唱起战友们集体创作的描写人在风浪的段子："一言难发、两眼无神、三餐不进、四肢乏力、五脏翻腾、六神无主、七上八下、九翻九覆、十分煎熬！好香的烧鸡腿喽！"

　　苦笑、苦撑、苦吐、苦吃、苦干，学慧敏女子振作起来。那时节，"雪龙"的每一块骨头鳞片，都因刚刚遭受过狂摔狂荡、大扭大摆、猛冲猛撞和强震强颠的折磨，使主机、齿轮、变速箱、离合器经历了超强多倍的挫折。当它带伤终于进入南极长城站的时候，辅助发电机组输油管破裂的漏油，与电缆接头溅起的火花相遇了，引发机舱的冲天大火。

　　这是不幸中的万幸，十一次队的勇士带上长城站的灭火器，和十二次队战友合成一支灭火铁军。临阵不乱的沈阿坤船长下达了最英明的命令：密闭机舱的全部门窗，喷射大量二氧化碳，使大火缺氧窒息自灭。

　　大火救下了，"雪龙"却因电信系统的全毁，需开到智利大修。原先宣誓帮她涂漆的人，此时只得怀着悲壮心情离去。善良女子谈起此节，凄婉之情仍溢于言表。

南极情结

　　2013 年 12 月 2 日，笔者自北京飞往智利，转南极长城站。这曾是慧敏赴南极的路线。7 月访她、10 月的船上和飞行中闻知的她，逐渐丰满成大枝的红珊瑚。

　　初入南极的我像慧敏一样，被冰天雪地、琼楼玉宇照晕。海风像凉水一样倾来，浮冰的寒光刺目耀眼。这便是南极的乔治王岛，俄罗斯考察站的尖顶的教堂分立于两处冰盖，神态肃穆。

雪皑皑、路茫茫、世界银光闪闪。蓝色的长城湾里，冰山破裂的浮冰顺着海流冉冉漂过。上部被日光霞影映红，下部却是海洋的绿蓝。有海豹或企鹅乘冰游乐，好不恣儿！这便是丹麦童话中的仙境。神魂飘忽的慧敏，被这奇异美景或别的灵怪弄得哭起来。像初嫁新娘，她穿上缀有国旗的红队服，率她的精兵爬上吊塔，开始为长城站的钢骨铁瓦除锈刷漆。她将暖调的红色装扮生活楼，宝蓝色配给科研楼，翠绿色搽抹发电楼，加上金黄的车库、储油罐，玉宇镶嵌了五色宝石。在最美的遐想里干最苦的活儿——且须在 12 月至 3 月前的夏季完工，以保证使用"涂刷型钢铁表面磷化技术"油漆的温度不低于零上 5 度，避免"固化"或"成膜"现象。为此，高空作业便成为高寒、高危、高强度、高粉尘的玩命活儿！

承负重担的人一旦挑上了担子，则无论多美的景观已不在胸中，正所谓，看景不走路、走路不看景。经受过一路天磨的慧敏已将天真和浪漫抛入了大海，她的日记是一篇恨铁不成钢、恨家不发起的焦心的惆怅诗行：

1995 年 12 月 27 日　周三　雨

南纬 62°12′59″5　西经 58°57′52″

凌晨两点多，在小雨的暮色中，我终于登上了魂牵梦萦的长城站。破旧的建筑使我兴奋的心情一下变得沉重起来，抚摸着满目疮痍、千疮百孔的房屋，我的眼睛模糊了，心都快碎了，它怎和我心中那让我自豪了多少年的祖国的南极考察站相应啊！它怎和我们一个 12 亿人口的决决大国相称啊！它比我接到任务时想象的还要破啊！房屋外墙上布满了腐蚀空洞，积水从洞中流出，支架被厚厚的锈皮覆盖着，屋下的小梁三个厚的钢板都穿透了。油罐大面积溃疡腐蚀，特别是罐下积水的地方，更硬的锈皮达 5mm 厚，等待着我们的将是一场恶战！

她率领自己的部将，像花木兰、穆桂英一样披挂上阵了。但是，纯真的女子立刻感觉到，这儿不是柳暗花明的泉城，不是一呼百诺的大本营，这里的一切都在欺生，连鸟儿也耍起偏狭的种族意识的性子！更加措手不及的是：油漆卸不下船……

1995 年 12 月 29 日　　周五　雨

海面上的风很大，"雪龙"船脱锚了，无法卸货。油漆班的几个人都来到油罐区除锈。雪燕一个劲地在我们头顶上盘旋，不时俯冲下来啄我们一口。这是它们的领地，怎能容忍我们侵犯？油漆的怪味儿、榔头的敲击声破坏了它们的宁静，能怪它们动怒？干活休息时，我捡了几块石头包在手帕中，转身的工夫，听见身后有动静，回头一看，贼鸥正故意往上拉屎，令我哭笑不得，贼鸥啊，真不怪别人喊你贼……

由于环保要求导致使用的工具和方法受到限制，我们只好用榔头敲，海洋腐蚀形成的氧化物很坚硬，一榔头敲下去只是一小块松动。几个小时下来，我的胳膊已经抬不起来了。

由于"雪龙"船因事故提前离开，原本可以参加前期工程的随船人员走了。留在站上的 36 名考察队员除 2 名做饭，1 名管理员和 3 位发电的外，还有 3 名要完成全站所有上下水道改装。剩下的 27 名要完成一座 600 平方米二层楼的建造（这是目前乔治王岛最大的一幢建筑），完成 5 栋楼房、8 个油罐的防腐工程，还有房屋堵漏，清理站区建筑垃圾，还要完成正常的科考测试任务等，真是天难！最后分给防腐工程的只有 4 个人，包括我这个当初被允诺当现场指导的指挥者。这活没法干，就这几个人不可能完成这么大的工作量！我去找老刘要人，他说，等科考的人交接完了，让他们来帮忙。算了一下，最多再有五六个人能部分时间参加工程，比在国内讲好的 14 个人差多了：我急了，老刘也急。吵归吵，任务还得完成，看来得拼了！

决定要拼的女帅爬上脚手架，登上了长城大楼的顶层，在这一览众山小的高处，她的境界也得到了飞跃的提升，不怕虎、不知死的小女子啊，她相信干一切事业都要有点"二杆子"气！她写道：

1996年1月9日　周二　风雪

风雪中涂装磷化不行了，除锈还是可以的。为了节省时间，我们不搭脚手架了，侧墙下边踩着油桶或在两个油桶上搭块架板干，上边踩着梯子干。今天风太大，全部干下边。大风把衣服吹得鼓鼓的，像一只只大灯笼在架板上移动；雪片借助风力，像刀片一样刮在人的脸上。为了争取时间，大家坚持着，角磨机的马达声与呼啸的风声汇成一部快节奏的交响曲……风越刮越大，人已无法站立，只好回撤。

晚上风更大，刮得整栋房屋发颤，房顶作响，真有些恐怖。

恐怖是暂时的，人会麻木，会自我冷静下来，这叫成熟了，或习惯了。几天之后，小伙子小媳妇又要打趣了：

1996年1月25日　周四　雨

连续几天雨雾，我们只好转移到房下干活了。大家戏称：开始搞地下工作了。这里的房屋由钢架支起来，离地有半人多高，人在底下，站，站不起来；蹲下又够不着。有的地面还积着雪水，大家只好半蹲半站，就像练功的"马步蹲裆"。练功能蹲1个小时就不错了，而我们一蹲就是几个小时。全站的房屋和油罐都要搞，我们要蹲多少小时？

这话问得太稚气！你揽了这一份瓷器活儿，就要有钻瓷的金刚钻。党和人民需要你蹲多长时间，你就蹲多长时间！说不定你还要像八路军打鬼子一样卧倒，这不是命令而是命定！令你想象不到的是，这个"二杆子"女子一旦上了天，便要抓龙玩儿了。

天空是她的舞台，她想起老家爷儿们充满豪气的民歌：

老汉今年七十三，

踩着麦垛上了天。

撕片白云擦擦汗，

凑着太阳弄袋烟……

哈！咱怕谁？谁怕咱？无数的燕鸥、贼鸥、巨海燕翱翔于头顶，来看这千年未见的稀罕，企鹅们列队来了，一律的黑风衣、白衬衫，挺胸凸肚、昂首阔步，十足的绅士派头。这群天真、好奇、玩心十足的孩子，观看并议论这群没有翅膀的动物怎样飞上屋顶？也奇怪像领队企鹅一样漂亮的慧敏女子，为什么戴上墨镜面罩？它们不承认紫外线会灼伤人脸，因为它们的祖祖辈辈都不怕这一套！

慧敏咀嚼一块巧克力，企鹅呼地围拢来，也在歪头看她的嘴。最近的一个，也有长长的涎水滴落下来。她心软了，掰开一块喂饲小鹅，竟然是给谁谁张口，余者皆安静的鹅德！我的小心肝小宝贝小乖儿哟！她在一瞬间想起儿子……企鹅们拍开了短翅，叽叽地叫"姨"！大群的男子却说："快叫姨父！"她指着哦哦叫的一只回击："你听，是叫哥！大姨哥！"

吊车、房梁、钢瓦上都传来笑声。在天涯的孤男们，眼中心中，漂亮女角儿是盘好菜！多么赏心悦目，多么养活耳朵啊！人们看她像企鹅一样爬上爬下的样儿，认定她是可爱的企鹅托生。有人玩笑地震专家吴斌、王德胜像小羊一样听她的话，那二人就唱起"我愿做一只小羊，跟在她身旁"的歌。队医陈山白天干活，晚上发药，很多人都因手腕除锈累伤，储备几年的膏药全发空了。站长刘书燕成了大工头，到点就敲门，唤人干活儿。南极的夏季没有黑夜，只有日日日日的极昼，休息不好，腰酸腿痛的小伙就唤他"周扒皮"——一个半夜学鸡叫，骗长工早起干活的老地主。

老地主干上瘾忘了看表，一干十几个小时。慧敏的亲兵二宝哭了："人不是机器，我想俺妈……"大家笑道："别想妈啦！慧敏的表妹来看你了！"慧敏擦一把他的泪眼："二宝，咱可不能哭，任务是咱的，别人是帮工。我们申请的专利，俄、日等四国都批准了，我们的明天更美好！"

她黑白分明的眸子放着光，分明的参禅之后的神采。慧敏公司对国家的贡献和美好前景，已使万众称奇了！

那一天下了雨夹雪，人们像杂技演员一样弄险于钢筋铁檩。狼狈不堪的慧敏站在一口吊起的箱子里，上下牵绳，左右晃荡，放风筝一样，防寒服遮盖了头脸。一工友误为吊顶的男伴，拿锤把戳她屁股玩儿，说像一头母海豹。她一笑露了馅儿，一看真是母的，不敢笑了。然而，危险不在天上，而在海上，去码头取料的小女子一脚陷进海面上雪盖的冰裂，可以说，一旦进入裂隙，生还的可能便是"零"下。等挣扎上来，已是海水浸润，汗水淋淋。惊惶的人群又一次捧起了红珊瑚，她却抹抹满脸的雨汗，唱出一段《回娘家》：

> 一阵大风起，一阵大雨下，
> 脸上的胭脂变成红泥巴。
> 左手跑了鸡，右手跑了鸭，
> 摔哭了怀里的胖娃娃，
> 哎呀！俺怎么去见俺的妈……

这样的女英豪，别说见爹妈，见习总书记也够了资格。小女子的忸怩，唤起人心生怜爱，就像山西一首民歌的朴素情感：

> 小妮儿河边洗衣裳，
> 两腿跪在石头上，
> 俺的小乖蛋……

山东大妞远比山西小妞可爱，她似幽似怨的日记透露出女子性情的另一面：

1996年2月23日　周五

这里的天气太无常了，一会儿晴，一会儿雾，一会雨雪，一会儿风。我们在与天气争时间，大风天已经算是好天了，七级风我们照样爬油罐！现在正啃油罐这块硬骨头，工程在关键时刻，老队员讲：进入三月份就没有好天气了。大家都像上足了发条，科考班的同志在完成了正常的测试工作后，抓紧时间来参加工程，甚至把本职工作放到晚上加班干；李宝才胃疼直不起腰，仍坚持上工；特别是站长老刘，他患有肾病，仍和我们一起干，而且专挑重活，现在他的手已经疼得握不住机器了，高速旋转着的角磨机几次从他手中掉落……尽管所有的人胳膊都疼，手疼，但没有一个退却的，在这里我真正体会到了南极精神——一种融爱国主义、集体主义、革命英雄主义在一起的科学、团结、拼搏的精神。

今天下午到了吃饭的时间，大家都浑然不知，干活还在兴头上，餐厅的钟声特意又为我们敲了二遍，也未能把我们唤回——今天刮的东南风，逆向，听不到。

下午上工时，我一人走在海边的小路上，边走边考虑下午的工程。忽然，脚下猛的一声闷叫，吓了我一跳，原来在我脚下有一头足有两吨重的大海豹。如不是它的吼叫，我就踩到它的鼻子了！我的心怦怦直跳，但见海豹的屎尿也流出来了，哇！我也吓了它一跳！

山下的女人是老虎，谁不害怕？两吨重的胖小伙子绝对怕美妞儿！远离媳妇的帅小子们，在这天涯海角，全凭嘴皮子泄火了，正像卖茶的小妞揶揄年轻茶客的唱词儿："你喝茶便喝茶，哪来那多的话？"哪里来的？心里出的。

人们似乎在整个的下午议论海豹，咒骂贼鸥，说它们肯定是男流氓。

对着这无畏的女子，青岛海洋所的吉鹏装哭，然后又学企鹅的声韵"啊啊"大叫，四面八方的企鹅围拢过来，一看是人的恶作剧，那骂骂咧咧散去的神态，与人不二。小女子天上干活，不敢喝水，长城站雪野连天，一目千里，哪里小便？好容易找个僻地儿小解，企鹅却围拢来了，看稀罕的眼神，竟也与人无二，谁知哪只是男？说罢了，笑够了，晚间在日记中又成了真人儿：

晚饭后,我又到医务室找随队医生陈山要止痛膏。他告诉我:"膏药都让你们油漆班要光了!"是啊!防腐工程是一项既单调又枯燥的工作,榔头敲——角磨机打——涂磷化液——涂特制的重防腐涂料,在全站都超负荷的情况下,防腐工程又成了全站最脏、最累、最苦的活。参加工程的同志谁身上、胳膊上没有几块膏药?每天晚上贴膏药已是我必不可少的内容,胳膊疼得不知往哪放才好,手指肿得又红又亮,夜里疼得睡不着,直想哭。

墙上儿子碰碰的照片一次又一次给我安慰,丈夫每周一封的家书给了我战胜困难的气力,每通一次电话,劳苦的情绪就得到一次安慰,感情的投入就是充电,就是动力。

有了这样的动力,她就变成了超人,仙女。这是一个幸运的舞台,幸运的慧敏在天涯的雨里、雪里、风里、冰裂里……演罢"云里雾里放光彩",又唱起了"晴雪珊瑚照玉堂"。让蓝宝石、红玛瑙、绿翡翠和黄金屋里住着的考察人,为这兼有刚性和弹性的女子作诗吧!

蓝眼睛的情

大概上天特想完美慧敏的人生传奇,才将神奇神妙,千奇万巧的戏眼都发生在她身上吧!一只漂亮,但声名不佳的贼鸥,与她合演了一场好戏!几只贼鸥来抢正入库的食物,叼跑了葡萄干牛肉干,慧敏边骂边赶,一只贼鸥却向她报复,叼起她的纱巾便飞,使整个的乔治王岛人,都看到一抹红霞飞翔高空的奇观。那是慧敏日记未及写足、无心情写美的故事,后来的品味细腻了,细到了艺术的、传奇的程度……这是她前头日记提过,笔者细访之后,须加描述的一段戏眼!

当时的慧敏惊惶了,为这感情的信物牵魂不舍,追逐着贼鸥边哭边骂:"臭流氓,你给我放下!你人模狗样……为么做贼……"然后,她换了哭腔哀求:"还给我吧小弟弟(她感觉它是男的),我给你糖……哎!香肠……"贼鸥心软了，还是笑了？在高空扔下纱巾，纱巾随风飘扬，竟落上了泊于长城湾的智利军舰。会来事儿的一群年轻军官送宝上门，讨一杯感谢酒吃。酒酣耳热了，便跳交谊舞，唱汉语、英语、西班牙语歌曲。一军官恰是诗人，喻舞中的慧敏"像风中的玫瑰""长城站的小尤物"！并扯下领章赠她（不要军纪啦！），邀她回访军舰。

"周扒皮"站长很懂外交，但要派男士陪送上舰，还嘱咐再三。当智利朋友了解慧敏几何之时，他们颠覆了对中国妇女的固有看法，认为"小尤物"代表的中国妇女，是智慧、美丽、勇敢、高雅的化身。爱慕引发了乔岛九国对长城站"宝石图"的观赏。"都是贼鸥惹的祸啊！"俏皮的慧敏幽默感叹。她充满魅力的表现，如表妹的"喷嚏"活跃了这里的空气！

那一年，春节联欢会在长城站举办，慧敏女子的日记如此记述：

1996 年 2 月 18 日　周日　雨

今天是大年三十，上午晴天，捡了半天垃圾。

下午大雨，雨中智利站、苏联站、乌拉圭站的站长都来与我们一起欢度春节。

在南极过年，大家都很兴奋，卡拉OK每支歌都一齐唱；拍子，几个人一齐打；调都跑到姥姥家了，还扯着嗓子喊。当唱到"家中的老妈妈"时，许多人又流下眼泪，是啊，有谁不想家？……

6 月的天，孩儿的脸，破涕为笑是家常便饭。

接下来的节目是动人、诱人的。无论是中国的公海豹还是外洋的男贼鸥，都想在慧敏和各国美女的面前显显能儿：舞蹈、歌唱、诗朗诵……大厨朱宗泉打起了少林拳，获得"功夫朱"美称。乒乓球手医生获"南极王"雅号。武汉女教授获"南极最佳主持人"称号，慧敏成了九国联欢会上的白雪公主。她朗笑着告诉我，当联欢散会，百鸟归林之时，一位年轻帅呆的智利军官塞给她一个"回家才可看"的纸团儿，上面赫然书写的竟是："俺莱芜有"！

智利小贼鸥儿，莱芜在我们山东，你够得着吗？

让我们也想叫一声"俺莱芜有"的理由是：长城站壮丽的美化工程竣工了，慧敏的日记如此感叹：

1996 年 3 月 14 日

工程全部结束了。历经艰苦，我们换来的是超额完成任务，共进行了大小 9 栋房屋，15 个油罐的防腐。长城站已焕然一新了。我们很快就要回国了，望着这整洁美丽的长城站，我真是恋恋不舍，这是我们经历了多么"艰苦卓绝"的努力换来的呀！太不容易了！

"艰苦卓绝"，可以去掉引号。何止不易？柔柔的一首民歌唱出了硬硬的道理：

> 樱桃好吃树难栽，
>
> 不下苦功花不开，
>
> 幸福不会从天降，
>
> 社会主义等不来……

不可等，莫等闲！后一句歌词应改为"长城大美等不来"。从春干到了秋，那"春种一粒粟，秋收万颗子"的诗句，却分明地映照出远征女将的春华秋实：

1996 年 7 月 5 日　周五

我们在长城站的工作得到国家海洋局领导的赞扬，评价我们是南极精神的再塑，在庆功会上一定请我到主宾席上，葛有信副局长亲自到我身边，举杯说向为国争光的巾帼英雄敬一杯。为了表彰我们在长城站做出的一切，特意送给我院一面锦旗，上面写着："南极考察做贡献，长城旧貌变新颜"。并决定把中山站的防腐任务继续交给我院。

你看！这不叫好戏连台吗？

巾帼不让须眉，谁说女子不如男？看罢"长城"美景，听罢"长城"赞歌，笔者沿着她们交谊的足迹访问了智利、俄国、乌拉圭站，发现了慧敏们在南极发扬的武术、京剧、中医、乒乓外交，以及那些同舟共济，仁义互助的行为科学，无不体现孔子"四海之内皆兄弟"的教诲放之四海而皆准的现实意义。美女子与科考英豪们所表现的南极精神、中华文明，不但感动中国，而且影响了世界！跨国的友情，似有着缠绵的韧力。

慧敏谈起与外国朋友的交往，眼神儿优柔。像生活在圣地亚哥的女导游一样，她对许多洋朋友充满了好感。人是感情动物，普天之下，善恶可辨啊！暖流如苏，爽风贯林的友情，难道不值得永记吗？

她说要在奋斗的某个阶段之后，在她还不太老的时候，还会到智利、南美和南极去寻找那些朋友，和他们洋腔洋调、狼腔鬼调去唱那些曾唱过的歌："人嘛——唉！"她说，眼神儿仍是优柔。

我发现了一个奇怪的现象，凡接触过智利人的同胞，不管是男友还是女胞，都觉得智利人温厚可亲，用山东人的话说：很是地道！个中的缘由，不得而解。直到请教了见多识广的朱增新，他才引经据典地告诉我详情，我心服口服地承认：这种感觉是一种历史的传承。早在太平天国时期，中国人就与智利人结为战友，同生共死，同仇敌忾。朱增新在老家承诺：回京后找一份材料发我为据。2014 年 8 月 11 日，《太平天国与智利》发到我手：

1945 年，二战结束后，智利与当时的中华民国国民政府达成协议，两国建立大使级外交关系。1947 年 3 月 18 日，智利驻中华民国大使奥斯卡·布朗克（Oscar Blanco Viel）向中华民国总统蒋介石递交罢国书讲话时，代表智利政府承认，中国人在智利反抗秘鲁和玻利维亚联军侵略的太平洋战争中对智利人民的帮助，盛赞中国人在 1869~1873 年这场对智利而言意义重大的战争中的英勇表现。

这批中国威武之师源于哪里？原来他们是幸免于清政府屠杀，被流放到秘鲁充当硝矿契约劳工的一支太平天国部队,初始有三万人之多。工作环境之恶劣,工作强度之巨大,生活待遇之残酷,逼迫契约劳工病死和很多人自杀,同时也对秘鲁监工产生极大怨愤与仇恨。1869 年,爆发于智利、秘鲁和玻利维亚之间的争夺硝矿和鸟粪的太平洋战争,让这支太平天国部队找到了翻身得解放的机遇,他们自成编制,加入智利部队,延续太平天国惯于制造假象、敲山震虎、诱敌深入、侧面伏击等战略战术,帮助智利军队扭转了战争局势,最后逼迫秘鲁和玻利维亚政府,不得不同意签署划定今日智利与秘鲁、智利与玻利维亚之间边界的《安孔条约》,秘鲁和玻利维亚均划出其南部的一些土地给了智利。这样,智利的北方疆土就从原先的科跟波上移到了伊基克。随后,为感谢中国朋友的帮助,智利政府把位于圣地亚哥市中心、距离智利总统府三四个街区的一套别墅赠送给了太平天国,而这套珍贵的别墅,就是今天中华会馆的所在地。

若问为什么今日智利国土形状狭长?智利人却会十分自豪地、饱含深情、认认真真地、一五一十地向你娓娓道来:说到中国朋友的帮助,说到中国朋友的神勇,说到李小龙——他们认为每一个中国朋友都会功夫。而在现实生活中,假使在大街上遇到小偷小摸或强盗,你若比画两下武术上的花拳绣腿,也有偌大的震撼力。正因为太平天国军人习练武术,骁勇善战,再加今天李小龙影视作品的影响,才给智利朋友留下了中国人个个都是武术高手、都有侠肝义胆的印象……

哦!怪不得我见了圣地亚哥觉得亲切,说不定那三万同胞里,有我殷姓爷儿们。那周姓和朱姓的(说不定是头领)人物,亦可能是朱宗泉、周慧敏的祖先呢!众多的朋友,都承认智利地美人和,花红柳绿,瓜香果甜,会两手拳脚的朱宗泉大厨,约我拿上京胡,去那儿同创事业的主意,容我郑重思考吧!

中山五味录

大船多载，能人多累。但凡爬山之人，一旦登上一个峰顶，便有这山望着那山高的比较。也正像有了蛋想孵鸡，有了鸡想多下蛋，循环往复，周而复始。将一只蛋繁殖成鸡群，将一棵竹盎发成林，把长城站装扮成一颗明珠的慧敏，多么想好事成双，明珠成链呢！她向往中山站，想让那座建在冰盖上的水晶宫，像一朵雪莲花一样，开放在冰山上，把自己也凝华为美丽的雪莲。她会唱儿时唱过的歌：

> 我叫阿伊拉，
> 住在雪山下。
> 从小爱爬山，
> 采来雪莲花……

哭红过双眼的慧敏笑起来，真是变脸比翻书快啊！水样灵秀的俏女子，升华为汽，凝华为冰，人生的五味装在心底，还会闪现在脸上，那才叫女子。若不然，脸上的那 24 块肌肉作何用场？文人的笔如何描写女人？但是，此航不是彼航，对于"得一"而足的中国人心理定式，她的举动是一次不凡常的冲击——女人难得静！浪漫——或疯狂了一回还不行吗？女子无才便是德啊！

在国家利益需要的时候，伯乐的眼睛紧盯着骏马。在众人如荃、不察全局的时候，独醒的男子或女人挥去浮尘，向天、向海而歌。省略去一切的描述，以"蒙太奇"手法直接切入的，是慧敏女子那文采奕奕、情商至高的日记：

1996 年 11 月 8 日　周一　晴

今天，我又一次踏上了远航南极的征程。船顺黄浦江而下，雄壮的杨浦大桥在头顶掠过，斜拉的一根根铁索，平直的桥身与桥上向我们招手的人影，在西斜的阳光下，构成一幅优美的画面。招手的人是我爱人和齐鲁台的记者们。

夫送妻征——也够悲壮的，不合常规的悲壮啊！

当我决定再去南极时，得到的是一片反对声，亲友心疼，也不理解。朋友说，你明明知道那里艰苦、危险，为什么还要去啊！但我想，我对南极的情况，比较熟悉，技术把握大。另外，那里的组织协调工作很重要，尤其是在大家极度疲劳的时候，怎样把更多的人感召起来是一个关键的问题，我去是合适的。

我不知道多少人有如此的体验：当你借助潜海工具，潜入深深海底与鱼虾为伴的时候；当你随升降机深入千米之下的矿洞，在缠蛇般的曲径里摸索，感觉黑暗无边的时候；当你航行于海天灰黑、无边无际的大洋，不见船影、不见飞鸟，发现乘船已变成沧海一粟，而又日日夜夜驶向虚空的时候，你的孤独、焦灼、恐惧感便会油然而生。所幸身为作者的我，这样的体验全经过了。当我写下"雪龙"号朋友以及文中慧敏的时候，我的感觉像她一样细腻和微妙超常。

也就在慧敏写罢那一篇日记之后，"雪龙"号进入了如今"马航飞机"失事的"南印度洋"。波涛汹涌，白浪滔天，波诡云谲，混浊世界。一片汪洋都不见，别说掉一架飞机，沉一条轮船，便是搬一座山填入，也不会冒出顶来。风暴来了，浪涌5~7米，白浪被扯成条状，饭碗从台上滑落，杯盏从台上发射，船头直至船尾，大颠大簸，像真的簸箕簸粮一样颠来倒去。这是偏顶风浪航行的效果，船体纵向和垂向的颠簸虽大，幅度要比横向小得多。如此，才能避免油漆集装箱，车辆、雪橇等体重货物挣脱铁链的束缚而移动。1993年，"雪龙"从乌克兰开回时途径南非外海，遇到了特大风浪，单侧摇摆幅度达到35度，一旦超过最大值的35度，船身将无力回摆，便有直接倾覆的可能。当笔者在2013年10月17日面对11级狂风，经历了排山倒海的大浪大涌，眼望着2万余吨的巨轮如沧海一粟的时候，我感觉人——连同他的所生所造，在大自然的面前真是太渺小了，渺小到掉入海中捞不着，像"马航"的失联飞机，杳无音讯一样……

冰灵雪魂记

当"雪龙"跨越了西风带到达南冰洋的时刻，慧敏女子的脸色又泛起了绯红，有心思以散文的笔调写她的日记：

1996 年 12 月 18 日　周二

南纬 59°12′　东经 93°23′

冰山越来越多了。船舷两侧形状各异的冰山，列队欢迎我们来自北半球的客人。

晚 11 点钟了，太阳还不落。绸缎一样柔亮的海面上，漂浮着一座座冰山。子夜的太阳像耀眼的灯笼，高高地挂在天际，天海一片金色。考察队员们不约而同地来到甲板上，陶醉在迷人的景色中。

艳阳下的几座冰山泛着七彩的光华，美艳无比。它漂浮在"雪龙"的前头，再走几海里就会和它亲近。她备好了照相机、摄像机，找好了伙伴。终于更近一些，连冰坡上的海豹和企鹅也有模有样儿的时刻，"雪龙"却拐弯儿了。她愤怒地奔进了驾驶舱，质问驾驶员为什么避开这千载难逢的时机，年轻的驾驶员，却像老于世故的百岁老人一样宽厚地笑了："你敢向冰山走？没看过泰坦尼克号吗？"

看热闹的同志也接腔道："你唤个企鹅姑姑或海豹叔叔驮你到冰山上，表演个牛郎织女多好！我们等着拍照，没准能上了'好莱坞'。"气急的她，退回了女子船屋去写日记。在冰清虹艳的安抚下，她的笔调渐趋平静：

1996 年 12 月 23 日　周一

南纬 67°8′　东经 68°

进入南纬 60°后，遇到了九成冰。根据澳南极局芒克局长从前面澳大利亚极光号科考船上发来的电报，"雪龙"船不得不改变航线，退出冰区，从东经

85°沿南纬60°线，西行到东经75°再向南。进入普里兹湾，有两道十几海里长的冰坝横挡在面前。"雪龙"以它巨大的身躯撞击着1.4米厚的坚冰，艰难地来到距中山站12海里的陆缘冰边缘。

周围分布着一座座露出冰面足有四五十米高的板状冰山。日光和风暴在它们的脊背上刻下了一道道沟槽，远远看去就像一段段城垣。它们是从南极冰盖上分离下来的。整个南极大陆由一个大大的冰盖覆盖着，平均厚度2700米，最厚的地方达4700米，蕴藏着地球上90%的淡水。如果南极的冰全部融化，那将是世界的灾难。全世界海平面将上升60多米，大片的陆地都将淹没在万里波涛中。

昨天是南极的夏至，子夜12点，太阳仍挂在天边，茫茫冰原一片灿烂的金黄。

今天傍晚，天气骤变，一个强大的气旋袭来，天昏地暗。巨大的风力推着后面的冰山向船逼来，陆缘冰在暴风雪中迅速塌陷，夹在冰中的"雪龙"受到了威胁。船长沈阿坤下令破冰前进，我们又一次脱离了险境。

又一个叶公好龙的典故，盼望冰山的慧敏终于懂得了冰山的可怕。亲水爱水的人才知道水能覆舟！冲撞着玉莲叶般的陆缘冰，叮当作响的乐声也很短暂，再往前走，冰结成冰原，不见边际。"雪龙"开足马力冲上，只能撞破几米冰凌，后退一截再冲上前，船头却径直蹿上了冰面，冲撞力加上巨轮的压力，压塌一块厚冰。如此再冲，船体却卡在了冰缝，动弹不得了！

船停下来，人走上甲板，这才发现，四镇八乡的企鹅们，都聚到船边来了。它们带着各种各样的神色欣赏这千年不见、万年未闻的稀奇，有新奇、好奇、惊奇、疑惑、迷惑的一类；有欣赏、闲议、激动、看热闹、看笑话的一类；也有替沈阿坤等人焦急、遗憾、鼓动、支招的一类；还有类人的一群，带着怪笑、坏笑、嘲笑、鬼笑，专看红装的慧敏、白山杉，看得女同胞满面尿意，却不敢小解。

屈指算来，到达伊丽莎白公主地的中山站距离只有几公里了，"雪龙"的破冰却只有3000余米。"马逢到夹道内难以回马"，假如能从夹缝脱身，再以船艏顶撞冰层，则无异于好马与牛抵架——保不住脸面。撞坏、割伤船体是不科学的举动。船长与站长联系协商：协调澳大利亚的直升机来助卸货。等待西风一起，荡裂了陆缘冰再作计较。在这样的情境中，少年不知愁滋味，生性如企鹅的慧敏又寻乐子了。就像农人嘲诮一位不安分的傻小子："你把他锁进柜子里，他就找蛀木虫打扑克……"

热情奔放的慧敏突然发现，三头蓝鲸来了，喷出了冰柱！它随船不知多少日子，趁着破冰的水道，有吃有喝，还终于有机会看这场热闹儿、看这群美女子了。她唤来了《人民日报》的记者孔晓宁、四川电视台记者白山杉，拍录像、拍照片。欣赏它钻下去、浮出来，鼻孔儿张开来，又合上，像真正的蛟龙翻天倒海、兴风作浪，呼风唤雨，真真精彩至极！

她兴奋了，开始学企鹅叫唤。聪慧机敏的人儿，果然是一鸣惊人，那清脆温润的银声，比之青岛的小伙姬鹏的狼嗥更养活耳朵。远远近近的企鹅围拢来了，拖家带口，扶老携幼，美丑夹杂，几百只集齐之后，才发现它们也有"我的团长我的团"：它们聚群列队，头尾有序，晚间在船边休息休整，还派出几个岗哨，分立四围，眼观六路，耳听八方——因为它们已经发现了敌情，几只海豹游过来了。它们虽然不是冰上的灵物，想吃企鹅本是癞蛤蟆想吃天鹅肉，但卧于榻边的老虎，还需要提高警惕。

困在冰中，很晚才入舱房的慧敏才女拿起笔来，写下了这一段较长的文字：

1996 年 12 月 27 日　周五

船停止了破冰前进，在原地等待 30 日澳大利亚的直升机来卸货。

我们没事就跑到船尾甲板上去看光景，这里不知耗掉我们多少胶卷！

三条鳍鲸已尾随我们多日，每隔一刻多钟，它就会一连数次把头从破开的碎冰中浮出换气，每次都要喷出一束水柱。

好奇的企鹅也来到船边，左瞧瞧，右看看，不时扇动几下翅膀，大大方方地仔细"参观"。企鹅"啊，啊"的叫声为空旷、寂静的白漠带来了活力，引得在船舱中憋了一个多月的考察队员们也"啊，啊"地叫起来。这叫声又唤来了远处的企鹅，它们从四面八方成群结队地，一个个腆着大肚子，就像幼儿带着白肚兜，急急忙忙、摇摇晃晃、步履蹒跚地奔来，样子非常可爱。嚯，这一回又有130多只，和我们船上的人数差不多！不好，企鹅一阵骚乱，原来有几只贼鸥俯冲下来，不知想吃船上的东西，还是袭击企鹅。企鹅群起而攻之，有几只特别勇敢，拍打着翅膀，尖叫着扑向贼鸥。贼鸥老实了，远远地躲在了一边。企鹅就得成群地生活，孤零的企鹅是敌不过贼鸥的。

水中的鲸鱼又出来换气了，噗的一声，几只在冰上集中精力看船的企鹅吓得几处逃散。

不知从哪儿游来几只海豹，它们在船侧的碎冰中嬉戏着，不怀好意……

站在"雪龙"船的楼顶，远眺远远近近的景观，发现是天上的世界。冰盖有多厚？天空有多高？甚时出极光？都是慧敏关心、等待的答案。长城站的太阳，盛夏子夜时分在东南，正午却在北方，永不落地。当年里唱毛主席是"鲜红的太阳永不落"，还以为是一种理想，现在看来，确实有了这样的实景。还有中山站海蓝冰白的仙景，还有关心人的糜文明站长、陈立奇总队长。这些人在关心慧敏的时候，肯定没想到，她会将心得叙述给一位作家，那作家很懂情致，笨拙而诚实地记下这一切。倘若心理的写照也活了，那便帮她了却了心愿，还了人情之债呢！

第二天，澳大利亚直升机来了，开始卸货。天底下还有这样的憨差事吗？队长派她的任务是手拿一条竹竿，驱赶前来偷窃的贼鸥。那贼鸥与你前世无怨、后世无仇，偌大的个中山站，能被偷窃？你这实心眼儿的外地女子，专得罪当地恶鸟儿，被抢走纱巾岂不活该？

生命的元旦

1996年12月30日　周一

早饭后卸货，把站上急用的物资从船上吊下来，在冰上摆成堆堆，等待澳大利亚的直升机用网筐吊到站上去。大家忙得满头大汗，好不痛快！渐渐地，我一点劲都没了。就我一个女同志，大家让我负责赶贼鸥，因为贼鸥一个劲地捣乱，不是偷鱼，就是偷鸡蛋。

中午11点多钟，我们匆匆扒几口饭，乘直升机上站。越过茫茫冰原，一座座冰山点缀其间，前面是黑白相间的丘陵，暗的是陆地，白的是冰雪，啊"中山！"一簇橘黄色集装箱群出现在眼前。我们来了，中山站！

放下手袋，又开始卸货。直升机一批批吊来货物，每次降落，螺旋桨造成的气流都会将地面的砂石吹飞，打得人缩脖子捂脸。飞机一离开，我们迅速冲上，把货物急速移开，再等待另一架飞机到来。

在紫外线强烈的极地阳光下，呆了十几个小时。由于防护不周，脸晒得黝黑，火辣辣地疼。12次队的医生戚勇把他的"鼻子"摘下来送给了我。（用软皮子制作的鼻罩，固定在墨镜架上，抵挡日光对鼻子的损伤。鼻子在面部最突出，最易晒伤。）

爱脸面又爱鼻子的美女子啊，下面的日记里竟写上一句"家中过新年了"的人话，真叫你的父母、丈夫、儿子哭笑不得。但是，有这样的一句，就足以证明"瓜子儿不大，是颗人心"：

1997年1月1日　周三

家中过新年了，而昨晚新年钟声就要敲响的那会儿，我们却在冰山丛中的海冰上拉油管。发电用的油料，可说是考察站的生命与食粮，没有它，就不能照明、取暖和工作。

趁陆缘冰尚未化裂，通过输油管输油，比冰化了用油驳子运方便得多，经济得多，安全得多。船拱到了离中山站3000米的地方，因为油管只有3000米。站上的人，将这边的油管往船的方向拉，船上人往这边拉，对接起来。十来个人一根，油管像条黑蛇，由同志们抬着、拉着，在礁石、冰山中蜿蜒前进。脚下的海冰有的已经松软了，不时有人陷下。冰下有水，水下还有冰。我前面的糜站长掉到水里，衣服湿透了。不好，我已陷下一只脚。躺下！减少压强！抽脚，角度不顺，又不敢太使劲，别别扭扭地把脚抽了出来！快滚！离开这薄冰，几个侧滚翻，我脱险了。在自己无法控制的"长蛇"下，顺势选择走坚固一点的冰，跳跃、躲闪、快冲，而不是小心翼翼。对"如履薄冰"有了真真切切的体会。

她又一次陷进去了！还练了侧滚翻。这在家人、亲人、同志、朋友、队友的心中出现过一万遍，谁也不敢出口的一句最令人担心的事故，又轮到她了，她摊上了天塌地陷的大事儿了！那是1997年的元旦，全世界欢度新年的日子，假若……假如那绵软的海冰良心丧尽……那除非贼鸥才会高兴的结局出现，岂不疼杀人也么哥？悔杀人也么哥？

南极是冰雪做的，中山站建在了冰盖上，没有那么多的纸短情长，没有那么多的哼哼牙疼、怜哥惜妹！干活的时间到了，这没有什么客气。没练过猴戏功夫的慧敏，要拜六小龄童为师，唱一出玩猴的武戏。这一切的日记，她写出了情节、人物、性格和形象。小心眼儿的我庆幸她选择了科学，而未抢走我的饭碗。同在山东，同在政协，又同在九三，远交近攻的惨剧谁保不演？

周扒皮转世

1997年1月13日　周一

今天开始搞发电栋侧墙的上部了，最上边离地八九米高，我们用吊车吊着铁筐，人站在筐里操作。这安全吗？在南极特殊的环境中，许多在国内违章的事，这里却是正常。看着他们一脸的疑惑，我第一个跳到筐里，小伙子们也上来了，吊车缓缓地把我们提起……

中山站纬度更高，比长城站寒冷，房下的冰终年不化，屋下头，我们不得不躺在冰上干活，由于紫外线的强烈照射，我们的脸皮剥了一层又一层，嘴上也起满了泡。

站长老糜几次跟我说，让我悠着点，别把大家拖垮了，要不，后面的活就没人干了。我说，只要我不倒，他们就没事（他们男同志的身体总该比我强！）总的工程量有两万多平方米，容不得松一口气。我把在长城站从刘书燕那里学来的"中午不休息，下午干满点"的满负荷工作法用到这里。晚上来加班的人多，充分利用"人才"，每天晚上就安排大的整活，使每个人充分发挥自己的"能力"！到2月中下旬就必须撤了，不争分夺秒，根本完不成！大家友好地叫我"周扒皮"，在长城站我们喊刘书燕"周扒皮"，到了中山站，我成了真正的"周扒皮"！

超负荷运转，把小伙子们累得都趴下了，每到上工，就挨个叫，用托儿所阿姨般的口吻，鼓励大家："坚持住，顶住；坚持一下，再坚持一下，胜利就在眼前了。"别人告诉我，参加我们工程的人，一听见我的声音，就发颤。尽管十分温和，可大家真没力气了。不是我心狠，是南极特殊的环境，使我们不得不拼啊！我也不是铁打的，今天中午打出饭来，坐到餐桌前一点力气也没有了，尽管很饿，但胳膊疼得实在抬不起来，半天没动。旁边的孔晓宁关切地问：怎么了？我说："我的胳膊实在抬不起来了。"说着眼泪忍不住哗哗地流下来。女记者白山杉也跟着掉下了泪，并安慰我。其实她也很累啊！50多岁了，每天要拖着那瘦小的身躯，爬几十里的山路拍片，还要参加我们的工程劳动。我将胳膊撑在桌子上，费劲地吃下了这顿饭。一桌人望着我陷入了沉默。就这样，午后我又像阿姨一样，去叫醒他人。凌子愚工程师双手疼得无法伸直，但还得紧握钳子，去折那8号的钢丝改制工具（没有现成的卖），同时要完成他的那份工作。

12次队越冬队员一走，记者们帮了大忙，孔晓宁、白大姐、马中欣、薛冠超都出了大力，党委委员、地质学家赵越更让人于心不忍。他每天翻山越岭几十里野外考察，晚上来工地加班，赶都赶不走……

除了共产主义思想、南极精神，慧敏女子的号召力、魅力可以忽略吗？

1997 年 2 月 2 日　周日　晴

南极的冰障也是考察的一大险关，曾发生过"极地"号考察船被围困在普里滋湾长达 22 天的险情。现在我们有了"雪龙"号破冰船，但也不能直接靠岸。在中山站下面的中山湾中，终年聚集着大大小小、奇形怪状的冰山，冬季，这些冰山被陆缘冰紧紧地围在那里，到夏季陆缘冰化开后，它们才能松动一下自己的身体。大量的站需物资，是靠小艇在陆缘冰与冰山的裂隙中，像走迷宫一样，艰难地穿插送到站的。冰山浮山的体积仅是水下体积的 1/6，埋在水下的冰山对小艇是个很大的隐患。下降风与冰山间狭拐效应（就像过堂风）造成的涌浪，随时会将小艇推向冰山，很危险的。

这两天，一场难得的西风把中山湾的冰吹散了，抓住机会赶紧卸货。自昨天白天到现在，我们已干了一昼夜了。两艘小艇在"雪龙"船和中山站之间穿梭，我们在冰岸把运来的货搬下，把要运回国的物资装上。

凌晨 5 时许，当我们把最后一块运回国内的南极冰搬上小艇时，发生了可怕的一幕：一座长约 0.7 海里，宽约 0.5 海里，露出水面有 40 多米高（总高应有 300 米左右）的大冰山突然翻身。原来龇牙咧嘴凹凸不平的冰山，顷刻间变成了平滑光洁的馒头山。翻身引起的动荡，使普里兹湾就像发生了海啸一样，巨大的波涌在岸边形成几米高的大浪。小艇的安全受到威胁，在场的考察队员奋不顾身地紧紧拖住缆绳，摔倒在冰上，被巨大的冲力拖出好远。小艇终于没被回头浪卷走。正巧我的摄像机就在旁边，我迅速录下了这惊险的场面。它成为我国南极考察史中又一组珍贵的资料镜头。

我由衷地钦佩慧敏了，在太多的危急关头，我们的男子汉多有失急慌忙，踢坏临门一脚，或踢不出临门一脚的时刻。我的老乡、亲密同仁能在关键时刻里，随机抢拍下并不属于她专业的珍贵的一组镜头，真乃女中豪杰、队中精英、国之重器……若不好好描写她，则难以对起同仁，难以对起看官。所幸这位情商满满的才女之日记越写越好：

雪莲并蒂的日子

1997 年 2 月 14 日　周五　晴

中山站的防腐工程，昨天竣工了！三个男主力队员昨天高兴得喝醉了酒。站长同意我的建议，放假一天。昨天讲好了，我们几人一起去看看周围的风景，要不就没机会了，说是 16 号就走。结果早晨三位先生的酒劲太大，起不来了。于是我一人随着"向导"赵越、"陪同"郝晓光一起上路了。

绕过纳拉湖，在纳拉半岛的一处山坡上，见到了赵越和生物学家们谈起的"植物园"。在一片沙石地上，长满了黄黄绿绿、高不过寸的植物。据说，它们是蓝藻和苔藓，那黑色的是地衣。这在举目不见树木，没有半根小草的拉兹曼丘陵是多么珍稀：这绿色的生命，滋润着我久不见花草绿树干渴的心田。

翻过几道山岭，来到了我久闻并一直惦念的"大滑梯"——这是一处百多米高的、非常陡的冰坡。赵越很熟练地坐在边缘，一伸脚，哧溜溜滑到了下边。看着赵越那越缩越小的身影，我胆怯了，浑身发软，往日的勇劲一下不知跑到哪里去了。身后的郝晓光冷不丁推了我一臂，啊……顺着陡坡，我坠了下去，越往下，感觉越好，开心极了！郝晓光也下来了。不过瘾，再爬上去，又来了一遍。带着孩子气的满足，我们向又一山峰走去。我直想，如果我家碰碰能来，该多么开心啊！

山峰上，奇形怪状的岩石更为集中，就像奇石的展馆。有的石头像天狗，有的像大龟，有的像拱桥，更多的像巨大的蜂巢。一个个孔穴布满了岩壁。许多洞穴是相通的，大大小小层层叠绕，有的洞壁薄如蝉翼，可以透光。这是南极大陆一种特有地貌——著名的蜂巢岩，它是受强烈的极风侵蚀形成的。

这是一个冰川的入海口，巨大的冰舌以排山倒海之势，似万马奔腾，就要冲向冰海，我被这浩荡的气势震撼着，它卷走了我一路走来心中所有的苍凉。

10 个小时的跋涉，使我有幸饱览拉斯曼丘陵的壮丽风光，不会带着遗憾离去了。

这是一篇文气饱满的游记散文,她的思想性、高境界和写景状物,都有着较高的尺度,这女子真是有才!难怪作家殷宪恩锦上添花,感慨地为之赋诗《慧敏女子》:

> 泉城女子慧英嘉,极地风流映琼花。
>
> 雪龙红珊千古韵,丽姝宇宙月中霞。
>
> 诗心歌意人神诵,文字豪情赤县华。
>
> 掩卷幽思难入梦,龙翔凤翥望天涯。

回　家

回家!我曾多回品赏过一支萨克斯管的独奏曲,演奏家用铜管乐器,吹奏出情软血柔的乐感。也亲耳听到过俄罗斯站站长,和会做烧烤的大胡子抱起张国强来,像饿狼一样铜声铁气地嗥叫:"回家啦!要回家啦——回家……抱老婆睡觉!天天睡觉……"

我们的慧敏也从天涯回乡,她也有梦中的温柔之乡……她以一位指挥员、工程师、科学家、外交家的结晶,完成了长城站、中山站并蒂莲工程的巾帼英雄的骄傲,而衣锦还乡,柔情似水的她,将要回到母亲、丈夫、儿子的怀抱!她不能大声呼喊"回家了",只能有贼鸥偷得纱巾那样的窃喜,孔孟之乡的女子!要装个文静,扮个矜持。还有几万里的惊涛骇浪,云月混沌的漫漫长路呢!"雪龙"号上的每一位帅男靓女,既不可患失,更不可患得,只能把思念、思恋的激情,转化为口头撒气,诙谐淘气,凉腔二气的胡扯八连,胡修乱改的流行歌儿,打发那冗长的海上日月:

> 你说我潇洒,
>
> 我说你漂亮。
>
> 叫我说,我和你,

都呀够爽!

现在的人,不要脸,

有老婆,还要偷腥,

没老婆,又心慌,

海路有多长?

嘟里格嘟,嘟里格嘟……

笑出眼泪,笑出鼻涕的小子们、女子们又要去值班啦!突如其来的警报声却回响在大洋之上,人们火速地持枪上岗,一场老八路没见过、解放军没遇过、雪龙人首次摊上的大事儿来到眼前:海盗船出现了!当天晚上,全无怯意的小女子,以平心静气的笔调如此记叙:

1997年3月11日 周二

南纬47° 东经111°7′

昨晚再次穿过龙目海峡,防海盗值班又开始了,值班的小伙子们吵嚷着,一定抓个女海盗!他亲自夜审。随队医生说,要由他先行体检……今夜里女海盗未见,却追来了两艘海盗船,其中一艘开得非常快,围着"雪龙"船绕圈,在对讲机问话不答,而且咄咄逼近的情况下,"雪龙"将船尾飞机库和飞机降落平台上的探照灯同时打开。海盗一看有飞机,慌忙逃窜了。其实飞机库里什么也没有。

诸葛亮的子孙,玩惯了空城计,小小海盗哪能识破?便是没有飞机,若真的开起火来,那才开心呢!我想起《水浒传》施耐庵先生的一句说词:"春暖无事,正好厮杀取乐……"孙子的后代,毛泽东的后代,怕谁不成?昨晚,我在中央一套看到奥巴马访日,要和日本协防钓鱼岛的新闻,解放军发言人杨宇军讽刺挟美自重的安倍:拿着鸡毛当令箭!奥巴马一句话就是依靠?中国人民解放军,完全有能力保卫钓鱼岛!

好久没听到过如此回肠荡气的发言了！我像捷克老头的助手连吃三碗面条一样，挺直了腰杆！

以自身之事业成功而誉满南极、誉满中华，挺起腰杆的当属慧敏，那是玉树临风、水荡莲摇的形象。曾经沧海难为水，除却巫山不是云。经磨历险的慧敏女子，有着冰山的瑰丽与沉稳，最后的一篇的日记，亦有冰峰观景的从容：

1997 年 4 月 20 日　周日　上海

中国第 13 次南极考察结束了。

我们在中山站的工作，再次得到了考察队队员的赞扬和领导的好评。考察队总领队、国家海洋局极地办陈立奇主任拿着中山站涂装一新的照片说，他要带回北京去，给有关中央领导看看，给国家计委看看，在经费有限的情况下，把站装扮得多么好！临别了，他送给我一件精美的台历作纪念，上面写道："作为女同志，两次赴南极，已是不易。承担两站改变站容站貌的重要任务，除锈油漆工程的负责人，在南极那种严酷环境，其中的艰辛困难，可想而知。你巾帼不让须眉、身先士卒、抢担重任、勇于开拓、团结同志的精神，更使人感动。愿你把对南极的理解和我国南极考察事业的深厚感情，在你的一生中永远发光发热。"

我将《慧敏女子》一文仔细裁剪，参加了由中宣部牵头的"我的中国梦"征文大赛，幸获了奖励。文章在多处发表时，这爽朗妹子竟会腼腆："哎呀——大哥哎！很多人看了文章，俺可不想出名儿啊……"

日上三竿，慧敏的发光发热还在中途。我的描述却要打住。我相信，还会有别的作家更好地写她，抑或是她自己……

　　　　我讲了一个真实的女子，
　　　　她的家隐于泉城的绿柳。
　　　　因这角儿玲珑剔透，

谁和她都可能交成挚友！

附：小资料

周慧敏，山东慧敏科技开发有限公司董事长，享受国务院政府特别津贴专家，高辐射覆层技术发明者。全国先进工作者，获全国"五一劳动奖章"、全国十大杰出职工、全国三八红旗手、全国巾帼建功标兵等荣誉称号。八、九、十届山东省政协常委，十一届山东省人大常委，九三学社山东省常委。

五

捷克老头

冰雪破屋，

风浪险舟。

缺衣少食，

少车无油。

八方探索，

九站乞求。

整个南极世界啊，

都传说疯狂的

捷克老头！

在南极，你看见那晃着虚光、卷着茸茸毛边、好似云朵游走着的东西，恰是漂流在海上的浮冰。再看那形若玉雕、银锭般不飞不动的光亮之物，却是垂挂天底的凝浓的云朵。天与海柔柔地融合了，无边无缝。海风海流率性地合欢了，推催得冰山雪坨恣意漂游。骇人听闻的"鬼船"几乎在你面前神秘地消失。那不过是一座冰骨分崩、雪肉离析的雪坨瞬间的消解，连装扮乘客的企鹅也随波逐流，另寻靠山了。亦真亦幻的奇象，虚虚实实，本来比春梦绚丽啊！

在乔治王岛的长城湾边，若沿着凝冰的小径西行，可见得一片雪白的鲸骨：房梁样伸长，一端插入雪堆的，是鲸的脊骨。那弯如牛肋，又比牛肋大出多倍的几枝，我想用之作檩，盖一所翘檐的瓦屋。瓦须青色，与白骨比对着，形成审美的反差。鲸骨东首坡下，是长城站的车库，宽履带的雪地车、推土机、铲车开进开出，卷起团团雪雾，煞是威风。我注意于车库地桩下的一艘旧皮艇，它以两只羊皮气囊简单拼合，装一台二三马力的马达。艇上放一行囊，早已破旧。摄影者殷赞说：皮艇与行囊已在此二年，它的主人是一个名叫"亚大"（又译为"耶达"）的捷克老头，这个六十余岁模样的神秘人物，在此留下成串的故事。

"勇士"诞生

"亚大"称自己是捷克共和国人，1968 年 8 月，苏联入侵捷克斯洛伐克，坦克与装甲车开进了首都布拉格的大街。那时刻，一腔热血的亚大和他的朋友们高唱着国际歌，一个个扒开了上衣，对着坦克高叫："你们有大炮！我们有真理！"但是，捷克共和国的总书记乌布利希举起了双手，被苏联军队带到莫斯科，签下了一纸协议，扼杀了"布拉格之春"。

布拉格的捷克人纷纷逃进深山老林，一逃就是数月，亚大和"自由战士"的战友们，在苏联红军的追剿下作鸟兽散。在最艰难的时刻里，这一伙人靠着吃野果野菜苟活下来，体验一种"极端环境下生存"的淬炼，立志要做"世外桃源"的隐士和职业革命家。诗情画意的男女们唱着二战时期东欧革命者创作的悲壮战歌，抒发着他们的书生意气：

> 快快上山吧勇士们，
> 我们在春天加入游击队
> ……
>
> 游击队啊！快带我走吧！

朋友们再见吧再见吧再见吧！

我已经不能再忍受……

但是，在森林中忍受不住的青年，终于又回到了社会，亚大当了一名专教克罗地亚语的教师。后来，他另寻仙境，立志做一名在极端环境下体验生存极限的探研者！他将理想的环境选择在南极。这是捷克政府无力支持也不主张的事业，更谈不上南极建站。于是亚大卖掉家产，依靠朋友们募捐，千方百计、千难万险地来到了南极乔治王岛。

他成了一名乞丐探险者，一个充满传奇和神秘色彩的怪人。在万般无奈中，在天涯海角里，这只老鼠转而投靠了狸猫，向历史上与东欧国家意识形态一致的前苏联科考站求援，用各站捡来的废料，在西海岸的"纳尔逊"冰盖上筑造了一间十平米的"百家衣"似的木屋：智利的板墙、苏联的钢筋、中国的保温材料、乌拉圭的旧门窗。还有捡来的纸箱、桌凳、床板、油炉、睡袋、防寒服、长靴……更宝贵的是纸箱的内容：面包、红肠、奶油、蛋卷、苹果、橘子、罐头，还有中国馒头干、米面、食用油、酱、醋、盐。在一般的情况下，他舍不得动用箱内食品，只用钢丝钩在海里钓鱼。那是姜子牙钓鱼的神话：不加饵料的钩上，竟然常钓上墨玉一般的鳕鱼。

他用短刀剖开鱼腹，将滴着鲜血的鱼肝吞下去，在门前雪堆上擦净血手短刀，也不舍得点燃那只保命的火炉，而是从油亮的背囊中掏出捡来的木块、竹条和其他可燃的东西，费力地点燃它，于是，那个被包裹得严严实实的冰疙瘩里，便蹿出一缕白烟，一团红火。这是捷克老头最幸福的时刻，铁条上的鳕鱼吱吱地响着，每滴下一滴鱼油，爆放一团光彩，都有着节日礼花的亮丽。鳕鱼的肚皮烤焦了，他扯下一大片香脆多汁的鱼肉，在满盛中国酱油、米醋的瓷碗中饱蘸一下，仰面朝天地吞下，发出口舌被烫时痛快的唏呵声。喝一大口冰雪融化的热水，满意地打出一个喷嚏。鱼脊两侧的肥肉，他常常不待烧熟，半生的鱼肉更有营养。在嚼碎鱼头骨的咔嚓声中，腥热的脑浆呛得他咳嗽起来，脊和肋的嫩骨，有一种类似坚果的香酥。同时吞下的，还有智利安第斯山的木材和中国新竹的薰香。

在这样的时刻里，他用袖口抹抹嘴边的鱼油烟黑，想喝上一口威士忌或伏特加。要是喝中国的烈酒或智利的葡萄酒更加解馋！但是他不舍得，只用熏黑的毛茸茸大手取几只馒头，填入死火残烬，小心地翻转着，烤成俄国"大列巴"般的干硬，留待下一顿、下一天的生活。他算清这一小堆火灰所能担当的任务，然后用鹅卵石埋盖了它，穿上大衣，提起空油桶，小心地爬上他的小皮艇。

他总是乘着饭饱的时机行动，就像是汽艇的发动机里加满了油。那是个不错的天气，从韩国站的旗帜上，判断出三级的风力。顺着这样的风力和海流，他可以不开马达、划桨到长城湾去。这是中国人自取的名字，世界地图上的名字应是——菲尔德斯半岛的南部海湾。长城站上的中国国旗像一团新燃的火，照得他心里暖暖。身围是冰凉的莹莹海水，每个大一点的动作，都会惹起雪坨样的浪花。他必须躲开海面浮冰，特别是浮冰上的海豹，倘若它全无歹意地捉弄你一下，小艇便会沉入黑黑的海底。浮冰只露给你洁白晶莹的面貌，而水下潜隐的巨大躯体上，还长着锋利无比的边角棱刃，割破这鞍褶的气囊只需一触。还有似从天降的霉运；小艇小心地走着，海风和海流也不发难，远远的冰山却破裂开来。它的硬块并未迸压小艇，巨大的浪涌却排空而至，小艇做不成海中的树叶，而只似海藻一芽！在这水天茫茫的冰雪海中，别指望有人救他的性命！

千百次领教了南极天气的多变：平和晴明的暖日，风说来就来了。每一朵看似美丽的浪花，可能都是摧垮小艇的灾星：泼湿它、浸透它，冻僵冻坏老头儿，或直接扑翻小艇的结果，似乎都是那个死字。倘若过了暖夏，浪花带来日暮秋声，抑或春日的寒冰半解呢？小艇成了群鸥口边的一只磷虾。它在流动、漂动的冰缝里游走，路线是一条缠蛇的迷阵。在他还没有全晕的时候，冻云密布了，一阵突发的雪霰降临，砂粒般的击打有着足够的重力，他捂住多毛的脸腮，却无法睁眼找到上帝或圣母玛利亚，连意识也在冷冰里冻僵，等待是多么的盲目和无望！但是，也有雪暴突停，玉宇乍晴，连海冰也咔嚓裂隙的时候，这才是真正的神话，无论是捷克老头或中国的"雪龙"号，都曾在绝望之时突现过这样的幸运。在南极真正的冬天来临的时候，从纳尔逊岛到乔治王岛的海面全部冰封。捷克老头竟敢背起油桶和脏污的行囊，踏着冰凌跨海而行。

满眼的雪光雪坨，无数的冰裂冰坝，被皑皑白雪虚虚遮盖，幽深无底的海豹洞，穿透了蓝莹莹的冰层，直通海下。无论踏上冰裂或豹洞，几乎要到地球的那一面才能找到尸体。但是，他手中的一支中国竹竿，将多次陷落的自己棚架在冰窟。他拖拉着水湿的长靴，几近爬行，如果无力到达长城站，就在企鹅岛或海豹滩上的避难木屋过上一夜、一昼夜吧！这是又一类型的幸福生活：他会在木屋的上檐摸到火柴，点燃智利人常备的火油炉子，烧开一锅滚烫的雪水，整个的木屋里便漫开了热雾。他换上公家的长靴，披上臃肿的大衣，饕餮大块的蛋糕、面包、香肠和罐头食品。然后钻进睡袋沉沉地睡去，梦里跌入了冰窟，却觉得海水温暖。倏忽又爬上冰裂，脚趾和手指的灼疼令他喊出声来。也有海豹鲨鱼的追杀，他逃入鲸鱼的巨口，享受着被消化前的那种湿漉漉的温润。当他从噩梦或好梦中苏醒的时候，已过了一个昼夜或更长的时间。木屋外呼啸着狼嗥般的寒风，他撒泡热尿还会再睡。如果门外晴天朗日，他会像野兽那样蹿出木屋，站上高点，看那条沙坝是否被海冰封盖。只要有了通行的希望，他就会背上行囊、油桶，向着红旗招展的长城站疾进，耳边奏响着曾流行于世界的《捷克斯洛伐克骑兵进行曲》，他成为一位英雄的骑兵，挥动着竹竿的利剑，只在接近生活楼的时候才放松脚步，换成笑脸，以夸张的热情与每位相见的中国朋友拥抱。他提出的要求永远不多不少：一桶汽油，一背囊食品和水果，还有必需的药品、日用品。如果这一次收入可观，再吃上一两顿中国热面，他还会再去智利站，先寄出要紧的信件、资料，再遍访乔治王岛的每一站去碰运气。他将丰收成果装上一块板皮，像拉雪橇一样拉向对岸。冬前若有如此的几回，极夜的生活将幸福无比。他珍惜分毫的猎获：一只死燕鸥，一条死鳕鱼，还有风干于海滩的磷虾或海藻……

然而，严酷的南极从来不只给他美梦。在13级的大风里，长城站的科研楼被剥去了钢铁外皮。捷克老头的小木屋也几乎被掀翻、吹飘入海。既要做生存极限试验，居安思危的他也就未雨绸缪：搬来海滩上、山崖边的石块，在木屋外的墙根尽量叠高，培上雪泥，又在联体的屋底排满石头，像压舱的重物一样，使小船的底盘尽量加重。海浪的碎块和着砂石射击着木屋，狂风的吼叫，似是成千上万的野狼噪声一片。他确切地感觉到木屋晃动了，似要翻起身下地板。钢铁框架扭摆出呀呀的呻吟。他清楚地听见，企鹅或其他鸟类撞上木屋的嘭嘭声和鸟蛋碎裂黏糊糊的钝响。也能分辨出海豹或其他巨兽拱撞木屋，硬毛与铁皮蹭擦弹拨出的琵琶音。风暴稍息的而后，他感觉无数的兽类、鸟类爬满了木屋。它们在撕咬、冲撞、吞吃着什么，时而怒吼、咒骂，对话则像一场互不相让的谈判。终于到了更加疲乏的时候，它们的语速变慢，音量降低。仔细听来，仿佛有见识过的狐狸、鼠狼、刺猬、花蛇、蟾蜍、山雕与野獾，尽管他坚信，南极不会存活此类……

但是，感觉又在与他对抗了。他想将这一切解释为梦，却又确信自己彻夜无眠。在真的梦境里，企鹅岛的雪岭山上，曾走来一位美女，她穿着绿色的冬裙，黑色的长靴，透红的丝带系成美丽的蝴蝶结，扎在她飘冉的长发上，苗条的体态柔成一枝翠竹，标致的东方美女形象！她以中国京剧的做手儿，推开小木屋的房门，带着满身的芳气，无声地望着他。屋角的木柴正燃着，红火里烧烤着枣木般结实的鹿肉。他听见屋顶群鸟飞至，窃窃私语，又发现来自美女口中，朦胧中问起许多关切的话。

醒来的他感觉万分的惆怅，这是一首中国诗词的意境，当中国朋友翻译与他的时候，都认为这是大隐文士的大美梦想："雪岭山上高士卧，明月林下美人来……"但是，待他在数月后……数年后，真的在雪岭山上，幸遇到形若梦境中的美人之时，他才相信这冥冥之中，真有天设地造的奇妙！这是后话。半梦半醒的混沌中发生的，他说不清也不愿述说于人的故事，宁可永远不说！

南极的仲冬节是 6 月 21 日，也就是北半球的夏至日。从 6 月 22 日到 9 月 23 日的时段，与乔治王岛夏季日日日日的白昼、白夜相反，世界陷入了无底的黑暗。在这块小小的方寸间，他大多数时间都是穿上所有寒衣，钻进睡袋取暖。他不舍得点燃火炉或中国蜡烛，只可以回想这些好东西与他的交情：中国朋友的酸菜炖鱼太好了，俄罗斯朋友的烤牛排、智利朋友的葡萄酒太美了。还有长城站提供的气象资料、南极环境研究资料、乌拉圭朋友的木化石研究资料、韩国站的冰盖冰雪资料……他还要思考、试验、记录自己"极端环境下生存体验"的资料。他将一切资料发给捷克各研究单位的朋友，得到的是如潮的欢呼和崇高的赞誉。好几所大学聘他为客座教授，并向政府提议建立南极考察站，这都说明他的坚持是多么的值得！一种豪迈、悲壮之情常常冲顶出他的泪水，冲顶得他常像一头受伤的海狼那样忘情嗥叫：

……

如果我在战斗中牺牲，

请把我埋在高高的山冈，

再插上一朵美丽的花，

啊朋友再见吧再见吧再见吧！

每当人们从这里走过，

都说啊多么美丽的花

……

生死之间

在这样的激情中，他敢于走出木屋，贪婪地望一阵韩国、中国站上的明灯。中国站的明灯啊！便是在极昼的夏季也不熄灭，与日月同辉。在这极夜的墨染下，连冰雪都变成了黑色。长城站的碘钨灯却放射出熠熠红光，点燃得海冰漾出几溜火河，灿灿漫漫地引烧过来。这是天涯的奢华，甚是南极的太阳。他像"卖火柴的小女孩"一样，眼望着这样的太阳，心里暖和起来，进入一座明亮的厅堂，厅内火树银花烧烤着，烤得他皮热肉燥，想扒掉皮衣。

他知道，这是在极寒下濒死的征兆，便摸索着退回木屋，立即喝下两口中国的"孔府家酒"，同时想起孔子的隔代弟子——亚圣孟子的教言："天将降大任于是人也，必先苦其心志，劳其筋骨，饿其肌肤，空乏其身……"事实上，他已经身临绝境，木屋里的箱、囊内，再没有一点支撑生存的食物，更缺少对外求援的卫星电话。他将最后的一块干肉吞嚼下去，半瓶白酒掖进皮衣，关上铁门，向长城站灯光照耀着的海冰摸索而去。

竹竿和手脚并用，触摸出了雪堆、冰沟、冰坝。那障眼的物体，必然是雪坨冰墙。顺着灯光的汪漾前行是他的希望，每一步都是脱离或迈向死亡。还在几天前的恍惚中，长城站探照灯的闪掠里，他似乎梦见、看见百米外或千米外的冰面上，有一块深深的黑色。而能够点燃他生命之火的，也只有这一个墨玉黑点儿了！当他的围巾被呵气濡湿，又冻成瓷瓦凉硬的时候，他摸到了那个黑点儿！哈哈！竟是半条海豹的尸体！那么温顺而仁慈地冻结在冰上。他抽出短刀，切削着石头般坚硬的内脏和脂肪，塞满了皮衣的囊囊袋袋，然后在胸前画着十字祈祷："阿……"但在"门"字还没说出，他便一脚踏空，陷入脚下冰洞。

眼前是一团漆黑，身围是坚硬冰墙，靠着竹竿的横支，才未继续陷落。他突然冒出了急汗，他心里明白，穿的再暖，呼吸也有如冰刀插入气管、肺脏，当肺脏冻硬不能缩张时，死期即到。他用力撑开四肢，以钢刀挖出一只脚窝、一只肘窝，点燃了火机察看……啊！果然是那个海豹的洞穴，它死在了洞外，却诓引他死在洞内。他陷在洞穴的弯处，头上是直直的竖井。再需十分钟时间吧！他便会冻僵、滑落海底了，而爬上的希望应该为零。既然已死过百回，这一死也不再怕。但上帝是叫他来冲破极限的，刚刚唱过的歌儿，背诵过的孟子圣言，还萦回在耳边。他解下了围巾拴于竿尾，向冰洞底部探去。围巾竟蘸上了海水。他挑着围巾举过头顶，让滴水的围巾搭落在冰面，掏出"孔府家酒"的扁瓶，将酒一气灌下肚去！他拉了拉竹竿，觉得围巾已牢牢地冻结冰面，竹竿也系得牢固，便唤了声：上帝！一刀刀开凿起攀壁的脚窝。他惊叹自己竟有如此的镇静和耐力，当他紧抓着竹竿，脚蹬着冰窝爬上冰面的时候，便跪伏冰面，亲吻着半条海豹，流出了感激的老泪。

泪水显然不够书写海豹赞歌，在他事后的述说里，人们得知海狼或什么神物吃掉那半只海豹，纯粹是为了帮忙，不然，他的短刀根本破解不开冻成石头的全豹。他一趟又一趟往返于木屋、冰面，用石头捶击着钢刀，砍削下它的脂肪，燃上柴火，烧软红肉，烤酥豹骨，吃光了一切之时，又用火灰熠软豹皮，一条条切割下来！这是世界上绝妙的烧烤，灵丹妙药，供他一直吃到乔治王岛显出熹微晨光，度过了极夜！

"复活节"诗境

忘不了那个被他称为"复活节"的日子，天光光，海茫茫，他踏着海冰来到了长城站。人们听着他近乎《聊斋》的故事，请他吃热面，喝"孔府家酒"，对他的钦佩又加了敬意。他洗了澡，换上中国站赠送的新装，并参加在此举办的"九国联欢会"。那是恍若春梦的场景，一群群潇洒、美丽的各国男女相拥问候，热烈谈笑，互相打趣。他发现自己已不习惯这一切，发现所有人看他的眼光都是怪怪的，好像在看半头死豹。他试着与人交谈，但不知口中说了什么。想乘着欢乐气氛愉快起来，反而喉口发热、发紧、发哽。他想躲入楼后的"西湖"边痛哭一场，然而无泪。当他被中国朋友拉进场内，节目开演之时，却猛然发现，这才是春梦的开始：他看见了自己在无数次的梦中，无数次的诗诵中思念着的那位"明月林下"的美人——果然穿着绿色的长裙，袅袅婷婷地走上舞台，以标致的英语，磁性的柔声，开始主持联欢会的开幕式："先生们，女士们，朋友们，你们好！南极洲、乔治王岛九国联欢会，今天在这里举行，就像是四海之内的兄弟姐妹回到家中，共度欢乐的佳节！在这片冰雪的世界里，我们的歌声、舞蹈和诗诵，我们的武术、球赛和表演都化成春花的芳香，冰雪般晶莹的友谊……朋友们！我们拥有着永驻的青春！"

顺随话音飞来的，是冰光闪烁的一瞥，突然照射于角落里的他……是啊！梦中的她推开"明月林下"的屋门，初见他时，也是这样的眼神，也是这样的……他语无伦次地询问着身边人："她，她是谁？"答曰："中国武汉大学的生物学教授，彭方。"啊！在接下来的发现里，她用包括俄语、西班牙语在内的几种语言主持节目，她的形象——像仁慈的上帝将他这只迷途羔羊交给了天仙牧女——好心肠的中国站长同意他的请求，让彭方认识他，帮助他，做他的语言金桥，让他的探极事业插上翅膀……

他激动得老泪纵横，深深鞠躬了。之后的交谈中，她轻松的回答，解开了梦中人一道道疑题：她初见他的凝神，不过是敏感的女人发现了角落里不寻常的眼光。她愿意帮助他，是圣人孔子的教诲，也是中国人发扬南极国际协作精神应尽的义务。她作为同专业的人与他合作，不过是茶壶盖放到了茶壶上，无须多想。至于那些"高士卧、美人来"的诗句，她夸奖他具有浪漫的诗人气质，却讲了一个可以圆梦的中国故事：几十年前，一个女幼儿教师带一群娃娃游园，公园的守门人是个麻脸，孩子气的女教师就多看了他一眼，麻小伙感觉良好，每见女教师领娃儿来玩，便梳头抹香地凑上，废话连篇。一日，美丽的女教师当着他的面儿，向娃娃提问："孩子们，我们为什么看公园？"

娃娃答："公园里有花，好看！"

她又指了指麻小伙："为什么叫你们看叔叔？"

娃娃答："好好种牛痘，不长大麻脸！"

哦！原来如此！捷克老头被美女惹得哭笑不得，却依然用最美的文字赞扬她，感谢她。这样的日月似乎很长，直到彭方回到了武汉大学，还介绍这位传奇老头儿去武汉、广东等大学讲学，直至而今。他们的友谊是真诚的，建立于共同事业、南极精神和儒家教言的基础之上……

"助手"疑云

如今，在捷克和东欧，"亚大"早已名噪一时，特邀教授、名誉教授的头衔已可堆计。他行为的方式，也随着时运的变迁而变化。当我来到乔治王岛，闻听各位专家讲述此人的时候，他已有二年未见踪影。他艰辛探索南极的标志之物——简易皮艇和那只破旧行囊，像一条忠诚的老狗一样，蜷缩在长城站车库桩下，任凭冰封雪掩。老站长董利告诉一个令我纠结的事实：这条皮艇并不是"亚大"一人寄放于此，还有他"成名"后雇佣的一个副手。在乔治王岛各国人的眼中，那是乞丐雇了个叫花子。他是在捷克比"亚大"更穷的人。除了像狗一样忠实地跟随或受使四处求援、汇集资料和发信之外，没有任何文化表现。在一身正气的董站长眼中，副手是一个使役，一个奴隶，或更准确地说：一个被放在极端环境下的试验品！因为自有了副手，"亚大"就只在每年的夏季来此一度，将漫长的堪作生死考验的日月交给了他。在副手的眼神里，人们读到的是忠诚、坚韧、可怜和无奈，他不但不具备表现意愿的英语、汉语或俄语功能，甚至在讲用捷克俚语，因而无法判断他来南极的自愿程度和从事这一切的合法性、合理性。也无从知道"亚大"离开的意义若何、负义几何！

所有人的记忆都是"助手"的固定形象：油渍的皮衣，龟裂的长靴，巨大的、多处脱毛的皮帽遮盖了几乎全部脸腮，只露出尖尖的长鼻、毛茸茸的胡须。他用嘶哑的声音与人说话，伸一双鹰爪样的枯手，说不清手黑是油灰还是墨染。在走热了或狼吞虎咽对付汤饭的时候，他才会脱下沉重的帽子，露出盖过额头的黄发，一股狐臭味儿也会喷发出来，弥漫于整个站区。但是，人们都愿意帮助这个可怜的人，因为他的诚实和自持力明显高于"亚大"。他要的东西似乎很少，几乎不烧柴油。有人亲眼看见他生食漂在海湾的死鱼，并用海水洗漱。

张国强是在一个风雪天最后一次见到他。他踏冰而来，背着一只褡裢。因他已多日未来，人们给他留下不少的烤肠和馒头。他吃下三大碗加了果酱、肉汁和奶油的面条，那么满足又不满足地舔着嘴唇。调皮的大厨小厨们往他的皮衣里掖满罐头、葱头、蒜头和馒头，唤他孕妇、伙计、老伙计。他鲜见地笑起来，露出了尖尖的虎牙。在一级级走下综合楼铁梯的时候，他竟然挺直了腰杆。人们议论着他一冬的艰难，长夜的生存状态，一直目送他走到"长城石"下的时候，却看见他停下脚步，手搭额前，仰望着我们的国旗，慢慢地脱下帽子，佝偻着身体，头深深低下去、低下去。然后，他踏着深厚的积雪，踱到海湾的冰上，像一只肥笨的鸭子一样，晃晃荡荡地走了。在天光、冰光的合照下，他的身影拉得很长、很长，晃悠了很久、很久，直到天黑的时候，黑点儿似乎仍在晃动。他要绕过长长的冰裂，绕过幽深的海豹洞，还有根部凹凸的一个个雪坨。从此，人们再没见过他……

海冰融化的夏日来了，中国站的朋友前去看望他。木屋里没有，雪坡上没有，大家不知道他的名字，只是齐声地呼唤着："哎——伙计——老伙计，你在哪里？"浮冰下没有，雪坨边没有。人们开始审察那个木屋：没留一撮柴灰，没有一滴火油，没剩一点食物、一件衣物。也没有一块人骨，一块破衣，一滴血迹。看来，他是带着所有的家当出门的。他们找遍了那一片海湾雪地，仍不见"伙计"踪影。朋友们流下了眼泪："老伙计"没有了！没有生命的迹象，也未有死去的迹象。看来，他应在冰冻开化之前跨海，掉入了冰裂、豹洞，而被海豹、鲸鱼、海狼等等的动物生食了的。

也在那一日后的不久，捷克老头来到了南极。人们已不愿搭理他，他却流着眼泪四处喃喃：多好的朋友，多好的兄弟啊！他没有了……他争着留在这里，说比我年轻二十岁（先前，人们认为他们年龄相仿）。他寄给我许多有用的资料：气象、天象、海象……动物趣闻，形象活泼，富有文采。还有描写他在极寒中突发热感，想要脱掉皮衣，和在极度饥饿后突然厌食等濒临死亡的经历。他写下在缺油断食的无望时刻，吞下了烧焦的蛋壳和木灰，获得了出门求食的力量。他曾与不知名的海兽搏斗，双方流血，两败俱伤。在深不见底的黑夜里，他看见大灯突亮，看见或梦见大群的海盗从轮船跳下，高高扬起铁棍，夯击着海豹的后脑，然后像拖死猪一样运走。还用巨大的网笼捕走企鹅，在企鹅爸妈面前生喝着鹅蛋、生吞刚孵出的小鹅……最后，他们要带走他，逼他交出所有的探考资料……

助手的日记很长，有错行和叠压，说明是无灯黑夜写下。他说不清事情发生的季节和日月，却能对一些细节叙述细致入微。令人大为惊讶的是，他写道曾有美丽的女子出现：她来自屋顶，月亮样光洁的面庞上，有一双冰珠般清亮的眼睛。她的头发金黄，像阿德利企鹅一样，插饰一支金黄的菊花。当她展开金色的长裙款款落地的时候，整个的木屋都璀璨炫目，温暖无比。她俯身望着他，将戴着镶钻手套的小手抚在他额上，像唱歌一样说了许多关切的话，最后的话语好似天鹅绒的温柔："跟我走吧！我们……一起飞进天堂……"

于是在木屋顶端开出一口天窗：明亮的阳光瀑布般倾泻进来，灿灿地灌满每一个角落。他写道：仙女飞出天窗，那么轻盈地提携着他。穿过了海豹洞般的幽深隧道，千折百回。不知道洞的那一端还有多远，却可以感觉到，橘汁样的金光灿灿漫漫，流泻湍激……

他的老泪洒落下来，灌满了脸上的千沟万壑，他捧托着大叠的失踪者手稿，一遍遍讲述。听可恶的人讲诱人的故事，是一种心理的奇怪折磨。人们宁愿相信，"老伙计"是跟着仙女上了天堂。正像希望当年失踪于罗布泊的中国科学家彭加木——是外星人绑架了他，让他去整治天外星球的荒漠。这要比任何结局更符合中国人皆大欢喜的文化心理！在中国朋友猜疑、品味和长久的无语中，"亚大"多毛的双手开始抖动，摸索，摸出一小块书写着"孔府家酒"的彩绘商标。在商标的反面，分明地现出了像中国一年级学生——幼儿园学生用圆珠笔书写的五个童体汉字："我爱中国人"。"爱"字写歪了，"国"字框太大，而那"人"字的一捺，则像"功夫朱"的踢腿动作，上扬过高。也因用笔过猛的缘故，戳破了厚厚的纸面。他说纸片儿是在火柴盒中找到的，火柴盒掖在木屋的顶角，还有两根未用的火柴……

天使还是恶魔

人们再也忍耐不住了，一齐流出了酸楚的泪水。2013年的2月，捷克老头乘着夏暖，又一次来到长城站。他做出老朋友的姿态，仍向长城站讨要资料、材料、油料和食品，讲述着他在中国的武汉大学、广东的中山大学和世界各名牌大学讲学的风光，传神地描绘着他梦中的仙女——武汉大学生命科学院彭方教授与他合作的愉快情形。他向人们介绍他的新聘助手——一位酷似前助手举止神态的半老男子，并让助手向每一位中国朋友鞠躬。新助手脸上露出讨好的笑，形象仍然是一位训练有素、骨轻肉薄的洋丐形象。

在海峡雪飘、寒潮来到，乔治王岛又将是冰封雪裹的前日，候鸟般的捷克老头，果然又要离去。他带着助手，向长城站朋友告别，请求人们像信任他一样，也信任他亲密的朋友。他捧出了一枚刻有"捷克共和国南极科考站专用章"的大印，要求第二十九次南极科考站副站长、管理员张国强代他保管印章。这是一种朋友的信任,一件跨国的重托,令国强不敢接受又不敢不受——因为他此次的迁徙,也一起带走助手,让他和自己一样在安全舒适的美丽祖国度过冬天。他们将水淋淋的简易皮艇抬上岸来,只求在库房的桩柱下存放一年,连同那位助手的破旧背囊。他信誓旦旦地保证:2014年的5月,他将会带领助手,准时返回长城站,面谢朋友。

张国强副站长讲给我这个故事的时候,是在2013年12月14日,离他的返还有五个月时间。我不能等待他,但似乎又确凿地看见他躬起腰,仰起笑脸,平平伸出双手,捧托着一只闪光的宝贝:"站长先生,这是捷克共和国南极科学考察站的印章,我以祖国和您的朋友——'亚大'的名义,将它重托于您,在我离开南极期间,您可以全权使用此印……"

啊!一个信任中国朋友的"亚大",两个不止费解的"助手"。我费力地解析着这一现象,也想要准确定位"助手"的属性:主与奴?师与生?官与兵?朋与友?老板与雇员……倘他不聘助手,独自闯入这远离人世的天涯,忍受着旷世罕见的天磨,便是合理?便是大义?学唐玄奘拉扯三位或一位弟子同行,而弟子遭难,便是无情?即便这浪漫之徒,是对南极仙境奇景产生艳遇般的迷恋,又妄图营造一种清风绝尘、冰魄雪魂、独阅天书而获扬名世界的本钱,但见得弟子(助手)与他苦难同当,生死相随,同做探极好梦的悲壮,不也是十分可叹吗?倘若助手不曾失踪(或升天),有机有缘与之"苟富贵",同成功呢?倘若他们不是因贫穷、无奈而扮中国古人武训之形容行乞求助,与乔治王岛九国队员八字难合、又因屡求常乞,有来无往,惹人生厌,而潇潇洒洒披云并驾呢……还有百般的假设,千般天问!族叔殷宪恩听罢故事,笃信"亚大"真仙,赋诗而赞曰:

> 捷克英杰旷世雄,一生九死守初衷。
>
> 破衣褴褛行怪异,壮志凌云济世穷。
>
> 九站求援寻饱腹,八方探索觅真经。
>
> 疯狂世界丰碑峻,四海祥开硕果丰。

我因心结种种，难下结论。况那伙计仍然健在，等待几年，自有公论，也以拙诗感而慨之：

是天使还是恶魔？

是投机还是探索？

是残忍还是坚韧？

是忘我还是自虐？

追梦的捷克老头啊！

任人评说……

六

大概南极

　　笔者就读于微山湖畔的韩庄中学。在地理老师教我们辨认七大洲、四大洋时，第一次看到、听说冰雪南极洲，便想象终年冰雪覆盖的那里，似天宫一样美丽。地球仪给了我五彩缤纷的想象，但不知南极多么遥远，只羡慕孙悟空乘筋斗云飘然而至，在那里留下遗失印记……

　　后来，我读了《十万个为什么》，始知鲸鱼、企鹅、海狼、贼鸥、海豹，和多得连海水都变了颜色的磷虾。于是，我在50年的梦中，好几回到了南极。2013年12月，幸运奇迹般发生！行前，我查阅了有关南极洲的大量资料，把标题写作《大概南极》，加小诗两首：

一

幼时身心懵懂里，

有幸见识地球仪。

始知南南还有南，

南到无南称南极。

二

《天上街市》是启迪，

梦游极处想天梯。

痴人久痴梦成真，

登上"雪龙"觅神迹。

地球上愿意走远一些的人多着呢，唐僧、达摩、马可·波罗都做了哲学、人文精神的贡献！即便是李白、杜甫，亦写下千古成诵的美诗。由此，我自然想到了鲁滨孙、哥伦布、麦哲伦……想到了南极——那块人类幸福新的策源地……我想到了我人生的历史定位：在规定的情景下，我所主观能动的，仍是在一次创作谈中发出过"愿在文学这棵树上吊死"的誓言。而今因写过航天、闯荡过大海、冲破了"湖人"的大概，变成了"海人"。我学不了达摩、唐僧、哥伦布等等神仙，学一回我的老乡，九三、政协同仁周慧敏苦征南极似已打定了心谱。捧起《当代中国的南极考察事业》宝典，开始寻查是谁第一个进入了南极……

南极洲

南极洲处在地球的最南端，是世界上唯一没有土著居民的大陆。由于它常年被冰雪所覆盖，气候严寒，其四周又被浩瀚的大洋所包围，远离其他各大陆，因此，长期以来人类无法接近。

南极洲，包括南极大陆及其周围岛屿，其面积约为 1400 万平方公里，是中国陆地面积的 1.45 倍。根据科学研究，目前得出的结论是：在地质意义的古代，南极洲是一个叫冈瓦纳的巨大的超级大陆的核心，它包括南极洲、南美洲、非洲、马达加斯加、新西兰、澳大利亚和亚洲的中南半岛。在侏罗纪末期，大约 1.7 亿年前，这个大陆发生裂变，出现了由南美洲和非洲组成的西冈瓦纳大陆和包括南极洲、新西兰、澳大利亚和中南半岛的东冈瓦纳大陆。在晚侏罗世或早白垩世初，大约在 1.36 亿年前，西冈瓦纳大陆分裂为非洲和南美洲；中南半岛也可能在同期从东冈瓦纳大陆分离出来。澳大利亚与南美洲的最后分离大约发生在 5300~5500 万年前。大约在 2000 万年前，南美洲与南极半岛最后分离，形成现在的德雷克海峡，从此，南极大陆在地理上就完全独立了。

南极大陆的直径约为 4500 公里，它的海岸线大致呈圆形，但由于罗斯海和威德尔海这两个深海湾的出现，使图形受到破坏，成 S 形弯曲的南极半岛延伸 1400 公里。

在地质和地理上把南极大陆分为东南极洲和西南极洲两部分，其界线是根据格林尼治 0°~180° 子午线给定的，在这两大部分之间，贯穿着呈东南—西北走向的横贯南极山脉。南极大陆的平均海拔高度为 2000 米，是地球上其他大陆平均高度的 3 倍。

南极大陆 98% 的陆地常年被冰原所覆盖，冰盖的平均厚度为 2450 米，最大厚度可达 4750 米。冰雪总储量为 2500~3000 万立方公里，是全球冰雪总储量的 90%，是全球淡水总储量的 72%。如果南极冰盖全部融化，全球平均海平面将升高 60 米，沿海的许多大城市会被淹没。

虽然冰是固体物质，由于长时间受力，产生变形，从大陆中心顺着谷地向低处流动，形成许多大小不同的冰川伸向海洋，浮在海面上，形成冰架。每当南极夏季来临，气温升高，从冰架的边缘分离出南极洲特有的平台冰山，其厚度可达 200 米，其长度为几百米到几十公里，最大长度曾超过 180 公里。

地球的旋转与地球绕太阳运行的轨道面之间的夹角为 66°33′，这条纬度线称为极圈。在南极圈以内的地区，明显地分为冬夏两个季节。冬季出现连续的黑夜，而夏季则出现连续的白昼，其连续黑夜及连续白昼时间的长短与极圈内的纬度高低相一致，在南极点的持续时间最长，各为二分之一。

在极圈以内的高纬度地区，由于吸收到的太阳辐射能相对比较少，所以气温较低，而且由于南极圈内全是陆地，与北极相比较，受海洋调节的影响较小，因此，南极洲是全球最冷的大陆。在沿海地区，年平均气温约为零下 17 摄氏度，冬季最低气温很少低于零下 40 摄氏度，而夏季的最高气温是 9 摄氏度。从沿海向内陆，气温逐渐降低。1983 年 7 月，苏联东方站（Vostok，南纬 78°27′，东经 106°52′）的气温曾降到零下 89.2 度，这是目前全球所测得气温的最低纪录。

南极大陆以多风暴著称，风暴频繁而且强烈。在东南极洲的中央高原，常年被极地高压控制，风很微弱，但其强烈的冷空气沿着冰面陡坡向沿岸急剧流动，形成稳定而强劲的下降风，并频繁地在大陆沿岸地区产生强烈的暴风雪，使能见度降低（有时几乎下降到零），持续时间为几小时至几天，局部地区风速可达 85 米 / 秒以上。在南纬 50°~70°之间气旋活动频繁，任一时刻都可能有 6 个以上的低压气旋环绕南极大陆自西向东移动，移动速度可达 8.5 公里 / 小时，其最大风速可达 70 米 / 秒以上。

南极大陆是世界上最干燥的大陆，有"白色沙漠"之称，其年平均降雪量为 12 厘米，在中央高原，年平均降雪量只有 5 厘米，比撒哈拉大沙漠稍多一点。自中央高原向大陆边缘，其年平均降雪量逐渐有所增加，在沿海 200~300 公里的狭窄地带内，其年平均降雪量可达 20~55 厘米。

南极大陆没有土著居民，而且远离其他各大陆，大气比较纯净，受人为的污染很小。

南极大陆与其他大陆相比，动植物的种群数量较少。地衣是最常见的、分布最广的植被，即使在距南极点约 300 公里的露岩区还可发现。苔藓分布范围则要小些，由于它对湿度的依赖性，只能生长在沿海地区。藻类是南极大陆总生物量中最丰富的植物，但它只生长在水分充足的水洼地和潮湿土壤中。显花植物在南极半岛只发现有 3 种。

南极大陆没有陆生的脊椎动物。昆虫和蜘蛛类，特别是蜱、虱、螨、蠓和尖尾虫是最高级的土著动物。其中体长 2.5~3.0 毫米的蠓和无翅南极蝇，是这些土著动物中最大的，而且只有南极半岛西侧南纬 64°~65°30′之间才有发现。在南纬 89°以南的高原地区，目前还被认为是没有土著生命的世界。

在南极大陆的沿海地区，企鹅、海豹、贼鸥和海燕等数量很多，但它们大部分时间是在海上活动和摄食，陆缘只是它们暂时栖息和繁殖之地。

南大洋

南大洋由太平洋、大西洋、印度洋的南端部分组成。南大洋的北缘，现在比较公认的是以有海洋特征的南极辐合带为界。这条辐合带是由南向北流动、温盐度较低的南极表层水与来自温带海区向南流动、盐度较高的表层水相遇并产生混合，在南纬50°~60°之间的区域内，形成一条环绕南极大陆的海水（温、盐）跃变地带。南大洋是唯一没有东西海岸的大洋，总面积约为3800万平方公里。在南极大陆周围存在着东风漂流和西风漂流的绕极流，这是南极大陆周围海域的一个重要特点。

在南极的冬季，海冰面积可达2000万平方公里，完全封住整个大陆并向外延伸300~400公里，个别地区伸展到南纬55°。在南极的夏季，85%的积冰流散到不冻海域融化掉，海冰面积则缩小为400万~500万平方公里，但陆缘冰断裂而成的冰山则布满海面，逐渐向低纬度海域扩散漂移。

南极洲周围的大陆架，只有罗斯海和威德尔海比较宽，其余的陆架区都比较窄，只有十几公里。南极洲大陆架的另一个特点是深度一般在400~600米，而其他各洲的大陆架一般只有100~150米。

南大洋生物与其他各大洋相比，其种类较为贫乏，但其生物量却丰富得多。大量的浮游植物是南大洋简单食物链的第一环，它是南大洋中个体微小的浮游生物，南极磷虾的主要食物。南极磷虾是南大洋食物链中的一个关键环节，它直接维持着南大洋中其他高级动物——枪乌贼、鱼类、海鸟、企鹅、海豹和鲸等的生命。目前已知的海鸟只有40余种，但其数量很多，其中企鹅常被人们视为南极的象征。海豹和鲸，有重要的经济价值。

直到15世纪后半期，随着帆船制造业和航海技术的重大发展，欧洲一些资本主义国家为了向海外扩张，寻找新的殖民地，开始派探险家乘帆船远渡重洋，从而揭开了南极考察历史的序幕。

笔者手中的一幅地图，可根据各地之命名按图索骥：阿蒙森海、哈康七世海、乔治六世海、四夫人浅滩、鲁滨孙角、爱德华七世半岛、彼得一世岛、伊丽莎白公主地、威廉二世地、乔治王岛、毛德皇后地……这一切地名，都是发现者以自己的姓名、国王或妻子姓名所命。一部厚重的《当代中国的南极考察事业》经典巨著，将 200 余年的南极探险、科考历史泾渭分明地划分成"发现时代""英雄时代""航空时代"和"科学时代"。这是对发现、开拓者的南极历史定位，也使每一件历史人文的典故，上升到了历史贡献的高度。

发现时代

1772~1775 年，英国著名航海家詹姆斯·库克受英国政府的派遣，率"决心"号和"冒险"号两艘独桅帆船作环球航行，有三次穿过地处南纬 66°34′ 的南极圈，航行最高纬度是南纬 71°10′。现在看来，此地距南极大陆还有 240 千米，估计库克当时并不知道这一点。

1821 年 1 月 22 日和 28 日，俄国南极探险队队长法捷依·法捷耶维奇·别林斯高晋率领"东方"号与"和平"号两艘帆船，越过南极圈发现了南极半岛的彼得一世岛和亚历山大岛。人们为了纪念他的这一成功，就把彼得一世岛和亚历山大岛之间 1100 千米长的海域称为别林斯高晋海。

1819 年 2 月 19 日，英国的海豹捕猎者、船长威廉·史密斯率"威廉斯"号船，发现了南设得兰群岛中的利文斯顿岛。

1821 年 12 月 6 日，21 岁的美国海豹捕猎者纳撒尼尔·帕尔默船长，率队友乘 16 米长的单桅帆船"英雄"号，发现南奥克尼群岛。

1823~1824 年，英国探险家詹姆斯·威德尔在南极洲发现了第一个海，即威德尔海。

1831 年，英国探险家约翰·比斯科经桑威奇群岛进入南极圈，先后发现了恩德比地、阿德莱德岛和比斯科群岛。

1839 年，由迪蒙·迪维尔率领的法国探险队不仅发现了阿德利海岸，出于研究目的，还采集了岩石标本。据称他由此成为首位获得南极大陆标本的人。

1840 年，由查尔斯·威尔克斯领导的美国探险队，沿东南极海岸航行

2300 千米，发现了沿途海岸和山脉，现已把东经 100°~150° 的广大陆地，命名为威尔克斯地。

1840 年，英国探险家詹姆斯·克拉克·罗斯率领探险队，乘"埃尔伯斯"号和"恐怖"号帆船前往南极。翌年，发现了维多利亚地及其以西深入大陆内部的南极洲第二大海——罗斯海，同时考察了罗斯海南面长达 800 千米、高为 10~70 米的罗斯冰架。

现在难以澄清的问题是，这些探险家谁第一个发现了南极大陆？对此，各国主张大不一样。俄国人认为应是别林斯高晋，英国人认为是布兰斯菲尔德，美国人认为应是帕尔默，莫衷一是。

英雄时代

英国著名探险家欧内斯特·沙克尔顿试图成为世界上首位到达南极点的人。他率领探险队把理想付诸行动，居然不惧艰险地于 1909 年 1 月 4 日到达南纬 88°23′，此地距南极点仅有 178 千米。然而由于探险队所带粮食有限，再坚持下去无法果腹，不得不返回。不过他也创造了历史，竟然用 5 个月时间，行程 2700 千米，而且在没有任何补给站及支援队的情况下，从茫茫南极荒原上安全返回。沙克尔顿是个有心人，他以此次失败为依据，总结了怎样才能克服困难到达南极点的要诀，为日后他人登南极点提供了宝贵经验。1921 年 9 月，沙克尔顿又乘"魁斯特"号船开始了他的第四次南极探险，1922 年 1 月 5 日，当考察船航行到南乔治亚岛的第二天，他因心脏病发作与世长辞。他的遗体按他夫人的嘱托葬在南乔治亚岛上。她说："因为那里距我丈夫终生向往的地方最近。"沙克尔顿墓碑上写着这样的话："把一生献给南极大陆探险的勇士——欧内斯特·沙克尔顿之墓"。

真正冲击南极点的竞争，在英国探险家斯科特率领的探险队，与挪威探险家罗阿尔·阿蒙森率领的探险队之间展开。两支队伍均在 1911 年 1 月登上南极大陆，客观上展开了谁第一个到达南极点的竞赛。阿蒙森率队于 1911 年 12

月 14 日首次到达南极点，并于 1912 年 1 月 25 日顺利地回到安全营地。1912 年 1 月 17 日，斯科特率领的探险队也到达南极点。返回途中，由于竞争失败产生的沮丧，加之补给困难，饥寒交迫，斯科特和他的 4 名伙伴先后丧生于南极冰原上。斯科特一行虽然为南极探险而捐躯，但他和队友始终保持着探险家的优良作风。面临死亡，他们坚持记日记、拍照片，没有抛弃所收集的 18 千克化石，这些遗物最终成为人类探险事业的宝贵财产。人们在斯科特的遗书中，发现他写了这样令人感动的话："如果我能够活下去，我会把我的伙伴的刚毅、忍耐和勇敢精神，讲给每一个人听，以便激励他们。"斯科特精神不朽！为了纪念这两位卓越的探险家，美国在南极点所建的考察站，就是以"阿蒙森 – 斯科特"命名的。

还有一点不能不提到，人类首次实现南极越冬，是由旅英的挪威博物学家博奇格雷文克所领导的探险队创造的。这支探险队乘坐"南十字座"号船，于 1899 年 2 月到达位于南极大陆维多利亚地阿代尔角，建起了越冬站，然后留下 10 人越冬，取得成功。

航空时代

先后在南极实施开创性航行的有英国飞行员休伯特·威尔金斯，美国的伯德、林肯·埃尔斯沃思，德国阿尔弗雷德·里彻领导的飞行探险队等。

1928 年 10 月 11 日，伯德率领探险队到达罗斯陆缘冰区，并在鲸湾附近建立了营地，定名为"小亚美利加"基地。一次，他从基地起飞，经过南极点又飞返基地，仅用了 15 小时 51 分钟。当年阿蒙森从这里出发远征南极点，用去了 7 个月时间。

林肯·埃尔斯沃思做出的贡献极不寻常。他和同伴各驾飞机从南极半岛顶端出发，纵贯南极半岛，横穿西南极洲，到达鲸湾，航程长达 3700 千米。他还开创性地实现了首次在南极大陆着陆，证实飞机可以用于南极大陆考察。飞行中，它们发现了森蒂纳尔岭和霍利克 – 凯尼恩高原。

科学时代

早在 1904 年，阿根廷利用距南极较近的便利条件。在南极南奥克尼群岛斯科舍湾上建立了考察站，站名为奥尔卡达斯。后来到南极建立考察站的国家逐步增多，仅在 1957~1958 年的国际地球物理年期间，就有阿根廷、比利时、日本、智利、法国、英国、美国等 12 个国家，建立了 67 个南极考察站。其中典型的考察站有美国在南纬 90°南极点设立的阿蒙森—斯科特站，苏联在南纬 78°28′、东经 106°48′建立的东方站，法国在南磁极附近，也就是南纬 66°40′、东经 140°建立的迪蒙·迪维尔站。有的国家考察站很多，以澳大利亚为例，在南极就设有凯西站、莫森站、戴维斯站和麦夸里岛站等 4 个考察站。

1938 年 12 月 ~1939 年 3 月，由阿尔弗雷德·里彻领导的德国考察队，在 6 天半的飞行中，对西经 4.2°至东经 14°之间的毛德皇后地约 35 万平方公里的陆地进行航空摄影，侦察区域 60 万平方公里，飞行距离 1.2 万公里，并且每隔 25 公里就抛下一面国旗，为德国企图对南极大陆提出主权要求创造条件。

自 1908~1940 年，先后有 7 个国家对南极洲正式提出了领土要求，它们是英国、法国、挪威、新西兰、澳大利亚、阿根廷和智利。

就南极考察站规模而言，以 1946~1947 年美国以海军演习的方式对南极进行的考察为最。美方共出动 13 艘舰只（其中有两艘破冰船和一艘航空母舰），25 架飞机，4700 多名各类人员，此外还有 11 名记者。至于各国派往南极的各种考察队，则难以计数。

1946~1947 年，美国派遣规模最大的南极考察队（官兵 4700 余人），出动了固定翼飞机 19 架、直升机 7 架，另有破冰船、航空母舰、潜水艇和驱逐舰等 13 艘。各种飞机在伯德的指挥下，共飞行了 64 个航次，对南极大陆沿岸航测面积达 390 万平方公里，拍摄航空照片 1.5 万张，侦察照片 7 万张。通过航测，他们至少确定了 18 个山脉的地理位置，并把新发现的山脉、半岛、群岛、海岛及海等填入地图。这次考察中，首次使用了直升机。

如今的美国考察站，其科考功能已是超现代化，早在 20 世纪 90 年代之前，他们的建站标准简直像一座小城市，例如美国的麦克默多站规模最大，生活和科研设施齐备，有"南极第一城"之称。它既是美国南极研究项目的管理中心，也是美国其他站的后勤支援基地。该站每年冬季越冬人数约200名，夏季来这里从事科学考察或旅游的人数，每年平均约800名，最多曾达1500名。现在，这座小城的城市功能已经超越了科考所需，人员也增至几千人。中国极地研究中心副主任、高级专家孙波愤怒地说：美国像抢占太空的卫星轨道一样，已经在南极深奥莫测的冰穹下建立了秘密设施。假若这种设施用于军事，则是在他们所精心算计的核大战中，保存了最后一击的实力，这成为人类安全的天大命题！

1990年6月《美国南极杂志》的报道，美国的南极科学考察和后勤经费，1955年为478.9万美元；以后迅速增加，1970年为3180.2万美元，1980年为5583.5万美元；到1990年增加到15168.0万美元，为1955年的30多倍。而今用于南极行动的经费，比1990年再增30~50倍，已是无疑之数！

进入20世纪80年代以来，越来越多的国家开始对南极洲感兴趣，纷纷派考察队赴南极洲建站和进行科学考察。这些国家是联邦德国、南朝鲜、印度、巴西、民主德国、中国、乌拉圭、意大利、瑞典、西班牙、秘鲁和芬兰。还有一些国家，如荷兰、巴基斯坦、保加利亚、厄瓜多尔正在建站或派考察队从事南极考察活动。此外，还有一些国家正在准备进行南极考察。

根据国际《南极研究科学委员会通报》1990年第99号报道，在南极地区有18个国家在冬天使用着48个科学考察站，坚持常年科学考察活动。其中苏联、阿根廷和英国各6个；澳大利亚和法国各4个；美国、智利和南非各3个；中国、日本和新西兰各2个；印度、巴西、南朝鲜、联邦德国、民主德国、波兰和乌拉圭各1个。

在国际地球物理年（1957~1958年）期间，阿根廷、澳大利亚、法国、比利时、智利、日本、新西兰、挪威、南非、英国、美国和苏联等12个国家在南极洲共建立了67个考察站。其中，美国在南极点（南纬90°）建立了阿蒙森—斯科特站，苏联在南磁轴（南纬78°06′，东经110°）建立了东方站，法国在南磁极（南纬 66°33′，东经 140°）设了夏科站，于是就形成了以南极大陆为中心的大规模观测站网，对南极洲展开了史无前例的国际合作科学考察活动。

南极科学研究的手段以及支持科学研究的技术装备亦日益现代化和高技术化，例如卫星、探空火箭、各种飞机、破冰船、科学考察船、特种雪地车，以及各种机械电子设备等均得以广泛应用。仅破冰船而言，尽管耗资巨大，但美国在 70 年代，苏联、联邦德国、日本和澳大利亚在 80 年代均建造了现代化的南极考察破冰船，而英国、西班牙、南朝鲜等国也正在建造或计划建造。

纵观南极考察的历史不难看出，南极大陆作为地球上最后一块未被开发的大陆和科学研究的"圣地"，正日益引起越来越多国家的兴趣，而自从第二次世界大战以后，南极考察则主要由各国政府有领导、有计划地组织进行。各国从事南极考察的目的，不外乎是政治上的、经济上的、科学上的，甚至还有军事上的，侧重点会有所不同，但都是通过科学考察研究作为达到这些目的的基本手段。

中国进行南极考察，具有深远的历史意义和重要的现实意义。

地球是一个整体，中国的自然环境的形成和演化是地球环境的一部分，南极洲的存在和演变与中国有着密切的关系。

对古冈瓦纳大陆的历史和它的裂变过程进行深入研究，是了解形成地球的表面特征、动物和植物的分布及其演变过程的一个重要依据。但是由于人类发现南极洲的时间就较晚，而且又受其严酷的自然条件的限制，目前人们对南极环境的演变以及古冈瓦纳大陆裂变过程、机制的认识仍然是很肤浅的。

中国大陆的发育成长与古冈瓦纳大陆的裂变有着密切的联系。约在 2.8 亿年前的二叠纪早期，当时的古特提斯海的海水几乎完全浸漫着今天的中国大陆。尔后，由于冈瓦纳大陆分裂出来的中南半岛板块与欧亚大陆板块相碰撞，经过复杂的褶皱、断裂运动，到了二三千万年前的第三纪晚期，才形成了今天的格局。科学考察资料表明，在中生代时期，青海、西藏、新疆等地，曾经是水草丰美，沃野千里。只是由于中南半岛板块与欧亚板块的冲撞，使青藏高原隆起，挡住了亚热带暖温气流的北进，才出现了大片沙漠、死海。由此可见，研究南极洲及古冈瓦纳大陆的演变，对于认识中国大陆的地壳演化、动植物的形成和分布，以及成矿规律都具有重要意义。

目前世界上有 20 多个国家在南极洲建立有 150 多个科学考察基地，其中中国的第四个科学考察站——泰山站 2014 年 2 月 8 日正式建成开站。中国按建成时间顺序分别建立有长城站、中山站和昆仑站。而美国建在南极点的阿蒙森—斯科特站、俄罗斯的东方站最为著名。

七

百年之梦

南极之考察在中国先有了好梦、向往，后有了探求、追索与酝酿。

早在 20 世纪 20~30 年代，中国就翻译出版了几本有关南极方面的文献，开始介绍南极知识。1927 年，上海商务印书馆出版了由刘虎如译的《两极探险记》，它是中国首次出版的介绍南极方面的书籍。1936 年，该印书馆出版的由黄静渊译的《南极区域志》，系世界名著之一。

新中国成立后，新闻出版界注重南极方面的宣传报道。例如，1951 年，人民出版社出版了燕生编译的《南极洲——世界第六大陆》；1952 年，开明书店出版了梁彦译的《南极》；1954 年，中华书局出版了清河译的《南极航行》；1955 年，人民出版社出版了王子云译的《南极洲、南极、南极区域》；1956 年，新知识出版社编辑出版了冠奇、肖欣同译的《南极》；1956 年，新知识出版社编辑出版了《生活在南极和北极》；1957 年，通俗读物出版社出版了祝贺编著的《南极洲》等。在国际地球物理年期间（1957~1958 年），美国、苏联、日本等 12 个国家对南极洲开展了广泛的科学考察，引起了中国的极大兴趣。全国 10 多种报纸杂志，例如，《人民日报》《光明日报》《大公报》《新观察》《地理知识》等刊载了许多有关南极考察、科学研究以及科普方面的文章和消息。尤其《人民日报》，在此期间，重点报道了苏联南极考察，对从事南极科学考察的情况、发现、成果和经验进行总结。《地理知识》则着重报道了南极的探险历史、自然地理、生物和矿产资源方面的知识。

1957年，中国著名气象学家、地理学家、中国科学院副院长竺可桢教授指出：中国是一个大国，要研究极地。地球是一个整体，中国的自然环境的形成和演化是地球环境的一部分，极地的存在和演化与中国有密切的关系。竺可桢建议中国派出的留学生中，要有人学习极地专业，以便将来从事极地科学研究。现任中国科学院兰州冰川冻土研究所所长谢自楚教授，就是根据这个建议当时被派到莫斯科大学学习极地冰川专业的，他是中国第一个学习这个专业的留学生。

1962年，在制定全国科学技术发展规划时，有一些科学家提议中国要进行南极科学考察工作。

1964年2月11日，中共中央批准成立了国家海洋局，首次把南极考察正式列入了国家的议事日程。在赋予国家海洋局的六项任务中，包括"将来进行的南、北极海洋考察工作"。但是，国家海洋局由于初建，还未来得及考虑中国南极考察问题，1966年就开始了人所共知的十年动乱。

1976年粉碎"四人帮"以后，才开始积极酝酿中国的南极考察工作。1977年5月25日，国家海洋局提出了"查清中国海、进军三大洋、登上南极洲"的规划目标，委托海洋科技情报研究所，从事国外南极考察方面的情报研究。在同年年底，该所向国家海洋局提交的以"南极和南极考察"为题的情报研究报告，首次较详细地介绍了南极考察的意义、历史、现状和发展动向。

中国科学院海洋研究所的曾呈奎教授很关心南极考察工作。他在1978年初写信给方毅副总理，建议中国要积极开展这项工作。信中说，下届国际地球物理年将于1982年举行，重点任务之一是南极考察，中国作为一个拥有世界人口四分之一的大国，理应积极参加这项工作，为将来两极资源的开发利用准备条件。方毅副总理于同年6月26日批示：南极考察是一个大项目，由国家海洋局研究实施。

国家海洋局经过认真研究后，于1978年8月21日向国家科学技术委员会

（以下简称国家科委）提交了《关于开展南极考察工作的报告》。《报告》中
详细谈道：鉴于南极洲特殊的地理位置、环境和极为丰富的自然资源，以及当
前世界一些国家的动向，中国及早地开展南极考察，不论在政治上、科学上、
经济上和军事上都具有重要意义。

　　1978年10月10日，国家海洋局向国家提交了《关于开展南极考察工作》
的请示报告。经国务院领导批阅同意后，国家科委于1980年5月12日召集国
家计划委员会、外交部、财政部、国家海洋局、中国科学院等19个部、委、
局的领导，开会商讨成立国家南极考察委员会的有关事宜。又于1981年1月
20日召集有关部门负责人开会，会后，正式向国务院提交了《关于成立国家
南极考察委员会的报告》。

将帅升帐

　　1981年5月11日，国务院正式批准了国家科委提交的《关于成立国家南
极考察委员会的报告》。至此，中国南极考察事业的领导机构诞生了。

　　国家南极考察委员会（以下简称南极委）属国务院领导，其成员由国务院
有关部、委、局和军队系统的有关部门派员兼任。

　　国家科委副主任武衡担任南极委主任委员，外交部副部长章文晋、国家科
委二局副局长林汉雄、国家海洋局副局长律巍、中国科学院副秘书长赵北克和
海军副参谋长范豫康担任南极委副主任委员，其他15名委员分别来自财政部、
教育部、地质部、石油部、交通部、一机部、三机部、四机部、六机部、中央
气象局、解放军总参谋部、国家测绘总局、国家水产总局、国防科委和海军等
15个部门。

　　南极委成立后，于同年9月15日设立了日常办事机构——国家南极考察
委员会办公室（简称南极办），由国家海洋局代管。南极办主任由国家海洋局
副局长律巍兼任。郭琨和高钦泉担任副主任。南极办在南极委和国家海洋局的
领导下，开始积极筹划中国的南极考察工作。

龙兵试水

为了借鉴国外南极考察的先进经验，使中国的南极考察工作能在较高的水平上起步，南极委采取了派团出访、请外国专家来华和选派科技人员到外国南极站考察的办法，对从事南极考察较早的、经验丰富的国家，如日本、澳大利亚、新西兰、阿根廷、智利、英国和美国，进行了较为广泛的和深入的考察。

1982年1月26日至2月9日，南极委首次派出以郭琨为组长的4人考察组，对智利和阿根廷的南极机构，南极站的建筑、主要装备、生活设施和管理经验，科学考察项目、内容进行了深入了解。

南极委成立至1984年8月，先后派出6个代表团，访问了日、美等7个国家。

1981年至1984年，南极委先后邀请日本的极地振兴会常务理事鸟居铁也、国立极地研究所所长永田武、松田达郎教授、村越望和前普尔教授，澳大利亚科学与工业部秘书长蒂加特博士，阿根廷南极局局长罗伯托·A·达伊少将，智利外交部特别政策司南极处处长蒙萨尔维，英国南极测量局局长狄克·劳斯夫妇，美国俄核俄州立大学数理学院院长、南极研究科学委员会冰川学工作组召集人科林·布尔夫妇等，来华参观访问。这些南极专家、学者，在访华期间，通过座谈会、学术报告会的形式，向中国有关人员介绍了他们国家的南极考察概况、南极科学研究进展、建站经验等，使正在准备进行南极考察的中国人受益匪浅。这些南极专家、学者，对中国要从事南极考察极感兴趣，并给予热情的支持。

在派团出访和邀请外国南极专家、学者来华的同时，南极委还有计划地选派一些业务能力强、外语好的科技人员，到友好国家的南极站上，与外国专家合作进行南极科学考察。

早在1980年1月6日至3月26日，中国就首次选派国家海洋局第二海洋研究所科研人员董兆乾和中国科学院地理研究所助理研究员张青松，随澳大利亚考察队到凯西站进行综合考察和访问。同时，还参观访问了美国的麦克莫多站和新西兰的斯科特站，以及法国的迪尔维尔站。董兆乾还拍摄了一部纪录片——《南极之行》。这些对中国南极考察的准备工作，起了重要的作用。

紧接着，董兆乾又被派到澳大利亚租赁的"内拉丹"号南极考察船上，参加澳大利亚执行的"首次国际南极海洋系统和储量的生物调查"（1981年1月9日至3月26日）的水文调查。他与澳大利亚科学家一起，克服重重困难和险阻，圆满地完成了预定的海上考察任务，并在澳大利亚南极局的实验室里进行资料数据的处理、分析和研究工作，最后写出了考察报告和论文。

与此同时，张青松也被派往澳大利亚，在南极戴维斯站越冬。

继董兆乾和张青松之后到1984年10月以前，南极委先后选派吕培顶、谢自楚、卞林根等20名科学家，分别到澳大利亚的凯西站、莫林站、戴维斯站，新西兰的斯科特站，阿根廷的马兰比奥站、布朗站，智利的马尔什站和尤巴尼站，进行夏季科学考察或越冬考察。他们从事科学考察的领域主要有：高空大气物理学、冰川学、气象学、生物学、地质学和地球化学。

1981年11月，南极委派吕培顶到澳大利亚戴维斯站越冬，进行海洋生物考察；卞林根到澳大利亚莫森站越冬，进行气象学研究；谢自楚到澳大利亚凯西站越冬，进行冰川考察；王声远和叶德赞到新西兰斯科特站度夏，进行地球化学和生物学考察，在站上，他们受到参加该站建站25周年庆祝活动的新西兰总理马尔登的会见；颜其德到澳大利亚租赁的"内拉丹"号考察船上，参加澳大利亚首次南极海洋地球物理考察，不仅顺利地完成了预期的考察任务，还采集了莫森站、戴维斯站的地质样品和海岸沉积样品，以及7个深海沉积样品和基岩样品。

1982年11月，南极委派蒋加伦到澳大利亚戴维斯站越冬，进行浮游生物考察，尽管他落海遇险，但经澳方抢救后，仍然坚持完成了越冬考察任务；陈善敏和宁修仁赴智利马尔什站度夏，进行气象学考察；钱嵩林赴澳大利亚凯西站越冬，进行冰川考察。

1983年11月，南极委派秦大河到澳大利亚凯西站越冬，进行冰川考察；王自磐和曹冲到澳大利亚戴维斯站越冬，分别进行浮游生物和高空大气物理考察；卞林根到阿根廷马兰比奥站度夏，从事气象观测；陈时华随日本的"白凤丸"船，从事南大洋生态系和生物资源考察，研究项目包括浮游生物、浮游动物、南大洋微生物生态学；王友恒到阿根廷布朗站越冬，进行气象学观测；魏春江和董金海赴智利马尔什站度夏，进行海兽考察；李华梅和许昌赴新西兰斯科特站度夏，分别进行地质考察，包括第四纪沉积物、火山岩系、比康系和基地古老系；王荣到阿根廷的马兰奥站和尤巴尼站进行了考察。

如此证明，任何一个第一步，都要做好全身心的准备。去南极，在某种意义上就是去天宫。这里一切堪称为好的东西，也许并不适应南极，我们学习是重要的，正像唐僧的西天取经。

南极洲是不毛之地，要进行科学考察，必须首先建立考察站，为考察人员提供包括衣食住行在内的各种后勤保障。因此，南极考察的一切需要，在国内都要精心准备，稍有忽视，就会带来极大的困难。对中国南极站的站址的初选，是南极委首先考虑的问题，因为它涉及尔后工作的进行。

我们的探极只能说是伸出了触角，既小心翼翼，又胆大志坚。既藐视困难，又尊重客观，不打无把握之仗。围绕南极科考而需要的准备，不只有哲学的、文化的、物质的和科技的，林林总总的相加，应该像天上的繁星，或像南极的冰立方……

真知者的灼见

在广泛的调查研究和对南极考察具有较为全面认识的基础上，南极委适时地制定出中国南极考察规划，提出中国加入《南极条约》的建议以及实施中国首次南极考察的报告。

1982年5月20日，南极委根据国务院批准的国家科委1981年签发的《关于成立国家南极考察委员会的报告》，首次编制出中国南极考察工作"六五"计划及十年设想。

"六五"计划的要点是，为中国在南极洲建立科学考察站进行各种必要的准备工作，以便实现1984~1985年南极夏季在南极洲建立一个夏季考察站，并在南极大陆及其邻近海域进行气象、生物、地质、冰川、测绘、海洋科学和医学考察的愿望。

1983 年 3 月 31 日，南极委会同外交部、国家科委和国家海洋局共同协商后，于同年 6 月，中国驻美国大使章文晋向条约保存国——美国政府递交了加入书，从此，中国正式成为《南极条约》的缔约国之一。

凡是联合国成员国均可申请加入《南极条约》，成为条约的缔约国。缔约国在《南极条约》协商国会上从会议的座次、文件的发放、议题表决等与协商国的待遇均不相同。这就是缔约国只能承担条约的义务，不能享受条约的权利。特别是当表决议题时，缔约国被"请出"会场外喝咖啡。

郭琨主任在回忆如此一节之时，这位铁打的硬汉曾泪流满面。也就是因为这英雄的眼泪，感动了作者：要写真郭琨！

我国于 1983 年 6 月 8 日成为《南极条约》的缔约国。中国南极"长城站"落成典礼后的 10 个半月，1985 年 10 月 7 日召开的第 13 届《南极条约》协商国会议上，中国成为《南极条约》的协商国。至此，中国在国际南极事务中，获得了表决权。

1984 年 2 月 7 日，获得竺可桢野外科学工作奖的王富葆、孙鸿烈、谢自楚等 32 名专家学者，联名致书中共中央和国务院，建议中国尽快独立组建南极考察队，到南极洲建立考察站，从事南极科学考察活动，为祖国、为人民、为子孙后代再作一次拼搏。中共中央和国务院对这封信极为重视，经过反复考虑后认为，中国这样的大国理应在南极洲有自己的考察站，同意在南极洲建立考察站，开展南极科学考察。

同年 6 月 12 日，根据中共中央和国务院同意建站的批示，南极委、国家科委、海军、外交部和国家海洋局，就中国首次组队进行南大洋和南极考察联合向国务院、中央军委报告。南极委和国家海洋局，遵照李鹏副总理 1984 年 9 月 20 日在检查准备工作落实情况时所做的"务必精心组织，各方大力协作，把困难想得多一点，做到安全第一，站住脚，积累经验，为完成南极考察的长期任务奠定基础"的指示，按照系统工程的要求，规范行动、协调关系、科学地落实各项工作。

车辚辚，马萧萧

为适应极区海域航行和科学考察的需要，首先对选定的国家海洋局"向阳红10"号科学考察船和海军"J121"号打捞救生船进行检修和改装。如期完成了200多个项目的施工任务；增装了20多台新型设备。直升机机组人员，进行了百余架次的模拟南极飞行训练。

担负航行指挥和通讯联络的国家海洋局管理指挥司，广泛收集航海、气象、冰情、通讯和外港的资料，周密设计出通往南极洲的最佳航线，制定出保障航行安全和通讯指挥畅通的最佳方案。

物资准备

在南极洲建站和进行科学考察，需要的物资种类繁多，其中许多仪器设备要现研制、现生产。中国新型建筑材料公司根据南极的自然环境特点选用新型建筑材料生产出既轻便又防寒抗风的活动房；上海纺织科学院参照国外的羽绒服面料，研制出御寒、挡风、防雨雪和轻便、结实、耐磨的羽绒服面料。天津运动鞋厂、长征鞋厂、大中华橡胶厂，在不到3个月的时间里，研制、生产出适合南极野外作业的防寒防水靴；北京汽车制造厂为考察队设计、生产出两台特种车辆；解放军总后勤部、军事医学科学院、海军总医院等单位，向考察队提供了尼龙帐篷、汽油锅灶和各种药品。

建站和科学考察用的4000余种、计500多吨物资，从祖国各地，用飞机、船舶、火车和汽车按时运送到上海黄浦江畔海洋局东海分局码头，为考察队按时出征和成功建站考察，奠定了物质基础。

组建考察队

首次南极考察，举世瞩目。考察的成败，关系到社会主义中国和中华民族的威望。组成一个坚强的领导班子和一支素质高的考察队伍，是完成任务的关键。

南极办在各有关单位的大力支持下，对考察队员进行了严格的挑选。来自国家 23 个部、委、局和有关省、市、自治区以及人民解放军的 591 名队员，其中"向阳红 10"号船 155 人，"J121"号船 308 人，南极洲考察队 54 人，南大洋考察队 74 人，都是有理想、有抱负、有能力、体魄健壮的中华儿女。新华社、人民日报社、光明日报社、文汇报社、解放日报社、中央人民广播电台、中央电视台、上海科教电影制片厂等单位，派出记者、摄影师随考察队赴南极实地采访。

参加首次南极考察的"两船""两队"，统一组成"中国首次南极考察编队"。首次队下设指挥组、政治工作组，建立了"中国共产党首次南极考察编队临时委员会"和共青团组织。

编队总指挥兼任临时党委书记，由国家海洋局副局长陈德鸿担任；副总指挥由国家海洋局东海分局局长董万银和海军旅顺基地参谋长赵国臣担任。南极洲考察队队长由南极办主任郭琨担任，南大洋考察队队长由国家海洋局第二海洋研究所副所长金庆明担任。张志挺任"向阳红 10"号船长、周志祥任政委；于志刚任"J121"号船长、袁昌文任政委。

南极洲考察队首先在北京体育学院进行了集训。日本国立基地研究所的两位专家前来指导。之后，队员又集中于上海，为"向阳红 10"号船装载建站和科考物资，连续 13 天的强体力劳动。

中共中央、国务院、中央军委对首次南极考察极为重视。邓小平、陈云分别为首次南极考察题写了"为人类和平利用南极做出贡献"和"南极向你招手"的题词。10 月 13 日，万里、胡启立等在人民大会堂接见了首次队的代表，并一起合影留念。万里委员长在听完汇报时说："为国家南极科学考察事业做贡献是很艰苦的，但这是苦中有乐，求人民之乐，求国家之乐。"还说："我们国家应该进入这个领域，增长这方面的知识，了解地球，为人类和平利用南极做贡献。你们要有吃苦耐劳的精神，团结战斗的精神，中国人不笨，可以做出自己的贡献。"

中华儿女的出征，牵动着亿万人民的心。少先队员寄来了一封封热情洋溢的信、一面面队旗和一条条鲜艳的红领巾；北京大学地球物理系八三级研究生，给考察队送来两瓶白莲花酒、一面锦旗和热情勉励的信；天津手表厂职工在短时间内设计、生产出有南极洲地图标记的"海鸥"牌手表，赠给远征南极的考察队员；甘肃省轻工研究所、黑龙江省龙宾酒厂、杭州日用化工厂、上海手表厂等，都以各种不同的方式向南极考察队表达了他们的心意；浙江美术院赠给考察队一尊名为"硕果"的仿铜玻璃钢浮雕，衷心祝愿中国首次南极考察成功！更使考察队员激动不已的是与著名艺术家一起联欢，画家、书法家当场挥毫作画。歌唱家、演员作了精彩的文艺表演。电视台、广播电台和报纸杂志，则通过新闻媒介，广泛宣传南极建站考察的重要意义，鼓励考察队要不负众望，争取胜利。

车辚辚，马萧萧，
将士弓箭各在腰……

一场创造历史的英雄出征图，在上海码头上演，战鼓催征！

首闯南天

达摩跨海赴震旦，

唐僧西天取真经。

中华壮士闯南天，

热血融冰建长城。

再见吧妈妈

1984 年 11 月 20 日，上海黄浦江畔国家海洋局东海分局码头上，彩旗招展，鼓乐齐鸣，隆重欢送中国首次南极考察编队出征的启航仪式在此举行。南极委主任武衡、国家海洋局局长罗钰如、海军政委李耀文、中顾委委员方强、上海市副市长阮崇武、南京军区司令员张明、浙江省副省长张敬堂、东海舰队司令员谢正浩以及国家机关、军队和考察队员的亲属及各界人士千余人聚集码头。美国驻上海总领事和其他外宾也前来送行。9 时整，欢送仪式在嘹亮的鼓号声和爆竹声中开始，首先由武衡等领导向考察队授国旗和镌刻着邓小平题词的镀金铜匾及中国南极长城站站标。武衡主任致欢送词，他说："党和国家信任你们，关心你们，把你们看作是敢于乘风破浪、踏冰卧雪的勇士！

全国人民和科学工作者，都在关切地注视着你们，期待着你们传回胜利的喜讯。"他勉励考察队员要"以顽强拼搏的精神克服困难，胜利完成任务，为人类和平利用南极做出贡献"。9时45分，武衡主任批准启航，首次队总指挥陈德鸿下达"各就各位，启航"的简短命令，10时整，"向阳红10"号、"J121"船满载着祖国的重托，人民的期望，徐徐离开码头，开始了中华民族史上远征南极洲的处女航。

关乎武衡对南极考察的贡献，笔者综合了几位位高权重的南极科考精英的评价：没有武衡，就没有中国今日南极科考的辉煌……我想起了现任"极地办"主任曲探宙的一句话：是英雄率领勇士创造了历史！

武衡（1914.03.18~1999.01.15），地质学家，信息学家。江苏徐州人（又是我的乡亲，我家离徐州40公里）。1934年清华大学地质系学习。参加"一二·九运动"。1936年任中华民族解放先锋队总队部委员，平津流亡同学会宣传部长。1936年入党。在延安任中央青委宣传科长、联络处长，陕甘宁边区学联主席，延安中山图书馆主任和延安自然科学院（今北京理工大学）地矿系教员。解放战争时期，任嫩江省工业厅厅长。1949年任东北科学研究所所长。新中国成立后，任中国科学院东北分院秘书长。1955年任中国科学院党组成员，副秘书长，地学部委员（院士）。1957年任国务院科学规划委员会副秘书长。1958~1966年任国家科学技术委员会常务副主任，党组副书记。1972年后任中国科学院党组副书记。1977年任国家科委常务副主任，党组副书记。1983年任国家科委顾问。1984年任中国科学院学部主席团执行主席。后任名誉主席（正部级），国务院学位委员会副主任委员。全国地层委员会主任，《国家大地图集》编委员会主任，《当代中国》丛书主编，《中国大百科全书》总编辑委员会副主任，中国国际文化交流中心副理事长，国家南极考察委员会主任，国家科委发明评选委员会主任，自然科学奖励委员会主任，全国科学技术情报学会理事长，中科院地学部常委，中国科技情报学会1~3届理事长，中国发明协会会长。五届全国政协委员。六届全国人大常委。中共八大代表，12、13届中顾委委员。1999年在北京逝世。

1977年5月，国家海洋局党委常委扩大会议提出"查清中国海，进军三大洋，登上南极洲"的奋斗目标。1978年10月10日，国家海洋局向国务院提出"关于开展南极考察"的请示报告得到批准，从此开始了南极科学考察的准备工作。1981年5月经国务院批准成立了国家南极考察委员会，武衡为主任（1981年5月~1994年1月），该委员会设办公室作为日常办事机构。最初的工作是派遣科学家参与友好国家的南极考察工作，开展国际交流与合作，为自己组队考察及建站作准备，并争取参加《南极条约》及"南极研究科学委员会"。1984年，武衡率团出访，先去新西兰和澳大利亚，访问了两国的南极局，参观了有关科学研究机构、大学和工厂；然后又去日本和美国，访问参观了日本文部省及其所属的国立极地研究所、东京大学海洋研究所及海上防卫厅管辖的"白濑"号破冰船；访问参观了美国国家科学基金会所属的南极规划局、若干研究所、研究中心及海岸警备队的"极海"号破冰船。

中国科学家先后在南极进行科学考察达5年之久，大家认为中国有必要独立组织南极考察队，建立南极考察基地和研究机构，开展系统的全面的南极科学考察工作。经科学家的建议，提出了在南设德兰岛建立中国第一个南极考察站的构想。南极委、国家科委、外交部、国家海洋局等于1984年6月联合提出建议报国务院，得到批准。1984年11月20日，来自全国48个单位的考察队人员乘国家海洋局"向阳红10号"考察船、海军"J121"号打捞救生船，由上海港启航，经过37天11000余海里的航行，成功地横渡太平洋，12月26日安全到达南极洲的乔治王岛民防港。12月31日举行了奠基礼，经过45天的努力奋战，中国南极长城站于1985年2月15日在乔治王岛建成。武衡任代表团长，率团于1985年2月18日到达南极长城站。2月20日，中国南极长城站举行隆重的落成典礼。此站的建成，填补了中国科学考察事业史上的一项空白，标志着中国极地考察事业发展到一个新的阶段，为中国进一步加强国际科学技术交流与合作、和平利用南极、造福于人类奠定了基础。1989年中国在东南极拉斯曼丘陵地区建立了我国第二个南极考察站——中山站，1993年从乌克兰引进了我国极地考察破冰船，武衡同志亲手为其题名为"雪龙"船。

述罢军中大将，再叙壮士出征的一幕。此时的考察队员，在甲板凝成了雕塑。透过他们的群象，送行人望见的是大海接天的背景。彩旗招展，汽笛长鸣，锣鼓喧天。"向阳红10"号船和"J121"船上，彩带飘舞，标语醒目。591人的队伍如箭在弦。

前来送行的各界人士、亲友嘉宾情绪热烈，精神焕发，热泪盈眶。领导人的问候声，好友的告别声，穿透了潮喧送入耳际。少先队员们组成的鼓号锣鼓队，乐声大作，号声嘹亮，鞭炮鸣响，惊天动地。上午9时，码头上举行了隆重的欢送仪式，国家南极委，国家海洋局，上海市委、市政府，海军部队和国家有关部委局的领导人在主席台就座。李耀文向首次考察队授中华人民共和国国旗，武衡向考察队授邓小平题词："为人类和平利用南极做出贡献"的镀金匾额。罗钰如授"中国南极长城站"站标。"J121"船指挥员赵国臣手执国旗，"中国南极洲考察队"队长郭琨怀抱站标，"向阳红10"号船船长张志挺挺立前排。神色凝重，正是出征将帅先天下之忧而忧的写照。

码头上1000多人，望着驶离的两船，挥动着手帕、彩旗和鲜花，祝福中国首次南极考察队一路顺风！

站在最前面的是谁家的美丽的妻子？她擦着眼泪，踮高了脚跟，一块醒目的标语牌从她的肩膀上方，由一个咧着小嘴的男孩儿高举，童体大字跃过人头，闪闪发光："爸爸好样儿的！"壮士的心颤抖了，因为在这个标牌的背后，一定还有：儿子、丈夫、兄弟等等的昵称，它使出征战士的铁心变得柔韧多情！

出师小挫

兵马未动，粮草先行。两只满载科考队员的舰船，需要在长江口外的宝山锚地锚泊。

一是两船补给柴油和水。二是进行思想动员，学习船上规则和航行中的安全知识。三是对船载建站物资加固。四是对考察队的筹备物资全面检查。在锚地，"向阳红 10"号船加油 2600 吨，加水 2300 吨。"J121"船加油 3100 吨，加水 1270 吨。

"向阳红 10"号远洋科学考察船船长 156.2 米，船宽 20.6 米，最大航速 20 节，经济航速：18 节，续航力 18000 海里。

"J121"系海军打捞救生船，与"向阳红 10"号的基本参数相同，系同出一厂的姐妹船，打捞救生设备比较齐全。

"向阳红 10"号船刚驶到锚地，机电部门电机员突患轻微脑溢血，只好下船。中国首次南极考察队刚驶离家门口，就减员 1 人。

现在，全队共 591 人。其中，"向阳红 10"号船 155 人，"J121"船 308 人，南大洋考察队 74 人，南极洲考察队 54 人。

在组队时，虽然都进行了严格的体检，但有些病的发生是意想不到的，也是难以检查出来的。但这也引起了警觉，提醒了人们，在漫长的太平洋航行中，要采取相应的预防措施。

郭琨同"向阳红 10"号船船长张志挺、政委周志祥商议决定，船上和队的医生要不定期给船员和队员检查身体，并每天巡诊。船队医生要注意同志们身体状况的变化，发现病号要有效地治疗，及时向船队领导报告。

关于郭琨，我必须泼墨而书，这位在困难面前坚韧如钢的英雄，却常常为了感动、感慨、感激、感奋流下眼泪，这是一位智商、情商皆高的科考队员，是中国第一次南极科考领军上将！

笔者找到一份郭琨同志简历及其对中国南极考察事业的贡献的材料：郭琨 1935 年 9 月出生，河北省涞水县人。毕业于哈尔滨军事工程学院气象专业。高级工程师、中共党员。原国家南极考察委员会办公室主任（1985 年 11 月~1994 年 2 月）、中国南极研究学术委员会副主任、中国科学探险协会副主席。现为中国科学探险协会顾问、中国科普作家协会会员。

1984 年 11 月~1985 年 4 月，中国首次南极洲考察队队长，组织领导了中国南极长城站的建设，首任长城站站长。后又领导建设了中国南极中山站，并首任站长。曾七次赴南极，为中国南极考察事业做出了重大贡献。中国南极考察事业的开拓者，两次荣立一等功。多次出席《南极条约》协商国、南极局局长会议和率团参加南极研究科学委员会的会议。主要著作有：《海洋手册》《中国南极长城站》《白色的大陆》《中国南极科学考察画册》。同金涛同志合作主编了《神奇的南极》丛书10本，获得了第七届中国图书奖。撰写了《南极气候特征》等论文。曾获国家海洋局"中国南极考察科学研究科技进步奖特等奖"、国家科委"中国南极考察科学研究科技进步二等奖"。

有这样一员军中上将统率重兵，在中国南极考察队首闯南天的时候，一切未知的、已知的重负，将会泰山压顶般堆上他的肩头，他将面对新天新地新人——包括外国同行和同发的军人……

漫长的航行不是一帆风顺。两船出航不久，就遇到19号台风。总指挥果断决定改变航线，由原计划从琉球群岛宫古水道进入太平洋，改为东行——从宝岛水道进入太平洋，在关岛西部进入计划航线，避免了台风的袭击。刚进入太平洋，"J121"号便出现了较大的机械故障，右主机第一缸冷却水管支架断裂、第八缸支架裂缝，航速由18节迅速降至6~7节。故障突然，没有备用支架，全船上下十分着急。于德庆船长说，如果"J121"号不能按时把建站物资器材送上南极洲，已经公布于世的壮举将归于失败，我们将无颜以对中国共产党和全国人民。经再三研究，他们决定采取万不得已情况下才能使用的"封缸航行"（封缸，即对发生故障的汽缸停止供油），风险很大，但办法唯一。机电部门的干部、战士冒着缸内70摄氏度的高温，轮番钻进作业，皮肤烤灼，喘不过气，汗如雨下，经过4小时25分钟的艰苦抢修，终于完成封缸作业。右主机的启动，"J121"号又恢复到正常航速。经过23个昼夜的运转，证明"封缸航行"可行，开创了中国大功率柴油机封缸航行史上的最新纪录。在艰苦紧张的封缸作业中，身患脑血管硬化症、在机舱生活了20多年的机电长徐兆富，连续20多小时坚持在40摄氏度的机舱里，带领大家排除故障。修复后他又日夜巡视、检查，一连几天不离开主机舱。他们通报国内，迅速将"套管支架"配件空运至阿根廷乌斯怀亚港口，以备船到之日换下废件。12月1日，"向阳红10"

号正航行在赤道海域，两台主机的 18 只高压油泵，相继被燃油的杂质堵塞，主机出现了"心肌梗死"的恶性故障。机电部门紧急动员，立即抢修。机舱内温度高达 40 摄氏度，刺鼻的油味、污浊的空气、淋漓的汗水、紧张的劳动，使人头晕目眩，喘不过气来。有的人晕倒了，醒来又干，有的人口渴难忍，误把柴油当绿豆汤喝下。没有一个人叫苦、退缩，只有一个想法："尽快修好主机！"又是 20 多小时的苦战，完成了平时需要 10 多工作日才能完成的工作量，主机恢复了正常运转。在整个航途中，"向阳红 10"号共排除故障 320 余次，保证了安全航行。

天海相连，茫茫无际，见不到一条船、一只鸟，真乃"千里鸟飞绝，万里船踪灭，只有'向阳红'，独耕浪如雪"。

突然，空中响起了飞机的轰鸣声。

这是 11 月 24 日的 17 时 35 分至 47 分，美国的一架 NAUY 机号为 1645 的直升机，围绕着两船低空盘旋，侦察两圈后离去。飞机从关岛起飞，像如今的一次次挑衅一样，阴鸷地逼近，瘟瘟地离去，既无聊，又无趣。

天黑下来，海风清爽，"向阳红 10"号和"J121"船游走在黑沉沉的海面，一闪一闪，像跳上蹿下的飞萤，像飘落在太平洋上的两颗亮星，划破夜空，开拓出一条闪亮的海路，通向地球最低端——神奇的南极洲。

但是，这样的陶醉只存一时，水火无情的古训，将要考验铁甲壮士。为了规避 19 号、20 号台风袭击，两船曾改变航线，但没能躲过两个台风的骚扰。狂浪肆虐的海面上，船晕了人晕，7 级以上的大风，海浪 3 米，大涌如山，颠簸达 20°，万吨的巨轮如两只落锅的水饺，飘飘荡荡，浮浮仰仰，颠颠跳跳。

不怕困难的难度，胜过了不怕死。敢于胜利的人，不但要有铁的刚性，还要有钢的韧性。困难不止一个，祸不单行的事实是，"向阳红 10"号船也发生了严重的故障。科学探索首闯南天，成功是希望，不成功也有可能。这个英雄的群体当即决议，停泊抢修，让希望变成成功。

12 月 2 日，"J121"船发现右主机第八缸冷却水套管支架又发生了断裂事故，裂缝长达 26 厘米，天神海神总照顾中华。经过 13 个小时的加固焊接，机器恢复正常运转。但到了 12 月 7 日，"向阳红 10"号船又发生了人为事故——值班电工在学习配电时，按错了机电柜的开关钮，造成全船停电。时值凌晨 3 点 50 分，全船顿时紧张，虽未造成重大损失，但连带事故险些发生。

又一个风高浪急的下午，房屋班队员王维华发现"向阳红 10"号船的走廊里漏出柴油，立即报告。安全小组在向船长报告的同时，立即组织队员，清除漏冒出的柴油。船长也及时解决了漏冒油的问题，杜绝了一场可能发生的火灾事故。

初战必胜的口号是钢铁铸就，两艘战船上的英雄豪杰，勇敢地接受了一次次残酷的考验。

万事开头难。这是多么艰险的开头！多么重大的开头！我们的面前隔阻着数万里重洋，舔日吞星的浪涌！

"太阳节"——"变更线"

1984 年 12 月 1 日上午 9 时 12 分，中国首次南极考察队乘坐的"向阳红 10"号船和"J121"船，从太平洋上的瑙鲁共和国和吉尔伯特群岛之间的水域通过赤道。

赤道是环绕地球表面，和地球南北两极距离相等的圆周线，地球赤道面通过地心，垂直于地轴，将地球分为南北两个半球，是划分纬度的基准，赤道的纬度是零。

考察队两船自上海起航到达赤道的 12 天的时间，航行了 3532.8 海里，为上海至阿根廷火地岛省府乌斯怀亚市港口全航程的三分之一。

考察队开会研究了抵达赤道的活动安排：两船在赤道漂泊一天，一是队员休整，调理 12 天来颠簸中的紧张生活状态，举行庆祝活动；二是抢修船上机器；三是检查和加固船载建站物资。特别强调了安全。

为迎接穿越赤道这激动人心的时刻，郭琨凌晨四点钟就跑上"向阳红10"号船甲板，及早领略赤道水域的风光，目睹赤道上空太阳出现。太阳在这里出世，她是万物赖以生存的真神。人们曾以千篇诗文、万首歌曲歌颂太阳，如今要在日出日落的轨道上恭敬而激动地守望她，拜谒她了。

人们聚集到百平方米的甲板上，唱着各种各样的"太阳歌"：

> 太阳哎！
> 一出来哟，
> 红满天哎哟！……

这是那个时代走红的《丰收歌》，还有江南的山歌：

> 太阳一出喜洋洋哎……

当年流行的红歌，当属：

> 东方升起了红太阳，
> 哎嗨升起了红太阳。
> 手捧书本心向党，
> 心呀么心向党……

还有音符跳荡的好歌：

> 井冈山上哟好好好，
> 太阳红啰喂……
> 太阳就是毛主席，
> 千山万壑都照亮……

更有湖南花鼓戏的铿锵高调：

天上的太阳红呀红彤彤，

伟大的领袖毛泽东……

海风微微，波平如镜，湛蓝的天空，漂浮着不飞不动的云朵。太阳出世前的赤道大洋，呈现出平静、安恬、祥瑞、和美的气氛。当时钟运至 9 时 12 分，卫星导航仪屏幕显现出纬度"零"时，两条巨舰一齐鸣响了汽笛，四颗信号弹冲天而飞，鞭炮礼花一齐爆响，锣鼓声、欢呼声震荡天穹、大海，回鸣在赤道上空。与此同时，万道霞光自东方喷射出来，烧天炫目，太阳顶端的弧线突然冒出海面，升腾跳荡，挂扯着熔红铁汁的黏稠，挣拉着筋络凝血的裹挟，猛然跳脱，跃至火红的天际，烧红了万里洋面！

依照国际惯例，船要在赤道举行祭祀"海神"的仪式。要祷告驱赶海魔，祈求船只平安；有的要往海里扔衣服和食品；有的往身上泼海水，洗掉身上的秽气，等等。

早期的探险家们，对赤道海面反常的平静心生恐惧，在多日的风雨飘摇、惊涛骇浪中，一旦进入平静，便感觉不是真实，以为是阴险的鬼怪深藏海底，诱惑他们放松警惕，易于吞噬。于是航海者便在赤道做出道场，表演一番，驱妖除魔。

在欢快的乐曲声中，"向阳红 10"号举行了穿越赤道的庆祝活动。颁发了赤道纪念卡、跳化妆舞、套圈、做游戏、钓鲨鱼活动等，欢快热烈。最引人注目的是，多位队员戴着假面具，披红挂绿，在人群的包围中跳舞、扭秧歌。男子装扮成鬼怪的模样，画鬼脸，戴面具，穿草裙，赤臂膀，学毛利土著人的恶相，舞弄长矛、刀剑。有的手执火把，青面獠牙、以假乱真，说是吓唬海鬼，实是惹人发笑。美丽的女队员也扮成女鬼——乱发长甲，血盆大口，狼腔鬼调，挥舞红伞绿伞，舞步怪异，眼神儿阴森，学白骨精模样。

在此之后的多次航行中，花样似乎更多，由吓鬼驱邪的初衷，演变成欢庆太阳节日：学孙悟空翻跟头，学牛魔王掳女子。举办拔河活动，啦啦队赛歌。最热闹之时赛喝啤酒，人们的热情在啤酒的喷射中点燃，唱啊跳啊喝啊……

更好的消息是：下酒的海鲜捕猎到手！钓鲨鱼的小伙在赤道大洋里，钓上了几十斤重的鲨鱼，大快朵颐乃在算中！

大海蓝蓝，天光熠熠，巨轮犁出两道"雪龙"般的尾迹。大船在赤道的太阳下晒干了翅膀，走入 50000 海里的航程，凯歌回荡。

1984 年 12 月 3 日，两船于当地时间 12 月 3 日 11 时 50 分，通过国际日期变更线，亦称日界线。从东半球进入了西半球。

地球是在不停地自转着，子夜、黎明、日出、中午、黄昏、日落，由东向西依次周而复始地在地球各地循环出现。那么，在地球上新的一天从什么地方开始算起呢？旧的一天又在哪里结束呢？为此，在 1884 年国际经度会议上，规定在地球表面上 180° 经线附近的地方，也就是在东、西十二区中部画出一条假想线，作为国际日期变更线，又称日界线。这条线并不是完全沿着 180° 经线划分的，而是绕过一些岛屿和海峡划分的，避免了一个行政区单位内使用两个日期，照顾了行政区域的统一。

地球上每一个新的日期就由这条国际日期变更线开始，所以此线两侧的日期不同。航行在太平洋上的船只，由西向东越过此线时，日期往后推一天（如将 2 号改为 1 号），相反，由东向西越过此线时，日期就提前一天（如将 1 号改为 2 号）。

这也是中国南极科考队的首遇，亿万人未曾运遇的稀奇。人见稀罕物，必定寿限长！人经新鲜事，必定心气扬！这是一条造极的路、登天的路。敢问路在何方，路在脚下。

回归线和西风带

在太阳节和日期变更线度过之后，由太阳神开过光的巨轮和造极的战将们，在觉悟的洗礼、境界的升华后投身远航了。郭琨队长，董兆乾、张青松副队长未雨绸缪，又在强化思想教育。

1. 向全体队员介绍南极自然地理和南极考察的重要意义。

2. 各班汇报关于卸运建站物资方案的讨论情况。

3. 召开申请入党同志座谈会。

4. 召开党支部委员会议。

中国首次南极洲考察队 54 名队员，其中共产党员 31 名。南极洲考察队成立后，就组建了中共南极洲考察队党支部委员会，党员是党组织的有生力量，能够在恶劣环境、艰苦条件中，攻无不克、战无不胜地出色完成任务！就在两船勇士立志于立功的时候，南太平洋的考验又一次降临头上：暴风雨来了！

从航海日志上看到：凌晨 3 时暴风雨，"向阳红 10"号船处在冷锋的边缘，风力 6~7 级，阵风 8 级，大浪大涌，浪高 4.5~4.8 米。

郭琨走近窗前，手扶着栏杆，眺望那海天混沌的世界。暴风雨如瀑布漫天倾泻，波涛汹涌的海面，群峰簇拥，冲压过来，扑上船舷，窜过驾驶室，扑向后甲板……伴随阵阵的涛音，如惊雷、似天鼓撕裂天空，撕裂大海，撕裂着奔向南极的万吨级考察船，震耳欲聋，使人心惊肉跳——这是自上海出发以来，第一次遭遇到这么强烈的狂风暴雨，这样猛烈的惊涛骇浪的裹挟冲撞，这么大幅度的颠簸摇摆——站在驾驶室内，感觉船舷忽地被浪抬起，又猛地跌落浪谷，如荡秋千。稍有好转的晕船的队员有没有加重？船舱内建站物资的加固有没有松动？船的航行有没有危险……

在这位既有责任心，又有担当勇气的郭队长传神的描述下，我感觉到作家语言的苍白。你苦心孤诣生造出来的感受，是挠痒痒在了靴子上，打针打进了棉裤里，受晕船煎熬的队员说："我还是跳海吧！"有的说："歌曲中描写得那么动听、那么感人，什么'大海呀大海！就像妈妈一样……'还什么'海浪把战舰轻轻地摇……'柔情似水,像摇篮可爱,我形容大海像'后娘',海浪是'恶狼',它们把敢于闯入怀抱的一切,一口吞噬!"

把大海"恶"的一面痛批一阵之后,再唱表现豪情的段子,正是流行的样板戏《沙家浜》中新四军战士的合唱:

要学那泰山顶上一青松,

巍然屹立傲苍穹。

八千里风暴吹不倒,

九千个雷霆也难轰!

烈日喷炎晒不死,

严寒冰雪郁郁葱葱。

那青松,经磨历劫伤痕累累斑迹重重,

更显得枝如铁,干如铜

蓬勃旺盛倔强峥嵘……

这次狂风暴雨的袭击持续了10多个小时,又雨过天晴,风平浪静了。18时,两船从社会群岛南部通过。十分清晰地看到了土布艾岛距我船约1.5海里。这是自上海启航以来,驶入太平洋能看见的第一个岛屿。多才多艺、诗情画意的郭琨掏出记事本,勾画出土布艾岛的轮廓。

历尽艰苦、艰险、坚韧不拔的郭队长啊!首闯南天的尔等,要像唐僧、孙悟空一样经历九九八十一难,你要为后人记下的东西还多着哪!12月9日13时35分,两船通过南回归线,这是这一季节气温最高的地区,中午气温可达32℃。

国际上规定,地球上以纬线23°26′为回归线,赤道以北的为北回归线,赤道以南的为南回归线。

南回归线是南纬23°26′纬线,太阳能够垂直照射的最南的纬线,是热带和南温带的界线。太阳垂直照射点于北半球的冬至点（12月22日前后），自北向南移动至此，然后转而自南向北移动。

从这天开始，人们看太阳不在南边，而是北边了。在南回归线以南的地方，太阳永远在北边。

时空错乱，日月倒行，太阳也要在北方照耀，老天爷在与人开一个大大的玩笑。这些标志性的事物在警告世人，没有一成不变的规矩，天地有常，亦无常，何况人乎？如此，两艘兄弟船上的人们，就要在敬畏自然、顺随天变的状态下破浪前进。可以肯定地说，已经历过的教训，并不足以指导明天的航行，如毛泽东诗词之所指："今日欢呼孙大圣，只缘妖雾又重来"。在可以预见的12月12日，两船将进入可怖的"西风带"，那是常年刮着7–8级大风的暴风圈，大浪大涌之凶狠程度，为前面尽有的经历所不及，被称为航海人畏途。为了迎接那肉搏般的战斗，队员们打乒乓球，玩棋牌，练身体，增斗志。厨房也借助为同志过生日之佳机，显厨艺，加菜肴，储营养。

"J121"船上的直升机也起飞演练，翱翔云天，摄影采景，收取情资。12月11日，又召开全体队员会议，总结前段工作，提出后继方案，为安全穿越西风带作临阵安排：

1．克服恐惧心理，树立良好心态。笑对狂风巨浪，树立信心，同狂风恶浪作殊死搏斗，一定要战胜它，安安全全地穿越西风带。

2．要做好防晕措施。队医要把防晕药、防晕贴发放到队员手中。队医要加强巡诊。要坚持每日三餐，对晕船较重的队员，各班要落实陪护人员，要把饭菜送到床边。

3．要确保人员安全。严禁开密封门，在船内走廊走动时，要手扶栏杆，以防摔倒。要把住舱内的物品固定好。

4．要确保建站物资的安全。安全组要检查船载建站物资的加固情况，要进一步加固。要加强巡视，要24小时轮流值班。

当地时间12月12日，中国首次南极考察队两船如期驶入世界著名的暴风区——西风带。

西风带亦称暴风圈。在赤道海域，空气受热上升。上升的热空气分别向赤道南北流动，大约在南纬、北纬31°一带开始下沉，形成副热带高气压带，由于受地球自转偏向力的影响，就形成了南半球和北半球的西风带。

南半球的西风带处在浩瀚的海洋上，位于南纬40°~55°之间，又有"咆哮的40°"之称。西风带内，常常是狂风巨浪。

西风带是赴南极的必经之路，历来是航海家的"畏途"。

郭琨12月12日的日记描景状物，如此记载：两船一驶入西风带，就遭受到了狂风恶浪的侵袭。奔腾汹涌的波涛铺天盖地向船扑来，欲将万吨级的大船吞掉，忽地把船高高抬起，猛地又将船抛落谷底。船在惊涛骇浪中剧烈地颠簸、摇晃，船体倾斜，船壁的扭曲声，波涛冲撞船体发出的"哐当、哐当"巨响，使人心惊胆战。大浪大涌，浪高7~8米，最高10米以上，船大摇大摆，飞左落右。

关于考察队员晕船呕秽的惨象，我不忍将之实景描述，而只能告诉诸位，脸面蜡黄的壮士吐出的胆汁也是黄色，随船记者邱为民，曾写下一首词描述：

西风带，
涌浪咆哮震天烈。
震天烈，
马达声竭，
汽笛声咽。

漫漫海路与世绝，
甲板迈步重如铁。
重如铁，

> 大涌如山，
>
> 飞浪如雪。

郭队长所述的自己是典型的，形象的：

我从住舱爬上驾驶室，时而如爬山，时而似下坡，如醉汉一样东倒西歪，要不抓住栏杆，在船上无法行走。"向阳红10"号船船长张志挺亲自驾船，与狂风恶浪搏斗。

我走到队员住舱，感到惊奇的是出现了"两少"：晕船的少了，呕吐的少了。我特别高兴。西风带里的海况是两船启航以来最恶劣的，船的颠簸摇晃最厉害，这只能说明，队员已经在多日的惊涛骇浪中练成了水兵，再过一些时辰，便"可下五洋捉鳖"，并使人想起一本书的命名：《钢铁是怎样炼成的》。

郭队长的笔触伸向了炊事班：炊事班在西风带做饭更是艰辛，困难重重，饭锅里的水因船摇晃外溢，蒸出的米饭夹生；餐厅里就餐也很困难，桌上的饭菜碗碟滑来滑去，滑落满地。就连上百斤的盛满菜汤的大铁桶，也被摇晃得东倒西歪、滚来滑去……吃喝如此，至于"拉撒"，难道在那等的折磨中可以如意？

我看到过一个著名马戏团的演出，台下的我等胆战心惊，而刀山上的丑角却满脸朗笑。经过了"大世面"的郭琨，举重若轻、谈笑风生地轻描淡写道：这是我有生以来第一次过西风带，使我认识了什么是狂风恶浪！什么是惊涛骇浪！使我经受了一次十分严峻的考验！十分严格的锻炼！

仅仅是第二天的12月13日，具有诗人性格、才华横溢的郭队长便开始写诗，诗不诉苦，不说难，不以文造情，乐观主义、革命豪情跃然纸上。

> 奔腾欢唱的大海
>
> 大海在欢唱！
>
> 欢唱华夏儿女奔向地球底部！

奔向冰雪王国！

欢唱十亿人民心花怒放！

美丽鲜艳的花朵，

要在旷古冰原上开放！

编织的一幅新的景致，

要铺在南极洲大地上！

大海在奔腾！

波涛汹涌、惊涛骇浪，

我们的胸怀像浩瀚的大海那样坦荡！

激越的《南极队员之歌》，

雄浑洪亮。

坚韧不拔，

英勇顽强，

是我们的性格。

祖国的期望，

人民的重托，

是我们的力量。

鲜艳的五星红旗，

在神奇的南极洲上空飘扬！

大海在欢唱！

大海在奔腾！

雄壮的中华人民共和国国歌，

在神奇的南极洲上空回荡！

能支持郭琨队长等壮士斗志昂扬的，党的关怀是无处不在。12 月 14 日，国家南极考察委员会主任武衡从北京打来电话，慰问全体队员，鼓励大家再接再厉，战胜狂风恶浪，安全通过西风带："你们在西风带内，以大无畏的精神同狂风恶浪斗，同晕船斗，我向大家问好！祝大家身体健康！希望你们继续努力，战胜狂风恶浪，安安全全地通过西风带，胜利到达南极洲，圆满完成党和人民的重托！"

国家海洋局副局长钱志宏电话慰问，嘱托至详。

郭琨代表考察队全体队员感谢领导的关心和鼓励，表示绝不辜负党和人民的重托和期望！

鼓励是及时的，两船还在西风带的中心，还有三天才能突出重围。当重舸航行于险水的时辰，这是一股提气的风。两船驶入西风带的第五天，风力减弱至六级左右，预计在 12 月 17 日的上午，便可驶出暴风圈，停靠征途中的第一个港口——阿根廷乌斯怀亚港。事先准备的工作共有七项：外事教育，打扫卫生，补给燃油、淡水和食品，租赁的阿根廷直升机和人员上船，雇请阿根廷船顾问上船，安排值班人员和接待上船参观访问的人员。

计划在乌斯怀亚港口停靠 4 天，而后穿越德雷克海峡，到达南极洲。但是，这一个夜晚也不会平静：

晚零时，船上气象部门预报员葛棣明突患急性阑尾炎，零点 30 分，船医生和队医生为葛棣明动阑尾手术。在颠簸摇晃中，在医疗条件较差的情况下，虽说是小手术，难度是可想而知的。几位医生密切合作，成功地做了急性阑尾手术，真乃妙手回春！

夜谋百事，昼行千里。12 月 18 日 13 时 24 分，两船胜利完成了横渡太平洋的全部航程，顺利地通过南美洲最南端的合恩角，驶入了大西洋。

合恩角位于南美洲的最南端。合恩角的经线是太平洋与大西洋的分界线。

18 时，阿根廷的引水员登上两船，引导两船驶入比格尔水道。

乌斯怀亚诗情

19 日上午 10 时，两船驶入阿根廷乌斯怀亚港，中华人民共和国国旗和阿根廷国旗比肩飘扬，按照国际航海礼仪，两船挂满旗。

乌斯怀亚港的码头上洋溢着热烈友好的气氛。乌斯怀亚市海军基地——"贝里索海军上将基地"司令员爱德华多·塞尔希奥·孔森蒂诺海军中校率领军乐队，在码头上奏起欢迎乐曲，热烈欢迎中国首次南极考察队，随后登船参观，两船热情招待了孔森蒂诺司令员和阿根廷海军官兵。

中国驻阿根廷使馆大使魏宝善夫妇和使馆工作人员，从阿根廷首都布宜诺斯艾利斯市专程到乌斯怀亚市，迎接中国首次南极考察队。

阿根廷南极局副局长兼阿根廷南极研究所所长埃切斯维特先生，也专程来到乌斯怀亚市。郭琨同埃切斯维特先生是老朋友了，朋友相见，格外亲热。1982 年 2 月，郭琨率中国南极考察组访问阿根廷南极局和南极研究所时，是埃切斯维特先生热情接待了他们，1983 年 7 月，阿根廷南极局局长罗伯特·A·达伊少将率团访华，埃切斯维特先生是访华团成员，郭琨负责接待了代表团。埃切斯维特先生说："我祝贺中国在南极建站和科学考察成功。"

国家南极考察委员会办公室副主任高钦泉和西班牙语翻译张福刚同志，从北京专程来到乌斯怀亚市，为考察队联系安排船代理、租赁直升机、聘请船顾问和两船补给等等问题。

两船按计划在乌斯怀亚港停靠 5 天，主要任务有以下几项：

1. 两船补油、水和主副食品、蔬菜、水果、饮料等；

2. 两船进行检修；

3. 加固船载建站物资；

4. 租赁的直升机、聘请的船顾问上船；

5. 队员休整。

国家南极考察委员会、国家海洋局、中国人民解放军海军，南极考察队员家属等，都发来贺电，热烈祝贺和亲切慰问中国首次南极考察队两船成功地横渡太平洋，胜利抵达乌斯怀亚港。

在30天里，考察队经历了北温带、热带、南温带、南寒带，度过了四个季节。

季节的变换、时差的变化，使人的"生物钟"紊乱了，壮士的斗志仍是昂扬！

火地岛白皑皑雪山尽头的蓝色良港、世界上最南部的城市、中国考察队南极梦的边沿之城——乌斯怀亚，我们可以用极多的溢美之词形容她：天涯海角，世外桃源，仙山琼阁，南天之门……在这个海天之间的明珠旁，高山青翠，大海蔚蓝，海风海浪的和弦，是妙曼的天籁音响。她精巧、俊美、错落有致、玲珑剔透。她依山傍海、峰峦叠嶂，繁花铺地，润目养心。她距南极仅800公里，色调多彩的建筑物坐落在波光粼粼和青山白雪之间，恰若"天上的街市"。她左侧的群山属于智利，右侧属阿根廷，真叫人惋惜的是：王母娘娘抛撒的一粒明珠，怎会失落在这样遥远的天荒之处？

"乌斯怀亚"一词，在印第安语里的意思是"美丽的海湾""通向四方的海湾"。港湾开阔、水深、避风，又是一个不冻港，可以停靠万吨级船只。它是阿根廷来往南极洲航船的重要基地，也是一些国家前往南极的船只补给物资、休整的一个重要中转站。

它背依的1000多米高的马歇尔山的顶峰白雪千丈，它面向比格尔水道，在这里形成一个大海湾。海湾的北岸是一条名叫玛依普的大道，另一条大道是贯穿乌斯怀亚市的两千米长的圣马丁大道。这也是地球上最南部的一条柏油马路，马路两旁绿草如茵，繁花似锦。

乌斯怀亚市的街道十分整洁。涂有五颜六色的老式典雅的木板房和两层小楼房，显得朴实、高雅、宁静。

1984年10月12日，是乌斯怀亚市建市100周年纪念日，阿根廷共和国总统阿方辛，专程从首都来这里出席庆祝大会。

秀丽如画的10万人口的城市，吸引着全球慕名而来的大批游客。中国首次南极考察队591人到达乌市，却在当地引起了恐慌。很多人并不了解中国、第一次见到中国人。

正值当地的盛夏季节，当两船驶入乌斯怀亚港口之前，怀有恐惧感的小城人慌慌张张，在港口码头上做好了防火、保安等各方面的防范措施。

在当地官员和人民群众亲睹了中国人有礼貌、讲文明、守纪律、热情友好、遵守港口码头规章制度的良好表现之后，一下子打消了他们的疑虑和担心，考察队赢得了他们的信任。他们不但撤掉了码头上的所有防范措施，还破例不限制中国人进出港口码头的时间，不再派人跟踪上街的中国人。因为外国的船只停靠港口码头以后，严格限制进出港口的时间，还要派人跟踪上街的船员。

当地人民群众见到我们中国人就挥手高喊："CHINA！"一群群青年学生追着、围着他们签字留念，他们向青年们赠送"中国首次南极考察纪念章"和袖标，阿友相互抢取，为能得到一份纪念品而兴奋不已。当地空军官兵帮他们进行重力测量，提供重力数据。

一名队员上街游览丢失了手表，这是天津手表厂为中国首次南极考察队特制的、印有南极洲地图的"海鸥"牌手表。正感无望时，当地海关官员卡洛斯·雨果捡到手表，一看印有中国的方块字，便亲自送到"向阳红10"号船。船员与雨果先生交上了朋友。

自1984年12月21日始，两船开始商议卸运到南极物资的细节。郭琨和考察队副队长董兆乾、张青松登上"J121"船，商议卸运建站物资问题。

"J121"船的副指挥员何纯连、蔡谆，船长于德庆、飞行工程师吴火根、直升机机长于志刚和参谋长张国栋等，共同研究了"J121"船载建站物资卸运方案和"J121"船组织突击队建站问题。

研究决定：要精心组织、精心指挥，人不伤、物不损地安全全全地把物资卸运到长城站建设工地上。由考察队副队长董兆乾和"J121"船船长于德庆、参谋长张国栋协商工作。

"J121"船决定，为了建成中国第一个南极考察基地——"长城站"，他们组织30人的突击队，每天从"J121"船乘小艇到建设"长城站"的工地上劳动，早出晚归。

在下午金色的日照里，队员们游览了乌市美容，这座地球上最南部的花园式的小城市清新、干净、美丽，东西方向的一条大街贯穿全市，无数条南北方向的马路与东西马路交叉，显得整齐、爽亮。商店、饭店、电影院等店铺分布马路两边，物品丰富、品种齐全，购物方便。街上车辆、人员稀少，小城清静幽雅。

他们还兴致勃勃地游览和欣赏了自然保护区的原始森林，看到了一种"面包树"，生长着一串串橘红色的像面包一样的果实。这是阿根廷火地岛省特有的一种树木。

当地团体发给大家一份旅游指南，在多种文字中，竟然也有汉语，引发了队员们的自豪感。小册子的封底印了一首诗，译成汉文，发现全世界的诗人都易染忧郁症：

> 望着落日
>
> 如同乞丐悲伤的眼神
>
> 灾难带来的痛苦让死亡如同行旅
>
> 我坐在这条小路等待落日带来的黑暗
>
> 没有希望
>
> 也不知何去
>
> 为什么我踏了脚步
>
> 从此失去了对命运的信任
>
> 也泥封了我的记忆
>
> 残酷的远游
>
> 穿越记忆的夜晚
>
> 不容我再有其他的选择
>
> 只能让鲜血淋在道路上

为赋新诗强作愁啊，只有我们勇士在探索南天之时，才有资格吟咏"让辛勤的汗水，让鲜血淋洒在路上，淋漓在大洋上……"

在南极，奋斗的勇士们耐不住寂寞，他们用激情点燃了冰雪，形成了诗思的极光。第 25 次南极考察队李春雷先生，在南极考察队长城站越冬期间，与附近的智利站、乌拉圭站、俄罗斯别林斯高晋站、韩国世宗王站等考察站举行了南极诗社活动，丰富了南极考察队员们在乔治王岛的越冬生活。各国队员纷纷用诗歌抒发对南极的热爱，对生命、友谊的讴歌，显示了风雪南极的诗意情怀，激发了在南极冷峻酷寒之下的蓬勃朝气与活力，这也是南极条约提倡的南极人文精神的一个部分。人与自然在和谐中相互品读，厚重了人生，回馈了自然对人磨砺的恩泽，提酿了冰雪世界温润醇厚之美。诗友琼哈吉姆内克交换而来的一首诗《无边的力量》，表现的是南极勇士勃勃雄心：

> 它深深埋藏在我们的心
> 搅动着内心
> 一直都在
> 用希望填补灵魂
> 从青年直到年老
>
> 像风一样轻
> 像气一样自由
> 不可能看透
> 但永远无处不在
>
> 人们挣扎着要描述
> 对南极的爱
> 就像兴奋的新郎和他纯洁的新娘
>
> 它绝不会让你迷失、孤独
> 你在极地该找到力量
> 像高塔一样坚强

它通过灵感将自己

那一点点火花点燃了万物

有了火,人们放声歌唱

让火光永恒

听着光荣的乐曲

内心深处激动

尽情展示冰雪之情

感受韵律带动你

永奏曲的经典传唱

伟大的作曲家

将曲谱写满冰山雪原

(南非48次南极科考新闻通讯,2009年6月)

两船停靠乌斯怀亚港的第四天,晚间在"向阳红10"号船的大餐厅举行了招待会,招待乌斯怀亚市政府、驻军和海关等部门官员。出席招待会的有:火地岛省省长偕夫人、乌斯怀亚市市长偕夫人、当地驻军海陆空三军司令偕夫人和海关等部门的官员等30多位贵宾。

招待会气氛热烈、欢快、友好。

中国驻阿根廷大使魏宝善首先致辞,感谢阿根廷政府和乌斯怀亚市政府以及驻军和各界人士,对中国首次南极考察提供的热情友好合作。

宾主频频举杯相互祝福。

阿根廷得地势之利,是开展南极考察较早的国家,是对南极领土提出要求的七国之一,是《南极条约》12个原始签字国家之一,也是在南极建立考察站最多的国家之一。他们的考察站大部分建在西南极的南极半岛及其周围岛屿上。现有常年考察站9个,科学考察项目也比较多。

郭琨于1982年2月率中国南极考察组曾访问了阿根廷南极局和南极研究

所，并赴南极半岛考察了阿根廷的马兰比奥站。

1984 年 12 月 23 日，按计划停靠港口的任务均已完成。补给的物资已装船，船只进行了全面检修，"J121"船安装上了从国内空运来的活塞冷却水套管支架，对船载建站物资进行了加固，租赁的直升机和聘请的船顾问也已上船。

在经历了与乌斯怀亚市几日的亲热友好交往之后，满载着阿根廷朋友的美好祝福，我两船驶离港口，两支搭于弓弦的神矢，直指南极！

九

"天门"之役

天门之役多艰险，
雄兵壮气冲霄汉。
极昼喻像白骨精，
雾霾权作妖气渲。
雷霆万钧攻码头，
快船千发运粮弹。
可赞军民情鱼水，
金猴又来撼南天。

12月24日，两船在智利引水员引导下驶出冰峰列岸、青山逶迤的比格尔水道，波光莹莹的德雷克海峡，艳阳高照。但是，德雷克海峡又有"海员坟墓"的恶名，两船须在准确的天气预报指导下，闪过两个气旋风暴，迅疾穿越。

因为过西风带的海浪滔天，吞星衔月的气势已成极致，便不另述过海峡之琐碎。诗人寒江在2014年元月19日穿越德雷克海峡后作了一首《德雷克海峡的浪》：

你压垮了贼鸥的虚伪

却无奈企鹅的温婉

你吓唬了海象的痴狂

却压抑不了信天翁的傲慢

你暗潮涌动

阴谋深藏

虚伪而又夸张

你藐视了我的果敢

我笑傲苍茫

你才知我意志坚强

雷德克海峡

你在为我狂唱

如诗人所咏的，是两昼夜的劈涛斩浪。在千折百回的精密算计下，躲过气旋。12 月 25 日，两船驶入 60S，进入冰雪王国南极区，翻开了中华民族具有历史意义的一页。

各层甲板上挤满了队员，举目眺望，"冰山、冰山"地喊叫起来。全船欢腾了，海面上大大小小的冰山迎面而来，平台式的、圆球样的、金字塔形的……形态各异，十分壮观。最大的一座冰山横亘在船侧，长约 1000 米、宽约 300 米，露出水面 50 米。大浮冰上横卧着的海豹，仰首张望着远来的客人；企鹅从浮冰跃入海中，向船游来，欢迎中国朋友。更为奇观的是，远处海面上，有几处喷出高达十几米的水柱，偶尔能看到露出水面潜艇似的鲸的脊背，它以其特有的"水礼花"，向考察队示好。海面活跃，船上也沸腾了……

两船慢速航行，驶向南极洲南设得兰群岛中最大的一个岛屿——乔治王岛。首闯南天的中国科考队，已经进入了南天之门，而"天门"中的战事，能学火眼金睛、铜头铁脑、妖氛不惑、百折不回金猴大圣吗？

时下有一句锦言："只有想不到，没有做不到。"吾师罗贯中小说《西游记》，敢写唐猴飞驾南天之一节，亦是心比天宽、才华横溢的范儿。便是那佛手之大，也和猴戴金箍一般，属于教训守法——相当于今日遵奉南极之约的行为科学呢！

笔者感慨之余，再赋小诗：

> 大圣功奇善驾云，
> 筋斗翻飞南天门。
> 虽惜未出如来掌，
> 却撼擎天柱五根。

> 敢想造极始何人？
> 大唐距今逾千春。
> 佛手约法乃自然，
> 金猴遗矢贵如金！

1984 年 12 月 30 日 15 时 16 分，中国人登上乔治王岛。感谢高科技时代的录像：郭琨身着橘红极地防寒服，披着橘红色长围巾，双手高举着火红的中华人民共和国国旗，率领着红装耀目的壮士队伍，依次跳下登陆快艇，像一条火苗跳动的火河，流向海岸，冲上乔治王岛。

用郭琨的话描述："当时我举着大旗，大家伙就跟着上去了，这是中华人民共和国的第一面红旗！这时候，大家的心情非常激动，中国人终于踏上了南极的土地，梦圆乔治王岛！"

在南极夏日明亮的阳光下，在蓝色大海和如银雪地的辉映中，那是一面多像火焰的红旗啊！她燃烧在高空，旗杆深插进黑亮鹅卵石的山坡，在欢呼的海洋里猎猎飘摆，成群的燕鸥、巨海燕、贼鸥也见了稀罕，啊啊地欢叫着飞来，加入了这不平常的庆典！

"择地"之难

进入"南天之门"的队员们，欢呼还在口上，却已想着落地生根，择地而居的大事。问题和困难接踵而来，每一个问题，都是中国人未有经验的新困难。

早在登陆三天前的 12 月 27 日，郭琨和专家们就开始勘察长城站站址，欲为这个还未诞生的伟大婴儿，寻一块风水福地。在他们企望选址的乔治王岛上，早有 7 个国家建立了考察站：

苏联的别林斯高晋站，1968 年建立，是常年站（越冬站）；

智利的马尔什基地站（亦称费雷站），1969 年建立，是常年站；

波兰的阿克托夫斯基站，1978 年建立，是常年站；

阿根廷的尤巴尼站，1982 年建立，是常年站；

巴西的费拉兹站，1984 年建立，是常年站；

还有乌拉圭的阿蒂加斯站，是在中国首次南极考察队到达乔治王岛的 5 天前，即 1984 年 12 月 20 日开始建站的，1985 年建成，开始越冬。

另外，民主德国、智利、阿根廷在阿德雷岛（中国队员称为企鹅岛）上，建立了 3 个夏季站。

在南极洲乔治王岛仅有 1160 平方千米的岛屿上，就建有这么多考察站，是绝无仅有的。故称乔治王岛是小"联合国"。中国首次南极考察队，在乔治王岛建立长城站，使小"联合国"又增加一个新成员。

在我们怀着美好心情，想加入这个快乐的俱乐部的时候，朋友们的心情能如中国古诗的"同是天涯沦落（考察）人，相逢何必曾相识"的惺惺相惜吗？我们来了，朋友们能像俊俏的鸟儿款款飞舞，为新的朋友，鸣唱一段欢迎曲吗？

选择站址，要考量最基本的五个条件：

第一，建站要建在裸露的基岩上，不能建于冰盖。只有建在裸露的基岩上，才是一个永久性的固定的南极考察站。

第二，一般建在沿岸地带。南极洲大陆和岛屿沿岸地带，在南极夏季冰雪融化，裸露出基岩，符合建站选址条件之一。而且，小艇在大船与考察站之间，人员往来，运输物资，既经济、又方便。要求沿岸陆缘冰在夏季解冻，小艇能抢滩靠岸。

第三，站区要平坦开阔，有利于建设和科学考察，也要利于未来发展。

第四，站区要有淡水资源。冰雪虽俯首皆是，淡水资源非常丰富。但可以直接饮用的淡水湖水，才节能宝贵。

第五，考察站要适宜开展多种学科的考察研究；能以站为中心，向周围辐射，能深入大陆冰盖科学考察。

12月27日下午1时至4时10分，是个好天气，郭琨和副队长董兆乾等7人乘坐"海豚"直升机，开始了紧张的实地勘察长城站站址的工作。先后勘察了爱特莱伊湾、阿德雷湾、哥林斯湾、玛丽亚娜湾和纳尔逊岛等5个地点。

"海豚"直升机首先降落在爱特莱伊湾的海滩上，看到乌拉圭正在湾内沿岸坡上建设考察站，站名叫阿蒂加斯站。5天前开始建站。

在这个狭小的地域内，不可能挤建两站。"海豚"直升机又飞往纳尔逊岛，降落在海滩上。纳尔逊岛是个冰盖岛，它的东北角伸入海中，形成一个舌角，夏季冰雪融化，裸露出沙石基岩，面积很小，不适宜建站。但这里也有优越的地方，一是避风条件好，二是冰川学考察研究方便。有巴西在海滩上建立的两个集装箱避难所。

"海豚"直升机北上，飞越乔治王岛南部上空时，俯视下面有一块平坦地域。刚想降落实地勘察，不料迎面飘来一团浓雾，便急速转弯回返，安全降落在"向阳红10"号船甲板上。

晚饭后，雾消云散，海上风浪不大。郭琨到船上气象室，询问预报值班员天气情况，刘训仁指着卫星云图说："两个小时之内，天气不会变坏。"郭琨同张志挺商量，马上将"长城1"号小艇吊放下海，继续实地勘察。

小艇于21时15分返船，至22时，乘"白夜"辉光，郭琨和董兆乾及4名队员乘坐"海豚"，前往波特尔湾地区勘察。阿根廷在该地区建有尤巴尼考察站，波特尔湾内有一个伸向海里的舌角，在地图上测量，可以作为站址之一，实地勘察。

直升机起飞时，天气较好，飞到波特尔湾上空，能见度也很好，正准备降落，忽然北面天空有低云飘来，霎时笼罩了波特尔湾，直升机急速抬升飞离，忽左忽右地摇晃着，擦着海面高速飞行。20分钟后安全降落在船上时，天空已乌云密布。如果不是果敢决定和高超的驾驶技术，后果不堪设想！

12月28日上午，中国队在菲尔德斯半岛勘察站址时，智利站站长向我们通告了四件事情：一是我"超黄蜂"直升机飞越智利机场时，要通告智利站，直升机在企鹅岛上空时，不要低空飞行，以防惊扰企鹅。二是中国南极考察队去波兰站，是参观访问，还是选站址？要说明白。三是智利愿意派人帮助中国选择站址。四是上午智利站长乘直升机在"向阳红10"号船上空盘旋时，很赏识该船，想去参观访问。

对于智利站长的通告，郭琨回答：

中国南极考察队表示欢迎站长、科学家和队员前来参观访问"向阳红10"号船；我直升机飞越智利站和机场时，会事先通告；也希望智利直升机在中国船只上空盘旋时，事先通告中国为好；中国不会在企鹅岛建设常年考察站；对站长先生关心和支持中国选择站址，我们表示感谢；我们勘察选好站址以后，再去智利站参观访问。

董立万所著《中国首征南极》一书，还记载了这样的现实，他的所指，是中国考察队预选的前两片站址上的遭遇：兴奋的考察队员们驾艇顺利地冲上乔治王岛的滩头，顶着风雪欢呼："我们胜利了！"一口气冲上了遍布鹅卵石的海岸荒滩，踏上基岩裸露的坡地，朝着选定的长城站地方向飞奔。

可是，谁也没有料到，就在他们眼前这片"条件还算不错"的荒滩阶地上，突然插上了别人的国旗——中国刚刚踏勘选定的地方，在仅隔几个小时之后，就被别人抢先一步"捷足先登"了。

中国首次南极考察队成功登陆乔治王岛后，盈怀的满腔热血、兴奋之情，被严峻而不可思议的现实冷却下来。

中国首次南极考察队从踏上南极洲土地的第一脚起，就是那么的"不平坦"。

测绘专家鄂栋臣回忆说，旗子已经远远地插在那里了。近前一看，才认出是南美洲乌拉圭的国旗。

原来，乌拉圭人看到中国人连日来频繁踏勘，估计到我们准备在那里建站，他们竟然抢先在我们看好的地方，临时插上了他们的国旗，以表明那个地方就是他们的了。我们的登岛队员很后悔：先下手为强，而我们只迟了仅仅一步。

中国是泱泱大国，是孔孟之乡，礼仪之邦。中国信奉孔子"四海之内皆兄弟"之教言，一切工作从头开始，重新选择中国在南极的第一个科学考察站建设地址。

然而，选择新的站址，远没有所想的那样顺利。棘手的"国界问题"在乔治王岛上一演再演！来自武汉大学的教授、测绘专家鄂栋臣回忆说，中国南极考察队经过反复比较后，12月29日，再次确定乔治王岛南部湾口的一片开阔地带，准备作为我们的新站址。经过几天不分昼夜苦干，共勘察了预选站址9个，其中有两个点勘察了多次。通过队员们广泛讨论、比较，一致认为，菲尔德斯半岛南部地区作为建站的首选。考察队最后研究决定：中国南极长城站站址，初步选定在乔治王岛，菲尔德斯半岛的南部地区，报国家南极考察委员会审批。

1984年12月29日21时50分，中国南极考察委员会正式批准：这一块风水宝地，为中国长城站站址。同志们的欣喜程度，超过了农民分得了土地。

但是，中国人凭着毅力和智慧选择的，经过南极委审查批准的站址上，却又出了麻烦，据郭琨日记记载：在选择站址的过程中，中国人不但要同南极极其恶劣的环境——酷寒和狂风暴雪顽强搏斗，还要同一些国家不友好人员的挑衅行为进行斗争。

智利马尔什基地驻有两位西德科学家，和智利合作考察水文地质，地点在菲尔德斯半岛的中部，一片低洼沼泽地，与坡上的长城站站区接壤。有一天，他们在长城站站区的北面，突然竖立了12根木桩，并拴拉了约50米宽的绳索。很明显，这是竖立了界墙，不准中国人越过此线。这是极不友好的挑衅行为，是违反《南极条约》的举动。

队员们气愤至极，有的要拔掉，有的要质问他们。郭琨压住火，同副队长董兆乾、张青松商议决定，马上带几人去智利站，以书面形式，当面向西德人提出抗议和忠告，并严正指出，他们的这种行为是不友好的，是严重违反《南极条约》宗旨和原则的。要求他们立即拔掉木桩，向中国南极考察队赔礼道歉。

郭琨、鄂栋臣、颜其德、吕培项、陈秋常、卞宗舒、刘小汉等同志步行到了智利马尔什基地，向站长说明了来意，把信递交给他。

站长看过信之后，一再向他们说："我不知道他们干的这个事情。"而后又自言自语地说："怎么能这样做呢！"此时，正值智利站午饭时间，站长马上去餐厅找人，回来他耸耸肩，摊开双手，说："没找到他们两个人。"他又马上打电话，叫两位西德人马上到站长室来。几分钟后，两位西德人来到站长办公室。站长把我们的信给了他们，信的全文如下。

智利马尔什基地站长转交两位西德科学家：

我们感到十分惊讶和遗憾的是，你们在正建设中的中国南极长城站站区的北面竖立了12根木桩，拉上了绳索。你们的这种做法是对中国建站的干扰，是不友好的行为；是违反《南极条约》宗旨和原则的。

我们对你们的这种不友好行为和违反《南极条约》的做法，表示十分不满和愤慨！

我们要求你们立即拆除木桩，并向中国南极考察队赔礼道歉！

我们再次声明，中国在乔治王岛建站是进行科学考察，这只能有利于促进各国南极站合作考察和交流活动。我们不希望、也不愿意看到不友好行为和违反《南极条约》的做法再次发生。

中国南极长城站站长 郭琨

1985年1月7日

两位西德科学家看了信之后，显得有些惊慌，一再为他们的错误做法进行解释和辩护。

对于他们不实之词的辩解，我们以事实对他们一一批驳，再次严正指出，他们的这种行为和做法是对中国南极长城站不友好的行为；他们的这种行为和做法，是违反《南极条约》的宗旨和原则的。要求他们立即拆除木桩，并向中国南极考察队赔礼道歉！

最后，两位西德科学家承认，他们埋木桩拉绳是不对的，表示午饭后去拆除。郭琨要求他们现在就去拆除，智利站长也催他们快去。

两位西德科学家随同他们到了现场，就去拔木桩、拆绳索，有的队员出于气愤想去动手，被郭琨制止，要让他们自己拆除。

两位西德人不友好的行为，是对我国的挑衅，绝不能姑息，这是人格、国格的问题。

西德科学家拔完木桩、拆完绳索，表示赔礼道歉。郭琨看到有几个木桩坑没有填平，说："请你们把木桩坑全部填平。"他俩把木桩坑填了，又走回来。本着有理、有利、有节的原则，郭琨对两位西德科学家平和地说："请你们把木桩绳索扛回去吧，希望以后不要再发生此类事情。中国南极长城站正在紧张地建设中，建好以后，请你们二位来长城站做客。"

两个西德人扛着木桩、抱着绳索向智利站走去……狼狈不堪。

真是回肠荡气，水净沙明。中国人在国外的行为若皆如此的有礼有节、有风度，谁还敢看不起我们？我们的民族，一旦到了关键时刻，总会有脊梁骨式的人物站出来，说出那种泱泱大国人才配说出的话！谢谢郭老，还有与他一起的同志！

"初夜"与奠基

中国首次南极洲考察队 54 名队员于 1984 年 12 月 30 日 15 时 16 分，胜利登上了南极洲乔治王岛！五星红旗第一次插在了南极洲大地上！这是具有重要历史意义的一天！

它象征着我们中国进入了南极国际大家庭中，中华民族为人类和平利用南极，做出贡献的历史序幕拉开了！队员们纷纷站在神圣的国旗下，留下了这个具有历史意义的镜头。

队员在白茫茫的菲尔德斯半岛上立即搭建帐篷，测绘班进行站区测绘，并在西面的小山上，安装了多普勒卫星定位仪和接收天线。建立长城站的坐标系统；科考班在鸟类栖息的几个小山的周围，竖立起中英文对照的"生物保护区"标牌；后勤班在一个大棉帐篷内安装炉灶；一些仪器设备物资搬进大帐篷内。按计划，完成各项任务以后，留下5名队员岛上看守，其他队员先回大船，明天携生活用品再来。

但老天爷突然翻脸，一时间乌云密布，风雪交加，海浪加大，寒气袭人。因能见度太低，两条小艇辨不准方向，无法驶入站址内海湾接队员返回大船了。无奈，54名队员只好全部在岛上过夜。

大家当即决定：架设3平方米和7平方米塑料帐篷，全体队员立即投入了紧张的战斗：平地、挖坑、搭建。敲击声、谈笑声响成一片。顷刻间，几十顶小帐篷影影绰绰地竖立在冰雪荒原的乔治王岛上，生机勃勃的一个"小村落"从天而降，取名叫"南极第一村"。深夜23时30分，队员们住进小帐篷内，欢度登上南极冰雪之地的"初夜"，十分新奇！

但是，登陆前只带了五位队员的面包、香肠、饮料，现在是54人吃，每人分不到一个面包、半根香肠，饮料更是有限。同志们只好抓把雪，就着面包香肠，好香的雪啊！他们在乔治王岛上，吃了一顿别有风味的第一餐。虽未果腹，却终生难忘！

夜深了，浓雾笼罩着乔治王岛，寒气逼人。饥饿、疲惫折磨着队员们。大家却谈笑风生，破解着"初夜"的含意，度过一个不眠之夜。

12月31日零时30分，风停雪止，浓雾消散，海浪也变成了喘息般的温柔，白夜的优势显现出来，不用周扒皮半夜学鸡叫，天上已露出熹微的晨光。张志挺船长、董兆乾副队长在岸边吹响哨子，指挥队员铺架木板——我国的大型机械"东方红"拖拉机隆隆吼叫着，第一次开上了南极大地，欢呼声、喝彩声、掌声响彻乔治王岛上空。

这样，抢运物资的速度便百倍地加快了，白夜的10时（北京时间12月31日22时），中国首次南极考察队，在南极洲南设得兰群岛中最大岛屿——

乔治王岛，隆重地举行了中国第一个南极考察基地——中国南极长城站的奠基典礼！

奠基石上写着：

中国南极长城站奠基石

一九八四年十二月三十一日

奠基典礼在庄严的中华人民共和国国歌声中举行。

中国首次南极洲考察队全体队员身着红蓝两色的羽绒服，头戴"中国"字样的防寒帽，脚穿长筒皮靴，整齐地站在五星红旗下，心情激动！南大洋考察队、"向阳红10"号船和"J121"船都派代表参加了奠基典礼。

当郭琨庄严宣布"中国南极长城站奠基典礼开始"的时候，冰雪荒原的乔治王岛上一片欢腾！五颜六色的气球随着欢呼声冉冉升起，飘向南极洲的天空！

这一幕，浓墨重彩地写入中华进军南极历史的开篇！

元旦的律动

过罢了12月31日的初夜，迎来了火红的"东方红"新娘，1985年的元旦——新年来了。考察队在这个喜日里命定的任务，便是开垦处女地，修建一个抢运物资的新码头。

掐指计算，自离开祖国的怀抱，哪一天不是运遇着新事、新境、新天地、新海域和创造着新生事物呢？在"南极诗社"的宝库中，我淘到斯尔维·彼胡歌创作的一首纯情的诗《南极洲》：

南极洲啊

白色的少女

沉默，安静，温柔

流利又美丽

我打破了你的纯洁

仍清晰地记得

你抱着我

像温柔的新娘

给我一切

教我思考新世界

我品着你的甜

尝着你的苦

感受你的馈赠

愿意向你

奉献生命

（瓦尔德玛·峰蒂斯 译）

闯入新天地、亲手掀开新篇章的，有一位名叫董利、绰号"董老大"的非凡人物。他与我同路去南极，同度夏日考，管我帮我并向我倾诉了那些切肤之痛和醉心之乐。以我"一激动就写诗"的毛病，吟一首《赞董利》：

董利庄重行谦谦，

生与南极多关联。

首闯南天正年少，

冰山雪窟敢向前。

九次征极成好汉，

三任站长续前缘。

冰雪探路是尖兵，

风雨抢运担铁肩。

历尽寒苦不知倦，

老大任职"极地办"。

此回再入三十队，

引我登机同征南。

我写"雪龙"须"明史"，

直把董君作字典。

我访董利，早在2013年6月，秦为稼书记说："他是个老南极。"一访才知，还是个老海军。1954年，他生于吉林省白城市。1972年参军海军司令部管理处，汽车队长。1994年，极地考察办公室，副处级干部。2002年，处级调研员。

1984年，随"向阳红"号首闯南天，长城建站，驾驶推土机、装载机、铲车、吊车。风雨抢运，日夜劳苦。2001年至2003年，参加第18次南极考察，任长城站站长。与宝钢工程队一起，设计建造，安装调试，机器组装，现场施工。在那里，他首创了建站工程"交钥匙"模式，乙方工程承包，甲方接钥匙验收。新理念，新创造，新效果，专家专业，各司其职。

站长任上，与周边外国站关系"很铁"。东北人讲义气，南美、韩国人亦如此。乌拉圭站长，大个子上校，常来中国站打球、洗澡，喝酒。常带女医生做伴。俄站长名叫奥里克，爱乒乓，知道中国善于此道，常来挑战。韩国站长叫郑豪成，读过韩版的《三国》，问罢了各人年龄，就端起酒碗，与俄站长、董上演了"桃园三结义"，董老大、俄老二、郑老三！拱手作揖。十分逼真。喝中国白酒，点名要高度"孔府家"，说"孔府家"是掺了水的酒，韩国酒是掺了酒的水。有一次在俄站聚会，董晚去了一会儿，站长就嗷嗷叫唤："董老大在哪里？不来不喝！"

乌拉圭站长十分随便，长城站缺小五金配件，开车去拿，与自家的一样！此次中国三十次队去乌站，董利碰上了十八次的一个乌队队员，上来就抱，亲热得一塌糊涂。跟董站长智利站发信，不管男女，见了就抱他，不错的人缘！

"董老大"的绰号名副其实，仅从考察而言，也是战功赫赫。第一次考：1984~1985年，长城站。三次考：1986~1987年，长城站。第五次——长城站越冬。六次考——度夏、越冬。十一次考——长城站越冬、站长。十八次考——长城站长。二十一次考——长城站度夏一月后，又去中山站度夏，时在2004~2005年。22次队2005~2007年，任中山站站长。第三十次征极，与我同室而居者鼾声如雷，董利找到我说："你是大作家，我这间屋子让你，写作要紧。我不打鼾，能和张正旺、张庆华二位教授同居……"

有这样好心眼的人，才叫老大。那天晚上，我送给他一幅刘霖的字，那字参加过中国书协的大展，那词儿写的是：……桃花潭水深千尺，不及汪伦送我情……我心诵的是"不及老大送屋情"。

在首闯南极、卸运物资的日子里，他担任机械队伍的头领，他惜字如金地叙述道：在新年的首日，祖国的城乡鞭炮齐鸣的时候，搬运物资的工作开始了。如能在规定时间，卸下两船运来的500余吨建站物资，也就完成了建站任务的50%。董利的车悬在冰沿，人悬在车外。

在风暴骤起、雪霰横飞、大浪顿生和小艇摇晃中，人们需要从大船舱内把物资吊起来，卸到小艇上。小艇把物资运输到长城站码头；再吊起来，卸到码头上；把码头上的物资再吊起来，装到卡车上，卡车把物资运输到工地，再把物资吊卸到地上。一宗物资要经过多次吊卸，才能到达长城站建设工地。

工作异常之艰难，也十分危险。郭琨和两船船长、大副多次具体分析海上卸运物资的困难和危险，研究了注意事项，并提出了具体要求：

1. 小艇卸运物资要规避浮冰和冰山。

2. 南极素以"风极"著称于世，风暴频繁，风力强大，变化无常，要学会防风、用风。

3. 大船在吊卸物资时，要"三动之中求一静"。

"三动"是浪波动、船漂动、吊货摇动；"一静"是希望吊车操纵手，以一静对付三动。这不仅要技术过硬，还要有良好的心理素质。这时候，全体人员谁也犯不起错误，因为任何一件发电设备、气象、通信设备、科学考察仪器设备的损毁，都是破坏掉极地的"唯一"。便是卸运物资的工具，也只有小艇三条，"海豚""超黄蜂"直升机两架，每次的吊、运载量，仅有 2 吨。真是心急喝不得热粥！

当时最最需要的，还是建一个无论涨潮落潮，都能停靠陆岸的码头。从时间和时序来看，码头应先抢建。考察队抽壮汉 10 人，"J121"海军组织 28 勇士突击队，由科考班长颜其德担任指挥，规定 5 天完成。

新年上午组队，5 分钟后开工，颜其德行令，立即分工，勘察、测量、设计、准备工具、器材、物料。岸上搭起帐篷，海中开始打桩。热汗倾头，冷水泼面，锤声叮当，泥水迸溅。这是 1985 年元旦南极交响乐队的演奏，杂技队的献技，突击队的肉搏，知识、技艺、热情、勇气，在长城湾边密集交织，五彩缤纷。

与此同时，泱泱大国的外交活动也要发动。中国南极考察队到达南极之后，一落地就忙于生存之计，立足之谋，仅对乔治王岛上的各考察站通报了到达的信息。按照礼仪和国际惯例，领导人还要到各站拜访。元旦上午 10 时，擦了擦泥手、汗脸的郭琨、董兆乾和张志挺船长等 7 人，乘"海豚"直升机访问了巴西、波兰、阿根廷、智利和苏联的南极考察站，受到了这些国家的考察站站长和科学家们的欢迎，各国考察站都升起了中国国旗。各站长介绍了站上建筑、功能和科考项目，并陪同参观站区各部门设施。

各国考察站都预祝中国在南极成功建站！支持中国建站，合作考察南极。

对各国考察站的热情接待和对中国南极长城站建设的支持，中国队表示衷心感谢！希望今后加强友好往来与合作！

中午在阿根廷尤巴尼站就餐，苏联别林斯高晋站招待了晚餐。南极友人胸怀开放、交友热情洒脱。文明古国、孔孟之乡的中国客人热情友善、挥洒自如、开阔有度、彬彬有礼、谈吐优雅，博得了各国朋友的好感和敬重。

百斛置宅，千斛买邻，是中华礼教。德不孤，必有邻，是孔子教言。中国队的友好外交，确立了今后南极考察合作的基础。各国朋友都欣喜在寂寞的南极，增添了一位好伙伴！

冰火码头——鱼水军民

过罢了元旦是 2 日，凌晨 4 时起床，见天光灼灼，万里无云，风丝无有，吊运大型设备的卡车、吊车、推土机等，应是绝好工作时机。7 时许，正干得起劲之时，"抽风"的天气突然变脸，霎时乌云密布，大雨倾盆。张志挺说："风浪不大，别停！"于是抹着脸，甩着水继续干。董利的车在雨水浇湿的雪地扭舞着迪斯科，汗水雨水交流，冷热对流。从车顶滑落的队员，泥猴一样，认不出任何人。

9 时 30 分，海水落潮，小艇满载，几次抢滩不成，在距岸 10 米处搁浅，队员只好涉水卸货。浅海滩涂，铺满卵石，磕磕绊绊中，肩扛手举。多位队员摔倒，冰水刺骨，一灌入连体服中，就要喝气烧酒脱下湿衣，换上干衣。风寒水凉，石滑泥烂，冷水四溅，风浪扑面，苦不及言时，自有日后诗词描绘：

> 南极雨天，
>
> 风寒泥黏。
>
> 抢滩卸货，
>
> 热汗冷水洗面。
>
> 浪逐人漂，
>
> 小艇搁浅。
>
> 连衣搏浪冬泳，
>
> 赤身冷水冲汗。
>
> 有令箭，
>
> 工期五日是限！

小艇在湾内较为平稳，一驶出湾，就大风扑面。波涛汹涌中，小艇一会儿骑上浪峰，霎时又跌入浪谷。浪涛吞噬了小艇，小艇驾驶员，三副汪海浪令所有人员进入驾驶室内，驶到"向阳红 10"号船，船上吊车将小艇和人一起吊上大船。一改往日船上放软梯，人员攀登软梯上船，船上的大吊再吊小艇上船的传统。

下午 18 时 30 分至 20 时 20 分，郭琨同船长张志挺、副船长沈阿坤、大副及船上气象、水手部门，一起研究决定了以下四点：

1. 为了利用潮差，低潮时大船吊卸物资装小艇，高潮时小艇运输物资到长城站岸边，抢滩登陆，岸上卸运物资。

2. 小艇驾驶员和护航人员要分班轮换。小艇不能返大船时，要在长城工地吃住。

3. 要集中力量抢卸抢运大件物资。

1985 年 1 月 3 日，长城站建设工地上，南极洲考察队 54 名队员、"J121"船突击队 28 人和"向阳红 10"号船突击队 20 人，共 102 人战斗在冰雪荒原上。令人想起那时正在热唱的《创业》电影插曲：

> 青天一顶星星亮，
>
> 荒原一片篝火红。
>
> 石油工人心向党，
>
> 站在荒原望北京。
>
> ……
>
> 心里想着毛主席，
>
> 再苦再累心里明……

总有那么一天，赞颂南极精神、歌颂南极考察的电影插曲也会回荡世界，后人在演唱这些歌儿的时候，想着先辈人艰苦的奋斗，也会激动得热泪盈眶！

因为定下了五天的计划，所以每分钟的时间，都像垒楼的金砖宝贵。指挥官颜其德将人四班轮换，不只按时限，而根据天气、风浪、劳动强度的现场状况随机而行。在雨打浪扑中，在泥泞汗水里，衣服灌水就脱衣，手套灌水摘手套。海军战士李秀谦手被铁锤砸破，鲜血直流，在水中涮一涮又干。队员发现钢管上有大量血迹，捉住他的手一看，右手的肌腱已被砸断。他被强拉上岸，立即做缝合手术。

1月4日，大雪飞扬。雪花像蝴蝶一样栽扑下地，带着足够的分量，梭梭有声。海湾内漂进大量浮冰，一块块，一坨坨，如象群行进，在大雪弥漫中，气势磅礴。工程仍在进行。

下午3时，狂风突起有7~8级，雪粒击打在脸上，像猎枪霰弹，撕皮挖肉，入骨三分。郭琨与董、张三人商量，立即决定，因二米海浪已危及人身安全，各施工点一律停工。在这个具有"世界风极"和"暴风雪乡"的所在，任何主观意志都不能改变大自然冷酷的个性。

晚7时，暴风雪突停，战士像在碉堡中躲过炮击，又像装了弹簧一跃而出，投入了冰雪泥水的战斗。这种索债似的积极心理，促动了难以置信的爆发力，他们要抢回耽误的时间，为工程还账！

翌日凌晨，寒风把积雪冻成了银饼，人踏上去，咯吱吱脆响。铁器凿于冰雪，冒出一股股白烟。冰屑不断地击打在脸上、手上，人们在经受着战火的洗礼。在这样的艰苦环境里，南极壮士上演了一出"军民鱼水情"的折子戏，患难见真情的古训，在南极乔治王岛得到验证：

海军"J121"船的小艇来到长城站岸边，队员们每人背着一个草垫子上岸。

原来海军"J121"船指挥员赵国臣、船长于德庆、政委袁昌文看到考察队队员在长城站工地上，住的是小塑料帐篷，帐篷内没有取暖设备，铺的是充气垫子，盖的是鸭绒睡袋，早晨起床，鸭绒睡袋下湿漉漉，帐篷内也覆盖一层冰雪。他们从官兵床下抽出31个草垫，送到长城站。队员们捧过草垫，激动得流下了眼泪，热烈拥抱。热泪盈眶的郭琨，也同赵国臣、"J121"船船长、政委握手拥抱，十分感激地说："这是人民解放军对我们的关心和爱护，是对建设'长城'站的最大支持！谢谢'J121'船的同志们！"

　　　　南极的冰雪清又纯，

　　　　绿色的草垫送亲人。

军爱民啊民拥军，

军民南极一家亲……

1月5日下午，中国南极长城站码头，经过考察队和"J121"船突击队队员们5昼夜的奋战，胜利建成了。这是长城站建设的一个重要工程，从此日起，不管是涨潮还是落潮，卸运物资的小艇，都可以停靠码头了。解放牌吊车在码头上就位，可以直接把小艇运来的物资，吊起来卸到卡车上，大大提高了卸运物资的效率。

2013年12月6日，笔者曾在长城湾码头迎接远来的游客.法国旅游公司的6艘快艇，装载来我们的富豪同胞。那些艳装的青年男女站在码头，灵动的人影荡在清冰，天上人间的景象啊！那时候，我还不知码头是这样建成……还不能以动情的语调，叙述这些风雪裹挟的故事：

长城站码头长29米、宽6.2米、深3.1米。码头周围，有100多根钢管打进海底1米多深，钢管连接加固，中间充填了装满沙石的400多条麻袋。

企鹅游上岸来，摇摇摆摆地走上码头，拍打着翅膀叫好！巨海燕从空中俯冲下来，观看长城站的第一个建筑！呆头憨脑的海豹，享受着水泥地坪的平坦、开阔，欣赏着人来船往的热闹，装作内行的样子，验看着码头的质量，又蠕动着笨重的身躯爬上半坡，等待着伙伴联欢。真是前人栽树，后人乘凉啊！

险象环生——"心"明眼亮

中国科技精英来到这亘古洪荒的南极，开拓世人叹为观止的艰险事业，真有明知不可为，而勇于为之的气概，这也是西德科学家之流鄙视的理由——这会使他们想起"一战"时"中国劳工"的模样。

多么可爱的老科学家啊！董利告诉我：当看到"超黄蜂"直升机吊起贵重仪器的木箱，飞行、悬停、稳妥放物在地的时候，大群的队员们鼓掌，欢呼起来。郭琨更是抄起高频电话，向机长于志刚深表谢意！他也认为，手上有了一架好宝贝！在这样的好天气里，胖胖的"海豚"直升机也撒起了欢儿。这架热情高涨的小可爱，每次只能吊运 0.5 吨的油料，却又兔子般勤快。

这也是一项程序多、有危险的工作。先把船舱的汽油桶搬至船后部飞行甲板。每 4～5 个油桶装一网兜。5 分钟吊运一兜，从船上到长城站工地。工地上，十几个人忙着脱钩、搬运、收兜。刚刚完毕，下一架次又飞来了。紧紧张张的两个多小时，把 110 桶汽油安全地吊上长城站建设工地。

6 日早饭后，天下起了雨夹雪，能见度很低。风浪又起，船不能开，飞机不能起飞。下午，风浪猛然加大，小帐篷东倒西歪，灌进雨水。巡视码头的陈富财气喘吁吁地报告："海水淹了码头，码头上的大木板漂起来了！"队员们立即放下饭碗，火速奔向码头。

码头被海水淹没，海浪一个接一个地扑打过来，沉重的大木板漂浮了，码头填灌的沙石麻袋，被大浪扑打冲刷着，十分危急。看到这种状况，大家的心都碎了，不顾一切地冲上码头，抢拉大木板、麻袋。海浪扑打全身，衣服湿了，又站不稳，十分危险。郭琨、董兆乾、张青松站到码头左右两边，不准队员越过，以防不测。队员们用尖镐凿住大木板，拴上绳子往岸上拉，在狂风大浪中、在没膝盖的海水中，喊起了号子，"一、二、三……拉！"经过一个多小时同狂风恶浪的搏斗，厚厚的七八个大木板全拉到岸上，把海滩上的物资搬运到岸上。码头被冲垮了，明天再抢修，从祖国运来的物资不能被海浪冲走！

1 月 8 日晚，郭琨搭乘卸运物资的小艇去"向阳红 10"号船研究工作。这又成了一次惊心动魄的险遇。"长城Ⅱ"号小艇驶出长城湾进入麦克斯韦尔湾之后，大风大浪迎面而来，雪花像沙粒横扫，打得脸刺疼。他把羽绒帽套在头上，紧抓住小艇的舷栏，浑身上下淋湿。艇长汪海浪让 3 人进了驾驶室，自己操作着小艇同风浪搏斗！小艇在大海波涛中，犹如一片树叶。往日 30 分钟的航程，航行了 50 多分钟还看不见"向阳红 10"号船。

小艇一直在呼叫大船，却始终没联络上。待绕过阿德雷岛的南端转向北时，才看见了雪浪笼罩着的"向阳红 10"号船。又急忙呼叫，"向阳红 10"号船打开了探照灯在海面搜寻，一束刺眼的光束扫到小艇上，清脆悦耳的声音同时传来："Ⅱ号艇！Ⅱ号艇！我们发现了你们，你们的呼叫也听到了，大船周围风大浪高，你要减速慢行，靠大船的右舷。"

"哐！哐！"小艇十分小心地贴近大船时，被海浪猛推，发出了揪心的撞击声。

大船右舷各层都站满了人。小艇一会儿撞上大船，一会儿又被浪抬离，在大船附近转着圈儿摇摆。船上的大吊钩缓缓下放，甲板上十几人用绳索拉着上吨重的吊钩，大船不停地漂动，吊钩不停地晃动。小艇更在动荡之中，一次、两次……连续挂了好多次才挂上，几个同志几次险被吊钩撞到，紧张的心情，比在滔天的浪中更甚。

当小艇缓缓地靠近大船舷边时，船上大副边喊边打手势，指挥着大吊车："稳住、稳住！"我们终于跳上了大船，同志们为我们平安而归高兴地鼓起掌来。

上船后，换下湿淋淋的衣服，哆嗦着的郭琨，就与船长张志挺、通讯室同志研究了"向阳红10"号船赴南大洋考察期间，南极洲考察队同船、同北京的通讯联络问题。

艰啊险啊已是平常，没必要顾影自怜。每一位队员，都在品尝着"世界寒极""世界风极""冰雪王国"称谓的味道，缝补着撕裂的帐篷，水湿的卧具，与风雪饥寒打了几天几夜的恶仗了。

1月10日，麦克斯韦尔湾内雪雾迷蒙，骤然刮起12级大风。白浪滔天，大潮大涌，卷起了千堆雪坨。13时整，"J121"船脱锚，只得慢速抗风航行。21时11分，"向阳红10"号船在经受过两次巨大震动之后，终于不胜风浪所肆，也脱锚漂流，在湾内抗风航行。11日清晨，阳光突然如碎金一般，洒满乔治王岛，队员们像离弦之箭，冲上码头。紧张有序的劳作正入酣时，"向阳红10"号的28吨大吊车突发故障，液压油喷出10多米高，满甲板流淌。船上立即组织抢修，机电船员顶着喷射的液压油，皮肤刺激红肿、疼痒，1个多小时的紧张战斗，大吊又开始正常转动；水手部门的船们把甲板上的溢油清理干净，把甲板擦洗干净，没让一滴油滴入海中，避免了污染圣洁的海湾。

但是，紧接着又发生了一场有惊无险的严重事故：13日早晨，装满物资的小艇刚刚驶离大船，南大洋考察队的水文员×××下舷梯时，不慎掉入大船与小艇中间缝隙，海水的温度−2℃，深度300多米，要不是小艇离得近，十分危险。护航人员把长竿伸过去，救生圈抛过去，看到他露出海面扑向小艇时，一同志机敏地坐上舷边，向落水人伸出双腿，急喊："抓住我的腿！"落水人抓住救他的腿，施救人两腿一并，夹住了落水人，其他人急忙上拉，落水人被救上了小艇，避免了一场严重的人身事故。

十分幸运的是，小艇刚刚驶离大船，倘从舷梯摔上小艇，后果也不堪设想。人员落海的严重事故，暴露出安全工作还没有完全落实。通过"人命关天"的人身事故，考察队要求各部门对全体人员再次进行教育，学习有关规定，检查事故苗头。对落水者从舷梯掉下的原因要客观分析，采取相应措施。

"抽风"天气，中午又变，风力渐强，海浪升高，麦克斯韦尔湾内的浮冰也不知从何而来，顺随海风，光昌流丽地漫漂漫舞，琳琅满目、淋漓尽致。

那是多么瑰丽的冰山啊！有的巍峨挺拔，银光闪闪；有的透露峭瘦，如灵璧奇石；有的玲珑剔透，冰清玉润；有的折射了霞霓虹影，五光十色，乱花迷眼，天花乱坠。在海风海流的推拥下，细碎的浮冰波动撞响，琶音清越。恰有海豹卧沙发样的冰，冰上的白雪，又恰若洁白轻柔的丝垫。那企鹅又讲排场，花哨俏妙的浮冰，最好呈船形、车形，且要离岸近切，与人斗个媚眼、打个飞吻方便。这是可望而不可求的待遇，在南极队员的照相摄影中，大多的企鹅无论男女，皆文静矜持，神闲气定，摆出明星的谱儿。那活泼好动，或轻举妄动者，多是年少小子，还未学会玩儿深沉。在风浪与冰雪中，肩扛着铁木，手抓着油泥的队员们，看一眼这天边的风景，天街的奇观，也算慰抚了一回铁硬的心肠，舒缓了绷紧的、尚未断裂的神经！人的激情会在浪花冰光中燃烧起来，作一些有关图画和诗歌的遐想。

在他们建成，后续队伍又美化了的长城站上，我曾听到过动物学家妙星的描述。他说，在企鹅的群体里，有着一个个的大小家庭，小小的鹅童鹅女们，不但有他（她）的爸爸妈妈，还会有他（她）的姐姐、哥哥和弟弟妹儿。那些待在一起不分的鹅群里，定会有她们的姥娘舅爷和表兄表妹，鹅间的趣事无尽无穷。

然而，这些当年的建设者们，命定了浪漫不起：耽误不得的任务，使他们无暇多看一眼，每分每秒，上天都给他们安排完了，挤占完了。

气象部门从船上发来预报：7~8级大风马上袭来，阵风9级。从那个时辰直到1月14日，给出的工作时间不足日月的1/4。老天湿，老天晒，下完雨雪，再刮狂风。7时整，鹅毛大雪纷纷扬扬，钢珠似的霰粒夹杂其中。趁着风未来到，紧急苫盖物料，并将两条小艇吊上大船，保护起来。风如期而至，9级。浪高5米。利用这样的时机，全体队员到炊事篷集结，包水饺改善生活。一头霜雪的队员搽上一脸面粉，苦中作乐，以苦为乐。南极的乐观主义者们，就是这样见缝插针。

15日21时许，张志挺报来好消息，风要停了。16日凌晨3时，风静人动；两船齐发，双机齐飞：装卸、吊运、挂钩、搬抬。脚下石滚雪滑，泥水迸溅，身上汗流浃背。有文采的队员尚有闲情撰联儿：

> 战严寒斗风雪极地建站，
> 振中华扬国威苦中寻乐。

对仗虽不严格，但这一份豪气，也不亚当年的刘邦得帝，写下的《大风歌》，那诗只作了三句，却壮志凌云，豪情万丈。

用说书人的话说："花开两朵，各表一枝"。在建站一把抓，建成再分家的思想指导下，南极考察队队员，不分学科，不分老幼，海、陆、空联为一体，心神一律，能飞的飞，能泳的泳，能在泥里爬的就在泥里爬，真乃"呼家兵，杨家将，老婆孩子一齐上"。与此同时，另一项抢建长城站"心脏"的关键战斗，也革命加拼命地进行着。

南极科学考察站一年365天，不管是冬夏，也不管是极夜还是极昼，每天24小时都靠供电取暖。通讯、科考、施工建设考察站，需要动力电源的工种多、用电量很大。所以，把发电站称为考察站的"心脏"，十分确切。

抢建长城站的发电站，先将发电机组和燃料运到工地上。整地、建板房，安装调试发电机组，也是看着老天的脸色，抢建抢装。

一阵拼杀，到 1985 年 1 月 16 日 15 时 30 分，长城站的发电站正式发电了。

我国柴油发电机在地球最底部的冰雪王国，第一次轰轰隆隆地欢唱起来！中国南极长城站的"心脏"跳动起来！

长城站建设工地上，眨眼间，灯火辉煌，使整个乔岛焕发了金光银辉，人欢鸟唱。塑料小帐篷内安装了电灯和取暖设备，大家一步跨入了小康社会。

南极洲考察队发电班，3 名队员来自兰州电源车辆所，有班长蔡福文工程师、队员李辰工程师、队员李光明。无论是名字中的"福""辰"和"光明"等字眼，都有带来光和热的含意！我们的长城站，因为"心"明而眼亮了！好汉拥有了光明和温暖，提前实现了四个现代化！享着这样的天福更应该空乏其身，从白夜到白昼，从大风到大浪，从大雪到大雾，拼着干着就想起了一支歌，将词儿改成《我为祖国建长城》：

南极风光美如画，

"长城"建站跨骏马。

我当个考察队员多荣耀，

勇闯南极到天涯。

头顶满天鹅毛雪，

面对冰海大风刮。

乔治王岛迎朝阳，

长城湾上送彩霞。

天不怕，地不怕，

风雪浪涌任随它。

誓为祖国建长城，

我的心里乐开了花……

1985 年 1 月 17 日 23 时 50 分，最后一吊建站物资，终于从小艇吊上码头。500 余吨的擎天玉柱，铺地金砖，全部完好无损地捧送长城站工地，南极洲的中国长城，将要平地拔起，现海市蜃楼！

十

新的长城

秦时明月汉时关，
南极长城伴冰山。
鸥燕栖得檐头满，
雪光映楼是玉颜。
日照雨云出虹影，
勇士搏命百业专。
人到长城是好汉，
敢筑新城胆齐天。

电波连北京

1985 年 1 月 18 日，中国南极长城站筑造工程全面铺开，全方位开建！

田汉作词，聂耳谱曲的《义勇军进行曲》，成了中华人民共和国国歌，一代代的中华族人，从各个历史时期，听懂了她永葆青春的现实含意：

起来，起来，起来，

我们万众一心，

……

用我们的血肉，

筑成我们新的长城……

中国需要一座新的长城，无论政治、军事与现代科技，都要我们以意志、钢铁与文化组成。在那不可为而强为之的年代，牺牲是唯一的本钱。郭琨队长在 1 月 18 日的日记中，正是用那个时代的南极寒气冻稠的墨水，写下"为国争光，为民族争气，用我们的血肉，筑成我们新的长城！"这就是我们的誓言——中华民族几代人的梦想的文句。

通讯班尹冀川从被积雪压塌的帐篷中拱出来，大呼小叫地报告队长："我们……和北京的通讯沟通了！"

这是天大的喜讯，郭琨立即通报"向阳红 10"号和"J121"船，并利用试通机会，向国家海洋局局长、南极委考察委员会副主任罗钰如汇报了长城站建设工作计划安排和进展情况，罗局长向考察队员问好！

南极洲考察队通讯班班长名叫陈秋常，他带领 8 名队员，白夜夜白地架起了双极天线，使红色电波飞向北京。还是那句老话：烽火连三月，家书抵万金。此举还为南极洲长城站正式建设无线电通讯电台摸索到有益的经验！真乃电波连北京，天涯报佳音。

"二十七天"

中国首次南极考察队给定筑建南极洲长城站的时间是 27 天，与北京商定，国家派代表团参加落成典礼的时间是 1985 年 2 月 20 日，代表团于 18 日抵达长城站。所以，长城站建设竣工的时间，限定在 2 月 16 日。这没有什么含糊，这是那个年代计划加变化再加命令的时代特色。你不能说它不具备而今的科学发展观——因为时间的本质不止于刚性，还有弹性之说，27个白昼再加白夜，将会出现54个常言的"天"。

但是，任何一位革命人也都明白：长城站建设是一项综合性的大工程，它不是只建几栋房子的问题，除生活用房外，还要建设发电站、通讯电台、气象台、食品仓库、油库（轻柴油、汽油）、车库、科研房，等等。实际上是一个独立的小城镇。它的质量结构、建筑原理，它的通风采光，门锁绊扣，都会和平常筑造大有分别。这使每一个队员都清楚地认识到，这是一次十分严峻的考验，是一场十分艰难的攻坚战，再大的困难也要克服！

1985年1月20日，是实施"苦干27天，建成长城站"的第一天。自离开上海码头顶风踏浪、履冰披雪以来，他们面临、遭遇的"第一"太多。每一个"第一"，都使他们享尽了新奇，吃尽了苦头。建设长城站"第一天"来到的时候，他们将拿出吃奶的力气，肉搏的勇气！

清晨5点钟，起床哨音在站区吹响，队员们个个精神抖擞地从低矮的充气帐篷里跑出来，到冰雪融化形成的小溪旁洗脸漱口。2～3厘米厚的冰还没有化开，拳头砸下去，用冰凉刺骨的水抹脸，有的队员干脆就用雪洗脸。从1984年12月30日登陆以来，他们还没用热水洗过手脸。更不用说洗澡了。大家都很理解：等建好了站，谁都能洗热水澡了！

苦战的第一天就夺得了开门红。各施工点都完成或超额完成了计划任务：第一栋主体房屋27个地基坑浇灌混凝土的任务，不但保质保量地完成，还超额完成了第二栋主体安装地基坑模板工程的一半。但是，每个地基坑从挖掘到浇灌混凝土的全过程，都遇到各种困难和问题。

2013年5月，笔者在极地办见到了那位有着"首闯南天建长城，雪藏昆仑度长夜"的经历、周身凝满南极冰晶之光的王耀明同志。他冷静而透明的叙事语言，使我看见了他平凡表象下不平凡的人格魅力。

王耀明，1946年生，6次出征南极，长城站越冬，担任了十二次、十七次南极科考中山站站长。

他讲起首闯南天建设长城站的细节如数家珍。他说，房屋是钢制框架结构，墙板为聚氨硬脂,内充岩棉,质地优,分量轻。墙板安装于钢筋混凝土墙基上,块块入槽,螺栓锁扣,可抗50米/秒暴风。

他说,房未建成前,工友们睡在潮湿寒冷的帐篷里,地上的鸭绒睡袋、充气垫子被压出人印儿。暴风撕开门帘,雪絮纷飞灌入,埋住了疲乏熟睡的人。在黑灰色的粗砂鹅卵石滩面上掘坑,凝在土底的冰碴在铁镐的冲击下迸溅四射。

两栋主体房屋的地基坑共54个,每个1米见方。用推土掘土机挖不动,1米以下是永久冻土层,0.5米深地方用尖嘴镐刨,也仅能留下镐刨的印痕,只好用电风镐钻。

坑挖好后,安装模板。模板的加工制造要求很高,模板顶部,要安装地基螺栓,要与5米高、1吨多重的钢框架对接在一起。这就要求模板方方正正,地基螺栓的位置、尺寸不但要十分精确,而要27个地基模板顶部的地基螺栓,纵横必须在一条直线上。

模板的加工制造,由房屋班队员蔡仕贵承担。他是在腰疼得冒汗的情况下,以坚强的毅力,出色地完成了任务。

第三道工序是浇灌混凝土。考虑到南极施工环境的特点和时间紧迫、地基的坚固性,混凝土的高号速凝水泥,除加沙子之外,还加了陶粒,浇灌约2个小时就能凝固。混凝土搅拌中,水温要达60℃~80℃。水是融化冰雪而成,还要不间断高温度的水。王耀明说:值钱的开水浇在地上,真心疼。

还有新的问题:由于冰雪融化,渗透到地基坑内的水达半米多深,无法浇灌混凝土。只得用抽水机抽干再快速浇灌,但混凝土和成了稀泥。又逼出的新办法:在地基坑旁再挖一个坑,把地基坑内的水引入外坑,由2名队员趴在地上,舀外坑的水,然后快速浇灌,直到混凝土完全凝固了,才停止舀外坑的水。经检测,混凝土地基完全达到了要求,满脸烂泥的队员才露出笑意。

浇灌混凝土又出现了新的问题:因地基坑要快速浇灌混凝土,可搅拌机器小,混凝土每次供应量少而慢,搅拌机故障又多,时间不等人,他们就双管齐下,机器搅拌,加上人工搅拌,人当机用。每一个地基坑,从挖掘到浇灌混凝土的全过程,是一个接一个问题的出现,哪个问题不解决,工程就滞停在那里。

开创一个新的事业，走前人没有走过的路，就是在解决一个接一个问题的过程中，开辟出一条崭新的路来。

根据天气预报，长城站站区处于两个气旋的中间，一两天之内要出现恶劣天气。为抓住时机，要抢在暴风雪突袭之前，完成第二栋主体房屋的地基工程，安装第一栋房屋的钢框架。

1月21日凌晨4时，郭琨和董兆乾吹响了哨子催人起床，不见兵动。郭琨走进帐篷，见和衣而眠的队员，都在香甜的梦中，这位铁心铁腕的队长也心下不忍了：都是爹娘心疼、妻儿心疼的青年人啊！刚睡下两三个小时……他悄悄地退了出来，眼里满是泪花，蹲在了帐篷门外……

我看过一出催人泪下的名著京剧：《霸王别姬》，当深爱着丈夫的虞姬看见项羽愁累熟睡，爱怜之心顿生，吟出了那一段柔肠寸断的千古绝唱：

> 见大王在帐中和衣睡稳，
> 我这里出帐外且散愁情。
> 轻移步走向前荒郊站定，
> 猛抬头见碧落月色清明……

好一个碧落清明啊，在郭琨眼前的，是极昼不落的太阳。为了避免项羽那样的失败，他咬紧牙关，吹响了集合上工的哨子，随之而来的，是他的铁甲队伍铿锵的脚音。他的眼泪又一次喷涌出眶……无情未必真豪杰，有泪何必不丈夫！郭琨是一个感情丰富的钢铁汉子，他在愤怒、激动、感动或感激的时候，都会流出泉涌的热泪，尤其是在年纪老迈、心慈手软的今日：当他叙述中国不能进入"南极协商国"会议厅，讨论决策南极事务，而只能作为承担条约义务的"缔约国"，退至侧厅里"喝咖啡"的情节之时，当谈至他初入南极，抢建码头，日夜卸运物资，连续数日，腿已肿胀之时，他的老泪便像断了线的珍珠一样滚落下来。仅凭着他与我一样的易于落泪，便可判定他是一位善良的人，真情的人，他的泪常是感奋与豪迈！"夜阑卧听风吹雨，铁马冰河入梦来！"

陆放翁的诗多么壮气。杨子荣的唱腔多合意气：

> 共产党员时刻听从党召唤，
>
> 专拣重担挑在肩。
>
> 一心要砸碎千年铁锁链，
>
> 为人民开出那万代幸福泉。
>
> 立下愚公移山志，
>
> 能破万重困难关。
>
> 一颗红心似火焰，
>
> 化作利剑斩凶顽……

没有时间激动和歌唱：那天的任务是安装建筑的钢铁框架，每一跨钢框架高5米，重1吨多，搬亦难，抬亦难，吊装也必须计算风向、风力，以把握安装的精度。董利操纵着机车，王耀明手执着扳手，灰头土脸。

吊车要把1吨多重、5米高、跨度比较大的"Π"形的钢框架稳稳当当地吊起来，再稳稳当当地就位地基墩上，与地基墩上的螺栓连接起来固定好，独立戳住，其难度甚大。钢框架的两个底脚上的圆孔，要套住地基墩上的螺栓，而后拧紧螺母。让钢框架牢固地立住。

6点30分，开始吊装第一个钢框架，到9点零7分，才安全平稳地安装好。用时2小时37分钟。现场指挥董兆乾副队长利用短暂的时间，对第一个钢框架的吊装进行了总结。对工程人员作了调整，提高了效率。

之后大家一鼓作气，用了7小时30分钟，把第一栋高架式主体房，8跨钢框架全部吊装完毕，平均每跨用时不到1小时。

在吊装最后一跨钢框架时，突然下起了小雨，风力大于5级。1吨多重的框架悬在空中，被风刮得摇摆30多度，很是危险。大家顶风冒雨，沉着冷静，5吨吊车操纵员陈永福精心操作，用绳索牵拉框架的十几位队员按统一指挥，意念一致，动作协调，使最后一跨钢框架也安全就位于地基墩上，大家都兴奋地欢呼起来！

第一栋高架式房屋的九跨钢框架吊装胜利完成，摸索出了安全快速的施工经验，创造了适合于南极恶劣环境的施工方法，加快了施工速度，为夺取建站的全面胜利坚定了信心。

为庆祝长城站"上梁大吉"，晚饭加菜、喝白酒。长城站其他各施工点的计划任务也热火朝天地进行着，第二栋高架式房屋的地基浇灌混凝土的任务，又于22时完成。与此同时，气象观测场竖立了10米高的测风塔，并在5米、9米和10米处，分别安装了风向风速仪和强风仪。

第二项任务是为第一栋房屋的安装横梁，骑在5米高的钢框架上，把九跨钢框架用横梁连接起来，而后安装墙板。安装横梁。要骑在5米高的冰凉的钢框架上把横梁与钢框架连接起来。风力大，雪雨绵绵，温度低，又冷又湿又滑。作业的队员都系着安全带，规定两小时轮换一次。建筑班队员杨雨彬为了抢时间，坚持在上面连续干了两个班。当他从梁顶下来时，已是全身湿透，手脚麻木了，换换衣服，又爬到钢框架上继续干。王耀明几次滑脚，幸有惊无险。

为保障队员们的身体健康，抽调出十几名队员，用一昼夜的时间搭建了一栋64平方米的木板房，以代替充气小帐篷。这座简易的木板房里，摆放了17张双层床。明亮的灯光照耀着，暖烘烘的电暖器释放着热气，收录机播放着欢快的乐曲，歌声、欢笑声压倒了狂风的呼啸和海浪的咆哮，又一次提前奔了小康。

1985年1月24日，当长城站主体房屋的钢架外壳建起来后，科考班就全面地投入到科学考察活动之中了。董利说：各路专家有着如鱼得水的神情。

上午风力减小，细雨蒙蒙，已可称赞为"好天"了。长城站各施工建设点又热火朝天地干起来。第一栋主体房屋安装墙板，第二栋主体房屋继续安装框架。这两栋主体房屋是建设长城站的重点工程。以最快的速度建成房屋外壳，转为内装修工程，不再受恶劣环境的干扰。

"老天爷"作对，23时，风力加大至6级，阵风7级，还有雨夹雪。虽然干冷和湿冷都是难受的事情，但湿冷使铁件发滑，脚下黏滑，这一份难干，比难受厉害得多！

"J121"船突击队员们，每天紧张地为建设长城站添砖加瓦。今天，第一栋主体房屋的横梁安装完毕，开始了墙板的安装工程。为了使房屋保温性能良好，王耀明熟记：墙板是特制的御寒墙板，每块厚12厘米、宽1.2米、高3米，重51千克，重量轻，组装方便。墙板的两面用钢合金板包着，中间填充的是聚氨酯泡沫塑料，有着良好的保温性能。建设者冷，就是为了今后同志们不冷。建设人累，就是为后来者休息好！

下午暴风雪，风力7级，海湾内波浪滔滔，白浪花花，"J121"船的小艇不能来长城站接船的突击队员了。海军官兵组成一支突击队，每天乘小艇到工地，哪里活最重最累最脏，他们就出现在哪里。队员人人都是豁出命来干，很多队员一进帐篷，连衣服也顾不上脱就睡着了。海军突击队队长在自己的一篇日记中这样写道："连续一个月的紧张劳动，吃饭时拿筷子的手都发抖，许多人的脸被极地紫外线强的阳光晒脱了一层皮，裂开了一道道口子。但一想到祖国人民的重托，全身有使不完的劲。"他还写道："我们从元旦上岛参加建站劳动开始，每天早上5时起床，晚上7~8时回船，没有午休，没有星期天。冒着风雪施工，冰海里作业，衣服湿透，寒冷刺骨，没一个人叫苦。一生能有几次代表祖国，来南极实现党和人民的重托？"

1985年的1月26日，工程快要走到"内装修"环节，再挺不多时间，就要钻到铁扇公主的肚子里作业，让恶劣天气无法逞能。以郭琨为首的南极考察队员们，曾为乔治王岛夏季天气的复杂多变，总结出一个8句话32个字和一个"四重奏"的白描段子：夏季苦短，持续低温。雨水涟涟，阴凉潮湿。暴风凛冽，风雪交加。气压偏低，天气无常。一个"四重奏"是：风雪雨雾。

经典吗？精粹吗？作家造得出来吗？

22点30分钟以后，天气灰暗，气温下降。这预示着"极昼"时间要渐渐消失了。长城站建设的重点工程，两栋高架式主体房屋的外壳胜利建成了。转入内部装修，不再遭受暴风雪和暴风雨的侵扰。但是，内装修工程量巨大、复杂，细活多。房屋班研究了内装修计划安排，力争一周内完成。

为庆祝胜利，晚餐加菜上酒，喝一个欢乐愉快，唱一个狼腔鬼调！

当灾害遭遇智勇

郭琨日记记载：1985年1月28日，"向阳红10"号船与狂风巨浪战斗11个小时，胜利完成第一个航次的南大洋科学考察，返回麦克斯韦尔湾。

上午，去"向阳红10"号船，祝贺他们胜利完成南大洋海洋考察，并慰问南大洋考察队和"向阳红10"号船的同志们。"向阳红10"号船是完成别林斯高晋海的考察后，于昨天21时30分返回麦克斯韦尔湾内锚泊的。

同去的有"J121"船指挥员赵国臣，副指挥员何纯连、蔡淳和政委袁昌文。"向阳红10"号船船长张志挺介绍了首航海洋考察的过程，重点介绍了1月26日遭受到最强烈极地气旋风暴袭击的全过程：

"这天强烈的风暴风速34米/秒，风力超过12级，巨浪翻腾，浪高12米。巨浪漫过船舷，飞掠甲板，船一会儿被抬到浪尖，一会儿又跌入浪谷，船体抖动发出'嘎嘎'巨响。在这种危险情景下，若出现中拱，就有可能使船体变形，甚至断裂。狂风巨浪中，船体前后大幅度起伏，造成船舵和推进器露出水面，主机空转，舵效失灵，巨浪冲击船舷，使船改变航向。在船体没扶正时，巨浪连续冲击，险遭倾翻，非常危险。"

船长说："狂风巨浪把后甲板的船舷铁门打入海中，把后甲板的5吨吊车的操纵台打翻，盘结固定的粗缆绳被卷入海中20多米。如果海中的缆绳不及时发现，就可能缠绕推进器，更为严重的是，由于船体强烈的震动，甲板上部出现了10处裂缝，焊接部位损坏。船体长时间扭动、强烈震荡，焊接部位开裂，就会导致船只沉没。"

随后，观看了船只后甲板被狂风巨浪摧毁的触目惊心的狼藉景象。

"向阳红10"号船在暴风袭击中，勇士们没有被危险吓倒，没有惊慌失措。大家团结一心，各就各位，同舟共济，沉着镇定地投入了抗风暴的战斗。当后甲板的缆绳被浪涛打入海中时，十几名同志奋不顾身地冲出水密门，冒着被风浪吹飘卷走的危险，拼命拉回了缆绳。

船长张志挺在狂风巨浪袭击船时，亲自操船，凭着多年的航海经验，熟练地操纵巨轮与巨浪方向成 20°~30° 夹角抗风浪航行。当舵效失灵、浪涛冲撞船体使船改变航向时，便立即使用两车，一个前进，一个后退，通过车的压力扭转船体，使船只始终保持着良好的角度迎风顶浪航行。

他们同狂风巨浪连续战斗了 11 个小时，闯过暴风巨浪后，船只及时转变航向，抓住两个气旋的间隙，经过 20 个小时的航行，安全地返回乔治王岛的麦克斯韦尔湾内锚泊。

大灾大难遭遇了大智大勇，英雄胜利了，中国南极考察船"向阳红 10"号船胜利了！但是，今日欢呼孙大圣，只缘妖雾又重来：1 月 29 日凌晨 1 时，11 级的大风卷雪而来，夜袭正在建设中的长城站。

发电站房屋加固的两块厚木板被暴风掀掉，几根电线杆也被刮倒。

发电站值班员李光明当即拉掉了电闸，关闭了发电机，把郭琨叫醒。郭琨叫起董兆乾，分头叫卞林根、陈秋常、颜其德、刘小汉、杨雨彬、高振声、李辰、薛正夫等十几位同志赶到发电机房，发现动力班班长蔡富文已趴在屋顶上抢修。大家担心他那单薄的身体从屋顶上滑下或被大风吹飞，立即让卞林根、陈秋常、刘小汉爬上，加固屋顶木板。其他同志抢修房屋四个角的加固绳索，扶正、加固电线杆。

抢修中，风力有增无减，气温骤降。大家顶风战斗了 2 个多小时，保住了发电站的房屋。动力班又冒着风暴严寒检查了通电线路。凌晨 4 点，发电机又隆隆转动起来。

随后，董兆乾、陈秋常、高振生又加固了通讯电台的棉帐篷被暴风吹掀的一面。巡视了建站物资的遮盖情况，进行加固。参加抢修的同志没有休息，就投入到当日的建站劳动中去了。

西北风来得这么强烈、持续时间这么长，是登陆以来没有过的。凌晨 1 点多，风力 10~11 级，入夜又是暴风加雨雪。刚刚经过大灾大难的"向阳红 10"号船和"J121"船于凌晨 1 点多又相继脱锚，当时风力 10~11 级，两船在湾内慢速抗风航行 18 个多小时后，傍晚才回湾内锚泊。如此，室外施工全部停止。队员都集合在已建好外壳的两栋主体房屋内，进行内部装修工程，歇车不歇马。

1月30日，"J121"船突击队凌晨就来到长城站建设工地。自1月20日开始，由官兵组成的突击队每天早来晚去，发扬了人民解放军勇挑重担、吃苦耐劳的光荣传统，博得了队员们的称赞。

今天登陆的突击队是60多名共青团员，他们高举团旗，举行了简要的仪式以后，就投入紧张的施工建设中，任务是建设长城站国旗杆的底座。挖地基坑、放模板、浇灌混凝土，一气呵成。

青年军人的合唱，更加铿锵有力。阳光从云缝漏落下来，照耀着这支英飒的队伍。

2月2日的凌晨，狼嗥似的风声大作，11级的强风横扫长城站，海湾之内白浪滔天，浮冰撞荡。嘎嘎的怪声来自第二栋主体楼顶，大家惊愕地发现，防水铁皮被大风掀开，撕皮扯肉地扇动绞扭，像大片的乌云癫狂卷舒，气势骇人。

11级强风，带着雪霰，睁不开眼，五六米高的楼房，冰雪凝结的斜顶……抢修是危险的，假如被风吹飞，冰雪中滑落，被巨剑样的铁皮砍削，后果都将是"光荣"。但是，这里的每一位队员都是国家的栋梁，用最快的决策，保全的方略，挑选8名"抢渡大渡河"的骁将，配备风镜、风帽，精短装束，腰系安全绳，一人抢修，一人专事保护，犹如决斗的战斗机的"长机""僚机"，各司其职，拼搏2小时后，把飞舞的铁皮牢牢钉上屋檐。8位勇士面色苍白，口唇铁青，浑身透湿，全身发抖地撤退下来。

如今青史，已清楚地记下了这8位勇士的名字：王维华、平祖庆、杨维富、贺继川、杨雨彬、鄂栋臣、颜其德、刘小汉。这些抢渡过"大渡河"的勇士，又转入"掩体"里装修工程，又是不见硝烟的肉搏；王维华、陈富财、卞林根、刘小汉、刘永诺精通八般武艺，锯钢管，扎钢筋，搅拌、浇灌混凝土，真乃丢下大刀抢起斧，快刀快斧，杀气腾腾。

第二栋房屋是细活，安装隔间的石膏板墙，铺设各类管线电路，这就上来一批大雅之人，科考班的颜其德、吕培顶、柯金文、卞家舒、王耀明和新闻记者杨良化七君子放下斯文，眉额狼藉。建筑班蔡士贵率几员骁将安装主体房玻璃，这种密封的、可调式开关的钢化玻璃窗，需要登高爬梯，顶着穿堂风雪操作，但面对平地拔起的长城站楼，欢快的心情超过了新郎布置新房。春江水暖鸭先知，南极雪寒人尽尝。王耀明心灵手巧，正是"讷于言，敏于行"的角色。

我恭敬地抄录英雄集体创作，并在联欢会上公开表演过的朗诵长诗《白色的沙漠，我们一起走过》，请听尝尽风雪之苦的文臣武将们心音若何：

空中飘落的雪花，犹如暴风吹起的沙，

迷住我们的双眼，却挡不了前进的步伐。

一望无际耀眼的冰峰，是灿烂的花，

盛开在我们的心田，让我们意志挺拔。

变幻莫测的极光，如五颜六色的霞，

我们在长城脚下，组成一个温馨的家。

风雪南极，白色的撒哈拉！

玲珑的冰穹，

美丽的莫愁湖，为我们解忧。

远眺望京，泛起恋意浓浓，

登高双峰，缅怀建站英雄。

走过漫漫极夜和狂风暴雪，不变的是执着。

三百六十五个日子，我们一起走过，

走过悲伤离合，永远的是团结。

白色沙漠，我们一起走过，

走过黑暗和忧郁，铸就的是和谐。

我们用鲜血，染红了白色沙漠，

我们用汗水，浇灌了冰雪的花朵。

我们的情谊，绘成了圣洁的画卷，

我们的欢笑，充满了家的快乐。

风吹、雪掩、天寒、地冻、极夜、极昼，

企鹅、海豹、贼鸥、雪雁、冰山、极光，

当身边的景色成为自然，我们已情定极地。

岁月是一片片雪花消融，留下的是功业！

白色沙漠，一颗心，几十双脚，

我们一起走过……

人生的这段光阴，

相互搀扶的征途，

天长地久，兄弟战友啊！

奔向青天的执着……

瞪大蓝眼睛的惊讶

中国人来到南极，红旗招展，红队服惹眼，橘红色的两栋楼房又坐地冲天，红了半个天。这支红色的队伍，到底能有多少神秘，叫人吃惊，令人感叹？

乔治王岛，一片雪地，一汪海湾，冰封雪裹，天地一色。两条大船载来了神兵天将，在没有住房，赤足精身，赤手空拳，不求人助的情况下，竟然在一眨眼间，不声不响里，建起了两栋朝阳般鲜亮的楼房，难道是中国魔术的障眼？难道是海市蜃楼的幻景？董利、王耀明清楚地记得，这些老外乘了机会看我们劳作之时，分明地露出过观看蚂蚁做窝、鸟鹊筑巢那样的不屑神态。

但在2月3日下午，距长城站五华里的苏联别林斯高晋站站长亚历山大罗夫·安纳罗列和副站长一起，突然来到了我们的长城站，打着把式向郭琨等人说明来意——上午，智利站站长乘直升机观赏了长城站的美好形象，回去以后就告诉我：快去看看吧！中国人的新长城——两栋橘红色的楼房建起来了！我们不敢相信——这么短的时间，这样的鬼天气，因为我们也是过来人，也亲手建过房子，还有教堂……所以我们冒昧拜访，一睹这神奇的景观……

哈！亲爱的智利朋友，心热着哪！大冷的天气，飞上寒空，看过我们的"长城"了！好奇心盛的苏联同行，竟抬脚就来了！

语言是礼貌的，语调是客气的。但是，蓝眼睛的狐疑，分明眨眨闪闪。他们是过来人，有着一种普世标准的判断。要亲眼见识一下，以解开幻觉的迷惑。远看势、近看质。看外观，看房墙、钢构、底板、再敲楼壁。又细看厨房，临时电台房。当然也看见了正在创造奇迹的人。他们叹服了，感慨了，由满腹满眼的狐疑，变成舞动拇指的赞美："太了不起了，太……你们的建设速度，超出了所有人的预料，你们不声不响，创造了南极的奇观……"站长夸赞！

他真诚地、适宜适度地发出了邀请，请中国南极考察队员分批次，到他的站上去洗澡、休养。这是一位诚实的"过来人"，他知道此时的中国队员需要什么。具有外交意识、懂政治的郭琨乘机发起了外交攻势："谢谢站长同志的邀请！"闻听"同志"称呼的亚历山大受宠若惊了。在中苏恶斗20年后，在那种政治敏感的时期，在这种同是南极考察人的独特环境里，郭琨的一句"同志"不亚于庄则栋为美国乒乓球运动员让座，从而打破中美隔绝几十年的铁壁。激动中的苏联站长一下子拥抱起郭琨，急促地倾出了一连串示好的话："同志、同志，还是同志好，啊！我们是同志……"

30年后，当我们的"长城"楼秀于群，我们的科考成就木秀于林，我作为第30次科考队员访问俄罗斯别林斯高晋站的时候，那同志似的热烈拥抱，那香热的铁板烤肉和站长私藏的美酒，那酒酣之时音韵醇浓的苏联红歌联唱，谁说不是郭琨等等前人留下的同志之情的发酵呢？

我喜欢那些蓝眼睛、高鼻子的苏联同志——俄国朋友！

当天下午，中国首次南极考察队聘请的"向阳红10"号船的阿籍船顾问特隆贝特等4人，也乘"海豚"直升机来长城站参观。同他一起来的还有阿根廷"天堂湾"号船船长和科学家们，还有瑞典电视台记者。

他们参观了长城站两栋橘红房、临时发电绿木房和正在紧张建设的各工地之后，特隆贝特说："速度这么快，我十分惊讶！建设得这么漂亮，在乔治王岛，属于这个……"他也竖立起了大拇指，那动作，那神情，竟然酷似瞪大蓝眼睛的苏联站长亚历山大。

这里，需要简介一下特隆贝特先生：他是阿根廷退伍的海军上校，55岁。有几十年的航海经验，6次前往南极，在阿根廷南极局担任过重要职务。他经阿根廷南极局局长推荐，担任"向阳红10"号船顾问。从乌斯怀亚港登上"向阳红10"号船，尽职尽责。

他向"向阳红10"号船船长、副船长等人介绍了南大洋的气象、航海经验。特别是进入南极以后，冰区航行的特点和应注意的问题等各方面的情况，尽心尽力。当风暴袭击，船锚链脱落时，他亲临驾驶室，协助船长慢速抗风航行。

他介绍了乔治王岛的气候、选站址和作息时间等方面有益的知识："乔治王岛的气候复杂多变，暴雪、暴雨，作息时间要根据南极天气好坏安排。"我船我队，受益匪浅。

喜事连连

1985年2月4日，真是喜事连连。

凌晨4点钟，长城站通讯电台通过新架设的菱形发射天线，与北京国家海洋局通讯中心沟通，长城站通讯电台首次向北京发报400组。向国家海洋局局长罗钰如汇报了长城站建设情况，全体队员情绪饱满，身体健康！

一是长城站的地理坐标已精确测定。测绘班在站区西面的山坡上架设了"卫星多普勒仪"观测站。卫星精确定位测定长城站地理坐标：南纬62°12′59″，西经58°57′52″，与北京距离：17501.949千米，方位角：170°38′27″。

二是储油罐、储油包安放就位。

长城站的照明供暖等生活用电及通讯和科考等用电，全靠长城站发电站自供。两台柴油发电机，长时轮流发电，"吃喝"柴油，概因安装了储油罐和储油包各5个，共储柴油80吨。为保证车辆用油，还在站区东南部储油200桶。

三是冰箱和冷柜的专用房盖好了。安放两个3立方米的冰箱和一个20立方米的冰柜的房子，是用包装箱木板和一些下脚料拼装而成，像模像样。智多人富啊！

翌日晚饭后，明霞照亮雪原，冰盖上洋溢着赤金的汁液，分明是祥瑞天象。中国首次南极洲考察队临时党支部召开支部大会，讨论发展卞林根、陈秋常、王维华3位同志的入党申请。他们在集训、筹备、装船、航渡、登陆、卸运物资、建站等各个阶段，都发扬了吃大苦、耐大劳和顽强拼搏的精神，出色地完成了所承担的任务，做出了突出贡献。

万里、胡启立等中央领导在接见中国首次南极考察队时指示："授权给你们，在南极艰苦奋斗的第一线，把特别优秀的队员吸收入党"。南极洲的共产党人又多了3个。在这里一定是大势力。因为在其他各国站里，连同5里路外的苏联站算上，都不能拥有这样的力量。

2月9日，两栋高架房的内装修已全部完成；通讯电台的大型菱形的发射和接收天线阵，耸立在站区西面，贯穿南北两面；气象站已建成。116.8平方米的气象观测场内，各项观测仪器设备已安装调试，并开始实施定时观测。

中国队在与南极暴烈自然环境对抗并且获胜之后，转而要与之和谐而生，协调共通，这便是儒学理念的"与天和、与地和、与人和……与己和"。

2月11日，由测绘班班长鄂栋臣同志制作的长城站方向标，在几位同志的协助下，竖立在第一栋主楼前国旗左侧。

方向标指向北京。长城站至北京的距离：17501.949千米。长城站与北京的方位角：170°38′27″。

我曾在这座方向标下照相留念，并在方向标杆上挂上我从济宁带去的、秦为稼书记书写的标志牌："南极长城站，济宁殷允岭。"我眼望万里外祖国的方向，感觉到长城湾的浮冰玲珑剔透，雪坨雪原也柔暖多情。董利在这里与我合照，摄影者叫殷赞。

2月12日，南极洲考察队测绘班绘出了中国南极长城站站区第一张地形图。这张地形图比例尺为1∶2000，这也是乔治王岛菲尔德斯半岛第一张地图。

这张地形图凝结了测绘班鄂栋臣、刘允诺和国晓港3位同志的心血与汗水、辛劳与智慧。他们顶风冒雪，爬雪山、攀悬崖，踏遍了菲尔德斯半岛南部地区的山川峰峦。在建立一套完整的大地坐标系统和海拔高程系统之后，运用卫星多普勒接收机、激光测距仪和计标机等精密仪器进行测绘。通过建立的33个测绘控制点，对1800多个地形点进行测量，最后绘出了中国南极长城站第一张地形图。

这是代表中国能力和影响力范围的一张地图。在中国贫弱或缺乏管理权意识的历史时期，我们因缺少一张声明"权"位的地图，为后人留下了不尽的纷争。我们在为这张描绘南天、吟咏鸿鹄之志的极地宝图欢呼之时，是把它看作了一个翻动地球杠杆的支点！

十一

长城站盛典

连天的白雪莹冰，

飘落了一片霞红。

万年的昼寂夜静，

爆发了鼓乐的雷鸣。

这是中华智勇的山积，

这是决胜南天的象征。

在洋人蛮鸟的惊叹中，

筑成我们新的长城！

长城站建成

这是一个伟大的日子，郭琨日记详记了一切：

1985年2月14日，中国南极长城站胜利建成。今天22时（北京时间2月15日上午10时），我向北京发电报告：中国南极长城站胜利建成！

我接通了国家海洋局局长、国家南极考察委员会常务副主任罗钰如的电话，向他详细汇报。罗局长说："你们辛苦了！你们在短时间内完成了建站任务，祝贺你们！向全体队员问好！"

54名考察队员在"J121"船突击队的大力支援下，未辱使命和重托。按计划2月20日举行落成典礼！如果从我们登上乔治王岛算起，到建成，只用了45天；如果从1月20日全面施工算起，到建成，仅用了26天。

在艰苦的战斗中，我们很多同志"没上过山，没下过滩，没出过湾，没上过天"。第26天完成了建站的最后一道工序——长城站站标——站标中心镶有南极地图，周边用中英文书写着"中国南极长城站"，在中英文站名和南极地图之间，有两只手环抱着南极地图的金黄色铜质站标，站标镶嵌在第一栋房屋正门上方。

我们以实际行动实现了"振兴中华，为国争光，用我们的血肉筑成我们新的长城"的誓言！为纪念中国第一个南极考察站——长城站的建立，我们从长城站站区采集了一块岩石，竖立在长城站第一栋主楼前的国旗杆右侧，作为长城站纪念石。

纪念石高1.3米，宽0.8米、重约300千克。纪念石上面雕刻着"长城站"三个大字和"中国首次南极洲考察队一九八五年二月二十日"一行小字。

笔者曾抱着国旗，脚踏厚雪，在"长城石"前照相。漂亮的、潇洒的中华旅团儿女也在此照相。长城湾的波光冰光映于石上，映照国旗，是对南极和整个世界的宣誓。展眼四望，站址西部、北方分布的山、湖风景，尽收眼底，测绘班班长鄂栋臣组织了文胆们，为长城站站区的山川、湖泊、海湾、岛屿以中国名胜之地命名；她们分别被命名为"龟山""蛇山""八达岭""山海关峰""平顶山""西山""望龙岩""栖凤岩"等。山海关峰最高，海拔155米。三个淡水湖分别命名为："西湖""高山湖"和"燕鸥湖"，站内饮用水来自西湖。

长城站的夏季冰雪融化，形成两条小溪，小溪从西山坡流经站区，注入海湾。有一条小溪奔腾湍急，走近就能听到悦耳的欢唱，犹如郭琨家乡的拒马河，就把这条小溪命名为"拒马河"吧！谁不偏爱自己的家乡？若我当家，就把其一冠名"泗河"。孔子曾在泗河边讲出"逝者如斯夫"的哲言，举世皆知（这是笑言）。长城站东面百米处海湾，命名为"长城湾"。湾外是麦克斯韦尔湾。

长城湾狭窄的进出口中央，兀立着一个小岛屿，被命名为"鼓浪屿"。鼓浪屿像一位忠诚的卫士，长年累月地守卫着长城站。

快要过年了，无论是怀着完成任务的轻松心情，还是大功告成的荣耀之感，南极考察队的壮士们，都该想到自己的家了。"家"是什么概念？是年迈的父母，是贤妻娇儿，是手足兄弟，亲戚朋友？也许是三间草房，一棵老树，一条拒马河，或一条小花狗吧！总之，情商至高、礼仪至上的南极拓荒者、新长城的建设者们一齐想家了。于是，郭琨队长代表全体同仁，给远在四万里外的队员家属，写下一封慰问信、平安信、报喜信。价值万金的言情信，由通讯电台发至北京，南极办印寄各队员家属。

连日来的暴风肆虐、雪絮纷乱的景象突然停止，明媚的阳光晒红了新的长城。中国的五星红旗，如一束火焰燃烧于晴空——原来是吉人天相，来自祖国的亲人要来看望他们了。

上午 11 时，武衡主任率领的中国代表团全体乘坐"J121"船"超黄蜂"直升机到达长城站。南极洲考察队全体队员在长城站主楼前列队欢迎祖国亲人。

武衡团长代表祖国人民，向在南极艰苦奋斗建成长城站的队员们，表示热烈祝贺和亲切的慰问！

在长城站餐厅兼会议室里，我的三十次队队友证实，武衡就似我一口的乡音，孔子曾用的声韵："祖国和人民，一直关心着你们在南极建站和科学考察，不断听到你们传来胜利的喜讯。长城站距离北京 17000 多千米，你们走过的路虽然不是雪山草地，但你们闯过的是波涛汹涌的大海，是极地的冰山、严寒和狂风暴雪，这是新的长征。"

七旬高龄的武衡团长，在祖国新春佳节之际，抵达冰雪王国南极洲，主持中国南极长城站落成典礼，慰问全体队员，异常兴奋中，赋诗一首：

古稀赴南极，
壮载亿桑行。

起飞毛毛雨。

降临万里晴。

长城已屹立，

冰山耀眼明。

佳节探亲至，

欢声荒岛盈。

代表团副团长、中国人民解放军海军副司令员杨国宇也即兴赋诗：

洁白银沙铺大洋，

冰雪王国多宝藏。

建站造福全人类，

五星红旗又增光。

下午，代表团视察了长城站的建筑和设施以后，又乘"超黄蜂"直升机到"向阳红10"号船和"J121"船上看望全体船员、南大洋考察队全体队员和海军官兵指战员，代表祖国人民向大家表示慰问，祝春节愉快！

2月18日夜，中国长城站和两船之上灯火辉煌，照耀得海滩和长城湾一片火红。祖国代表团和队员、海军战士一起欢度1985年的新春佳节，向"新长城"贺喜。武衡团长、中国驻阿根廷大使、驻智利大使夫妇与队员同过春节。充满人身魅力、亲和力的武衡团长在数度举杯，朗朗祝词之后，忽然兴致勃发地走上台前，召唤官兵们与他一同合唱《南极考察队员之歌》，点燃了极地的热情之火！长城站上歌声嘹亮：

在狂暴的风雪中，

我们听见了祖国的呼唤。

在艰险的征途上，

我们看见了亲人的笑脸。

重任在肩，希望在前，

为祖国争光，奋勇当先。

亲爱的战友啊，忠诚的伙伴。

我们考察队员，

都是中华的好儿男。

在严寒中顽强拼搏，

我们洒下了滴滴热汗。

在冰雪里英勇奋战，

我们奉献出丹心一片。

艰苦创业，征服南极，

为子孙造福，任重道远。

亲爱的战友，忠诚的伙伴。

我们考察队员，都是中华的好儿男。

高昂的《南极考察队员之歌》鼓励人奋进，向前！在严寒中顶风冒雪，在冰雪里摸爬滚打；顽强拼搏的日日夜夜又一幕幕呈现在眼前……队员们眼睛湿润了，哽咽了……正如南极洲考察队新闻班队员、中央人民广播电台记者陶宝发同志撰写的一幅"南极春联"：

上联：日日风雪，夜夜风雪，南极勇士战风斗雪连轴干

下联：早早装卸，晚晚装卸，南极勇士快装快卸建站忙

横批：为我中华

建筑班队员、中国新型材料建筑公司工程师卞宗舒同志写下了"海角天涯一线牵"对联：

又雪又雨又冬又夏又昼又夜南极迎，

亦寒亦暖亦苦亦甘亦远亦近北京盼。

歌咏、朗诵等节目表演，令大家十分激动。这是胜利的喜悦！这是成功的欢欣！

在建设中国第一个南极考察站——长城站的过程中，对每个队员来说，最大的挑战有两个，一是恶劣的自然环境和建站中的艰辛；二是心理压力。在冰荒雪漠的南极建考察站，是几代人的梦想，今天不辱使命，已经按照首长最初下达的"万无一失，初战必胜"，"只能成功，不能失败"的军令，胜利地建成了长城站！

因为是春节联欢，所以要欢起来，轮机长赵伟书中记载的一段"三句半"——《贺春节》十分惹人：

锣鼓叮咚敲起来，喜迎佳节乐开怀，今天举办联欢会，有趣儿！

南极春节又来到，先给各位道声好，我给大家鞠个躬，庆功！

今天说个三句半，说得不好多包涵，不管说得好不好，别跑！

国力增强搞科研，来到南极把站建，科学考察显国威，没吹！

南极建成长城站，冰雪有啥了不起，科研观测加管理，双喜！

南极之冬真辛苦，狂风严寒加暴雨，寂寞无聊难忍耐，急坏！

南极长城大家庭，考察队员来四方，团结友爱互帮忙，真强！

南极极昼已过半，迎来南极新春节，快快建好咱的站，猛干！

俺们几个话挺多，大家不要嫌啰唆，希望各位捧捧场，鼓掌！

饭前饭后称体重，佳肴零食最喜欢，满脸欢笑比顽童，真能！

体态臃肿懒洋洋，脂肪厚实抗严寒，水中矫健善腾跃，海豹！

忙前忙后忙写诗，大小车辆都驾驶，小眼眯眯憨厚脸，好哥！

绅士模样雪中站，暴风严寒共抵御，爱情忠贞志不夺，企鹅！

大串钥匙随身带，山东大汉真能干，博学多才编小报，热闹！

　　身形矫健空中飞，为了捕食比耐心，贼头贼脑最会偷，贼鸥！

　　大船长城两站跑，保障车辆保发电，喝酒滑头最在行，老王！

　　诡异身形显夜空，变幻莫测炫亮丽，队员架机忙照相，极光！

　　独在南极为极客，每逢佳节更寂寞，想念亲人泪暗流，发愁！

　　好在还有众朋友，朋友祝福比蜜甜，真情感激涌心间，心酸！

　　今晚大家来聚会，洗净半年苦和累，憧憬明天心儿醉，幸会！

　　为了今晚聚盛会，考察队员齐准备，精彩节目排着队，别醉！

　　编好了有掌声，说好了有笑声，不说累只说乐！这就是南极考察队的队员！

落成典礼

　　1985年2月20日，中国南极长城站举行了隆重的落成典礼！

　　清晨，大雪满天飞舞，乔治王岛银装素裹，中国南极长城站橘红色的房顶彩旗飘扬，"中国南极长城站落成典礼"的大横幅悬挂檐上，"向阳红10"号船、"J121"船和南大洋考察队的战士、队员共500余人乘小艇来到站前。出席落成庆典的还有乔治王岛上的阿根廷、智利、巴西、苏联、波兰、乌拉圭等国南极站的正副站长和科学家，东德的5位科学家。中国首次南极考察聘请的"向阳红10"号船顾问、阿根廷海军退伍上校特隆贝特和租赁的阿根廷"海豚"号直升机组三人，也参加了落成典礼。

　　落成典礼由代表团副团长、国家海洋局副局长、国家南极考察委员会副主任钱志宏主持。

　　上午10时整，钱志宏副团长庄严宣布："中国南极长城站落成典礼现在开始！"这时，鞭炮齐鸣，锣鼓喧天，一片欢腾！长城站沸腾了！乔治王岛沸腾了！

　　"升国旗，奏国歌！"

　　在庄严的国歌声中，在队员杨雨彬、蒋维东护卫下，郭琨队长升起国旗，看着鲜艳的五星红旗冉冉地升起在中国南极长城站上空，郭琨队长又一次热泪涟涟。这是中国南极长城站升起的第一面五星红旗！

鞭炮声、锣鼓声和欢呼声响彻云霄，震撼着乔治王岛上空，震撼着南极洲……

啊！厚厚的铜锣被敲破一个大洞！

主持人宣读下一项议程：

"请代表团团长、国家南极考察委员会主任武衡同志，宣读国务院贺电。"

武衡团长宣读了国务院的贺电后，说："我代表全国人民，向全体考察队员们，表示热烈的祝贺和亲切的慰问！你们为祖国争了光，为祖国的南极事业做出了贡献！我借这个机会，向中国在这次建站和科学考察工作中给予合作与支持的友好国家表示感谢！"

他说："南极条约要求各国在南极科学考察中，进行友好的国际合作、为人类和平利用南极做出贡献，我国将信守南极条约，并与各有关国家的南极科学考察站和科学家们紧密合作共事。"

在落成典礼上，主持人宣读了国家科委、中国科学院、中国科学技术协会、国家南极考察委员会、国家海洋局、中国人民解放军海军、全国总工会、共青团中央、全国学联、中国海洋学会、中国航海协会、中国驻阿根廷大使馆、中国驻智利大使馆、国家海洋局东海分局等单位发来的贺电。苏联第 30 次南极考察队队长发来贺电，民主德国 5 位科学家送来贺信。

代表团副团长杨国宇、中国驻阿根廷大使魏宝善、驻智利大使唐海光和中国南极长城站站长郭琨等，在落成典礼上讲了话。

正在附近海域进行科学考察活动的联邦德国"北极星"号考察船发来的贺电说："长城站是非常好的名字，是伟大中华人民共和国的象征，祝你们考察取得成功。让我们一起为南极和平开发利用做出贡献，你们是中国人民的先锋。"苏联别林斯高晋站站长在参观时不胜感慨地说："你们的建设速度出乎我们的预料，是惊人的，建站史上是不曾有过的，质量是第一流的，在乔治王岛上是首屈一指的，中国人民了不起！"

长城站的胜利建成，使生活在海内外的炎黄子孙扬眉吐气，拍手叫好。著名物理学家杨振宁教授感慨地说："中国在南极建立长城站,这是历史上一件重要的事情,也是中华民族史上一件非常重要的事情。"

在光荣的大场面,郭琨队长成了真正的东道主。有大将风度、外交官风度和主人气度的郭队长在致辞中彬彬有礼:"……我代表中国南极考察队,向所有给予我们支持和帮助的各国南极考察站和科学家们,表示最诚挚的谢意!我代表中国南极长城站郑重宣布:

——我们热烈欢迎各国科学家,到中国南极长城站开展科学考察研究。我们将为你们的工作和生活提供一切方便。

——我们衷心地欢迎我国台湾省和港澳科学家,到祖国的南极长城站来,开展你们感兴趣的科学考察研究项目。我们同样欢迎台湾省和港澳同胞及各界人士到长城站参观访问。我们将为你们提供各种方便。

——最后,我宣布,中国南极长城站邮政局今天正式开业,欢迎各位光临。"

在中国南极考察和"新长城"建设的"帽子戏法"般的幻象里瞪大蓝眼睛,由惊讶、惊疑、惊奇,最后变成惊叹的各国朋友们都来锦上添花了,苏联第 30 次南极考察队队长发来贺电,全文如下:

中国首次南极考察队队长郭琨阁下:

欣悉贵国开始南极考察工作之际,苏联第 30 次南极考察队全体队员向中国首次南极考察队队长及全体队员致以最诚挚的问候。

我们热烈祝贺中华人民共和国南极考察站——中国南极长城站的落成,并预祝你们在南极考察研究发展进程中的科研项目取得成功,并获得有价值的新发现。

我们祝愿考察队员身体健康,越冬成功!

顺致良好的祝愿!

苏联第 30 次南极考察队长

德米特里·特·马科斯托夫

1985 年 2 月 19 日

德意志民主共和国五位科学家的祝贺信全文如下：

中国首次南极考察队队长郭琨阁下：

参加苏联第 29 次、30 次南极考察队的德意志民主共和国科学院的生物学家们，向中华人民共和国首次南极考察致以最良好的祝愿，热烈祝贺建立了第一个南极考察站。在这样短的时间里建成这样大的考察站是令人吃惊的，我们一致赞赏并对建设中所有工作感兴趣。

在远离我们祖国的地方，我们为有机会同你们有共同的科学研究工作感到高兴。我们希望将来有许多科学同行在这里工作，并希望有机会进行学术交流。

我们祝愿中国朋友在考察站生活愉快，在科学研究上取得成功，并希望所有在这里工作的各国科学家为南极地区的生态系统的研究与保护共同做出努力。

马丁等五位科学家

1985 年 2 月 19 日

于乔治王岛

待一切的致辞落音，一封封贺信读罢，一道道记述历史的大典程序闪光掠过之后，那位被众人牢记、历史铭记的中国南极考察的幕后台前的总指挥，而今的中国代表团团长、国家南极考察委员会主任武衡稳步地走到了台前，为中国南极长城站剪彩。顿时，锣鼓声、掌声、欢呼声响彻云霄，长城站又一次沸腾了！

人们兴致勃勃地参观长城站，纷纷在楼前、在国旗下、在长城站纪念石前、在"方向标"前合影留念，让历史的瞬间留下自己的影像；也在自己的心中，自己的文中，一千遍地记住中华民族历史的这一瞬间。

春华秋实

是春花还是秋月，

是播种还是收获，

首闯南天的壮士啊！

已收拾金玉满舸。

探索肇始

在长城站建设的劳动中，无论官兵秀才，都像当年井冈山上的朱德一样，肩起了挑粮的扁担。我们国家的宝贝院士、博士和专家，都扮成砌垒长城的泥瓦匠，建筑码头的泥水工。但是，身在南极的专家们，谁也没有忘记自己承担的任务重量几何，命题若何！担任科考队队长、日理万机的郭琨，翔实地记载了这次首闯南天堆金积玉的收获：

1985年1月19日，中国南极长城站通讯电台，于凌晨5时15分建成，与北京国家海洋局通讯台短波通讯开通。

同时，与开始进行南大洋考察的"向阳红10"号船也能通讯联络了。

1985年1月24日，"向阳红10"号船于23时01分驶入南极圈，位置南纬 66°33′，西经 69°13′。这是我国船只第一次驶入南极圈。

1985 年 1 月 26 日，"向阳红 10"号船在南大洋科学考察中遭遇飓风，这是中国船第一次驶入南极圈。遭到 12 级以上极地强气旋风暴的袭击，队指挥组首次向祖国首都发出了"情况很危险"的急电。但国产"向阳红 10"号船，经受了极圈风暴的考验，显示了中国造船工业的能力。

按照科学考察计划，海军潜水员刘宝珠，在菲尔德斯海峡冒险下潜到 57 米深的海底，停留 5 分钟，观察了海底生物，并采集到一批标本样品，其中包括一块长着生物的岩石，他成为南极海域下潜的中国第一人。

也在这一天，开工建设长城站通讯电台，发射天线阵是大型菱形的 4 个天线塔组成，最高的 28 米、平均高度 24.5 米。接收天线阵的 4 个天线铁塔的平均高度是 18 米。

董兆乾副队长担任现场指挥，和队员一起完成了上述工程和接收天线，架设馈线的任务。1985 年 1 月 27 日 23 时，发射天线阵的第一个天线铁塔，在长城站站区的北端安全地竖立起来。紧接着，长城站又建设成功了第一个气象观测场，场地面积 116.8 平方米。

也在 1985 年 1 月 27 日，"向阳红 10"号船胜利完成了第一阶段的南大洋科学考察任务，安全返回麦克斯韦尔湾内锚泊。1985 年 2 月 4 日，"向阳红 10"号船和南大洋考察队离开麦克斯韦尔湾，开始进行第二阶段的南大洋科学考察。

2 月 7 日当地时间下午两点半，由"向阳红 10"号船船员、南大洋考察队员和新闻工作者共 36 人，乘小艇登上南极半岛。

"向阳红 10"号船是在完成南设得兰群岛附近海域的海洋考察后，调转船头挥师南下，驶入南极半岛与布腊班特岛、安特卫普岛之间的狭窄的格勒克海峡。当船只驶入布腊班特岛东部时，南极半岛的西海岸近在眼前，但小艇无法直接抢滩靠岸。大家跳进冰冷刺骨的海水中，手拉着手蹚着水登上了南极半岛，在滩头插上了鲜艳的五星红旗。

登陆地点是雷克鲁斯角，地理坐标为南纬 64°30′，西经 61°47′。

丰硕成果

1985年2月8日，南极科学考察取得丰硕成果：考察项目有地质、地貌、高空大气物理、生物、地震、海洋学等。通过考察，对长城站区及其附近区域的环境有一个基本的了解和认识，获得了宝贵的第一手资料，采集了一些标本样品：

（一）接收大气哨声

助理研究员贺长明在长城站南面安装了"GM型宽频带定向接收机"，连续记录了从太空传来的清脆的大气哨声。

哨声是太阳活动喷发的高能粒子流，进入极地上空电离层时发出的。发出的这个信号是研究太阳活动和高空大气物理的宝贵资料。在国内，仅在中国最北端的黑龙江省漠河地区接收到过，而信号很微弱。这次在长城站用同样的仪器接收太空传来清脆的大气哨声，这在国内是没有过的。这也是咱们国家第一次在南极记录到大气哨声。

接收记录到这么响亮的大气哨声可以说明，南极是研究高空大气物理最理想的场所。

（二）观测地震

助理研究员柯金文于1985年1月16日，在长城站西部的山丘上，建设了一个用混凝土浇灌的1.6×2.5平方米的地震观测平台，安装了"DDI型短周期地震仪"。

从1月20日开始观测地震，到2月8日，观测3级地震两次，1级以下地震11次。震中最大范围在150千米左右，最小在10千米以内。在短时间之内发生十来次地震，从地质构造的角度来说，乔治王岛地区，相对于南极大陆来说，是一个地震的活跃地区。

（三）地质考察

南极洲历来受到地球科学界的重视。

南极洲考察队科考班，地质博士刘小汉在长城站周围进行了地质考察，跑遍了山川峰峦，攀登陡壁悬崖，对不同时代的岩石构造进行分层描述，测量了5条岩石地层剖面，系统地采集了岩石标本。初步分析认为，长城站所处的乔治王岛的南极半岛地区，是目前所知的矿化程度最高的地区。

（四）地貌考察

南极洲考察队副队长、地理学家张青松，在长城站区及附近地区进行了构造地貌、冰川与冰川地貌、寒冻作用与冻缘地貌和海洋地貌的考察；并在考察中采集了各种标本。对晚第四纪地质，着重观测了海洋阶地沉积；他还在冰缘地貌发育的地点埋设了56根测桩，以供观测地表活动层的垂直位移与水平位移之用。

（五）生物考察

科考班对长城站区及其周围地区进行了生物考察。生物考察包括陆地生物和海洋生物。海洋生物考察，主要是长城海湾和长城站区的3个淡水湖的水生生物的考察。陆地生物的考察范围比较广，从长城站的西海岸，到阿德雷岛（亦称企鹅岛），南从菲尔德斯海峡，就是从长城站南部的海滩，至智利马尔什基地。

1. 动物考察

陆地生物考察主要是动物，重点是鸟类和哺乳动物。通过考察，基本上了解了长城站及其附近地区鸟类和哺乳动物的种类、数量和分布情况。长城站及其周围有鸟类8种，它们是：企鹅、巨海燕、暴风海燕、黑背鸥、南极鸽、南极海燕和鞘嘴鹬等。其中数量最多的是企鹅。

企鹅主要有：帽带企鹅、金图企鹅（亦称巴布亚企鹅）和阿德雷企鹅3种，偶尔看到一两只王企鹅。数量最多的是帽带企鹅，它们栖息在阿德雷岛上。哺乳动物有3种海豹：象海豹、威德尔海豹和锯齿海豹，它们栖息在阿德雷岛海滩和西海岸上。以象海豹居多。

还发现了一种哺乳动物，都叫它海狼，也叫它海狗、海狮和海熊等名称，学名叫南极毛海狮。在考察中，还发现了低等动物，在湖水面上、潮湿的地方和活动的岩石下面生存的几种昆虫，个体仅有几毫米。

2. 植物考察

科考班在生物考察中，对长城站及其附近地区的植物进行了考察。通过考察，长城站及其附近地区同南极大陆一样，没有树木和花草。其主要植物是地衣和苔藓，属低等植物。它们构成了南极的植被。地衣，它生长在岩石上。是由一种菌和藻类共生的低等植物。它是最古老的、原生态的、生长周期最长的和生命力最强的低等植物。地衣只有在南极短暂的夏季，沿岸地区冰雪融化裸露出来时才生长，在南极漫长的冬季里，就被冰雪覆盖着而呈休眠状态。地衣种类很多，据考证，地衣能合成几百种化学物质，是医药，包括抗癌药物和日用化工等方面的资源之一。地衣还有惊人的抗光辐射的能力。

在长城站朝阳的山坡、台地的岩石上，尤其在长城站东南部的"望龙岩"、"栖凤岩"及其周围散落的大小岩石上，都生长着地衣，有的岩石生长着地衣和苔藓，五颜六色，姹紫嫣红，显得异常壮丽，是长城站最为亮丽的景点。

苔藓主要分布在靠近海边潮湿的洼地上，海滩及岸边沙石上，也长有苔藓。另外还发现了蘑菇、地耳之类的真菌。在阿德雷岛上生长着一种草，叫显花植物。这是迄今为止，在南极洲发现的唯一的高等植物。对长城站及其周围地区生物考察结果表明，其动植物的种类和数量，远比南极大陆多得多，就是相对南极半岛及其他岛屿来说，也是最有生机的地区。因此，中国南极长城站，也是对南极生物进行研究的良好基地。

1985年2月13日，"向阳红10"号船和南大洋考察队，胜利结束了第二个航次的南大洋调查，返回了"向阳红10"号船在麦克斯韦尔湾内的锚泊地。郭琨通过高频电话向船长张志挺表示热烈祝贺！

第二个航次是2月4日开始的，对南大洋4个海域进行考察，获得了大量的有重要科学价值的数据、样品和资料。在南极的恶劣环境里，在毫无经验的

"首闯"中，勇士们能在这 40 余天的时间里干多少事？这里借用一句大跃进时并不科学的口号："人有多大的胆，地有多大的产"（一笑）。这里能够真切验证的，是中华民族在极端环境下拼死一搏的勇力、依靠自己的文化力量、文化自信和独有的智慧胆魄凝聚而成的"南极精神"，真乃可上九天揽月，可下五洋捉鳖！在面世的骄傲中，我也有一丝半缕的自豪，那就是成立于长城站的图书馆在面向全国征求藏书证时，我济宁九三学社的一位画家李玲夺标，手捧证书向我报喜郭琨的大名签于其上！

1985 年的 2 月 28 日，晨 8 时 30 分，中国人民的好儿女要回家了，满载着烧眼的珍奇。在四万里的黑云白浪那边，有一个上海港，贤妻娇儿，白发父母在等待他们。在北京的人民大会堂里，共和国的总理和各方面的首长在等待他们，庆功的美酒，闪烁着白水晶红宝石的光辉。但是，住惯了琼楼玉宇，呼吸着珠光宝气，与企鹅、鸥燕处成挚友的英雄们，对这里的一切却恋恋不舍。

中国男儿，中国男儿，
要将只手撑天空。
睡狮已醒，睡狮已醒，
一夫振臂万夫雄。
风虎云龙，万国来同，
决胜疆场，气贯长虹
中华骄子吾纵横……

十三

二十九队

探宙笔记

征极排序二十九，

济济人才称大有。

"总领"大名曰探宙。

《日记》一部铭千秋。

我因"三十"遇"廿九"，

友满"雪龙"南极洲……

"29队"之名，像一个工程单位，工农单位。20世纪60年代，我家郗山村驻扎过一个"807地质钻探队"，在山上，大运河边，房前屋后，钻探了百口深井，终探出稀土矿。像南极冰盖钻出的冰芯样的石芯，我见得多了。村中的伙伴拾其一段，拉碌碡玩儿。

我作为第30次南极考察队的队员，随队采访的作家，亲密地、友好地接触了"交接"前后的"29队"朋友。他们作为在南极搏命一年的"过来人"，所谈的南极是精彩和经典的。在众多的科技精英中，曾采访过大专家孙波，南极诗社社长李春雷，近乡亲朱大厨，我同村同族的通讯专家殷赞，长城站站长余勇、副站长张国强。最有分量的一个动因——总领队是国家海洋局"极地办"主任曲探宙（以下简称曲总），我不但与该君在"雪龙"号海试中的瞬间接触"来电"酥酥，且在"极地办"采访中，我鹊巢鸠占般进了他办公室，沾过不少的福气、灵气。更加珍贵的是，他雪中送炭般赠我一本厚重的新作《领队日记》，我将以"芝麻开门"的祈愿，开采这座金矿。

从29队出发的第一天起，他坚持每天写日记，从自身和全局视角记下征程鲜为人知的感人事迹：2012年10月28日，从上海出发的队员应该是146人。

晚上，国家海洋局东海分局刘刻福局长安排为第29次南极考察队主要领导送行，曲总作为考察队领队，李院生、孙波作为考察队副领队，王建国作为考察队临时党委办公室主任，李春雷作为领队助理、临时党委办公室秘书和行政秘书，参加了送行晚餐……魏文良也专门参加晚餐为之送行。

但是，10月30日的凌晨和早晨，船上出现了两次火灾报警警报。凌晨警报属于误报，查明是一队员在房间洗澡时间过长，水蒸气过重引起高温报警。早晨报警查明是船上锅炉点火引起烟雾，都是虚惊一场。这也造成"狼来了"的演练机会，证明船上报警传感探头是灵敏的。

晚上，厕所的真空抽水马桶出现故障，经过更换新管后得到解决。又接到王建忠船长报告：昆仑站队员田启国没有健康证明，无法办理出关手续。随即向孙波副领队通报此事，告知极地办考察业务处的赵萍处长，请他向秦为稼、翁立新两位副主任报告，由王建忠船长联系广州海关边检部门，磋商补救办法。

11月4日上午，曲总撰写了欢送晚宴上的祝词，祝愿：南沙、南海、南极洲，迎南（难）勇进，家事、国事、天下事，喜事频传。对联构思精巧，立意新颖，寓意深厚。

11月5日，国家海洋局陈联增副局长主持欢送仪式，刘赐贵局长致辞并下达第29次南极考察队出征令，"雪龙"一声长号，破浪而行，直指南天。

船长王建忠发出警讯：靠近菲律宾沿岸时，会有一些小毛贼爬到船上，偷缆绳之类的小物品，因此船上搞一次防海盗演习，主要以有持枪证的船员负责，安排考察队员巡查值班，防止小毛贼登船。

王硕仁副政委广播通知大家，从明天开始，按照排班表安排帮厨；"雪龙"船图书馆从晚7：30开始正式开放；11月7日上午，曲总收到秦为稼副主任签发的极地办第一份传真，要求考察队尽快将领队、副领队、船长、党办主任和秘书的联系电话和电子邮箱号码传报极地办，以保联络畅通。

2013年10月，笔者在"雪龙"号"海试"之时熟悉并呼叫过这些号码，联络果然畅通无比。当时的秦为稼副书记奔忙在船上，迎着海风昂扬着板寸头，感觉到他有着铁硬的风格。如今，他又运筹于帷幄！而万里之外曲总的运筹，正在成立考察队的各类临时组织：学习宣传报道组，南极大学教委会，考察队网络组，极地之声报编辑组，考察队生活管理组，妇女工作组，文体娱乐组，医疗保障组，安全巡视组，考察队纪念画册编辑组，考察队日志编写组等。

南极大学将正式开学，曲总任校长，将作第一场报告——《极地考察的历史、现状与未来发展》。在到达澳大利亚之前，还将作一次"公务活动礼仪"的讲座。

船行大洋，海阔天宽，形单影只，正似沧海一叶，危机四伏。在机舱值班人员的例行巡视中，发现主机的1号缸排气阀敲击声逐渐变大，若导致排气阀损坏，会直接造成主机停车。赤道无风带海况平稳，在轮机长的带领下，迅速制定了检修方案。机舱内的气温高达40多度，栏杆都烫得无法触摸，机器表面局部，更有90多度的高温。在漫长的1个多小时里，轮机部的各同志经受住了恶劣环境的考验，坚持到机器恢复正常的一刻。

闷热的机舱，让人眼花缭乱的机器隆隆作响。轮机人又各自回归岗位，昼夜不停地航行。螺旋桨后悠长的尾迹，是他们汗水的发光。

在机舱进行主机故障修复的同时，南极大学开课，教员是"雪龙"船上的医生汤敬东，39岁，来自上海第一人民医院，中共党员，博士，外科主治医生，参加过汶川大地震救灾。他讲座的题目叫作《与医相携》。其中医与"伊"同音，寓含"与你相携"之意。

万里征极，远离祖国，除医保条件之外，全靠老天。此时的汤医生便是保命之神，话也是救命神符；汤医生老成持重，学养深厚，所言之理恰若三春软雨，点点入地。他从医患沟通、外伤包扎、自我保健、南极考察中的常见病防治等四个方面开讲，既有知识性，又有实用性，听来耳目一新。他讲道：医生经常所做的和能做的是"总在安慰，常常帮助，偶能治愈"，如果所有的病，医生都能治愈，就不会出现死亡了，因此医生更多的作用在于准确诊断病因，正确用药，及时施救，减少患者的病痛，延长患者的生命，提高生命的质量。一个好的医生不能只从自身的角度出发告诉病人"我能为你做什么"，而应从病人的角度出发，告诉病人"我能帮你做什么"。

在讲到自我保健的问题时，他说道：最好的保健医生是自己，如果自己感觉特别想吃某种东西，说明你体内缺少这种东西，你就去吃好了。但问题是，不要过度。吃到不饿就可以了。最好的医生是自己，最好的药物是食物，最好的药房是厨房，最好的疗效是坚持。

汤还回答了大家提出的几个疑惑和问题，如何防止牙龈出血、如何治疗感冒、如何减肥，回答简明扼要，睿智而不失风趣。讲座很受大家的欢迎。

11月12日是个好日子，晚饭后，考察队组织大家在多功能厅举行卡拉OK演唱比赛预选赛，30名队员报名参加。主持人是来自中央电视台的记者任文杰和大洋队的刘萧。两位主持人镇定从容，串台词十分自然。

所有参赛队员都很认真，演唱结束，每位评委被要求演唱一首歌，孙波因心理障碍有10年没唱过歌，在大家鼓动下演唱了一首《我是一匹来自北方的狼》。张北辰、王建忠都是20年没唱过歌的人，也终于开了金口，张北辰唱了一首《涛声依旧》，王建忠唱了两首——《小城故事》《把根留住》，王建国感冒，嗓子不好，也为大家唱了一首《真的好想你》。曲总被安排压轴演唱，选了一首《今夜无眠》，作为这一晚大家心情的总结。

原本选8位选手参加15日晚的决赛，并设一等奖1名，二等奖2名，三等奖3名，根据曲总的建议，确定参加决赛的选手增加到10名，并增加1名三等奖，鼓励大家的积极参与。

这位会敲击兴奋点的官长，心地善良，"九曲柔肠"的事例，有他12月

9日的《日记》：

听到一个喜讯，中山站越冬队员刘俊明的夫人今天凌晨生下一女儿，这两天他一直牵挂着的心总算放了下来。想想他明年越冬结束返回时，女儿已经一岁有余。现在不能陪伴夫人坐月子，不能为孩子过满月、过百日、过周岁生日，我的心里感到酸楚。

……

昨天晚上从对讲机中听到，负责油管巡视的一名队员手受伤，回船治疗。今早向船上汤医生了解，是一位队员指甲劈了，不要紧，也不需要特别处治，我的心才放了下来……

内陆队出发以后，中午只靠一些饼干、点心充饥，因为中午做饭，车队必须停下来，就地取冰雪化水，再做饭，太误时间。昆仑队到站后，再恢复三餐吧。

除了吃饭的问题，还有出恭的问题。好在都是男队员，挖一个雪坑，把空桶放下，上面垫木板，周围竖木桩。围毡布，不是为遮羞，而是在低温下宽衣解带，如不遮风挡寒，用队员玩笑说，冻便能把人支起来，撒尿都得边撒边用棍子敲。人人准备一个大口饮料瓶，写上自己的名字，途中或夜间小解当夜壶用。如果看到半瓶饮料，谁都不敢去喝。有人说××喝过，××反驳，这不是喝啤酒争奖的好事，无人认领。

11月23日，阴有阵雨，风力增大到7~8级，涌浪5米。

船开始无规律地上下左右立体摇摆。曲总同副领队李院生、孙波、王建国、王建忠、王硕仁和上海洋报记者高悦一同到驾驶台、气象室、食堂、大洋队、轮机室去慰问值班人员，每处一箱雪碧、一箱可乐、一条苏烟、一条中华烟，表达对这些穿越西风带坚守岗位同志们的奖掖。

傍晚到夜间，风力达到了9~10级，涌浪撞向船头，像一颗颗炮弹打来，浪花夹着雨水击打窗上，风声呼号，如飞机起飞发出的轰鸣。床上下左右摇晃，茶几上的玻璃杯掀翻地上。这就是咆哮西风带，过去遇到的大风浪，连长条桌都会被掀个底朝天。

11 月 25 日，天空阴沉，雪夹冰粒，打在舷窗唰唰作响，8~9 级的样子。涌浪很大，开始改为横向，船舶最大横向摆幅达到 22 度，房间里的东西被晃得东倒西歪，卧室的行李箱倒了三次，索性不扶了。

晚上 11 点，王建忠船长突然通过广播通知大家，固定好房间里的个人物品，船准备停机。虽未说停机的原因，但给人的感觉是主机出了问题，因为在西风带停机，意味着船将失去自控能力，随浪摆动，这是很危险的事情。到轮机部门了解情况，得知是轮机值班人员交接班后巡查时，发现主机一排气阀螺丝断裂，船长决定趁风浪较小，停机抢修。下班的轮机人员火速赶回了机舱，经过短短 18 分钟，更换了垫圈。停机 24 分钟之后，故障排除，皆大欢喜。

中山记事

8 个日夜过去，12 月 3 日的下午，"雪龙"船继续沿印度站租用的俄罗斯船的航迹，穿越三道冰裂隙区，抵达距中山站 9.8 千米处。这里冰面开阔整齐，便于展开冰上作业，也便于"雪龙"掉头撤离。根据探冰结果，到中山站沿途，只有一条 50 厘米左右宽的冰裂隙，只要搭上板子，雪地车就可以顺利通过。

从晚上开始，张体军助理带人进行冰面行进路线沿途插旗和测冰工作，半夜开始，启动中山站内陆队雪地车，通过冰裂隙区抵达"雪龙"船，然后拖曳雪橇通过冰裂，在冰裂隙区搭上木板。

漫长而艰险的海上航行，走完了近 4 万里的航程，到达了中山站所在南极大陆的"陆缘冰"冰区，战风浪的决心和意志转换为战冰雪，斗冰裂，像《西游记》中的师徒们一样：你挑着担，我牵着马，迎来日出送走晚霞——卸运。

从 3 日晚到 4 日 7 点多钟，冰上卸货作业一直在进行，曲总始终没关对讲机，听了一夜现场作业对话的直播，了解了许多一线实际情况，也感到大规模的卸货工作，不可操之过急。

半夜到次日凌晨，李院生副领队、张体军领队助理带人到冰上探路，在冰裂隙处架上木板桥，并驾驶雪地车试运了一个集装箱的货物到达中山站，证明采取雪地车拖曳雪橇进行冰上卸货是可行的。

上午开始，将另一台 PB300 型雪地车履带安装完毕，并将雪橇、全地形车等运至船旁冰面，同时加油。在安装过程中才发现，车的开关总成坏了，备件从中山站找到，下午才安装好。新购置的两台全地形车倒还好，弥补了因雪地摩托车故障，冰上作业的缺陷。

午饭后，Ka32 直升机飞行 15 个架次，吊运油囊、油罐、雪橇等，至内陆队出发基地和中山站。

王建国主任起草了一份以临时党委名义发布的冰上卸货工作动员书，曲总修改后，临时党委成员阅过，请气象预报员王晶广播。她发音标准，口齿清楚，带着感情，堪称"极地之声"广播电台的女主播，考察队真是人才济济啊！

晚饭后，召开领队碰头会，考察队临时党委成员、主要领导、各工作小组负责人出席。对这期间各队、各部门的工作进行了点评和表扬，就指挥、保障、协调配合、安全等提出要求。

5 日晚 7 点，召开领队会议，决定启用现在中山站的 240 雪地车，投入运货和输油管铺设工作，从护路人员中抽调 8 人协助油管布设工作，剩下的 8 名护路人员分两班，跟车作业，提高工作效率。集装箱中的货物太重，需扒箱作业，没有机动力量，王建国主任、王硕仁副政委、汤敬东医生等都冲上去。李元盛副领队充当了雪地车驾驶员。

晚 10 点，曲总驾驶一台雪地摩托车，前往中山站探察，了解冰上卸运物资全程的工作情况。王建国主任，张体军领队助理，李春雷、吴昊两位秘书，新华社记者徐砲，中央电视台记者任文杰、戈晓威，汤敬东分别另乘雪地摩托车、全地形车和雪地车同往中山站。这是曲总第一次驾驶雪地摩托车，且是在南极冰面行驶，感觉冰面有许多冰丘雪沟，搞不好就有翻车风险。车队一路驶往中山站，穿过冰裂隙、冰上融水池区、中山站前登陆点的高坎，历时 1 个多小时，终于到达了中山站，十分刺激。

孙波副领队、新任中山站站长张北辰、管理员郝俊杰、老站长韩德胜和度夏队中唯一的女队员刘婷婷，早已等候在那里。刘婷婷沏上普洱茶，韩站长准备了手擀面，越冬的厨师王琦做了面卤。胃口也有了，手擀面很香，"脚踏实地"的感觉真好。李春雷随第二趟雪地车到站，看到留给他的手擀面，喜笑颜开：在船上盼着吃手擀面，已经有些日子了！

刘婷婷作为站上唯一的女队员，大家称她"政委"，和队员们相处融洽，颇有女主人的姿态。她随时拍下队员们工作的场景，所到之处，大家干劲便足，真是"男女搭配，干活不累啊"！

吃过手擀面，喝茶聊天，随后孙波和韩德胜带大家参观了工作栋。这里有考察队员工作室、站长办公室、网吧、厨房、篮球场、餐厅、会议厅，还有台球桌、乒乓球桌等。不理想的是和生活栋之间缺少连廊，这就意味着，无论工作还是用餐，队员们都要经过楼外路才能抵达工作栋。据说原来设计是有的，后因俄罗斯站发生火灾一楼连带另一楼，因此取消了连廊。其实，只要采取必要防火措施，以人为本，不可因噎废食。

随第二趟雪地车返回，抵达"雪龙"船已是凌晨 1：30。南极的极昼，夜间如白天一样，一边是不落的太阳，一边是升起的月亮，"日月同辉"景象，在这里每天都可看到。徐砲感慨道，极地考察虽然面临许多风险和考验，但这奇妙的风景，只有我们才有幸领略啊！

回到船上的曲总，突然有两个词跃入脑中，"勇士"与"英雄"的不同。思考一番，似乎有了答案：英雄应该是做出重大贡献的勇士，而勇士是成为英雄的前提，但勇士不一定都能成为英雄。他认为极地考察队员都可以称得上勇士，他们勇于做常人不敢做的事情，但要成为英雄，只有匹夫之勇还是远远不够的。

此时，王建国主任敲门报告：一台雪地车拖曳的一个运沙雪橇陷在冰缝中。李院生副领队已经驾雪地摩托车赶去查看，用雪地车拖曳很困难，告知直升机组立即备航，采取飞机吊运方式，把雪橇上的沙袋吊往中山站，先减轻雪橇重量，再将其拖出。雪橇陷入冰缝的原因，一方面是冰融厉害，另一方面是多装了 2 吨沙子。贪多嚼不烂，欲速则不达。

中午接到极地办秦为稼副主任打来的电话，告知陈连增副局长在考察队一周工作进展情况报告后，做出了批示："请为稼电告探宙领队，29 次队海冰卸货开局良好，进展顺利。望再接再厉，确保安全，中山站第一阶段卸货工作圆满完成。向探宙领队，院生、孙波副领队及考察队员问好！祝大家工作顺利，身体健康！"

这就是陈副局长的作风，他的鼓励和慰问总是那么及时，在"雪龙"号海试的时候，他与笔者合影留念，并预祝我写好《"雪龙"纪实》一书，今日里我的创作顺风顺水，信心满满，少不了那鼓动的发酵。

一个女人一朵花，没有女人不是家。三个女人一台戏，男人的一半是女人。各个时代的各类名人，对女人有着各种传神而美好的歌颂。还是毛主席对她们的评价最高：妇女能顶半边天！敢上南极的女人定有女丈夫气概，在那寂寒蛮荒的去处，没有如花女子的点缀，男子的神经便会因紧张而绷紧，甚至崩溃。这是科学，也是人学、人伦之学，女队员的贡献，天知地晓！

大洋队的几位女队员在食堂帮厨，有的在家是不理家务的小公主。现在在食堂洗菜、打扫餐厅卫生。这种锻炼，也能更加深切地体会到，大厨们每天忙碌 100 多人的三顿正餐，一顿夜宵，还要调理大家的口味，是一件多么不易的事。平凡的事情坚持去做就是不平凡啊！

女人到了南极，会更加美丽和青春洋溢，渲染着那里的环境，感染、激励着那里的男人们。男人在女人面前会表现得更有能耐，更足的精气神！

联欢会上的节目主持人刘萧，写了一篇审美心理细腻的《帮厨感言》：

卸货期间，男生卸货铺路，女生主事帮厨。

5 位厨师，负责 100 多号人的伙食。包大厨统筹全局，每天准备不同的菜式，他做面食是一流的。尹二叔来 16 次南极，5 次北极，爱讲故事，总是'想当年……'。秦教授简称'秦授'，禽兽谐音，和电视里教人炒菜的厨师一模一样，戴一副棕色眼镜。李师傅是憨厚老实人，儿子学音乐，他看上去也有音乐细胞。隆重登场的是炊事班张班长，活宝，开始以为他是一个害羞腼腆的人，混熟了才发现，"使坏"才是他不为人知的一面。厨房是一个充满欢笑的地方。

做饭蛮有乐趣，可是给100多号人做饭就很郁闷了，我们帮厨的都觉得准备那么多材料很让人眼花，这些厨师真不容易啊！以前在家都不进厨房，觉得这样太不对了，要在这里学做几个菜，回去做给爸妈吃，让他们大开眼界。感谢大厨师辛苦为我们29次队精心准备的饭菜，还有为大家带来的欢声笑语！

12月8日中午商定，晚间再实施一次冰上卸货，将船上不好用直升机吊运的物资，用雪地车运至中山站。但到了晚上，李院生副领队决定停止冰上卸货，冰上融池太多，怕雪地车卡在冰中不安全。曲总认为，物资如不通过冰上卸货方式解决，采取直升机吊运，安全性更难保障，应该抓住时机，轻载卸运，特别是站上急需的科考设备。为此，曲总决定晚上同孙波、王建国、韩德胜、中山站队员程言峰、新华社记者徐硙，驾雪地摩托车到冰上再次进行探路测冰。

从探路测冰的结果看，安全方面没大问题，在南极的拼搏，哪一项又能绝对安全呢？因此决定用两辆PB300雪地车和一辆240型雪地车，各拉一个雪橇再次实施冰上卸货。正在探冰时，李元盛、张体军驾驶雪地摩托车和四轮全地形车也赶到探冰区，决定由李院生、张体军、王俊铭各驾一台雪地车，各拖一个雪橇，实施运货任务，同时通知"雪龙"船，请王建忠船长安排道路维护人员，陪伴雪地车行驶。一直等到李院生副领队驾驶雪地车，拉着雪橇返回中山站，曲总和孙波、王建国、韩德胜站长才放下心来，时间是凌晨4点。

向中山站输油的工作加紧进行，油管漏油、压力不稳、泵站停机等故障，均被巡路值班人员及时发现，及时排除，这次补给可供站上使用三年。

副队长崔鹏惠带人驾驶两台卡特车，用雪橇向内陆50千米处运送油料，以减少出发时车队的负载。但在返回出发基地时，在距目的地3千米左右的地方遇到了冰裂隙区，一台卡特车深深地陷在了冰裂隙中。李院生、孙波副领队带领内陆队员，乘Ka32直升机前往救援，但到半夜10点钟未果。可庆幸的是没有人员伤亡，提前发现了这一段冰裂隙区，否则重载车队一旦陷入冰裂隙，将会十分危险。

晚 11 点多，李院生、孙波副领队、新华社记者徐砣，乘 Ka32 直升机返中山站，介绍了卡特车陷入冰裂隙的情况，一侧的履带已经陷入冰裂隙，而且，现场旁边发现了更宽的冰裂隙，难以将卡特车拖拽出来。如果失去这台车，内陆队的运载能力将大大降低，大约有 5 个雪橇的东西无法运输。曲总同李院生、孙波、王建国等研究，按照突发事件处置管理规定，由孙波副领队起草情况报告及下一步营救方案的请示，附现场情景照片速报极地考察办公室；同意李院生、孙波副领队意见，次日联系俄罗斯站，请求协助救援并指点进入内陆的安全路线。

12 月 12 日上午 10 点，举行了第 28 次中山站越冬队同第 29 次中山站越冬队的交接仪式。由考察队临时党委办公室主任王建国主持，张体军带中央电视台记者任文杰、戈晓威参加。老站长韩德胜、新任站长张北辰先后发言，曲总致辞，肯定了第 28 次中山站越冬队的工作和近期的良好表现，对 29 次中山站越冬队提出了希望。大家来到小广场，举行了升国旗仪式，伴随着国歌声，新老站长将一面崭新的国旗升上旗杆，老宿舍栋的旗杆上，由张北辰站长和郝俊杰管理员一同升起第 29 次南极考察队的队旗。

12 月 12 日是个特殊的日子，去年的今天，第 28 次南极考察队中山站越冬队，同上一次队进行交接整整一年。千年一遇的"12、12、12"，就像队伍前进的口令一样，催人奋进。

下午 3：30 分，在俄罗斯站救援人员和重型车辆协助下，陷入冰裂隙中的卡特车被成功拖出。没发现损伤。曲总随即向极地考察办公室秦为稼副主任报告，秦为稼副主任回电：陈副局长很高兴，并请秦为稼转达他的祝贺和问候。

曲总无法掩饰他的自豪之情：他的队伍是镔铁打造。远在四万里外的领导，也能在最需要的时候送来建议和赞扬。12 月 12 日的日记如是言之：

我和王建国主任站在中山站综合楼前，远远看到雪地车驶来，心情格外激动。见到他们的身影，有一种英雄胜利返家的感觉。李院生、孙波副领队和其他队员们的心情更加难以言表。从冰裂隙中把卡特车开出来的，是来自极地中心年仅 24 岁的年轻机械师姚旭，他是这次内陆考察队雪地车的头车驾驶员。关键时刻能表现出这种沉着镇定、临危不惧的精神，作为一个年轻人真是难能可贵！

几天没有好好洗个澡了，来到船上，有一种重返文明社会的感觉，终于可以安心地睡一觉了。

至 12 日晚上为止，650 余吨油料全部输往中山站，首次采取软管输油，是一个安全、高效、成功的输油方式。张提军、王兆军等几位核心队员，连续作战、不怕吃苦、作风严谨。无论白天还是晚上，对讲机呼叫最多的名字是王兆军。

趁天气良好，决定晚饭后组织"雪龙"船、大洋队、综合队、中山站越冬的四十几名队员将深陷冰中的油管拖出。油管温度高，在冰面留下了一条 15 千米长，深达 50 厘米的水沟，像一条蛇似的冰裂隙。雪地摩托车很少，回收人员只能靠步行，单程超过 10 千米。我和李院生副领队、王建国主任、王建忠船长、张体军领队助理、王硕仁副政委和大洋考察队的高金耀队长，考察队在船主要领导，全部上冰，沿途视察作业……

最后一批队员返船，已经是 14 日凌晨 4 点多了。

在此同时，度夏科考项目也在进行。来自黑龙江省地理信息测绘局的吴文会、王连仲、侯雪峰等人，连日的野外冰上作业，被紫外线照射灼伤的面部，非洲人一样油黑，他们调侃自己本来就是"黑局"的人。由于冰面融雪严重，冰裂隙随处可见，工作用的全地形车多次陷入冰裂隙，人被甩出车外，只能靠饼干充饥。经过几天的努力，终于完成了普里兹湾冰下深测绘任务，为今后选择"雪龙"船靠近中山站更加便捷的航道，摸清了路数。执行科普项目的几个人，这一天在冰上作业十几个小时，到夜里 12 点才回到中山站，曲总也一直等到中山站报告他们返回了，才安心睡觉。

王建忠船长带领船员开始"雪龙"船冰上掉头作业。在狭窄的冰水道里，160 多米身长的"雪龙"船，靠反复前进、倒退，把周围坚硬的冰面冲开船体

2 倍的碎冰区。自早 8 点开始，至晚 7 点，才完成了冰区掉头，为"雪龙"船冲出冰区，开辟了道路。

中央电视台记者任文杰反映，新华社记者徐砺未经队上的新闻审查和批准，抢发内陆雪地车陷入冰裂隙新闻，造成新华社独家报道局面，导致中央电视台领导严厉批评了两位随队的记者，建议今后应坚持考察队新闻发布审查制度。事件发生之后，徐砺已向王建国主任和曲总表达了歉意，中央电视台两记者住在"雪龙"船，未随内陆队到事发现场，未能同时报道。但第一次同记者座谈时已经强调，要讲大局、守纪律，这并不是隐瞒什么，而是力求新闻报道内容的准确、统一、协调。从任文杰找曲谈的内容看，他们作为中央电视台派出的随队记者，感到压力很大。为此，王建国主任再找徐砺提醒此事，并通过中山站张北辰站长提醒内陆队随队的海洋报记者高悦，重大事件发生的新闻稿，必须先报考察队，经审查后，由王建国主任负责发海洋报，同时提交新华社、中央电视台记者共享，考察队方面有什么重大事件，新闻报道稿也由王建国主任负责向海洋报提供稿件。保持对外宣传口径的统一和同步，勿造成误导和混乱。曲总也向综合队、大洋队、中山站越冬队和"雪龙"船提出了要求，未经批准，任何队员不得利用电话、邮件、短信等，向外发布考察队重大事件信息。

"世界末日"与"创世纪"

12 月 20 日早晨，海天一色，天海相连，天上飘着悠悠云朵，海面上漂着座座冰山。气象预报员王晶每天早晨都要按时起来观测天气，欣赏到了别的队员在睡梦中无法欣赏的美妙景色。有人预言明天就是世界末日了，而她感觉在"雪龙"方舟上，迎来一个新世界的开始。曲总在她的脸上看到乐观、开朗、清纯的笑容。

这是一种审美的大愉悦，人的愉悦能够感染人，人的美丽可以美化环境，可以陶冶人的心境，美丽是人类的公共财富，就像天上的云霞和地上的鲜花。

邪教分子预言 2012 年 12 月 21 日是世界末日，可这一天天气却是祥云飘冉，冰山如玉。

许多队员到船舱甲板拍摄冰山，有的还拍到了随船而行的鲸鱼，悠闲冰上的企鹅，低空盘旋的海鸟，低垂浪间的云朵。

谁都不相信"世界末日"的鬼话，英雄们高唱着"向前向前向前，我们的队伍向太阳"的军歌。"末日"成了早饭的笑料。曲总来到甲板上，拍了几张海面上漂浮的冰山和空中翱翔的信天翁的照片，留作所谓"世界末日"的记忆。

"末日"这一天是北半球二十四节气中的冬至，是白天最短的一天，也是数九第一天，而在南半球正好是夏至，白天最长的一天。近一个月来都是白天，没有黑夜。北京却下了一场大雪，最低气温降到了零下15~16度，而南极浮冰区外的大洋上，白天最高气温在1~2度，真的是全球气候变暖了。厨房还是按照北半球的习惯，给大家煮了饺子，说是冬至吃饺子不会冻坏耳朵（饺子的形状像耳朵），而且要吃双数。中国人真有想象力！

因为21日是"世界末日"，大家就称22日是新世纪的"元旦"。清晨的阳光通明耀眼，早餐丰盛得令人惊讶：有白粥、玉米碴粥、油条、豆沙包、花卷、烧卖，还有光明乳业赞助的牛奶，吃起来比正餐更有胃口，也是庆祝"创世纪"的吉日。

天开始阴沉，时而飘上一阵雪花，天空中的云层偶尔出现一块块天窗，从天窗中透下来一束束光线。远处黑压压的云层下，出现门帘一样的"雨幕"，云的层次、颜色瞬息万变。海面上奇形怪状的冰山飘飘游游，有的像一个平台，有的被海水和风雕琢，像一些动物匍匐爬卧。在海面，不同的人从不同的角度看，感觉各不相同。考察队员都带了相机，早晚在甲板上拍拍日出日落、冰山、云朵、海鸟，和日月同辉的景色，这也成了大家的一大文化活动。曲总又拍下了一些云和冰山的照片，留待日后细细欣赏。

好日子连成一片，12月24日是圣诞"平安夜"，下午3时，大家齐集餐厅包饺子。这是大家联欢的机会，俏皮话像"对口词"一样你说我接，掉不到地下去。大家都露出家中"劳动局长"的本色，剁馅、和面、切葱、剥蒜，餐厅内人头攒动，各显其能，擀皮儿的擀皮儿，包的包，有些在家里从不做饭的年轻队员，也边学边干，厨房还准备了四种凉菜，外加红酒、啤酒和果珍饮料。好吃不过饺子，尽管是洋节，也过得像中国节一样。船上的酒吧晚 7 至 11 点也第一次免费开放，队员就又前去小酌一番，潇洒一回。

12 月 28 日，收到极地办秦为稼副主任签发的新年贺电：恭贺 29 队同志新年立功，健康快乐！

根据中央电视台随队记者任文杰、戈晓威的要求，晚饭后组织所有不在值班岗位的考察队员，在"雪龙"船三层甲板集中，配合录制中央电视台将于 31 日晚上《启航 2013》迎新年晚会开始前播出的新年晚会视频素材。包括采访"雪龙"船船长王建忠和曲总，谈感受。其中问到为什么"雪龙"船不在长城站、不在中山站，而来到罗斯海地区时，曲总答道："罗斯海地区是第 29 次南极考察队承担的南极新建站选址四个预选区域之一，也是'雪龙'船历史上到达的最南纬度地区。伴随 2013 年的到来，我国的基地科学考察事业将开启新的航程，祖国的明天一定会更美好。"随后，考察队员列队齐唱歌曲《我相信》：

> 我相信我就是我，
>
> 我相信明天，
>
> 我相信青春没有地平线……
>
> 我相信我就是我，
>
> 我相信希望，
>
> 我相信伸手就能碰到天……
>
> 在日落的海边、在热闹的大街，
>
> 都是我心中最美的乐园。

舱外刮着 5~6 级风，大家身着红色考察服，精神饱满，热情高涨。戈晓威用摄像机扫过每个队员的脸庞，留下了新年前的美好影像。船头的旗杆上，飘扬着第 29 次南极考察队的队旗，五层甲板平台的栏杆上，挂出了"祝祖国人民新年好！这是来自地球最南端的考察队员们，对祖国人民的新年祝福"的标语。

新的南极考察站选址工作关键时刻到来了：12 月 30 日 9 时，"雪龙"船抵达罗斯海新建站预选区域，南纬 74 度 59.142 分，东经 164 度 02.310 分。由于没有近岸区域的海图，水深情况不详，因此船停在了距岸 6 海里处。

9 时 50 分，直升机从"雪龙"船起飞，盘旋一周后降落。曲总、王建国、张体军、吴文会、惠凤鸣、机械师吴利军即开始地貌勘测工作。李院生同李春雷、任文杰、戈晓威、徐硇三位记者，乘第二架直升机随后抵达，在一块大石前，拍下了"中国南极新建站选址纪念"合影照片。横幅是吴文会在国内事先做好的。勘测时意外发现曾有人到此勘测过的痕迹——发现两处地面留下了用红油漆涂成的红十字，两个小木桩和两根钢管，两根钢管正好在合影时撑起横幅。

此时此刻，自信的中国人，不再理睬什么标记，而只随曲作歌，将捡到的钢管撑起横幅！

这里的地形，像一把面向海洋的太师椅，亦像一个簸箕形状。对着海洋的尽头，是一道山梁，山顶覆盖着冰雪，似是长年不化。左面是无垠的冰架，右面是一道山脊，中间地带是一个冲积平原。从空中看很平坦，但到了地面，发现有大大小小的碎石。山脚到左面的冰架下，发现有三个大小不一、由小到大的淡水湖，湖中心有未融的浮冰，亲口尝尝，确信是香甜淡水，如在此建站，是一个重要条件。一路走到海边，发现海岸线较为平直，海水中游动着一群群企鹅。在一个登陆点上，阿德雷企鹅分批跳上岸来，迎接外来客人，在离人很近的距离摇着翅膀打招呼。黑白分明，羽毛油亮油亮，活泼可爱，憨态可掬。在右面的山上发现，山梁下的海滩是一个企鹅栖息地，有着数以千计的企鹅，企鹅的粪便，把整个海滩涂成了红色，难怪从卫星影像图上，看这片海滩呈绛红色呢！

岸前的海上，已见不到一块浮冰，一座孤零零的冰山，晶明闪亮，2 月份的卫星影像图上，就已发现这座冰山。距离岸边 3 海里以外，水深都在 200 米等深线上。靠近岸边的区域，缺少测量数据，但据船上放下来的黄河艇测量，近岸区域水深，可达 30 米以上。该地区地形决定，以南到西南风为主，船舶靠泊应该安全。

转眼已过中午，靠铱星电话联系，"雪龙"船放下黄河艇，送来了饮料和食品，下午飞机又飞了几个架次，把选址所需的全地形车、水泥、沙子和其他装备、工具运到预选之地。曲总、王建国、张体军随下午飞来的第一个架次返回船上，李院生乘黄河艇返回。这为了防止万一，考察队的主要领导人，不能放在一起。3 位记者留下来继续拍素材，直到晚饭时才返回船上。徐硇的相机卡都拍满了，后悔事先没把卡清空。

晚 10 点多，队员返回船上。由于不了解当地晚气象情况，不敢轻易宿营。当天的成果，是将自动气象观测塔树了起来，对大气本底进行了采样，进一步扩大了地质勘测的范围，考察了三个淡水湖的初步情况，选择了宿营地和直升机起降平台和黄河艇登岸地点，将选址所需的物资装备吊运至选址地。几位队员回来时，厨房早已准备了煮好的饺子和热菜，中午和晚上都是靠饼干和水凑合，携带的煤气炉无法点火，想泡泡方便面，没有热水也不行。还是回船过个年吧！

真正的"年味儿"是祖国既像兄长又像首长的关怀：12 月 31 日，极地办"看家"的秦为稼副书记又来了电话，转达了海洋局刘局长、陈局长问候和指示。

12 月 31 日晚上，安排迎新年聚餐：一、迎接新年的到来；二、预祝新建站选址工作顺利开展；三、为近日过生日的队员祝贺生日。其中汤敬东医生的生日，就是元旦；中山站越冬队员王多民是 12 月 21 日生日，陈明剑的生日是 1 月 12 日，提前过。

晚餐丰盛，7 时 30 分，在船上多功能厅，几天来文体组精心准备的迎新年联欢晚会拉开了帷幕。曲总首先传达了刘赐贵局长、陈连增副局长所做的批示和陈副局长、国家海洋局极地考察办公室、中国极地研究中心、国家海洋局第一、第二、第三海洋研究所、中科院海洋研究所、黑龙江测绘地理信息局、武汉大学南极测绘中心、上海海洋大学等发来的新年贺电。

联欢晚会正式开始，闫涵和刘萧主持，卡拉 OK 歌曲演唱《你是我心内的一首歌》《故乡的云》《北国之春》《青花瓷》，小品《南游记》《"雪龙"好声音》，游戏"企鹅蹲""COPY不走样"，三句半《最牛29次队》，水手吴林的口琴演奏《啊，朋友再见》，曲总应大家要求唱了一首《我的中国心》，最后是大洋队的大合唱《歌唱祖国》。联欢晚会期间还举行了抽奖活动，分为纪念奖、三等奖、二等奖、一等奖和特别奖。为了照顾长城站、中山站和昆仑战队的队员，为他们专设了抽奖箱，确保每个奖项他们都有中奖机会。最后抽取的特等奖，中奖者是"雪龙"船船员何金海，他在小品《"雪龙"好声音》中有精彩的表演，去年在28次抽奖活动中，他也是中了特等奖。据王建忠船长介绍，小何家境很苦，靠勤工俭学完成了大学学业，今年参加第5次北极科学考察前，家里遭遇大水，住房被冲垮，他仅用3天时间，就把家中父母安顿好，投入到第五次北极考察中。中特等奖也是天道酬勤，天道助贫。小伙子的分毫之得，不但是物质鼓励，更重要的是提振他战胜困难的信心。

午夜零时，曲总、李院生、王建国、王建忠来到了酒吧，同青年战友共同迎接新年的钟声，掀起又一次欢乐的高潮。是夜无眠，在南大洋熹微的白夜。2012年过去了，"世界末日"的谎言过去了，"创世纪"的舞步在"雪龙"号踏响。

12月30日安装的自动气象站，已经进入正常工作状态，将成为选址工作的一个标志性纪念物。第28次中山站越冬队员陈猛书写了选址标牌，毛笔字很有功底。水手长唐飞翔精心制作了一块纪念匾牌，将书法内容刻在上面，第一行书"12.30"南极新站选址；第二行书选址地经纬度74°59′S，163°42′E；第三行书中国第29次南极考察队。刻字涂红，再刷清漆，为匾牌做一个支架，在选址地埋设。

在"世界末日"歌舞联欢，在"创世纪"的激情里开展新站选址，正是在创建南极科考新的世纪！

周游列国

元月 3 日午后，直升机将在选址地工作的张体军、李春雷接回，1 点随曲总和李院生、王建国、徐硇、任文杰、戈晓威前往附近的韩国新建考察站访问。机长刘新全、吴从营驾机，机械师姚震一同前往。直升机在韩国 ARAON 号破冰船飞行甲板降落，韩国基地研究所原所长金礼东博士和船长，已经在飞行甲板上等候。一行在金礼东和船长陪同下，入船上小会议室。曲总将考察队纪念旗和一套瓷质餐具送给韩国考察队留作纪念。韩国船长陪同参观船上驾驶台，介绍了船的有关情况。由于建站，韩国还租用了一艘荷兰货船，运送了 2 万立方米的建筑材料，这条 1.5 万吨的货轮停靠在韩国破冰船旁边。

金礼东和中国同行一同乘直升机飞抵韩国新建站考察，从直升机往下看，可看到大片的建筑用材、集装箱和建工机械设备，地面同我们选址地的地质情况大体相同。

正建设施工中，唯一成型的建筑设施，是一排排建筑施工人员的集装箱式宿舍，和集装箱护接搭建成的餐厅。韩国新建站区面积约 12 万平方米，建筑面积约 4000 平方米，投资约 1 亿美元。选择这一地区建站，是考虑这里下降风较小，还计划在站区建设可供大型飞机起降的跑道。

韩国新建站南面 200 米左右，是德国的一个夏季考察站，每两到三年才会有人来此进行考察活动。再向南 5 千米处，是意大利考察站。再向南 350 千米，就是美国的麦克默多站——南极地区规模最大的考察站。韩国新建站离我新建站选址地大约 30 千米，岸外还有较厚的海冰，我们选址地岸边已经看不到一点浮冰。韩国新建站的下降风要比我们差 2~3 级，但站区附近没有淡水湖，所用淡水全部采取海水淡化方式解决。

韩国船的主要补给地是新西兰的克莱斯特彻奇（基督城），还可乘大力神运输机飞抵美国麦克默多站，转固定翼飞机飞至意大利站的冰上机场，再乘直升机到达站区。紧急情况下的人员救援通道，是直升机直送麦克默多站，然后飞新西兰克莱斯特彻奇。这与韩美关系、韩新关系的友好分不开。曲总认为，今后我们如在该地区建立考察站，这一空中通道资源也可争取利用。这似在说明，人到了南极，思考问题的方法会有很大变化，"地球村"的概念会自然形成——这是适者生存的法则。

元月 4 日早晨，天光朗朗，直升机接上曲总、李院生副领队一行，访问韩国站的原班人员，飞往意大利站。

到达意大利马里奥·祖切利站上空，看到的站区规模令人震撼：光直升机起降用平台就有 4 个，码头上竖着固定吊车，站区建筑以集装箱拼接方式为主。为防大风，均采用高架结构，站上的机械车辆有几十辆，直升机三架，还有放在岸边移动架上的小艇。

意大利站负责人阿尔伯特在停机坪旁等候，引领客人来到控制指挥中心小会议室，同考察站运行指挥布鲁诺先生和后勤设施管理人里卡多先生以及女行政秘书见面。

据布鲁诺介绍，今年是意大利开展南极考察第 28 年，比中国晚一年。这个站建成于 20 多年前，最早只有一栋小木屋（现在已经成了一个历史遗迹，屋子里面的墙壁、顶棚上写满了到访者的签名，曲总等离开前也留下了签名）。站上最多可容纳 108 人，这是前往与法国共建的冰穹 C 站的中转基地。该站一年的运行保障经费约为 1600 万欧元。冰上机场可供运输飞机起降，每年 10 月底到 11 月初期间，都可以采用此方式运送人员到站，再用固定翼飞机通过美国麦克默多站运往内陆站，直升机是租用新西兰的，每年要租用 4 架供站上使用。现在站上有 80 多名考察人员，2 月底前撤离，许多观测项目以自动控制方式进行。

曲总代表考察队表达了谢意，送上考察队纪念旗和一套中式餐具，该站站长送了一枚站上的纪念牌给他们。他们成了该站建成以来第一个来自中国的代表团，徐硐也自然成为到达意大利站的第一位中国女性。

他们详细参观了站区的各项建筑设施，飞行控制指挥中心，发电机房，通讯机房，医务室，实验室，计算机房，库房，维修设备车间，堆料场，码头和水处理设施。站上每天可淡化海水 14 立方米，相当于"雪龙"船一天的海水淡化量。

这里冬季风最大可达 100 多节。海冰情况今年属于较轻的年头。阿尔伯特站长还送几张当地的地质测绘图给曲总，对于我们了解这一地区的情况和新建站具有很好的参考价值。曲总邀请他们来"雪龙"船访问，但他们的飞机没有配装水上应急降落的浮筒，不允许在开阔水域上空飞行，因而约定，如翌日天气允许，就派直升机来接他们。

这样的待客心情可以称赞。在南极，这如我们同邻村乡亲碰到了一起。因为那里是谁也离不开谁的环境，人情来往，已经成为生命的保障体系！

次日晚 7 点，直升机接来了意大利朋友：意大利站站长、指挥作业负责人、气象预报员、科考负责人等 5 人抵达"雪龙"船。曲总和李院生、王建国、王建忠、李春雷还有 3 位记者徐砲、任文杰、戈晓威在飞行甲板迎接。向他们介绍了我国开展南极考察的简要历程、"雪龙"船基本情况，参观了 2 层考察队餐厅。在贵宾厅落座后，曲总致辞欢迎访问"雪龙"船的第一批意大利客人，希望今后加强交流，彼此成为好邻居和好伙伴，揭开双方极地考察合作交流的序幕。

来到船上的奥罗拉（极光之意）酒吧饮酒、交谈，共祝新年快乐。预报员王晶帮助接待，并同意大利站的气象预报员进行了交流。在"雪龙"船邮局，向客人赠送了由曲总和李院生、王建忠签名的纪念封，并将他们寄发的纪念封带回国内寄至意大利，几位客人感到意外的惊喜，因为他们中有集邮爱好者。来到"雪龙"船的驾驶台，他们被宽敞的驾驶室和驾驶、通讯装备震惊了，因为驾驶室比意大利站的飞行指挥中心面积还要大两倍，而且装备先进，视野开阔，通讯指挥能力很强。

在气象预报室，客人们听取了闫涵、王晶关于气象预报情况的介绍和接收的各类气象预报信息，同时留下了意大利气象预报网站信息，可以从中查阅有关的气象资料。

你来我往，你唱我和，互相羡慕，互尊互敬，有几分远亲的味道。人从相识到相知，需要时间与接触，而终于处成近亲的时日，便是南极合作精神的实现。

元月 17 日下午 3 时，在"雪龙"号多功能厅召开全体考察队员大会，报告了一个到澳大利亚参观访问的喜讯。就"雪龙"船停靠，王建忠船长详细介绍了澳大利亚靠港办理海关、边检手续的有关情况和要求。曲总向大家讲道，我驻澳大利亚使馆大使将专程前来看望，霍巴特政府和塔斯马尼亚州政府及当地极地网络协会的高度重视和热情安排，出席各项活动需注意的着装和礼仪要求。

元月 19 日下午 1 时 30 分，70 余名中国客人分乘大轿车和中型轿车，前往霍巴特市区动物栖息地游览。

这里像一个小型动物园，却大多是一些伤病动物，受到饲养员们的照料。一旦康复，将放回大自然。队员们看到了澳大利亚特有的动物袋鼠、考拉。还有一种澳大利亚特有动物袋熊，意思是魔鬼熊，源于它长相丑陋、叫声恐怖，但实际上它是一种温顺的动物。最近发现，有一种类似癌症的病毒在袋熊中传播，无法治愈，持续下去，出不了 10 年，这种动物将会灭绝。病毒只会在这种动物中传播，不会传播给其他动物和人类。在饲养员的引导下，队员们还可以给袋鼠直接喂食，拍照。这里的考拉憨态可掬，没有天敌，每天可睡眠 20 小时，这也许同它的食物——桉树叶有关，当地有 60 多种桉树，考拉只吃三种桉树的嫩叶，而安眠药的主要成分便是从桉树叶中提取，因此考拉多眠也就不足为奇。考拉的意思是"没有水"，它之所以吃桉树的嫩叶，是因为桉叶含有较多水分。

晚上，在码头附近的一家四星级宾馆晚宴，曲总和李院生、王建国、张体军、吴依林领事、李春雷应邀参加，TPN 的主席、副主席、财务总监还有塔斯马尼亚州政府负责培育南极产业的克瑞斯女士参加。席间，对方表达了对考察队暨"雪龙"船到达霍巴特的热烈欢迎，希望客人将霍巴特作为前往南极的基地，表示愿为考察队和"雪龙"船在霍巴特停靠期间，提供一切可能的便利和服务。

结束晚宴返船，已经 11 点多钟，王建忠船长受曲总委托，正召开新到船上的 19 名队员的会议。曲总对新队员表示了欢迎，向大家介绍了"雪龙"船在霍巴特停靠期间的主要活动安排和注意事项。

　　元月 20 日上午，应邀到澳大利亚南极局参加双方非正式交流，曲总代表第 29 次南极考察队，并以极地考察办公室主任名义致辞，李院生副领队、张体军领队助理作交流发言，介绍了我国开展极地科学考察的总体情况和开展昆仑站深冰芯钻探研究工作情况，以及未来科学考察研究的主要方向，张体军介绍了我国开展极地科学考察后勤支撑保障情况、新建极地科学考察破冰船情况、新购置固定翼飞机和未来计划建设南极机场跑道计划等。对方负责后勤保障的副局长、首席科学家、战略政策负责人、科学研究负责人、环境保护负责人等相继发言，介绍了澳大利亚开展南极考察的相关情况。中午，自助午餐，参观了澳大利亚南极局。弗莱明局长、战略政策部门负责人杰克森向曲总和张体军了解了中国在南极新建站计划，希望同我们商讨双方具体合作，曲总表示只能代表第 29 次南极考察队，交流只局限在信息沟通层面，他们对此表示理解。

　　下午 2 点回"雪龙"船，正赶上中山站越冬队员和提前离队人员 19 人乘车离开"雪龙"船前往机场，和大家握手道别。看得出，这些队员既有对考察队的不舍，又有归心似箭的复杂心情。

　　3 点，我驻澳大利亚使馆陈育明大使、夫人白晓梅参赞、科技参赞徐捷来船参观看望，曲总对大使一行专程看望表示衷心感谢，向使馆和大使等赠送了"雪龙"船模型、纪念队旗等礼物，请大使在留言簿上留言。大使的留言是："雪龙傲冰"。随后，大使一行参观了"雪龙"船，带来了使馆定制的红酒。大使一行同考察队员在船前合影留念，其情殷殷。

　　下午 5 点，50 名考察队员代表应邀出席澳大利亚塔斯马尼亚州、霍巴特市政府、TPN 组织、澳大利亚南极局举办的联合欢迎招待会。澳大利亚塔斯马尼亚经济发展部长、霍巴特市长、常任副市长、澳大利亚南极局局长、TPN 主席、副主席、陈育明大使及夫人白晓梅参赞、徐捷参赞等出席。当地华人社团组织的华人代表也参加了招待会。霍巴特市长致欢迎词，塔斯马尼亚州经济发展部部长致辞，并向考察队赠送了塔斯马尼亚最近刚刚开始出口中国的当地产樱桃 30 公斤。曲总代表考察队答谢，同时感谢陈育明大使一行专程前来看望考察队员并出席招待会，祝福大家新年快乐，身体健康家庭幸福。考察队向市长赠送了"雪龙"船模型、纪念队旗,向塔斯马尼亚州经济发展部部长赠送了考察队纪念队旗。霍巴特市长也向考察队赠送了礼物,大家在热烈的气氛中进行了交谈。

晚6点,中国客人告退,到霍巴特当地最好的中餐馆美华楼宴请陈育明大使一行。曲总、李院生、王建国、王建忠、高金耀、张体军、李春雷出席,气象预报员王晶专门陪同大使夫人、徐捷参赞、吴依林领事一同参加。因为是一些家常菜,大家吃得很对口味,也感到这家中餐馆的饭菜确实正宗。席间,大使和夫人了解了极地考察的许多情况,对极地的特殊环境、气候变化等提出很多问题。大使认为,此行确实对极地考察工作有了更多的了解,表示使馆今后还会一如既往地关心、支持我国的南极考察工作。

对中国的南极考察来说,澳大利亚起着不可代替的重要作用,所以考察队在澳大利亚的外交、技术交流、后勤供应等等活动丰富多彩。元月21日上午,澳大利亚南极局的职员及有关朋友、华人社区代表等30多人上船参观,所有参观者对"雪龙"船都赞不绝口,对船上午餐,也吃得津津有味。华人朋友更是激动万分,希望为国家的南极考察队效力。

下午1点,澳大利亚联邦环境资源部常务次长来船参观,曲总同李院生、王建忠、王建国、张体军出面接待。澳大利亚也在计划建造新的极地考察破冰船,此次次长专程从堪培拉赶来,主要任务之一就是考察"雪龙"船。因此,澳大利亚南极局专门提出安排其参观的请求,我方满足对方的要求。

在澳大利亚南极局局长的建议和引荐下,与澳大利亚南极局安排的晚宴前,同在晚宴地点的澳大利亚绿党主席办公室,与绿党主席进行了非正式短暂会面。绿党的政治主张——可持续发展、环保、和平、非暴力,认为应该重视和加强南极的环境保护。希望中澳之间,加强极地考察研究与环境保护合作。曲总表示:个人赞赏绿党的政治主张,在极地考察方面,中国国家海洋局极地考察办,同澳大利亚南极局之间,长期以来一直保持密切的合作关系,也非常关心南极环境的保护工作。但这不是一个国家或几个国家能做到的事情、需要大家共同合作,采取一致行动来实现。得悉主席女士正在准备访华,曲总预祝她访问成功。

晚上，出席了澳大利亚南极局举行的晚宴，塔斯马尼亚州州长 Lara 女士、霍巴特市市长、联邦教育科技部常务次长、澳大利亚南极局长、塔斯马尼亚州经济发展部副部长、TPN 主席出席。塔斯马尼亚大学知名教授、负责当地码头、机场事务的负责人等，也出席了宴会。曲总、李院士副领队、王建国主任、张体军领队助理、王硕仁副政委（代表船长）、李春雷副队长应邀出席。席间，中方向州长女士赠送了她去年率团访问中国，到国家海洋局访问时的合影照片、"雪龙"船模型，考察队纪念旗。向霍巴特市长赠送了一套中式餐具，还向出席宴请的其他人员赠送了礼物。晚宴在热烈的气氛中结束，澳大利亚方面纷纷预祝考察队后续任务顺利成功，期望我船今后能常来霍巴特停留。

举重若轻，驾轻就熟的外交礼仪，严谨的分寸，优雅的举止，深入的沟通，便是具有政治素养、行为科学风格的曲总。在澳方人士的眼中，总领队也许就是中方南极政策、南极战略的代言人。

一条"冰芯"在玉壶

古诗所云"一片冰心在玉壶"之"冰心"，是指清莹圣洁之人心，而"玉壶"更指博大澄明之胸怀。我所写的"冰芯"，是指南极考察队内陆队，为科研而钻取的冰芯，这芯儿不论"片"，按其形状应该论"条"。因冰芯钻取于晶亮冰盖之中，美而喻之"玉盖"，也非牵强。

因为祖上出过圣贤殷微子，殷氏家族中也就有了不少文人。除殷宪恩叔父为我探访南极欣喜赋诗外，那与我常伴京胡的同村本家"江北名琴"殷家鸿也情至诗来，写下一首《冰山赋》：

> 但知素霞暗香凝，定是千年造化升。
> 冰心玉壶烹一片，仙开鸾镜对三凌。
> 苦心化雨能为海，刻意争光愿作冰。

世外珍奇得何易？云崖断处有天赠。

第 29 次队此次探极，钻取冰芯而究亿万年冰雪沉积层成因，是关键任务。殷家鸿认为，那仙境中的冰芯属于天赠。元月 13 日，李元盛副领队接到内陆昆仑站崔鹏惠副队长电话，报告内陆队工作进展情况。据中山站报来的同内陆队的通话记录得悉，昆仑站科考项目已全面展开，钻取冰芯的钻架已经竖起，雪坑采样也已进行，冰雷达设备测试距离达到 60 千米，完成了 10 个点位的测绘，天文望远镜也进行了调试。昆仑站当地温度是零下 34.7 度，风速只有 1~2 米 / 秒。队员已基本适应了高寒、缺氧的环境。两天之后又接到昆仑站报告，至 14 日晚，已采集 10 米冰芯；冰雷达外出测试 90 千米，人员设备情况正常。

李院生副领队和王建忠船长也告知，内陆队电话报告，第一个冰芯钻取成功，昆仑队提出计划于 24 日撤离昆仑站。晚上 12：40，接到孙波站长从昆仑站打来的电话，科考工作取得许多新进展，按计划 24 日撤离昆仑站，特此请示。曲总祝贺昆仑队取得的成果，同意昆仑队按计划撤离，希望返回途中务必注意安全。

钻出 10 米冰芯是一个巨大的成功，自此便可十而百，百而千地钻探下去，钻透冰盖，全船全站全队皆大欢喜！

面对着捷报，联想起内陆队的艰辛，高寒、缺氧、风雪、饥寒，张禄禄的诗文表现出战斗的悲壮。经历了内陆 58 天狂风暴雪的洗礼，25 位内陆兄弟精诚团结、奋勇拼搏的精神，深深感动了他。想起了毛主席的《七律·长征》，"红军不怕远征难"。仿造出一首《七律·昆仑》献给 29 次南极科考队昆仑站队的 25 位好兄弟：

> 陆队不怕远征难，
> 冰封雪掩只等闲。
> 裂隙坎坷可陷车，
> "鬼见愁"里胆未寒。

冰芯房内设备全，

天文仓前观九天。

更喜"昆仑"万丈雪，

英雄归来笑开颜。

关于冰芯钻探之细节末梢，有华章详叙，标题醒目：

29次队深冰芯科学钻探项目回顾

中国第29次南极科学考察队昆仑站队在昆仑站实施的一项重要科学考察任务，是中国南极深冰芯科学钻探工程。本年度任务是在去年先导孔施工的基础上，安装钻机，测试初始孔内参数。深冰芯钻探小组，由来自中国极地研究中心的史贵涛、姚旭，来自吉林大学的张楠、范晓鹏、胡正毅，和来自中国科学院寒旱所的李传金组成。

2013年1月21日，长达3.83米的第一支深冰芯从冰芯筒完整地取出，中国深冰芯钻探项目宣告正式开始。

回顾此次内陆科考深冰芯钻探项目，为了安装深冰钻塔架，完成长3米、宽0.6米、深近10米的冰槽的挖掘工作，队员们忍受着零下60度的极寒气温，仅用了4天时间。完整的塔架由几十个部件和几百颗螺丝组成，队员们必须只戴线手套，完成烦琐的连接和安装，几分钟手就被冻僵。大家同心协力地将这一庞然大物屹立在寒冷的冰芯场地里。塔架安装完成后，再下到冰槽安装钻孔液回流槽和孔口装置，再体验呵气成冰，常人难以忍受的寒苦。通过连夜加班，完成了重达2.5吨的绞车安装固定，和4000米铠装电缆的盘绕工作。同时，将整套冰钻系统的控制系统，各单元进行了组装和多次联机调试。

整套深冰钻系统，最重要的部分就是钻机。在安装调试过程中，遇到很多棘手的技术问题，通过逐步排查、分析、调试，解决了所有问题，排除了安全运行的所有隐患，保证了钻机处于最佳工作状态。经过多次起钻、下钻测试、无钻孔液钻进测试，获取初始钻机及钻进参数，将400升钻孔液灌入深达122

米的深冰芯钻探工程先导孔中。

元月 23 日，曲总的日记有了心事："收到中山站、昆仑站发来的一周情况报告，但缺少长城站报告。两站工作有序，考察工作进展顺利，昆仑站已开始撤离准备……"

下午，又收到昆仑队高悦发来的新闻稿，介绍昆仑队开启深冰芯钻探工程第一钻信息，统一文字后，请王建国主任将新闻稿同时传发《人民日报》《中国海洋报》。

由于霍巴特时间比中山站时间早 6 个小时，因此船在驶往中山站的途中，要不停地调整时间，晚上船钟就开始向后拨慢 1 小时，以后的几天里将逐渐调整，最终使船上时间与中山站的时间相同。

根据气象预报，明天受气旋前部锋面影响，风和涌浪都将较大，根据现在"雪龙"船 15 节的船速，后天可达南纬 60 度以南的浮冰区。这预示着，"雪龙"船很快将脱离西风带大风浪。

将卸运物资和选择站址与科学考察相比，前者只是生叶开花，后者才是金秋结果。冰芯的钻取已见成果，马上要到达普利兹湾，大洋队将进行调查作业，为此大洋队制定了具体的考察路线、点位计划。王建忠船长看过计划后，认为还需要进一步细化实施方案，明确各点位开展的调查项目，需要动用的仪器设备以及"雪龙"船的航速要求等，还需要根据天气情况，做出必要的调整。这次大洋调查范围广，项目多，时间长。过去每次十几个人，搞个 10 天左右。这次 40 多人，要进行 25 天的调查作业，没有周密的计划不行。同时，调查过程中人员与设备的安全问题，也必须高度重视。

大洋队人多势众，对南大洋的调查，包罗万象：测风、测海、测气象、天象，生物调查亦在其中。《极地之声》报上，大洋队撰写的一篇《话说磷虾资源调查》，读来很长见识：

……磷虾资源评估目的不是抓虾，而是为了让磷虾不被"瞎抓"，要科学捞，通俗地说就是为了子孙后代都有磷虾吃，子子孙孙无穷尽，也叫可持续利用。以铜为镜可正衣冠，以史为镜可鉴得失，国内近海渔业给我们太多的教训，盲目发展，疯狂捕捞，造成资源的衰竭。因此，在 2009 年中国南极磷虾商业探捕踏上这片圣洁之地的时候，国际一片声讨反对之声。但我们以事实告诉他们，我们是秉持和平开发利用南极的理念来的，我们不仅严格履行《南极生物资源养护公约》，而且为南极磷虾资源量评估、允许捕捞量控制、磷虾渔业管理等提供可靠的科学数据。正是一个负责任大国的行为。

本航次共展开磷虾拖网调查站点 13 个，其中罗斯海调查站位 1 个，是我国有史以来首次在该海域进行磷虾拖网采样，捕获磷虾数百尾，随航采集磷虾资源影像数据 221G；高速采集器样品 160 个，普里兹湾浮游生物垂直网网样60 个，分层拖网样品 55 个；水样 246 个、沉积物样品 28 份、底栖动植物样品42 份、涂布包括南极磷虾共生菌在内的微生物选择性分离平板 268 个、获得微生物菌株 220 余株。

由于历史资料的不足和磷虾群分布季节变化，计划预设站点不够合理，调查组根据影像以及现场观察，临时调整站位，捕获磷虾量逐渐增多，最后一次捕获磷虾 2200 克，除去样品外，提供了 1 公斤左右的鲜虾供大家品尝。我们的工作，功在当代，利在千秋。

据中山站报告，昆仑队已撤回 170 千米。冰雷达进行了 100 千米范围的勘测，其余人员就地休整，已经到达海拔 3700 米的地方。在高寒缺氧的环境下，海拔高度的下降，意味着生存环境的改善。中山站熊猫码头 200 米以外，5 ~ 8千米以内的海域为大面积开阔水域，有零散的冰山，大的冰山尺度达 60 米，在连日东风的作用下，码头东部存在 15 座冰山，近岸 200 米范围内，存在大量浮冰和约 40 座大小不一的冰山。其中较大的冰山高约 4 米，长约 20 米。在这种情况下，小艇和驳船无法在浮冰区接近岸边，这无疑对中山站第二次卸货带来极大困难。因为一些重达几十吨的重型机械设备，只有依靠驳船运抵岸边，才能卸运到站。希望能出现较强的西南风，把浮冰从岸边吹散。

　　元月 29 日，收到中山站发来同昆仑队联系的报告，冰雷达测试 30 千米。并抓紧休整时间，进行了较大范围的冰雷达测试工作。

　　中山站张北辰站长发来电子邮件，告知中山站编辑了站上刊物《南极之光》，丰富队员生活。内容包括：中山工作、生活故事、队员介绍、科普知识、散文随笔等，宗旨是健康积极向上，请示考察队是否合适。曲总那时还未看到这张报纸，但立即支持了这一新生事物。队员们在站上工作生活一年多，有这样一个平台和载体，记载大家工作生活的点点滴滴，丰富大家的文化生活是很有必要的。

　　元月 30 日，中山站发来的通话记录显示，昆仑队已回撤 353 千米，最好在春节前能够返回中山站，和大家团聚过年。

　　真是"修路者路宽"，总领队批准编印的《极地之声》报，登载了一批人文动态、科考信息。内陆队赵杰臣撰写了一篇意趣盎然的《Inexpressible 岛动植物调查》，意趣盎然：

　　陆域工作组对 Inexpressible 岛的动植物情况进行了实地调研。2013 年 1 月 1 日，步行路程 9.3 公里，用时 5 小时 30 分。1 月 2 日对小岛的南部进行了考察，步行路程 7.2 公里，用时 4 小时。

　　Inexpressible 岛上的动物主要有阿德雷企鹅、南极贼鸥、威德尔海豹。和中山站的情况不同，这里的沿岸，基本没有固定冰覆盖，在岸边，成群的阿德雷企鹅在水里游过。在宿营地周围也可以看到零零散散的企鹅，他们保持着阿德雷企鹅的天性，可爱好奇不怕人，话多，腿快好热闹。

　　在宿营地北偏东方向大约 1.5 公里外的海湾里，有一个大规模的企鹅栖息地。据测算，大约生活着 22400 只企鹅，幼崽约占成鹅数量的 30%，呈长条带状分布，在带状的总体分布之中，还呈现小的圆形群落分布，每个群落的数量在 200~300 只左右。该企鹅群落南北长 1000 米，东西宽 500 米，面积 0.5 平方公里。

　　企鹅栖息地周围，伴随贼鸥分布，经现场勘查，约有 30 对左右的成年南极贼鸥，幼小的贼鸥约 25 只，成年贼鸥一般站立在大块岩石的最高处。贼鸥一般以扑食小企鹅或企鹅蛋维持生活。

Inexpressible 岛上还发现了多只海豹的尸体，有的尸体已经蜡化，有的已经裸露骨骼。只在企鹅湾附近发现 4~5 只成年的威德尔海豹，海豹数量的稀少，可能和沿岸无固定冰覆盖有关。

Inexpressible 岛没有大量苔藓和地衣分布，仅在背阴湿润的大块岩石上，有极小区域的地衣，概率极低。大块地衣的面积近似于拇指盖大小，小块的约有铅笔的横切面大小，且紧贴石块，高约有 1~2 毫米。这些地衣一般分布在靠近积雪融水的流经区域，通常湿度较大。另外，岛上的很多石头上，有片状如成年人手掌大小的，已经消亡并碳化的地衣。

除却此文，登上报章的信息，如珍珠之长链，粒粒闪光，颗颗饱满。其科技含量、文采光亮度皆称上佳。计有：《维多利亚地的测绘工作》《心在轮机·保"雪龙"动力》《西风带抢修"雪龙"主机》《实验室备战西风带》《忙碌的测深组》《中山昆仑站大断面冰川学考察完成》《冰雷达观测记》《海底地震仪，聆听南极脉动》，还有大量的"诗言志、歌咏言、律和声"的好诗美文，吟唱着审美心理细腻的、南极规定情境下的奇闻轶事。除选新站址之外，还有两件大事需借文详叙。其一是徐灵哲撰写的《中国南极千里眼》：

在遥远的南极冰盖最高点冰穹 A（海拔 4093 米）上，没有冰山，没有海洋，没有企鹅，没有海豹，只有一望无际深达 3000 米的平坦冰盖。这里是寒冷之极，生命的禁区。但是，这里却有一个中国南极考察站——昆仑站。在昆仑站内，有一台中国自主研发的首台全自动无人值守 60 厘米口径的望远镜 AST3—1，也是目前南极内陆最大的光学巡天望远镜。

从 2009 年 1 月中国在冰穹 A 上建立昆仑站起，每年都有天文工作者加入考察队，从中山站出发，乘坐雪地车，辗转 20 天，行程 1000 多公里来到昆仑站。昆仑站冬天的平均温度低于零下 70 摄氏度，夏天的平均温度低于零下 40 度。环境恶劣，路程遥远，为什么还要花大代价，在昆仑站安装望远镜呢。

首先，冰穹 A 是世界上最平坦的地方，风一般不大，有利于望远镜观测的稳定性。其次，南极的空气非常透明，几可媲美太空观测效果。另外，冰穹 A 是世界上温度最低的地方，极低的温度减少了望远镜本身发出的热量，提高了观测的灵敏度。南极还是地球上观测视角最大的地方，长达数月的极夜，可以不间断地观测。使得南极成为国际天文观测的热点。

AST3—1 望远镜的一个重要任务，是寻找可能存在生命的行星，也就是围绕太阳之外其他恒星运行的系外行星。它是我国第一台专门用于寻找系外行星的望远镜。AST3—1 另外一项任务是观测超新星。

南极天文观测基本上是在冬天的极夜进行。目前昆仑站还是度夏站，因此 AST3—1 望远镜必须通过远程控制进行观测。天文学家坐在家中，就可以通过因特网连接到铱星网络对 AST3—1 进行控制，并随时了解其运行状况。望远镜在镜头、结构、材质等方面都有特殊设计。

整个阵列由三台 60 厘米口径的光学望远镜组成。能够在一天的时间内，把 1500 平方度的天区拍摄三次。或者在一分钟里，对 4.2 平方度的天区拍摄 3 次。在不久的将来，我国还要在昆仑站安装 2.5 米口径光学红外望远镜和 5 米口径的太赫兹望远镜。建成之后的中国南极天文台，将处于国际地基天文观测领先水平。

第二件，便是选新站首选之大项"水"。南极之水是圣洁之水，南极湖泊是银水金湖，韩红卫所撰文章《冰湖漫步——记新站址湖泊调查》，使我这个湖生湖长之人倍感亲切：

在神秘的南极大陆，探索未知湖泊是件令人兴奋的事，然而神秘伴随困难，在整个新站预选区域内，充满着冰川后退留下的冰碛堆积物，我们只能用脚丈量这块神秘的未来家园。穿越乱石堆到达最远的湖泊，步行要 40 分钟，仪器设备都要靠肩扛。对站预选区域内较大的 3 个湖泊的水深、冰信息、面积有针对性地进行了调查。2013.01.01 考察队员韩红卫和王威使用冰芯钻、手持电子温度计，对 1 ＃湖和 2 ＃湖做了采样和现场冰温测量。1 ＃湖泊与冰川脚相连，湖泊为狭长形。2 ＃湖是一个独立的圆形湖泊，湖周围是冰川后退留下的冰碛堆积物。1 ＃湖泊采样冰厚 165cm，2 ＃湖泊采样冰厚 215cm，样品重量 20 公斤。加上仪器设备，两人负重返回营地相当困难，有队友傅良相助。由于第一天所带冰芯钻之极限，取样深度是 215cm，2 ＃湖泊冰层较厚，未能钻透。于是 2013.01.03 张体军和韩红卫又使用麻花钻、GPS 对 1 ＃湖和 2 ＃湖的水深、冰信息、面积进行了详细调查。

在神秘的南极冰湖漫步，我们并不孤独，预选区内的阿德利企鹅是那么的友好，见到我们都是远远迎接，热情问候。在 1 ＃湖泊的调查时，一群阿德利企鹅突然从冰山上冒出，看到我们后从冰山上一溜滑下。也许这些可爱的精灵，在窥探我们这帮同样是两条腿直立行走的不速之客想干什么。湖泊边缘的明水区是企鹅的天然浴场，两天的工作，都可看到企鹅在里面游来游去，一副安然自得的样子。冰湖漫步与企鹅共舞，这是多么艺术的画面！调查工作身体劳累，但是心情愉悦。

读过《极地之光》的曲总，又收到他担心的长城站的一周工作情况汇报和中山站附近冰情报告。从报告内容看，两站各项工作开展均很顺利，只是长城站报告中提到，有一名队员由于长时间焦虑、失眠，已经由另一队员陪同，提前返回国内，具体情况没有说明，只说有专报报告极地办。中山站发电栋和生活栋建设工程进展顺利，已经完成了基础框架和外立面安装工程，再回中山站时，就可看到两栋新建筑了。

上午收到了极地办发来的中央政治局会议做出的八项规定、六个严禁的规定和局党组贯彻落实的措施意见。下午召开临时党委扩大会议时，首先作了传达。

两则信息烧人眼球，一是钢铁队伍也要淬火——有人掉队了。另一个是，党中央的"八项规定"来到了南极，真是"普天之下，莫非王土"……

长城站俞勇站长又发来请示极地办电报：应智利极地研究所所长邀请，拟派人参加智利南极半岛考察航次或南设德兰群岛考察航次的请示抄报。俞勇站长同中国极地研究中心杨惠根主任作过沟通,为了落实极地中心同智利极地研究所 2010 年签署的合作备忘录,杨惠根主任也表示赞同参加。从长城站拟选人员看,不会影响计划内任务的完成,曲总亦同意。今后制定考察计划时,也要考虑邀请智利方面派人参加。这是涉及两国极地领域合作的大事。

从 1 日晚至 2 日晚 19 点,大洋队已进行了 4 个站位的取样调查,每个站位都要进行 3000 多米水深的水体、地质生物拖网等取样。绞车平均以 1 米 / 秒的速度进行收放作业,每个点位的作业时间约 5 个小时。这是一项马拉松式的考察作业,需要"雪龙"船和大洋考察队之间密切协作才能完成。

据中山站发来的近岸海冰冰情报告,目前近岸水域海冰外缘距离岸边约 200 米,码头北部约有 10 座大冰山和约 30 座小冰山,其中大冰山长 20~50 米,高 2~6 米,码头东部存一宽约 20 米的浮冰区与开阔水域相连。中山站岸边的海冰,正向着有利于二次卸货的情况发展。

2 月 2 日上午,大洋队作业释放一浮标时,操作人员由于旁边人插话而走神,忘记揭开密封条,致使抛入水中的浮标无法发出探测信号,"雪龙"船在抛掷点海面打捞未果。专家说,在海水的浸泡下,密封条会自动脱落,浮标将自行启动。一个抛弃式浮标成本大约在 2 万元左右,而搜寻打捞浮标花费的成本也大体相当。可见,工作上一丝马虎,都可能造成很大损失。但愿浮标能够自行开启工作。

下午曲总同王建国、王硕仁、李春雷和新华社记者徐砺一同到后甲板看望正在进行地质、生物拖网作业的人员,正赶上刚刚拖上一网。队员们如获至宝,在网上的一堆沉积物中挑拣着生物样本:有海参、海星、海肠、海绵、鱼、虾等许多生物,大都是活体。还有一块大石头,使地质队员大有了收获。在大洋队实验室里,有的正在分析样本,有的在清洗容器,有的抓紧时间小憩一会儿,有队员已一天一夜没合眼了。需要连续进行的大洋作业,是对队员们体力、精神、毅力的一种考验。好在据王建忠船长说,明天下午就可到达中山站了,那时由于浮冰和冰山的原因,将无法进行大洋作业,队员们可休整一下,恢复恢复体力了。

2月7日上午9点，组织在船的考察队员到甲板平台上，中央电视台随队记者，要拍摄全体队员给全国人民拜年的视频。采访了大洋队高金耀队长后，曲总作了简短讲话，全体队员一起高呼：祝全国人民新春快乐，愿祖国明天更美好！据任文杰告知，这段视频将安排在年三十（2月9日）下午5～7点，由中央台第三套节目播出。这是来自地球最南端的考察队员为祖国人民献上的衷心祝福。

中午12点，国务院领导春节慰问极地、大洋考察队员的活动，在北京国家海洋局举行，中共中央政治局常委、国务院副总理李克强出席。国土资源部部长徐绍史、国务院副秘书长丁学东、国务院政研室副主任宁吉喆陪同。刘赐贵局长主持了慰问活动。

慰问活动后，随即收到极地办秦为稼副主任、极地中心杨惠根主任联合签发的传真，要求考察队及时传达、学习李克强副总理重要讲话，祝中国第29次南极考察队全体队员新春快乐！

刘赐贵局长，陈连增副局长，王飞、王宏副局长，张登义、王曙光、孙志辉老局长和各方面领导、朋友的慰问电如雪片纷飞，为了迎接蛇年、赞美银蛇，陈士标老主任以哲学的、思辨的文笔标榜蛇神："龙，虽然位居神圣，但终归空穴来风，人为杜撰，浪得传世虚名；蛇，尽管声名卑微，可毕竟为自然造化，天地精灵，游出一生真实。世人都说自己是龙的传人，岂知实际上也许是蛇的后代。正因如此，我们应'莫羡金龙腾云海，乐做草蛇在人间'。"

晚上8时30分，举行"雪龙"船迎春节联欢晚会，队员表演了精彩的节目、抽奖活动、游戏活动，为给大家带来节日喜庆气氛，每个人都有奖品，抽不中奖的也有纪念奖品。晚会结束前，曲总为大家演唱了一首《好人一生平安》，还为大家抽取了晚会特设的蛇年幸运大奖，中奖人为"雪龙"船服务员吴建生，奖品为iPad2一台。元旦晚会的特等奖，又是"雪龙"船船员何金海得中，按照王建忠船长的话说，他们得到了"理应得到的幸运之神的眷顾"。

中山站为考察队下载了春节联欢晚会视频，在多功能厅播放。主持人说，我们迎来一个充满希望和梦想的新年。相声节目诵出的春联有意思："吃饺子看春晚一碗一晚，贴春联拜新年一幅一福。"

12点后，曲总和船长、政委一同到驾驶台看望值班的驾驶员肖志民，他在晚会上给大家演奏了单簧管《传奇》，他是一位年轻而又充满活力的船员。船员李明剑，还有我那小侄邢豪也没有休息，在驾驶台陪班。那孩儿眉毛弯得厉害，甚是好玩儿。

零点刚过，天空就纷纷扬扬飘起了雪花，民谚说"瑞雪兆丰年"，国内不少地方也在下雪……2013年，一个充满希望的农历新年到来了。

秦岭伤痛

上午收到中山站发来电子邮件，报告长城站2月11日上午9点30分，站上越冬机械师彭秦岭，在协助智利空军站吊运集装箱和油罐过程中，起重机吊臂旋转中吊车突然发生侧倾（30度），机械师在做出应急反应跳出驾驶室时，不幸意外滑跌，导致右大腿股骨中段粉碎性螺旋骨折。站上医生万文犁立即进行检查，发现伤者神志清楚，面色苍白，强迫体位，右下肢屈膝外展，大腿中部明显畸形，右下肢明显缩短，可触及明显骨擦感，医生立即给其右下肢固定。长城站站长俞勇闻讯后，第一时间赶至现场组织抢救，联系智利南极站卡车运送伤员，请在场的智利空军站人员联系智利空军站医院，在6名队员及站长、站医陪同下，1小时后送至智利空军站医院经X-ray拍片，两站医生共同诊断，确定初期诊断结果正确，智利空军站医生，对受伤机械师进行了右下肢皮牵引固定，同时进行了输液、止痛治疗，并建议尽早送出南极进行手术。

事故发生后，余勇站长在第一时间向极地办秦为稼副主任和极地中心李院生副主任报告，并成立了由站长、副站长、支部委员、医生、通讯员组成的应急小组。事发两小时后，长城站收到秦为稼副主任来电，传达陈连增副局长"全力抢救伤员"的指示。俞勇站长立即同极地办派驻智利办事处的张福刚处长取得联系，请其协助联系医院和出站飞机，并安排两名队员陪护。伤员疼痛明显减轻，生命体征平稳，精神状态尚好。

下午和晚饭后，大洋队、综合队、直升机组、中山站科普项目船上人员、"雪龙"船分别召开会议，通报长城站发生的队员意外受伤事故情况，进行安全教育。

下午收到极地中心杨惠根主任电话，就事故应急处置等级、后续处置工作安排交换意见，研究后续处理方案，并选派新的机械师前往长城站接替工作。

晚10点30分，曲总与俞勇站长通话，知受伤队员在站医和一名度夏队员陪护下，已搭乘智利飞机飞往蓬塔的消息。

在南极恶劣环境下，进行多点位、大规模、长时间、不同项目、不同环境下的考察活动，考察船、直升机、雪地车、小艇和野外作业车辆立体作战，发生意外伤害事件是难免的。但任何一件意外伤害事件发生在远离后方支援、缺乏有效救治条件的情况下，都会带来很大麻烦。伤者痛苦，领导和亲人牵挂，队员情绪也可能会受到影响。这件事幸亏发生在夏季，幸亏碰巧智利有飞机从南极返回，幸好事发时身边有医生及时救治，幸好没有造成生命危险，可以说是不幸中的万幸。

关于彭秦岭受伤、抢救、转诊、后续事件的文字，曲总写得十分详细，足见牵心挂肠之重。笔者于2013年12月赴长城站采访时，曾听29队许多同志谈及此事，也访问了站医万文犁，但仍未能感知伤者在南极环境下心态之实。2014年7月14日二午，我在撰写这段悲情之时，通过朱宗泉大厨帮忙，联系到休养在厦门的彭秦岭。听罢他的诉述后，我要求他将前因后果，细节过程，当日所感，今日所思写给我。孤苦在家的他十分愿意，我也愿把一个伤者的呻吟转播给读者，以了解南极探索流血流汗、"要奋斗就会有牺牲"的现实：

我叫彭秦岭，家住厦门市翔安区，有个四岁女儿。我是响应厦门厦工机械股份有限公司号召于2012年底参加29次中国南极科考，属于后勤保障机械师。刚到长城站较忙，南极的夏天很短暂，只要有物资到达必须加班加点赶紧卸完。长城站附近有几个国外的站，俄罗斯、智利，因为他们没有大型的机械设备，所以他们的物资到达以后，都是请求我们帮忙，这时机械师是最忙的。因为物资到达的时候基本都是同一时间，经常连续干活 15 小时以上。我是春节刚过第二天晚上接到站长通知：智利站的考察船到了，第二天 6 点开吊车到码头，帮智利站卸油罐。据智利站上的队员介绍，该油罐大概有 10 吨左右，之前已经帮他们卸过几个了。把吊车启动起来预热检查，然后开到码头等船。等到早上 9 点多，开始卸油罐。油罐体积很大，起吊的时候都正常。把油罐往码头移动的时候，因为风大的原因，油罐摆动厉害（因为油罐是从海上起吊的，身边无法站人帮忙扶住，也没用绳子绑住）。这时候，车子往海这边倾斜，我把油罐往下放，可是还是没有接触到海面，因为当时起吊，要高过船舶边的栏杆，要不船舶无法开出。当感觉倾斜得很厉害了，我就从驾驶室往外跳，踩到码头上的冰，就滑摔倒地，导致右大腿股骨螺旋性粉碎骨折。在南极没有医院，必须转移到智利治疗。因为没有专业的医疗人员，在转移过程中是非常痛苦的，使得伤情二次受到伤害。到达智利边境的一个小城市，因为没有较好的医生，手术回来后，到国内医院检查，发现伤腿比好腿短了 4 厘米，必须重新做一次手术，要不以后走路会瘸。这次手术中大出血，差点死在手术台上。我老婆不得不辞去工作照顾我……未来的希望是我赶紧恢复健康，谢谢所有关心我的朋友们……

读了他的叙述，心里难过。叙述简短，但清晰。他怀着满腔希望争取康复。而当时送他到智利的情节，曲总的日记比他的自述更加详细：

……2 月 13 日上午收到长城站发来的护送受伤出站情况报告，2 月 11 日上午 10 时 30 分，受伤机械师被护送至智利空军站医院后，2 月 12 日上午 11 时 30 分，在长城站医生和智利空军站两名医生护送下，转运至智利空军站机场。12 时 40 分，在长城站医生和一名完成度夏任务队员陪同下，搭乘 DAP 医疗救护包机离开乔治王岛，极地办驻智利办事处张福刚处长已联系好救护车和医院。登机时，受伤队员生命体征平稳，精神状态尚好。飞机上，受伤队员固定在担架上，右下肢皮牵引固定，进行输液。下午 3 点，飞机降落在智利蓬塔阿雷纳斯机场，医院的救护车在飞机舷梯旁接受伤队员，4 点抵达医院，6 点办理完入院手续，医院安排了单人病房，随后进行诊断，确认与初步确诊结果吻合，并制定了具体的手术治疗方案，预计 13 日或 14 日实施手术治疗。至此，在事发 36 小时之内，站上采取有效措施，成功地将伤员运出长城站，到达智利医院进行治疗。这是在秘鲁总统因长城站地区天气不好而未能成行的情况下，我们的伤员被及时救运出来的。

收到长城站俞勇站长的一周情况报告：各项工作有序开展，春节期间，站上邀请了智利空军费雷站、智利海军站、智利南极研究所、乌拉圭站、阿根廷站和俄罗斯站 6 个友邻站队员，及住在这些站上的巴西、德国、英国、西班牙和厄瓜多尔等国的考察人员，共计 83 人同长城站 32 名队员一起庆祝中国新年。韩国站由于海上风浪大未能派人参加，但也通过短波电台向长城站祝贺新年。在丰盛的酒宴后，长城站队员表演了舞狮、舞龙、少林功夫、吉他弹唱、兔子舞等节目。国外队员也献上了各自的节目，智利队员表演了智利武术和巴西柔术，演唱了智利歌曲，巴西人跳起了桑巴舞，阿根廷队员跳起了探戈，节目中间还穿插了抽奖游戏。整个春节聚会还有两家外国媒体全程录像，一家是英国 BBC 纪实频道，另一家是巴西广播电视台。可以想象，长城站的春节聚会是多么热闹的景象。

中山站在一周情况报告中，同样详细报告了站上过春节的热闹景象，印度站、俄罗斯站、韩国直升机组队员的加入。

春节期间，站上配合"雪龙"船超额完成了中山站第二阶段卸货任务，迎接了昆仑队的凯旋，加上"雪龙"船的慰问，可以说过了一个丰富多彩的喜庆春节。

2 月 14 日上午，收到长城站发来的传真，告知伤者 2 月 13 日下午 5 点 50 分进入手术室，经 3 小时手术，后返回病房，初步确认手术成功。

随队新华社记者徐硙，对这件事准备进行专题报道，请曲总谈谈对这件事情的看法。曲总说，近日秘鲁总统因受天气影响而取消了前往长城站的考察计划，而我们的伤员却能快速运出南极，是多么的幸运。这件事再次给考察队敲响了警钟，必须进一步牢固树立安全第一的思想。

据反映，发现近期有的女队员和男队员之间，存在关系密切的情况，这种事情在过去的考察中也曾有发生。长时间单调寂寞的生活，异性之间产生一些吸引，对于青年人来说，也不是什么了不起的事情；但这毕竟是一支科学考察队伍，我们不希望由此产生一些感情纠葛，特别是不能发生影响家庭关系的事情，必须及时提醒。请临时党委办公室王建国主任出面，通过大洋考察队和船长，提醒有关队员注意。这也是一件让领队放心不下的事——既不能处理失当，也不能坐视不管……

我钦佩曲总对这一事件的理解和近切于文明的、人性化的处理方法。在南极，要把队员当作"自然人"理性考量。年轻队员对异性的渴望，难道只能靠换了名牌，披上纱巾的男子反串抚慰吗？

当然，身负重任的中国南极考察队不能乱。在面对冰雪、风浪、寂寞、孤苦的考验中，一个人人心中有，人人笔下无的近乎残酷的现实，必须有生理和心理的充分准备。

时代在进步，我们探极的领导人，已经适应了天时，理解了人性。在这片远离亲人、亲友、性爱，也远离了生成环境的南天门外，人们是以忍耐和忍受对抗了天性。看看那些九曲回肠，柔肠寸断的诗作，便可窥见"天上人间"思凡的牵念。许浩的一首诗叫作《我思念》：

我知道 慈爱母亲 为儿远行的担忧 雪原冰海往北眺 只能遥遥祈祷

我知道 亲密爱人 欠你温柔的拥抱 看企鹅观海豹 真情化作相思绕

我知道 可爱孩子 未能教你说话带你学跑 红嘴雪燕穿梭海面 似你顽皮嬉闹

我知道 伟大祖国 美丽繁荣和谐发展 湛蓝大海洁白雪原 鲜艳国旗奉献渲染

我知道 深重的爱 母亲和党的关怀 风雪南极难抵挡 一往无前是我的表白……

许浩，"雪龙"水手。海试时我交往过的小侄们之一，他家与我老家的直线距离不足 20 公里。我欣喜在我乡的方寸间，出现这样多的探极才子！回家探望的邢豪告诉我，新婚的许浩又去三十一次考，从雪龙掉入了冰海，一点儿也没孬种。

过罢了正二月又到三月，三月里有一个"三八"妇女节。备受曲总和考察队珍爱的"七仙女"享受"加餐"款待。临时党委成员参加宴会，王硕仁副政委代表王建忠参加。一条彩霞样的，印有南极地图的纱巾作为贺礼，使爱美的"七仙女"忍俊不禁。

也就在 3 月 8 日这一天，撤离的人员、物资全部运抵"雪龙"船。上午 10 时 30 分，最后一个架次降落后，曲总和孙波副领队、王建国主任、王建忠船长、高金耀队长、张体军领队助理、王硕仁副政委等全聚在驾驶台，与张北辰站长通话道别。通话内容通过中山站广播系统实时播出，全体在站考察队员都可听到。"雪龙"船先后三次鸣笛，向中山站告别，掉头撤离中山站近岸海域。

这是一次光荣的凯旋。离开这片迷人海域的考察队员，怀着既留恋，又想家的矛盾感情，想象着与亲人的相拥，热忆着与战友的情谊。这是萌发诗情的时刻，何金海的一首《北航的日子》百味杂陈：

北航的日子，从冰块被撕裂的碎响声中，我们开始返航了。

北航的日子，一个接着一个的大气旋，我们忧虑着，回家的渴望更热烈。

北航的日子，"雪龙"穿越了西风带，我们的心里有花儿开放。

北航的日子，船尾不断逝去浪迹，我们抵达了美丽的小镇弗里曼特尔，蓝天白云映照着我们，不带任何压力的心情，使人飘摇。

北航的日子，气温逐渐上升，那沉淀已久的思念也开始蒸腾，随着风儿飘到遥远的故乡。

北航的日子，跨越赤道的一刻，我们站到了妈妈的一边。

北航的日子，傍晚开始在甲板看海，看变幻莫测的云彩，努力想象那漂浮的云朵，像什么动物的模样？

北航的日子，会突发奇想看夜里的天空，像儿时数着天上的星星，猜着哪颗在我房顶？

北航的日子，快到家了，哀愁却莫名地涌上心头，那是同志离别的兆头；

北航的日子，往日的镜头开始浮现，一段段亲人相见的欢呼，一阵阵队友离别时的感伤；

北航的日子，终点站到时，队友一个接着一个离开，留下背影，让留守在"雪龙"船的我傻傻地发呆。

北航的日子，将会是逝去的曾经，一段人生宝贵的记忆。

在委婉的离愁和思乡的归心里，还有着思恋战友，立业建勋的豪气：南极勇士此次的回归，还会在海天间、云霄下大显身手，大有作为。早成硕果的《南大洋考察总结汇报》，已作为历史文件，由大洋队队长高金耀撰写：

本次南大洋考察是我国"南北极环境综合考察与评估"专项计划实施的第一个正式航次，也是我国历次南大洋考察中专业门类最全和任务量最重的一个航次，共有41名队员。大洋队在整个航渡过程中，采集了大量海洋水文与气象（含海冰）、地球物理、生物和化学等数据或样品，并在罗斯海陆架首次开展物理海洋观测、生物和化学样品采集测试。

普里兹湾及邻近海域的大洋考察作业，严格执行专项任务合同和技术规程，在"雪龙"船船长、政委、实验室技术人员，及全体船员的大力支持下，克服任务重、时间紧、气候恶劣和冰情复杂的困难，站位取样和测线测量穿插进行，最大限度地保证了船时和好海况的有效利用，完成了普里兹湾及邻近海域的大洋考察任务。自2013年1月31日傍晚正式开始，至2013年3月6日凌晨，历时25天半完成6个断面，64个站位，舯部甲板CTD有效站位63

个，生化水样采集有效站位 62 个，小型浮游动物拖网 26 个，回收、释放潜标各 2 个；后部甲板地质取样完成 41 站，后部甲板生物拖网作业完成 38 站，拖网 13 个，底栖生物拖网 15 个，磷虾拖网 10 个；地球物理专业完成重磁测线超过 2000km、地震测线超过 650km 和热流测量 3 站，投放 OBS5 个。

在普里兹湾完成的重力柱状取样、地磁、海底热流和浅层高分辨率多道地震测量，物理海洋、生化和地质综合取样站位覆盖面积超过 16 万 km²……普里兹湾也是澳大利亚、俄罗斯、美国和印度等国家在极地资源环境调查研究上角逐的舞台，这里用于分析东南极环境气候变化，历史及油气资源潜力的深海钻孔已达 8 个，在专项支持下，本次开展的综合考察评价，将在面向重大科学目标、解决国际热点科学问题方面，直接参与国际竞争，相比于我国传统海域的专项任务，有明显优势，有助于锻炼、塑造一支高水平的我国南大洋科考队伍，提升我国极地大洋科考水平。

这只是一个"节选"，但仅从"节选"的大数据里，已使人感知大洋考察从宏观到微观的环环链接。考察队勇士刘强、郑彦鹏撰写的《大洋队海洋地球物理调查》一文，有着较为形象的一段叙写：

海洋地球物理综合调查是"南北极海洋环境综合调查"专项实施以来，在普里兹湾海域首次开展的系统性调查工作，主要包括海洋重力、地磁场、电火花震源及多道地震、海底地震仪、热流等内容，旨在了解和掌握南极大陆东缘的地质构造、基底岩性、沉积盆地规模及其内部可能赋存的油气资源等。

海洋地球物理作业主要集中在后甲板，由于海洋磁力调查需要考虑船舶磁场的干扰，一般情况下使用电缆将海洋磁力仪拖曳在船后 3 倍船长的距离；海洋地震调查则需要在船尾 50 米以远位置布放 3 万焦耳电火花震源、右舷拖曳着 400 余米长的多道地震接收电缆，左舷拖曳着几十米长的高分辨率单道电缆。船只沿着设计测线均速航行，在领队、船长和政委的关心和大洋队高金耀队长带领下，取得了 2000 余公里的磁力数据、全航程的重力数据、650 余公里的多道地震剖面和 3 个站点的热流数据，并且布放了 5 个长期观测 OBS，圆满完成了航次计划任务。

2~3 月的南大洋气候多变，大风大浪、碎冰雨雪的天气频繁光顾，后甲板作业的"拖泥带水"性质造成手脸冰冷刺骨、脚下湿滑，在近一个月的调查中，我们经历了绞车故障的无奈、回收电缆的辛苦、设备碰上浮冰的紧张等心情，又有看到旭日东升、冰山蓝天相映的兴奋，辛酸、苦辣与欢乐，尽在不言中。

船在航途，还要顶风冲浪，人在中途，业在中途，还要辛勤学习，这是中华儿女的秉性。

"雪龙"翱翔于天海之间，云水之间，龙身里的龙子龙孙正开"南极大学课"。这一日的课程，可谓五光十色：

首先由曲总作《第 29 次南极考察摄影比赛获奖作品赏析》讲座，回顾了第 29 次南极考察摄影比赛的作品征集、遴选情况，宣布了各等次获奖作品及获奖者名单。凭着他在大学选修《美术鉴赏》课的老本，曲总从南极摄影作品的特点、构图、光影、色彩、主题、表现形式、摄影作品中的缺憾等谈见解，大家听来很感兴趣。

孙波副领队以其在内陆拍摄《日晕》斩获特等奖，《黄河艇归来》拍摄者王晶、《雾萦冰山》拍摄者翟红昌、《幸福的一家》拍摄者万文型分获纪实类、风景类和动物类摄影作品一等奖；《回眸识新友》拍摄者王田苗、《山外有山》拍摄者戈晓威、《妻管严》拍摄者徐砣分获纪实类、风景类和动物类摄影作品二等奖；曲总拍摄的《内陆回归》、刘婷婷拍摄的《望月》、沈守明拍摄的《晶莹剔透》、戈晓威拍摄的《极光》、王俊铭拍摄的《冰花》、李春雷拍摄的《带缆》、李传金拍摄的《劳动之光》、王晶拍摄的《帮厨》、高悦拍摄的《五勇士》《祖国在我心中》和《巾帼不让须眉》获得了三等奖。所有这些获奖作品，均被编辑到了第 29 次南极考察队画册当中。

王硕仁副政委和王建忠船长介绍了将要通过的海上航道，近期发生的海盗出没的情况，对未来 3 天船上夜间防海盗值班进行了部署，组成了由可持枪队员组成的防海盗应急处置小组，宣布了夜间防海盗值班的安排，并要求大家听从指挥，服从命令，一旦出现海盗登船情况，要及时、果断、冷静应对。

下午，南极大学继续开课，来自中国极地研究中心南北极数据中心的吴昊作了《第29次南极考察极地科学数据与样品资源管理与共享》的专题讲座。就第29次南极考察数据收缴汇总和样品集中管理等提出了要求。王硕仁副政委作了《新雪龙新征程新业绩》的讲座，不仅详细介绍了"雪龙"船的基本结构、主要参数和主要装备配置情况，而且介绍了"雪龙"船船员队伍的组织结构、"雪龙"船自1993年从俄罗斯乌克兰造船厂购入以后进行的两次改造情况、"雪龙"船历任船长情况，本次执行考察任务的行程及取得的成果。

来自上海海事大学的周明华老师，为此次"雪龙"船的大管轮，作了《现代轮机新技术应用和发展》的讲座。他从当前国际上最先进的船舶电力推动系统、智能柴油机，讲到了"雪龙"船回国后即将进行的船舶主机系统的更新，他的一句"先进的技术不成熟，成熟的技术不先进"，让曲总产生许多联想和担心。要珍惜参加南极大学课程学习的宝贵机会。

记者任文杰来找曲总，谈中央电视台准备制作《南极归来》专题节目事项，考察工作虽然就要结束了，但宣传工作还远未结束。

世间的故事往往蹊跷：你防狼的时候，虎却来了。你防海盗的时候，飞贼却来了。在中国考察队的从官到兵，从男到女都在忙活着正经事儿之时，耳力聪敏的队员，忽然听到了苍蝇的嗡嗡声：4月5日上午10点左右，"雪龙"船从台湾东北部穿越琉球群岛进入我国近海航行时，日本的一架PC—3型固定翼飞机飞临我'雪龙'船上空，盘旋侦察3圈以上。据说，每年我们的"雪龙"船返回经过此海域时，日本都会派飞机飞临侦察，以示对其海域的管辖权。只要它不无礼干预我们船泊正常通行，"雪龙"对此不便理会。

因为笔者在2013年10月，参加"雪龙"号海试之时，亲眼见过这厮贼头贼脑扰闹我们，所以还希望我们的飞机，也在倭人家的船头低空盘旋一阵，以获得谁也不怕谁的感受！

北极之光

北极五考多友人，

领队便是杨惠根。

龙兵吟唱谁作词？

仍属政委王硕仁。

笔者"海试"访二君，

北征可成七彩文。

青岛白龙

　　青岛这色彩够美，碧海青螺。"雪龙"色调更亮，矫健玉龙、瀚海白龙。"雪龙"北飞，送行的人潮中，便齐腔鲁调，乡音成喧。青岛市委书记李群率众官视察"雪龙"船，赞语叠加。这是一位有见识的文化人，曾在美国实习市长助理一职。他任临沂市书记之时，曾邀我随李存葆等君采写《走进新沂蒙》文集。他赠我《我在美国当市长助理》一书，文采斐然。

　　7 月 2 日，中国第五次北极科学考察队乘坐"雪龙"号极地科学考察船，从青岛奥帆中心码头正式起航，踏上了为期 89 天的北极科学考察之旅。

第五次北极考察，将对我国北极科考传统考察海域，继续进行多学科综合考察，并首次穿越北方海航道，挺进北大西洋，在北冰洋——大西洋扇区开展多学科综合考察。应冰岛政府邀请，"雪龙"船还将停靠冰岛，举行外事交流活动，这也是我国极地考察历史上以"雪龙"船为平台，首次访问环北极国家。此次考察，预计航程 17802 海里，创我国北极科考航程之最，科研人员在沿途和重点海域，将开展一系列海洋科学考察，包括白令海、白令海峡、楚克奇海、北方海航道、弗雷姆海峡、挪威海、格陵兰海和冰岛附近海域等，总调查时间为 512 小时。

在青岛奥帆中心码头，各界人士举行了隆重的欢送仪式。国家海洋局局长刘赐贵，向第五次北极科学考察队领队杨惠根授考察队队旗，青岛市市长张新起，向科学考察队首席科学家马德毅授纪念旗。

国家海洋局极地考察办公室主任曲探宙，在停靠于上海中国极地考察专用码头的"雪龙"号上，宣布了国家海洋局及局党组的决定，任命中国极地中心主任杨惠根为考察队领队和临时党委书记，国家海洋局第一海洋研究所所长马德毅，为考察队首席科学家、临时党委副书记，同时还宣布了临时党委组成人员和考察队有关部门的负责人，中国第五次北极科学考察队正式成立。

国家海洋局副局长陈连增，代表局长刘赐贵，看望了全体科考队员并作出征前的动员报告。

临时党委书记、中国第五次北极科学考察队领队杨惠根——一位年轻干练的专家型海洋研究所长官，1965 年 9 月生于"天堂"苏州，浑身都闪现着江浙才子的灵气。1992 年，获武汉大学博士学位，入中国极地研究所任助理研究员，研究空间物理科目中的高空大气层、紫外线、电离层、大气与地球磁场之关系。研探南极的地理、气象、垂直南极磁力线与"极光"为代表的空间物理现象。

除漠河以外，中国没有高纬地区承载实验室、观测台。于是专家刘顺林被派到日本的"昭和"站，1992 年 11 月 ~1994 年 4 月学习实习。1994 年 3 月，中日在中国中山站展开合作，筹建"南极中山站目测极光观测台"，杨惠根又被派往日本"昭和"站学习，在该站越冬。

在这段时间里，生有"惠根"的 27 岁的小杨专家，与日本专家和睦相处，相互尊重。他的本钱便是专业精通，英语娴熟，顶班值日，独当一面。日本同行对他的评价是聪明、勤奋、好学、善解人意。他们相互合作，交往渐深时，谈到了侵略中国的历史，日本同行向杨惠根道歉，并表示愿意学习中国文化的优点。

有了这种相互间的信任，日本人敢将重任交给他，请他"担当"管理极光观测数据之重责，而后成为"日本京都大学访问学者"。1998 年 3 月，当第一批中山站观测数据出来之后，他又去日本国立"极地研究所"，做了两年的博士后。

在这段友好交往中，他负责中日极地科考友好合作工作，充当科学文化友谊的桥梁。最为兴盛的年份，科技文化交流人员年逾百人。从此，中国的极地高空物理研究，交由杨惠根主管建立。中国北极黄河站的极光观测台建在挪威，杨之团队撰写的极光观测科研论文，发表在美国的科学杂志上。那时，从事该项科考早行多年的日本，尚无此绩。这种利用向日本学习、吸收、消化、再创新，举一反三的超越，令日人惊讶。由此，杨惠根慧根发芽，逐渐成长为中国极地空间物理研究的领头人。

2000 年，杨惠根回国，任中国极地研究中心极光研究所所长。2007 年，升任极地研究中心副主任，分管国际合作、中国极地年计划（中国行动计划）工作。那时的"中心"主任是张占海。秦为稼、袁绍宏均是赞赏他的上级领导，全力支持他负责筹建黄河站观测台，从事高空物理之极光、太阳风与地球发生关联的前沿科学研究。一次次成功的积累之后，终于接过了"中心"主任的责任。又在一次次冰火历练中，他由一个"说话都脸红"的年轻专家，成长为中国极地科考的主将，亦是天道酬勤、功到自然成的结果。

2012 年 8 月 30 日《北极之光》报载《我国将与冰岛合作建立极光观测台》：

日前，中国极地研究中心与冰岛大学在第二届中冰北极科学研讨会期间，签署了合作备忘录，计划在冰岛北部，建立中冰联合极光观测台。此举将对中冰开展空间天气观测合作、增强空间科学研究以及全球极区空间环境变化长期监测预报能力具有重要意义。极光研究科学家杨惠根表示，冰岛地处地磁纬度66度，是开展夜侧极光观测研究的理想之地。中冰联合极光观测台的建立，不仅为两国开展极光物理合作提供大型综合性观测设施，还将有助于填补我国夜侧极光观测空白。

杨惠根说："极光是太阳活动产生的太阳风、等离子体与地球大气相互作用产生的极区大气发光现象，是影响人造卫星、空间站运行以及人类航天活动安全的灾害性空间天气活动的重要指示器，是我国极地考察研究的重要目标对象。"我国已在南极中山站和北极黄河站建立极光观测台，开展了地球日侧极光南北共轭观测。

联合极光观测台建设分两个阶段：2012年至2013年，进行观测场地与生活设施建设，开展极光全天空光学观测和地磁观测；选址、基础设施、工作与生活设施改造及光学观测平台建设，完成极光光学和地磁观测建设。2014年至2015年为第二阶段，建设极光分光光谱仪、成像式宇宙噪声接收机、数字式电离层测高仪建设……

主持这次科技合作的领军人物便是杨惠根。唯有这种层面的合作，才能使世人对中国高看一眼。双方之心态，才有了求仁得仁、合作共赢的谐意。

2013年7月5日的《北极之光》报，刊载了杨惠根领队撰写的《发刊词》：

7月2日，我们118名中国第五次北极科考队员满载光荣的梦想与国家重托，乘"雪龙"船离开青岛。今天，宣传极地考察进展、弘扬南极精神、展示队员风貌的《北极之光》，在编辑部各同志的辛勤工作和全体队员的共同努力下正式出版了，我代表科考队临时党委表示热烈祝贺！

科学考察北极是一条探索自然、挑战自我、战胜危险的艰辛之路，也是人类认识自然、开拓创新、走向自由王国的神奇之路。希望每位队员共同参与、精心耕耘《北极之光》这片自己的精神家园，播下梦想与激情的种子，收获探求未知的喜悦和共同战斗的友谊，为人类科学认识、和平利用北极，做出我们应有的贡献。

这种北极长征的领队致辞，带有中国对北极和平开发利用"白皮书"的意味。

在中国第五次北极考察队118名队员中，虽有许多"老极地"科考人，但也有1/3的队员第一次登上"雪龙"船，第一次极地科考。新人对船上一切事物充满着好奇，问东问西，在"雪龙"船的上下左右欣赏不已。观看新奇的人里，也有人成了新奇，一对身穿结婚礼服的新人格外引人注目：因为新娘子就是中国第五次北极科考队队员、国家海洋局第一海洋研究所博士厉丞烜。

7月1日晚，脱下新娘装的厉丞烜穿上科考队队服，正式归队。第二天就和船上117名队员一起，告别祖国，走上漫漫征途。婚期原定在6月30日，因原定"雪龙"7月中旬出发，后来确定为7月2日，而婚庆场地已排到了次年2月。厉丞烜感慨万千："感谢我的老公，他不善言谈，却一直默默地支持我。当我非常愧疚地告诉他，婚期可能要延后的时候，他一个劲儿宽慰我，让我安心去北极。"

婚礼如期举行。仪式一过，小两口立奔青岛奥帆中心码头，让"雪龙"船见证爱情。她说："老公登上'雪龙'船，了解了科考队的任务后，对我说：'老婆你真棒！'他是为我骄傲，我心里很温暖，但又有很多愧疚，回来后一定好好地陪陪他和家人。"

在科考队员中，有人新婚燕尔，有人初为父母，还有的父母年迈病重，可既然选择了征极，也就选择了孤寂艰辛，离乡背井。无论是去南极、北极或是大洋，几月至一年在海上漂泊，已是家常便饭。对家人的不舍，已化作情感的动力，为祖国的海洋事业，贡献自己的青春与智慧。

天苍苍，海茫茫，星移月动，飞鸟绝迹。118名壮士赖以生活、生存的家就是这条"雪龙"。龙体的康健、矫健是举国举家的祈望。考察队自青岛开航，轮机部就没有停歇过。在轮机长的带领下，机舱全面清洁、油漆，对各种机器设备维护保养抢修。

7月3日开始，"雪龙"船的真空马桶系统因使用不当，造成系统瘫痪。机舱平均每天要接到3个以上的马桶维修任务。

7月4日傍晚，值班机工发现，海水总管道一处漏水严重。接通知后，机匠长带领铜匠，迅速投入紧张有序的抢修工作中。凭借着熟练和扎实的业务技能，半小时彻底解决问题，消除了安全隐患。

7月6日凌晨4时到8时，值班的人发现三号空压机工作异常，本该下班休息的二管轮，却和白班人员一起，对3号空压机进行缸头总成的拆解维修。二管和大家一起连续作业10小时，才完成了对三号空压机的维修。二管又投入下一轮的值班。

"雪龙"船安全地行驶在大海中，全靠辛勤劳动的轮机部，默默无闻的甲板部以及为大家提供各种生活保障的后勤队员们。大家都辛苦，都安全，都快乐！人只有快乐才有诗心，才能写出写景状物、抒情言志的诗篇。轰轰机声的侧畔，歌厅里有男女合唱歌儿，美的星月、美的人情都在歌中。

7月4日，"雪龙"船驶入日本海。平静的海面仿若一面镜子，不见任何过往船只。中午时分，"雪龙"船后甲板上迎来了一群特殊的客人——海鸥。这群可爱的小家伙们，时而发出歌儿般的鸣叫，时而在空中盘旋几圈，划过水面，时而停在起吊架上休息，久久不愿离去。海鸥的歌声引来了多位队员，纷纷举起相机，拍下它们活泼的身影。我们摆好姿态合照。

"雪龙"船起航以来，偶尔能远远地看到一些过往的渔船、货轮，还未见到过海鸥、海洋鱼类等生物。船员说：以前"雪龙"船到白令海作业时，曾遇到过鲸群，这次科考何时能饱眼福，要看运气了。科考工作复杂而繁重，船上的生活也较陆地枯燥乏味。邂逅平日少见的海鸥、鲸群或北极熊，是队员们期待的好戏。

2012年7月7日17时，为躲避温带气旋，"雪龙"临时停船。考察队决定：利用停航期进行海试，以检验仪器设备、磨合队伍。

19 时 30 分,海试作业正式开始。最先作业的是考察队水文组。科考队员通过滑轨将大型 CTD 推到甲板上,再用绞车将 CTD 缓缓放入水中,30 分钟后,CTD 被送入海下 1500 米深处,进行取水作业后,再拉上来。紧接着,船艉部甲板上,地质地球物理组的几名队员也利用万米绞车,将重力取样器放入水中,并获取了 1500 米深的海底泥样。各学科组均完成了既定项目的实际操作与实验。

科考队首席科学家马德毅介绍说,本次科考的第一个定点作业站在白令海,如不进行海试而直接作业,可能会因设备问题、人员操作不熟练、配合不默契而影响考察的顺利进行、发生危险。通过本次海试,检验了仪器的运转情况,使第一次参加北极科考的队员熟悉了操作流程,发现的问题也得到了及时纠正,达到了预期效果。

7 月 8 日下午,为迎接即将到来的白令海第一个海洋调查作业站位的考察工作,考察队召开全体考察队员动员大会。领队杨惠根作了题为《创先争优、精心组织,确保第五次北极考察圆满成功》的动员报告,首席科学家马德毅作了《中国第五次北极科学考察工作计划部署》的报告。

领队助理刘科峰宣读了《关于明确中国第五次北极考察队安全工作责任分工的通知》,中国极地中心的李丙瑞介绍了数据和样品管理工作方案。队员陈鹏、韩贻兵和李斌分别代表"雪龙"船队员、老考察队员和新考察队员发言。

7 月 9 日,考察队领队杨惠根、首席马德毅一行分别来到驾驶室、气象室、轮机部、医疗室和厨房,看望坚守工作岗位的"雪龙"船后勤保障人员,并赠送了慰问品。

杨惠根领队说,考察队即将在 10 日打响本次北极科考定点作业第一枪,希望大家在各自的岗位上,齐心协力、团结协作、克服困难,安全、圆满地完成各项考察任务。

经过 8 天航行,"雪龙"号极地科学考察船于 10 日下午 15 时 30 分,抵达白令海阿留申群岛附近海域预定站点,开始了第五次北极科学考察第一个调查站位的观测与取样。

白令海是太平洋沿岸最北的边缘海，介于 66°31′N，51°22′E 之间，海区呈三角形。北以白令海峡与北冰洋相通，南隔阿留申群岛与太平洋相连。位于太平洋最北端的水域。它将亚洲大陆（西伯利亚东北部）与北美洲大陆（阿拉斯加）分隔开。1728 年，丹麦船长白令航行到此海域，因而以他的姓氏命名。

白令海面积 230.4 万平方公里，海水体积 370 万立方公里，平均水深 1636 米，最大水深 4773 米。并经白令海峡连接北极海。美俄国界即在白令海和白令海峡上。1648 年，俄国探险家杰日尼奥夫率船队首先来此探险。白令海域蕴藏着丰富的水产和矿产资源。有鲑、鲱、鳕、鲽、大比目鱼等，极具经济价值。岛屿也是海狗、海獭的滋生地。北部海区海象、海豹、海狮分布在北部区域。

在强烈温带气旋影响下，白令海波涛汹涌，海上平均风力为 7 级 ~8 级，涌高 4 米，气温只有 6 摄氏度左右。停船作业时，"雪龙"船上下颠簸、左右摇晃，船体摇摆倾角达到 15 度左右。据介绍，此次作业的阿留申群岛附近海域位于太平洋北部，是气旋必经之路，风大浪急，对于在甲板上作业的科考队员是严峻考验。

载有两个电火花源的设备很快被推上船艉作业区，吊挂在巨大绞车钢缆上，缓缓放入大海。参与此次作业的是多道地震采集系统，该系统由发射震源和接收水听器两部分组成，发射震源向深海发射 1.2 万焦耳的电火花，由水听器接收声波反射信号，从而判断地层形态，这套设备将有助于建立适合极地海区的观测系统。

随着首个调查站位工作的结束，"雪龙"号又开足马力直奔第二个调查站位。未来 7 天内，考察队将在白令海一站接一站地连续调查 38 个站位，进行海洋物理、化学、水文、大气生物、地质等方面的综合观测和采样。

关于中国科考队北极调查之目的，我国的屡次声明与科考队公报内容详尽，世界各大媒体对此的关注，并不比我们的"海迷""军迷"稍差分毫：

据《世界新闻报》8 月 15 日报道，中国试航北冰洋航道，路途缩短但需向俄交过路费。

2008年8月中下旬,卫星照片显示,东北航道冰融开通,专家将其形容为"具有历史意义的事件",由此也引发了东北航道开发热潮。这条航线的吸引力巨大。与经过苏伊士运河的航线相比,它把欧洲港口与亚洲港口之间的航行距离缩短近了40%。另外,北极地区蕴藏着丰厚的能源资源,包括巨大的油气资源、煤炭、金刚石、金、铀等矿藏资源。

丹麦在设法证实自己的大陆架自然延伸,加拿大宣布拥有所主张的北极海域主权,美国则向一些国际石油公司拍卖北极的天然气开采权。今年5月,中国获得了北极理事会"永久观察员"地位,从而有资格与在北极地区拥有领土的8个国家一起讨论北极问题。

又据【法国《世界报》网站2013年8月25日文章】题:中国有条不紊地筹划延伸海上航线。

"永盛"轮是第一艘尝试北极东北航道的中国商船,但这并不是人们第一次在北极圈一带看到中国国旗。2012年夏天,中国破冰船"雪龙"号第一次进入了这一水域。在北极这个主要用破冰船的数量来衡量实力的地方,"雪龙"号穿越北极地区的象征意义显然要大于"永盛"轮。

2012年7月下旬,"雪龙"号沿着俄罗斯核动力破冰船的航迹——所有外国船只都采用这一做法,第一次成功穿越北极东北航线。这对中国人来说是一次试验航行。

但是,尽管更加低调,"雪龙"号的返程却更加壮观。事实上,"雪龙"号选择了一条更为靠北的路线,超出了俄罗斯的管辖范畴。在国际海域航行,就可以无须征得俄罗斯的同意。

这一成功之旅大大鼓舞了中国人。据中国媒体报道,到2020年,中国5%至15%的海上贸易将选择北极航线。到目前为止,中国90%的对外贸易要靠海上运输,欧洲是中国最大的贸易伙伴。据《中国日报》援引相关专家的分析报道,如果中国10%的对外贸易选择了北极航线,将为中国省下近7000亿美元,因为这一航线将从航行距离、时间、燃料和工资等方面节约大笔开支。

中国对这一航线的关注由来已久。今年4月，中国与冰岛签署了一个涵盖范围非常广的自由贸易协定，这是中国与欧洲国家签署的第一个自贸协定。此前，中国还和冰岛签署了《关于北极合作的框架协议》。2012年8月16日，中国第五次北极科考队乘"雪龙"号极地科学考察船所抵达的也正是冰岛首都雷克雅未克港。明眼人一看就知道，中国打算把冰岛当成其未来设在北极地区的一个基地。

在国际方面，中国一直在努力试图进入北极理事会——这是一个由加拿大、丹麦、芬兰、冰岛、挪威、瑞典、俄罗斯和美国八个北极国家组成的非正式论坛。

中国深知自己的经济实力十分巨大，在这方面如果表达出过于强烈的意愿，反而容易引起别人的猜疑。因此，中国选择了一种柔性的方式进入北极理事会。中国在一步一步向前走，但同时十分小心，生怕引起他人的担忧。

聪明的西方记者只讲一句"永盛"，便将话锋转到神通广大、世人皆知的"雪龙"，以及中国的经济实力、军事意图。这在提醒我们低调的同时，也在提振我们的信心和诗人的骄傲！约莫是刚洗净满手油污的二副白响恩，写出了一首吟咏《雪龙，中国龙》的好诗：

> 留一张冰山漂浮的照片，
> 舀一勺北冰洋清冷的海水。
> 看一眼极地别样的彩虹，
> 探一回深深海底的奥秘。
> 闯一趟开创历史的北冰洋之路，
> 会一下寒界王者北极熊。
> 呵，我们来了——
> 龙行天下，龙巡四海，雪龙，中国龙！

遨游四海，曾是梦的宏愿，

艰难的东北拓航，

冰山横亘，浓雾紧锁，

能使雪龙抛锚拴缆？

当科考队成为冰岛的国宾，

向冰岛总统赠送"雪龙"模型，

向世界昭示的是龙的强盛，

东方大国的辉煌。

"雪龙"唱响惊世凯歌，

碾碎冰封千年的北冰洋……

"西半球"和"北极圈"

《北极之光》载文：

7月14日22时02分，正在白令海作业的"雪龙"船，缓缓漂过了东经180°，正式从东半球驶入西半球。当晚20时30分，"雪龙"船到达了位于北纬60°02′、东经179°59′的BL10站位。虽然要停船作业，但受洋流的影响，仍然缓缓地向西漂移，最终越过了180°经线，实现了从东半球向西半球的跨越。

180°经线也是国际日期变更线的位置。国际日期变更线是国际上确认的一条日期变更线，从西向东穿过这一变更线，时间不变，日期向后拨一天；从东向西穿过这一变更线，日期向前拨一天。国际日期变更线虽然基本上沿180°经线分布，但并不是一条规则线。在白令海北部和白令海峡，变更线就是不规则的，因此"雪龙"船早在两天前就越过了国际日期变更线。

"雪龙"船从青岛驶离后，一路向东，经度也在不断地增加。一路上跨过很多时区，从北京时间的东八区到东九区以此类推，隔一两天就会拨快一个小时，以便大家的生物钟能日出而作，日落而息。然而，队员的时差还是倒不过来，依旧活在北京时间里。晚上睡不着，白天醒不了，经常把早饭时间错过。

从 7 月 10 日科考队开始定点作业起，除了格林尼治时间、船时和北京时间，许多队员戏称又多了另外一个时间，那就是"站时"——定点站位作业的时间。在白令海，科考队要进行 27 个站位的作业，一个站接着一个站，到站的时间是不规律的，有时是凌晨三点钟，有时是早上七八点钟，还有时是晚六七点钟。密密麻麻的做站观测采样，如同行军打仗，队员们一有时间就睡觉，即便是一两个小时也觉满足。被打乱的生物钟加上断断续续的睡眠，让人忘记了时间的界限。很多队员在"做站"中边试验边调整，把"做站"称为"作战"，真是一场耐力和意志的较量！

闯入北极圈

从 7 月 15 日下午 2 时起，在西经 178°、北纬 60° 附近的大陆坡海域，科考队海洋生物组进行了底栖生物拖网作业。由于大陆坡海域最深才 200 多米，在该海域的作业站位之间的距离都非常近，因此，从第一次底栖生物拖网作业开始，到白令海区最后一个站位，林和山和他的队友在两天多的时间里，共拖了 14 次网，体力和精力严重透支，但是，所有辛苦与疲倦都被收获的欣喜冲淡。

7 月 15 日，后甲板聚集了三四十人，要进行底栖生物拖网作业了。队员们都来见识没见过的海底生物。"雪龙"船周围数百只的海鸥盘旋，说明这片海域有很多鱼。下网、拖网、收网，40 分钟后，大家见到了本次北极科考拖上来的第一批底栖生物样品：大个儿的松叶蟹、粉红色的海葵、比脸盆还大的海星、活蹦乱跳的海虾、有剧毒可致命的鳐鱼……如果不是亲眼所见，队员不会想到在北冰洋的入口白令海里，有着如此丰富多样的生物。

长腿的螃蟹堆成了小山，海螺、海星、小虾以及各种各样不知名的生物红红绿绿，甚是壮观。林和山、宋普庆、王建佳、林学政等人忙着分类拍照，统计生物种类和数量。

由于作业海域不同，第二次拖网打上来的主要是蛇尾（一种无脊椎棘皮动物）以及一些小虾小蟹和各种螺类。可在分类的时候，宋普庆发现了一条小狮子鱼：鱼身上生着好看的花纹，和之前打捞上来的狮子鱼不一样。他说这是一种鲜见的狮子鱼，要拿回实验室研究分析。

北极的生物世界永远充满神奇，超乎想象，每次海底起网，都能找到不常见的极区生物：脸盆大的黄腹鲽、长腿的松叶蟹、长在海螺上的柱状海绵、色彩绚丽的冷水珊瑚，还有连成天与海底生物打交道的林和山都叫不上名字的大海螺……

白令海地处北太平洋和北冰洋交汇处，阿留申低压像一个"泵"把深层海水带到海面，从而为生物提供了丰富的食物，使白令海形成了富饶渔场。宋普庆说：白令海是世界四大渔场之一，从获取的生物种类来看，这片海域生物种类非常丰富。生活在大海中的海洋生物，是海洋环境变化的活化石，在全球气候变暖和北极海冰快速溶化的背景下，此次北极科学考察的主要科学目标之一，就是研究北极海域生态系统功能现状及其对全球变化的响应。

每次拖网作业，队员们都要忙活两个多小时，有时候还没拍完照，就到了下一个作业站点。十几站干下来，体力大量消耗，几个二十多岁的年轻小伙子快吃不消了。18日凌晨1点，白令海最后一个站位的考察作业结束，理好样品，拍好照片，林如山、宋普庆和队友们拖着疲倦的身躯，迎着朝霞走回住舱。"我现在只想冲个热水澡，然后上床睡到自然醒。""雪龙"船船时7月18日凌晨3点多，50个小时没合眼的林如山一边说着，一边把生物样品放入冰柜中保存。再过十几个小时，他们又要在楚科奇海域开展拖网作业，捕获更新奇的海底生物。

当地时间8月2日22点，"雪龙"船穿越巴伦支海后，抵达北冰洋、大西洋扇区第一个海洋调查站点。这标志着由国家海洋局组织实施的首航东北航线任务已顺利完成。

"雪龙"船首航东北航道，先后穿越5个北冰洋边缘海：第一阶段从7月

22 日至 30 日，"雪龙"船接受俄罗斯引航和破冰护航，穿越了楚科奇海、东西伯利亚海和拉普捷夫海；第二阶段从 7 月 30 日至 8 月 2 日，"雪龙"船离开俄护航编队独立航行，穿越了喀拉海和巴伦支海。

领队杨惠根感慨地说，北极东北航道的首航，为实现我国跨越北冰洋对大西洋扇区的首次极地科考创造了条件，同时更是为我国开辟了又一条连接欧亚两大洲的远洋运输线。俄罗斯破冰船的破冰和领航服务，对"雪龙"船成功穿越东北航道起了非常重要的作用，也非常必要，但此次"雪龙"船因科学目的穿越东北航道，接受俄罗斯破冰船领航服务，并不意味着中国对俄罗斯强制领航主张的认同。当前东北航道航行还面临一些困难，一是俄罗斯虽为航行北方海航段的船舶提供气象、海冰信息和导航服务，但服务系统性和及时性等方面还不尽如人意；二是东北航道东段地处俄罗斯专属经济区内，俄罗斯称其为"北方海航道"，但是属于俄罗斯内水还是国际航行水域还存在法律分歧，北方海航道法律和政治上的不确定性，是北极航运的症结所在；三是有关国际组织虽然制订了东北航道突发事件应急制度，但这些制度缺乏有效的国际协调。

在所有科考仪器设备中，最金贵、最受宠的莫过于 CTD（温盐深仪）。CTD 是测量海水温度、盐度（电导率）、深度，兼具分层采集大容量水样功能的大型自动记录系统。由于海洋水文、化学、生物等多个学科都依赖于 CTD 采集上来的水样，也是使用频率最高的仪器设备，几乎每个站位 CTD 都要作业。

由于"雪龙"船船身巨大，高高在上的甲板面给科考作业带来了麻烦。将自重达到近一吨重的 CTD 移到船舷边，再放入海中不是一件容易事。以前是靠至少 4 个人的力量将 CTD 抬到车上，将车推到舷边，再用绞车把仪器吊入水中。由于海况复杂，经常出现仪器侧翻的现象，不仅耗费人力，也增加了作业的危险性。

本次北极科考，特意给"雪龙"船舯部甲板做了个"小手术"——在作业平台上加装了一套滑轨系统，定制了一个 4 轮滑车。把 CTD 放到滑车上。穿上"旱冰鞋"的 CTD 便身轻如燕，两个人就可以轻松地将滑车推到舷边。

北京时间 7 月 18 日 7 时 44 分，中国第五次北极考察队的"雪龙"船，从西经 168°55′穿越北纬 66°33′，正式进入北极圈。

进入北极圈后，天气越来越冷，随时都可能遇到浮冰。为调节走航作业疲劳与枯燥，提醒队员们警惕浮冰，"雪龙"船开展了有趣的海冰竞猜活动。

由于严寒，北极圈以内的生物种类很少。植物以地衣、苔藓为主，动物有北极熊、海豹、鲸等。北极圈也是极昼和极夜现象开始出现的界线，北极圈以北的地区在夏天会出现极昼，冬天会出现极夜。为了找乐子，不是理由也是理由：厨房里传来命令——因为进入了北极圈，大厨要改善生活，号召大家来帮厨！真是欲加之乐，何患无辞！

凌晨 4 点钟，5 名大厨早早起来，在"雪龙"一层的厨房里奏响了"锅碗瓢盆交响曲"。填饱 118 名队员的肚子可不是一件易事儿，厨师们不仅要有好的厨艺，更要有好的体力。帮厨就成了每位科考队员在"雪龙"船上的必修课。

来自国家海洋局第一海洋研究所的葛仁峰、李官保、林丽娜，厦门大学的胡王江、高原以及国家海洋环境监测中心王震等人在一楼餐厅择菜、剥蒜皮。所需的食材要用大桶大盆来盛。除了葛仁峰大姐外，帮厨者大多是四体不勤、五谷不分的吃客。切菜、掌勺这些需要技术的工作做不了，就洗菜、擦盘子。从事海洋化学专业的胡王江自嘲地说："让我们这些成天在实验室和试管、烧瓶打交道的人去'动刀动火'，真是赶猪爬树。"葛大姐道："男人会做饭是魅力，年轻人应该学做饭。"大家嘻嘻哈哈，便把一大箱香菜全择净了。

一讲到"吃"，馋虫大动，叫作两条腿的不吃活人，四条腿的不吃板凳！便是那千条软腿的面条，也有人编成唱词《消夜归来》，词曲仿《打靶归来》：

> 每到半夜不想睡
>
> 就找大厨把面炊，把面炊
>
> 热汤炸酱加肉丝儿
>
> 馋得队员流口水
>
> 馋面的队伍排成队
>
> 吃了一碗想两碗

抚肚抹嘴上床睡，上床睡

今天吃过想明天

大厨的工作翻了倍

面条美味，工作翻倍。进了北极圈，对北极的理解也应加深几倍，有资料诠释《北极，是资源的宝库》：

北极地区独特的景观与文化的融合，构成了这一地区神奇的"旅游资源"和"探险资源"；北冰洋东北航线和西北航线的开通，以及现存的空中航线，属于"交通资源"的范畴；北极地区对研究日——地空间物理、环境、生物等学科的重要贡献，使北极成为地球顶端的一个天然实验室，应称为"科学资源"；北极作为地球的两大冷源之一（另一为南极），左右着全球增暖过程，因此，对于全球环境变化来说是一种"环境资源"；北极地区特殊的文化背景，形成了世界文化宝库中的"文化资源"；北极地区特殊环境下形成的生物种群及生态系统，是我们这个星球上基因库的重要组成部分，也是全球生物多样性的重要成员。北极的人种和物种均可归入"基因资源"。这是广义的资源。

除上所述，还包括人们通常所指的可更新资源和不可更新资源。可更新资源主要有：水资源、生物资源、土地资源、太阳能、风能、水电资源等。不可更新资源主要有石油、天然气、煤、金属和非金属矿产等，这些是狭义的资源。

文化是旅游的灵魂，旅游是文化的载体。队员在北极圈内发现了大美景观，惊呼冰区奇景，美不胜收。

7月20日8时，中国第五次北极考察队在北纬70°30′，西经162°48′遇到一条浮冰带，距船大约4海里，这是本次北极科考首次遇到的浮冰。下午两三点钟，随着纬度的增高，在"雪龙"船四周的海面上，零零散散地漂满了大小不一、形态各异的浮冰，大的足有足球场大小，小的只有一两平方米。有的好似欲展翅飞翔的白天鹅，有的却像一座漂浮海面的象鼻山……在海水和海风的雕琢下，一件件晶莹剔透犹如水晶工艺品般的浮冰，向人类展示着大自然的神奇魅力。

很多第一次参加极地科考的队员都很兴奋，大家纷纷跑到视线最好的驾驶室，举起相机定格美丽的瞬间。与兴奋的队员相比，当班的二副陈鹏和水手尹孟德却不敢有丝毫大意，眼睛一直盯在海面上，陈鹏不时举起望远镜察看冰情，指挥尹孟德尽可能避让大块浮冰。清冰、蓝水、阳光下的彩冰，美丽而带刺的玫瑰冰啊！雪龙人爱你、怕你，亦在征服你。当你在文人笔下成章之时，给人的是亲切与温顺之感！

7月26日，经过了4天艰难的破冰之旅，在俄罗斯破冰船的引航下，"雪龙"船经住坚冰考验，穿越东西伯利亚海冰区，安全顺利地驶出北极东北航道的东西伯利亚海冰区，向拉普捷夫海挺进。此次北极之行遇到的最大的挑战莫过于海冰。由于今年北极考察时间偏早，科考作业区和东北航道上的冰情，要比预计的严重。在楚科奇海作业区，"雪龙"船驶到北纬71°30′时，考察队就不得不下令调转船头，更改作业方案，提前进入东北航道。

作为东北航道途经的5个海域之一，"雪龙"船目前航行的东西伯利亚海，是俄罗斯北极地区最冷的海。即使在夏季，东部沿岸仍有浮冰，航行不确定因素较多，考察队停止了全部科考作业。

如若站在船头，目光所及之处，冰与海平平静静，海流冲击冰块的声音，一股一股，好似泉声。走在编队最前面的是俄罗斯"VAYGACH"号破冰船。在这艘破冰能力名列全球前十名的核动力破冰船的带领下，其他船舶顺着破开的水道，亦步亦趋。"雪龙"船排于船队第四，前面两艘船分别是芬兰籍"STENA POSEIDON"号和巴拿马籍"NORTIC ORION"号散货轮，后面是刚刚加入编队的俄罗斯船。5艘巨轮浩浩荡荡，在冰里寻找着较薄的区域，小心翼翼地闯荡。

散货轮经过的海冰上，发现了红色的斑迹，与白色的冰面形成了鲜明的对比：是坚硬的海冰把船上的油漆蹭掉了。"雪龙"船是具有抗冰能力的破冰船，船身涂有一层玻璃鳞片漆，柔韧性非常强，坚硬的海冰也不会把漆刮下来。王建忠船长说："这属于陆缘冰，正在形成许多融冰池，看上去并不厚，但底层却互相连通，非常坚硬。即便有破冰船的开道，也要十二分小心。"

对于越海穿冰的描述，首席科学家马德毅先生笔下生辉，文章为《北冰洋西行随笔》：

"雪龙"船航行在俄罗斯西伯利亚广袤大陆北侧的海面上，与岸线忽即忽离，一直向西。从弗兰格尔岛到北地群岛，这条西行的科考船，勾勒出一条优美的东北航迹的弧线，直指大西洋。

航路七成冰海，速度不到 5 节，船一惊一乍，发出颤抖和碰击声，像车碾瓦砾路面，与航道大冰碰撞。冰块是编队最前方俄罗斯 4.4 万吨领航破冰船 Vaygach 破冰留下的，站在舷窗前，迎着象征傍晚永远的斜阳，看舷下状如瓷片的冰块翻滚挤操，还有像泡沫塑料般与冰分离了的絮状残雪，正不知所归地踟蹰飘忽。透过舷窗，还能看到前方距"雪龙"最近，排队第三的 Nordic Orion 号杂货船肥胖的躯体，笨拙地踟跚着，硕大的后臀夸张地扭动，假装"她"也在破冰似的。闲得此景，忽生莫名的不快："雪龙"船可是一艘破冰船啊，现在却亦步亦趋地跟在那"娘们"的腔后，蹚着那条抛满冰屑和泡沫垃圾的水沟，快快而行。何止是英雄无用武之地？简直就是窝囊！没办法！人家的地盘，人家说了算！虎落平阳被犬欺呀。想当初，咱"雪龙"在楚科奇海穿冰破雾，独闯 Mor 点，那压冰时的上下颠簸，破冰时的喊里喀喳，就是一个爽字。那啊家伙，纯爷们！

舷窗玻璃糊满冷凝的水汽，让人憋闷，擦一擦，切个别的画面吧。远眺冰海，令人油然而生对上帝的敬畏，摄人魂魄的美。船在冰的狭缝里缓缓游走，天与冰原相接。大海凝固了，白昼定格了。地质学家说，水是一种矿物，冰是一种岩石，说得很是冷静。不过在文学的词汇里，却有一些赞美冰凌的很文气、很浪漫的说法，如"冰清玉洁"，"一片冰心在玉壶"。这词儿听了就让人怜、人疼，把个冰说成钻石宝玉，水晶银锭，北冰洋的冰石可是铺天盖地，冰玉联袂！

北冰洋的冰，大气大美，千变万化，千姿百态。有的由多块浮冰整合而成，受潮流的暗涌鼓动裂隙，冰面出现纵横交织的缝合线，看上去就像汝窑瓷器一般。裂隙如在两侧，冰体水平位移的方向，因速度不一，相背而去，就会形成冰间湖。那相向而来的，则会在裂隙处顶托隆升，堆叠成冰脊。冰脊耸上冰面，蜿蜒而去，犹如卧在冰海的巨龙！又有冰面包水，融蚀出许多的积水凹洼，即所谓融池，星罗棋布的融池晶莹剔透，像镶在冰面上的蓝色宝石。还有的冰面以水包冰，大小不等棱角的、浑圆的冰体包在海水中，顶着雪帽，放眼望去，就像东北初雪后的湿地——水尚未结冰，大片清水盈沐着草甸，冰雪融化后，便是一片葱茏。北冰洋融冰时，多会出现冰藻。冰藻值得礼赞，它就在琼玉的中心，生生不息地演绎着生命的传奇，融冰时的水华，是它讴歌生命的一瞬。

北冰洋的蛮荒是大美，北冰洋的冷凝是魅惑。北冰洋的道行博大精深，北冰洋的身手挥斥天宇。几百年来，她吸引了多少弄潮游侠、科考剑客亲近她、追求她，但她的冷峻、她的自负，令我们 Chinare 5 的龙兵，好似当年的唐僧取经，千辛万苦，千难万险，却又千惊万喜、千欣万慰！

好家伙！这位首席科学家想占文坛的首席！

冰行花絮

"雪龙"昂首北行，穿雪破冰，腾云驾雾，威风凛凛。无边的海浪、浮冰抽来甩去，激情满怀，风光无限，气象万千！

越往北走，冰层越厚，大都是多年冰。除有雪白的冰，蓝色的冰，更多的是灰褐色的"脏"冰，而"脏冰"之身世至今是谜。

"蓝冰"在南北极地区较为常见。在极区的寒冷世界，雪年复一年地积累起来，由于常年狂风大作，雪花在风中飞舞碰撞，渐渐磨去棱角，变成面粉一样精细，形成风积雪。雪一层层覆盖，随着深度和压力的增加，新雪渐渐变成由细小冰晶组成的粒雪。到70~100米深时，雪之晶体互相融合，颗粒之间的空气，被压缩成一个个独立的小气泡，变成白色的气泡冰，或称新冰。当埋藏深度超过1200米时，巨大的压力，使新冰中的气泡消失，气体分子进入冰晶格，细小的冰晶体便迅速融合，扩大成巨大的单晶，最终形成坚硬的蓝色老冰，这叫作蓝冰。这便是大自然的神奇造化！南北两极的蓝冰，让笔者心醉情迷。

而"脏"冰又是怎样形成的呢？各种解释众说纷纭。考察队的海洋生物学家称，海洋中有一种叫作冰藻的黄褐色生物，分布在海冰中部或底部。冬季，冰藻像种子一样，贮存在海冰里。夏季融冰时，冰藻从海冰中脱落，充分利用阳光和海水中的营养，迅速生长、繁殖。曾去过南极考察的张介霞称：在南极也能看到这种脏冰，但没有北极多，南极脏冰主要分布于冰山边缘，颜色也较浅。

还有一种说法，脏冰是人类痕迹的表现。北冰洋周围是人类居住的大陆，沙尘、大气等陆源物质会流到海里。另外，俄罗斯专家提出，在楚克科奇海，冰经常被矿物质和有机不纯物严重污染，而北极其他地区的脏冰，却不是很多。

脏冰的身世之谜还有待科学家解开。队员们却一致咬紧牙关，坚决否认是中国的沙尘暴所为！如果一定是沙尘暴原因，那一定是从美国的拉斯维加斯大沙漠而来！在美丽的北冰洋上，美妙的东西太多太多，为什么要留意那点儿"脏冰"呢？

7月28日下午3时5分，正在舯部甲板作业的科考队员王晓宇大声呼救："右舷有人落水了！"随即将船舷边上的救生圈扔向人员落水的地方，听到呼救声的科考队员李寿，立即向驾驶室拨打了报警电话。

驾驶台值班二副陈鹏接到报警电话后，立即通知船长王建忠和考察队领队杨惠根。船长拉响了警报。杨惠根广播宣布："现在停止一切科考作业，全队进入救生应急状态！"应急救援指挥部执行指挥王建忠立即宣布："指挥部人员就位，直升机组、应急备航人员和救援组就位。"

直升机组准备就绪，担架、救援物资也及时到达后甲板机库。指挥部下令：直升机起飞，搜寻落水人员。根据搜寻位置，救生小艇找到落水队员，将其救回"雪龙"船，落水队员被救援组的担架抬回抢救室。

哈！原来这是"雪龙"船、考察队和机组联合进行的救生大演习，参演者谁也不知是假。就像《智取威虎山》戏中的座山雕告诉杨子荣："我也当是共军来了哩！"考察队领队杨惠根说："以往南北极考察队的应急演练，基本上是以'雪龙'船为主体，此次考察队与'雪龙'船联合演习，在极地考察中尚属首次。在极地地区进行科学考察，会遇到许多突发事件，建立一套完整的应急反应机制十分必要。从此次演习的整体情况来看，各项动作基本到位，但也发现了一些衔接方面的问题，下一步会针对性调整操作流程，完善应急预案。"

人的生命只有一次，世间最可宝贵的乃是生命，何况族人中的精英——极地科考队员呢！

8月4日10时40分，随着重达两吨的锚锭入海，后甲板上掌声和欢呼声同时响起，历时3个小时的大型浮标布放任务终于圆满完成，这是我国首次在极地地区及深远海成功布放大型海气耦合浮标。

大浮标由标体和缆系组成，缆系长近3800米，共有传感器链缆、悬浮缆、耐压浮球、张紧缆、拖底锚系五大部分组成，缆系的布放，就安排在了后甲板。小艇将浮标缆绳解下，浮标随着海流漂向远处。缆绳蛇行般铺满了整个停机坪，五六名队员一点点地将带有传感器的缆绳放入海中。接着悬浮缆、耐压浮球、张紧缆依次被放入海。手腕粗的缆绳要靠人工一点点送入海中，3000多米的缆系，用了2个多小时才放完。

最后，系有2吨重锚锭的锚链靠重力沉入3200米的海底，重力的作用，使锚锭在入水时溅起了十多米高的浪花。现场响起了热烈的欢呼声，首席科学家马德毅和考察队领队杨惠根也相拥庆贺。更令人兴奋的是，大浮标布放现场副总指挥范秀涛从国内来电得知，远在中国青岛的实验室内，大浮标采集和监测到的各项数据，已被实时传回，运行一切正常。

该浮标将应用于国家海洋公益性行业专项、极地环境专项等我国"十二五"期间多个国家科研项目，并将长期为中国乃至国际海洋与气候的预测、预报业务化系统提供服务支持。

北京时间8月14日零时，中国第五次北极考察队乘坐"雪龙"船，抵达北纬62°10′、西经19°70′的冰岛附近海域，开展科考作业，这是我国北极科考和我国海洋调查首次抵达北大西洋，开展海洋调查与研究。

首席科学家马德毅说，冰岛附近海域，是大洋传送带发生变异时的敏感海域。此次经冰岛政府批准，在"雪龙"船访问冰岛之前后，考察队在冰岛附近海域，开展以海洋地质学为主的海洋调查，通过与冰岛海洋研究机构的合作，开展中冰气候变化对比研究，北冰洋、太平洋扇区与大西洋扇区海洋环境对比研究，冰岛近岸洋中脊岩石学和地球化学研究，对夯实中、冰两国海洋学家间的合作，拓展两国在极地与海洋领域的研究，具有非常重要的现实意义。

在龙将龙兵艰苦卓绝地漂荡在北冰洋上，为祖国科学考察立功建勋之时，"雪龙"船上的科技队伍，也在拼力拼智，为驾驭维护"雪龙"而殚精竭虑：8月15日午夜11点30分，挪威海开始泛起涌浪，"雪龙"船王硕仁政委来到机舱集控室，对大家一天的抢修工作，表示了亲切的问候。

锅炉水化验中发现盐度异常，老轨和三管轮分析研究，判断是大气冷凝器出现海水渗漏现象。7点30分，在老轨的指挥下，白班人员开始抢修大气冷凝器。老轨吴健不仅是轮机部的最高领导，也是轮机部学习的好榜样，前几次的发电机抢修工程、空压机缸头抢修工程，老轨总是作业在第一线上，这次更是分秒必争。机匠长陈利平和副机匠长曾凯旋、机工沈杰投入工程的抢修作业中，值班人方平来到现场支援。在高分贝的发电机旁，滚热的热水井上，同志们早已汗流浃背。机匠长用气焊对螺丝切割手术，几小时过去，海水冷却管和蒸汽回管终于被拆解开来。试验作业时，又发现大气冷凝器中的一根海水管渗漏，但细小的海水管一根根嵌在大气冷凝器中，不能拆卸，机匠长迅速赶到机修间，现场用车床制作了堵漏闷头。时间恍惚，在机舱忙着作业的人们，忘记了晚餐。

高个子的曾凯旋和沈杰爬到狭窄的管弄里，进行蒸汽管捉漏补漏，年轻的宓宗龙，坚持到最后。在部队12年的汤建国，晚班后又加入抢修，晚11点半，整个抢修工程才圆满结束。

"腰酸背痛啊……"回到宿舍的曾凯旋叹道。"背痛腰酸啊！"大家反唱一遍。煮人肉的16个小时，人早被热汗泡透……抢修中，还有局外人写不出的苦处。何金海的诗行里，热烈赞颂的是一个"你"字，而不是他自己：

你疲倦的双眸

仍然放出坚韧的光芒

反照着

窗外雾气蒙蒙的冰洋

你酸痛的双手

仍然充满无穷的力量

飞舞在

冒油烟的机房

你伟岸的背影

在灯光下拉得很长很长

不知道舱外

正有寒风飘雪的疯狂

你晶莹的汗水

犹如一颗颗珍珠

散落在机舱

洒进那火热的"雪龙"炉膛

你宽大的肩膀

托起

探索真知的梦想

你热烈的胸膛

保障了

"五北"安全的远航

你像璀璨的星光

照耀在地球的两极

奉献

是你此生的愿望

你

最敬爱的人，我学习的榜样

荣耀

是你胸前的勋章

温热的冰岛

预计8月16日，"雪龙"船将停靠雷克雅未克港，开展为期4天的访问活动。其间，将接待包括冰岛总统在内的各界人士参观，这将是"雪龙"船历年来接待规格最高的一次。

全船上上下下、室内室外忙得热火朝天。辛勤劳作，使内外环境干净整洁，船体容貌焕然一新。同时，"雪龙"船做好各项组织保障工作，安排好各岗位的值班值守，确保开放参观活动安全有序；为保证招待宴会的顺利，厨师们精心准备了菜谱、餐具，布置好贵宾厅。用汗水换取了"雪龙"船崭新的容貌，满满的自信，搞一回漂亮的外交！

应冰岛共和国总统奥拉维尔·格里姆松和冰岛政府的邀请，"雪龙"船抵达冰岛，先后访问了首都雷克雅未克和第二大城市阿克雷里。开展了北极合作研讨会、"雪龙"船公众开放日、总统登船参观并接受随队记者专访等活动，这是我国北极科学考察队，首次应邀正式访问北极国家。

为遵照中冰两国领导人达成的共识，落实国家海洋局与冰岛外交部签署的海洋与极地科技合作协议，"雪龙"船及北极考察队，对冰岛开展了一系列访问和考察活动，受到了冰岛科学界和公众的热烈欢迎。冰岛总统格里姆松对此给予高度评价，中国驻冰岛大使苏格先生称："雪龙"船访问冰岛，是创造历史的友好往来，为中冰两国的合作奠定了基础。

位于冰岛北部的阿克雷里，是一个美丽的港口城市——北冰岛省省会，号称冰岛的"北方之都"，位于滨埃亚峡湾左侧。人口 1.5 万。建于 1786 年，也是冰岛北部最大的港口和贸易中心，渔业发达，资源丰富。有鱼肝油提炼、纺织、制鞋和冷冻厂。是重要的农产品市场（马铃薯、蔬菜、羊），有农业实验站，是旅游中心之一。阿克雷里背依雪山，面临碧湖，风景秀丽，被人们称作冰岛北部的"雅典"。阿克雷里的夜半太阳，可谓当地的一大奇景：每年六七月份，这里终日可见太阳。最吸引人的还是四周的米瓦登湖，有络绎不绝的游客。阿克雷里有地球上最北部的植物园，园里种植着冰岛各地及其他国家移植来的 2000 多种花草树木，其中有中国的菊花。因此，又有"北极圈边的花园城市"的美誉。全市的建筑面积，相当于一座有一二十万人口的中等城市。还是一座具有百年历史的港口。由于海湾深入内陆，加上两岸陡壁的屏障，得天独厚的优越条件，使这里成为一个风平浪静的天然良港。

阿克雷里是冰岛著名的渔业加工工业中心，附近海域里盛产沙丁鱼等鱼类，建有全国最大的鱼类加工厂，生产的大冻鱼、鱼罐头、鱼粉、干鱼等产品，远销到欧美、非洲等地。市自然历史博物馆展出冰岛的各种鸟类、海兽、海藻及陆地植物的标本等，是冰岛菌类和其他低等生物的研究中心。

米瓦登湖边有一个冰岛最大的火山口，附近有一片温泉区，水温常年保持在 27℃左右，可终年洗浴。温泉以东有一片热气田，裂缝中喷着热气，温度达 200 多度，可以发电，是重要的旅游胜地。

冰岛是重要的北极国家之一，它对中国成为北极理事会永久观察员持什么态度尤显重要。对此，格里姆松认为，中国在全球经济中占据极其重要的地位，中国必将成为北极地区事务的"积极参与者"。他说："当前，我们北极理事会 8 个成员国正在尝试修订条例，以便其他国家成为永久观察员国，我们的观点鲜明而坚定，那就是中国应该成为其中的一员。"

全体考察队员应邀参观总统官邸，收到总统赠送的一件具有深远含义的陶瓷艺术品——"破冰之旅",寓意"雪龙"船访问冰岛,同时也寓意全球变暖,导致北极海冰消融,需要中冰和其他北极相关国家广泛开展国际合作研究。领队杨惠根和首席科学家马德毅代表考察队,向总统及夫人回赠了全体考察队员签名的队旗以及科考队员亲手绘制的总统肖像。

冰岛总统格里姆松在官邸欢迎中国考察队员,并与苏格大使、杨惠根领队,首席科学家马德毅、船长王建忠合影留念。这是一位高大、健壮、温文尔雅的总统,举手投足都有十足的绅士风度。他捧起队员为他绘画的肖像,与大家合影,礼貌周全而适度。

8月17日上午,第二届中国—冰岛北极科学研讨会在冰岛大学举行,冰岛总统、冰岛外交部高级官员、中国驻冰岛大使出席。冰岛总统在会上发表了热情洋溢的总结讲话,赞赏中国年轻一代科学家的快速成长,高度肯定了中国北极研究取得的成就,为北极做出了重要的贡献。8月20日,考察队与阿克雷里市共同举办了北极合作研讨会,围绕极光观测、北极航道开发等议题展开了讨论。

领队杨惠根说,北极地区正在步入开发利用的新时期,国际上针对该地区的科学考察活动日趋频繁。冰岛是重要的北极国家,"雪龙"船首次穿过北极航道到达北大西洋,来到冰岛,表达了中国开展北极合作的诚意,也深入地探索了非北极国家和北极国家合作的空间和途径,这必将提高我国在北极事务中的影响力。

考察队首席科学家马德毅说,此次"雪龙"船冰岛之行,也是科考交流之旅,对于夯实中—冰两国海洋学家间的合作与交流,拓展两国在极地与海洋领域的科学研究具有重要意义。

"雪龙"船访问冰岛期间,在雷克雅未克和阿克雷里分别开展了公众宣传活动,在冰岛引起了轰动。冰岛媒体积极地对活动作了全面、客观、正面的报道,提升了我国的公众形象,展示了我国的极地研究水平和人才队伍。冰岛总统对此高度评价:"此次'雪龙'船的冰岛之行和考察队的访问,不仅增进了中国和冰岛人民的北极知识,而且增进了全球对北极的了解。"

风景如画的雷克雅未克，在天光海光的照耀下光彩熠熠，它是冰岛的首都，位于冰岛西部法赫萨湾东南角、塞尔蒂亚纳半岛北侧，是全世界最北的首都、冰岛最大的港口城市，西面临海，北、东面被高山环绕，受北大西洋暖流影响，气候温和，7月份平均温度11℃，1月份-1℃，年平均气温4.3℃。全市有人口114800人，面积274.5平方千米。

这里拥有许多温泉和喷气孔，"雷克雅未克"，冰岛语意为"冒烟的城市"。冰岛人早在1928年就在雷克雅未克建起了地热供热系统。地热为城市的工业提供了能源，看不到其他城市常见的烟囱，天空蔚蓝，市容洁美。每当朝阳初升、夕阳西下，两面的山峰便现出娇艳的紫色，海水变成深蓝，使人置身画中。状似水晶球的珍珠楼，是首都热水供应公司建造的半球形建筑物。

雷克雅未克是世界上纬度最高的首都，是冰岛全国人口最多的城市。因为人少，公路上奔驰的公共汽车，往往是司机一个人在过"车瘾"。入冬以后，山巅覆盖着白纱似的积雪，分外壮观。建筑多为红绿色彩，美不胜收。市区里温泉很多，市内铺设了热水管道，为市民提供热水和暖气，热水到用户家中还能达到90℃。

雷克雅未克市市政厅建在一个方圆2公里的湖面上，当地人称之为"鸭子湖"。在温暖的夏季，成千上万的天鹅、野鸭等水禽聚居与此。而在寒冷的冬季，鸭子湖会排放温度适宜的热水，供水禽们过冬，湖面上的飞禽摩肩接踵，繁若闹市。科考队员亲眼见证了"世外桃源"或"香格里拉"的景象。在实现中国梦的图景中，印记了有模有样的参照！

当地时间8月17日下午，"雪龙"船迎来了冰岛共和国总统奥拉维尔·格里姆松和第一夫人，中国考察队领队杨惠根、首席科学家马德毅、船长王建忠、中国驻冰岛大使夫妇出席活动，热烈欢迎了贵宾。

面对排水量两万多吨、世界知名的极地科学考察船—"雪龙"号，格里姆松总统表现出了极大的兴趣。他观看了中国北极研究进展的电视片，察看了"雪龙"船船舶科考装备以及生活设施。在与考察队科学家代表座谈时，格里姆松总统又饶有兴趣地询问了将在上海建立的中国——北欧北极研究中心构想，以及未来北极的主要科学研究方向。

"雪龙"船宽敞明亮的驾驶室,给格里姆松总统留下了深刻的印象,他好奇地问:"为什么这么大的空间?"王建忠船长回答说,"雪龙"船驾驶室面积约为200平方米,为了确保海上航行和极区破冰作业的安全,这里是海冰观测的瞭望点及考察队员掌握航行信息的公共场所,需要360°的视角,进行全方位瞭望。"那你们晚上可以在这儿跳舞了!"中国驻冰岛大使苏格先生风趣地说。

格里姆松总统亲切地与考察队员代表在船载直升机前合影留念,并邀请中国全体科考队员和"雪龙"船船员到总统官邸做客。之后,接受了随队中央电视台、新华社和中国海洋报记者的联合专访。

8月20日,"雪龙"船在阿克雷里接待了近700名公众登船参观。作为冰岛第二大城市,阿克雷里虽然仅有1.5万人口,但它地处北极圈内,冰岛许多重要的北极研究机构都设在这里。作为一个非北极国家的极地科学考察船来到阿克雷里,吸引了阿克雷里公众的极大关注与热烈欢迎,无论是在"雪龙"船上,还是在街头巷尾,许多当地居民都能清楚地叫出"雪龙"和"中国",让考察队员感受到了冰岛人民火一般的热情。

杨惠根说,中国是非北极国家,若想在北极事务中有所作为,增进与北极国家的理解和信任非常重要。此次"雪龙"船访问冰岛,取得了实质性成果和良好效果,今后可以扩大北极考察区域和领域,促进北极政策、经济、环境、人文等多领域合作。

20日晚,第五次北极科考队和"雪龙"船结束对冰岛为期4天的访问,离开冰岛阿克雷里港。冰岛总统格里姆松日前在总统官邸接受记者专访时表示:一艘中国破冰船穿越东北航道来到冰岛,不仅对两国,也对全人类具有里程碑式的意义。

前年,格里姆松访问了位于上海的中国极地研究中心,中国在南极开展的科学考察工作给他留下了深刻印象:"我想鼓励中国极地研究中心和从事极地研究的中国科学家能积极参与北极研究,与冰岛和全世界科学家共同了解北极正在发生的变化。"

在格里姆松看来，北极地区是 21 世纪最重要的地区。随着海冰融化，北极航道的开通成为可能。在未来 30 到 50 年，不管人类怎样努力，海冰还会继续融化，而这个航道的开通，将大大缩短亚洲，尤其是中国与欧美的距离。就像一百年前苏伊士运河开通所起的作用一样，东北航道的开通，将会对全球贸易和海运产生"革命性的影响"。

格里姆松认为，冰岛地处北大西洋，自然而然成为这条航线的一个枢纽和中转站。"我们需要讨论的议题之一是如何设计新的航道，如何在需要时组织营救，哪里可以补给淡水，哪里是可供货物中转的港口等，并负责和系统地开展这些工作。"他说。

在格里姆松眼中，冰岛不仅是观察极光的极佳地点，也是研究海洋环流、冰川融化、渔场迁移、火山活动的重要位置。在许多方面，冰岛都是"地球的一个实验场所"。他说，在这些方面合作，能够增进对地球的理解。

"雪龙"船冰岛之行既是两国科学合作的开始，也是经济和政治合作的新开始。"在我小时候，冰岛完全依赖进口石油和煤发电，而今冰岛已经实现了 100% 利用清洁能源发电。冰岛在地热方面的先进技术，可以帮助中国一些城市利用其当地丰富的地热资源，以替代火力发电。"他说。

谁不夸赞家乡好？一个世外桃源式的文明国家的文雅总统，有资格骄傲，也有理由梦想。他不怕"不速之客"扰闹冰岛安宁，而期望做一个海上交通枢纽和方便世人的服务站。是圣母马利亚教他如此思考。

再会，温热的冰岛。再会，天使般的总统！

龙人诗文

"雪龙"载着的龙将龙兵，代表着祖国美好的形象。我找不到合适的词形容这些"最可爱的人"。古来的喻语中，百里挑一者为英，千里挑一者为豪，万里挑一者为雄，而 14 亿人里挑选出的人杰，又该如何譬喻？

龙的子孙，大写的"龙人"，是适当之词。在各司其职，各当一面的"龙人"中，才华横溢者有之，文采奕奕者有之。从领队到政委到首席科学家到某某助理的文胆们的诗文，从各个职能、各个角度、各个本质情愫的自然挥发中，写景状物、描人述情，不乏天下佳文！

何金海的散文，从惜别冰岛时写起，标题为《美丽的曾经》：

驶离冰岛，"雪龙"迎着飓风，在大海中一路北航。呼吸了冰岛几天清新空气，当我在机舱巡视一圈后，才发现充满热辐射和油气味的机舱空气，是如此让人胸闷。回到集控室，静静地靠在椅上，看着刚刚检修好分油机的机匠长陈利平等从机舱上来，思念又把我拉向几天来停靠雷克雅未克的日子。

8月16日中午，艳阳高照，天蓝云白，风景美不胜收。"雪龙"安全停靠雷克雅未克港口，大部分科考队员都去观赏雷克雅未克那片纯净的土地，"雪龙"后甲板几位身穿大红连体服的同伴，在阳光照耀下格外显眼，加入了那道亮丽的风景线中……

雷克雅未克的阳光，跟着"雪龙"来到海上，仍在生暖。零点后的甲板，在灯光的照耀下，像陈旧的影片一样，不断地播放那曾经的记忆，耀眼的新马达赫然屹立在后甲板上，机匠长和副机匠长灿烂的笑容，以及他们大口吞吃泡面的模样，着实令人愉快。

时间呼啸而过，"雪龙"穿梭于海洋。来到船舷，看着美丽的斯瓦尔巴群岛的冰川，寒风吹打着双颊，我才从回忆中走出来。回忆只是美好的曾经，现在，我们满身油渍，要做的就是时刻保障船舶的安全航行……

工程师的文笔隽永，情思婉转，把美丽的异国风光留作心灵的底片，翻印作祖国今后的蓝图……而他眼下要做的，便是形同机匠长的劳苦。轮机部的宓宗龙也写文章，是现实主义的纪实文学：

开航后，我一天天数着归期。现在开始回忆大家一起在机舱汗如雨下的每一个日日夜夜。凌晨 3 点，一阵急骤的闹钟声吵醒了我：值班的时间到了，从床上拖起极不想动的身体，拿着手电，先对前部生活区巡视。到了机舱才发现，二管轮黄磊已经早到，查看自己的设备了。这个航次他的设备多出问题。有一次，发电机温度降不下来，一干就是两天两夜，在轮机长的技术指导下，通过一次次排查，终于确定是三通调节阀出了问题，修起来很不容易。

机舱的工作，就是与脏累交道，一位前辈说，从来没把工作照给父母看过，怕他们看到儿子满身污垢、汗水湿衣的样子心酸。机舱的环境是恶劣的，四五十度的高温，震耳欲聋的机声，一出紧急问题，几十小时昼夜工作，汗水中一遍又一遍拆装机器，这就是一个轮机人。在其位，谋其政，将出现问题的概率降到最低，最低……在极地科考的大军中，做好这颗永不生锈的螺丝钉。

这颗永不生锈的螺丝钉是真金做成，闪闪发光。这些隐于钢铁柜橱中的青年们却从来不缺遐想。另一位名叫何剑锋的好兵，把观看冰景的感觉，写成《忆江南》，意识之流动可谓活泼：

"夜"，
无眠，
窗外，
夕阳西斜。
冰面，
懒散着金黄一片。

冰表的融池，
或连或断，
曲折蜿蜒，
延绵至天。

高低错落，

冰水融连，

波光粼粼中，

恍若置身江南。

忆江南，

弯月高悬，

萤火扰眼，

家前蛙声一片。

专注于写冰的，有李占生的十六字令，文味醇厚，十分提神：

冰，

玉琢蜡染伴晴空。

真安静，

鸥燕啼声轻。

冰，

万年极地一片明。

迎赤子，

雪原战旗红。

还有美文，秉笔直书，《冰色之遐想》本腔原调，有板有眼，兼有十足的科技知识：

生活在我国北方沿海的人们，见过海冰。它原本平淡无奇，但北冰洋的海冰，却被赋予了更为丰富的色彩。

新生冰：也称脂冰，半透明，是海冰形成的最初形态。薄如油脂，细腻光洁，在阳光下熠熠生辉。但也是最脆弱的，略有扰动，便会支离破碎。

雪成冰：纯白色，非海水而由海冰表面积雪冻结而成。颗粒粗糙、易碎，有冰之型而无冰神韵。

当年冰：秋冬季海水冻结而成，来年春夏融化，生存不过一年。多为灰白或浅蓝，冰内较多卤水，结构松散，硬度低，抗外能力弱，对我"雪龙"船不成障碍。

多年冰：一年以上的深蓝色海冰，那是岁月历练的积累，日久弥坚。冰之结构致密，卤水少，硬度高，可抵御强大破冰船冲击。

冰脊冰：因海水在外力的作用下，重叠堆砌而成，可高出海面数米。易在背风面积雪，白中泛蓝，是北冰洋冰海航行的最大威胁，也是集体力量的最好写照。

沿岸冰：多为灰或黑色，多陆源颗粒物沉积，是冬季受陆上风沙无情摧残，留下的刻痕。过多的承载，会让它在夏季更易吸收阳光热量，而早早消失于冰海。

冰藻冰：主要集中冰底，呈棕色。冰的内部，生长着大量微藻。敞开心扉，给其他生命生存空间的同时，也给自己的生命着彩。

白雪，是海冰最心仪的衣裳，一旦穿上，便一派洁白。不见了冰表融池的斑痕，不见了可怕的冰裂隙，也不见了陆源物质留下的杂色。

冰如人生，谁说不是呢……

你站在桥头看风景，看风景的人也在看你……何剑锋写诗赋文，淋漓尽致。不经意间，一位名叫郝锵的文士，却将他标榜报端：

割面如刀的寒风，冻得发麻的双手告诉我，冰站作业绝非风花雪月、赏雪吟诗，实是对意志力的极大考验。冰站面积虽大，但安全活动范围非常有限。冰面活动有一铁律，那就是必须跟着前方队员踩出的路线走，因为在任何一片积雪下，都可能潜伏着冰缝和融池。寒风中作业，体力消耗极快，稍不留神，冰芯钻头就因打偏而卡在冰中。尽管已小心翼翼，但经验的缺乏，还是让我吃

到了苦头:

在钻取第二根冰芯时，钻头被卡在了冰中，无法取出，只留一根连接杆与主机相连。钻头一旦冻在冰中，除了放弃没有其他选择。我顿时急出了一身冷汗，正准备再次发动主机，闻讯赶来的何剑锋老师及时制止了我们："取冰芯需技巧，忌蛮力。"他将主机和连接杆拆下，在钻头接上手动杆，卧在冰上，一点一点地转动冰钻，上下提动着往上"捞"，如履薄冰，小心翼翼，然终于成功。当所有的冰芯都钻取完毕，我们的汗水早已湿透重衣，连面罩也被汗水和呼出的水汽浸湿……尽管疲惫，一排排码放整齐的冰芯，却照得我们眼亮！

"雪龙"船继续在冰海中蜿蜒前行，顶着刺骨的寒风，面对北极熊的威胁，随时随地潜在的冰裂隙危险……冰站作业犹如一坛烈酒，烈得让人生畏。但真正懂得品酒之人，却会为此痴迷，沉醉于浓烈的那种沁人心脾的醇香……

钻冰芯、捞钻头的铁手写出了如此美文，让人对毛公"实践出真知"的教导铁信。接下来的文章是领队所写，板眼腔韵全提了层次，真是"卖啥的吆喝啥。"《寄语》文曰：

我曾随"雪龙"船三次考察调查，"雪龙"船上发生的事，"雪龙"船特有的气息，"雪龙"人的骄傲与痛楚，都给以我深及心灵的震撼……

"雪龙"之于我，宛如进入了一座百年城堡，穿越了时间隧道，捧起了远年的冰雪，与曾经叱咤风云、坚定有力的一双双巨手相握、交杯痛饮；仿佛回到了阔别的故乡，享受那些亲切和安详，我喜欢抚摸自己动手改造过的家什，容易在曾经彻夜不眠的地方沉思和发呆，也常常醉心于"雪龙"兄弟的畅饮和叙旧，放松行走，脚步放慢了，生怕打破这里的宁静；又好像与一位独闯世界归来的兄弟久别重逢，看着他满脸的自信、刚毅和从容，让我不得不对他重新认识和刮目相看，为他取得的成就而骄傲，为他所遭受的挫折而心疼，更为他的茁壮成长和灿烂前程而满怀期待！

"五北"的"雪龙"，首航北极航道，胜利完成了中国船舶首次穿越北冰洋的破冰之旅，成功访问冰岛，接受了一个北极国家总统和人民的历史性检阅。胸怀全局、安全保障了具有里程碑意义的首次跨越北冰洋科学考察。"雪龙"人风尘仆仆、一路走来，在第五次北极考察中又一次创造了辉煌、谱写了新的历史篇章！

谨代表首席科学家马德毅、我本人以及临时党委，热烈祝贺"五北"《北极之光》"雪龙"专版成功发刊！是为序。

中国的专家，常常会在官方场合唱出赶板夺词的"行腔"，这是中华文化传统中珍重文学，"学而优则仕"观念之释。航天功勋孙家栋在与美国航天局官员谈判时口若悬河，令对手疑他不是航天专家，是谈判专家！读过惠根文章之时，看他像否散文诗作家？

另一个例子举在王建忠，这位重洋百渡的著名船长也写文章，主题竟是"北极航道经济价值和发展空间"：

北极东北航道和西北航道分别贯穿欧亚大陆和北美大陆以北海域，是连接东北亚——欧洲和东北亚——北美洲东海岸最短的航道。以上海港至汉堡港为例，穿越北极东北航道的航线，相对经苏伊士运河的传统航线，缩短航程约2700海里；以上海港至纽约港为例，穿越北极西北航道的航线，相对经巴拿马运河的传统航线缩短约1900海里……

近10年来，北冰洋海冰呈现快速减少的趋势。自2007年以来，夏季北极东北航道和西北航道均出现全线无冰的现象。完全无冰期可达30~40天。2009年夏季，两艘德国商船实现了从韩国釜山港经过东北航道达到荷兰鹿特丹港的航行。从2010年至2011年，穿越东北航道的商船从4艘增加到了34艘。至21世纪中叶，北冰洋可能会出现夏季无冰的现象。从现在至2050年，东北航道的适航时间，将从约50天增加到90天。

这位懂地理，知天象、海象的船长会算经济账，谋划战略环境，并对五次北极科考分析通透：

"雪龙"船此次沿着俄罗斯海岸北侧与北极高纬航线，二次穿越北冰洋，完成二条不同的北极航道的实地航行，为未来我国船舶北极航道利用积累经验和航行数据，也为我国船只利用东北航道提供了第一个范例。

从今年8月份北冰洋冰融的情况看，北冰洋东北航线的航行开通。"雪龙"船去程的航线，在返程时已是"零海冰"，全通航时间长达40余天。东西方冷战局面的解冻，也为船舶航行航海基本资料的获得，打开了窗口，使航行"黄金"航道的梦想，变成了现实。但必须面临海冰、极端天气、霜冻、水深、破冰成本、应急救援、商业保险、冰区航行经验、人员短缺以及地缘政治等多种困难，破冰的引航费用，也是船舶通航必须考虑的因素。

本次"雪龙"船集结时间先后变更三次，主要是考虑到航线上的冰情和气象条件，此外，俄方也可能想多等几条船一起出发，获取更大的领航效益。

这位在"雪龙"船与我面谈时温文尔雅，喜笑颜开的兄弟，从宏观到微观，从意见到建议，文韬武略了一番，真有经天纬地之雄魄！在"雪龙"船，对他的采访是愉快的，可以写出他出任"龙头"的根芽。但是，第30次南极的科考，铸就了他前半生耀眼的辉煌。我当在其后专写此章。现在，我们再欣赏他一篇笔调缠绻的文章——《遗憾》：

上海备航、青岛起航、鄂霍次克海海试、白令海与楚科奇海奋战、首走东北航道、挪威海初探、大浮标布放、冰岛访问、环冰岛调查、高纬线返航、北冰洋中心区全方位立体科考首探、楚科奇海与白令海再战、潜标的回收，这一切几乎是一气呵成。

尽管瘦了几斤肉，但回忆起历历在目的历程，面对数不清的、沉甸甸的瓶瓶罐罐和一下子还来不及整理的海量数据资料，大家瘦黑的脸上，洋溢着成就感的喜悦。"雪龙"船员，抑制不住的愉快，掺入庆功酒里，在回程的日子里，我们把稳船、让大家恢复好，也好把神采奕奕的你，还给你家的亲人。

庆功酒后沉思。硕果累累的背后，"雪龙"的龙兵与我，心中还有那难以磨灭的甚至是一辈子的遗憾：

8 月 30 日 5：30，"雪龙"船到达北纬 87°39′，东经 123°，因作业海区由厚达 1.5 米混有大量冰脊的冰雪覆盖，密度达 9 成以上，难度已远超"雪龙"船的破冰能力，无法继续北上。"雪龙"无奈地鸣一声长笛，遗憾地踏上了返程之旅。

北纬 87°39′，是本次北极考察的最高纬度，离北极点仅有 160 海里（260公里），但是……罗蒙诺索夫海脊、北极点、中国第五次北极考察未走完的北极路，我们还会再来！

现代科学技术的发展，给破冰船的设计、建造，带来了全新的革命。

我国正在与国际著名破冰船设计公司——AKER ARCTIC 联合设计，计划在国内建造一艘新一代破冰船。我们将驾驶中国制造的新一代破冰船，在南北极冰海驰骋，弥补我们本次北极考察所有队员留下的遗憾，圆炎黄子孙几代极地人的极点梦想……

王建忠不是只会报喜的喜鹊，他以沉重而热切的笔调，写出了冰脊卡船的无奈，冲破极限的好梦，但科技的局限显而易见，于是他把希望放到了新的创造，新船之诞生，并且向我们透露了建造新船的喜讯！

因为有遗憾，事业才有进步的空间。因为有遗憾，人间才有了憾人心灵的美文——英雄诗章！有遗憾并有希望，这是写文章需要的艺术火花的碰撞！

像刘邓大军、陈粟大军的将帅配伍一样，"雪龙"船的领导结构是"王王"搭配，在"大王"建忠船长发号施令，大海航行之时，"二王"硕仁政委却在人之思想、情绪、物质、文化生活、政治业务学习方面负以重责，令"雪龙"如生双翅，成翔云飞龙。"雪龙"船"王王"和谐，振翅远飞的盛景，颠覆了"一朝不可二王"的俗语，却像歌唱异族战友，团结战斗的一首歌之所云：

"两只瓜儿一根藤，为了祖国到一起……"

王硕仁，江西余干人。1972 年生，1997 年大连海事大学毕业，被分配到国家海洋局东海分局"实践号"船，搞电气自动化，同年 7 月调"雪龙"号实习，1998 年做电机员。2008 年任大洋调查与实验保障部主任。2010 年任"雪龙"号副政委。2001 年任高工。已参加 15 次南极、5 次北极考察。

2001 年 11 月 22 日，"雪龙"航至赤道，这位副政委的家中传来人人艳羡，家家眼馋，而又学不来的本事的喜讯——夫人生下一对双胞胎儿子！连天的捷报震颤了"雪龙"，震荡了赤道之海（船行赤道）。大厨煮了两盆红鸡蛋，晚餐为欢庆一双小王子诞生，啤酒泡沫飞溅龙船。

"雪龙"刚买回国时，电器系统非常粗糙，王硕仁和徐宁师傅为改造未真正完工的"雪龙"电气自动化，承担了超强的重任，创新改良了这套系统。第 18 次南极科考，这套系统突然失灵，主机失控，船斜飞出去，差点撞向码头！在中山站吊运小艇，艇悬在海面，突然停车，一座冰山却翻滚着，搅起大浪挤压过来。王硕仁冲上吊车，立即排除了故障，阻止了惨祸的发生。第 28 次科考，在中山站区，雪霰如幕，大雪弥漫，驾驶员夏云宝以 15 节航速前进，因冰雷达雪中信号减弱，船离冰山 400 米目视发现了冰山，这几乎已是零距离！因为你躲得过山峰，却难躲过山根，冰山的 80% 淹在水下！船擦着冰山根部疾驶而过，差一点酿成了形同泰坦尼克号的悲剧。万一船撞上冰山，几十万吨的冲击力会使巨轮解体。在远离大陆的南极海域，飞机来了没处落，船来要行半月，而人在低温的冰水中只能存活五六分钟，将是全船队员必死无疑的结局！

那一晚，他和我谈着"紧急"却柔声慢语，不愠不火。但一听驾驶员邢豪报告"一根罗经线的信号减弱，"时他却如灵猫一般迅捷，一头拱进驾驶台下，查看线路，排除故障。这就是"雪龙"号的政委，像我一同见过的杨惠根、孙波一样文质彬彬的江南才子。我非常有兴趣将他发表于《北极之光》的文章，展现给大家，文曰《"雪龙"——考察队员流动的家园》：

9 月 11 日，考察队在完成白令海最后一个站位的作业后，"雪龙"船也完成了它的主要任务，启程回国。我们借此次"雪龙"专刊发刊之机，向全体考察队员表达真诚的谢意，感谢你们对"雪龙"船工作自始至终的鼓励、认可和帮助，使得"雪龙"船能够顺利完成科考的支撑保障任务。

难以忘记，考察队领导的关怀，像穿透北冰洋层层浓雾的阳光，始终温暖着我们、激励着我们努力拼搏。耳边时常响起你们关切的询问；在作业最艰苦的时候，你们总会亲临各个岗位，慰问并鼓励我们共渡难关；在举杯欢庆的时候，总会记得给默默无闻、辛勤工作的同志敬上一杯酒。

难以忘怀，考察队的敬业守则，激励着我们努力工作。无论在风口浪尖，还是在气象条件瞬息万变的冰区作业，确保了船队的默契配合；无论是甲板作业还是实验室分析，你们的规范操作，保证了"雪龙"船和实验室的安全；无论是作业还是日常生活，努力都能得到认可和赞许；无论是加餐还是加班，同志之关怀让人分外温暖。

难以忘怀，在艰苦作业之余，你我共度的快乐时光。在大雪纷飞的八月，在北冰洋一望无际的冰盘上烧烤畅饮；冒着淅淅沥沥的小雨，在挪威海的上空放飞友爱的气球；在阳光明媚的夏日，并肩欣赏冰岛如画的风景；一起Ｋ歌、打球、泡吧，体验船外凛冽寒风、"家"中的暖意浓浓。走进"雪龙"大家庭，与我们同舟共济。两度的北冰洋跨越、最大尺度的北冰洋作业、冰岛的成功访问，第五次北极科学考察，在我国北极考察史上写下了浓墨重彩的一笔，你我曾拥有一个共同的家园——"雪龙"船。我们同舟共济，携手谱写了一曲人生的赞歌。

又是一篇文采飞扬，激情澎湃的散文诗。

他的第二篇文章更像"政委"所写，赞扬了"伙计"王建忠船长，表扬了许多的好专家、好龙兵。他脉脉含情的语调说明着他是一位循循善诱的政委。文章的标题是《雪龙人》，副标题是《一张由青春铸就的极地名片》：

在中国船员队伍中，有这样一个特殊的群体，他们有一个响亮的名字——"雪龙人"，那是一张几代人用青春和热血铸就的极地名片。

大海和极地，令我们的皮肤粗黑，双手粗糙，但也铸就了我们山一般的刚毅。但作为一位儿子、丈夫、父亲，一个家庭最硬的脊梁，家庭的重任却要父母老迈的身躯、妻子柔弱的双肩甚至儿女稚嫩的双手去支撑……每想到此，都会不由地黯然落泪，哽咽无语。我们欠父母、妻子儿女的太多太多，多到用自己的后半生也弥补不齐。

雪龙人中，有18次的探极者，年逾五旬的老船员，首闯南极的考察人。25年，上百万公里的极地风雪路，漂白了他们的头发，摧弱了他们的身体，但他们仍在为极地奉献着他们的光和热，包志相、夏云宝就是这样的"雪龙人"！

在雪龙人中，也有像王建忠船长那样年富力强的中青年一代，他们南北极考察的次数超过了15次，早已是"老极地人"了。还有一批从远洋公司加入到"雪龙"大家庭中来的好兄弟，他们放弃了货运船舶的高薪，投身到我国的极地事业：轮机长吴健、大副朱利、陈鹏等就是他们的优秀代表。他们不仅为"雪龙"船增添了技术力量，也带来了更新更成熟的管理理念，是"雪龙"船宝贵的财富。

还有一批充满激情和理想的年轻船员，他们对未知世界好奇，带着美好的憧憬投身到极地事业的队伍中来。他们活跃在"雪龙"船的各个岗位，在风雪极地奉献着自己的火热青春。赵炎平、袁东方、黄磊、肖志民、夏寅月等就是他们的代表。还有一批像张旭德、李铭剑、何金海等正在成长的"雪龙人"。

发扬"爱国、团结、拼搏、奉献"的南极精神，为我国极地事业谱写新的篇章。"雪龙人"这张极地名片，会更加熠熠生辉！

白熊—海象—爱斯基摩人

熊、象、"爱人"并不能概括北极，但他（它）已成为北冰洋的标志，直观而又有趣。

我写趣味性的动物和"爱人"是因这新奇的所在，激动了可爱的考察队员。你想：除了危险、寒冷，大风、大浪，寂寞和遥远之外，无有这类迷人的稀奇，能慰藉英雄心灵的，全靠杨惠根、王硕仁的思想工作吗？而且，人、象、熊，便是北极本质之一部，素有的特征，没有他（它）们，便不成其为北极，他（它）们是北极的灵魂！

全身雪白的北极熊形如熊猫的可爱。它憨态可掬，凶猛而乖巧。它像企鹅代表南极洲一样，是北极地区的象征。北极熊性情凶猛，爪如铁钩，牙赛利刃，前掌一扑，可以使猎物的头颅粉碎。因此，它是自然界最凶狠的野兽之一。最大的北极熊体重可达 900 公斤，常栖息于海冰，过着水陆两栖的生活。北极熊多在夜间潜行觅食。隆冬时小熊降生，一般为双胞胎，偶尔是单个或三个。刚生下的熊仔光秃秃的，像只小耗子，经过 3~4 个月的哺乳，长到 10 公斤左右。小熊跟随母熊长达两年，一旦长成，便很少同类做伴，只有交配期来到，它们才互相呼唤。北极熊在 20~25 岁之前还能生儿育女，目前还无法断定野生北极熊能活多久，估计是 20~30 年。但是，有一只北极熊在动物园里活了 40 年。

北极熊分布于整个北冰洋及其岛屿、亚洲和美洲大陆与其相邻的沿岸，甚至在北极中心，都能见到北极熊。北极熊的诞生地，大部分是在斯匹次卑尔根群岛的东部、格陵兰的东北和西部、加拿大北极群岛的东部岛屿、法兰士约瑟夫地群岛，特别是弗兰格尔岛。北极地区的斯匹次卑尔根群岛，一年四季都有北极熊出没。冬季，北极熊一般在雪窝里休眠，直到来年春季 2~3 月才出来活动。3~5 月，活动频繁。目前北极熊的数量大约是 2 万只，平均每 700 平方公里的冰面上才有一只北极熊。

北极熊为食肉性动物，主食海豹、鸟卵、幼海象、各种海生动物以及搁浅的鲸的腐肉等。在某些地区，它们的食物也包括植物，甚至居民点的垃圾。在浮冰上，北极熊常以惊人的耐力，整天地守在海豹的冰洞旁等候海豹露头换气，装得和雪堆一样一动不动，还会把黑鼻子用熊掌遮住，只要海豹稍一露头，便立刻出手捉住。

北极熊身体被 5~10 厘米的厚脂肪层覆盖着，能忍受极度寒冷的温度。即使是在零下，仍然能够保持它们的体温。在白色的皮毛下，北极熊的皮肤是黑色的，可以帮助它们吸收热量、维持体温。北极熊通过肢体语言和声音彼此交流，包括吼叫、吸气和咆哮。只有怀孕的北极熊才会在冬天留在洞穴里。其他北极熊全年都维持着相应的运动量，如果食物的供给不足，他们的新陈代谢就会变慢，即使不吃东西，也能存活几个月。

它有着非常强的嗅觉，能够发现 3 千米外的海豹以及在厚冰层下的猎物。又是游泳高手，能游到 60 千米外的地方甚至更远。也能以 60 千米时速奔跑。每当春天和初夏，成群结队的海豹便躺在冰上晒太阳，北极熊则会仔细地观察猎物，巧妙地利用地形，悄无声息地向海豹靠近，当行至有效程内，则如离弦之箭，猛冲过去。尽管海豹时刻小心谨慎，但等发现为时已晚，巨大的熊掌以迅雷不及掩耳之势拍将下来，海豹顿时脑浆涂地。

冬天，它乘海豹露头换气，趾甲掐入豹皮，以防海豹下沉。因冰孔太小，拖拽时往往会把海豹的肋骨和骨盆挤碎，对于那些懒躺在浮冰上的海豹，它会悄无声息地从水中秘密接近。有时还会推一块浮冰作掩护，得手后美餐一顿，扬长而去。北极熊的聪明还在于，若在游泳途中遇到海豹，它会视而不见。因它深知，在水中它绝不是海豹的对手，与其拼死拼活决斗一场，到头来还是竹篮打水一场空。当捕猎甚丰时，北极熊还会挑肥拣瘦，专吃海豹的脂肪，其余慷慨地留给它的追随者——北极狐等。找不到猎物时，它也会吃搁浅的鲸的腐肉、海草、干果，真乃富也能享，穷也能忍。大丈夫能屈能伸！如此，能说它憨吗？古人造"熊"字，是"能"下加四蹄，可见定义它为能物，除了不会说人话，行为与人不二，有故事为证：

王硕仁告诉笔者，在第二次北极考察之时，队员们有一次冰上野餐，在堆雪的冰面燃起了篝火，烧烤着鸡、鱼、牛、羊肉类，那是充满野趣的美好时刻。大家在鲜亮的木炭火前唱歌、喝酒，在珍珠粉般的雪上打滚儿；音乐细胞丰富的高工唱起了苏联歌曲《三套车》；触景生情的女队员唱起悲壮的《长征组哥》。

营盘已经扎下，白色的棉帐篷搭在冰海上。帐篷周边，插上许多飘舞的小红旗，在篝火的照耀下像火苗一样飘忽。忽然有火旗飞上半空，又跌落冰面，像涅槃的火凤凰翩翩翔舞，有人惊呼："白熊、白熊！"群人在惊诧之余一齐发现，是一只壮硕的北极熊来到了近前，它或为参与狂欢，或想让人知道贵客来临，拔下了一根红旗，气呼呼地耍弄起来，那做手儿，不亚于旗手在舞台甩摆大旗，不次于孙悟空玩弄金箍棒！但是，明眼人都可以发现它腿功不行，在一个转身动作里被旗杆绊脚，那踉踉跄跄的样子，活像母猪爬杆儿！也应验了民间的一句歇后语："大狗熊的姥爷是怎么死的——笨死的！"

在短暂的欢乐的欣赏之后，大家意识到危险的临近：防熊队员拿起了枪，哇哇吼叫着白熊听不懂的话："你滚！滚！听见没有？快滚！！！"

但是，熊却认为是为它喝彩，边舞边走过来。在雪上磕磕绊绊，吁吁大喘，双目炯炯。忽一人大呼："又来了，又来了白熊，北极熊！"

顺指点望去，在营地的前后两方，又来两只白熊，那么怯怯地，偷偷地，几分诡诈，几分鬼气，而且一只比一只壮大。假若它们一齐攻击过来，怕是这几支钢枪也难对付。而且，谁舍得缺八辈大德，射杀人间的"现世宝贝"？

在之后"熊走思熊"的时辰里，比白熊还笨的人们才逐渐明白：是烧烤的香味引来了馋熊。你想：在这冰雪覆盖的冰海上，奇异的香味随风飘逸，贪吃的饿汉也难自禁呢？而且，你载歌载舞的欢乐场面，像一场婚嫁的喜宴。倘在这万年寂寥的北冰洋上，有一则"喜宴"共享的乡俗，那白熊的光顾有何不妥？而那几乎跌跤的熊舞，不是还为了报喜，献上了一手舞旗把戏了吗？

三头熊应均占2100平方公里的冰域，这江湖义气的熊朋友千里赴宴，情重如山呢！

不讲感情，不够朋友的防熊队员却朝天开枪了，枪声在冰面回荡，震耳欲聋。大家没看到白熊奔逃的场面，却见它们欢喜地东张西望，不知所措、不知其然地愣在了那里！这也在事后的讨论中——生物学家的解释后人们才懂：在千年无敌——也无人侵扰的北冰洋上，从白熊的开基祖宗起始，熊类就没被枪伤过、刀砍过，这在遗传基因上也不会留下惊吓细胞。而现代熊们又没听过这清脆的枪声，分不出这和人的欢呼、歌唱有何不同，无知者无畏，连孔夫子也谆谆教导"人不知而不愠"啊！用王硕仁的话说："三只熊以为我们放鞭炮哪！"

这没法儿了。紧急中对"雪龙"呼救，调来了直升机，那从天而降的怪鸟着实比白熊大了百倍，它们惊惶起来，并在飞机飞至头顶，雪块像飞石一样围击它们时被吓得双爪捂脸，匍匐冰面。但待飞机飞过，它们便撒开双爪，仰面寻找飞机。有一只还随跑几步，怕它飞个不见！另两只步履蹒跚，慢慢前移，奔向香风缭绕，美味成山的篝火堆旁……

觉悟、觉醒了的人们终于做出既顺天理，又合人理、熊理的善举：撤离营地，随直升机返船！

一组千古难现，千年难遇，千载难忘的镜头出现了：三头白熊互相邀约，互相谦让，互相致意地围到酒肉堆旁，随便抓起一只羊腿、烧鸡或羊头，向飞升空中的朋友真诚致意，大有"举杯邀明月，对饮成三雄"的意境……

2014 年"十一"国庆节，邢豪刚从六次北极考上回来，到巨野看老妈。我请他来，他和两个哥儿们夜里来了，边喝酒边讲遇到了熊的故事，说那边的熊很叫人喜欢：

六次北极考察有个活动，就是猜在什么纬度第一个发现北极熊。从进入浮冰区开始，每天都有人在驾驶台上等候，有一天正好我值班，凌晨两点，驾驶台上只有我们两个航海值班的，还有负责冰情观测的雷教授。雷教授突然说：'看熊！'远远地看到两只北极熊，赶紧降速，然后打电话叫船长。接着打电话叫记者，人一会儿就多了起来，驾驶台上立马热闹了。

新华社的记者徐砲高兴地拍完了活熊，把相机和长焦镜头放在驾驶台，有什么好东西让我帮忙拍。然后接着熊就来了，熊走着，耍着把戏，还向船伸手，我光看戏了，最好的镜头没拍到，徐砲对我恨之入骨。

开始评结果，第一名是船员，第二名是一名美国人，生物学家。他每天都在联系各个国家的考察队，在哪里有熊的足迹，还有洋流，浮冰漂流等，果真功夫不负有心人，弄个第二很怂儿！

第二次发现熊，依旧是我值班，冰越来越重了，船走不动。王船长命令绕过这片冰。就在这时候，来了三只北极熊，打着醉拳。第二天早晨，厨房发现前一天晚上配好的菜都没有啦，原来叫队员全部拿走喂熊了！接着开会重申：不能向南北极的动物喂东西！说得郑重，听的乱笑。

冰站作业，把船插进一大片冰中，来了一群熊，每天都在围着船乱转不走，人不敢下去作业，一天又一天，再拖任务就完成不了。有人提议用武器，但是熊没有威胁到我们的安全。最后用直升机，飞起来扇风，两台涡轮发动机巨大的轰鸣立马把熊吓孬了。然后往外赶，一等它停下来，飞机就俯冲，肚皮贴地，把熊周围的雪全吹起来好几米高。北极熊从来没有见过这么强大的东西，吓得捂着眼跑，飞机就一路追，等停下来就再俯冲，就这样一直送了好几十公里。我们就赶紧作业，天知道它们何时再来，又不懂事儿，它赖着不走，你怎敢干活？

邢豪打着把式讲述一番，笑得我心酸，人家一家老小想看个热闹，就赶走人家，到底是谁的地盘？

在高纬度海洋里，除了鲸之外，海象可谓最大的哺乳动物了，有人称它是北半球的"土著"居民。海象有巨大的身躯，有古怪的相貌和奇特的生活习性。海象身体庞大，皮厚多皱，有稀疏的毛。雄海象体长可达5米，重4吨。它圆头，小眼，视力欠佳。短而阔的嘴巴，粗大的鼻子，缺少耳壳。海象最明显的特点，是那对巨大的长牙。獠牙长达40~90厘米，每只重达4公斤以上，是海象和其他鳍脚类动物不同的地方。

海象性喜群居，最多时可数千头簇拥一起。夏季一来，他们便成群结队到大陆和岛屿的岸边，或者爬到冰山上晒晒太阳。在众多的海洋动物中，它是最出色的潜水能手，能在水中潜游20分钟，潜水深度达500米，个别的海象，可潜入创纪录的1500米深水。海象潜入海底后，可在水下滞留2小时，用须作滤泥器，一餐可从海底吸食数以百计的水生小贝壳类动物。海象的繁殖率极低，每2~3年才产一头小海象。虽为庞然大物，但它对北极鲸和北极熊却望而生畏。北极熊可用力大无穷的熊掌将其脑壳击碎，然后美美吃上一顿。海象是一种珍稀动物，也是一种经济海兽。由于多个国家的竞相猎捕，数量从两三世纪前的数百万头锐减至今天的大约7万头以下。北极海象曾一度广泛活动于北极圈内，但现在仅存于格陵兰岛北部、白令海以及北冰洋中的一些范围不大的区域里。

熟悉海象的同志对笔者描述：海象呀丑死了；身子胖胖、脑袋尖尖，皮肤黑黑，鼻子短短，獠牙长长。它的皮肤黑而多皱，油腻脏污，称之为"象"，实在没有象的气派。这种动物偎聚一起时，不是成群，而是成堆，如蛇绞扭，见之头皮麻瘆。它的四肢因适应水中生活已退化成鳍状，不能像大象步行于陆上，仅靠后鳍脚朝前弯曲以及獠牙刺入冰中的共同作用，才能在冰上匍匐前进，所以海象的英文学名，若用中文直译便是"用牙一起步行者"，想想那种形象，多么的别扭？

刚出生的小海象体长 1.2 米左右，重约 50 千克，身披棕色绒毛，以抵御严寒。在哺乳期间，母海象便用前肢抱着自己心爱的宝宝，有时让小象骑在背上，真是丑妈妈驮着丑儿子，丑得感人、疼人，丑得可怜。小象断奶后，由于幼兽的牙齿尚未发育完全，不能独自获得足够的食物和抵抗来犯之敌，所以还要和母海象待 3~4 年的时间。当牙长到 10 厘米之后，才开始走上自己谋生的道路。

海象的经济价值很高：皮可用来制革；皮下厚厚的脂肪炼油，肉可食，长牙可做成价值连城、精美绝伦的工艺品，所以成为人类捕获的宝贝。随着科学技术的进步，各种先进的猎枪相继投入使用，枪击海象可谓打靶一般。有人甚至在其繁殖场地围而歼之。200 年来，海象的数量下降至濒于灭绝的边缘，近百年来，仅在白令海就捕获了 200 万~300 万头海象。从 20 世纪 70 年代起，由于采取了各种保护措施，其数量才得以逐渐恢复。

海象与中国人应是朋友，从无听闻国人捕杀海象的故事！

笔者要描述一下爱斯基摩人。乍一听来，汉语谐音好像是"爱死寂寞人"！啊呀朋友，你生在素有无边长夜、极夜的北极，不爱死寂寞也没有办法！

爱斯基摩人是北极地区的土著民族，分布在从西伯利亚、阿拉斯加到格陵兰的北极圈内外。分别居住在格陵兰、美国、加拿大和俄罗斯边沿，属蒙古人种北极类型。先后创造了用拉丁字母和斯拉夫字母拼写的文字。多信万物有灵和萨满教，部分信基督教新教和天主教。住有石屋、木屋和雪屋。房屋一半陷入地下，门道极低。一般养狗，用以拉雪橇。主要从事陆地或海上狩猎，辅以捕鱼和驯鹿。以猎物为主要生活来源：以肉为食，毛皮做衣，油脂用于照明和烹饪，骨牙作工具和武器。

爱斯基摩人与美洲印第安人不同之处，在于具有更多的亚洲人的特征。从白令海峡到阿拉斯加、加拿大北部，经格陵兰岛一带，是在北极圈生活的蒙古人种的一个集团。在身体上、文化上都适应于北极地区的生活。他们面部宽大，颧骨显著突出，眼角皱襞发达，四肢短，躯干大，外鼻比较突出，上、下颌骨强而有力。因头盖中线像龙骨一样突起，所以面部模样呈五角形，

9~10月，冬雪一场场覆盖冰海，在不断的暴风中旋成雪丘、雪坨、雪坝。爱斯基摩人的村落里紧张起来；防熊巡逻队开始了全天候的巡逻，防备饥饿的白熊偷袭村庄。闻到香味，闻到人味或爱好热闹的熊们来访了，有的大模大样，有的鬼鬼祟祟。一旦进村，又忖量人们不敢害它，死乞白赖，不肯离去。即便白天被赶走，晚上却又回来，那东张西望、寻寻觅觅的样子，使人猜不透心思。按照沿袭的俗理，只要来了，就要招待一顿，因为北极熊有一个很坏的脾气：不招待，就使坏！拆毁牲口圈舍，咬死驯鹿、马匹、牛羊。狗来干涉，只需一掌，便叫其脑袋开花，脑浆迸裂。老是招待也是问题，吃惯、吃馋了，便会如期而至，死吃赖喝，无休无止，招待分寸难以掌握。只得因时而异，因熊而异！像治理人类社会一样，必要的惩戒也须严厉。有那么一夜，北极熊闯进村内，杀死了人并吃下去。防熊巡逻队在村头设置的陷阱中捕到了一头半吨多重的熊，但没能证明是它杀了人。村长平息了人群的暴怒，决定把白熊裹入网中，用直升机吊到100公里外流放。在熊的激烈反抗中，它连吃了几颗麻醉枪弹，颓然倒地，俯首就擒。

假若那只白熊不是凶手，人们有理由对它深深同情，假定它是一位饥肠辘辘的君子，在饥寒无奈中想要求助，那么满怀热望地奔向人类朋友的家园，却遭暗算落入陷阱，又在一片谩骂诬陷中，挨了枪弹，强迫流放，来到一片完全陌生、无食可觅的环境，那么它的惨遇便是不公的，也许要逼死性命的。但是，面对着被吃的活人，能惺惺惜熊的大概只有作家！因为笔者在录像上确实看见，那头尚未完全解醉的白熊卧于空旷的冰海，那么无奈、无力、可怜巴巴地举头凝望着升空的飞机，眼神中全是悲凉无助！

在54天全黑的极夜里，爱斯基摩人顺从宿命照常生活，大人在灯下补网，

磨叉、修船、喝酒、唱歌。孩子在校中学习、游戏。村庄的灯火辉煌和背景的无边黑暗形成鲜明反照。

在 54 个连续的黑夜里，爱斯基摩女人用她悲伤的调子，唱着从姥姥的姥姥那里传下来的歌谣。万里之外的"爱人"也会唱一首《妈妈教给我的歌》：

> 我只是个平常的女人，
> 从没见过异象。
> 但我要告诉你，
> 我能知道的这个世界，
> 以及我尚未亲历的另一世界。
> 我的夜晚几乎没有梦，
> 做梦的人们，
> 见闻许多重要的事情。
> 梦乡里，
> 人们过一种与这个世界，
> 全然不同的生活。
> 我相信梦，
> 但自己却不是梦者，
> 我只知道每个孩子，相信母亲所知的一切。
> 因为她在睡前讲给孩子的故事，
> 让我们懂得了一切。

在北极，比"爱斯基摩人"更原始的叫法是"通力特人"，"爱人"与"通人"举案齐眉，相敬如宾，互怀着善意与谢意，因为他们是兄弟。有一首这样的民歌《兄弟的通力特人》为证：

> 我们的先人到这片猎场时，

通力特人就已经在这里住着。

通力特人首先知道了，

如何在这穷山恶水中存活。

他们给我们指出驯鹿出没的地方，

教我们在河里捕鱼的妙法。

我们的人从内地来到这里，

所以爱打驯鹿胜过所有别的事情，

而通力特人都是渔人，

更喜欢捕猎海豹。

他们坐着皮筏子下盐海，

在大洋里抓海豹需要勇气。

我们只在冰面上通过它们的呼吸孔抓猎。

他们也打鲸鱼和海象，

也打熊，

以熊皮为衣。

我们穿的是鹿皮。

通力特人个个强悍，

但容易害怕。

他们宁愿逃跑也不拼杀，

你从未听说他们杀过人。

我们与通力特人一直和平相处，

因为他们让我们分享土地，

直到有一天，

他们中有人失手杀了我们一条狗

就吓得远走他乡没了踪影。

多好的通力特人啊！这只能说明，两个兄弟都好！有如此生活心态的人，真是天使……

1月13日，新年的第一缕阳光照向冰海，人们倾巢而出，集合到广场或教堂，唱起赞美太阳、赞美上帝的歌曲。那是发自内心的情感，感谢阳光，感谢上天，感谢幸福的相聚。春光明媚的日子来了，海鸟像蝴蝶、像雨前的蜻蜓一样翩翩飞舞。悠闲的爱斯基摩人坐上、站上海边的礁石，双手掭起一把长杆的网罩，在头顶飞掠着，捕猎那些簇挤成团、纵闯横飞的鸟儿。

这样的捕猎方法笔者熟悉：阴雨前，故乡微山湖的滩地上，飞舞的红蜻蜓，黑蜻蜓碰头撞脸。用网片弄成罩子，绕圈儿扫去，便把红辣椒、黑老虎蜻蜓网罗进去。用这样的捕具，还可以罩住青蛙，捞出鲹条鱼，却从未想到亲爱的"爱死寂寞"的朋友，也会以此捕鸟。看来天下虽大，人的心眼儿还是一般个数！

有一个戴毡帽的"爱人"十分厉害，罩子在头顶转着圈儿，一下子便捕仨俩。捋杆儿取下，鸟头往翅中一别（湖人捉鸭亦是如此），装进一只海豹皮口袋。那口袋猪肚子大小，可装五六百只海鸟。快满袋时，那汉子双足踏上，反反复复踩踩。这是赶尽囊内空气，让鸟堆更加密实。终于踏实、装满了，便用弯针缝上袋口（与我们粮站缝袋的包针一样），将皮袋放入永冻层的地窖，压上石头。

哦！我想起来了，家门口的湖产公司腌制咸鱼，为了鱼垛密实，也是踩踩之后，上面压上好大石头呢！万里之外的朋友，心思与我乡人竟然一样！

我越发觉得万里之外的"爱人"亲近了！生活教人心灵奇巧，劳动教人技法高妙。千年万代的实践，使人认准，并选择了最最有效的生产技能，真是劳动创造了人啊！

融冰的季节里，海上会发出砰砰啪啪的脆响，那是海冰爆裂的声音。爱斯基摩人的孩子来到海边，讨娃儿能做的生活。每个孩子的口袋里，都装满那种发酵完全的鸟儿，他们咯吱咯吱地咬嚼着它，就像我们的孩子咬嚼花生米和茴香豆。他们的伶牙俐齿会嚼碎生鸟的头骨和腿骨，连同鸟儿的心肝和肠子。这种全鸟里富含着人类必需的氨基酸和维生素，它胜过了最金贵的果蔬山珍！爱斯基摩人黑铁样的健壮便是证据。

海冰融化的时候，"爱人"会赶起他的驯鹿游过海峡。这往往要游过五里以上的冰冷海水，游不过便会淹死。领游的爱斯基摩人要管好鹿群，他会和压阵的牧人合力，保证那些疲惫至极的驯鹿坚持下去，坚持下去，绝不回头。如果有一只驯鹿因怯懦而走了回头路，其余的群鹿便会转头跟随，它们不能懂得，回头路比前进的路遥远许多，因而会因寒冷耗尽力气，淹死在海中。这样淹死鹿群的事时有发生，是牧鹿人灭顶的灾难！然而，成功者的豪气总是充足，他会锯下一头驯鹿的长角，饱饮一顿热烈的鹿血。那是最养生的玉液，中医说会长生不老。

那位被追捧至云端的中国诗人顾城，曾写过一首题为《白夜》的诗，描写爱斯基摩人居家的日子，不知他是否去过北极？

在爱斯基摩人的雪屋里

燃烧着一盏

鲸鱼灯

它浓浓地燃烧着

晃动着浓浓的影子

晃动着困倦的桨和自制的神

爱斯基摩人

他很年轻，太阳从没有

越过他的头顶

为他祝福，为他棕色的胡须

他只能严肃地躺在

白熊皮上，听着冰

怎样在远处爆裂

晶亮的碎块，在风暴中滑行

> 他在想人生
>
> 他的妻子
>
> 佩戴着心爱的象牙珠串
>
> 从高处，把一垛垛
>
> 刚剥下的兽皮
>
> 抛到他身边
>
> 埋住了他强大而迟缓的疑问
>
> 他只有她
>
> 自己，和微微晃动的北冰洋
>
> 一盏鲸鱼灯

点灯的鲸油是珍贵的。欧洲贵族女人，早在千年前就知道用它制作化妆品，保护她们高贵的皮肤。上等的鲸鱼油会发出醇厚的香气。我在《白鲸》那本书中饱览了捕鲸的惊险和传奇：捕猎者是用性命与这大自然中的霸主肉搏。

爱斯基摩人很多机会是捕猎独角鲸，他们乘小舟接近鲸鱼，投出牵绳的钢叉，一支，二支，三支。又要进入足够的深度，还要与之周旋多时。每一次冲撞、甩尾、侧滚若是撞翻了小舟，都会使猎人葬身大海！成功的猎人将鲸鱼吊上大船，像一群雕塑家围站在一座巨大的鲸雕旁边，使用大刀、小刀分解着鲸肉、鲸骨和鲸皮，然后在船上的大锅里熬炼鲸油。这便是诗中鲸鱼灯油的来历，它的惊险不亚于持剑屠龙。

我在南极的长城湾见过大堆的鲸骨，有机会我也对它写诗。此一章，我想写好的是北极：

> 北极，神秘的北极，
>
> 你的故事如此传奇。
>
> 北极，美丽的北极，
>
> 你是白熊和丑象的领地。

北极，风情的北极，

爱斯基摩人的故事，世界风靡……

冰雪中的热望

中央电视台文艺节目主持人毕福剑探游过北极！他是和朱增新同队前往的。我又发现 2013 年 5 月 31 日的《国际先驱论坛报》上，披露一批有识之士的探游情节。该报对北极之前景，忧心忡忡：……有统计显示，北极圈的原油和天然气蕴藏量分别占全球的 13% 和 30% 左右，煤炭等非油气资源同样储量惊人。这引发了中国企业投资、开发北极的浓厚兴趣。目前，已有企业表现出对格陵兰岛上相关项目的兴趣。

说起来，中国人进入北极的历史并不算长。

1908 年 5 月 24 日，康有为、康同璧父女就登上过挪威的斯瓦尔巴群岛，算是踏上了北极的土地，但真正有据可查的是 1951 年夏，中国武汉测绘学院的高时浏抵达加拿大巴芬岛的北磁极（西经 96°，北纬 71°），成为第一个正式进入北极地区、有确切记录的中国人。

1958 年 11 月 12 日，新华社驻莫斯科记者李楠搭乘苏联伊尔—14 飞机飞行 1.3 万公里，从莫斯科抵达北极点，成为首个到达北极点的中国人，他后来出版的《北极游记》成为轰动一时的科普作品。1991 年 8 月，中国科学院大气物理所研究员高登义应挪威卑尔根大学邀请，参与北冰洋浮冰考察，首次在北极地区展开五星红旗。1993 年 4 月 8 日，香港女记者李乐诗飞抵北极点并展开五星红旗，成为首个抵达北极点的中国女性，也是五星红旗第一次在北极点展开。

1993 年，中国科技协会成立"北极考察筹备组"，从此开始了对北极的科学考察工作。1995 年 4 月，中国首支北极考察队共 7 人从加拿大出发，完成了首次单独组队对北极区的科考工作；1998 年 5 月，国家海洋局和中国极地研究相关工作人员赴斯瓦尔巴群岛，首次正式探讨北极建立科考站的可行性方案；1999 年和 2003 年，中国两次派"雪龙"号考察船赴北冰洋海域科考；

2001~2003 年，中国在斯瓦尔巴群岛朗伊尔城建立临时科考站；2004 年 7 月 28 日，中国第一座北极科考站"黄河"站，在斯瓦尔巴群岛的新奥尔松地区落成，标志着中国的"北极存在"进入"落地"阶段。

事实上，中国走进北极圈的道路并不平坦。不少北极国家担心，中国的强势介入，会影响其对北极利益的垄断，因此千方百计阻挠中国的"北极存在"。就在此次北极理事会第八次部长级会议前夕，还传出俄罗斯、加拿大等国希望阻击中国，令其无法获得北极理事会"正式观察员国"资格的消息。

2006 年，中国提出成为"永久观察员国"的申请，是继印度后第二个提出此申请的非北极国家。但 2007 年，中国仅获得"特殊观察员国"资格；2012 年 4 月，中国再次提出申请，最终于今年和印度、日本、韩国、新加坡、意大利一起，成为"正式观察员国"。"正式观察员国"不同于"永久观察员国"，每 4 年需要重新审议一次。虽没有表决权，但享有参与理事会事务的权利，拥有发言权、项目提议权，还可以参加北极理事会下设工作组，从此有了一个对北极事务施加影响的有效平台。

不过"正式观察员国"终究还是观察员身份。随着北极经济利益的进一步凸显，北极理事会的排他性恐只会加强，不会削弱。同时北极 8 国间围绕北极主权、权益的矛盾也会趋于复杂化、直接化，这些都会影响到中国在北极经济事务的利益，给中国参与开发、合作提出更多难题。

正因为如此，笔者热烈地向往着北极。2013 年 12 月 6 日，我到了南极乔治王岛。如今，我渴望北极冰清玉洁的世界，亦渴望与敦厚的爱斯基摩人、通力特人交友！

十五

群星灿烂

诗情春雷

还有璀璨之群星。诗人李春雷总队长助理是 29 队的文曲星。2013 年 5 月我在北京曾采访他,那飒利、直率的风格,给我留下很深的印象。

李春雷,河南南阳人,33 岁。2008 年 12 月,参加第 25 次南极考察,任长城站站长助理兼管理员。一年的越冬经历之后,又去了中山站。回想第一次征极,新奇之感充胸盈怀;乘飞机至巴黎——圣地亚哥——彭塔,与笔者走的是同一条航线。乘智利空军"大力神"飞机去南极乔治王岛,因天气剧变,反复 4 次才得成行。

在长城站,25 次队只同 24 次队会师 3 个小时,24 次队便撤离南极归国,管理员间对于站上物资设备之交接,可以说是匆匆忙忙。

在长城站,李春雷发挥了外交素质的专长,与九国之间的联络、冷餐会、酒会、联欢、互助皆由他主办出面。印象里与韩国的交道,很有哥儿们味道:越冬期间,韩国金站长发来电报,想上长城站聚聚,就是喝酒,金站长喜爱这一口。那时的海峡已封厚冰,金站长一行驾起雪地车,顶风冒雪跨海而来。大厨使出了浑身解数,煎炸烹燎:猪耳朵、炸虾片、炒花生、烤腰瓜、酸白菜、干莓烧肉、烧羊肉、黄桃罐头……满满一桌。烧酒一上，韩国弟兄笑逐颜开了，夸我们的酒是掺了好水的酒，嘲讽韩国酒是掺了酒的水。

酒酣耳热之时，颇具诗人风格的金站长谈起了他的个人奋斗，他的成功和愿景。中国人同他谈儒家文化、谈中韩历史渊源，金站长拔出了金笔，在我们的签名簿上写下了"修身、齐家、治国、平天下"的论语格言，硬笔书法的功底令汉人叫绝。会作诗的人都会唱歌，"卡拉OK"厅里吼上几曲，歌声粗粝朗亮，"韩风"十足。

4月份，诗人春雷率队回访，韩方的汽艇来接。4.7公里的纳尔逊海峡，刚走500米便起了风，走了十几分钟，只前进很小距离。海浪打进了小艇，油箱竟然漂浮起来，这说明油不多了。李春雷叫大家把救生衣打成死结，潜台词就是：落海后人永远和救生衣连在一起。一股奇异的斜风把船吹上了岸，鼓起勇气一晃油箱，竟没剩一滴柴油。

从此，一船人的人生观发生了重大变化：人之生命，是靠天关照的。2005年的一天，中央电视台要去韩站采访"生物资源"调查情况。韩国一队员驾船来接人，半道里起风翻了船，穿着救生衣的人们被海流冲上了企鹅岛，糊里糊涂地上岸得救，可驾船破浪，热情敦厚、奋力救人的韩国小伙子金载圭博士，却淹死在海浪中。韩国站塑立的他一座半身雕像，永远以那种温厚、平和、友善的神情，注视着与长城站相连的纳尔逊海峡。

诗人的记忆是暖色的：2009年，俄罗斯新建了一个东正教教堂，站上接受了一位年轻女摄影家的申请，一位亭亭玉立、风摆鲜荷样的美丽姑娘沃娜来到了乔治王岛，为这片空旷寂静的冰雪之地吹来一阵馨风。

逢新中国60大庆，李春雷去请她助拍国庆长城站升旗仪式。那时的俄国站长名叫库斯鲁巴，一个非常保守和正统的俄罗斯水文专家：他不准自己的队员饮酒、出访。对于他祖国后花园里捧来的这盆鲜花，更摆出母熊护崽的架势。但是，当装站长和李春雷带了几包茶叶看望，并提出美女助拍的请求之时，他却审慎地应允了，流露出"只有对中国朋友才如此信任"的纠结表情。

事实证明，美丽的姑娘有一颗美好的心。因为美成了一道风景，她像美的花，美的文一样，得到人人喜爱。也因为整个的世界都爱她，她也喜爱了整个世界。沃娜姑娘以她细腻的审美心理，高超的艺术造诣，在酥软的雪地上东奔西跑，拍下了长城站升国旗的录像、照片，拍下了长城队员的合影，观看了中国60周年国庆阅兵式。这一切都使她兴高采烈，她在中国队员喜爱、友爱、珍爱的目光里升腾起来，变成阳光下、细雨中、天海间的一道虹影。她的自尊心、自爱心和风情愿望得到了极大的满足，在众人和春雷的心目中，她成了一首抒情诗。

乌拉圭站的站长名叫方提斯，刚升为上校，春风得意。他诗兴盎发，文学修养很深。长城站站长裴福余和李春雷也爱写诗，智利空军站站长和七岁的儿子也爱写诗，韩国世宗王站金站长是个诗迷，几位站长便心血来潮，发起并成立了一个"南极诗社"，方提斯任秘书长，这位会恭维人的诗人，尊称裴福余是"诗歌教父"。

在如诗的环境中生活、探索，诗心最易发酵，冰雪鸥燕、极光云霞都成了诗。我在北京向李春雷索诗，三个月后，他将中英文对照的各国诗人诵咏南极的诗寄来一沓，并附有一封彬彬有礼的信札：

殷先生好：

第25次南极考察队长城站在越冬期间，与智利站、乌拉圭站、俄罗斯别林斯高晋站、韩国世宗王站等考察站举办了南极诗社活动，丰富了南极考察队在乔治王岛的越冬生活。各国队员，纷纷以诗歌抒发对南极的热爱，对生命、友谊的讴歌，显示了风雪南极的诗意情怀，点燃了南极冷峻酷寒中精神的诗情。人与自然在和谐中相互品读，厚重了人生，也回馈了自然对人的磨砺与恩泽，彰显了冰雪世界中的温润醇厚之美。

英文诗稿已翻译完毕，现发送，您查收。谬误之处请斧正。翻译过程得到了极地办韩紫轩同志的襄助，紫轩贤弟是我办青年才俊。

冰雪皎然，殷先生即将远征南极，深入探究南极人文内涵，必定成就又一部力作。谨祝万事顺意!

　　祝好!

李春雷

2013 年 11 月 28 日

　　我选取一首饱有哲学意味,又有深邃诗思的俄罗斯朋友弗拉基米尔·维索茨基的诗《白色的沉默》,献给爱诗的读者:

当年华、岁月、时代流逝

一切风霜雪雨变得温暖

这些鸟儿为什么向北飞

它们若向南,世界就颠倒了

名声和伟大并非鸟儿所想

万物之下,冰雪飘离了原来的地方

鸟儿要去找寻自己的天堂

作为勇敢飞行的奖赏

我们为什么不能想,不能梦?

什么将我们激动,去劈波斩浪?

我们见到了绚烂的光芒

热烈又价值无上

完全的安静,只有海鸥似闪电

我们两手空空,喂食他们的只有汗水

回报我们沉默的

将是登陆之后我们的歌

很长时间，我们梦到的只有白色

冰雪的其他颜色都不存在

我们已被这绚烂的光刺盲了双眼

但迷雾中仍能看见黑色的地平线

我们的嗓子会放开沉默

恐惧像阴影融化

回报我们绵长黑夜的

将是永远的极地日子

北方期待没有边界的土地

一尘不染的雪花是没有谎言的人生

乌鸦不会挖出我们的眼睛维持秩序

因为这里没有乌鸦

不相信黑色预言的人们

从未躺在雪中休憩

回报他们孤独的

是南极遇见的真正诗友

　　另一首充满童趣的诗，是南极的天籁。她以天真儿童的眼光，看到了大船、船员、孩子和海豹。她给海豹取了一个名字，编了一段有关于它的故事，很像台湾校园歌曲《外婆的澎湖湾》中的意境；但是，南极海豹与诗的风景况味，是外婆的澎湖湾无法比拟的。这是一个完整而引人入胜的故事。

　　伊斯都哈·康特瑞哈期·索图，12岁，智利航空站埃罗德罗姆站长的女儿，维拉·拉斯·伊斯特瑞拉的F-50学校的学生。她朗诵了自己借景生情的叙事诗《丹尼尔拉和玛瑞娜》：

很久很久以前，有只海豹叫丹尼尔拉，

她独自住在南极。

其他动物都离开了，只剩一些船员，

学校的孩子和他们的家人在周围，

海豹很无聊，有趣的故事发生了：

又来了一只海豹，叫作玛瑞娜。她是她很好的朋友，到处转转。

她们有些淘气，淘气地享受在一起。

丹尼尔拉说，和玛瑞娜在一起比独自一人好玩得多！

一天，F-50 学校的孩子们去参观俄罗斯站并朗诵诗歌。

丹尼尔拉和玛瑞娜也去听了朗诵会。

当海豹到达时，孩子们都欢迎它！

孩子们回到学校，丹尼尔拉和玛瑞娜成了他们的好朋友。

有趣吗？多么善良的洋娃娃！

年轻的诗人李春雷二次赴南极，一次任长城站站长助理兼管理员，一年后留中山站。2012 年，又作为 29 次队副队长征极，风浪艰险，冰雪苦寒之故事良多。但遵循"说的不如唱的好听"的普世道理，仍选择他诗心作歌的精粹，以展文采之芳华。其诗《南极·大爱》颇有艺术张力，不愧"南极诗社"优秀社员名号：

不用讴歌你的冰清玉洁

不去歌颂你狂风暴雪的力量

看过了坚毅的飞鸟，迎着风，展翅翱翔

看过了悠闲的鱼儿，任海浪，拂过自己的脊梁

哦，南极，你静默地躺在那里，散发着沧海桑田的幽香

让我神往

无限神往你的静默

静默，是你最伟大的思想

我们钦佩自然的伟大抉择

把所有静默的美，汇聚在你的身上

我们艳美你的静默

睥睨人世间昙花般的辉煌

苔藓无语，默默成长，

只为见证太阳的光焰万丈

巨浪滔滔，势不可当

倾诉出对一轮明月不变的向往

潮落潮涨

企鹅在这里来来往往，繁衍成长

碧海蓝天

冰山走进了人类的执着的梦想

亿万年的沉默呵

为守住最璀璨的真理之光

沁入肌骨的酷寒

是一道让觊觎者不敢逾越的屏障

你虽静默，温柔中却有无比坚强

人类已经领略

由来已久的

自然法则的力量

茸茸的海豹幼崽

宣告了生命的柔弱与刚强

和煦的风儿

春的气息在荡漾

我们来这里

撩开你洁白的面纱一角，一睹你的神秘

我们离去时

将怀着甜蜜，

怀着欣喜，

怀着一颗温暖博爱之心……

悄悄地离去

得意杨扬

我们爱你，南极

爱得发狂

　　真爱发生，如春雷之诗章，一泻千里……时至 2013 年的 2 月 10 日，中国春节大年初一，这位青年才子像一只会捕鼠的猫一样，少不得爪牙发痒。治疗这病的唯一办法就是写文章。已成为总队长助理的春雷，再写春节就不囿于吃饺子、放鞭炮范围，他的大局观念正在生成，这篇文章的标题为《风雪南极，欢乐新春》：

　　春节是全球华人共同的节日。每逢春节到来的时候，远离家国的天涯游子总会在内心深处燃起悠悠思乡之情，但在一代又一代南极考察队员的心目中，更多的是对伟大祖国繁荣富强的美好祈愿。

　　2 月 7 日，中国第 29 次南极科学考察队受到了来自国务院李克强副总理通过视频连线的亲切慰问。他在讲话中代表党中央、国务院和全国人民，对极地考察工作者致以诚挚的新春祝福，全体考察队员深受鼓舞。

2月8日，考察队组织45名队员到中山站参观，很多队员利用站上方便的通信条件给国内亲属打电话、发邮件，报一声平安，提前祝贺新年。

2月9日是中国农历大年三十，全队上下洋溢着浓浓的春节氛围。"雪龙"船的住舱房门贴上了大红的福字，餐厅和多功能厅布置了彩色拉花和气球；中山站的宿舍楼、餐厅和综合栋门口贴上了队员撷取生活趣事编写的春联；在真诚的新年祝福声中，考察队员一起享用了丰盛的年夜饭。

新年期间，考察队有着丰富的文化生活。"雪龙"船举办了自编自演的春节晚会，组织了抽奖活动、观看贺岁电影，播放2013年春节联欢晚会；长城站和中山站分别举行了春节招待会，邀请临近的国外考察站一起欢度中华民族的传统新春佳节，在热烈欢快的气氛中，各国考察站也都奉献了精彩的节目；昆仑队也在大年初二完成了为期58天的内陆科学考察，胜利返回中山站。

我们远离祖国和亲人，奋战在极地考察工作的第一线，全体考察队员以朴素真诚的情谊、乐观积极的精神、甘之如饴的奉献、对祖国和亲人的诚挚祝福在风雪南极度过了一个欢乐祥和的新春佳节。

新春是快乐的，青春是火热的。投身于极地考察事业的李春雷还有很多首诗、很多篇文章要做，我们期待着。

余（俞）勇可贾

二十九队多精英，
长城站长亦盛名。
余勇可贾名俞勇，
其性平和站和平。
做人处处唯谨慎，

当官干事逞英雄。

业精于勤功自高，

"城头"奖旗分外红。

俞勇，谐音余勇，令人想起"余勇可贾"——是剩下的勇气可以外卖，足见勇气之充盈。2013 年 12 月，笔者在长城站和回国的途中，与该君相处半月，见君逢人便笑，悠然自得，不愠不火，然自有主见。窃想到一个南天之外，世界闻名的长城站站长，是何等了得！飞机之上，智利城内，见他与洋人谈笑自如，礼数周全，又在采访中知其处理急事、大事的滴水不漏，处乱不惊，便觉得"余勇"真乃"可贾"。

俞勇，1977 年生，浙江宁海人，青岛海洋大学毕业。2011 年，供职于中国极地研究中心，2010 年任生物生态学研究室副主任。2012 年入 29 次队南极考察，任长城站站长。

少壮官长做了许多青年人喜爱的事情，爱与岛上九国搞联谊：酒会、节会、运动会，接连不断，这在国内是非常平凡的举动，却成为南极冰雪暖融，福泽九国健儿的善举。

俞勇提供的录像资料，重现了 2012 年长城站春节联欢会的热闹，在笔者与 29 次、30 次队同志同打过篮球的俱乐部大厅内，穿着如海豹、企鹅蠢笨的各国男宾女客鱼贯入室，即刻被盎发的春暖开化，迅疾蜕去肥厚的外壳，与相识或顺眼的男女拥抱在了一起，那神色、那力度和撩人的声息，皆是被激活的人性的勃发。那春风荡漾、春心荡漾的氛围，使笔者恨笔变不成电视荧屏，给读者带来全息猛料。恨笔变不成医院的"彩超"，透视出深藏于洋宾土主之心的隐然细小。

也就在那次春节联欢会上，美丽的女主人彭方婷婷袅袅、飘飘欲仙的主持风貌迷倒了"捷克老头"耶达。也就是那次联欢会录音，使我欣赏了中国南极考察队里的藏龙卧虎、人才济济。那男女歌唱家的洋歌、土歌能唱个色味俱全。那山东籍乡亲朱家泉的"少林拳"表演，不单有导体，前滚翻、大劈叉和旋风腿，还会在失足"屁敦"里，展示出臀部肌肉足够的弹性。能与朱大厨武术表演媲美的是，巴西队员桑巴舞和柔术结合的表演，是用双手倒着跳舞，还将黑红脸儿贴上了地板。

在群体表演的中国"兔子舞""千手观音"之后，中华民族的标志性艺术"舞狮"开始了：锣鼓铿锵，狮魂空灵，人狮互动，那是洋鬼子看戏——傻了眼的精彩。

洋人的精彩随之而来，智利人的"探戈"可以入典，韩国人的歌舞"韩风"料峭，最是那乌拉圭人的男女合唱底气十足，他（她）们的"腹颤"音能弄出像人坐在雪地车上，疾行在坎坷冰路的大抖小抖，不是中国人能学的功夫。

在这样的时刻里，那位处心积虑的幕后的导演俞勇，坐在前排发笑，那种笑不出声的功夫，亦称一绝。

比赛的结果不出意料：南美人的篮球水平高出一截，韩国人的跆拳道亦见功力。中国的国球乒乓球仍是厉害，站医万文犁的发球嗖嗖疾转，攻球的角度、速度、旋转度令外国人瞠目结舌。能和中国队一拼的是韩国人，如果没有万文犁，他们一定夺冠。笔者亦是乒乓球爱好者，在长城站期间与万君数次交手，靠我微山湖游击队的打法，竟还赢过他几局，获得了殷赞赞殷"南极王"的诨号，不知万医生是给我玩了个旋转，哄我老人家高兴！

风流却属俞勇：他在长城站连线央视，对全世界播放的春节联欢节目中，对李克强总理和世人汇报战功，那平淡自然的模样如数家珍。

借每个节日机会，品尝中国的美食美酒，是乔治王岛各国宾朋心中有、口中呼的口号。每到这样的时刻，朱大厨与帮厨的"二厨师"便大献殷勤，连在家讨好丈母娘的本事都拿出来：餐厅里一张张圆桌上，色、香、味、形俱佳的菜肴早已摆齐，茅台酒、泸州老窖和孔府家酒的香气铺头盖脸。待宾主入座，俞勇站长便笑模笑样地走向前台，宣读"2013年乔治王岛新春联谊会"祝酒词，中、英、西班牙文的文稿早在贵宾手中：

女士们、先生们，乔治王岛的朋友们，热烈欢迎大家来参加我们的春节聚会!

春节是中国人民最重要的节日，这是一个所有家庭团聚的日子，像西方的圣诞节一样，春节就是中国农历的新年。

中国农历的历史最为悠久，可追溯到公元前 2600 年。

每个农历年都同一个生肖动物相联系。老鼠位于十二生肖之首，然后是牛，虎，兔，龙，蛇，马，羊，猴，鸡，狗和猪。

马上到来的新年是蛇年。蛇在中国传统文化中是智慧、吉祥、幸福、长寿的象征，在此预祝大家在蛇年好运！

干杯！

在"小联合国"里，友好往来是和互助、合作相辅相成的。因此他们所过的土节、洋节，还有各国同过的"仲冬节"，一个接着一个。各国考察队员利用过节的机会，谈合作、交朋友，排寂寞、知世情，应称为"世界大学"的金玉课堂。

2013 年 6 月 21 日，阳光晒暖了乔治王岛，中华人民共和国主席习近平，向南极的中国各站发去了"南极仲冬节慰问电"，一个泱泱大国领导人的优雅风度、文明姿态感人至深：

中国南极长城站、中山站并各国南极考察站：

值此南极仲冬节之际，我谨代表中国政府和人民，并以我个人名义，向辛勤工作、顽强拼搏在南极漫长极夜中的中国南极长城站、中山站的全体考察队员以及在南极地区工作的各国科学家和工程技术人员致以诚挚的问候，祝仲冬节快乐！

几百年来，人类对南极洲的认识经历了从探险时代向科学考察时代的重大转变。随着科学技术迅猛发展，许多国家科技工作者战风斗雪，以坚忍不拔的毅力在这片神奇大陆上开展大范围、多学科、系统化的综合科学考察工作，取得了众多高水平的研究成果。科学考察实践证明，南极地区已不再是游离于人类社会文明之外的神秘冰雪世界，南极地区在应对全球气候变化、促进人类社会可持续发展等方面所起的重要作用，越来越被人们所认识，已成为与我们息息相关的重要区域。开展海洋和极地考察、探索地球科学奥秘具有重大现实意义。

中国极地考察工作走过了近 30 个春秋，中国极地考察工作者同各国极地工作者携手合作，取得了许多具有重大科学价值的成果，丰富了人类对极地的认识。

衷心祝贺各国科学工作者在极地科学研究领域取得的丰硕成果。希望大家加强交流合作、共同拼搏奋斗，努力为人类和平利用南极做出新的更大贡献！

最后，祝身体健康、工作顺利！

中华人民共和国主席

习近平

2013 年 6 月 21 日

笔者进入长城站的第六天，阿根廷站请来了一个美国"重金属"摇滚乐队，邀请中国长城站站长参加。这是一个具有浓厚美国风情的四人演唱队，乐器有架子鼓、电子吉他和大贝斯。已享誉世界 30 余年，世界上有很多国家的亿万粉丝为他们着迷，为他们疯狂。而实际上，这更像四个疯人在演唱，演员有大光头、黑披头、黑白山羊胡，皆戴墨镜和雪白手套，一边敲砸，一边蹦跳，一边吼唱，能够制造出歇斯底里的具有强烈冲击力的气氛。我并不十分欣赏这种艺术风格，而是想了解一下这种文化现象和艺术形式。但是，俞站长接到邀请函之后没有带我，也没带"歌唱家"李航，而带了一位年轻的女队员于海宁去了。按理说，我不该嫉妒小于姑娘（我陷在站舍南 40 米处的深雪中，她还用冻红的小手，帮我挖出过一只拔掉的鞋呢！），但可惜的是海宁对这个乐团并不感冒。我讨得一张节目单，由同事女儿王笑译成中文。哈！竟会有一首悲壮而激昂地呼唤"保卫南极"的歌，海报评价"这是一首高难度的男高音歌曲"，在爱惜生命，爱惜地球的当今，在欧美世界流行如潮：

南极有一片陆地

这儿有绚丽夺目的海洋

这儿没有河流流淌

没有降雨和疾病的侵袭

没有谷物和树木

南极有片陆地

终年白雪皑皑

冬天是漫长的黑暗

南极是充满圣洁和尊严的宝地

（它）是最后一片没有被征服的世界

午夜的太阳在这片苍茫的雪国还能持续多久

我们还要付出多少努力才能使得南极成为让我们引以为豪的圣地

让那一片雪国永远沉寂在静谧之中

让这种安静的氛围永不停息

让这一片雪国长久地笼罩在宁谧的梦境之中

南极有一片奄奄一息的陆地

南极有一片终日徘徊在被死亡阴影笼罩的陆地

虽然没有珠宝覆盖但却黄金一片

这片陆地不能被大方地施舍给任何人

那些天真烂漫的企鹅在这片苍茫大地上还能够起舞多久

我们究竟还要花费多长时间才能够斩钉截铁地呼吁世界人民来拯救

这是一片仅存的南极土地！！！！！！！

如此描写俞站长的岁月如歌，未免有失偏颇，长城站的工作并不总是歌舞升平。问及站上工作，他搬出了一堆报表，那日日夜夜、长白长黑所积累的，没有一件轻松。堪称特殊事件的例子，映照出这个长城站和长城站长的重负之苦。

长城站时间 2 月 11 日上午 9 点 30 分左右，机械师彭秦岭，在长城站码头进行吊运作业时意外受伤。关于应对"开欣"号渔船失事事件的报告，现摘录如下：

国家海洋局极地考察办公室，中国极地研究中心：

北京时间 4 月 28 日凌晨 4 点，从智利海军站获悉，智利海军 LAUTARO 号拖轮完成"开欣"号渔船的搜寻工作，确认其已沉没。

北京时间 4 月 17 日下午 6 点，长城站获悉"开欣"号渔船在长城站附近布兰斯菲尔德海峡（Bransfield Strait）失事起火的消息后，站上立即启动应急措施，并及时将有关情况报告国内。在获悉船上人员已全部安全转移到其他中国渔船后，长城站主要从智利海军站获取"开欣"号渔轮救助的最新情况，并及时通报给驻智利大使馆和国内。

此次渔船失事事件应对过程中，智方一直将长城站作为中方处理此次事件的重要单位之一，这表明长城站已不再是一个单纯的科学考察站。随着我国南极渔业的发展，今后将会有越来越多的中国渔船到长城站附近渔场作业，长城站也必将会再次面临渔船失事事件的应对工作。另外，随着越来越多的游客到访长城站（29 次队夏季，共有 810 余人，国内游客 610 余人）和到南设得兰群岛周边海域旅游，将来长城站也会面临游客安全事件的应对工作。因此，建议尽早对长城站的相关功能进行规划，并采取相应措施加强相关能力，使长城站有能力应对相关事件。

中国南极长城站

2013 年 4 月 30 日

在《"长城"笔记》一节中，笔者已对在长城站期间，得遇同胞旅游南极、光顾"长城"有所描摹。每一批同胞来到，站上都会有"娘家来人"的感觉。一枚枚长城站的纪念章，是队员对跨越千山万水来朝的同胞的一颗颗爱心。

与我等时运俱佳，在长城站期间尽逢吉日不同，一份关于长城站遭受风灾及应急处置的情况报告，反映出长城站遭受了极大风灾和抢救的艰辛：

国家海洋局极地考察办公室、中国极地研究中心：

从长城站时间8月14日下午起，长城站持续遭受8天6级以上东南风的吹袭，对站上建筑和室外设施造成不同程度损坏。灾情发生后，长城站第一时间上报国家海洋局极地考察办公室和中国极地研究中心，并启动应急预案。根据极地办和极地中心的指示精神，在确保人员安全和站区正常运行的前提下，长城站抢在天气再次变坏前，积极采取相关措施进行应急处置。具体情况汇报如下：

一、风速情况：

8月15日：8级以上，最大10级（24.6m/s）；

8月17日：9~10级，最大10级（26.6m/s）；

8月19日：18日午夜12点开始加强，19日早上7点以后持续11级以上，18点到23点12级以上，最大13级。

二、建筑和室外设施受损情况：

1. 科研办公楼东南侧墙一整块外墙板，从地面到屋顶脱落。

2. 东侧墙（朝海）一整块外墙板，从地面到屋顶脱落，两侧临近墙板与主钢构剥离，有严重膨出变形现象，右侧墙板从上至下呈圆弧鼓起。

3. 一楼实验室东侧墙外墙板脱落处，内墙有一长条透风口，一楼实验室东南侧墙外墙板脱落处，内墙有一长条透风口。

4. 二楼实验室东侧墙外墙板脱落处，地板与木质踢脚线处有透风裂缝，二楼实验室东侧墙内墙有多处裂缝。

5. 一楼实验室东侧墙南首的窗户出现松动往外移位。

6. 科研办公楼正门双开式大门严重受损。

7. 科研办公楼整体失温，部分水管冻住。

8. 综合库卷帘门被积雪挤压往里凹陷变形。

9. 室外设施受损……

10. 气象观测设施受损……

吹落的外墙板割断风速、风向传感器和温湿传感器数据线，辐射传感器被外墙板砸变形，但功能正常。

三、应急处置情况：

长城第一时间上报并启动应急预案。根据指示精神，在确保人员安全和站区正常运行的前提下，抢在天气再次变坏前，积极采取相关措施进行应急处置。但由于受材料、工具短缺，无专业建筑工人，以及科研办公楼位于陡坡上、楼前有管道和2~3m积雪等现场环境条件的限制，无法对其暴露部分进行封闭性修复。具体措施如下：

1. 人员撤离科研办公楼；

2. 修复气象设备数据线；

3. 切断受损路灯电源，防止触电事故发生；

4. 切断失温科研办公楼水和暖气供应，防止水管冻裂；

5. 将能搬动的仪器设备搬离科研办公楼；

6. 捡拾散落在站区及周边的外墙板和保温材料，避免再次被风刮起后发生伤人、伤物事件，同时减少对环境的污染；

7. 铲除封堵综合库门的积雪，修复卷帘门，以便机械车辆进出和拿取后续抢修工具；

8. 科研办公楼二楼气象室和通讯室的玻璃墙加贴透明胶布，预防玻璃震落；

9. 铲除出站道路上的雪坝，抢通出站道路，便于与友邻站联络会商灾情；

10. 利用槽钢、三角铁对受损外墙进行加固；

11. 对科研办公楼墙壁透风口、裂缝进行临时性封堵；

12. 对受损的科研办公楼正门进行封堵；

13. 积极寻求友邻站协助。

跟智利空军站、智利海军站、马尔什机场、俄罗斯站、乌拉圭站会商受损建筑抢修措施，他们认为由于受人员、现场条件等限制，长城站采取的外墙固定措施和内墙透风口封堵，是目前所能采取的适宜措施，没有更好的建议；他们站上也没有专业的建筑施工人员。

目前，站上风灾的应急处置工作基本结束，下阶段将按极地中心的统一部署，开展相关工作。在应急处置过程中，车辆机械师徐兴生和发电机械师卫继敏等2名队员，腰部轻度扭伤，已有好转，其他队员未受伤。

中国南极长城站

2013 年 8 月 26 日

急急卒读，真叫人透不过气来。收录时省去细则、图例，却不掩应急措施之缜密、细致。天外之征，事无巨细，皆要有主心之骨，况是大灾大害！

又一件关于紧急救助受伤游客的情况报告，发至国家海洋局极地考察办公室：

国家海洋局极地考察办公室：

长城站时间 11 月 10 日晚 9 时 50 分，长城站接到 Ocean Diamond 游轮呼叫，船上一名中国游客腿部受伤，需搭乘智利空军飞机前往智利蓬塔接受治疗，请求长城站提供伤员、陪同医生和护理人员等 3 人的食宿及医疗协助。接到请求后，站上第一时间通报国内，并立即启动应急措施。根据指示精神，站上医生协助陪同医生对伤员进行临时治疗，并与智利站医生一起会诊病情，初步诊断为右股骨颈骨折。同时，站上组织人员做好食宿、通讯等保障工作，协助其安抚伤员情绪及与智利空军站的沟通。由于天气原因，智利空军飞机一直无法进岛。在站上等待 2 天 3 夜后，伤员于 11 月 13 日早上 8 时左右提前返回的游轮，送往阿根廷乌斯怀亚接受治疗。伤员在站期间，精神状态良好，病情稳定。离开时，伤员和旅行团领队，对办公室和长城站的及时救助表示了万分感谢。

游轮：巴拿马籍 Ocean Diamond 号；

旅行社：广东中信国际旅行社有限公司，国外合作旅游公司。

此事件之处理，又是沟通中外，积极有方的。数万里外的游客受伤，可得亲人救助，这是多大的天福！他们代表了祖国母亲，将慈爱、力量、安全和光明传递给她每一个儿女。

下一个文件则是轻松愉快的话题。

2月20日，长城站举行了建站28周年庆。智利空军站、智利海军站、智利南极研究所站、俄罗斯站、乌拉圭站、韩国站和阿根廷站队员，以及智利空管局、智利银行、DAP公司、Antarctica XXI公司驻乔治王岛工作人员，共56名外宾，与站上29名队员，共同庆祝了长城站28岁生日……

你无须担心那些金发碧眼的洋哥哥、洋姐姐们不会说喜庆话儿，他们像中国最会外交辞令的"场面人"一样会诗情画意、蜜中加糖地祝贺一番，带着感人的真诚，一如祝酒之时的俞勇站长。

弓长国强

探极方懂"长城"长，

结识才知国强强。

此君姓张性豪爽，

管理大员副站长。

天外管事事物异，

极处处人人非常。

岛上九国浩繁景，

幸有该兄身心忙。

英语用罢换西语，

各站交好维军方。

乐于助人不惜力，

授人玫瑰手留香。

弓长会意为"张",我便对张字高看一眼。窃以为造字者心中,必有弓长善射之念。张弓搭箭,便是拉长弓弦,射出远矢。我写国强,好感在前,解析张姓,褒义当先。

如此劈头盖脸"夸张"一番,正所谓"没有无缘无故的爱"。笔者在2013年12月采访于"长城",与君一见如故,多得帮助,涌泉之情,滴水相报而已!笔者多处愚钝,唯敏感著称,满满一站的人物(29队、30队汇合),我俩就对了眼光——和善,还带点调皮,这便大对我的脾气。细想想,好都是从他处而来。约是见我年届六十,惜老之情流露。二是我属文行,人家加了一个"惜"字!问寒问暖使我高兴,遂想起一首民歌,改词吟曰:

张站长呀关心咱,

又问吃来又问穿。

(我穿蓝袄照相异样,他借给我红袄。)

入极感受全问遍呀!

还问咱采访怎么干?

我仔细盘算了一下身边的采访对象,唯缺外站有知之士,他拍了胸脯说:"包给我啦!"我见过不少只"包"不干的角儿,他却是一位愿干事、会干事、干成事的人。他讲的故事美妙、清晰、没有遮掩,即使那些心中有,生活中有,而一般的正人君子不便于说的话,他也口若悬河,有声有色。

张国强,上海人,1969年生,杨浦区业余大学毕业,大专文凭。1987年参加工作,1993调中国极地研究所条件保证处,从事南极后勤工作。1997年首来南极度夏,负责筑造长城站长城湾码头,为第14次队队员。圆满完成了码头重建任务,表现出色。

2012年,又接到远赴南极任务,担任第29次队的长城站副站长兼管理员,却是国强不能离家的时候：母亲刚逝世，80 余岁的老父时时需要照顾，孩子上小学五年级，需关照，他这"能人"一旦离沪，夫唱妇随的妻子不知怎样过活了。

也因国强是个"能人"，极地研究中心为文气饱满的俞勇站长配伍一个泼辣能干、敢管敢干、路路皆通、人人能服的人物时，选择了他。小小人群，大大天地，非国强莫属！

若问"能人"到了长城功夫几何，这角色有时是一个管理员、仓库保管员、食堂司务长或总务主任，有时升华为战地指挥官，外交部次长或救灾、救人的特别行动队长……在机械师彭秦岭股骨粉碎性骨折，转智利手术之时，这位精通车技、吊车技术的副站长，干脆顶班，开动了装载机车，吆五喝六，又当指挥员，又当战斗员。卸运物资之时，叫唤最响的是他。发电栋需帮工，国强又顶上去了。

作为乔治王岛上的名站——长城站，常有国内外代表团前来观摩，视察、参观、作客。副站长开起雪地车，卷起雪雾，风风火火，表现了热情，显示了规格。更多的时间里，这个雷锋喻像的"万能螺丝钉"像一个真正的公仆，跑进餐厅，厨房，帮厨帮忙。好在他在家就是"火头君"，煎炸蒸煮，无所不会，朱宗泉大厨和他成为最好的朋友。

做合格的驾驶员、保洁员、安全员和检查员不单需要技术和觉悟，还需要一种不怕琐碎、礼下于人的朴素心理。可以想见，凌晨 4 时，别人大睡正酣，他轻手轻脚起身，手提扒斗、扫把，开始清扫门厅置放皮靴的地板，是演什么角色？踏雪跋泥的高靴，冰碴融化的水渍，与泥块和成烂泥，那是耐心清理和重复劳动的相加。我初次见景，以为那就是他的工作，很是同情。

30 次队进站以后，他忙于交接，口中说担子放下了，回家会老婆去，可他的快跑产生了莫大的惯性，他看见站务未理，就像猫见了老鼠一样随队起舞：帮着 30 次新队员配发服装鞋帽，帮助新管理员熟悉环境，交代细节。帮助即将离站的队友盖纪念章，写赠言。稍大的空闲，就帮 29、30 队的同志去智利站发信，买邮票。

智利站的邮局循国内规矩，星期天不开门。他就去找那位女局长的丈夫走后门。他是在参加智利建军节活动的时候，认识了那位名叫恰得雷斯的空军上尉。他们一块儿喝酒，一块儿吹牛。吹得顺耳了，就一块儿唱歌。国强的歌，唱得不敢恭维，但选题好：一首智利流行的歌曲，随机改了词儿，两人打着醉拳，跳着跋泥样的醉舞，勾肩搭背地吼喊起来，唱的是一种情绪，一种情感：

切切切，唻唻唻～

比喂（加油）切俫（智利）～

比喂（加油）卡一那（中国）～

切唻～卡一那！

中国人笑，智利人笑，越是不着边际的嬉闹，越有喜剧的色彩。我曾在俄罗斯站领教过。他吃着烤肉，喝着酒，差一点喊哑了嗓子。他趁着酒劲儿，与俄站长说悄悄话，只差咬下人家的耳朵。但是，智利建军节的表演是成功的。上尉恰得雷斯认定了这个豪爽的中国哥们儿，在他提出要求时，立即发动了军车，送他到邮局寄信、买邮票。那位听话的夫人早已跋雪先到了邮局，笑笑地待在了那里。在我随他寄信之时，我见证了那位上尉夫人的笑和服务的殷勤。我笑问国强，是否和这女子早有交情，才结交人家上尉？他拍了胸说："朋友妻，不可欺！我是为寄重要公信，才使出金贵脸面呢！"

因为12月25日是圣诞节，各站都来寄信，邮局只有二人工作。稍有耽误，信在元旦前就到不了国内。我看了一眼那些信件，便瞪大了双眼，信封上董利处长的端庄字迹，赫然书写着习近平、李克强……所有中央政治局委员和国家领导人的大名。在南极这个独特环境中，做出独特贡献的勇士们，在每一个元旦节都会得到国家领导人的慰问，队员们对这种"涌泉之恩"想出了"滴水相报"的办法，那就是将盖满乔治王岛九国考察站站章的元旦慰问信，呈寄给领导人，体现出"万里送鹅毛、礼轻情意重"的心意。

完成重任，国强得意起来，说："你跟我到智利站上走一遭，看哪个洋妹子见了咱不抱一抱？"

我逗道："我说头顶那么黑，牛在天上飞！"

他正色道："牛不牛，你跟我看看！"

一进温暖去处，温柔之情果然旺盛，几位胡茬苗壮的男子迎来，拥抱如摔跤用力。喧闹声引来女士，皆穿了春秋绒衫，身姿窈窕，风姿绰约，用汉语召唤"国强"，国强张开了双臂，每人抱了一下，回头看看我。我看出女子都是不失礼貌的。国强对他们介绍我是作家，人家过来握手，很是亲切。国强埋怨我道："你怎么不抱？男人主动才礼貌嘛！"

我说："既然谁都可以拥抱，怎证明你更有女人缘儿？"他说："你随我去找一个女友，看她怎样抱我？"

七拐八拐去了一个房间，轻叩数下，徐徐开门。先出来一位洋男，高大帅气，站在门边，问国强什么，皆是西语。然后有美女姗姗出门，手抚门框，并不近前。国强又"男子主动"地拥抱了人家一下，告诉人家："要回国了！"人家礼貌地祝他一路平安，二人又退回房间，关紧房门。活泼的国强一下子沉默了，我说："咱们去俄罗斯站吧？"他答非所问道："你看没看这女子脸有些红？"我说是。他又问："你看没看那男的不太自然？"我说是。他说："如果没有这男的，她会十分……那一回……哎呀！"

我几乎笑破了肚皮，我喜爱拥有这种性情的国强，他的夸张和个性化的张力感染了我，他信誓旦旦地答应：2014 年的 5 月份到山东找我"耍一耍"，这是他和好朋友朱宗泉约好的日子。

真是乐极生悲，回到长城站的国强突然变蔫了，告诉我："家里出事了！老婆太娇气……"

我答："那叫娇妻！"他说："她带女儿在浴室洗澡，门却打不开了。叫不应人，就去打玻璃，手扎烂了，也没叫到人，哇哇哭起来！因为煤气炉上还烧着水哪！情急中往南极给我打电话，可笑不可笑？"

我说："天上的风筝地下的线，牵住你了！"

他苦笑说："上五年级的女儿个性像我，劝她妈：'妈妈别哭，我们一定能出去！'她坚强，性格像我！"

他没忘吹牛。"后来呢？"我问，他说："哎呀！还是女儿沉着，性格像我。她说：'找110呀……'"

他的眼圈儿竟会发红，恐怕此时来个洋女子，也没心思拥抱了。站长那边叫他有事，他飞跑去了。在回国的飞机上，还说5月份……山东人实在，5月底打电话问他，他说，7月份吧！昨天又给他打了电话，他说："哎呀！要往后拖了！厦门的受伤朋友彭秦岭来电话，说你要采访他，完成了没有？"我说："完成了！"他说："我一定会到山东去找老哥，不见不散！"

我将此友讲与宪恩听，他写诗一首《国强人强》：

男儿撇家大义行，别妻离女尽赤忠。

鹏程归雁依暖巢，温室盈窗叙柔情。

携手山东曾许愿，促膝舍下是由衷。

心牵战友询伤势，再话相逢共"雪龙"。

殷 赞

风雪天涯遇族亲，

如鱼得水慰我心。

同登"长城"已侥幸，

兄弟竟会逢对门。

该君姓殷名曰"赞"，

寻根同源郗山村。

慨叹皆是微子后，

忠良百代一家人。

二十九岁廿九队，

专业强劲事通讯。

殷人彬彬心肠热，

摄影录像擅为文。

我因采访须佐佑，

恰逢天设助力神。

冰盖行兵赖有杖，

雪里挖靴显殷勤。

影像汇聚二碟内，

千姿百态在一本。

雪中送炭火柔暖，

身在冰寒心已春。

返乡常常念族弟，

"十一"团圆乐满门。

提起殷赞，情长纸短。文友可从拙诗读出因由。前番章节，不由人提起殷赞颇多。此章内容，来自他甲午"十一"，携妻女与妹妹一家来济看我。我带他寻根微山湖，对殷微子属孔子十九世祖之历史，教导他一番，使他增强宗族自豪之感。

我"出门逢贵"的福运，约是殷之贤人，我祖殷微子保佑。风雪天涯，凡抵者皆是好汉，皆有大任在肩，谁帮谁录像、摄影已成不能。而探访之机会又千载一逢。管通讯让我四万里通话，家书万金的价钱。简单地说，便是我专带了随员，亦不当赞弟之半也！

夸殷赞抑或赞殷，都不是偏爱。他在长城站担当的大任。大若南天。

殷赞，1985 年出生于山东省泰安市宁阳县罡城镇；2010 年 3 月，于西安电子科技大学硕士研究生毕业；2010 年 4 月，在中国电波传播研究所工作至今。2012 年 12 月 6 日~2013 年 12 月 16 日，受中国电波传播研究所推荐，参加中国第 29 次南极科学考察队，在中国南极长城站担任越冬与度夏通讯员，负责卫星通信、网络维护与电子设备维修等。

他29岁,是第29次队长城站越冬队员中最年轻的一位。更巧的是,他在南极长城站度过了他29岁的生日。

越冬队员13人中,每个人都责任重大。通讯职责更为特殊,一旦通讯中断,长城站便与国内外失去联系,这在南极这个特殊的地方,事件可以被放大很多倍。气象数据传不出去一次,便认为一次事故,需要无线电波呼叫步行几公里的科考人员。长城站一年中平均风速六七级,十几级风是经常碰到的,通讯保持畅通攸关生命。

与周边智利、韩国、俄罗斯、阿根廷、乌拉圭之间的通信是通过高频电台。各国之间的通讯员,都是非常好的朋友,同性之间的朋友,用智利话叫作"阿米哥"。一声"阿米哥",万事好商量。文质彬彬的殷赞,很招"阿米哥"们的欢喜。

殷赞介绍:长城站的通信网络系统,包括卫星通信系统和站区网络系统。网络系统是以设在科研办公楼的核心机房为中心,各建筑物之间都通过光缆连接,打电话上网十分方便。除拨打手机要等十几秒外,其他方面和在北京没有任何差别。长城站的卫星网络系统,已将长城站紧紧地与祖国联系在一起,真乃"天涯若比邻"。

执掌通讯重任后,梦乡中的一晚,"长城,长城"的高频电台呼叫响起,他飞奔过去,拿起对讲机:"长城站收到,长城站收到,请讲。"

原来是久盼的中国游客们来到身边,停靠在长城湾。但就在这时,天气突然骤变,大风突起,原本平静的海面,掀起一个个巨浪,使他们无法靠近长城站。

殷赞和站上科考人员都隐约听到,船上女记者哽咽了,她因不能登上盼望已久的中国南极长城站而惋惜,也可能想到了孤岛长城站上的科考人员,还要苦熬一年才能回国和家人团聚……

欢度2013年春节,国务院总理李克强视频慰问中国南极长城站,慰问极地和大洋科考人员。为保障国家领导人的慰问,电讯畅通,海洋局安排了三次演练。因长城站和国内时差12小时,技术调试的重担,自然落到了长城站通讯员殷赞肩上。

长城站天气变化频繁，忽然狂风四起，北京负责调试的李志刚老师一再提醒殷赞，一定要固定好卫星天线及相关走线，天线要对准赤道上空的卫星，否则，即便轻微的位置变动，也会影响视频效果，甚至中断。

不管南极的天气怎样千变万化，都要确保万无一失。负责此次通讯保障任务的每一个人都很紧张，尤其是长城站的殷赞。因为在站上只有他一个专业人员，没人指教，没人商量，也没人分担责任，29 岁的他，对每一种情况都要考虑到。

经过多次调试，状态终于固定下来。北京时间 2013 年 2 月 7 日下午 2 点 50 分，长城站，中山站，"雪龙"号的动态画面，实时显示在北京海洋局慰问大厅的显示屏上。

中共中央政治局常委、国务院副总理李克强如约来到国家海洋局，通过卫星视频连线，向正在极地和大洋执行任务的科考队员致以节日问候和新春祝福，看望在京队员和队员家属的代表，并慰问海监工作人员。

出任国务院副总理 5 年来，每逢新春佳节来临，李克强都会来到海洋局，慰问远在万里的科考队员。通过海事卫星，李克强与南极的"雪龙"号、长城站和中山站的工作人员进行了视频连线。

李克强："长城站是离祖国最远的站，你们也将在离祖国最远的地方过新年。你们在春节期间准备组织什么活动了吗？"

南极长城站俞勇："我们准备组织了一个大型的国际聚会，邀请了有 100 人左右。"

李克强："开一个国际庆祝华人春节的联欢会？"

南极长城站俞勇："对。"

李克强："第 29 次南极考察队的同志们，刚才我听说你们已经几次穿越西风带了，还会不会有新的穿越？将会遇到什么困难？除夕在什么地方吃年夜饭？"

第 29 次南极考察队领队曲探宙："我们在回国途中，还将再一次穿越西风带。我们将在船上搞联欢，吃年夜饭。"

在和中山站站长张北辰对话时，李克强询问了科考队员们越冬的生活情况。

李克强："中山站是我国南极最大的科考站了，你刚才讲到还有 27 名队员要准备在那里越冬，现在准备情况怎么样？你们也很关心自己的家属，你们和亲人能够通过手机或者网上联络吗？"

中山站站长张北辰："中山站我们越冬的准备工作，除了物资的准备以外，更重要的是队员心理状态的准备。今年电话、网络都一直保持畅通，和家里人联系很顺畅。"

李克强说："近年来，我国海洋科考取得了骄人的成绩。未来我们要建设海洋强国，与各国协调行动、共同开发，合理利用海洋资源。"

掌声，来自南极大陆，南极乔治王岛，来自殷赞拍麻的双手。在这样的时刻，他真的感觉到，如酥的电流通过了全身！

李克强："国际社会从来也没像今天这样关注和依赖海洋，我们要实现现代化，需要更加重视海洋战略研究，保护好海洋生态环境，开发利用好海洋资源……海纳百川，包容万物。走向海洋要倡导合作共赢的基本原则，因为海洋是人类共同的财富。探索海洋、开发海洋是人类共同的事业，各国协调行动，共同开发可以实现双赢、共赢、多赢，使广阔的海洋真正成为和平之海、友谊之海。"

是啊！这才是中国南极考察的真谛，这才是真正的南极精神。为此，许多人流下痛苦和幸福的眼泪，包括殷赞一家。

在长城站的 1 年，除笔者乘便拉他去企鹅岛以外，殷赞像孵蛋的企鹅一样（企鹅是雄性孵卵），坐窝守站。沉稳而精细的个性，令站（战）友称道。

2013 年 4 月 11 日早上 9 点，他还在半醒半梦状态，俞勇站长通知，半小时后前往阿根廷尤巴尼站访问。殷赞怦然心动。

阿根廷尤巴尼站坐落在韩国世宗王站的背面，坐拥波特海湾，是一个天然的避风港。南美国家在南极建站，普遍数量很多，得益于靠近家门，并有强烈的领土要求。在他们的地图上，自作主张的"领土范围"很大。他们所有的站都是以军队编制，陆海空三军齐上阵。阿根廷"尤巴尼"站是老的称呼，现在改名为卡里尼站。主要是为了纪念终生从事南极科学研究，成就斐然，却英年早逝的本国杰出科学家卡里尼。

我们的两条皮艇都被海豹"蜗居"咬毁，只能借智利海军站的汽艇来接。雨下得更大，兴奋劲儿很快就被大雨浇凉、苦咸的海浪淹灭了。虽然穿了厚重的防水服，但面对强劲的海风和迎面而来的海浪，还是显得单薄如纱。加上船速快，海风吹脸像刀割一样生疼。海水变成灰蓝色，万丈深渊的感觉。海面像要立起，上下抖动，一浪高过一浪。两浪间形成宽深的涌槽，似要将皮艇卷入海底。当发动机的螺旋桨离开水面呼呼空转，当皮艇从浪尖跌入浪底，感觉大脑在颅内上下颤抖。海水灌进内衣，全身透彻冰冷。手套湿透，双手失去知觉，但还是紧抓绳索不放。海浪一个个击打在脸上，又咸又涩的海水不知吃了多少口。五脏六腑也上下翻腾，呕吐不止。人摇摇欲坠，从船舷跌坐在船底。

终于转过巴顿半岛的温希普角，进入波特海湾，卡里尼站区的红色房屋隐约可见。海面突然狂风骤起，出现了大量浮冰，密密麻麻。一座座移动的大山，晶莹剔透，却暗藏锋利的棱角。为了躲避冰块，一会儿前进，一会儿后退。真佩服驾驶员的眼力和娴熟的驾艇技能，在波涛汹涌的海浪间，玩起了辗转腾挪的中国功夫。随船的副驾驶甚至骑跨在船舷上，用一只脚不断踢开靠近的浮冰。这时全然没有了晕船的感觉，只有恐惧。由于智利海军站站长担心浮冰越来越多，无法回船，他决定不再靠岸，原路返回。于是，我们与阿根廷站又无缘相见了。这成了我们几个队员的永久遗憾！

这就是南极，冰雪无常，风浪无情。近在咫尺，远在天涯。一次次的遗憾，使这位29岁的29队队员感叹不已，却壮心未泯。这就是命运！你无法改变，他笑言道。

当殷赞接到海洋局下达的中国第29次南极科学考察队任务时，女儿还不到半岁。国家任务重于泰山。出发的头一天，晴空万里，他匆忙地和妻女合影，记录了这珍贵的一瞬间（照片非常美好）。甲午的"十一"节，我见过这个洋娃样的小侄女。她唤我大爷，嘴儿甜蜜，比照片还要好看。带着这张照片，远赴南极。每当想家，在极夜中难熬时，他便拿出这张照片，身心又一次充满能量。他柔柔地告诉女儿，自己这样闯荡天涯，是为了祖国，也是为了她。

2013年6月21日的早上，殷赞简直不敢相信自己的眼睛，他收到了正在美国访问的国家主席习近平的仲冬节慰问电！他兴奋地将这一消息发布给了站上的每一位队员，并将复印件张贴在站上的公告栏。这极大地鼓舞了站上每一位队员，大家都觉得很自豪（电文发《俞勇》一章）。

在长城站上，殷赞与我形影不离，如我诗中所云：成了我一根拐杖。在站上的山坡、海湾和各楼栋的游走中，他像一个专业记者一样，端着照相机、摄像机拍录。他在南极长城站度过了1年多的时间后，与笔者一同离开长城站，乘"大力神"飞机来到智利。在蓬塔和圣地亚哥，他随我给妻儿买了纪念品，还给年老的双亲买了羊皮帽子。他的行为举止，全像我殷家人的传统，并未因出走十代而差异！12月21日中午抵达北京，殷赞见到了离别1年多的妻子，在这一年里，妻子林翠翠又当妈又当爹实在不易。殷赞离家时，女儿殷林才半岁，回来时已1岁半了，会叫爸爸了。下飞机时，他发现行李未能随机来到，那是"法航"故意滞留他一晚，好与迎至北京的翠翠缠绵。天遂人愿，时助殷赞！真乃是：

> 能将南极连国门，
> 电波可暖万人心。
> 冰雪百日担大任，
> 缠绵一夜会小林。

南极哥

> 赵勇技高文采美，
> 职在"龙"船做"老轨"。
> 大海行舟多艰险，

秘辛全在机舱内。

亿万经纬连五脏，

千百羽翼催龙飞。

冰雪铸就南极哥，

云路接天已百回。

　　赵勇，现任中国极地研究中心船舶与飞机管理处副处长，他因在中国第27次南极考察担任中山站站长期间，在博客上连续发布一年多的科普日记而被网友追捧。在成为中国第27次南极考察中山站站长之前，赵勇原是我国"雪龙"号极地破冰船上的轮机长，又称"老轨"，曾参加过6次南极考察和2次北极考察。最近这次，是3年前他随第27次南极中山站考察越冬队前往南极，17个月后，与第28次度夏考察队一起返回祖国。在南极中山站越冬考察的日子里，因有了网络，他写日记、发博文，记录在南极的工作和生活，解答网友对南极充满好奇的各种问题。他用几百篇博文、数千张照片，向人们介绍了一个个鲜为人知的南极故事，被网友亲切地称为"南极哥"。

　　从1994年起，赵勇就多次踏上奔赴地球两极的征程。他更喜欢南极。他说："人在自然面前是渺小的，一场风就把人不知道吹到哪里去。如何在那里生存下来，团队的力量很重要。"

　　中国已在南极建立了四个考察站。但在南极科考的国家中，中国是零死亡。赵勇说，对考察站站长来说，人的安全是首要任务。他要担负起考察站正常的管理工作。中山站有几十栋建筑，要靠发电取暖，保障整个站的正常运行，就要维护好水电，否则无法保障生命安全。

　　白雪、严寒、极昼、极夜，贼鸥、企鹅、雪燕、海豹、冰山、极光，故事很多。南极没有国界，科考站之间可以互相走动，共度节日，遇到紧急情况会施以援手、无偿救援；在南极开雪地车，车门只能虚掩，因为万一连车带人掉进冰隙，还可以迅速逃生；南极所有的物资都靠"雪龙"一年一次补给，蔬菜是冷冻和脱水的，想解馋可以自己发豆芽，或偶尔钓鱼；极夜会打乱人的生理周期，会整夜睡不着觉，烦躁异常。靠毅力熬过去；南极是一块净土，云都很少，连病菌都没有，时间长了，人的免疫力会下降，回国内易生病。

　　风雪南极的严寒，漫长极夜，远离亲朋的孤单，甚至承受亲人离去，无法相送的悲恸……他们隐忍而刚毅，质朴而坚强。在赵勇笔下，科考队员的日常工作和生活，生死瞬间和惊险逃生，离别之际男儿有泪的描述，让人读来动容。2005 年 11 月，赵勇乘"雪龙"奔赴南极，母亲却已绝症在身。去是大义，留是大孝。赵勇是妈妈的乖儿子，母子连着血肉。但是，他去了南极，并在"雪龙"撞荡浮冰之时听到母逝消息……母亲咽气前唤着他的乳名，想看他一眼。她大睁着双眼不愿瞑目，她在等待心上的儿子飞回，但是，赵勇在四万里外的南天之涯……

　　文章千古事，风雨十年人。在"雪龙"腾飞的东海之上，他用低沉的悲声，讲给我一个悲惨的故事。

勇闯西风带

　　所谓西风带，就是南纬 40~60 度之间，七级以上的大风天气，也称"魔鬼西风带""咆哮西风带"，是船舶进入南极必经的一道"鬼门关"。这里的"勇闯"，便是赵勇之闯。

　　赵勇清楚地记得，在执行中国第 21 次南极考察任务期间，"雪龙"船在西风带中遭遇强气旋的情景。11 月 12 日，抵达澳大利亚的弗里曼特尔港。轮机部人员在轮机长赵勇的带领下，无暇欣赏美丽的西澳风情，他们仔细检查主机、副机、空压机等船上的主要设备，为"雪龙"船穿越"魔鬼西风带"做好机器设备的准备工作。11 月 15 日下午 3 点，"雪龙"船离开弗里曼特尔港，因前方有气旋影响，5 点半在港外锚地抛锚。临时党委决定，"雪龙"船必须在 28 日前到达南极中山站外的冰面上，晚上 9 点起锚向南极进发。

　　16、17 日"雪龙"船遭遇另一个气旋的袭击，风力 8~9 级、浪高 5~6 米。18 日气象预报，在南纬 50 度，"雪龙"船将遭遇一个大气旋，风力 10~11 级、浪高 7~8 米。19 日早上，猛烈的颠簸和摇摆把赵勇从睡梦中惊醒，最大左右摇摆达30度。赵勇忙跑至驾驶台，听到水手长吴林向袁绍宏船长汇报说，甲板上绑扎的几百桶航空煤油桶出现了松动、移动，个别油桶出现了渗漏。船长当机立断，改变航向，顶着风浪，向西航行。命令水手长重新绑扎甲板上的航空煤油桶，又对赵勇说："轮机长，为防止船出现飞车现象，请按最佳工况航行。机舱的一切都交给你了！"虽然只有一句话，但赵勇感到身上担子的沉重。因为这次南极考察，船上机器首次使用民族品牌——长城牌润滑油，虽经过试航试验，但能否经受住西风带的恶劣环境考验，赵勇心中没底。如果因润滑油问题主机出现故障，后果将不堪设想。20日上午，在机舱坚守了一天一夜的赵勇问船长："气旋何时过去，船能向南航行？"船长回答说，再坚持一天，明天可能有希望。赵勇望着船头海面上一个高过一个的涌浪，心中在默默祈祷：希望"雪龙"船的机器能经受住考验、长城牌润滑油不辜负我们的期望。21日，赵勇又问船长气旋情况如何？船长说又遭遇一个气旋，叫赵勇再坚持两天。看到浪打到几十米高的驾驶台，"雪龙"船就像大海中的一片树叶，赵勇想："主机动力系统哪怕一点点的小故障都不能出现，更不能出现停车现象，否则将船毁人亡。"4天4夜后，22日凌晨4点，海况总算出现好转，"雪龙"船改变航向，向南极中山站直插，船长命令全速前进。23日下午6点，船到达南纬60度，安全穿越"魔鬼西风带"。

噩梦一场。但是，"雪龙"仍在浪中，仍有噩梦。

此次"雪龙"船穿越西风带，是我国历次南极考察用时最长、遇到气旋最多的一次。

南极抗风记

这个抗风故事，也发生在中国第21次南极考察期间。在南极长城湾，"雪龙"船遭遇的一场大风，着实让这些阅历匪浅的老南极们见识了一把，惊出一身冷汗。

中国南极长城站外的长城湾四面环山，只在湾东南有一个出海口，应该说，这个海湾是一个非常好的避风地。但最怕刮东南风，船艉正好对着菲尔德斯半岛和"鼓浪屿"，身后便是密布的浅滩和丛生的礁石，一点退路都没有。

2004年12月29日，"雪龙"船在长城湾锚地抛锚，为长城站卸货、卸油，东南风突起。晚8时，风增大到6~7级。抛双锚抗7级风应该不成问题，但是还是做好了防止风力增大的准备。夜10时，风力增大到8级。第二天0时，风力达到8~9级，船体左右摇摆相当剧烈，会出现走锚危险。船长要求赵勇马上启动主机，用车舵配合双锚抗风。

2点55分，突然发现船体后移，有走锚迹象，马上命令起锚。风还在增大，礁石林立的锚地已非久留之地。风力很快增大到9~10级，想将双锚收起并迅速离开已非易事。风呼啸着，海面上的白浪花已被风撕成条状，在船头起锚的大副，几度被风掀倒在地。

锚链一点一点地收，船横在风里，快速向岛上飘去……快点绞！快点绞！"雪龙"船船员每个人的心都提到嗓子眼儿了……终于在对讲机的那头传来了大副的声音："锚链四节甲板"！锚快要离地了。"全速倒车！"船长急促命令。此时，船头与前面的礁石已近在咫尺，随着倒车，船艉改变了方向，开始慢慢后退。锚终于收了上来，船也慢慢地离开了菲尔德斯半岛的礁石，在离开双峰山的暗礁后，船长立即调转船头，顶风直向口子外冲去。

口子外的风涌更大，船只能又折回湾里。南极水域如此之大，竟一时找不到"雪龙"的容身之地！风还在不停地增大。或许南韩站风会小一点，水域也宽敞些？但到了那里才发现，风浪竟然更猛。"雪龙"船只能抗风航行，不进不退。风力已达到11级。6点25分，船上测出的瞬时风速为38米/秒（12级），云图上表现为一条东西走向，长达2000海里，宽仅为20~30公里的浓密的云带，像妖龙一般缠住了雪龙。12月30日，"雪龙"从昼到夜一直开车顶风，筋疲力尽，人困船乏，危机四伏。

第三天，风减小，7~8级，又一场噩梦历过！

惊心动魄话检修

"雪龙"船的改造任务，于2007年4月至11月期间进行，包括主甲板以上生活区、驾驶台、机舱自动化脱胎换骨的技术升级。由于中国第 24 次南极考察任务重、时间紧，出航前，不少设备没有充足的时间进行调试，只能在前往南极的途中一边调试一遍检修，给赵勇带领的轮机部带来了极大的挑战。

"雪龙"船的"心脏"——机舱，源源不断地输出着航行的动力，掌握航行方向，提供稳定的电力，保证供暖供水……是一个噪声巨大、闷热潮湿、环境恶劣、使人望而却步的所在。赵勇率轮机部 16 条汉子坚守岗位，各当一面，警惕百倍，团结协作，确保着"雪龙"船一切动力设备的正常运行。

但此次新设备的调试、管路的错接、设备故障的事件频繁而至，大小几十起。2008 年 3 月 7 日，几天来一直不稳定的主机 5 号缸，突发沉重的敲击声，赵勇在征得船长同意后，果断决定连夜对主机进行吊缸修理。全体人员不顾一天的劳累，准时在机舱集控室集合讨论修理方案。7 点 15 开始抢修，10 点 30，海面突然起风，风力 8 级。没有动力的大船在大风浪中漂泊是极其危险的！顿时，紧张的气氛弥漫了整个机舱！轮机长一边命令大家继续进行主机的抢修，一边安排人员启动空气压缩机，以备启动主机。然而，坏消息如晴天霹雳——空压机发动不起来。万一空压机启动不了，即便主机修理完成也无法启动主机。于是，马上排查，最后确定是水压继电器的压力管堵塞，事故不小。驾驶台又传来警讯，船在大风的吹动下，快速向一座大冰山漂去，船长命令：半小时之内必须启动主机，确保"雪龙"船有动力避开冰山。谁都明白，没有动力，船撞大冰山的后果不堪设想。

机舱里的气氛更加紧张了，而年轻轮机工却手忙脚乱了，千钧一发之际，竟不慎将空压机海水压力继电器的水管拧断！如此，空压机是肯定无法正常启动了。仿佛是世界末日的到来：又传来消息，位于机舱底层的空压机，海水冷却水泵出口管突然爆裂，大水喷涌。一时之间，海水泵出口管爆裂、压力继电器水管断裂、空压机启动不了、主机仍在故障……集控室报警声不断，驾驶台要求启动主机的电话接二连三，像战场上的求救电讯，条条逼人，真应了那句古话"屋漏偏遭连阴雨"。害怕无用，忧愁无用，后悔无用，蛮干亦无用。赵勇想起了国歌"中华民族到了最危险的时候，每个人被迫发出最后的吼声……"

抓住关键，充满自信，临危不乱，肩能担山！他当即对人员重新调度安排，橘红色的连体服穿梭于机舱：机匠长对海水管堵漏、系统工程师取消空压机的PLC启动程序中海水压力的闭锁、轮机长亲自率领精英抢修主机。天佑中华，海佑"雪龙"，西天老佛爷保佑赵勇，长话短说，11点30分，所有的故障竟一齐排除，像800万蒋军一瞬间土崩瓦解！主机及时启动，此时的"雪龙"船，离大冰山仅剩几十米距离，真叫刺激！

赌命极地

短暂的三个月夏季一过，考察船就要载度夏考察队员撤离南极，启程回国，考察站上将留下十几名越冬考察队员，忍受南极狂风暴雪与严寒漫长的极昼、极夜，克服远离祖国亲人所带来的寂寞生活。赵勇是中国第27次南极考察中山站站长，他带领16名越冬考察队员，在"中山"坚守了15个月，其间的酸甜苦辣，可从故事中体会。

南极，冰雪的圣地，象征幸福的南极光，圣洁而美丽。然而，当你在极地生活15个月，眼见暴风呼啸着将一切撕碎，纯净的雪地隐藏着一个个陷阱，极夜的标志不是绚丽的极光而是无尽的黑夜与孤独之时，你的激情就会冷却。中国南极中山站位于南极大陆的拉斯曼丘陵地区，5月中旬就进入极夜，见不到太阳。10级以上大风，把站区积雪吹上九霄，把雪坝堆积得越来越高，队员越过雪坝要陷到大腿，甚至腰部。气象观测员还必须每天在5点、11点、17点、23点观测接收气象数据后，马上发送到国内和在南极的澳大利亚戴维斯站，一天都不能中断。中山站各个科研栋离宿舍楼都较远，要摸黑过雪坝、爬山，忍受风雪的吹打。

一次大风雪天气，赵勇跟着科研队员李海锋和李荣滨从宿舍楼出发，去天鹅岭。被大风吹积成的雪坝，一人多高。从雪坝的低处翻爬过去，陷入膝盖以上。上气象山，艰难地穿过雪坝，到达一片乱石区，积雪被大风刮走，磕磕绊绊，非常艰难。到了天鹅岭上，两名科研队员先检查室外的接收器，李海锋进入大气成分观测栋，检查机器工作情况，接收数据。

到天鹅岭最北端后，李荣滨还要下到山脚下的海边：海冰辐射观测的仪器设备，都安装在海边的观测栋内，山坡距离海边有 20 多米，坡度在 45 度左右。夏天时在坡上拉了绳索，但即便有这根绳索，大风冰雪中上下坡，还是非常危险。李荣滨刚上山坡，脚下一滑就摔了一跤。下坡更是危险，滚下雪坡、陷落雪谷活埋的可能性很大。但他必须每天上下一次，回来顶风更困难了，顶着 10 级以上大风往回走，戴上面罩和风镜，雪霰像子弹一样尖利。

如果风雪再大一些，他俩就要用绳索连在一起前行，正像一句歇后语所云：蛤蟆拴在鸡腿上——飞不了我，蹦不了你！有一次 12 级大风下，回站时摸不清道路，顺雪坝走上了堆放在站区的集装箱顶，李海锋整个人陷入雪坝中，好在他俩用绳索连在一起，才没酿成严重恶果。还有一次差点跳下集装箱去！险造又一个秦岭事件！

这一切都成了噩梦、蜜梦，成了"南极哥"赵勇的金字招牌！

妙曼之星

二十九队有妙星，
原是二十八队兵。
妙在探极已成瘾，
连在长城越二冬。
单身美男三十八，
独恋冰鸟与雪鹰。
企鹅心诗可成诵，
海豹憨言心亦明。
举止渐有极鸟态，
心地凝华成妙星。

妙星，这名字像禅号，佛声禅韵。人也长得艺术。世界上好的东西称文化，妙的东西称艺术。说妙星长得艺术，参看该君肖像，长发高鼻，眼若亮星如荷上水珠，嗦嗦转动。谈吐亦发妙音，轻柔快捷，声色并茂，加以"云手"动作，眼眨眉动的表情，真一个俏妙书生，潇洒后生，台上小生！

说妙星台上明星并非夸张，新华社、《中国海洋报》等媒体，报道他大块文章。中央电视台曾以"南极专家妙星"为题，连续播出他的专访。潇洒妙曼的妙星似乎人人皆知，人人皆爱。笔者与他在长城站上一见中意，一语心通，妙蒂顿生，真乃美妙佛缘！

妙星，赴南极动物研究专家。1983 年生于陕西宝鸡市，2010 年大连海洋大学本科，海洋生物生命科学院研究生，从事海洋哺乳动物、生物学专业研究。2010 年，从业于国家海洋局三所（厦门）。2012 年 12 月，随科考队进入长城站。率性浪漫的妙星，被南极的大美弄得晕晕乎乎，疯疯癫癫。他第一次见到了初生的小海豹，可爱的小企鹅，白色和黑色的雪燕和贼鸥。他说：蓝眼睛的鸬鹚像欧洲人一样看人，胖头肿眼的海豹，会张大嘴巴，发出"打呃"样的声腔唬人。鼻音突突，发声最响的叫作"象海豹"，威德尔海豹的发声细声细气，假装斯文。但哺乳期的母豹，却如更年期的女人一样，脾气火爆，一旦动怒，吼声如母牛一般。妙星喜欢小海豹的奶声奶气，羊羔儿一样清脆、稚嫩、撒娇。成年的海豹叫声带有严重的鼻音，如发鼻炎。他扮演各类的海豹，装模作样地叫了一阵，或粗细，或美丑，皆如活物，十分逗人。他说：在岸上，豹扮的是懒汉、憨厚、蠢笨的角色。在海里，它灵敏轻捷，活泼油滑。

海豹的世界繁花似锦，它们食鱼，食蟹，主要食磷虾，但也吃企鹅甚至别的海豹的幼崽。那小眼、阔嘴、流线型的蠢笨角儿，一下到海里，立变生猛。它们从身后袭击猎物，大鱼、小鱼、鲸鱼幼崽，还曾有两个潜海的科学家遭它袭击，皆被咬死。海豹是识天象的灵物，哪个季节在哪里分布，捕食，皆有路数。夏季一到，海豹上岸褪毛，母豹上岸产崽，那是它们极有情味的幸福生活。

9 至 11 月，海豹大婚喜日，爱事繁忙。它们多在水下纠缠，一前一后，女戏男追，游龙戏凤，十分的风情。喜场若在岸上，则白雪铺地，祥云为花，燕鸥欢舞，气氛热烈。大千世界，物人情似，那母豹如女人一样，羞羞答答，矜矜持持，躲躲闪闪，嗔嗔怒怒，有时还会嗤鼻怒骂，撕咬打斗得脱皮掉毛。一旦入爱，又温顺可人，令人想起胡适大师的一首传神诗作：

> 问你去年今日，
> 为何闭门深躲？
> 谁躲谁躲？
> 那是过去的我！

　　看来在南极动物世界，也讲究个男子主动，女子淑雅的。妙星说：凡有雄者求偶，皆死皮赖脸偎依雌豹，摇唇鼓舌，摇臀摆尾，寸步不离。只要有人、物、鸟或另外海豹接近，它便挺胸昂首，似要直立起来，还要张大嘴巴，龇出獠牙，喷着响鼻戒备，生怕别家横刀夺爱。稍有机会，便又蠢腚滑头地接近雌豹，似想拥抱。在雌豹躲开的瞬间，亦有别的雄豹试图插足，那勇士醋意大发，扭腰摆臀地冲上前去，与第三者格斗。双方都尽量把头扬高，身子竖直，好显得更加高大。它们猛一扬头，猛张大口，一齐下牙，口唇脖颈常咬得鲜血淋漓，这是真打。还有一种假打，那是青年们的打斗游戏，扑撕滚爬，看似热闹，但不伤皮肉，不伤和气。在这样的时刻里，若有人观望，则更添能气，逞能儿地玩下去，常出精彩。若在心烦之时，你去观望，它很响地"嗤之以鼻"，便是排斥，你识趣走开。反之，你甚可跐着鼻子爬上脸去，给他挠痒，按摩。朱宗泉那种色情按摩也可，它会仰得舒展，恣意，还伴随痛快的呻吟，与人不二。

　　凡软雪中懒躺，便是吃饱喝好、好脾气的时候，这时企鹅们在它身旁玩耍，海鸟晾翅儿，甚至落到它身上，它都不介意。有人也凑上去，对着这豹鸟不争，人物和谐的场景照个相，录个影的动作，人家照样睡觉，而且入梦。那是对你绝对放心。妙星说：曾有一只与他相识的小海狮跑来，伏在他腿上蹭痒，那乖乖儿皮毛柔亮，眼神儿温顺，在他的爱抚中睡着了，还撒了好大的一泡热尿……那时候，惬意中的妙星没头没脑地唱出一首情歌：

……只要哥哥你耐心等待哟！

你心上的人儿就会跑过来哟好……

爱南极爱动物的好小伙啊！你光顾好啊妙的了，别忘了你自己的大事。的确忘了，在抱着小海狮时，他想唱的是一首儿歌：

娃娃睡喽，

娘缝被喽。

娃娃尿喽，

惹娘笑喽。

娃娃醒喽，

娘烙饼喽……

妙星忍不住要喂它一口好吃的。错了！西德科学家在死贼鸥的胃中发现了黑木耳，认定是中国人所为，告到智利去了。妙星解剖的海鸟胃中，有一片塑料。2013 年 2 月 6 日，他在智利站附近的海上发现一只海豹，腹上有一道锋利的切口，分明是快艇螺旋桨打的。它瑟瑟发抖，眼神儿惶惑、痛苦、无助地看着妙星。第二天，他拿了外伤药去找伤豹，却不见了。是饿极下海了吗？它还能回来吗？他知道鼻子灵敏的鲨鱼，专门咬食受伤的海豹，他还担心它腹腔灌水……

南极的亚冬来临了，一种叫作白鞘嘴鹬的小鸟儿，会来这南极的"亚环境"中越冬。妙星的眼前飞动着 7 只，后来 9 只的小精灵，它的叫声像亮冰一样清脆。它们在长城站生活楼、发电栋、科研栋分别栖身，三二一伙，一家，十分和谐。用妙星的话说：也有协作式的竞争！因为妙星常看它们（喂没喂不好说），混了个脸儿熟，妙星一到，它们也就飞下，围他身旁，看他的脸，看他的大包（我侄女小时候也常看我的包，里头有花生、糖）。他若出站，它们跟着，学他的样子，大摇大摆地走路。妙星一回头，它们立马"定格"，眼也看地，装作并未跟踪。那雪白的小不点的俏模样儿，几乎要融入雪堆里去。

一行人（鸟）来到海边时，遇到雌雄二海豹。白鞘嘴鹬狗仗人势，去啄海豹的尾巴，啄雄的十来下，啄雌的百多口。雌豹生气，又捉不住小鸟，竟迁怒于雄豹，半嗔半咬地撒起娇来。雄豹试图安慰雌豹，短鳍扇几下，搭在雌豹背上，那雌豹依偎它，仍然咬啄，分明是变相的热吻。

2013 年 10 月 4 日，双顶岛下的海边仍结厚冰，妙星在海边调查，忽听白鞘嘴鹬的呼救声，一对轻捷的小海豹可能扑住，扑伤了鸟儿。他飞奔过去，脚下却突然一陷，一条腿已进入了幽深溜滑的豹洞。感谢那只肥笨的大包，挂住了臃肿的连体服，感谢鸟师傅教会了妙星双翅扇扑，他没有像我前章写过的"捷克老头"那样再往下陷，而像一只棉包塞在了瓶口，他翻腾出洞，一对海豹呆呆地欣赏着他的中国功夫。一群白鞘嘴鸟尖声地欢唱起来：

> 好啊好，
>
> 妙呀妙！
>
> 妙星叔叔武艺高，
>
> 再来一个要不要？
>
> 要！

这几乎丢掉性命，吓出妙星一身冷汗的大灾，在鸟儿的眼里只是一场把戏，鸟儿的乐观快乐，皆是来源如此！

妙星告诉笔者，在有关动物的教科书上，形而上学的说教看似圣明。他们说：庄子有人非鱼之说，所以动物与人之心思，大相径庭。你对它好，它不一定知好，你对它坏，它不一定觉得……如此怪论，那什么动物还认识主人，亲近亲人？那宠物救主，蛇鸟报恩，发生在眼前的故事全是假的？没有生活的教条主义，没有同情心的学生腔害死个人！妙星与笔者同仇敌忾，合骂了浑人一顿，幸亏无人听见！

妙星说："我听信了教科书言，决不犒赏追随之鸟的一天，也得到了白鸟的冷待。它们在完全无望时结队返还，又愁又怨的眼神，着实令人伤心……"

我说："别信那一套，肝肺肠子心为主，人要有情！"妙星说："您是我的好老哥！我信你的话！"那一天我们喝了酒，酒助了仗义之情。前几日妙星发来了资料，通话的语气仍然热烈，只是还未找到对象。我暗暗骂道："那称作女子的傻大们真是瞎了眼睛，缺少白鞘嘴鸟、贼鸥的灵性。"有文章评论说："妙星易得丈母娘的欢心，但与姑娘一味谈鸟，肯定跑题！"

但是，那些姑娘们，真能听出妙星故事中的妙意吗？一个对鸟儿如此动情的人，对人的感情应该有多么深厚！

妙星说："一些当年未生蛋的企鹅阿姨像幼儿园的教师一样，将孩子们围成一圈儿进行照看。孩子的父母便心挂两肠地下海，吞下鱼虾，以吐哺自己的孩子。每当有父母回来了，企鹅阿姨便推出他们的孩子，令其一家团圆。偶有孩子冒认别家爸妈的情况，但这种情况从未躲过企鹅阿姨的'金睛火眼'"。妙星还说："也有对鹅儿爱极生妒的阿姨，她把别家的娃儿藏在自己的育儿袋内，不还给人家。两只雌（雄）鹅便要为此拼死斗争一番。亲生的父母因不忍死扯娃儿，常常战败。尽管如此，但他们却是最后的胜利者——因为小娃总会想法儿扑向自己父母的怀抱。"

妙星接着说："红堡企鹅的天敌是吸血蝙蝠，还有南美鸥。这些家伙眼神阴鸷，喙尖爪利，经常凶残迅捷地咬食、毒杀鹅娃儿。红堡企鹅的集体防御战略是，将稀泥、稀屎喷射到恶鸟的脸上、眼上。

"小企鹅学滑冰、滑雪时，步履蹒跚，常在沟坎崖畔摔得鼻青脸肿。这时，当爹当妈的少不了要扶一把，拉一手；但对那躺下要赖的小企鹅，则装看不见，那无赖娃儿也只得爬起来再练。还有的小企鹅为了赖父母哺食而装憨卖呆，令人想起两句古诗：'最喜小儿无赖，溪头卧剥莲蓬。'"

妙星又说："一个家族式的、一个团体的企鹅，会挤成一个集团，在零下几十度的暴风雪中挤簇、团结。这种密度甚至可压死鹅娃儿。在暴风雪后的一个晴好天气里，父母会在要下海捕食之时忽然儿女情长、英雄气短起来——因为这是一次永别，儿女长大了，天意告诉它们不可再回来。

"长大而又稚嫩的小鹅们要独自面对天敌了，它们背对背形成了一个防护圈。如果它们是帽带企鹅，则好心仗义的阿德利企鹅可能会保护它们。面对着贼鸥、巨鹱的捕杀，英雄阿德利雄鹅张开双翅，猛扑向前，啄其双眼，以阻截敌人。敌鸟逃遁后，小鹅们便认其作父，赖上它，亲近它。但是，随着小鹅的一天天长大，它却起了歹心，欲与美丽的一只小鹅交配。那小鹅十分惊惶，尚不懂爱事，激烈地反抗着，猜思：这叔叔真不地道，怎么成了流氓？

"从此，这大大的一群越长越壮的企鹅儿、企鹅女们便与之分离，跟了几只本家的叔叔婶婶，向长辈们学跳了迪斯科、芭蕾舞。四个小企鹅还齐舞了《天鹅湖》折子戏。这是一种亲情的文化认同。"

那些蓝冰的山、红冰的山、飘着白云的天、红霞般的海星、灵怪的极光与火影，交织成美妙的、人间没有的天籁之音。当你看见企鹅发呆、眼睛发亮的时候，就是它们听到天籁之音的时候。妙星如是说。

还有一些企鹅因换毛、退毛而变成光顶秃、鸡窝秃、插花秃和皮癣秃。它们不养娃儿，不下水，不管闲事，类似疗养干部。它们脾气暴躁，一言不合，便如更年期男女般，嘴利牙长，飞短流长。你若用不敬的玩笑、混歌儿，如"一间小屋，尽住小秃……秃头掉进油桶——油皮滑蛋；或秃头秃头滑如水，蝇子一落劈了腿"等，戏言它，它会和你拼命。

当这只企鹅青年队伍成长壮大至能够长征之时，长辈们便整编队伍，向海边出发。它们爬雪山，过冰裂，跳冰涯，滚雪坨，涉过融雪地。在整个征途中，海豹、海狮、海狗、贼鸥、巨鹱等天敌，如百万敌军般围追堵截。那些掉队落单、伤病残弱者哭号呼救，全无用处。亡命征途本是天命。说至此处，妙星唏嘘，恨自己不是上帝天神！

2014年10月某日，我在中央电视台十套的节目中看见了妙星，红色的南极服，长长的黑头发。他迈着灵捷的步子跳跃在南极的海边，浮冰在他的身边闪闪漂过。白色的雪峰逶迤连绵，蓝色的晴空飞舞着鸥雁。播音员用铿锵的语调解说他："妙星的精神世界是南极！"

11月初，他发给我要的文章，外加三首短诗。诗之一《我心恋南极》：

清风荡浮冰，

雪海映蓝天。

蓝天托白云，

白云知我心。

诗后有文。文之一《冰雪忆童年》：

雪，对于生长于北方的人来说有一种特殊的意义，它深藏我童年欢乐的回忆，堆雪人，打雪仗，看冰雕，简单而又快乐。故乡的降雪量已大不如前了，每每总是想象，何时才能再感受一次铺天盖地的豪雪！老天爷开恩，赐我南极越冬，把今后60年的雪也一并预付了。

此次越冬的乔治王岛，展现出南极气象的幻化与异美。暴雪飞卷，怒涛凶猛地砸向岸礁，白色的浪花，似要将礁石吞没。狂风涌浪奋力驱使着浮冰冲滩登陆，气势宏大。好像在发泄残暴大帝的愤怒，异常恐怖。而在多云的微风天，又化身为柔情的姑娘，恬静婉约，不经意地撒下的几朵晶莹剔透的雪花，缓缓地落你脚边，湿润你面颊，似在轻轻地提醒你聆听心声——幽幽地诉出的孤单与寂寞。她当然有快乐的时候：晴朗傍晚，晚霞是害羞的一抹腮红。入夜了，飘忽的银河宛若她拂面的丝巾。闪烁的群星，必是薄纱下她迷人的微笑了。而那划亮夜空的点点流星，也许是她不让人知的眼泪吧。

我的人生，也如南极的天象一样，充满了矛盾与激荡，而那未泯的童心，就是执着于梦想最好的能源。在南极，每年的六一节，都特别地想念与我一起成长的伙伴们，现在大家不常联系了，但都在心底默默地祝福。今年的今天又是"六一"，我在遥远的冰雪世界，为大家祈福加油！

诗之二《"六一"祈愿》：

孤守极寒独望月，

心念北国遥思亲。

儿时栽树今红果，

喜见家国面貌新。

文之二《静谧之雪》：

风渐渐停了，仰卧的海豹依旧熟睡不醒，蜷缩着的海狮也耷拉着惺忪睡眼，群聚着的企鹅忽而挺胸伸颈，忽而双翅扑舞，又悠闲地梳理着羽毛了，完全忽略了我的存在。我也懒散地躺在松软的积雪中，休息一会儿。

无声的雪花，悄然下落，无可阻挡的思念，如雪花湿润了面颊。雪无边无垠地覆盖了极地，温融的雪水尽情地流淌，不用擦拭。忘情地享受吧，这一刻的静谧。视野茫茫一片，分不清雪天雪地。一首淡淡的情歌，淡淡的微笑，淡淡的忧伤，淡淡的陶醉，淡淡的诗心，随我淡淡地睡去……

时间从此停止，直到风起。

文之三《八月风暴》：

持续多日的七八级大风，今天终于增强为每秒35米的13级风暴！多年前，有名日本队员在他们站区内，在这样的风下被吹飞失踪。多年后，人们才在很远的积雪中发现了这位勇士的遗体，睡着了一样。现在室内，四处都在颤抖，像高速列车在疾驰，屋顶也传来碰击声和结构的断裂声。咚咚咚咚，咔嚓咔嚓，还有我们面对恐惧的笑声。从宿舍栋的侧窗望去，科研栋的一部分外墙已被吹毁，铁皮钢筋，随风劲舞。

当夜气象员记录到的最大风速，为38米／秒，比13级还多出1米！正门吹翻了，墙大面积脱落开裂，外窗掉落，壁柜坠落，四处漏风，保温层失效。情况十分危急，风力又开始增强了，墙一块接一块地被吹飞，科研仪器，设备和样品已开始紧急转移。我的两座中智乌俄四国南极运动会冠军奖杯，因掉落而变形，相机却在桌柜内逃过一劫。现在能做的肯定是抢修的战斗！

文之四《再说某大国游客素质》：

凌晨1点的霞光在南极地平线上跳动，早霞还是晚霞实在分不清。某大国游客，又蜂拥而至了。我们很高兴在万里之遥见到同胞，但毕竟这里不是旅游景点，要爱惜脆弱的生态环境，不要长时间围观野生动物，不要随意踩踏植被，在室内，也请尊重我们，不要大呼小叫一片喧哗。因为还有刚值完夜班的队员在休息。可是，亲爱的同胞却激动得忘乎所以，擅入发电栋、储藏库、科研实验室等非开放建筑。更有甚者，闯入厨房拿吃拿喝，一定是因我煮的茶叶蛋太好吃了，但值夜的队友还没吃饭。听一位港籍导游说，还曾发生过游客偷企鹅的恶性事件……现在有钱人多了，出国看世界的也多了，开阔视野增长见识是件好事，但我们自身要成为风景，而不是丑陋……

爱国、爱家、爱自己的同胞，但更爱的是祖国的声誉和南极的精神，这便是妙星的好处妙处。他的内心世界在南极，一如他的诗之三《春临南极》：

> 礁滩雾霭浓，
> 鸟鸣兽声喧。
> 溪流入极海，
> 残雪莹大川。

对妙星这样可爱的处男，我须配给他一首最美的诗。这里有洋娃娃一首天籁诗歌，她因为从未发表而被我视作宝贝——南极陨石！卡米拉·玛蒂娜·桑都瓦，13岁，智利站指挥官之女，F-50学校的学生。她创作并朗诵了自己的诗歌《企鹅》：

> 漂亮的动物
> 笨拙又灵活
> 漂亮的颜色
> 夜里发着光
> 星光的底下

提升了美丽

企鹅是我朋友

与我乐，与我笑

橙色、白色、黄色、黑色的羽毛

当浸入海中

就像一团花朵

好高兴看到它们

在寒冰上滑行

更多的笑声……

尤其是它们走路

它们行动缓慢

潜水游泳仍快如鱼

企鹅是最棒的鸟儿

它们不会飞翔

游泳是最好的补偿

小巧玲珑的它们

撑起了可怕的南极冬天

最冷的日子

能使我温暖

　　妙星的长相有些像海豹了，但眼神像企鹅，我以为。也以为这首童真的诗歌，可补足他冰雪般晶莹的精神。

庆华文章

观天看海探雪域，
长城湾里钓鳕鱼。
鳕鱼置于冰雪地，
恰似银盘盛墨玉。
庆华便是钓鱼人，
考察南极图远谋。
凝思皆为天地事，
做梦里亦为人类福。

张庆华，高挑、白净、文雅、风趣，大眼亮亮，一副乐于助人的模样。但是，我与该君八字不合：其一是分住一屋，我打呼噜山响，他和张正旺教授虽言"不怕，不怕"，但怕在心里。其二是"卡拉OK"，我唱老歌、红歌，他唱流行歌。我笑他流于平俗，他嘲我"只会革命歌曲"。我逼他唱个反革命歌曲听听，他讽我"老马列"。"老马列"唱了一支"汉奸歌"给他听。这是驻守微山的汪逆汉奸部队的军歌，我曾把它用到《刘少奇过湖》那部电视剧上。歌词奇丑，却是史实：

弟兄们别逃跑，
咱有吃又有花，
当了个官长再说回家。
头戴东洋帽，
身把洋刀挎。
娶了个花媳妇，
有了个胖娃娃，
骑着个洋马转回家，

你说这荣华不荣华?

青年们从未听过这样的歌,惊呆了,笑傻了。唱得有趣,笑得掉泪,全忘了咱大他们 20 岁年纪!

该君生于 1972 年,1995 年毕业于武大生科院。2002 年任职中科院生态环境研究中心。2004 年,环境科学博士研究生专业毕业,从事"持久性有机污染物"研究。2009 年,参加第 26 次南极科考,赴长城站。之后,每年都派学生来南极:李英明 27 次,王璞 28 次,傅建捷 29 次,张庆华本人续 30 次……

南极设备少,采样简单处理后(解剖,干燥、冷冻),还要带回国内。他和他的学生跑遍了八达岭、碧玉滩、企鹅岛、蛇山、香蕉山、小三峡、万泉河、海豹滩、半边山、西海岸、克林斯冰盖起点.再往上就是大冰盖了,一韩国队员陷入,像罗布泊的彭加木一样,再无踪影。这里天荒地老,但仍有人管:阿德雷岛观察企鹅,一对德人观察鸟类,反而用望远镜监视我们。见面寒暄之后,他们客气地警告庆华:这一片雪域归智利管理,不许挖土壤、捡石头。不许丢垃圾,惊扰动物,不许……不然告到智利,站长会被通报。

但是,德国科学家的担心变成了放心,张庆华交给笔者的一份《南极地区新型持久性有机污染物的长距离迁移和来源初探》的材料,将考察之背景、意义等交代明晰,意义积极,令德人、世人敬重:

1. 现场执行人

江桂斌 中国科学院生态环境研究中心主任

张庆华 中国科学院生态环境研究中心副主任

2. 作业区域

作业范围为菲尔德斯半岛南端,东至阿德利岛、南至碧玉滩、西至海豹滩、北至半边山的区域,主要集中在长城站周边区域。

3. 背景与意义

南极大陆远离现代大工业生产区,受人类活动影响很小,一度被认为是无污染的洁净地区。但 20 世纪 70 年代以来，越来越多的研究证实了很多污染物在南极地区的存在，其中最受关注的就是持久性有机污染物（POPs）。

长城站所在的南极乔治王岛地区具有丰富的南极特有生物资源，外围海域和湖泊提供了极地水生生物和水体沉积物等环境样品，非常适合极地科学考察和研究。以长城站为基地开展新型 POPs 调查，可以获得 POPs 的环境水平和存在特征，以及生物富集等宝贵数据，为探查其来源和迁移规律提供数据支持。本研究以"十一五"国家科技支撑计划项目课题《国家优控 POPs 识别技术和名录编制》为依托，在对传统 POPs 进行分析检测的同时，更加关注新型 POPs 环境残留水平、指纹特征和分布特征。该调查研究获得的南极地区 POPs 结果不但可以为极地生态环境保护提供基础数据，也为制定我国优控 POPs 名录提供 POPs 的环境基准、长距离迁移能力和生物富集影响等数据支撑。

4. 主要仪器设备和技术指标（略）

5. 考察内容

（1）对乔治王岛及周边海域进行考察并确定样品采集点位和检测内容，确定典型的大气样品采样点。

（2）进行样品采集，环境样品包括大气、土壤、湖水、雪水、海洋沉积物、企鹅粪等，生物样品包括贝类、海豹毛等。

（3）记录采样区域的气象环境条件参数，如温湿度、风速、降水、气压等，获得采样区域的气流反向轨迹等资料。

6. 现场实施情况（略）

由张庆华提名的参加考察的高足，分别写下报告内容传我这边厢，庆华不记"卡拉 OK"前嫌，那边厢十分礼貌：

殷老师，您好！

附件是我们中心 27、28 和 29 次南极科考人员提供的科考事迹素材，供您参考。有问题的话请尽管联系。

祝您身体健康!

张庆华

2014 年 10 月 10 日

弟子们的报告,文如其人,字字珠玑,中规中矩,洗尽铅华的文风:

湖水采集

王璞:参加了中国第 28 次南极科考队,在南极长城站执行度夏科考任务。

2012 年 1 月某日,气象预报显示上午天气良好,下午有雪,室外温度在 0℃ 附近。我计划在站区以南的八达岭南侧湖泊中现场采集湖水样品。由于此时八达岭北坡积雪已基本融化,爬坡难度较大,我携带的采样泵、采样桶、颗粒物过滤器、树脂采样器以及其他采样工具的搬运不能一次完成,于是分批搬运,最后往返三次终于将这些采样装置转移到山上的湖泊边。从距离湖泊 100m 左右的八达岭地磁台房间中接出电源,并将采样装置安装好准备采样,此时已经接近中午。

由于持久性有机污染物,在南极这样的背景区域中浓度很低,因此需要采集大量的样品,以保证分析结果的可靠性。我们采用负压抽滤的方式,将污染物富集在树脂材料中,采集的水样品量达到 200L,而我们的采样桶只有 20L,所以需要更换 10 次桶才能完成一个样品采集。此外,受到过滤膜和树脂的影响,水流速度较慢,每次换桶时间间隔在半个小时以上。为了保证 1 天内完成 1 个样品的采集,我守在采样现场,随时更换采样桶和采样膜。下午 3 点多的时候,天气突变,阴云压低,刮起西风,瞬间飘起雪花,而我的采样只进行了不到一半。风雪中,我用防风衣帽包裹着自己,笨拙地更换着采样桶和采样膜。间隙里,我躲在地磁台房间中望着漫山棕色变为灰白色、白色,瞬间与天际融为一体,甚是感慨自然变化之奇妙。

晚上 7 点多,样品采集终于完成,此时风雪已经停止,天空远处透射着些许阳光，周围显得尤为安静。我收拾完采样工具，将它们又搬运回站上，准备继续第二天的样品采集。这样的日月很长，老师教我要天天如此。

他第二位高足的文章如是：

记一次难忘的南海岸采样之行
李英明

我参加的是中国第 27 次南极长城站科学考察队，于 2010 年 12 月底抵达长城站，正值当地的夏季。这里的气候恶劣，多数时候是大风、雨、雪天气。因此在天气晴好的时候，大家都抓紧时间开展野外考察作业。

野外大气被动采样装置是去年布置在长城站所在的菲尔德斯半岛的，点位较分散，而南海岸是距离较远的点位之一。在天气晴好的某日，我先去南海岸点位收回我们的被动采样吸附材料，并换上新的吸附剂。之前已经做好了准备工作，早饭后就拉上队友小黄和小张出发了。小张是去年的越冬队员，已经在长城站待了一年多时间，对整个菲尔德斯半岛比较熟悉，而我和小黄则是这里的新人。对于这样的"老人带新人"的模式，我感到比较安全，信心满满。三人都穿着雨靴，一边聊天，一边欣赏这洁净的南极世界，不知不觉中就到了南海岸。根据点位的 GPS 位置，我事先在谷歌地图上标注好了点位的具体位置，没想到谷歌地图这次"不靠谱了"（事后得知真正的点位位置距离谷歌地图给出的位置相差太远）。我们来回找了很长时间，就是找不到谷歌地图上标注的点位，于是我们决定利用手持式 GPS 设备帮忙查找，没想到海岸边上涨的潮水挡住了我们前行的路。而近处的山崖近乎垂直，根本无法攀登。我们决定登高望远，攀登几个近处的山坡，从山顶向远处眺望，希望能找到采样器。几个山头远看不高，近处再看，还真不好爬呢。大家费了一番力气，连续爬了几个山头都没有找到采样器。由于时间晚了，我们商量后决定放弃寻找，回站跟同事确定好位置，下次再来。经过短暂的休整，大家开始返回。有长城站"老人"小张在，我们不走回头路，虽然道路泥泞，但是感受了不一样的风景，比如很多队员没有见到过的"天坑"。虽然这次采样失败了，却为下一次的成功奠定了基础，也是我在长城站难忘的经历之一……

我要告诉大家的事实是，第二日的结果美好，以后更好！无须德国朋友操心。

他的第三位弟子的文章，叙写的仍是奋斗：

两只菜鸟的第一次南极远足

我叫傅建捷，参加了中国第29次南极科考队，在南极长城站执行度夏科考任务。

我们单位已经连续第四年在长城站执行度夏科考任务，我的科考任务除推进今年的课题外，还要对上一次考察队同事布下的大气被动采样器进行收集，时间格外宝贵。因此，一到长城站，就紧锣密鼓地制定本次科考的采样计划。野外科考至少要有两人同行，在到达科考站的第二天，我就找到了一位志同道合的队友，来自厦门国家海洋局第二研究所的妙星，他也是第一次来到南极长城站。我们约好天气一旦合适，就先去菲尔德斯半岛的南海岸，寻找并更换前次队友留下的大气被动采样器。（妙星很欢，闻鸟见兽则喜。）

在长城站的第二个晚上，我和妙星就对着菲尔德斯半岛的地图，开始规划更换被动采样器的路线，我们的路线从长城站后面的八达岭开始，一路往南，到碧玉滩，然后转入横断峰谷回到长城站，一天能收集四个采样器，行程7公里左右，放在北京的街头，这也就是一个半小时的路程，南极的雪路难行，预计4个小时返回站内。

第三天早上起来，天气阴沉沉的，但随队的气象人员许淙老师告诉我们，今日不会起风，也没有雨雪。在长城站，只要没有风雨的天气，就是好天气。吃完早饭，我和妙星就背上准备好的装备，带了点热水，在背包里塞了几块巧克力，带上地图和对讲机就出发了。第一站，八达岭上的被动采样器，一切顺利。从八达岭上就能看到下一个采样点，我们认为也会一路顺利，但显然低估了冰雪的威力，一路从八达岭下去，经过一个鞍部，再上一个山头，一脚下去，拔出来的时候，鞋还在雪里，这一站貌似触手可及，我们却在冰雪中深一脚浅一脚整整花了一个半小时。接下来的一个点在菲尔德斯半岛东南高原的后面，我们爬上一个山，天上的云渐渐地消散，露出宝石般湛蓝的颜色，与远处的大海相连，整个视野都是透明的。初到南极，碰上这样的极致景观，我们两人一边拍照，一边赶路，虽然找到下一个采样点又经历了一个半小时，但很愉快。雪中赶路体力消耗极大，肚子开始饿，采样过程和前一天晚上的纸上谈兵出现了极大的偏差，按原计划，我们应已采完最后一个点，该到长城站了。但现实是第四个点还没着落，现在如果原路返回，也得3个小时，干粮和热水都有限。我们俩就又拿出地图，开始研究下一步是该回去还是继续。地图显示，从这个点往回走和往前继续采样，距离类似，我们就选择继续采样，寻找第四个采样点。根据地图，第四个采样点在海滩上，我们需要从高地往海滩走。到边缘往下一看，山非常陡峭，根本没法下。只好收拾好装备，慢慢往下滑，不乏惊险。根据我们的GPS定位，已经到了那个点，却怎么都找不到，足足一个小时才找到了积雪中的采样器。换完这个点以后，发现旁边刚好是长城站设置的一个临时避难所，我们在避难所里吃了些干粮和热水，时已下午三点多了。

踏着厚厚的积雪，深一步浅一脚地赶往长城站，周边白雪皑皑，我俩却浑身是汗。一路上，我们都用对讲机联系长城站，可能是由于山峰阻挡的原因，从第三个采样点起，一直联系不上。感叹这菲尔德斯半岛的地图实在太简陋了。在赶路过程中，不时能看到也说着话赶路的企鹅，风景步步变换。回到长城站，又饿又累，虽然还是阳光明媚，却已经是晚上的六点半了。我们俩到厨房，狼吞虎咽一番，就回去睡了。但到半夜，我就被脸上一阵阵灸痛给弄醒了，手一摸，脸上火烫火烫的，赶紧跑去隔壁找妙星，发现两人状况一模一样。由于出门时是阴天，没注意防晒。太阳出来以后，也没有防护措施，结果脸被紫外线深度灼伤，接下来的好几天，我们都在站里养伤，脸上蜕了一层皮，这事件给站上其他野外人员上了生动的一课。（如果此时与恋人会面，肯定不利于妙星。）

现在回想南极的旅途，印象最深还是这一天。之后的日子十分辛苦，但十分快乐。因为我们为了祖国考察南极而工作。

　　我让他讲一下30次考察中的善举，他说："你不是看到了？持刀剥开鱼腹、解剖鱼时，鱼血迸溅，口唇鲜红。我们的眼光残暴，凶相毕露！"我说知道你们的善心，是为了保护环境，当然也保护了可爱的企鹅和海豹。于是寻出南极诗社一首标题《塑料袋》的诗，饰其文后：

　　　　　　　　　每天父母们出发

　　　　　　　　　去水底冒险

　　　　　　　　　虽然不时有鲨鱼

　　　　　　　　　以企鹅为餐

　　　　　　　　　岸边的孩子们眼巴巴看着

　　　　　　　　　这冰天一线

　　　　　　　　　能够爬上岸来的父母

　　　　　　　　　有孩子就有了明天

　　　　　　　　　有几只企鹅和海豹

　　　　　　　　　从海底带回几件

　　　　　　　　　黑色的东西

　　　　　　　　　族群的长者说

　　　　　　　　　这是那些叫人的动物

　　　　　　　　　装我们肉的塑料袋

　　　　　　　　　在孤守南极洲的严寒里

　　　　　　　　　圣洁将被污染

　　　　　　　　　……

　　张庆华与他的弟子所要实现的，正是南极之圣洁不被污染！

张势正旺

此处莺飞草未长，

晶莹冰雪映天光。

企鹅踏冰绅士步，

海豹铺雪晒太阳。

跋雪踽踽来是谁？

北师教授张正旺。

狮豹企鹅皆成友，

亦爱鸥燕与海狼。

知貌知心图科研，

万类苦寒敢承当。

"南极大学"讲"动物"，

笔者有幸在课堂。

从此迷上天外物，

鹅诗豹歌吟正旺。

张正旺，北京顺义人，1962年生。1980年考入北师大，研究生毕业留校。1998年任教授，教生物系动物学专科，研究动物分类，形态结构、生理、保护、开发利用等经典学科。近年来，研究发现新物种，新地域，系统进化，亲缘关系与环境关系，和极端环境条件，对动物生活节律、活动规律影响之课题。

1993年11月，殖南极10次考察队来长城站度夏，承担"鸟类在南极生态中的地位与作用"任务目标。普查该地区企鹅、巨海燕、燕鸥、褐贼鸥……一个惊人的奇遇是：他发现了一只全身莹白如玉，完全白化了的企鹅，一只白色的牛背鹭。他被她们青春少女样的美丽惊呆了！大叹造物主造物的神奇，他迷住了南极，告诉我：2013年的11月，智利站区的冰盖上曾有一只帝企鹅来访，它的体重达到40余公斤！他说：人类应把可爱的动物当朋友，企鹅用不同的声腔表达语言，表达情感。企鹅以石子做窝：从远处叼来百石，块块含情。帝企鹅不做窝，鹅蛋放于脚蹼，胸腹伏在脚上，月余不吃不喝，减 1/3 的体重，空乏其身，瘦成干柴模样。孵出鹅崽，留几只未生产的阿姨照看儿女，自己下海捕鱼虾，吐哺婴幼，如人的爱意不二。守婴者与贼鸥、海豹搏斗，舍生忘死……

笔者与二张（正旺、庆华）同室而居，我鼾声震天，恶扰二君子。但同住的一晚便获益一世，真乃一夜纯情，话长夜短。正旺君随身携带的电脑，是百宝之囊，他探囊取宝的文章，比之我秃笔急记的，好上千倍：

南极科学考察记

1993 年 11 月 18 日下午 3 点 20 分，中国第 10 次国家南极科学考察队一行 26 人，随机离开了首都北京，踏上了奔往南极长城站的行程。作为一名生物科学工作者，我十分荣幸地参加了由原国家南极委（现改由国家海洋局领导）组织的这次多学科综合考察活动，在南极工作生活了 3 个多月，对栖息在长城站及周围地区的鸟类进行了考察和研究。下面就我之所闻和亲身经历如实地记录，以奉献关心我国南极科学考察事业的读者朋友。

初踏南极感受多

我国派往南极地区工作的人员只有 1000 多人次，我从内心里感谢我的恩师郑光美教授，为我争取到这个十分宝贵的工作机会。同时，我也感到自己责任的重大。

南极的 11 月，已是天气转暖的冬末，放眼望去，到处都是皑皑白雪，只有耸起的山峰顶端才裸露出岩石。远处湛蓝色的大海波涛汹涌，海面上漂着一块块玲珑别透、大小不一、姿态各异的浮冰。

九次队的几位同志来到机场迎接，俄罗斯站的坦克中途陷入雪坑，费了很长时间才走出困境，所以未能提早到达机场。我们分乘雪地车和俄式坦克向长城站进发，到了自己的家——南极长城站。

长城站

我们下榻的长城站位于南设得兰群岛的乔治王岛上，这里面海背山，以第三纪玄武岩为主体的山峦犹如一道天然屏风，护卫在平坦的滩涂的后方。山岭之间有三个面积较大、水质很好的淡水湖，可为站区提供充足的工作和生活用水。这里海岸线长，滩涂面积开阔，与此地相距不足 2 公里的阿德雷岛上，有大量的企鹅繁殖，一水之隔的纳尔逊冰盖，是进行冰川学研究的理想场所。无论是进行海洋、地质、生物考察，还是开展气象、环境和古生物的研究，这里都是一个条件理想的地方。

环岛考察谈鸟类

11 月 30 日，考察工作正式开始。为保证安全，站长规定，野外考察必须3 个人以上才能进行。我与中科院青岛海洋局的杨伟祥、中科院地质所的刘嘉麒以及北京师大环科所的曹俊忠 3 位同志一起，利用 2~3 周的时间，对长城站所在的菲尔德斯半岛进行了全面的考察。4 个人的考察对象各不相同。我的主要考察对象是鸟类，目的是了解这一地区鸟类的区系组成、种群数量和分布特点，并对其生活习性进行观察。这是我进行其他方面研究工作的基础。

在南极这个特殊的环境下，野外考察不仅困难很多，而且十分危险。南极的天气变化无常，难以预料。刚才还是晴空万里、风平浪静，片刻就可能狂风大作、雨雪交加。我们乘小艇到菲尔德斯半岛对面的纳尔逊岛考察，出发时阳光明媚，搞气象的同志也说今天是一个好天气。谁知小艇刚刚走完一半的航程，天气突变，阴云骤至，风力迅速加大到六七级。我们乘坐的小艇在苍茫的大海之上，犹如一叶扁舟，一会儿被几米高的巨浪高高举起，一会儿又被重重地摔入浪峰间的幽谷，可谓险象环生。我们紧紧地抓住缆绳，拼命力保小艇不翻。经过一个多小时的生死考验，小船终于靠岸，我们全都精疲力竭，喘息不定，浑身全被海浪浇透了。许多次，我们刚出门就遇上狂风暴雨，只好无功而返。考察时若遇上大雾天气，常常使人迷失方向，即使你手中有地图、指北针也没有用。为数不多的晴天是我们野外调查最理想的时机，然而强烈的紫外线，却会烧灼你的手脸。每次考察归来，我们的脸都会被晒黑一层，晚上脸火辣辣地疼，用手一摸就会脱下一层皮。去海岛考察，还需掌握海水的潮汐规律，否则就会陷入困境。与我一起进行野外考察的老杨，有一次因为忙于观测海豹而忘了涨潮的时间，结果潮水漫过了连接小岛与岸边的长堤，他只好脱掉裤子，蹚着没膝深寒冷刺骨的海水回到岸边。倘若再晚一点，恐怕他只有靠手中的无线电对讲机来呼救命了。

在为期3周的时间里，我们走遍了菲尔德斯半岛上每个能够到的地方，获得了一大批第一手科学资料。通过这次环岛考察以及重复调查，我发现南极的鸟类区系很有特点，即种类少而数量多，分布也不均匀。在长城站及其邻近地区，共发现鸟类近20种，隶属于7个目、9个科，总数量在数万只。其中比较常见的种类是企鹅、贼鸥、燕鸥、黑背鸥和巨鹱。

在长城站地区生活的企鹅，主要有3种，即阿德利企鹅、巴布亚企鹅和南极企鹅。它们均以磷虾、鱼类和小型软体动物为食，在南极生态系统中占有十分重要的地位。据调查，其主要繁殖地位于长城站对面的阿德雷岛及西海岸的一些小岛之上，种群总数约在2万只左右。南极地区的贼鸥有两种，即褐贼鸥和南极贼鸥。前者个体较大，体重在1800g以上，跗跖长于70㎜，后者体型较小，身体颜色浅淡，呈棕灰色。这两种鸟类都营巢于远离海岸的苔原上，繁殖期间领域性很强。

它们常常盗食企鹅的卵或幼雏，是企鹅的主要天敌之一。南极燕鸥和北极燕鸥在长城站地区均可见到。其中北极燕鸥繁殖于北极，而迁徙到南极来越冬。南极燕鸥体态娇小轻盈，善于飞翔，常集群在海边的大块礁石上或乱石滩上繁殖，对于侵入其巢区的天敌常群起而攻之。黑背鸥是一种十分漂亮的南极鸟类，全身羽毛洁白如玉，仅背部呈灰黑色，橙黄色的喙的下喙缀有一块鲜红的斑点。它主要以潮间带的贝类为食，在海边的礁石上以海藻和地衣等材料筑巢。巨鹱也叫巨海燕，是一种大型的海鸟，性情凶猛，常捕食企鹅或其他鸟类的雏鸟，曾在长城站附近的生物湾见到70~80只啄食一只死鲸的腐肉。目前这种鸟的数量正在逐年减少，其状况已引起国际南极科学考察委员会的极大关注。

尚未解开的牛背鹭之谜

1994年1月12日，雨后初晴，一个十分难得的好天气。早饭后便与青岛海洋所杨伟祥老师一道，去位于菲尔德斯半岛西北部的华山半岛一带考察。经2小时长途跋涉，终于来到目的地。老杨正对所发现的一群象海豹进行测量。我则沿着海滩调查和统计各种海鸟。忽然，在距海岸大约30米的一堆岩石边，一只白色的死鸟的残骸映入了我的眼帘。近前一看，发现它并不是我所见过的鞘嘴鸥。因为它的喙较长，呈圆锥状；足具4趾，趾间具蹼。显然这是一种鹭科鸟类。经过查阅有关的专业书籍最后得知，这是一只牛背鹭，在长城站地区尚属首次发现。

根据有关文献记载，牛背鹭是一种适应性很强的鸟类，其分布区自伊伯利亚半岛，南抵马达加斯加群岛，向东则到达亚洲的中部和南部。近年来，其分布区又进一步扩展到南美、北美和澳大利亚的一些地区。然而以前未曾有过这种鸟类在南极分布的记录。确实，南极的严酷条件也根本不适合这种鸟类的生存。那么我们在长城站地区所见到的牛背鹭（后来我又在马尔什机场附近和石门半岛各发现一个牛背鹭的残骸）又作何解释呢？带着这个问题，我与前来长城站访问的德国鸟类学家汉斯博士进行了探讨，取得了较为一致的意见，即这些牛背鹭都是一些缺乏经验的年轻个体，从邻近的南美大陆的迁徙途中，由于某种原因造成导航系统故障，偏离了原先的迁飞路线，最终错误地到达了贫瘠荒凉的南极地区而丧命。

正旺的文章比之妙星更具学术色彩，更显其学问之大！

但张正旺是一位善解人意的朋友，在下面的美文里，他像知道读者哪里发痒一样，专写了一节人人喜爱的角色：

企 鹅

企鹅是没有飞翔能力的一个海鸟类群，在分类上属于企鹅目企鹅科，全世界现存6属18种。其中体型最小的是小蓝企鹅，也称小鳍脚企鹅，体长只有

40厘米，体重约1千克；体型最大的是帝企鹅，体长超过1米，体重可达40千克。各种企鹅在外形上基本相同，上体均为蓝灰色或蓝黑色，下体多为白色。雌、雄两性在羽毛色上没有明显差别。不同种类企鹅的鉴别特征，主要在于头部和上胸部，例如阿德利企鹅和巴布亚企鹅头部，均呈蓝黑色，不同的是后者的眼上方，有一块白斑。南极企鹅的头部上黑下白，在头侧和额下有一条明显的黑纹，犹如帽带一般，因此人称之为"帽带企鹅"。

企鹅全部生活在南半球。在人们的印象中，作为南极象征的企鹅似乎只分布于终年冰雪覆盖的南极大陆，然而事实上除了帝企鹅与阿德利企鹅终年留居在南极本土外，其余大多数种类分布在南纬45°~60°之间的广阔地带，尤以新西兰和福克兰群岛的种类最多。而洪氏环企鹅的分布区从赤道附近的秘鲁，一直延伸到智利的中部。加岛环企鹅则全部生活在位于热带的加拉帕戈斯群岛。

在所有海鸟类群中，企鹅的游泳和潜水技能，都是出类拔萃的。有人通过观察发现，帝企鹅、阿德利企鹅和斑嘴环企鹅的游泳速度每小时为5~10公里，最高可达60公里。企鹅一般通过潜水来捕捉猎物，潜水深度巴布亚企鹅多在20米以内，南极企鹅一般不超过45米，而帝企鹅则为45~265米。大多数企鹅潜水时，在水下所停留的时间为0.5~1.5分钟，斑嘴环企鹅可达5分钟，而帝企鹅则可高达18分钟。

为适应游泳与潜水，企鹅的身体结构发生了很大变化：在体表没有羽区与裸区之分，短而浓密的羽毛，均匀地分布在全身各处；流线型的躯体可以减少运动时海水的阻力；两翼退化缩小为强壮的、狭窄的鳍状翅，可用于划水；发达的胸骨和龙骨突起，以及附着在其上面的发达的胸肌，能产生巨大的动力，可在水中快速地向前推进。与其他鸟类不同，企鹅的骨骼坚实而不充气，比重比海水略低，可减少潜水时的能量消耗；后肢三趾发达，大拇指退化，在趾间生有大多数水禽所共有的蹼，适合在水中活动。

所有在南极和亚南极海域活动的企鹅，都要经常忍受0℃以下的水温。终年留居在南极大陆的帝企鹅，甚至要忍受零下几十度的低温。因此，保持体温对企鹅来说是非常重要的。在企鹅的体表，通常生有三层羽毛，各层羽毛之间充满了空气，构成了很好的保温层。此外，其身体的皮下部有很厚的脂肪层，也可以起到保温的作用。在企鹅的鳍状前肢和腿、脚等部位，存在着一种高度发达的逆流热交换系统，能使回心的静脉血液从逆向流动的动脉血液中吸收热量，减少身体的热量损失。生活在热带的加岛环企鹅，经常需将体内过多的热量散发出去，因此，它们都具有较大的鳍状翅和光裸的脸部区域，以增大体表散热的面积。

企鹅的后肢生长在身体的后端，在陆地上常呈直立姿势，犹如翘首企盼一般，"企鹅"的名字就由此而来。在休息时，它们常常以脚和尾羽一起支撑着身体。由于身体肥壮而腿短，企鹅走起路来摇摇摆摆，憨态可掬。若遇紧急情况，便以腹部贴在冰面，以脚和鳍状翅为推进器，像雪橇一样快速滑行。海中游泳时，企鹅常常出现跳跃的动作。有时，为逃避天敌的袭击，它们还会跳出水面，甚至跳上浮冰。

海洋中丰富的甲壳类、鱼类及各种乌贼，是企鹅的主要食物。各种企鹅的食性有显著差别。近岸取食的种类（如小蓝企鹅、巴布亚企鹅、各种环企鹅）和潜水较深的帝企鹅、王企鹅，主要捕食各种鱼类。乌贼常被王企鹅、帝企鹅、冠企鹅及一些环企鹅取食。阿德利企鹅、南极企鹅和长冠企鹅的食物，则主要是磷虾。

每年夏季南极气温回升，各种企鹅陆续返回其传统的繁殖地，开始了一年一度的繁殖。企鹅是集群繁殖的鸟类，在一块繁殖地里，往往有大量个体同时繁殖，其数量从数百只到几百万只。

繁殖活动的第一步，是由雄企鹅在一个适宜的地点建立领域。任何其他雄企鹅进入，都将立即受到领域主人的驱逐。在领域之中，雄企鹅往往通过一系列的求偶活动，与被吸引来的异性结成配偶。配对时，多数的企鹅倾向于与其过去的配偶交配。有人发现，61%的黄眼企鹅配偶对，能持续2~6年，12%能维持7~13年，每年的"离婚率"仅为14%。然而，阿德利企鹅的配偶关系持续时间较短，迄今为止尚未发现有维持6年以上的，其种群的"年离婚率"超过50%。

除帝企鹅外，其余的各种企鹅都营巢繁殖。巢一般都比较简陋，常用小石块堆成，一些种类还在巢内铺垫枯草、干树枝或其他巢材。帝企鹅在繁殖时不筑巢，而是将卵放在脚面上进行孵化。企鹅卵数多为 2 枚，仅王企鹅和帝企鹅产单枚卵。除帝企鹅孵卵只由雄鸟承担以外，多数种类由雌、雄鸟轮流孵卵。孵化期因种而异，阿德利企鹅为 33~37 天，巴布亚企鹅为 35~39 天，王企鹅 52~55 天，帝企鹅 60~65 天。

刚刚孵化出来的小企鹅，全身被有灰色或褐色的绒羽，不能行走，需要亲鸟的抚养和照料。亲鸟不仅为雏鸟带来食物，而且保护其后代免遭贼鸥等捕食性鸟类的伤害。当取食回来的亲鸟来到巢边后，小企鹅立即将喙伸入到亲鸟的口腔之中，取食吐出的呈半消化状态的甲壳类或鱼类食糜。经过 20~40 天的抚养，小企鹅逐渐长大，其食量也急剧增加。此时单靠一只亲鸟去取食，已难以满足雏鸟生长的需要。于是繁殖地中的小企鹅便会集中到"幼儿园"里，由几只有经验的成年企鹅看管。这样，小企鹅的父母们便可以安心去觅食，将丰富的食物带回给后代。从雏鸟孵出到完全独立生活，阿德利企鹅、巴布亚企鹅等小型种类只需 2 个月，而帝企鹅需 5 个半月，王企鹅需 12~14 个月。企鹅的幼鸟一般需要 2~4 年的生长发育才能达到性成熟，一些企鹅甚至需要更长的时间。

企鹅的天敌主要是一些捕食性的鸟兽。它们的卵和幼雏常常被贼鸥等鸟类盗食。海洋中的虎鲸、海豹和鲨鱼也会攻击正在取食的企鹅，但其对企鹅种群的影响微乎其微。真正对企鹅生存构成威胁的还是人类的活动。一个最显著的例子是斑嘴环企鹅。自 1497 年伟大的航海家达·伽马在南非的海豹岛上发现这种企鹅以后，它们的卵就被人类捡食，平均每年有 50 万枚卵被捡走，这对斑嘴环企鹅造成了严重的危害，致使其数量大幅度下降。有资料表明，从 1930 年到 1963 年，在南非达散岛上繁殖的这种企鹅，已从原来的 150 万只下降到 14.55 万只。20 世纪以来，世界上斑嘴环企鹅的总数，已经减少了 90%。尽管捕杀企鹅和捡食企鹅卵的现象在《南极条约》缔结以后基本上被禁止，但石油污染、日益兴旺的捕渔业以及工农业对沿海生态系统的破坏，又构成了新的威胁。现在，保护企鹅资源，已引起人们的广泛关注。

　　谁能不爱，不关注企鹅小宝贝呢？在我的眼中，企鹅是天真、美貌、乖乖可爱的孩子。当我从南极归来，在欢迎我的晚宴上，一位要好的朋友问我"企鹅肉好吃么？"的时候，我心中一颤，继而大怒，我骂他不是人，他骂我是鹅爹爹！我从此知道他不善良，他说我南极人坏脾气。是的，如果能够，我愿做企鹅爹爹和南极人！而正有一支好歌曲，标题为《企鹅爸爸》：

　　　　企鹅爸爸想收拾行李起程
　　　　我能感觉他的紧张分分
　　　　希望能让自己的神经冷静

　　　　他想和鸟一样
　　　　能看到月亮的另一边
　　　　他那双灌铅般的脚
　　　　让他气急败坏

　　　　在蓝色的雪上
　　　　挪动着蹒跚的脚步
　　　　我听到低声咕哝：
　　　　我一定要到那里去

　　　　但知道吗爸爸？
　　　　你很清楚
　　　　企鹅的翅膀和风车的一样
　　　　没有任何作用
　　　　可是为什么爸爸
　　　　要去那里呢？
　　　　这里生活如此美好

把天留给天使和神仙们嘛爸爸

你看要想作为一只海鸥
就得长途旅行
他一直南下
直到英格兰

这是巴黎
还有那不勒斯（意大利城市）
迦太基的河流（突尼斯地名）
地中海
夏天是这么美丽
但不是我们的

但为什么爸爸
要去那里？
南极生活如此美好
就算你离开也走不远
留下来吧，爸爸

爸爸爸爸企鹅爸爸
爱上他的浮冰
只有丢弃空想
又回到冰雪

企鹅爸爸
企鹅爸爸

爸爸爸爸企鹅爸爸

快收起你的行李

（歌手：Pigloo 法国小企鹅 所属专辑：唛阿喜与新朋友 2008）

歌儿很开心，张的文章很有学问。一切都在证明，张正旺势头正旺！他是一位热心、好脾气的小老弟，白白胖胖、斯斯文文、和和气气。在巴黎机场时他还帮我耐心细心地买手表。刚才我和他通话，他告知文章发我了，他要去日本。我要嘱劝这企鹅一样透明的兄弟，不怕南极的你，要小心安倍！

孙立广——"鹅矢如金"的证人

鹅是企鹅；矢者，粪也。夸鹅粪如金，自有它的道理，简直是真理！前章妙星、张正旺说企鹅性情，此节孙立广单说鹅粪，别开生面也！先读一首孙立广的诗《会飞的企鹅》：

肥胖不再是理由

水陆两栖不再是局限

达尔文生物进化论又一次

神奇刷新，企鹅会飞了

企鹅会飞了，助跑

扑棱棱翅膀飞起来了

不是鸡飞狗跳短距离

鹰一般翱翔于南极洲湛蓝的天

从冰原到冰山，再没有阻碍

上天入海，张扬无限自由

企鹅会飞了，而我们人类

萎缩起理想的翅膀

流着馋涎

一步步，一步步走向鹅肉……

1998 年 11 月初，南极暖季。中国南极考察队第 15 次来到南极开展考察任务。生态地质学家孙立广教授带来一个崭新的科学命题——通过企鹅有机体中物质组成证明近 200 年来，人类的活动正在影响整个地球。

孙立广说："通过思考，我想到用企鹅粪及含粪土这个载体，研究企鹅的生态过程，以及人类污染物可能在企鹅粪中留下的痕迹。"

南极大陆，地球上唯一没有人类足迹的孤独大陆，它常年把自己冰封雪藏在地球的底部，注视着人类文明的进程，调节着海洋和陆地的温度，控制着地球的气候。南极巨大的冰盖，是全球气候变暖的预警系统，如果南极的冰雪全部融化，全世界的海平面将升高 60 米。这意味着将失去绝大多数的人类文明。这片白色的世界，是各国科学家探索的天然实验室，科学家带着梦想来到这里，希望寻找到冰封雪藏的密码。

企鹅，南极的象征，也是南极大陆的主人。这种海鸟面朝大海，静静站立，凝视远方，像在企望什么。

从 1957 年的国际地球物理日开始，一些国家在南极无冰区建立考察站，对企鹅进行检测。探索企鹅的历史充满了诱惑，生态学家从废弃巢穴中，找到了企鹅残余的骨片，进行碳 14 定年。各个历史时期的企鹅，不会记住金字塔，也不会留下秦砖汉瓦，企鹅留下遗迹太少。面对难以保存的企鹅骨骼，历史学家又不能去挖掘企鹅化石，而且化石的计算年代是以百万年、千万年为单位定量的。南极企鹅考古，在无奈和艰难面前，遇到研究的瓶颈。

孙立广说："如果要进入这个领域，就必须要有自己的想法，沿着前人的路走比较轻松，但永远走不出自己的脚印。按照中国科学家的思路，他们首先要找到可供研究的样本。我到了南极的第一天，就上了阿德雷岛，那是个企鹅生态特别保护区。因为你要找企鹅粪就要到企鹅多的地方，找企鹅多的地方就要到阿德雷岛……"

然而，一踏上这里就发现，根本找不到企鹅粪土堆积层。非常遗憾，因为企鹅在海边排粪，已被雪雨冲洗干净，流入大海了。想找到一个粪土层的聚集地，就要找滞水沟或小池塘，找个有层序的含粪壤层，这是大海捞针！

但是，他们却发现了一个濒临海湾的小湖，这种湖俗称潟湖，是涨潮时海水倒灌进的洼地。从地质学的角度判断，可能存在古潟湖沉积物。更让中国科学家兴奋的是，这个小湖旁边有大量的企鹅生活，湖底沉积的大量土壤中，极可能就有企鹅的粪便。

发现的过程有趣而艰难，在规定考察的 100 天中，一直到第 97 天，才找到这个潟湖并发现沉积物，让中国科学家在返程回国的前三天里，在南极留下了一个传奇。这个传奇引导世界南极地质研究，打开了一个崭新的窗口，科学家从这个窗口开始破解：企鹅的演变应是过去气候变化的关键。中国考察队孙立广和他的研究团队，终于找到了累积企鹅粪便的土壤层。大家将采集到的样本小心地带回了南极站。令人意外的是，珍贵的企鹅粪土壤样本，却给他带来了不大不小的尴尬。

孙立广说："报研究课题时，我讲温室气体和大气气温，还讲了粪土层。领导及队友都感觉可笑：鸟粪有什么好研究的，又脏又臭，早知你研究这东西，你别去南极了！我说我们总是一个新的思路吧，别人没研究过的东西，我们有可能从这个粪土层里面做出有分量的东西。所以在南极 100 天里就说了这一点，尽管这个问题别人没有研究过，我委屈而耐心地解释。"

科考队员们从两个小湖里面打捞出 4 管泥芯，进行室内分析，对一段 65 厘米深的泥芯，按照 1 厘米间隔，在洁净室中分样，进行 26 种元素的定量分析，准确的碳 14 定年检测。最后确认，这是一段大约 3000 岁的泥芯。泥芯中锶氟磷等九种元素，随深度呈现几乎同步的变化，浓度比非企鹅聚集区冰原沉积物高出极多，其中氟高出 30 倍，磷高出 15%，企鹅排泄物中，氟和磷是其主要的特别组成元素。

孙立广说："因为企鹅是南极标准性生物，也是大家喜欢的生物，它在生物链中起到了主要作用，企鹅吃磷虾。企鹅作为载体将海洋生物中的元素转移到粪便，进而含入沉积层中，在对企鹅粪和苔草做有机质同位素检测时也表明，企鹅粪是沉积物的主要来源。

"锶氟硫磷锡钙铜锌等九种元素与粪便密切相关，在历史时期的粪土层里，这些元素也会变化，其中任何一个元素的变化，都会带动另外一个元素的变化，应该是同步……"

貌似难以接近的南极，其实在地球上是一个开放的体系！污染物可以通过大气和海洋的流体系统、食物链进行传播，源源不断进入这个荒凉的冰漠。

孙立广向不明白的人解释："相隔万里之遥的人类活动，正在改变这种和谐。人类对鲸鱼、海豹、磷虾的捕捞活动，使极地生态系统受到破坏，企鹅的生存也会受到不同程度的影响，这体现在鹅粪里……"

中国科学家根据企鹅粪标型浓度，来确定含粪量的相对变化，进而推测出企鹅种群数量的相对变化，得出了历史上企鹅种群数量的波动过程。研究结果显示，在过去大约3000年中，在这片没有人类活动的冰洲上，企鹅种群数量发生过4次显著波动，距今1400到1800年数量达到最大值。而距今1800年到2300年间，企鹅数量锐减。科学家们把这种变化和气候变化对比，发现企鹅数量的高峰，和气候变暖有联系，而温度最高的时期，企鹅数量又呈下降趋势。这儿有一首关于地球变暖有害于企鹅的，饱含着怜子心情的诗《企鹅》：

胖胖的企鹅

傻乎乎的企鹅

多像我的小女儿

你快乐是因为你单纯

我快乐是由于你

地球越来越热你知道吗？

家园如冰块越来越小你知道吗？

我不敢闭上潮湿的眼睛

害怕我热醒了的时候

而看不见你

……

这就是自然，这就是如金之鹅矢带来的比金子还贵的鹅史研究结果。笔者站在长城湾的海边，欣赏那晶亮的、多彩的浮冰，多趣的企鹅，它不知世间谁会害谁。

随风的飘忽，照耀得眼睛和短喙皆闪红光的企鹅乘客眯起双眼。她们自觉得美丽无双，所以行走也做出女明星的飘摇。还有扎堆儿的一群，唧唧哝哝中议论什么，相亲相爱的一对，互惠着香甜的吻，并不知孙立广们在研究她（他）祖上的臭粪，研究出她（他）家的光辉历史来。

曹站长

与曹建军站长相识于上海高铁火车站，他亲自接我，送我上"雪龙"号，并一再托请雪龙王硕仁政委"关照我"。先前，听说他是一位工作上的"拼命三郎"，此番交际，见君如此细心，便断定他能当好站长。

此后，一直到南极长城站途中，见他处理问题快刀快斧，干净利索，快言快语，手脚麻利，全是"踢踏舞"的节奏，不由得感叹：站长不好当，然而须当好！

曹建军，1957年2月生于浙江金华。1976年入伍东海舰队，1978年上海海事学院进修。至1980年，参加多次中、远程导弹试验，立三等功。1982年，转业海洋局做轮机工。1990年，外派日本"经企轮"做"三轨"。随三万吨轮远渡重洋，周游十几国后，见识大长，世界上现行的科学管理模式，努力学习，谨记于心。率队在赛卜路斯船做"四轨"，秘做政委，率党员九位。又游十几国后，回"向阳红"10号，充作栋梁。1992年底，派至香港"雅丽公主号"

赌船，做冷气师。赌客来自全世界，三教九流，五花八门，曹建军见识了资本主义最标志的一面，不愿干了，要求回"向阳红"10 号。

1984 年，随该船首闯南天，建起长城站，曹荣立二等功，获全国"新长征突击手"称号，海洋局标兵，全国国家机关标兵。1997 年，首闯南极的建军又投身首次北极考，成为著名的"十八棵青松"。南极 16 次考察，他直奔冰山雪原里的中山站，惊涛骇浪，冰裂暴雪，他几乎不愿提及。最最使君断肠的，是惨痛的南极 18 次考察。

在亮冰白雪的照耀下，他红肿了双眼，但他的爱妻却在上海查出了白血病，住进了医院。一向斩钉截铁的曹君木然了：她得了不治之症，他的工作又无人能替。上级去做妻子的工作，她竟一口应承，放飞他去南极。他是怀着生离死别的心痛分别的，他已知她会死去，等不到他回来。她也知他远在天边，无缘再见。他掐着手心问她："你这样了，我出得去吗？"妻脸色惨白，咬着嘴唇答："领导说，船上需要你……"

告别的一刻到了，有赴死的心痛。她冰凉的手捉住了他，泣不成声："我不能……等你回来了……"他无语，即便是善良的谎话，他也不会说。

天海苍茫，重洋连着重洋，怀着连天的心事，他来到南极。那时打电话要到智利站，妻在四万里外的那一头说话，声已微弱："建军，我等不着你了……"建军哭道："我们马上就回航……你一定等我……"妻平静地说："太远了……你，管好孩子吧……"

是的，他们有一个上大学的孩子，是她们爱情的结晶。之前，他不认为钢铁汉子会号啕大哭，不认为人会有比死还难受的无奈。但是，两天后妻子死了……

谈到此处，他掩面抽泣，眼泪从指缝挤出来。正如我写到此处，也止不住眼泪，想起一首悲歌：

> 白杨树下有我心爱的姑娘，
>
> 当我和她离别后，

就像那都达尔，

闲挂在墙上……

当我和战友永别的时候，

好像那雪崩飞滚万丈！

啊！亲爱的战友！

我再不能看到你伟岸的身影，

俊俏的脸庞。

啊！亲爱的战友！

你也再不能听我弹琴，

听我歌唱……

一对恩爱夫妻，共同结晶了儿郎。他们是一双战友，为了祖国的探极事业，她耗尽了生命，也帮他挣来过勋章。

建军是一个坚强的人，但他已经磨历劫，伤痕累累。他接连下来的20次考察航、22航次、23航次，不歇气地闯荡下来，接了董利的班，在中山站越冬，做了副站长，兼任水暖技术工作。出发之前，去金华看望老母。白发苍苍的老母，仍惦记儿子的远航。她不知道四万里是多远，也不知到南大洋的水路，比村边的小河宽多少，她只知嘱咐儿子小心，别冻着，下雨要打伞，踏雪要胶鞋。建军告诉她是到南边去的，因为她知道南方更暖和，儿子是奔着温暖去的。

慈母手中线，

游子身上衣。

临行密密缝，

意恐迟迟归。

"雪龙"号才刚过赤道，卫星电话就传来了噩讯：母亲仙逝。这是又一次割心的惨痛。他唯一的办法，就是抢付母亲的丧葬费。但那是无用的，痛在心上。

他像一块大洋上的浮冰，存有暖水融不开的寒意。正像诗作《大洋浮冰》的苦景：

> 你想寻找温暖
>
> 却漂流到了冰洋
>
> 你欲回归冰川
>
> 却迷失了方向
>
> 你要避开严寒
>
> 奔向太阳
>
> 但又怕溶化
>
> 变成孤单的徜徉
>
> 还是随队远行吧
>
> 那样你才有力量

笔者听到过几位队员的倾诉，他们在母亲、奶奶、姥姥仙逝的时候，人还在南极、南大洋的冰雪中，亲如同胞的兄弟们陪着丧主一同下跪，面向故乡哭号，为亲人磕头致歉。这就是中国的南极考察队员！

靠着信念和集体力量，曹建军又义无反顾地参加了 24 次、25 次南极考察。就在 25 次出征中，这位老机匠长杀牛用了鸡刀，制造了一个精密的直升机腹下安全圈，应急吊装任务！

第二天，他又造出了一个足以乱真的不锈钢圈，吊装重物安安稳稳，同志们夸耀道："怪不得叫'机头'，修飞机的！"为此，他又立了一次三等功。

2010 年，他参加第 27 次南极考察，任长城站副站长兼水暖技工。正逢国务委员刘延东来访。他们打扫卫生，整理内务，堆雪除冰，张贴标语，未想一夜风雪，标语全无，竟剩下一条"热烈欢迎国务委员刘延东来长城站慰问"，巧不巧？连刘延东都说太巧。临走时，一个企鹅站在路中拦车，同志们说："是上访的吧？你来长城站，哪回招待不周？"刘延东同志更高兴了，下车与它合影。它大大方方，不惧不慌，一副见过世面的模样。

笔者去长城站前，信奉了座山雕的教言："就是山穷水尽，上山也应有个晋见之礼吧！"于是请书法家写了几幅字，托建军在上海装框。还带了一幅《梁山英雄排座次》的大块织锦，请"雪龙"号同捎长城站。我们乘飞机到达，雪龙仍在冰中搭救俄舰。建军说："作家放心，'雪龙'号一带进站来，我就布挂妥帖，彰显你圣地文化！"

现在时过年余，那墨宝早登堂入室了罢！

心红志刚

志刚，乃刘志刚。心红，是公家的表彰喻语。他在南极长城站从事气象预报、气象科考工作，既得众赞，又得人缘，属"和谐人物"。

浩瀚大海，冰雪南极，气象的意义超越了考察、生活的便与不便，而关乎生命。笔者在"雪龙"船"海试"之时，采访的二位气象科研人员皆是山东老乡。一位济宁人叫于西鹏，另一位烟台籍人：张进乐。他们讲了许多气象原理，讲了"雪龙"船上的任务，使我获知了气象工作的大体概念：

一、主要职责及任务

1. 主要职责：为"雪龙"船南北极科学考察提供气象预报保障工作

2. 主要任务：随船气象保障

（1）48小时天气预报和海况预报

（2）直升机、海冰、小艇作业期间的气象保障

（3）逐日三次常规气象观测及海冰观测

（4）Seaspace 卫星云图的实时接收、处理气象传真图等各种资料收集

二、主要的仪器设备

1. Seaspace 卫星云图接收系统

2. FURUNO Fax-30 气象传真机

3. Vaisala 自动气象观测站

4. Coastal 自动气象观测站

5. 海事卫星新干线（BGAN）

6. Airda3000N 风廓线雷达

7. XZC6 船用自动气象仪

三、整个航程需要关注的天气系统

1. 上海——台湾省

冷空气、温带气旋

2. 台湾省——印度尼西亚

台风

局地强对流系统

3. 印度尼西亚——澳大利亚

印度洋热带风暴

澳大利亚热低压

4. 澳大利亚——中山站

西风带气旋、浮冰

5. 中山站

绕极气旋、下降风、低吹雪

6. 中山站——长城站

绕极气旋、降雪、浮冰

7. 长城站

绕极气旋、海雾

长城站上的气象观测，经查询与此类同。

刘志刚，1980 年 5 月生于秦皇岛青龙满族自治县，奶奶汉族，姥姥满族。2003 年毕业于河北省经济学院地质部，供职青龙县气象局，任副局长。南极 26 次考，被推为队员，未成行。但在 29 次成功，到了梦寐以求的南极长城站。

言及南极气象，真是魑魅魍魉，预报员许淙专业功夫高，刘志刚责任心强，一有事，二人必定细究。

南天极地多魔障，

妖风孽雨肆雪荒。

不知天上掉何物，

未懂地下裂多长。

奇寒堆雪封大海，

鬼光挟电崩冰岗。

观天照地谁之任？

幸亏长城"气象"强。

许淙精细技艺能，

小刘心红志如钢。

关于他在南极一年的感受与耳闻目睹，有一篇他在南极交给我的网络讲座文案，标题是《我在南极测风云》。

主持人：1980 年出生的刘志刚，一直在青龙气象局从事气象测报工作。因 250 班无错情，6 次获中国气象局质量优秀测报员称号，百班无错情，11 次获河北省气象局质量优秀测报员称号。

到南极科考，一直是他的梦想。现在就请刘志刚为大家揭开神秘南极科考的面纱吧！

远在南极的刘志刚：网友们，现场的同学、乡亲们好！

……我们这里是智利时间，比如现在秦皇岛是上午 11 点，我这里是半夜 11 点了。我所在的这个"长城"站，距离我们家乡的万里长城 1.8 万公里，我没有孙悟空的本事，不能一个跟头十万八千里回家。

我在长城站的任务是气象科考，每天智利时间 1 点、7 点、13 点、19 点四次给国际气象组织发报，备份保存数据。在这四个正点前，15 分钟人工观测地温、降水量以及云量云高云属、能见度、天气现象；自动观测气温、湿度、风向风速、气压、日照、辐射等数据。如果出现大风、雪暴等恶劣天气时，观测时间适当提前，因为这些操作非常困难，每天还对气象仪器进行巡视检查，防止出现故障或被积雪压埋等，对出现故障的仪器尽快进行维修处理。大问题及时上报给站长和气科院主管领导。

南极科考不仅仅是科学交流的平台，展现的是我们的大国实力；积累气候资料，研究全球气候变化趋势，应对气候变化对策。

南极是目前世界上唯一没有明确归属的国际区域，是地球生命赖以生存的重要领地，是地球生物生存环境的重要调节器。在这沉寂、冰封的冰雪世界里，不仅保存着地球环境成千上万年变化的历史记录，而且蕴藏着丰富的物质资源和科学资源。近五十年来，人类从对南极的探险时代，跨入了科学考察的新时期。世界上许多国家高举科学考察大旗，在不断深入开展对南极地区科学考察研究的同时，也在就未来如何有效开发利用极地的物质与科学资源方面，进行着积极的探索与研究。南极的气候、环境、生态变化与地球气候、环境、生态变化间的相互作用与影响，南极资源的科学、可持续开发利用，南极区域内国家权益的争夺与维护等众多问题，将成为今后几十年世界各国普遍关注的热点，必将对各国的政治、经济、科学、军事、文化和国家发展规划等产生极为重要的影响。

我从家乡出发的时候，带了一把乡土。一年来，这把土就在我的枕头边：让自己时刻感觉家乡就在身边；时刻以家乡的地力补气。不管遇到什么困难决不低头，因为我代表着中国、河北、秦皇岛。还有 30 天，我们就要完成这次科考任务回国了，我想带一块南极特有的石头回国……

主持人：去南极科考在身体素质上有什么要求？怎么训练？

刘志刚：第一关要求就是身体素质，因为南极医疗条件简陋，存在很多未知的危险，自己遇到危险得有能力、有体力自救；在冬季培训时候，就练垂直攀登、滑落静止、雪洞避险、大雪登山、GPS 定位等自救课目。

主持人：第一眼看到南极是什么感受？

刘志刚：哦！美丽风景，漂亮企鹅，可爱海豹，梦幻极光，神奇蓝冰，风和日丽的西海岸，漫山遍野的白雪，清澈见底的西湖……白茫茫的雪山、两层楼高的雪墙、远处海里漂浮着蓝色海冰，阴沉的天气，凛冽的寒风，夹杂几片锋利的雪片儿……

南极的天气真是变化万千，长城站一天之内就有多种变化，一会儿大雨，一会儿大雪，一会儿大雾、大风、雪暴，交替出现。今年领教了这里的烈风和酷寒，法国迪威尔站记录到迄今最大风速，达到100m/s的飓风，是12级台风的3倍，200多公斤的油桶可以飞上天空；俄罗斯东方站测得—89.2℃世界最低温度。钢筋像玻璃一样脆断……

主持人：我们经常在画报上看到南极美丽的极光，你亲眼见过吗？还有我在海洋馆见过企鹅，长城站附近有企鹅和其他极地动物吗？

刘志刚：长城站几乎没有极光，维度不在极圈里。但动物种类特多。站区附近能看到企鹅、海豹，各种海鸟。在美丽的企鹅岛，成群孵蛋企鹅的景象壮观，远眺南极冰盖，就像天边的白云一样。晴朗无风的日子里，这里真是海天一色，湛蓝湛蓝的。天上的海鸟就像仙境的灵兽，从头上掠过。

一次陪同队友考察企鹅岛，忽然从空中集聚数十只雪雁，轮番俯冲，在头上不到1米的地方疯狂展翅和发出啄喉声音。原来是我们路经了它们的巢穴，雪雁以为我们像贼鸥一样是来偷蛋的，进行自卫。我们不得不戴上帽子，蹲下身子自保，那还是有个别雪雁冲上头顶，我和小伙伴们都吓傻了！

在企鹅岛，队员们都在聚精会神拍摄岸边企鹅的时候，忽然从海里涌出一个大浪，我还没有来得及告诉队员，一头大海豹摇摇晃晃就上来了，就在离队员不足2米的海岸边上，你不知道它为何生气，小眼睛瞪得贼贼的，充满仇恨！

主持人：在书上看到，因为南极没有病菌，所以不会生病，是吗？

刘志刚：这里没有感冒病毒和各种病毒，几乎不会生病。即使感冒，也就是流几滴鼻涕，用不了两三个小时就自己好了，主要是冻得流鼻涕了。

蔬菜比较少，补充的维生素和纤维素不够，引起便秘是常有的事儿。另外，这里日照贫乏，钙流失很快，钙吸收比较难，致使人骨质疏松，一个队友从1.5米高的地方跳下来，却造成很严重的骨折。所以我们都用药物补钙和补充维生素。

主持人：我看过一个电影叫《南极料理人》，说的是日本的南极科考队员在南极科考，因为工作很枯燥、生活单调，有的人出现一些心理和精神疾病，你们有这样的感觉吗？

刘志刚：枯燥、单调、极昼、极夜，身体上的不适应。在长城站，12月到2月是极昼，白昼的时间从早上2点到22点。5月到7月是极夜，每天白昼的时间只有从早上10点到14点。极昼极夜人都容易失眠，严重的就吃药控制，平时多做一些缓和性运动，增强抵抗力。到动物们都冬眠的时候，我们也开始越冬。4月份一天吃2顿饭，等到6月底一天就不足5小时白天，一天一顿饭就可以，我们和动物们都"冬眠"了。2个月的极夜，队员精神萎靡，很容易患上"越冬综合征"，这是一种心理疾病，表现为各种压抑、焦虑和烦躁情绪。这种时候我们就组织一些文体活动，各种比赛——台球、乒乓球、投篮等，还唱唱卡拉OK。

到站第二周，我们就组建了南极大学长城分校，站长兼校长，教师是站上资深专家博士。非常幸运的是，同济大学博士生导师郝洛西教授，带来的科研项目是《中国极地科考站区半导体照明与光健康应用》，主要是通过灯光的色调，改变人体健康和睡眠质量，就是通过光照改变人体褪黑素，调节精神状态。

主持人：一年的科考，你遇到的最感动、最有趣、有惊险的事情是什么？

刘志刚：元旦我们庄严的升国旗仪式，和北京天安门前升旗同步，对着祖国的方向，我们大声说：中国人民万岁，中国共产党万岁，南极长城站向祖国人民问好！

春节的2月5日，国家海洋局局长亲临现场，卫星视频慰问我们"一船两站"南极人。2月7日凌晨2~4点，国务院总理李克强，带领相关部门领导，代表党中央、国务院和全国各族人民，向远在南极之行科考任务的"一船两站"同志们问好，大家衣着整齐，精神抖擞，各站分别向首长汇报工作并问好！

最感动的还是仲冬节。每年的6月21日，是北半球的夏至，也是南极洲最重大的节日——仲冬节。预示着一年中最黑暗、最难熬的时期将过去，光明就在眼前。各国南极考察队员约定俗成地在这一天举行盛大欢庆活动，庆祝"南极人"的节日。今年的仲冬节，中国南极长城站、中山站收到了国家主席习近平代表党中央和全国人民发来的南极仲冬节慰问电，以及国家海洋局局长刘赐贵发来的仲冬节慰问信，美国总统奥巴马和中国气科院、极地研究中心等十几个单位都发来贺电。我们都将慰问电复印件盖上考察站的纪念戳，作为珍贵的越冬纪念品收藏。

2月9日中午，邀请智利空军站、海军站、科考站，俄罗斯站，乌拉圭站，德国站，韩国站，捷克站队员来长城站共度佳节，100多名各国科考同仁共进午餐，舞狮子，耍龙灯，武术功夫，歌曲，外国友人也纷纷献艺，那时正是国内的大年三十午夜。

前天乌拉圭请我们登冰盖吃"海鲜"，昨天智利欢庆独立日请大家吃烤肉。今天去俄罗斯站品尝伏特加吃黑面包，明天去韩国欢度站庆尝无土培养的蔬菜……南极大家庭非常有意思。

今年2月份，3个人到西海岸边拍海景，出发前晴空万里，一阵大雾过来，转了2圈，找不到回站的路了。到处是白茫茫的雪，白化天气，差点跑到北极。

3月份下旬，站上突然来了一位年轻的男子汉——一头大海豹，有2吨重，躺上我们的小船不走了。我们无能为力，看着他为所欲为。4天之后，又来了一只，差不多大。挤在一起，准备越冬的架势。2天后又换了一只更大的（把小的赶跑了），我们劝了几次，不理我们，竟赖了下来。4月初他们北撤，越冬走了，将我们的2条小艇糟蹋得不能用了，太重，都给压爆了，啃烂了，你找谁讲理去？

要说惊险的事情，就是在大风暴雪中维修仪器了。赶上风雪天就很艰难，在 10 米高空就更难了。

风雪大，要两三个人一起。我爬上去，还要带浴霸加热灯，不方便，需要地下的队友协助。我将绳子甩下来，把所需的工具拉上去。第一次更换灯泡时，灯罩怎么也打不开，全部锈死。换了好几个螺丝刀，又上油又敲打的。在 10 米高的风杆上，看看全站的景色也是很美啊，就是冷，必须保证一只手抱紧风向杆，下来的时候，胡子冻在了杆上，扯得心疼。

8 月 19 日（和苏联解体一天），阵风已达 13 级，就相当于时速 140 公里的汽车速度。暴风雪把长城站科研楼的大门掀开，科研楼 3 道门被破坏。我们 4 位科考队员成立临时救援小组，对破损不能加锁的门进行加固。人虽然勉强爬了过去，但由于风太大，无法修理，只能合力挪来 100 多斤的冰坨子，靠在门上挡一挡。让人心惊的是，这块 100 多斤的冰坨子一会儿就被大风吹飞了，门最终还是没有保住。迎风面外墙，上百斤的铁皮和保温层也被暴风卷去，雪片随风而入。

那时候，快到 13 点观测发报的时候了，我趁着风小的空隙，进入科研楼，干脆在楼里坐等发报。没带干粮，一天一宿就吃了一袋方便面。温度已近冰点，18 点 38 分，风速风向线路被刮坏。21 点 01 分，温度传感器也现故障，3 楼的门都被雪埋上了，打不开，这就是南极！

主持人：想家的时候怎么办？

刘志刚：要说不想家，那是假的。大家都不说，我也不说……（笔者：他不说，但心里有，长城站的朋友说，他是个多思、善思而不动声色的小伙子。）

主持人：我们总听说，南极的生态十分脆弱，那里的气候变化，受全球变暖等影响不断加剧。作为气象工作者，你的切身体会是什么？

刘志刚：全球气候变化从南极这里被放大，近几十年的变化很大。冰盖大面积地退缩，野生动物的尸体含有大量有毒农药。在全球大环流中，南极这片一直被认为的净土，也开始有污染了。影响全球的厄尔尼诺现象和拉尼娜现象，我们身边的洪涝灾害、受污染的耕地、水源还有雾霾,都是环境污染的恶果,我们不保护环境,环境就会加害于我们。我希望同学们、网友们都自觉地爱护环境,保护我们赖以生存的地球,保护大气,和南极的考察人、保卫者一起努力……

文文静静的小伙子,竟这样会说话,有这样的高境界。由此,我想起他的队友讲他的一则笑话:三个女子围着他,给他理发,少不了使坏的动作。一场下来,他汗湿了内衣,满头大汗!请读者在网上看看他吧!多么帅气,文气,富态的一个好小伙子啊!谁不想多挠他几把?

秦君为稼

事皆天成如有神,
万事俱备还须人。
仙子指路是慧敏,
一言九鼎赖秦君。

事物酝酿,先有意,后逢缘。天地合后,尚须人和、己和。笔者花甲,撰文甲午,苦历万千,感慨千万,领悟的是:凡做正事,便有天、地、仁人相助,仿佛那事急所需的,早等你百年,如甘霖瑞雪,难料何来!忽如一夜春风来,千树万树梨花开。笔者不是靠天吃饭,而是解白"幸福不会从天降,不下苦功花不开"的原意。还有"敖包相会"的歌词:"只要哥哥你耐心等待哟,你心上的人儿就会跑过来哟!"

诠"为稼"字意,有孟子曰:"教民稼穑"也!笔者拙诗《为稼赞》可讲根由:

南极北极加冰川,

早与冰雪结良缘。

久经风浪成巨蛟，

冰雪苦寒铸铁汉。

"稼"字乃是"农耕"意，

偏向探极显志坚。

青壮沪上坐"中心"，

老大效力"极地办"。

踏遍青山人未老，

极地科考路尚远。

　　我得以南天采访，极地办秦为稼书记是通天金桥。2013 年 5 月，同乡、九三学社同仁慧敏女子，带领手执中国作协推荐信的笔者，走入了国家海洋局极地办公室，见到了秦君。他豪爽的毫不客套的"天王盖地虎"式的追问，令我大呼痛快。简洁地说：他所要的正是我所有的，包括他要我几本书"学习学习"——面试之后的卷试。我送上了我的《焦裕禄传》《雷锋传》《孙家栋》三部长篇传记文学。仨月后，我获准采访北京、杭州、上海的极地科考勇士。10 月 15 日，我与他同登"雪龙"，接受他快刀快斧的采访安排，经受那大风大浪的快乐。他问我读过几本写海洋、极地的书，推荐我读《白鲸》，那是勇士与大自然肉搏的经典，我发现了他文化艺术底蕴的深厚，尔后得知，他曾编辑中国探极经典之籍，得知他铁硬的外壳下，有一颗悲天悯人的佛性文心。

　　关于采访何人，他提出一串闪光的名字：张炳炎、秦大河、魏文良、曲探宙、杨惠根、袁绍宏、郭琨、孙波、吴军……又一眼望见参加海试的矫玉田说：这是个人物……他熟悉两极考察的每一个人、每一重要事件。简单地说，每一次的见面，他都在谈别人：武衡、陈炳鑫、吴林、夏云宝、李果、王建国、董利……他说你不一定全能见到，但要见到典型。

　　他长着铁塔样的身材，四梁四柱，方方正正。大号旅行包背在身后，竟全被身体挡住。刷子样的板寸头，有着铁的棱角，一双不大的眼睛闪闪发光，冷静、近乎冷酷地盯着你……我发现他是一个严格而严厉的人。他问我为什么写探极,了解不了解两极,审问我是想投机游一次南极,还是真想写一部全景式的南极科考众生相;是准备好了吃苦,还是只为猎奇的浪漫;尽管他已经看过了我的好几本书。

在似乎看透了我之后,他笑声爽朗,有着尖锐的穿透力。一改电报式对话风格,向我谈起了人生观、价值观和人生理想。征极前,我请教他如何装备,他细致到发我 300 余字的短信,将飞行路上季节变数详述其内,真乃张飞绣花的做派!

他谈到英国的极地电视剧《沙克尔顿》《帝企鹅日记》《南极大冒险》和美、日合拍的《南极物语》。他说他大学时期热爱文学、哲学,推崇鲁迅,崇拜法国哲学家狄德罗,英国《坎特伯雷故事集》作者乔叟。两位西方作家寓言式的大雅大俗、深刻而微妙的写作风格令他迷醉。

这位遍闯天涯的侠客充满儒雅情趣,四书五经、孔孟礼教、先秦文学、老庄哲学皆在爱中。30 岁爱读,40 岁善思,天马行空,经风历雪,造就了他能经天磨的个性品质。

秦为稼,祖籍安徽芜湖,61 年生。父母任职五机部设计院。1980 年毕业于青岛海洋学院海洋地质专业。1984 年任职国家海洋局政治部干部处。因与理想不符,申请去极地办。1989 年 3 月,组织编撰《当代中国海洋事业大事记》,成为编撰人,也成了最知"极地圈"历史的人物。现在,笔者搬着这部包罗万象、气象万千的探极史书——工具书,如探囊取宝的方便,真感谢这位植桑养蚕的良师益友啊!

1989 年 10 月 20 日,秦为稼的命运遥接了南极,被批准参加中国第 6 次南极科考,开始了"达摩跨海"的苦征。这是长城——中山"一船两站"的行程:先到了长城站,半月后赴中山站,任管理员,越冬 1 年。56 天的永昼,白白亮亮没有尽头。秋分是黑、白的对称点。到了秋分,眼前就没有任何活物了。一位上海科技电影厂的摄影师名高翔,要拍帝企鹅的科教片。秦迷上了拍企鹅行当,敢去远离中山 28 公里的"阿曼达湾"帝企鹅栖息地探秘。此情此景中的帝企鹅，让他的心灵感受了巨大的震撼：大片的海滩上，大群的（三四万只）帝企鹅，以奇异的生命力抵御着酷寒。它们在鬼哭狼嚎的风声里挤成一片乌云，背对风雪，昂首挺胸，即便死去，也僵立不倒。那时节的一天，只在短短二小时里出现一缕曙光，在天边冰盖的弧线处融成黄金赤金的辉煌。天宇雪原、冰盖鹅群都凝固了，那汪金水像熔红的铁汁流泻下来，烧灼、融蚀着冰峰雪坨，灿灿漫漫，波光盈盈，滔滔湍湍。默立的帝企鹅的剪影，在这华光的映照下，显现出一派肃穆。当黏稠的夜色浸沐了一切之时，鹅群形态出现了一种不易察觉的渐变：它们以一种缓慢的、细微的踏步动作，逐渐地完成着从边缘到中心，从群内到边哨的变换，这种动势不会乍起，也不会休止。是天性还是自觉如此，永远也无从解释。秦为稼在这样的思悟里，深化了哲学的意念，积蓄了人格的力量。这是8月中旬的阿曼达湾风景，他永远也不会忘记。

在这样的时刻里，任何一种活物都成了朋友，成了同类。人的感情变得冷峻而真诚。在21次南极科考中，一队员盲肠炎发作，化脓性感染，抗菌药压不住。一旦穿孔，脓液进入腹腔，此人必死。中、俄、智利站医中，没有人真懂麻醉，在杀人一般的手术中，没有人婆婆妈妈，没有人刀下留情，任凭哭嚎声在长城湾回荡，术后的队友瘦了10斤，却保住了一命！

在中山站上，陈站医发烧了，持续一周。秦主张送澳大利亚考察站抢救。当时的队长董兆乾听到有人猜疑，秦为稼大胆而负责地压住了一切琐谈："人的生命第一。送澳站查，不是急病，放心了；是，就治！"秦一生强势，并非个性张扬，而是有主见，敢负责的精神。7点30分，两架直升机来到了中山站，秦陪陈飞到澳站。陈自己有个判断：疟疾。抽血化验后，果有疟原虫。真是天大的幸运：因澳站女科学家研究海豹疟疾，正有此药，不然就是跑遍南极，亦不会有救！

精通南极合作的秦为稼，曾在澳大利亚戴维斯站学习一月，以掌握生活管理、运行、考察、野外活动等经验。澳站长问他介入的方式，秦答："帮厨！"而澳站大厨却回绝道："没有可帮处，我能胜任工作！"

聪明的秦立即改口："学习厨艺！"澳厨仔细询问："学哪样技术？"秦

怕再答错问题,考虑后说:"学做面包。"哦!澳厨竟高兴起来:你来学我的本事!好呀!于是认真教学,一丝不苟。业余想多做一些,不准。厨房分工精细,自劳自责。看他学得奇快,澳人称赞:"中国人神奇!"

期间有欧美记者采访为稼:"世界应怎样看待中国南极考察?"这位有思想有准备的儒将答道:"中国是欠发达国家,却干出了先进工业国才能干成的事,负起南极科考的重任!"记者问中国人为什么干得又快又好?秦答:"出了英雄人物:武衡是帅,郭琨是将!他们超常、超人的努力,推动了中国科考历史进程!"秦有一句典型的话:英雄率领勇士创造了历史!

除崇拜英雄外,他还尊敬第一任征极船长顾祥;6个航次的船长魏文良,是14届人大代表、全国劳模;最牛的船长袁绍宏,大部分船员都是他的高足,老婆跑了他不管,他跟"雪龙"跑;还有30年伴船的水手长吴林,敬业崇业且精于专业(他笑夸他还有另外的本事);还有险境弄险的夏云宝……

为稼没忘提及自己拜访中国冰川大师的时候,大师怎样难为他,考验他,让他到无法到达、无法寻觅的境地寻人。也牢记他开着1号车,过冰裂隙视死如戏的英雄气概。

秦为稼还讲起一个故事,一个征北极的花絮。花絮出现得不太识相——那在"雪龙"腾飞海天、耕耘播雨之时,我们的华人游客能学悟空大圣,求了西天如来、西母菩萨变通,骑上"雪龙",颐指气使,不识大象地玩乐至极。而驭龙的专家却很无奈,烦累委屈间,连叱咤风云的秦、袁二将也隐忍隐愠,还要拿出义气,做个看船佬儿。此文是一段未说明白的话,它的喻义甚能比照"院士号"遇难的嘈杂议论。然而,深刻的秦君九曲回肠,欲言又止……

多数人不知道的故事

"这个过程可以从1999年8月14日讲起。"他说。由于是与所谓的华人(他们更像是游客)汇合,所以可以理解为考察队的宣传工作,与秦无关。那次,秦在"雪龙"船上主要负责科学考察的现场协调。14日傍晚,有重要的人员离船,船上忙碌起来。袁绍宏船长亲自驾艇。夜航、没有海图、小艇通导设备简陋、"雪龙"船距离岸边25海里，这意味着小艇会有一段时间完全与母船和岸边失去联系（那时候，我们还没有普遍使用铱星电话等卫星通信设备）。袁绍宏找到秦，希望派几位科考人员参加行动。秦派了邹捍和高郭平等有操作经验的人。准备得差不多了，但在秦看来实在是乱哄哄的，作为考察队的核心人员，他没听见决策层对任务有过商量，而且大腕儿吴金友并不上岸，上岸的就只是袁绍宏、几个帮忙的科考队员和要被送走的人。袁绍宏算是领导。多年的南极越冬和内陆考察经历，使老秦对这种离开大集体的小群体野外行动产生了本能的敏感——这似乎不妥，队伍里面缺点什么！于是，秦找到领队，说小艇送20人（其中加拿大移民局的官员6人、袁绍宏及船员5人，还有赵进平和东久美子等）去图克，极地办没人领导怕不合适。秦本想把吴金友带去，看领队没有这个意思，便转身离开领队找到了袁绍宏，声明他也同去，袁喜出望外。他穿好衣服上艇，不知为什么把刚发的300美元津贴顺手揣进兜里。在北极的寒风中，他们解开缆绳，小艇便向着茫茫黑夜不知深浅地驶去了。

艇上情况

小艇向着加拿大的图克托亚图克小镇驶去，航途有几件事值得一提。一是袁绍宏导航只带了几张海图，本来他可以在小艇驾驶舱内图上作业，指示操艇的舵手什么"左5度""右3度"之类的，但是，1999年，"雪龙"船尚不是十分先进，我们的小艇还没有GPS，这使得袁绍宏必须手持GPS，在驾驶舱外看图，用对讲机把舵令发到驾驶舱。舵手夏云宝听到指令后，向着对讲机说："听到，左5度……"

开始下雨了，冷雨湿面，这可苦了袁绍宏。他把纸质的海图铺在小艇甲板上，遮雨的人用手电给他照亮，让他能看清海图和GPS。小艇颠颠荡荡、歪歪扭扭地前进，离岸边越来越近。

二是，岸边灯火通明，小艇如昆虫趋光般靠岸了。上岸后我们才恍然大悟，原来所趋之光是停在那里的两辆汽车照向海面的灯光。车边站着警察模样的人，他们是移民局的官员，身穿标准制服，配一支大号手枪。秦在心里想，到底是加拿大幅员辽阔,连手枪都大一号。他们还想起了:艇上有加拿大移民局的官员!

在旅馆等到天亮

《邹捍日记》记载:Tuk inn 小旅馆,有要上"雪龙"船活动的华人,还有那帮移民局的官员。袁、秦等十几人坐在旅馆的餐厅里等了好一会儿,华人活动的牵头人糜一平先生才出现。袁绍宏和秦已经很不耐烦,袁在与糜先生握手后面带愠色地说:"我代表中国首次北极考察队,前来迎接你们参加'北极华人世纪行'的人员上船,请你们尽快做好准备,一起乘小艇返回'雪龙'号。"

让所有人不愉快的场面出现了,糜一平先生竟然说:"坐小艇去'雪龙'船?现在?这恐怕不行,我们的人刚躺下休息,而原计划是明天一早的……"我相信糜一平先生迅速发现了氛围不对头。之后的几个小时,他调动了所有的情商、智商,陪着我们这群极不耐烦的人待到天亮。

天亮以后

凌晨,我们就开始各忙各的。糜先生和"雪龙"船联系,提了一些高大上的要求;袁、秦一帮人回到小艇,袁一声令下,船员解缆,小船便驶向海上。所谓的图克港,实际上就是一个小码头,码头外面有堤坝。码头和堤坝形成方圆几百米的小湾子,湾子有个小口,口外是开阔的北冰洋。湾子外面的海面,遍是滔滔湍湍的白浪花,有经验的人都知道,这是至少六级风的特征。像这样20吨左右的小艇,六级海况应是极限。果然,小艇快接近湾口时,立即感受到海浪的凶猛,大角度地摇摆起来,纵摇和横摇都很厉害。袁绍宏轻快地喊着:"喔唷!妈妈的,回去吧,这海况不行,只能等天气好转了!""雪龙"船那边,领队要与袁绍宏通电话。一会儿工夫,绍宏回来了,跟秦说:"领队决定用直升机接送搞活动的人员,现在让咱们一起坐直升机先回船,然后再接那帮游客。"秦说:"看艇的船员咋办?"因为小艇要等天气好转才能返航,而小艇又要有人看着。袁绍宏沉吟着,不知说什么好。秦商量道:"要不把邹捍留下来陪船员，一是他能说英语，二是这哥们儿好像什么都不怕。"绍宏同意，并回头示意他的船员过来。秦叫了一声几步之外的邹捍，邹问："啥事？"秦说："能留下看艇吗？"回答："没问题！"秦一掏兜："这是300美元，你们的活动经费，操船以外的事你负责！"狡猾的邹打岔说周围小镇的观感，秦根本不听。他感觉绍宏可能已经向同行的船员说了决定，但似乎有人还没反应过来。绍宏说吃早饭，早饭后各自行动，大家开始向旅馆的餐厅走去。秦叫住绍宏，说："4个船员留下看艇？"他说："对。"秦说："让邹捍留下陪着？"他说："对。"秦说："极地办的人全跑了？不合适吧？"他问："你啥意思？"秦说："我和4个船员留下。好歹我是极地办处长（实际是副处长），这样船员的感觉会好些。你说呢？"袁绍宏说："其实我也是这样想的，我没好意思说。"秦说："就这么定了！邹捍！"邹捍应声过来，他要回了那300美元。他要当家渡过难关，300美元的粮草费，要先握在手里，想负责任，出头扛着一肩，不是简单的事儿！

就我们5个人

早饭后留下了这5个人，其他人都奔向机场。没有了国人扎堆的嘈杂，秦说："走！睡觉去！"这一夜，的确有点乏味、乏力。这家旅馆要大很多，5人分别是三副朱兵、三管黄嵘、电机员王硕仁、水手夏云宝和秦处长。夏云宝是老水手，另三个都是大连海事大学刚毕业的小伙子。他们开了一间客房，竟花了170多美元；一看房间有点傻眼，房很小，两张床一个柜子，卫生间在走廊里、公用的。夏云宝和秦睡床上，其余三个睡地上。

一睁眼已是下午1点钟，秦下令起床，离开旅馆。周日，镇子主街道上的所有商店都不营业。他们回到了小艇上。黄嵘发动了机器，小小的驾驶室里有了电。他们把从"雪龙"船带下来的速冻水饺连皮带馅儿地煮了一锅，吞了下去。直到下午5点多钟，海面的白浪花才不见了，秦决定开小艇回"雪龙"！决定的依据并不多，仅依赖人的肉眼。还有一点秦心里清楚：那就是为了这个活动，"雪龙"船远离原计划的活动区域已有一周航程了。时间宝贵，昨晚离开"雪龙"时，计划就是今晚九点能起航离开图克岸。在海上，小艇将有相当长的时间是与"雪龙"无法联系的。虽有对讲机，但通信范围只在30公里左右；也有雷达，但其工作范围和对讲机一样。它们都是利用电磁波、直线地波的方式取得信号，可以理解为，在地球表面上，只有直线扫到的地方才能联系上。小艇在大约16公里的航行距离内，什么支持也没有。即使出了事，也只能根据出发前的电话内容来推断。因此，秦回到昨晚待过的小旅馆，给早回"雪龙"船的袁绍宏打了个电话，说目测风已减弱，决定返航！

一出湾子小艇就晃开了，像是筛子。很佩服夏云宝：他驾小船既要在风浪中保持航向，又要照顾海浪击船的角度，这本该是用数学方法计算的，夏云宝却凭了直觉，完成了他的云计算。朱兵用袁绍宏给他的手执GPS确定航向，跑了很久。不久，天已全黑下来了。无边的黑暗：没有天光渔火，没有水光星影。黑暗凝成了冷雾，缠裹着小艇。小艇像一片树叶，飘荡在黑冰洋的巨浪之中；又像一片糖皮，蠕动于黏稠的汤汁：人在大自然面前太渺小了……

忽然间，对讲机喇叭中发出了嗤嗤啦啦的杂音，人们一致感应："雪龙"船在呼叫！果然没多长时间，"杂音"变成了清晰的呼叫："小艇小艇，这里是'雪龙'，听到请回答！"每次叫两遍，然后间隔一小会儿，不断重复。声音是大副汪海浪的，他在驾驶台值班。听见海浪的声音，五人兴奋起来，拿起对讲机拼命地喊："'雪龙'！'雪龙'！我是小艇！听见请回答！"他们仍需继续努力。因为"雪龙"船的对讲系统功率比小艇的大很多，理应小艇先听见他们不断的呼叫，他们却听不见小艇的。

可能有一刻钟，也许是一小时，"雪龙"船上有了反应，汪海浪兴奋得乱叫，继而换成了报务主任陈海平的声音："小艇小艇！我是'雪龙'船！如果你是小艇，请按三次发射键！"小艇这边马上按了三下发射键，几秒后，就听见雪龙那边的欢呼声，五个人的眼睛湿润了。陈海平的声音在继续："小艇小艇！我是'雪龙'！如果你们一切正常，请再按三下发射键！"五个人马上又按了三下发射键，对面又是一阵欢呼！对讲机工作时，按发射键发射的功率最大。只按三下发射键而不说话，对讲机会发出"吧嗒"的回声，清晰有效。

北冰洋的浓雾十分浓稠，然而，在五个人的眼前却出现一个越来越亮的光团，那个光团就是"雪龙"！夏云宝两眼紧盯着光团，从"雪龙"左舷后方接近了她，当他们从右舷的舷梯爬上"雪龙"时，甲板上的队友都报以热烈的掌声。

秦为稼品读着掌声的意味，十分感慨。他说："我不愿意听见这样的掌声，非常不愿意。加拿大图克港之行，虽然我们的临场表现是一记漂亮的三分球，但这种比赛还是少些吧！'雪龙'之队的威风不在这里！"

这是"雪龙"第一次北征的花絮，是一个秦君用酸涩之言语讲来的"多数人不知道的故事"。

笔者欣赏并热爱雄壮的白熊举起双掌，以千钧之力击碎坚冰，捉取冷银似的大鱼，慈爱地喂饲儿女，也惊异它捉拿海豹的力度，能使冰洞挤断壮豹的肋骨。我欣赏并热爱那"力拔山兮气盖世"的英雄项羽，对虞姬自刎时发出惊天动地的悲号，也欣赏并热爱连做好事时也不说好听话的秦君，在雪暴冰裂中坚韧如钢的背后，写下一篇篇思念妻女的啼血日记，为我的作品添入热血的情爱色彩。艳慕并担心那幸福中的白燕美女，在品读那些日记时寸断了柔肠，酥透了骨头。

我好不容易淘得了这篇描述生动的日记，尽量少来夹叙加议的废话，干扰了"先秦文学"的质朴、厚重、冷静和热烈。因为"文章本天成，妙手偶得之"！

因考察南极大冰盖的需要，秦为稼、王新民要搭国际合作的便船，到我国的中山站。秦用笔记录了澳船"北极光"号上的花絮，其文化差异，行为意趣的故事，油然其中。这日记体美文，题为《茫茫天涯路——中国南极考察队首次南极内陆冰盖考察摘记》。

1989 年，秦为稼曾踏上赴南极洲的遥远征程。时隔多年，他再闯南极洲。目的地不再是度过越冬生活的中山站，而是那冰雪茫茫的南极洲冰盖。他喜欢那白色的世界，和似乎抽象了的人……

起航：霍巴特——凯西站——戴维斯站，又见中山

"雪龙"考察船要在1997年底才能到达中山站，而冰盖考察的出发时间是在1月中旬，如果乘澳大利亚的南极考察船赶赴中山站，可有两个月时间做准备工作，他和这次考察的野外机械师王新民，提前到澳大利亚，乘"极光"号考察船前往中山站。1996年9月20日，他们在北京首都机场与亲人匆匆别后，踏上漫漫的海路。下文是秦君日记：

1996年9月26日

上午8点半，李军准时把我和王新民送到了南极局办公楼参加本航次考察队员大会。10点半左右，南极局租用的大客车准时接人，大家鱼贯而入"极光"号。

晚9点，送行的澳考察队家属下船，等待和亲人分别的时刻。9月下旬的夜晚，海风还带着阵阵寒意，送行的场面十分感人，亲人之间尽情地拥抱、亲吻，一切一切的祝福，这种感觉只有南极人才能体会到。寒风中的纸飘带已看不清颜色，一个小男孩手里紧紧抓住的纸带断得最晚，"极光"号已离码头20余米，终于这条纸带断了的时刻，船上、码头一片唏嘘……

船进入西风带，经一周航行，明天就到冰区了，意味着西风带过去了。虽然我们是世界上见到冰雪最多的人们，但每次到冰区，内心仍少不了激动。

1996年10月3日

一早起来，发现船在浮冰里航行。用行话说，浮冰约有八九成，"极光"号航速仍有7节左右。

下午1点15分，船几乎停了，周围的浮冰有十成，厚并覆盖着雪。这里离开凯西站大约120海里，乘直升机需一个半小时，外面还飘着雪花，但愿天气和一切都顺利。

1996 年 10 月 5 日

这是船到凯西站冰外缘的第二天。

昨晚，副领队 Jenny 通知我们做好准备，今晨第一班飞凯西站，这是我在南极局第一次见领队时提出的愿望，因为知道到凯西站是完全的飞行作业，所以我一再声明"如果可能""如果允许"。

今天天气非常好，澳大利亚人个个精神抖擞，他们是一有好天就来精神，9 点半，S76 直升机升空，飞行了近 50 分钟，到达凯西站。站长 Mark 在直升机坪边迎接我们，并领我们参观了考察站。在凯西站逗留到下午 4 点多，飞回"极光"号船。

我在凯西站仔细看了冰川断面用的 8 个乘员舱，收获不小。

1996 年 10 月 7 日

天气不好，风雪弥漫，近乎白化。船上雷达很难区分雪、海冰和冰山。船在两天中几乎原地不动，橘红色船体被连天白色包围。偶尔的航行，听到船体与雪、冰的摩擦声。

今天开始给妻写信，提起笔来，情绪起伏难以自制，感情如大海般波澜壮阔。真是热土难离。（笔者提示：大海般……）

1996 年 10 月 10 日

马丁是中等个头，肤色有些发红，白发白胡须，年仿 55 岁左右，绅士风度，却不傲慢，身材略胖。马丁已是第三次当领队了，两次是在"极光"号船上，一次是在"冰鸟"号上，在"冰鸟"号那次，也就是郭琨带队建中山站的五次队，所以他认识李占生等人，也清楚地记着当年中国船"极地"号遇冰崩后的一些情况。

按照安排，上午全船进行紧急遇险训练，10 点半拉响了三声汽笛，全体人员身着澳大利亚南极考察队连体棉服，我和王新民当然穿中国南极考察队的羽绒服，套上救生衣，到直升机平台的右舷侧集合，马丁念花名册，当念到我的名字时，迟疑了一下，老外总是把字母 Q 读成 [K]。

我问冰区驾驶员，船前一千米处那条冰缝是怎么回事？他说是昨天船来造成的。原来船在冰区转了一天。

1996年10月15日

今天天气多云。上午10点左右，船上的广播通知我和王新民，可以上浮冰。我们到前甲板一看，原来几乎所有想到海冰上一逛的人，全都在海冰上了，约有40—50人。澳大利亚人能玩，海冰上三五成群，有穿着滑雪板半真半假滑雪的，也有拿着橄榄球玩的，还有几个，一直围着一只不知什么时候到船边的帝企鹅拍照片。我们下去后，一直待到午饭前才回船上。我重点领教了Eric在格陵兰冰盖上作为滑雪动力的大风筝，5分钟已基本掌握。

1996年10月16日

今天继续在一片白茫茫的海冰中航行，在我作了有关西藏见闻的讲座后，与Bernny聊到快12点，从他的印尼三星期游，到他的西藏计划，从他存在家里的BMW1000的大摩托车，到家周围的风光，我问一些非常基础的问题，并从中知道鸭嘴兽的英文名字，袋鼠约有20个种等等。在交谈中，Bernny提到由于今年普里兹湾的冰情较重，有可能到戴维斯站的时间，比原计划推迟5天左右。为说得更清楚，还特地画了一张草图，解释说，根据以往的情况，普里兹湾的海冰外缘线应在南纬62度左右，而现在还在南纬59度。但愿"雪龙"船不要谈冰色变，此次随"极光"号已20余天，最深的体会就是人尽其责、物尽其用，"极光"在西风带中，主机出现故障停止使用，但并没在精神上带来什么影响，更谈不上恐慌了。船上人该干什么还干什么，船还能破多厚的冰就破多厚的冰，继续前进，从离开凯西站到现在，"极光"号就一直在海冰中航行。

直升机起飞，去作海豹调查了，外面大雪纷飞。

1996年10月19日

一位戴维斯站度夏的电工叫格雷，与我聊天，他去过广州，是1986年。

闲谈中他问我，是不是在船上看过一部叫 Groundhog Day 电影，经他解释才明白，前天晚上那个来自墨尔本的小伙子挑了一部戏剧片叫 Groundhog Day，就是"土拨鼠的一天"，这部电影说了一个故事：一位电视节目主持人，每天过着完全相同的生活，最终对无休止的重复感到了厌倦。明白这层意思后我大笑，说这是我在船上学到的最好的知识，确实，到南极去，避免不了长时间单调的海上生活，也只能日复一日地度过，像土拨鼠一样⋯⋯

昨天夜里 12 点，我们的时间回拨了一个小时。

据老船长讲，目前我们航行的位置周围全是浮冰，而且浮冰的北缘远在 100 海里之外。从驾驶台向外看去，浮冰虽未铺满海面，但也是一块块紧挤。浮冰比凯西站周围的要厚一些，航速在 5 节左右。

1996 年 10 月 22 日

今天是个大晴天，阳光明媚，万里无云，上午 10 点，船插在浮冰中，开始又一个站位的海冰和海豹考察。

晚 8 点，由 Melissa Giese 作关于 5 年来人类活动对企鹅影响研究工作报告，非常精彩，很多材料都是数字化、定量化地说明了人类活动，如何影响企鹅的一些具体问题。晚上在驾驶台又碰到她时，我向她要材料，以便今后向中国南极考察的人员讲解为什么保护企鹅，和怎样保护企鹅的科学根据。Melissa 非常高兴提供这些材料，同时对我有这样的计划表示感谢。Melissa 的态度使我感到了真正的科学、科学家是什么，还有前几日，在考察中无意造成一只海豹死亡，考察队向霍巴特南极局作了专门事故报告，也使我感触颇深。

1996 年 10 月 23 日

下午天气又转多云，"极光"号在冰天一色的白色世界里，继续向南。船与冰雪的摩擦声不绝于耳，现在离中山站不到 300 海里，下个星期就要结束这一个多月的海上生活，重返 1990 年我在那儿度过整整一年的中山站。一晃 5 年过去了，中山站！我清楚地记得，1990 年 2 月 26 日那一天，二十名越冬队员站在中山站面海的最高处，呼喊着与"极地"号告别时，人人眼里闪着泪花，当我目送着"极地"的身影消失在冰天雪海，转回目光时，发现只有你，中山站——三代中国南极人的血、汗、泪的结晶——沉着地屹立在我们的身后。舷窗外是我熟悉的冰天雪地，中山站，我期待着与你重逢！

1996 年 10 月 24 日

今天早晨起来走一点，下午又停船进行科学考察。看上去很慢，但是按计划进行的。我问正在值班的三副烦不烦，他回答得很实在：我拿的就是这份工资。

如果一切运行得很好，"极光"号将于星期一到达戴维斯站冰外缘，并将在星期一安排 6 个直升机架次，其中第 5、6 架次，将把我们和货物运往中山站，马丁将和我们一起前往中山站。另外一则来自美国 NSSA 的消息说：今年臭氧洞的臭氧含量低于平均水平，几乎接近达到峰值的 1993 年的面积，即今年臭氧洞的面积为 8.3 个百万平方英里，而 1993 年为 8.5。

1996 年 10 月 27 日

今天天气很好，早晨刚出门，便迎面碰到 Renata，叫我上船桥去和中山站通话。因为在昨天和中山站第一次联系上的时候，约定今天早晨 6 点 30 分再联系一次。马丁已在通讯房内等候了。结果中山站没叫通，戴维斯站倒是通了。戴维斯站知道喊不出中山站的原因，告诉我们说，中山站时间现在还是 5 点 30 分，因为中山站和戴维斯站差 2 个小时。

晚 7 点，报务主任已在等候了，我用卫通给家里打了个电话，因为第二天就是女儿的生日。（看样儿，他很疼女儿——笔者。）

晚上船桥上人很多，都在看戴维斯站的最后一个晚上的夜航，说是夜航，实际上太阳一直到晚 11 点左右，才依依不舍地回到地平线下，这一晚睡得很轻。

南极的大冰盖，有教科书式的客观的本色，亦有参与深刻的人的主观认识。

秦为稼是一位有主观能力、有独特眼光的人，他对冰盖考察过程的描述，有着不同的色味。

准备：中山站——进步一站——冰盖机场，重上冰盖

1996 年 10 月 28 日

今天仍是大好天，8 点 30 分，第一架从"极光"号飞往戴维斯站的飞机便腾空而去。马丁和戴维斯站的站长 John，还有 Lee Belbin 和我们同飞中山站。

我看着窗下一幕幕熟悉的景色，仿佛又回到了难忘的 1990 年，脚下闪过磅礴的冰川，闪过我熟悉的企鹅岛，馒头山和拉斯曼丘陵。

飞机仍停在老地方，中山站也仍然是中山站。

此次中山站越冬站长王耀明，率 11 名越冬队员，于 1996 年 5 月 13 日才辗转到达中山站，他们挥手送别了 11 次队留守的创下在中山站越冬最长纪录的同志。

我吃惊地发现，站上一切井然，维持着最良好的运行状态，队员的组合优化是主要原因。给家里打了个电话，信号不好，只是报了个平安。

下午薛振和带领我们前往俄罗斯进步一站，查看我们的三个新雪橇，进步一站距中山站步行 45 分钟。是原苏联的站址，几年前，这里就只剩下一个木板房，其他东西被运往离中山站 1 公里多的进步二站去了。三个雪橇，两个是15 吨、一个是 8 吨。

雪橇被雪埋着，到 11 月中旬，我们还得将雪橇挪挪地方，方可往上装东西，弄不好老雪橇也要用上。

1996 年 10 月 30 日

还是个好天。和王耀明说，想趁早去一趟企鹅岛，王耀明答应，须选一个好天气。

在仓库里领服装时，无意中发现了我在 1990 年越冬时带过的皮帽，心里一阵感触，马上拿过这顶皮帽，但愿这是此行南极顺利完成任务的吉兆。

1996 年 10 月 31 日

早晨起来后，天半阴半阳，气象预报员薛振和说，可以去企鹅岛，王新民、王亮（越冬队员）和我三人便匆匆出发了。

所谓企鹅岛实际是 Amanda Bay，帝企鹅栖息地的俗称，帝企鹅栖息地距离中山站约 28 公里，是被沿岸的大陆冰盖和少量露岩，以及深入海里约 5 公里的冰川半包围的固定海冰，根本就不是岛，此称呼的形成原因，是因长城站附近有一个阿得雷岛，中国南极考察队将其称为企鹅岛，长城站的人来中山站时，便把此称从西南极带到了东南极。

企鹅岛之行有趣得很：自制的小雪橇乘两人，王新民驾车牵引，摩托和雪橇之间拴一根挺长的绳子。没走 2 里地，雪橇上座位支撑断裂，我和王亮摔到了雪地上，而开车的王新民竟丝毫不知，仍以高速潇洒前进。大约想回头问路时，才发现远处的两个小黑点，又回头来。我们乘着雪橇的破铁架子，坚持回到中山站。

企鹅岛依旧让人心醉。帝企鹅不愧是南极最漂亮的企鹅。它们好像还认识老友，比王新民还要客气。从企鹅岛回来后，脸被强烈的紫外线晒得火辣辣，心里却是热乎乎。

1996 年 11 月 2 日

今天天晴，冰光耀眼。

下午，戴维斯站的直升机来了，除一些信件外，去年和今年在霍巴特买的冰盖考察用品都送来了。随飞机来的有飞行员 Peter、搞海豹研究的女队员 Karen、南极局仓库老管理员 Paul 和在"极光"号船上的气象员 Tony，Karen 准备 13 日再来中山站，计划住 4 个晚上，将在中山站附近进行海豹研究。

昨天为传真中的措辞，与王耀明发生争执，后觉得没有必要纠缠，故干脆不提。结果今天又收到陈永福的传真，声称配件与配件表上的一致，没有错误。下午打电话给他，称如果错了再订货就来不及了。讨厌的是，今天与北京间的短波信号不好，讲起话来十分吃力，陈永福最后答应，明天再核对订货合同。

实在不放心，只好又给王德正副主任打了个电话，强调此事的严重性。

这两天脸上开始脱皮，嘴唇也脱皮干裂，上嘴唇还上火起泡，一碰就疼，鼻子上的皮肤干脆就起了个硬壳。（海豹也在脱皮。）南极的阳光确实厉害。

昨天把第一辆雪地车开到了进步一站，将三台雪橇拖到了积雪较多处。

1996 年 11 月 5 日

晴，早晨的下降风比昨天略小。上午收到李军从澳大利亚 CRC 发来的传真，又给北京打了个电话，问陈永福我们所提出的雪地车机油滤清器一事的结果。陈说：已与美最时公司联系。我又再三强调了此事的严重性，陈表示尽力解决。我还是有点不放心，从今天起，一天一个电话催问此事，直至有结果！

（笔者眉批：这就是秦为稼，犟劲儿来了，决不含糊，这是国家承担！）

给老董拨了个电话，老董听到我的声音后很惊喜，说完要他们在船出国前要办的事情后，董又简要介绍了这两天的情况，即明、后两天开始装船，并告冰盖考察用的乘员舱变形较大，已请上海航海仪器厂矫正好，船的航行计划，仍是 11 月 18 日离上海，12 月 21 日到中山站。

妻从北京拨来电话，女儿给我念了一遍她写的作文，信号质量不好，基本上没听清楚，只知道内容是美丽的小山村，能听出来的是词汇比以前多了。听着女儿稚嫩的声音，像又回到了家中。当听到妻的声音，心里好像有许多话想说，又不知从何说起，不必说心里也明白，感情久久不能平静。这次到南极来和我五年前已大不一样，我当时是在癫狂中什么都说，而现在无言的激情中，享受感情的醇美。

（笔者插诗：此处无声胜有声。此情无计可消除，才下眉头，却上心头……为稼成熟了。）

这两天，在读医生给我的《金乃千赴南极》的日记，确有几处火花，让人感到他和她的真情表露，每到此处，让我深有感触，南极这个地方太遥远了！

（笔者：《龙江颂》唱段：近在咫尺人隔远，远在天涯心相连。）

1996 年 11 月 7 日

今天一早收到北京的传真，美最时公司补充的配件有误，正确的配件将空运至弗里曼特尔，然后上船。虽然此事总算有了一个好的结果，但让人感到，松口气之余的，是一种莫名的压抑和悲哀。（秦的担心被证实了！）

今天第二台雪地车的轮胎、履带保养基本完成。下午开始进行第三台雪地车的检修。这台车主要问题是漏液压油和方向严重跑偏。另外，1 号车在方向右转时，不时产生强烈顿挫的问题，仍未解决。

下午协助王新民，调整带吊雪地车的方向调整工作，换了个新配件，试了一下吊车，非常漂亮，这家伙上冰盖，可省很多人力，这才真正体现机械化。（行家里手的感觉、感情。）

1996 年 11 月 12 日

中山站被一层薄薄的新雪覆盖，空中还飘着细碎的雪花。虽是阴天，但雪面的反光仍然刺眼。今天没到发电房修车，一是车辆的维修工作因资料不全，而无法和德国方面联系上，所以暂时等待，二是明天戴维斯站的科学家要到中山站来，站上安排大扫除。

下午，妻来电话，家里一切都好。又听见妻和女儿的声音，心里暖洋洋的。亲爱的妻，你可知道？我是多么想念你们，电话里无法说很多，但愿我在"极光"号船上写给你们的信，能早点收到。亲爱的妻，我精神世界中的情人，我现实生活中的妻，我的"纳莉妮"！女儿说她的琴又有进步，心中甚是欢娱。尽管天各一方，一切都是那么美满。

（笔者眉批：读到此处，这钢铁般的汉子，诗人、骚人的一面显露了——癫狂了——有情何必不丈夫！）

1996 年 11 月 14 日

今天上午转晴，从早到晚风没停，二十多秒米。上午到气象山看卫星天线选址时，风刮得让人站不住。

下午王新民称，只能向北京发传真，询问德国方面的联系地址了。几天来，王一直想绕着陈永福，不过是一个愚蠢的自尊心问题在作怪，在京时我曾提醒他带说明书，而他却没有，似乎总是自信。

1996 年 11 月 22 日

今天开始，按昨天收到的德国方面的传真调整车辆。收到北京传真，是有关雪地车用航空煤油的。北京的陈永福不放心，给我的感觉，分明是极不想负责的认真。晚饭由于站上的大厨腰扭了，故替厨一餐。

（笔者眉批：真是个多重性格的人物！台上 5 分钟，台下 10 年功，在家千日所练的真功，终于有了用场。不知那学做面包的本事，是否有机会施展？）

1996 年 11 月 27 日

上午 9 点多，风越刮越猛，走在雪坝上，风卷着雪粒打得脸生疼。今天无法开展户外工作，风 11 级。

给家里打了个电话。妻说她很累，还说她梦见南极的冰盖融化了，让我千万注意安全。

（笔者文评：一句话说得秦君心热，冰雪皆融，水漫南极……弗洛伊德的心理学说：水象征男女之爱。）

1996 年 12 月 2 日

上午把库房里的东西整理了一下。李军电告，已经与弗里曼特尔的船代理联系上了，并以订好了 12 月 8 日到弗里曼特尔的机票。看来一切还算顺利。

今天晚上收到了德国方面的回电，他们的判断与我们基本一致，即可能变量输出泵的 0 点漂移。

1996 年 12 月 21 日

今天一早，有一架米格 8 型直升机，在中山站及拉斯曼丘陵上空盘旋。这属于俄罗斯一条船的飞机。两天前传真告知中山站，他们受雇于一家加拿大公司，承载了 90 多名旅客前往南极旅游，并计划今天到中山站。

中午，俄船第一批游客从劳基地方向三三两两来到中山站。之后又有三批游客从船上飞抵中山站。此次活动的组织者，邀请中山站考察队员上船参观。14 人分为两批，参观了这条破冰船。船名为 KAPITAN KHLEBNIKOV，长130 米，宽 20 米，电力推进，24000 马力，可破 1.5 米厚的冰。

1996 年 12 月 22 日

今天是妻的生日，一早便跟王德刚打了招呼下午通电话。我向爱妻祝贺生日。这两天电话中妻的声音很爽朗，我心慰籍，但更使我增添早日与妻团聚的欲望（删 50 字）。

晚上得到消息，"雪龙"船已在固定冰外缘漂泊。距离中山站约 11 海里。

上午，站上已开始做输油的准备工作。

（笔者眉批：待修的车，待抚的妻，轻重难分。然而车在眼前，妻离万里……站要输油！而妻……）

1996 年 12 月 24 日

从昨天下午 5 点左右开始飘起的雪花，到晚上 10 点多钟逐渐加大，并一直刮到今天上午，运没有要停的意思。

昨天上午，与船上康建成通过高频电话互通了情况。目前看一切顺利，船上的人员精神状态不错。上午 10 点多钟，站上派薛振和、杜尚志开着车到"雪龙"船，往返用了近 8 个小时。据薛振和回来后的消息，"雪龙"船将折回，先进行大洋考察，月底再返回中山站。

又想起了我的妻（此处删去 11 字）。在地球的最南边的一块大陆的边上，一栋用集装箱做成的房子里，我的思念时而慰籍，时而折磨。窗外白茫茫一片，风声大作（此处删去 20 字）。

刮了整整一天，晚上洗完澡，走在发电房外时，向冰盖方向望去，远处的冰盖无有尽头。"雪龙"船因天气原因，没有先进行大洋考察。又向中山站推进了 3 海里，距中山站还有 8 海里。（笔者：有散文诗的味道。）

1996 年 12 月 27 日

晴转多云，上午到海边的俄罗斯站油库挖油管，为中山站输油做准备。有消息说，12 月 30 日，澳大利亚南极局局长芒克一行来访，"雪龙"船将得到澳方允诺的 6 个小时的直升机时，中国考察队将利用这 6 个小时卸货。

晚上会餐，喝醉了，被李忠勤等架回了房间。

（笔者评：这位君子的性格开始显露，喝个酒，拼个命，累个"贼"死，有时还发个脾气。这样的一副骨架，想起媳妇来还缠缠绵绵，儿女情长，真乃多面菩萨！）

1997 年 1 月 1 日

上午开始安装雷达，下午去进步一站取另一台雷达的天线。晚上拉管开始卸油，累得贼死。

上午开始安装另一台车的雷达和高频。午饭后站上的油管破裂，一场惊慌。下午 3 点多钟重新开始输油时，被头儿叫去看着输。

由于 12 月 31 日的卸货中，没能将冰盖的物资全运到站，因此，房屋工程无法开展。下午开会，发一顿脾气。上午得到戴维斯站的通知，直升机 1 月 5、6 日两天为中山站运货，但愿还能有好天气。计划全打乱了！

（笔者眉批：有火就发，有情就抒，有事就记。一个鲜活的人物，真实的角色——命运是人物性格的发展史。）

1997 年 1 月 4 日

今天上午多云。着实为明天澳大利亚的飞机能否为中山站卸货而担心。

王新民等把雪地车的轮胎都检查更换完，到目前为止，雪地车的工作，还剩下一台车的液压支撑油缸需要更换，一台车的电瓶需要更换，几次跟王新民商量，吊车的油缸是否需要维修（油缸漏液压油），但王新民说不用。（似有不快，但能隐忍。）

明天将卸货。直升机将在早晨7点到中山站。我、李忠勤、高新生、赵建虎将去进步一站卸物资。李军、王新民在站上，进行车辆备件的准备工作，下午将根据安排，两人赴戴维斯站。

笔者想起一首安徽民歌：

> 大大的男人想媳妇儿，
>
> 牤牛一叫想不得，
>
> 想不得就想不得，
>
> 打罢了大麦打小麦……

现在一切为了"麦子"，秦为稼也要"打罢了大麦打小麦……"

1997年1月5日

早晨6点就起来了，因为今天戴维斯站的飞机又来卸货。7点才离开站区，这时第一架飞机已经飞往进步一站。李军和王新民按计划去了戴维斯站。

到进步一站，就忙着协助卸货。中午11点，物资已全部卸完。安装拖斗时，天开始阴，一会竟下起雪来。

开始两个舱的安装工作。王新民和李军也从戴维斯站返回。安装基本顺利，只是两个舱的集装箱固定锁的加工尺寸不准，致使钢梁卡不进去。明天请杨文井用电焊割。

今天在进步一站干活，白山杉女记者跟了整整一天，中午给我们做饭，同时，拍了不少片子。康建成和汪大力今天也上了站。

这两天在进步一站装发电房，累得贼死。今天发电房的四面墙已装起来，但还得两天才差不多完工。

1997 年 1 月 9 日

今天，陈主任到进步站现场帮忙。一天工夫，两个房子的墙板都基本上完成，晚上收工回站，王新民驾驶的雪地车便陷到湖边的一个雪桥里，车的右边已完全在雪面下。前后花了 40 分钟才拖了出来，好在履带还没有损坏，陷车后的第一个反应就是，千万别出人命。

1997 年 1 月 10 日，房子继续安装，汪大力等人拧了一天螺丝，李军装了一天铝合金条，王新民还是一会这个一会那个，叨唠个没完。忙碌和疲劳，使所有人的情绪变得很坏，同时不愿意掩饰，越发直截了当。

1997 年 1 月 11 日

今天早晨上了路，才听李军说是星期六，是我与妻电话联系的日子。但这几日实在忙得什么都忘了。东西上来的太晚，准备工作十分紧张，越往后天气越坏。

下午还没回到中山站，就听见马青春在高频里告诉我，妻今天来电话了。我听了后，一下从忙碌的昏头昏脑中变得心乱如麻。我的妻，晚上静下来的时候，你的影子总在我眼前。我爱你，这感觉，甚于度过漫长南极越冬生活的 1990 年。

（笔者评：爱意又来了，喷泉一样，有点项羽的味道了，那叫作白燕的夫人，可有虞姬的委婉与娇美？情人眼里的西施啊！）

1997 年 1 月 14 日

上冰盖的准备工作已基本就绪。把 36 桶航煤固定在雪橇上。短波天线已经安装完毕。乘员舱的装修工程已基本完成。下午，拉着装满油桶的雪橇上冰盖，一是试试拖载的感觉，二是找寻出发起点的第一根杆。

准备工作期间，三台发电机坏了一台。目前只能再带一台汽油发电机备用。明天请陈主任行前训话。

晚上开会。陈立奇作了行前指示，讲的语重心长。李忠勤、李军、赵建虎也谈了自己的感受。出发时间定在 18 日上午 10 点半。

出发：中山站——DT003，茫茫天涯路

1997年1月18日

车队、物资已经就位。这是中国南极考察队十几年来，真正意义上的第一次野外考察，所以准备的东西很多。3辆雪地车，各自牵引1台大型雪橇，物资约15吨左右。为保证冰盖考察中与中山站的通信联络，冰盖队配备了2台150瓦短波电台，电台工作由中山站无线电技师袁亚平负责完成。为万无一失，小袁还准备一根用来连接双极天线的馈线。出发那天的凌晨3点钟，我被小袁叫起，两人步行了50分钟走到进步站。走在路上我困得直想坐下，连日来的疲惫，实在有点招架不住了。到了进步一站，小袁干他的活。我找了条睡袋，倒头便睡。

为给冰盖考察队送行，中山站的考察队员，全都来到出发地点。10点半，在送行仪式和终于结束的反复拍照后，我们上路了。下午3点多钟，到达第一个点。这里距离冰盖机场13公里，宿营的原因，是为了调整和适应。另外，这段路程还是在冰盖边缘的裂隙区。

晚上，在连日紧张劳作造成的极度疲劳和对发电机工作状况的担心中睡去。

1997年1月19日

今天晴。上午10点又出发，晚上在LGB72宿营。早晨一觉醒来，队伍就遇到一个不大不小的问题：辛辛苦苦就位了的发电机组，在排烟环节出了问题，发电机一夜的工作，使排烟管穿过墙壁的部位被烤煳。为了不出问题，宿营后，要把发电机组抬到室外发电。

下降风夹着吹雪，给动车很多困难。一路无话，我仍与李忠勤同车，李忠勤是中科院兰州冰川冻土研究所研究员，35岁，博士学位，现担任冰芯开放实验室的学术秘书和中科院天山野外开放站的站长。他沿途每4公里挖1个60公分深的浅雪坑采样，4个2.5米深雪坑采样，50米浅冰芯钻采样。这次考察，负责冰雪工作的共5人，还有中国极地研究所的康建成研究员、澳大利亚南极局

冰川室的李军博士、中科院兰州冰川冻土研究所的高新生工程师和中国极地研究所的汪大力助理研究员。近年来，冰川学研究的重要发展，就是与全球变化研究的结合，我们的断面，正是以研究南极冰盖物质平衡和冰雪中的古环境记录为科学背景的。下午6点30分，到达703458，行程36.9公里。晚上与中山站的通信联络信号很好，工作时间重新约定为上午9点和晚上10点。晚上因一号发电机的油门没开，拉着后一会儿就开始喘，以为是发电机坏了，一场虚惊！

1997年1月22日

从LGB70点出发，向LGB69走，温度很低。下降风吹着雪，地平线白茫茫的。行进中，队伍出现了分歧，焦点在于车队怎么走。发电机组到了高原面后，功率下降情况超过了我们的想象，出现了原本50小时左右换一次机油，现在20多个小时就要换。计划中，机油的备份一是供发电机，二是供雪地车。由于这个变化，使我们的备用机油数量没有了余量，带来的压力，更多是心理上的。分歧的起因，还是个别队员对每2公里停一个点，产生不解甚至烦躁。我们的科学任务的确是饱和的，把断面的折返点打钻，看得很重，而没有强调断面花杆的观测工作，打钻在现场操作上相对复杂，而花杆观测非常简单，在冰川学研究上，工作的确是非常枯燥。

1997年1月23日

今天的行程，是从LGB69点到LGB68.5点宿营。早上一出发，李军又测了一根杆儿，我气得在对讲机里大声喊："李军不许再测杆儿了，赶紧走！"李军很不情愿，但还是服从了。昨天决定，此次考察断面线路不变，但从LGB69点到LGB65点的物质平衡标杆，返程时再测，以加快车队行进速度，尽快到达LGB65点打钻。还有一个原因，就是昨天与中山站通信联络得知，中山站开始下起了雪。LGB69点距离中山站200公里，也许我们会在野外赶上暴风雪。晚上，康健成他们挖一个雪坑。4人连挖带采样，干了一夜，人的脸色到早上都是青黢黢的。

1997 年 1 月 25 日

上午从 LGB66 出发，下午 4 点到达 LGB65。沿途吹雪厉害，下午 3 点半，车队到达此次断面考察的折返点，行程为 333 公里，这里的海拔 2320 米。因一路上 3 台车的高频电台一直保持着联系，所以大家都有一种到达终点冲刺的感觉。把车队的三台车摆在上风头挡风，开始挖雪坑支帐篷。我扛着摄像机录下这带有历史感的镜头，边录边对着麦克说着：今天，应该是中国南极考察队创史的日子，因为中国南极考察队和澳大利亚南极局派员参加的南极内陆冰盖考察，到达了预定地点……这里将是新的起点，我们还会回来的！我的声音嘶哑，喘得厉害。一到中山站就开始沙哑，一直也没缓过来。晚上开始打钻，能见度下降，宿营地周围一片茫茫，一个准白化天。为了安全，我们在采样帐篷和居住车之间拉起了一根绳子，绳是红色，白色背景下很扎眼。花了 4 个小时，帐篷总算架好，把车队开到离帐篷 150 米远的下风位置宿营。看来，我们打钻的时间调整是正确的。

1997 年 1 月 26 日

康健成等一整天都在雪坑中打钻分样，这两天他拉肚子。中途钻机的控制部分出了几次问题，但都解决了。在冰芯钻取过程中，钻机出问题，出师不利，前 10 米用了 4 个多小时，凌晨 2 点又拉肚子，身体坚持不住了，康、高、汪 3 人便回撤。排在后面取样的李忠勤，以为是高新生坚持不住，便说"养兵千日用兵一时！"提醒高新生，你必须给我顶下来。

晚上开始第二根冰芯的钻取。我接替汪大力的角色，操作控制箱，给高新生当助手，到第二天凌晨 5 点实在干不动了，回来睡觉。想起妻经常嘲笑我最怕熬夜的话……

睡了不到 4 个小时，又爬起来接着打钻，到下午 2 点，完成了第二根五十米冰芯的钻取，大功告成。两支冰芯共用 22 小时。高新生的脸因牙疼肿起来了，还是忍痛坚持下来，吃苦精神难能可贵！

我将只穿了一天的一双 Muklucks ——雪地上穿的大白鞋，送给高做奖励。

完成这个点的钻孔，等于任务完成了一半。高新生个人累积南极打钻进尺，正好达 1000 米，我们称他"中国南极第一钻"。中午，在继续打钻的同时，王新民、李军开着雪地车又向 Dome A 方向走了 4 公里，因为从 LGB65 点开始，中国人要开始走我们自己的路了。为此，在 LGB65 点有了一根新标杆，它的编号是 DT001，意思是 1 号点。并在 Dome A 方向的 2 公里和 4 公里处插上了 DT002 和 DT003。为了这 3 个点，我们整整准备了 3 年；为了这条断面，我们的科学家做梦 10 年。

1997 年 1 月 28 日

从 LGB65 起程后，天仍不好，车队向 LGB67 点返回。又开始了走走停停的物质平衡观测。发电机漏油，吓了一跳。

今天凌晨我难梦难醒的时候，王新民"哐"的一声推门而入，大声喊我：发电机漏油了！我一惊，问：现在怎么样？王答：已经处理了。太困了实在是太困了，我又昏昏睡去了。

早晨起来方知详情，发电机是简易的便携式，无论材料、组合都相当简化，插接处脱落。燃油断供后，便发出异常声音，自动停止工作。王新民就是听见声音不对，起来检查才发现故障。柴油在停机前喷了一地。王新民将脱落的油管重新插好，并用细铁丝捆扎固定，发电机又继续工作。他担心发电机半夜故障没睡觉。

1997 年 1 月 29 日

从 LGB67 点到 LGB69 点，除了天际线外，其余一片白。看不见车前雪地的起伏，戴墨镜看不清地面，不戴晃眼。

路上停车吃中午饭时，王新民扯着嗓门喊我出来。原来乘员舱由于安装工艺粗糙，里面烧水做饭产生的蒸气，居然从墙板的缝隙往外冒。这个乘员舱还有很多的问题，在使用中处处感觉不如意。

天半阴半晴。LGB69 点海拔 1850 米，今晨起床后，感觉不很冷，2300 米时感觉到的那种高原反应也消失了。10 点钟，我们出发了。直接回 LGB72 点。一路上，就是半天风雪、半边白化。晚 8 点，在 LGB70 点吃了晚饭又启程，10 点临时停车，与中山站联络。

1997 年 1 月 31 日

天气晴朗，凌晨 1 点到达 LGB72 点，下午即向俄罗斯机场前进。路上康健成和李忠勤将继续按四公里一个点进行采样。因在此次野外工作中，许多计划都是根据时间和可能条件，在原来预想完成工作的基础上调整出来的，确实带有很强的灵活性和不确定性。只要能够，为什么不干呢？

（笔者感慨：其实，没有人指派远在天边、天外的他们干什么，怎样干，全是志愿军打仗——自觉的牺牲。在他们扪心自问"为什么不干呢"的时候，今天也许有人问：为什么那样干？）

1997 年 2 月 1 日

早晨起来才和中山站联系上。我们一行 8 人吃完饭往中山站赶，因为冰盖边缘的气温高了，我们担心珍贵样品的保存：100 米的冰芯，1000 多个雪样，我们必须赶紧回中山站送宝！

到站后先把 11 个箱子抬进冰库（李军的样品箱体积太大，进不去冷库，就在车库旁的残雪中挖了个大坑，用雪埋起来）。

晚 10 点，小艇运货上站，回"雪龙"时，李忠勤、康建成护送样品上了大船。

1997 年 2 月 2 日

今天李军的样品也用直升机运回了戴维斯站。

1997 年 2 月 25 日

天下起鹅毛大雪。船已过西风带。连日来思家心切，只想着早日回家……想……（此处删去 100 字）。

笔者看见了一组图景：一队冰雪塑就、钢铁铸成的探极勇士，冰甲雪衣，眉目凝霜，胡须染白，肩扛着玉柱样的冰芯在雪中蹒跚而行。湍旋的雪花，宛如白色的幔帐缠裹了他们。凄厉的风声鬼嚎般回荡在无垠的冰盖，无际的夜空……

大河传奇

提笔写秦大河，又一阵莫名的骄傲加以自豪——又一条山东汉子、泰山之子。济宁亲邻泰安，二地布满"插花地段"，即你中有我，我中有你。境中山岭，皆"泰山余脉"，渴饮之水，乃"泰山源泉"。山东文化图腾"一山、一水、一圣人"（泰山、黄河、孔子），皆与我济宁相关。仁人志士诞生，原如泰山之松的繁茂。写征极之文、多逢乡亲，点化我重新思考"一方水土养一方人"的俗话。泰山太高，黄河太长，孔子至圣，见贤思齐的愿望多么难做！

感谢历史拣选了我，雕塑这万星璀璨的群英像！

秦大河，1947年1月生。山东泰安人。父亲是我国著名畜牧兽医学家，母亲亦泰安山人，书香门第。秦大河是地理学家，中国科学院院士，第三世界科学院院士。1970年毕业于兰州大学地质地理系，先后于1981年和1992年在兰州大学地理系获理学硕士、博士学位。1990年起任中国科学院兰州冰川冻土研究所研究员。前后发表论著300余篇（部）。系统研究了南极冰盖表层雪内物理过程和气候环境记录，使中国南极冰川学研究，跃登国际先进行列；在中国西部率先开展雪冰现代过程和生物地球化学循环实验研究，拓展了雪冰研究的科学内涵；组织了全球气候变化中自然与人类活动影响评估等工作。建立了冰冻圈科学国家重点实验室。积极倡导冰冻圈科学概念，获得国际科学界的认同。参与领导IPCC（政府间气候变化专业委员会）第三次、四次、五次气候变化评估报告，以及中国气候环境演变评估工作。主持《中国气象事业发展战略研究》，提出"公共气象、安全气象、资源气象"新理念，国务院确认作

为气象事业发展的总体思路，实施"科技兴气象、拓展领域、人才强局"战略
和气象业务技术体制改革，使中国气象科技事业发展步入新里程。参与领导的
IPCC 工作获诺贝尔和平奖，曾获国际气象组织奖、美国 NOAA 海洋大气研究
杰出科学论文奖等。

写这样一位巨人，你会有面对苍茫大海，无处寻珠的茫然。笔者只能画龙
点睛，从他的登峰造极，从他与世界 5 个传奇人物铤而走险，历时 220 天，徒
步横穿南极大陆 5896 公里，被疯狂同伴称为"疯狂的科学家"开始：

一闯南极

幻梦终于成真。1983 年 9 月，秦大河到达澳大利亚。在澳大利亚国家南
极局冰川研究所作适应性研究工作。

他一头扎进的实验室，十多个工作人员，对他十分友好，但把他当作一个
"见习生"看待：这个勤谨的中国"年轻人"是来实习的。

1984 年元月，他乘澳大利亚极地运输船前往南极洲。口中念叨着德国哲
学家费希特的名言："……因为他领受了他的使命，这使命比你们更加持久。
它是永恒的，他和它一样，也是永恒的。"

秦大河双脚站到了梦寐以求的圣地——南极大陆。其实，这只是南极大陆
的边沿，真正的南极腹地还离得很远很远。

这是世界上最奇异、最美丽的地方。他的科研日程安排得紧张，但仍有兴
致观赏极地风光。夏季白昼达 22 个小时，太阳似乎永远不落。冬夜，可以看
到瑰丽的极光，它像神奇的帷幕从天顶垂下，五光十色，变幻莫测。海边的礁
石上，他的相机对准了大群企鹅，它们是世界上最懂礼貌的鸟，像绅士列成长
队，一动不动站在那里，彬彬有礼地请人们拍照。海豹把浑圆的身体卧在海滩
上……

承认他是科学家

1985 年 2 月，中国第一个南极基地长城站建成。3 月下旬，秦大河回到澳大利亚南极局冰川研究所，进行总结性研究。他发现澳大利亚人对他的态度大变，热情溢于言表，当他去复印一些资料时，澳人把资料抢过去，声称："这种事，交给工作人员去干吧。你是一个科学家，应当坐下来完成你的研究。"他在南极工作的那一段，总部收到秦大河许多电传资料，发现了他的科研潜力，对他刮目相看了。他顺利地完成几份大的南极科研报告，是澳大利亚冰川局"逼"着他完成的。

这次南极考察，给他最深的体会是，科学家应具备什么样的能力。他同意美国亚历斯·奥斯本博士的观点。他指出科学家起码要具备四种能力。

（1）吸引力，即观察与集中注意的能力。

（2）保持力，即记忆的能力。

（3）推理力，即分析与判断问题的能力。

（4）独创力，即让创意具体化并发展出来的能力。

秦大河在澳大利亚的工作，就是证明。

1985 年 10 月，他回到祖国，又继续完成了十几篇论文，声震冰界。

二闯南极

1986 年夏，秦大河参加了中德联合考察世界第二高峰乔戈里峰的乔戈里冰川考察工作。当他登上这座举世闻名的冰川，在白雪皑皑的山顶南望，眼前似乎又浮现出了南极的冰川——他正在申请一个南极项目。

1987 年，他去联邦德国参加南极学术讨论会议，有两篇论文进入大会宣读论文之列。11 月，他获准第二次到南极考察，同时获得国家自然科学基金委员会资助，对长城站附近的纳尔逊冰帽进行考察研究。这次他将在中国的长城站越冬，任中国南极考察队副队长兼越冬站长。长城站就在凯西站附近，铁皮的建筑物涂成橘红色，像一座城堡。这里有十来个人。工作条件艰苦，但毕竟是他们自己的家。南极已进入寒季，太阳低垂天边，气候寒冷，暴风雪多。

他的职责是：首先保证越冬队员的人身安全，完成科学考察项目。紧张而单调的工作之余，他们打乒乓球，看电影，多次看过英文原版电影《飘》，弄懂了美国南北战争的事。他还译完了一本30万字的英文版《极地冰盖内的气候记录》专著。

很庆幸这段时光没有虚度，他在深思：他们究竟为谁工作，为什么而工作？

秦大河曾遇到一个年轻同志，工作还可以，但拐弯抹角要求领导表扬；事情还没有做成，就想得到别人的预先承认。他的想法是，你要求表扬，我偏不表扬，看你干还是不干！

罗丹说过：“工作就是人生的价值、人生的欢乐，也是幸福之所在。”当你把工作看作是一种快乐时，生活变得美好；当你把工作看作是一种任务时，生活就变成了奴役。人的态度分为三类：（1）让有限的人生焕发出灿烂的光芒；（2）人生一世，干不干都一样；（3）向现实妥协，划得来就干，划不来就算。他赞成第一类观点：热爱自己的工作，并把它与祖国、人民、人类的进步联系起来。

这是那个时代人的价值观，笔者因读过苏联小说《钢铁是怎样炼成的》而与他有着共同的观念！另一个亲近点就在“长城”，在那座中华族人创建的城堡里，我亲闻了他许多近乎传奇的故事。

意外的好消息

4月的一天，秦大河和北京通话，意外地听到了一个好消息：法国人路易斯·艾蒂安正在北京访问。

他们的动作真快，北极晤面之后，就到处游说，集资1100万美元，于1987年组织了美、法、英、日、苏5国参加的横穿南极国际考察队，并已在格陵兰大冰盖进行了2700公里的长途拉练。

这次，路易斯·艾蒂安的任务，是与中国南极考察委员会签订一个合同，邀请一名中国人参加国际探险队。他的观点是，没有13亿多人的中国参加，算不上国际探险队。

大河被消息震撼，认为这是千载难逢的机会，当晚就给北京发了电传报名，来了个毛遂自荐。

他声称拥有四个条件：（1）南极内陆整个是一块大冰，叫南极冰盖，他作为冰川工作者，在那里大有作为；（2）两度在南极工作，参加过澳大利亚南极考察队在南极内陆的地球物理与冰川学考察；（3）多次在国外工作，参加国际合作项目，语言无问题；（4）作为一名冰川工作者，身体适应 3000—4000 米高度。

但是，消息太迟了，南极委员会已确定派遣南极考察办工程师郭晓岗同志，秦成为第一替补队员。1988 年 12 月，突然接到北京一个神秘的电话：让他量量身体各部位的尺寸。大河预感到，将有意外事情发生。第二天，翘首以待的好消息传来：北京通知他将工作移交给课题组同志，立即回国，参加国际横穿南极科学探险考察队的活动。

取得了入场券

到京才知道，第一人选生病住院。机遇之神又一次看中了秦大河。他想起了巴斯德的那句话：机遇总是垂青那些有准备的人。

1989 年 5 月，他从法国回到兰州，妻子周钦珂却在她工作的医院门口遭了车祸，腰椎及肋骨骨折、脑外伤进入医院，而他只能在兰州待一周时间。看着妻子的伤体，他心如刀割。北京已得知他家中的不幸，打电话慰问，十分关心。他意识到要是不去，中国只好放弃。

当周钦珂清醒过来以后，他只好如实"汇报"。她说："这已不是他一个人的事了，也不是咱们一家的事，是中国的事情。你大河不去，六面国旗中就没有中国的。"当大河听她说出"你放心地去吧，不要为我担心"那句话时，眼泪终于滴落下来。

他行色匆匆，登上了去美国的飞机。一路惦念着钦珂的伤病，祝愿她早日恢复……他的心情十分沉重，觉得抛下重伤的妻子去冒险，太不近人情。犹太谚语说："祈求三样事物吧：一个好妻子，一个好胃口，一个好梦。"结婚以后，他得到了这三个祈求，他和妻子有着共同的兴趣、相似的经历、互补的性格。正如别林斯基所言："爱情是两个相似的天性在无限感觉中和谐的交融。"钦珂更欣赏歌德的名言：壮志和爱情是伟大行为的双翼。她以牺牲自己来支持他实现他们共同的壮志，并把这种壮志升华到为祖国争光的高度。

北美集训

秦大河到了美国，在美国、加拿大边境明尼苏达州的一个名叫伊利的小镇报到。这里冰天雪地和南极差不了多少，与南极不同的是这里有大片的森林。其他 5 名队员和狗早已到达这里，他将在这里接受两个月的强化训练。

日程安排得特别紧，他的任务是学会驾驶狗拉雪橇和滑雪。

狗拉雪橇很快学会了。他生平不喜欢动物，在这里却第一次看到那么多的狗。那些狗张牙舞爪，样子十分吓人。可是他们的队长——美国人维尔斯·蒂克却对狗赞不绝口。大谈什么爱斯基摩种、科罗拉多种、北极种，呼叫着每只狗的名字，亲热极了。后来知道，维尔斯蒂克在他的农场里驯养了数十条北极狗，用它们去北极探险。他是一个真正的探险家，一切都为探险而准备。这些已受过 3 年严格训练的狗懂得英语口令，在寒冷的北方显得若无其事，天气愈冷，愈是活跃。

大河的滑雪水平很差："没有体育天才"的后遗症，又在作怪。2 个月期满，仍不及格，只恨自己不是东北大兴安岭的鄂伦春人。

有一天，队长要他去看口腔科，口腔科医生在病历上写道：应拔去 5 颗牙齿。口腔外科医生翻来覆去敲打他的牙齿，之后说："还要再加上 5 颗。秦先生，您要拔掉 10 颗牙才成。"他大吃一惊：他不至于拔掉 10 颗牙。医生说：人在极地要活下去，必须摄取足够的营养，必须吃下那些干缩食品，牙齿第一；何况，极地的医疗条件太差，如果牙出了问题，谁去医治？要么不去！难道为了 10 颗牙而不去南极？于是点头："拔！"大河给周钦珂打电话，"我已武装到了牙齿！"

生死文书

外国佬考虑问题周详，要他们在探险的合同上签字。合同条文是"如因探险而死亡，考察队仅按国际民航的规定付与赔偿费，不负任何责任。如你因参加横穿活动而丢失身体的某个部位，赔偿不得超过这个赔偿费用的 10%。如你受伤，不能参加横穿活动，考察队只负责将你抢救以后送回你国家，不负担任何医疗费用"，等等。

这无疑是一纸生死文书。他记得好像在什么电影中看到过这种场面。此时此刻，面对这几张纸，大家都变得严肃起来，平素那种嘻嘻哈哈的景象不见了。六个人都认真地阅读那些可怕的条文，然后拿出笔来，庄重地签上了自己的名字。

谈到此节，笔者被震惊了，会有这样的巧合吗？笔者离开家乡的时候，为了另一种原因，也签订了一纸生死文书，文字比前者直截了当得多！"大河"与"云岭"同沐风雪啊！

笔者慨然喟叹！

三闯南极

1989 年 7 月 16 日，探险队的 6 名队员，42 条狗登上一架苏制伊尔 76 型大型运输机，机身上贴着美、法、英、苏、日、中六国的标志，分外醒目。随机乘坐了 20 名各国记者，飞机离开美国明尼苏达州明立阿卜利斯国际机场，途经古巴、阿根廷、智利，飞往南极。

中途逗留古巴时，有 2 条狗热死了，真是"出师未捷狗先死"啊。这些狗不适应热带气候，它们适应北极寒冷，到中美洲就像活鱼掉进开水中一样。

飞机于 7 月 24 日抵达南极半岛乔治王岛智利空军的马尔什基地，猛然一震，机场跑道被砸出 1 米深的大坑。不愧是苏联货，坚固无比，未演一场"火海余生"。后来听说，那架飞机返回后仍被迫报废了。

长城站的全体同志和一些外国科学家跑上来迎接他们。长城站就在机场附近 2 公里处。在这次行动中，中国长城站负责免费提供后勤通讯保障。

国际横穿南极探险队

6人小组，队伍精悍。

美国：维尔·斯蒂克，1944年8月27日生，美国著名的极地探险家，地质系毕业，现在是美国明尼苏达州北部一个农场主。这位45岁的怪人自小就喜爱马克·吐温的《哈克贝利·芬历险记》这本书，并学芬的榜样，15岁就和哥哥在密西西比河上驾汽艇。汽艇的艇长是维尔·斯蒂克，这是他帮人看孩子、剪草坪赚钱买来的小艇。

他的格言是："我总是同新的天地较量，这就是通过探险迎接挑战！"他是这次探险队发起人，队长。

法国：让·路易斯·艾蒂安，1946年12月9日生，个头不高，又宽又亮的前额，闪着智慧的光泽。职业内科医生。多年热衷于极地探险，1986年只身拖着小雪橇步行到北极点，使他在法国声名大振。行医挣点钱，就去探险；探险用完钱，再去行医。他长着大鼻子，蓝眼睛，一头金黄色的卷发，永远带着幽默的微笑。他的格言是："就个人而言，挑战就是自我生存。"是他，首先请中国参加探险队，他的观点是，当他们代表着自己的国家，就想做出自己最大的努力，这是国家荣誉的需要。他也是这次行动的发起人，队长。

苏联：维克多·巴雅尔斯基，1951年9月16日生，苏联南北极研究所地球物理研究室无线电冰川学博士。多次在南极越冬，住过南极苏联东方站。是列宁格勒市市民心目中的英雄。他这次负责气象，总是第一个钻出睡袋，打扫帐篷周围的积雪，雪浴后，向队员们报告当天的天气趋势。和秦一样，是有科学考察任务的队员。

英国：杰夫·沙莫斯，1950年2月19日生，曾在南极工作和生活过33个月。这次负责导航和后勤。他是队中唯一未受过高等教育的青年，但他用古老的六分仪导航的精度，几乎与先进的卫星地面测量仪相差无几，使同伴大为惊叹。

日本：舟津圭三，1956年11月9日生，获经济学硕士学位。酷爱探险。曾骑自行车环绕美国，还横穿过撒哈拉沙漠。他这次以驯狗师身份出现，他在少年时期就有8年养狗史，是狗的"司令官"。

中国：秦大河……

探险队成员自然还包括 42 条北极狗，任务是拖拉 3 台雪橇。雪橇宽 80 厘米，长 3 米，木制，上载帐篷、设备、仪器和食品。在整个极地探险过程中，有两条狗牺牲了，一条因冻伤严重，死在美国已关闭的萨坡尔站附近，另一条死在医院里。有一条叫塞姆的狗，完整地跑完了全程，后来受到法国总统、美国总统的接见。假如有人问大河，探险队谁算得上英雄，他会毫不迟疑地回答："狗！"

日程表和作息表

队伍行动计划是经过 3 年的酝酿确定下来的，包括横穿路线，甚至每天的起居时刻表也被确定下来，事先公之于世。原订计划是 1989 年 8 月 1 日，从南极半岛顶端出发，10 月 16 日越出半岛，进入腹地，11 月 23 日到达南极点。再穿过 1250 公里长的"不可接近地区"，于 12 月 31 日赶到苏联东方站，在 1990 年 2 月 7 日到达终点苏联和平站。途中有 17 次修整，清楚地标示在地图上。共用 220 天时间，作息表被精确地执行：

6：00 早餐

7：45 套雪橇

8：30 滑雪

13：00 午餐

18：00 寻找宿营地

18：00 — 19：00 搭帐篷、喂狗

20：30 晚餐

21：00 — 22：00 做记录、恢复体力、聊天

22：00 睡觉

实际每天早上 5：30 他们就得起床做饭，吃得很多，喝足一天的水。大河每次要喝一、二升水。吃完早餐，就急忙折好帐篷，套好狗橇。8：30 出发。滑 4 个半小时雪，13：00 休息，在暴风雪中喝饮料。午休全身披甲，像外星人。

半小时后,又开始滑雪,直到 18：00,4 个半小时。寻找营地,搭好帐篷,喂狗,做晚饭。他通常要在这段时间挖雪坑采雪样。得多花出一二个小时时间,折腾到 22：00 后入睡,睡前日记或录音。

开拔

1989 年 7 月 26 日,秦大河和英国人杰夫·沙莫斯第一批被国际探险网的小型飞机送到出发点：南极半岛拉尔森冰架北端的海豹冰原岛峰。当晚,用空罐头盒烧起汽油,为小飞机导航。6 个队员及狗将从这里出发。

7 月 28 日清晨,探险队的全体队员,肃立在三架雪橇边,等待着重大时刻的到来。记者们不停地拍照,他们要把这一人类探险史上重要的行动传播到全世界。

9：00,队长一声号令：前进！急不可耐的北极狗,一跃而起,拖动雪橇向前冲去,他们与被狗橇带翻的两名记者擦身而过,头也不回地向前,义无反顾！

南极是一个奇妙的地方,年平均气温为零下 50℃,但在夏季,半岛沿海地区最高温度可达零上 10℃。海边生长着一些地衣、苔藓,没有一棵树木,仅在盛夏还能看到一两种显花植物。企鹅、海豹、海鸥布满海滩,但内陆几乎没有生命。那里有世界上最清新的空气,一个真正的世外桃源。

南极瞬时最大风速可达到 100 米／秒,暴风雪是最可怕的敌人。如刮暴风雪时从帐篷出来,先要把拉链关好,否则雪在一两分钟里就会灌满帐篷,然后被风推着走。人出帐篷要退着走,走两三步看看帐篷,如果能看见,可以继续退几步;如果发现帐篷隐约可见,目的地又无处可寻时,就必须返回帐篷,以免因迷失方向而死亡。南极考察队发生死亡的最高纪录是暴风雪造成的。1986 年凯西站,有一位气象观测员刮暴风时出去,两个建筑物相距不过 30—50 米,但他再也没有回来。暴风雪停后,人们发现他的尸体距建筑物只有 10 米。

秦大河和杰夫·沙莫斯走在最前面探路,这位黄头发的英国青年满面春风,面带微笑;而秦大河却是痛苦不堪：人种不同,耐力不同！

"优美的舞蹈家"

秦的痛苦在于没有学会滑雪。在南极徒步探险，没有滑雪板不堪设想。路，只有一条：一直朝南，前进！别无选择。要达到祖国企望的目标，不会也得会。只能在行进中学了。开始的几天，他踏在滑雪板上，跑着前进，这比起陆地上跑步来，不知要难多少倍。跑不上几步栽一个跟头。每摔一次，同伴们无声地点头，都带着面罩，不知道是嘲笑，还是在鼓励。也不知栽了多少跟头。晚上回帐篷，外衣已结成冰甲，武士一般，那是他的汗水蒸发形成。法国队长对他咧开嘴说："秦，你是一个优美的舞蹈家。"他不会跳舞，法国人是在评论他拙劣的滑雪技术。英国人眯着蓝眼睛认真地说，据他统计，秦每小时摔30个跟头。他们友好地鼓励说，一定能学会的。因为你是中国人嘛，中国人是聪明的民族。

沙莫斯成了秦大河的滑雪教练，他手把手地教他，不厌其烦地点拨窍门。这位英国青年的耐心和绅士风度，使他们成了最要好的一对"先锋"朋友。

一星期后，他一天能滑行1小时，逐渐增加。实在抬不起腿了，只能用带子拴在狗橇上，拖一段路。等体力略为恢复，又开始"优美的舞蹈"。

他永远记住1989年8月22日，他可以全天滑雪了。穿过极点时，法国人改变了对他的评价："秦，你将是中国奥林匹克国家滑雪队的佼佼者。"

秦差点掉下眼泪！

歌德说过："人不光是靠他生来就拥有一切，而是靠他从学习中得到的一切来造就自己。"

一路暴风雪

8月4日，遇到了第一场暴风雪。风速35—40米/秒，只能侧着身子前进，每小时行进2—3公里。整整两个月，暴风雪几乎无休止。能见度几乎为零。大家把头整个儿包入头罩，只露出防雪眼镜。只有秦例外，戴着不能丢掉的近视眼镜。风雪从眼镜框边钻进头罩。眼皮、脸部严重冻伤，眼皮肿得像门板，睫毛上的冰雪先结成一片，然后合并成几粒黄豆大的冰珠，一睁眼，打得镜片叮当作响。回到帐篷，冰珠好长时间才融化。后来，把绒裤的裤腿剪下一块，放进面罩，只留看路的一条缝、却对眼镜无用。

说来也怪，在零下30℃的暴风雪中，他们却穿得很少。秦大河只在外套下穿了两套绒衣，仍然能够支撑。是习惯了寒冷，还是运动量太大的缘故，说不清，是人的适应能力特别强的缘故吧！

有人问"秦大河，在这种情况下，你不觉得苦吗？"他的回答是："没想过这个问题。"一点也不奇怪，苦乐是人在不同环境下对比的感觉。养尊处优的人，偶到黄土高原的农家访问，看到农民粗糙的饭食，单薄的衣服时，下结论曰："太苦了！"可农民却很难想到这一点。他们已习惯了这种生活方式，有衣遮寒，有粮果腹，已是大乐。秦大河是一个地学家，自从选定干冰川这一行，就得爬山、风餐露宿、在空气稀薄的高原上生活，理所当然。居里夫人说："我过了一些很困难的日子，在回忆的时候，唯一能安慰我的，乃是不管怎样困难，还是诚实地应付过来了。"只有在苦难中，人们才能认识自我、事业乐趣的一面，苦和乐，是一种价值的自觉！

滑雪交响诗

永无休止地前进，永无休止地滑雪，可以轻松地踏着节奏前进时，首尾长达2公里，周围只有呼啸的暴风，急驰的狗群。茫茫的雪原，一片混沌世界，好像梦中一般。他的脑子开始过电影。首先得找到一个优美的旋律，啊，这是红领巾时代所唱的《让我们荡起双桨》：

让我们荡起双桨，

小船儿推开波浪，

水中倒映着美丽的白塔，

四周环绕着绿树红墙，

小船儿轻轻飘荡在水中，

迎面吹来了凉爽的风……

笔者不得不再傲一回，秦大河想到的这首歌是济宁作家乔羽"乔老爷"写的。我在做市文联、作协主席期间，多次与老爷喝酒，他夸我这人"自在"。

在这样的时刻里，秦大河想到了妻子，不知道她的病怎样了？她的面容怎么那么年轻啊！是中学时代的优等生周钦珂吗？

他想到了儿子，那么淘气，没把他给气死！

他想到了小朋友们，玩足球猜拳头，他总是落后！

他想到了家乡，平原上远远的青山、绿水！

还想到了施雅风、谢自楚、李吉均几位恩师，正在给秦大河加油："大河这人……"还想到了捷克骑兵进行曲那跳跃的、热烈的、激越的音符。

记忆是私人文学。他想把回想记进日记。可到晚上又写不出来了。第二天又是全新的开始，更加的美妙、纯洁、童真、野趣！

法国人滑行时想的是巴黎、他的女友、法国树叶的香味……还想"如果我是法国总统，我会做什么？如果我是世界之王，我会做什么？"

每个人都在演奏这种美妙的"滑雪交响曲"，每个人都有充裕的时间思考……

托尔斯泰比喻说，人如河流，所有河流里的水是一样的，但每条河流都是时而窄、时而宽，时而急、时而缓，时而清、时而浊，时而冷、时而暖。他所走过的道路也是这样，有时平坦无比，有时却坎坷不平；有时平平淡淡，有时却风云突变。

《圣经》有一句话："人生岂不是一个考验？"他在这里正在经受着严峻的考验，为了祖国，他能经受，能胜任。

通过冰裂隙

8月25日，他们终于通过了500公里长的拉尔森冰架，跨出南极半岛，进入真正的南极腹地。前面，有一段150公里长的冰裂隙区。它是冰盖在冰川运动下形成的一种裂缝，有的深不可测。冰裂隙很难被发现，积雪会形成一个盖子，把可怕的裂隙掩盖起来。他们在滑行时常感到脚下一沉，惊回首，身后露出一个幽深的裂隙，庆幸没掉进去，后来也就习以为常了。

大河和杰夫·沙莫斯在前开路，滑一步，用冰镐探一下，好像探地雷一般，后面的队员严格按他们的足迹前进。这样，一天只能前进 15 公里，心急如焚。

人有滑雪板，压强较小，狗就没那么幸运了，至少有 5 次掉入了冰裂隙里。经过严格训练的狗十分聪明，一旦一只狗掉进裂隙，一声令下，其余的狗会自动向四面八方，放射状拉紧缰绳，等待人去救援。有一次，路易斯·艾蒂安下到 7 米深的冰缝中，把那只可爱的狗救了上来。

天气更坏了，有十多天被迫停止前进。在能见度为零的茫茫的风雪中，从这个帐篷走到那个帐篷，身上也拴绳子。9 月上旬的一天，打前站的他和杰夫·沙莫斯与后面队员失去了联络。他只好集中雪橇上的所有绳子，系成长长的一根，拴在雪橇上，像驴推磨那样转着找。足有 2 个小时，才找到了同伴们。

他们真正体会到团结合作的精神。六个不同国籍的人，团结得像一个人。每天出发、休息到宿营，队长没有发号施令，但大家都听指挥，纪律严明。谁有困难，其他人总是无声地帮助。周恩来有一副自题的对联："与有肝胆人共事，从无字句处读书。"美国队长的深谋远虑、法国队长的大智大勇、苏联队员的热情执着、日本队员的精细机智、英国队员的认真周详，都深印在他心中，还有他大河的真诚、儒雅、智慧和大度呢！在最困难的时候，谁也没有气馁，友谊和团结使他们无往而不胜。

生日宴会

探险艰苦，但自有乐趣。每次修整，都举行一次"国际宴会"。大家挤进一个帐篷，饮料，热茶，唱歌，聊天。歌声打破死寂的冰雪世界。每人的生日，都在探险中度过，上帝把他们的生日安排得十分均匀：8 月，美国人；9 月，苏联人；11 月，日本人；12 月，法国人；1 月，中国人；2 月，英国人。每一次生日宴会，总要唱《祝你生日快乐》，然后是生日祝词。舟津圭三给法国人的祝词是："路易斯·艾蒂安，因为你是属狗的，所以你参加了这次有狗的国际探险队。"日本人也和中国人一样讲究生肖八字。秦大河同样是"狗"的天命！苏联人维克多十分风趣，每过生日，总献上一首颂诗，歌颂你的"丰功伟绩"。逗得大家开怀大笑。维克多是一个多才多艺的人，他除了写诗外，还会谱曲。自己过生日那天，他自谱了一首歌曲，现炒现卖，领人大声齐唱这首世界上最动听的生日祝福歌。

在横穿第 100 天的宴会上，维克多突然宣布他"偷运"了一瓶白酒，大家兴高采烈欢呼之时，他却在一阵翻箱倒柜之后，遗憾地摊开双手："不见了！"大家只好以茶代酒。英国人杰夫·沙莫斯带来了 5 张生日贺卡，每次过生日，总是郑重其事地写上贺词，恭而敬之地送上。

最关心儿子的母亲一定在家中念叨吧！秦大河想到离开家时，母亲再三说要把衣服穿厚，不能感冒受凉。但儿子没有天天感冒，一定会平安地回到老人家的身边。他想娘了……

饥饿的九月

九月，是中国人心目中收获的季节。瓜果飘香，稻谷金黄，可大冰盖的九月却成了灾难季节。没完没了的暴风雪，使行进日程一再拖延。雪太软，有时每天只能行进 3 公里。为赶在寒季来临之前到达终点，队长下令把价值十几万美元的衣物、设备埋进一个大坑，每人只留 2 套衣服和少量的食品前进。

他们的食品补给，是飞机预先运至"食物储存点"的。250 — 600 公里一处。每一处存放人 20 天、狗 15 天的食品。有挂旗的铝制标记。可是，有一次两个储存点都没有找到，大雪掩埋了一切，只好无线电呼救。

一台无线电通讯机一个月失灵。好不容易来了救援飞机，但因能见度太差。明明听到马达隆隆，但该死的飞机在头顶盘旋一两个小时，又扔下他们走了。飞机看不见他们，无法着陆。想着那条优哉游哉地航行在南大洋的探险船，它的现代化通信设备有什么用？大家直骂。法国队长苦笑着摇头，因为那条船是他监造的！

他们开始忍受饥饿，两个月来，体力一天不如一天，整天想着饿。滑雪的路上，梦想吃一顿兰州的拉面，该是上天的滋味吧！全队的食物只能再维持两天了，人的口粮只能维持4—5天，狗则只能维持1—2天。不得不限制到每天吃定量的1/2,狗只有1/4。那些狗饿得可怜巴巴，晚上拉开帐篷向外看去，几十双绿森森的眼睛闪着寒光，他们不得不采取防范措施，在睡觉前将它们牢牢地拴在雪橇上，谁知道这些爱斯基摩狗和森林野狼的后代会干出些什么蠢事来！雪野茫茫，云路遥遥，家在何方？还能回到家吗？无人能答。

天空突然露出几个蓝色的空洞，飞机终于在特大风暴前的间隙，带着神的旨意降落下来，探险队又一次得救。可是有16条狗严重冻伤，不得不空运回基地治疗，用新的狗替换。

飞机还给秦大河带来了北京蜂王精和一盘录音磁带。他听到了长城站14名越冬队员每人一句话。有一句话是："大河，知道你现在饥饿感很强，我们恨不得把长城站所有好吃的东西都送你！"他咧嘴直笑，杰夫大吃一惊，以为他发傻了。在最困难的时候，同胞们没有忘记他，他感到祖国这个强大后盾的力量！

特大风雪果然来了，10月中旬，越过雷克斯山。接近赛普尔时，气温下降到零下35—45℃。冻伤再次加重，感到绒裤面罩也不能保温，真后悔把那么多衣物埋进了雪地。

第一次看到自己

又是半月大风暴，11月7日，到达帕特里山，远远看到两顶巨大的帐篷，那是国际探险网的营地。队伍将在此休整3天。维克多格外高兴，哼起了俄国民歌，那天是苏联十月革命节。

营地准备了丰盛的晚餐，有热水洗澡。说起洗澡，104天了还是第一遭。六个人中只有维克多有用雪擦澡的绝活，无论天多冷，睡前都敢赤身站在雪地，用洁白的雪猛擦熊样的身体。

大河看见自己的身体，吃了一惊，往日的秦大河不见了，眼下是一个瘦骨嶙峋的躯壳，灰包着皮，皮包着骨，他感到了泄气的滋味。房顶的热水兜头浇下，畅快无比。人也清醒过来：秦大河还是秦大河，一条山东硬汉。合同有这样的规定：任何人只要说一声回家，飞机就可以送你走。他会说这孬种话吗？绝不！因为他代表着中华民族。中华民族绝不走回头路！82公斤的体重，减少了15公斤。于是拼命大啖鱼肉，恢复体力。在那最困难的日子里，他把自己当成了中国的一条河流，滔滔不断地流向世界！

到达极点

短暂的3天休整过去了，他们精神抖擞，又上阵了。

以最快的速度，比原计划提前8天，于12月12日到达到南极点。

南极点是地球最南端的地理零点坐标。称它天涯海角最为恰当。这里比海南岛的"天涯海角"朴实得多，冰雪高原上，树立着一个1米高的树桩似的金属标记，顶端是一个地球模型。它的周围环插着1959年参加国际南极条约成员国的12面国旗，喇喇作响，分外鲜艳。200米远的地方，是美国建立在南极点的阿蒙森—斯科特站，这是为纪念两位人类最先到达南极点的勇士而命名的。

六名国际探险队员各自拿出自己国家的国旗，一字儿排开，站在雪地，面带胜利的微笑，一任提前赶到这里的记者们拍照。

这是一张多么珍贵的照片！伟大祖国的五星红旗，第一次出现在南极点上！大河在心里默念着：中国，中国！！！

美国人热情地款待他们，吃到了对虾、牛排和猪肉。这时候，沙莫斯突然拿出一个假面具，戴在脸上，让记者照相，大家哄笑不解。他说，这是专门准备送给侄儿、侄女的礼物。可见这位英国青年用心之细。

秦大河急忙与妻子通话，报告这一喜讯：

"我们已到达极点。"

"我已在广播里听到了，很高兴。"钦珂平静地说。

"你好吗？"他急切地问。

"我很好，你怎么样？"

"我身体很好，你不用担心。"

"那我就放心了，你好了大家都好；你不好，我们也好不了。"这是她常说的一句话，此时听来很不是滋味。

他急忙转过话题，大谈这里有多美，报喜不报忧。其实在他的面前，还有更艰辛的路途。

"不可接近地区"

12月15日，探险队从极点出发，向北方前进。已经走过了55%的路程，登上地球之极点，亲眼看到了那永远在同一高度，绕着天边转圈的太阳的奇景。横在面前的是1250公里长的所谓"不可接近地区"了。

"不可接近地区"，吓人的名字，这里从来没有人徒步进去过。1959—1960年的暖季，苏联派出一支机械化考察队到达过这里，返回后，再没有谁敢进去。这里海拔3000—4000米，处于南极高原的顶部，空气稀薄，年平均气温在零下70℃—零下80℃之间。1983年7月，苏联东方站测得一个世界最低的温度记录：零下89.2℃，所以人把这里称作"寒极"。要想穿越这个地区，必须在寒季（4—10月）之前。探险队精心制定的计划，是要在12月21日前后的20天，南极的盛夏日通过这里，这就是他们急如星火赶路的原因。

当他们穿越该地时，温度是零下40℃。1月18日，到达苏联东方站。这个站设在"不可接近地区"的端部，苏联人用传统的方式欢迎客人到来：

彩色照明弹升上天空，黄色的烟幕弹冉冉升起。东方站站长萨沙手里端着一只盘子，上面放着巨大的面包和盐。全体越冬队员列队欢迎。他们享受到了桑拿浴，那是一种烧红卵石以后，再泼上水，利用蒸汽洗澡的方法。所有的苏联南极站都有这种设备。

当他们离开时，东方站派出两台拖拉机"护航"，使他们神气十足，信心大增。1990年元旦那天，他们在帐篷里宴会，祝贺新的一年万事如意。

1990年2月1日，到达苏联共青团站。这里的气温为零下49℃，狗大量冻伤。那些勇敢的北极狗，来到了地球另一端的比它们家乡更冷的地方，整天奔跑不停。除了厚密的毛以外，只能披上一件薄薄的狗衣，小小的脚掌在几千公里的路程上磨破了，流下了鲜血。无情的冰粒将鲜血凝结成冰球，挂在它们的小腿上。一到休息，它们想要用嘴巴咬去那些冰球，却连冰带皮一起撕了下来。人们个个心痛，把受伤最重的狗放在雪橇上。晚上，驯狗师把重伤号带进帐篷精心护理。有几条狗，是放在苏联人的拖拉机上治疗的。它们的性格也是从不服输，伤势一旦好转，又立刻拖起雪橇勇往直前。

在这里引用萨迪的一段话不知当恰："从外貌看来，人最高贵，狗最低贱。但圣人一致认为：重义的狗胜于不义的人。"他们的这群狗，是真正重义的狗。它们的精神体现了人与自然的搏斗，动物与人类是最好的战友！

"疯狂的科学家"

探险队里，只有苏联人维克多和大河负有科学考察任务。论起劳累程度，大河的更大些。因为他要沿途每55公里采集一次雪样：在雪地挖一个宽约1.2米，长约2.5米的雪坑，用专门仪器，每隔2厘米取一点雪。装入塑料小瓶中。采样的要求很严格，手套是一次性的，口罩只允许用10次等等。在长达6000公里的路上，共采得800多个雪样。

美国队长非常照顾他，为了在精确距离上采样，不得不一再改变日程表。挖那个长而深的雪坑时，队员们都主动前来帮忙，你挖一阵，他挖一阵，2小时才能挖好坑。维克多是科学家，他常帮助大河进行细似绣花的采样。

在"不可接近地区"的前段，花了整整6个小时才挖成一个雪坑。那里的雪又硬又厚，挖上几十下，就得停下来喘口气。等回到帐篷，手指已完全冻僵，笔都拿不住，关节全都肿起来。钻进睡袋，感到浑身发热发冷。原来发烧了。路易斯是法国医生，急忙找出药片让他服下。美国队长想到第二天还得赶路，直耸肩膀，摇头苦笑。昏昏沉沉的一夜过去了。第二天5：30，该起床了。他挣扎着爬起来，这里不准有病号存在，他向帐篷外走去。不能行走，只好用腰带拴在狗橇下，任它们拖着走。这天计划行进32公里，到37公里时，他终于倒在了雪地上，美国队长命令宿营。又是昏昏沉沉的一夜，不知人在什么地方。第二天早上5：30，又习惯地清醒过来，竟发现病已好了，不知道又出了什么奇迹！他们又上路了，真的好了！做梦一样。

在东方站，他采到了最珍贵的雪样。维克多发现大河带来的 3 把铁锹全裂了缝，二话没说，用电焊结结实实地焊了一遍。

雪样和考察日记如同生命重要，但在跨过极点以后，他们不得不再一次精减装备。"国际会议"上，大家一致同意忍痛割爱，丢弃了许多东西。维克多最为难过，不得不丢掉一件与他伴随一路的气象测量仪。

大河却多了一个心眼，把备用的衣物丢掉，偷偷把采样的小瓶塞满了睡袋，通过了"严格"检查，同伴们担心秦的衣物带得太少了，法国人摇摇头说："真是个疯狂的科学家！"大河想起了斯科特，他在南极点遇难的几十年后，人们发现了他的遗物。雪橇上，竟还有几十公斤岩石标本！他的队员却是饥饿致死的！在最后的岁月里，他们仍然没有丢掉石头标本，斯科特的精神是他的榜样！

日本人哪里去了

风雪中，他们以每天 47 公里的速度前进，越过了 1250 公里的"不可接近地区"。2 月 13 日，到达了苏联少先队员站。这里地势开始下降，雪更大了。但依稀嗅到了海风的潮湿味道。

3 月 1 日，晚上宿营不久，突然感到事情不妙，舟津圭三出去喂狗，很久不见回来。大家一起跑出帐篷，在茫茫雪原上呼喊着舟津圭三的名字，作推磨式寻找。苏联的极地"护航"拖拉机，也隆隆地来回绕圈子，车灯在大风雪中闪闪发光。那一夜大家都在外面来回奔跑，整整 13 个小时后，忽然听到舟津的微弱的回答声，找寻过去，发现雪地上有一小小的洞。挖开雪堆，舟津笑眯眯地钻了出来，当他看到仅距 50 米的帐篷时，连他自己也觉得吃惊。

他昨晚走出帐篷不久，暴风雪就加大了，能见度立时成零。舟津看不到目标物，也看不见开着大灯的拖拉机。这位机灵的日本人从口袋里找出一把钳子，学大河挖坑的样子，挖了一个洞钻进去，只露出一个呼吸孔。雪花把小孔堵起来；舟津就在里面等，整整挖了一夜，竟然等来了救兵。

看他的衣服，乃是那套单薄的防寒服，惊奇这零下几十度的严寒为什么冻不死人？人们热情拥抱，祝贺他的成功，舟津说：有神保佑他，到不了和平站，他算什么日本人？

雪洞没成为舟津的墓地，真是"幸运儿"！维克多专门为舟津编歌一曲，以示纪念。此地距和平站还有 26 公里。

胜利

1990 年 3 月 3 日，按照总指挥部的命令，一分不差地滑行到终点——苏联和平站。一辆苏制拖拉机隆隆开来，有点像坦克。录像机达达作响，穿过写有"终点"的横幅，各国记者纷纷拍下珍贵的镜头。当他们解下滑雪板时，看到了各国国旗环列四周，大河找到了五星红旗。

6 名勇敢的人，代表着各自的国家，代表着全人类，经过 220 天徒步行程 5986 公里，完成了人类历史上征服大自然的又一壮举！大河激动万分。卫星已把他们胜利到达终点的图像传遍了全世界，祖国 11 亿人民正在分享这一欢乐；全球几千万华人也在分享这一欢乐。世界人民在称颂这一代表"和平、合作、友谊"精神的伟大成功。沙莫斯的一段话说得非常好："我认识到这并不只是我个人的事，它属于成千上万帮助过我、时刻关心着我的人们。"现在的大河才觉得，这次探险考察就像一场扣人心弦的电影，也有点像观看人类首次登上月球的电视录像，他们创造了人类的历史！

秦大河，为了祖国和人类，你们成功了！

中国人的骄傲

3 月 3 日当天，他们接到了中国总理李鹏、美国总统布什和夫人、法国总统密特朗的贺电。他们又先后收到了日本首相海部和英国首相撒切尔夫人的贺电。

3 月 8 日，他们乘坐苏联极地考察船"祖波夫教授号"离开和平站，8 天后到达澳大利亚港口城市富兰蒙特尔。澳大利亚外交部部长设宴欢迎六国队员。

3月23日，法国总统密特朗接见了全体队员及工作人员。

3月27日，美国总统布什和夫人，在白宫玫瑰园接见了全体队员。当晚参议院通过决议，将此举载入美国史册。

4月8日，秦大河回到了祖国的首都，受到国家南委会和中科院的欢迎。

5月7日，六国队员去了日本，在东京受到日本首相海部俊树的接见。

5月9日，探险队的全体成员：秦大河、让·路易·艾蒂安、维尔·斯蒂克、维克多·巴雅尔斯基、杰夫·沙莫斯、舟津圭三和辅助队员：沙特阿拉伯科学家穆斯塔法·毛阿玛拉、伊布拉海姆·阿拉姆在中国首都北京的人民大会堂受到了中国国家主席杨尚昆的亲切接见。杨主席说，中国有句话："不到长城非好汉"，应该改为不到南极、北极非好汉。杨主席还说，6位英雄中有中国的一分子，这是中国人民的光荣。

考察探险队向杨主席赠送了一件橘黄色的南极服上衣，上面绣着中、美、法、苏、英、日六国国旗。杨主席穿上这件衣服，高兴地说："我也成了南极考察队员啦！"他热情地为我们题词："为南极科学考察事业努力奋斗！"

还有一朵惹眼的花絮，宜作"大河传奇"之凤尾：美国广播公司记者采访他读高三的儿子"对你爸爸勇敢地横穿南极，有何想法"时，他回答："我爸爸能征服地球的最南端，我已无处可去，只好上月球去！"

美国记者瞪大了眼睛，大河说："好小子！"

李果况味

李、果会意，是一个美妙的名词，取名人大概未奢望这个男子尽得蜜甜，还要有"李"的酸楚。勇探"两极"的勇士，宿命皆是如此，还要有苦、有险！

初见这位朋友，是在2013年的5月，海洋局极地办楼上。他严肃的态度和不苟言笑的风格，让我的采访态度谨慎：他说出一句话，我在记录时读错了两个字，他立即声明，"我没这样说。"我记白了一个字，他指教说："不是这样写。"12月2日，在为30次南极科考队送行的会议上，他为我们讲授"南极须知"之类的教训之时，我在台下向他颔首招呼，他似乎可以看见，却不搭理，而且绝无笑意。回答我问及的问题时，他说郭琨队长著作中有这类详述。我借用此书，他立即回家取来。我要写一具借条，他同意，并郑重收好。我在心中许诺：放心吧李果处长，我会还你宝书，还会赠上我的新作。

李果，1956年生于北京，祖籍河北。中国在南极建站前，乘日本"白濑号"二万吨破冰船到南极"昭和站"。这艘船归日本海上自卫队管辖，中国跟随的18名科考队员，分别去了日本、智利、阿根廷、新西兰站……首次过西风带，那是一种出生入死的考验。我队人员有人休克，12级台风，翻江倒海。有人减30斤体重。终于不晃之时，奇景出现了：冰山、雪城、浮冰、"荷叶冰"。梦一样的年华，风雪、冰冷。建自己的长城站，李果和队友用自己的小船，装载搬运了十六昼夜，物资建起了新的发电房、码头、车库。站上有一个半平方公里面积、四面环山的西湖，冰雪的融水泻进湖里。没有鱼儿，只有山的倒影和天上的云影，无声地印在湖里。夏季是美好的日月，冰融雪化，各种鸥燕在湖边、海滩飞翔。有海豹爬上滩了，又蠢又鬼的样子。

生活单调，工作劳累，十分的寂寞。在李果的印象中，知心的朋友有北师大的赵俊琳，还有一个19岁的"小八路"和63岁的老科学家。后来，他的征程延往南极内陆，雪地车、越野车越过了茫茫雪原，没有尽头，没有参照，车像是走着，又像似停了。天是一样的天，雪是一样的雪。常年不化的冰，形成无边冰盖，与天相接。一刮风下雪，天又不见了，能见度为零，何日见到太阳，是人的企盼。

1989年×月，到了拉斯曼丘陵，可怕的暴风雪，原子弹爆炸似的冰崩。山体滑坡，处处暗藏杀机的冰裂隙，四面八方地威胁考验着这位年轻的越冬队队长。他担负着重大的科考任务，亦担负着队友的宝贵生命安全。

那一年，6国勇士徒步横穿南极大陆，李果担负在供应点埋藏给养的重任。他知道6剑客中有一条"中华大河"（秦大河），因而在那些标识下放置了中国的红烧牛、猪、鸡肉罐头，还有蘑菇和粉条、馒头和米饭。这让勇士尝到了天宫圣果!

在那个奇异的黑夜里,李果看到过大洋上漂来一条闪光的彩带,她飘飘柔柔,浮浮荡荡,像霞落大海,又像极光幻现。那是一层密集游移的磷虾,在黑夜里发出诱人的光。三月里,中山站的夜空闪现出真的极光,条条带带,空灵诡异,绞扭翻滚中,幻现出几何体貌。极光的曼妙下,是黑暗的恐怖。5—8月,墨黑浓稠的夜色浸染来了,风声像鬼嚎一般,雪墙中挤出一个个的队友。邻居俄罗斯站只点一二盏电灯,风雪中眨闪,鬼火一般,智利灯多一点,又看不见。暴风雪的一夜,站房咣咣大晃,二层进雪了,人刚撤下,房顶飞了。给国内报告,请"雪龙"带一房顶来。

最怕的是生病,定了个55岁上限(笔者是60岁)。一位59岁的气象专家患了脑溢血,用俄罗斯飞机,送澳大利亚,再送国内,多大的周折,多大的幸运?人穿得再暖,也要呼吸零下几十度的冷气,冰刀一样直插肺囊。越冬回来的人都要发烧,咳嗽得惊天动地。仲冬节到了,太阳出世,三个多月不见的曙光,在遥远的东方透出;水一样透明。一丝金线闪现了,一天变粗一点,变出一个赤金弧顶儿,再露出一个小的圆头(李果语,我发现这貌似语迟的人极会状物),赤金样的。天海的交界处,黑云蓝天十分鲜明。黑云有城堡形体,厚重肃穆,蓝天透亮晶明,忽然出现的阳光照射进去,那是城头失火殃及鱼鸟的景致。

这儿的鸟类多是帝企鹅,中山站有五大群,每群3000只,父亲孵卵,母鹅猎食,一步步走去走回,丈夫快要饿死,仍先喂鹅崽。夫妇皆去取食时,鹅姑鹅姨都来照看了,与贼鸥斗,与海豹周旋。海豹吃企鹅,虎鲸吃海豹,企鹅吃磷虾,磷虾吃浮游生物,软的吃,硬得怕。一种恶雕自高空俯冲而下,一下就把小鹅的后脑啄穿,鹅姑鹅姨的哭号怒骂响彻海滩。

月光闪亮是南极会友的日子,俄罗斯朋友来访了,有酒就行,度数越高越好,韩国朋友亦是。智利朋友可带家属,企鹅般双双对对。荷兰站曾有两个猛男争一女友,决斗起来,那是极地里自然力量的爆发,没什么奇怪!大多的情感挥发是热烈拥抱,唱唱跳跳也管用。美国人架子大,他不找谁谁也不找他。

他们有丹麦童话般的美丽小城，小城里灯若星海，自有热闹。喝过酒、唱过歌的各国洋朋友很仗义，互相帮助，澳大利亚船出问题了，我们救，芬兰船也救。我站有病人，送俄站医治。

大船的货先卸驳船，卸在陆缘冰上，再装雪地车。冰上有龟裂的潮汐缝，有浮雪覆盖，落潮时缝小，涨潮时缝大。1999 年 15 次科考，一车陷入冰缝，车上载 8 人，车头过去了，车身猛然一沉，卡在了冰中。一瞬间，车头朝天仰起，全部重量集中车尾，一旦陷入，深海无底。司机名徐霞兴（徐霞客的族弟），艺高胆大，不惊不乍，加油挣扎。在车头下落的一刹，崭新的橡胶履带啃住了凝雪的冰沿，竟然蹿跳上去，捡回了一车八命。

还有一摩托冲冰，冰陷，飞车带起 5、6 米高的水花，又跃上 2 米外的冰沿，如玩杂技一般。驳船卸货时，一队员解绳，船一摆甩他入裂，扑腾上冰，速冻个梆硬，被人抬树般抬走解冻。2003 年 26 次队，有一车整体入裂，司机从天窗逃生。此之大幸，概因天窗未及加装天线，才留逃生出口，真是撒尿冲出了钻石（比那更贵）！

后来，发明了钢管木板结构的八米铺垫，车一上垫，一边冰塌，车随铺垫歪倾，跟跟跄跄，如小儿学步，有惊有险而无损，这样的侥幸，中国人太多。李果任中山站站长 17 个月，经得多、闻得更多。而今言来，已是平心静气，他说：站房温度自测，以桶装水，冻透 20 公分 2 度，40 公分 4 度。笔者接言："80公分 8 度，零下 80 度，要冻 6 米 4 么？"他不笑，说："没经过。"

严寒风暴，重责重压，寂寞孤苦，千难万险，已使这些男人铸成日本影星高仓健那样的冷静如冰，心热如火。有情人不外露，就像有钱的人不露富一样，十二分可贵！我觉得，李果弟有点像高仓健。秦君为稼也像。

画到神情飘复处，未有真像有真魂！深沉的人，深刻的人，大都如此。极地探险者中，此类兄弟多矣！

诸葛际会

三个臭皮匠，

顶个诸葛亮。

众士聚南极，

金玉积满堂。

各个有良策，

妙计在锦囊。

由于 2013 年 8 月 19 日那场十三级台风摧毁南极长城站部分建筑，中国南极建设者痛感到长城塌落了城楼，巨龙刮掉了金鳞，十分的震惊，万分的警惕。亡羊补牢，犹未为晚，决策者广征良策，以图长城固若金汤。2013 年 12 月 14 日 8 时，长城站邀集 29 队、30 队各方专家，召开了一个以中国建筑设计研究院牵头的讨论会，征集对长城站建筑改良的意见和建议。

对南极长城站建筑提建议，我们的意识要从敬畏转到与时俱进，科技进步，认真负责，总结经验的思路上来。我们都记得冰天雪地，狂风巨浪中，老一代建设者舍生忘死的创造，理应对这里的一砖一瓦怀有神圣的情感。但是，历史在进步，文明在发展，在前人领军的那个时代过去之后，世界科技的进步令人眼花缭乱。而且，8.19 台风"毁城"的事实就摆在那里，全世界的南极站，只毁了中国站！

参加"诸葛会"的专家济济一堂，建议和意见颇有见地。未发言之前，我并未设想每个与会者的腰间都揣了几把"漂亮的刷子"。

主持人云：之所以来南极一个"规划设计调查小组"，是积三十年经验，更加理解南极特点。他简要地介绍了极地自然与人为引发的各国事故，与北京的送行会上极地办领导的列举多有重叠。虽发生在外国站，那些死伤多人的事故，仍令人触目惊心。参加讨论会议并发言的同志是：

俞　勇　29次队长城站站长

张国强　副站长

曹建军　中国极地研究中心，30次队长城站站长

董　利　国家海洋局极地考察办公室处长

何广顺　国家海洋信息中心副主任

李　航　国家海洋局宣传教育中心副厅级主任

王晓华　广西柳工机械有限公司总经理

冯亚元　贵州机电集团有限公司书记

张正旺　北京师范大学教授

张庆华　中科院生态环境研究中心副主任

段　猛　中国建筑设计研究院高工

徐兴生　机械师

宋　波　中国建筑设计研究院高工

牛　锐　北京市规划委员会副厅级主任

殷允岭　作家，济宁市人大常委会副主任

项艳艳　宝钢工程技术集团有限公司副总经理

殷　赞　通信专家

朱宗泉　大厨

刘　凯　大庆油田污水处理专家

万文犁　站医

卫继敏　贵州柴油机厂专家

主持人说：南极要有南极特点，顺应自然，改造设计要更加合理。

曹建军站长：楼不需这样高，减少受风面积。内部设计质量要提高，要有13级以上台风的预想，制订"极地标准"。

张国强副站长：空集装箱运不回国，要有堆场，或改造成有用的东西。生活栋楼高，耗能大。不要豪华，但要暖色调，人性化。男多女少，不要平均设

置。新门不如旧门，门要冷库门，锁扣要铜质。水管要不锈钢。

平日不见多诺的项艳艳，一开芳口却滔滔不绝，行话连篇。她从建筑的外观讲到内部装修，从建筑学、力学原理讲到实用、适用性，像丝杠螺母的对接，十分爽朗。细问一下，原来是一位女专家升任的领导，真乃秀外慧中。

从大庆油田派来的刘凯祖籍江苏沛县，与我的故里隔 30 里湖水。他负责的工作是直接为南极保洁——污水处理、垃圾处理。他娓娓述说，南极垃圾能焚的焚，能化的化，克化不了的，装箱回"雪龙"，返还祖国处理。他说：'西湖'的四周是山，群鸟排粪冲入湖底，两个过滤器明显不够，且需优化。即使是优质的智利苹果，一旦过期也要整箱返船，不可挖坑埋掉。谁往坐便器扔一个烟头他都知道，他像绣花姑娘对待丝线一样，仔细分类对待这些垃圾。

殷赞说：天线架设还要升高，电线相距太近，互相干扰。高频天线，北斗天线，建筑时要预留孔洞。

卫继敏说：旧油桶进出油路都在腹下，换了新不锈钢桶了，油路却翻了上去。水往下流嘛，翻着就要人工抽取，事倍功半！

朱宗泉大厨笑哈哈发言：灶头常坏，可换智利、澳大利亚用的液化气灶具。灶间地面湿滑，不卫生。

提出南极建筑美学新观念的人，是国家海洋局宣教中心副主任李航。他在济南空军大院出生，4 岁随空 31 师首长父亲驻军泰山脚下。入伍后，任国家海洋局海监总队副总队长，南海分局副局长。这位称我表哥（我妈姓李）的高大英俊的青年官，曾在副局长、南海最南部巡逻舰队指挥长的任上，对我国神圣领海进行过"宣示主权"的"抵近观察"，引发了国内外舆论的热炒。他的显示民族气概的行动，得到国家海洋局领导的支持，使本来要批评他"偏离航线"的长官也改口表扬，并使此次巡游航线变成了既定巡线。

这位强调建筑美学的少壮尚武擅文，他的音乐创作和声乐艺技达到准国级水平。2009 年，受极地办委托，他创作的歌曲《南极我心中的歌》和《我们去极地》与韦唯的歌盘一同发行，赚足了面子。我品赏了他寄送"金盘"中的他的独唱：

我们去极地

离开了祖国和亲人我们去远方

遥远的天边冰封雪飘 月球一样荒凉

没有四季 没有村庄 没有树木 没有花香

这就是我们日夜工作的地方

长城 中山 黄河和昆仑

座座都是科学的殿堂

有你有我还有未来的希望

五星红旗冰雪中迎风飘扬

啊 神圣的南极 神圣的北极

雪燕为我们唱起了歌谣

企鹅为我们跳起了舞蹈

啊 神圣的南极 神圣的北极

冰雪在讲述着千年的故事

化石在演示着万古的沧桑

哈！天生的金嗓子。男子温柔起来，简直要命！

南极考期间，他的金嗓子让我好生艳羡。回国后他寄我几只歌曲光碟，并同创作《常回家看看》的我的音乐家朋友戚建波共同来电，邀我进京做客。我则要求安排我赴东、南领海巡查采访，写一部保海守疆的书，并盼望美好预期能够实现。

诸葛会上发言的另一位重量级人物是贵州机电集团公司党委书记冯亚元。在长城站，他任命的精兵强将担负发电重任，撑起长城温暖的天穹。这次同队相识的机电技术人员有高一鸣老弟，他因多届值勤南极，与多国专家相识，眼路宽阔。另一个伙计名徐文祥，连获几届先进工作者称号。他因我称他小家伙而回敬我老家伙，十分有趣。他们3人的发言皆为发电技术，非常专业，十分认真。

又一位名字年轻，却与我同岁的王晓华是我同乡，沂蒙英雄的后人。自1996年始，任职闻名世界的柳工集团总裁兼党委书记。他来南极的任务是了解他赠予南、北极科考所用的芝掘机、推土机、装载机的使用情况。他为征极的机甲和好兵骄傲万分。

2013年12月17日，我们在智利圣地亚哥见到了世界上最大最圆的月亮（众友评说），柳工集团设于该市的机构人员，在一所华人饭店宴请了我们。饭店地道的中国文化装饰、辣椒豆腐和白菜猪肉炖粉条令同胞叫绝。乡党朱宗泉就是在那一刻获得了灵感：要回到智利，开一座土到家的饭店。我所获得的感慨是多重的：与济宁"山推"集团同样闻名世界的"柳工集团"，能将中国制造的触角伸入美洲、欧洲、大洋洲、全世界，凸显的是实业救国、实干兴邦的理念！

出生于江西庐山的万文犁是一名站医，我一直铁信医生是最有文化的人。在人们征服世界的时候，他研究并修理各式各样的存在毛病的人，他还是乔治王岛9国乒乓球球王。他提出的建议是设置一个更加合理、适用的医疗室。他的文化素养帮助自己，能与各国科考站的医生比肩、交友与合作。能使国际环境监测官员称道，还能做病理心理、精神病理的辅导工作，使医生的职责不囿于医理、药理和护理。

提出车库设置建议的是机械师徐兴生，这位1.85米高的大汉穿上皮靴，戴上毛帽便成2米有余的巍峨铁塔。真是张飞卖刺猬——人强货扎手，他玩的是坦克、装甲车一样的大马力雪地车。雪地车野马样的斯奔，卷起漫天雪屑，让你感觉整个的南极都在震动。我想起作家高云贤的一本小说《小城春秋》中，一个威猛的名叫吴七的大汉，也是福建人。他和吴七的不同就是脾性特好，每天带着友善的笑容，就是在机场丢了行李也不变色。他的好友朱大厨唤他"乐卡"，他说徐去南极时发现行李未到智利。与笔者同回祖国，行李又丢在了巴黎，未上飞机。他笑笑地跟我们告别，好像行李与他无关，有关的是他和队友的友情。在长城站，他对我的几次服务都很友好，也有着李航那样的大男子的温柔。

另一位副厅级干部是国家海洋局信息中心副主任何广顺。他提出极地规划，统计工作的不完善，30年来的制度、数据档案未有效集中。有些考察项目变成了个人经历和单位调查，未能最终建立系统的资料库存。不能只知播种不计收成。这也是一位贵人语迟的人物，之前，只见他笑眯眯地出现，笑眯眯地退走，未闻他如歌的说辞！

北京市规划委员会的副厅级大员名叫牛锐，宁夏盐池县人。2010年，他升任建设用地管理处处长，天知道这个角色在皇城是多大的权力。但是，除了我采访"恒大"旅游团，他给我录像，和去圣地亚哥小市场与我同步以外，没听过他大言大语。但是，在这次为国担当的讨论会上，他的发言高屋建瓴，潺潺漫漫一倾而下，大有众说观止的震撼：他1992年于同济大学建筑系毕业。他说：南极虽是广阔的雪原，也要有建设用地的布局规划，长城等站的建筑，分散无规。多年来，需求与功能已变化，面临优化重组的任务。大片荒漠，虽无领地意识，但潜意识中的目标，要有预见和主见。在一个没有人迹之地，造就一个生活、工作、科研、考察于一体小小社会体系。北京规划委受邀来南极，感到初建者从无到有的艰难。条件如此恶劣，我们享受前人的成果，感慨万分。国家实力增强了，每一块建材，每一块土地都要有规划，每单体的建筑都要纳入这个整体，形成合理的布局，使用功能的明确，需要联系紧密，提高效率。在国内用不到的抗风能力，在此要注重这种功能的有机联系。讲求集约式，功能性与技术的密集型。乌拉圭、俄罗斯、智利站的建筑群，在用地上相当谨慎。我们的高和宽都好，但不如别国温馨的人性化。可综合更多的东西，要有公用思想，联体功能，管理上缺少软的东西。智利把每站、每次科考的人，做成单体大头像，注明身份、工作经历、单位，呈现历史感。上下队心灵上要有共通的东西，要有文物意识、文化传承概念，1984年至今，30年有说头没看头。历史的遗迹要有表现方法，一切都呈现着我们民族特征的创造……

在他的讲话中，笔者听出了金音。我让他写一段具有理论指导功能，有关于南极建筑设计的文字给我，他匆匆而就，却又言简意赅，题目为《南极长城站随感》：

这次随队考察，需要总结 30 年来站区规划建设以及运行维护的经验与教训，以便指导今后更好地建站和用站。

和其他工程项目一样，站区的建设要有规划统筹和集约使用的思想。更应该注重以人为本、因地制宜、高效集约、关注细节。目前看，长城站从规划布局、建筑功能、设备保障、细节设计等方面还有欠缺：为什么房屋层高不能再低一些而更利于抵抗经常的暴风雪？为什么楼梯不能再窄一些以节约更多的使用空间？常使用的只有几人，而功能联系紧密的区域为什么不设计在一起？有关设计规范和标准符合这里的实际情况吗？常年冰雪、风暴肆虐，缺乏基本的生存条件，如何用最少的代价，获得最优的使用效果？如何使站区功能更合理、安全、可持续发展……

随着南极科考事业的发展，长城站承担的功能也在发展变化，规划设计要做的还有很多！

牛锐，写于即将出站之际的 2013 年 12 月 15 日

矫矫玉田

矫矫玉田，
生于崂山。
纯诚内植，
与"极"结缘。

秦为稼让我采访矫玉田，言他如何如何的丰富，我却一下子爱上这个名

儿：矫者，英勇威武，超凡脱俗之意也！柳宗元谓之矫矫"高节外峻，纯诚内植，临事不回，执心无惑，矫矫劲质"，如此形容老矫探极探海，正副其实。而那"玉田"芳名，作为冰雪南极，冰山雪海之喻象，又是理所当然的传神！

矫玉田，山东崂山人（又是山东人），54岁，1982年入青岛国家第一海研所。1983年，从事海洋调查，1985年参与中美海洋气候合作调查工作，一干就是5年。合作之方式是，我们出船出人，美国出仪器。接连5个航次后，开始引进一批先进海洋研究仪器。后来美国也派人上船，共同调查，漂洋过海，大得世面。25岁的玉田第一次去夏威夷，感叹得瞪大了双眼，世界如此之大啊！在刘姥姥进了大观园般的无知里，他的好奇心得到了极大的满足，1985年，从国外带回几桶"可乐"，给爸妈、亲友尝，大有穷兄弟合伙开洋荤的情调：

> 哥俩好呀！
> 合买表呀！
> 我戴链儿呀！
> 你戴表呀！

与"高富帅"的美国同行合作，眼见得是人家长鼻下的孔洞，高傲、烧包，没办法！技不如人，要学习。器不如人，要引进。有的是十分的努力，十二分的争气。得到的教益是明显的：美方将研究资料公开，技术上亦不保守。探研所用的微机软件，美方提供，5年来的交道，以人格的力量，吃苦耐劳，聪明好学的精神，感动了同行，都处成了朋友。

1992年，矫玉田带着浑身的玉气，登上中国"极地"号，参加第9次南极科考，责任是研究国家"八五"计划南大洋"绕极流"。"一船两站"的航程，艰苦与艰险自不待说，最难忘怀的是在中山站的活动室里，他看到一只漂亮的漆盒，便在沙发上把玩。同志告诉他：那是前任中山站站长高钦全的骨灰盒。高站长越冬年余，得病回国逝世，遗嘱将骨灰送回中山站，他要永远伴随那片冰清玉洁的宝地。感情真挚的队友们把他供在身边，像对一位兄长一样为他祈祷，给他说话，并在"南汲石"刻上他的名字。

2013 年 10 月，玉田在"雪龙"号上与我交谈，他皮肤黑粗，身躯铁硬，嗓音低沉而有共鸣感。他大概与我一样，有着心不藏话的脾气，开口言来，竹筒倒豆。"雪龙"号的驾驶员邢豪告诉我：大洋队队长矫兄每天都到驾驶台上，与各方朋友交谈，交锋，形同"文化大革命"的大辩论：钢腔铁韵，如恶鹰格斗，口口带毛，引得观战众人时时鼓掌。

第 12 次南极科考中，矫玉田登"雪龙"号，任大洋队物理海洋组组长。"雪龙"号突然起火，乳舱内的法兰盘螺丝松动，油气喷上油管，大火突发，火浪翻滚。矫自三层货舱内蹿出，直入火海。船员在浓烟中找不到灭火器，矫熟若捻珠，抱起灭火器冲在前头，烟云奔突，火浪汹涌，玻璃烤炸，碎屑迸飞。船刚从新西兰装油 3 千吨，万一引燃，船将爆炸。但是，火在一二分钟之间扑灭，矫如火龙的表现，非勇猛所能喻之。

船在智利修好后，是否返中山站产生了分歧：国务院有关方面认为，刚修好的船设备功能不稳定，命令返国，但领队的东海分局局长执行海洋局原发的命令，坚发中山，后被免职。笔者与老矫一致认为，这领队虽然违令，但又为了什么？真是忘我啊！这是一个悲剧故事，他和《亮剑》里的李云龙何其相似乃尔！让那些为了蝇头小利或牛头大利而钻营的人汗颜！

怪不得"雪龙"上的辩论精彩纷呈，矫玉田讲起征极故事，如贾府的焦大，知根知底。他讲德国在冰下十几米建站的事，讲徐霞兴从陷入冰下的车顶逃生的事，讲金乃千从南极疲惫返航，心梗死于新加坡，魏喜于 2002 年中山站越冬，得了脑溢血，全站侍候，救他性命的事。还有黄浦江飞机失事，更奇的是 K-32 直升机失事落上了海冰，6 个叶片将冰打出几十平方米的洞，却未沉入海底。后来飞机起飞了，一个记者吊在了舱处，驾驶员以为他已掉下去。而下边的人看他抱着照相机，以为是特技拍照，为他喝彩。他真是九死一生啊！

2006 年，老矫上了加拿大轮，参加北极科考。隔了多年再登洋船，他仍感到加拿大在文明程度、人际关系上比我们更优：初上加船，见队员之组合，男女老少，如家人生活。矫感奇怪，问后才知：加无失业人员，谁想工作都有权力。船属加国警卫队，老头儿可上船守电话，管仓库。老太太做点心，打扫卫生。每看到慈眉善目的老人送来报纸、点心、水果，像见了家里的父母。

2013 年 7 月去挪威，测量海洋大气数据，研究海气耦合，发现那寒冷天角的人们悠悠闲闲，斯斯文文，草地边的小楼，森林里的小木屋，全是童话的景致。那海洋气候的数据与我们对比，真是不成比例，不知这远离圣人的天边塞外，洋人如何修行。

至今，矫玉田已参加了 10 次南极科考，5 次北极科考，还有 4 次国际合作的南北极科考，像这样见识丰富，阅景阅人无数又善讲故事的人，谁不想撩他个兴头儿多讲呢？那"雪龙"号上的辩论，本是大家"引蛇出洞"，诱他"大鸣大放"的策略。青年们想听大冰崩的故事，故意讲错时间、航次。他会哼哼喊道："扯到你姥姥锅底去了，那不是 24 次队，是 25 次！那冰山翻滚过来，一白一蓝，一白一蓝……"矫矫玉田的贡献，在他未觉之中。邢豪讲了好多，我将在此后续之。

小诩广生

东海蹈浪乘"雪龙"，
只缺大师摄空灵。
天高海阔无处觅，
悠然走出郭广生。
龙船处处藏真神，
此君影像早享名。
笔者扼腕称大幸，
不忘雪中送炭情。

写起广生弟来，感情漾溢。"雪龙"号的雪中送炭，小诗中已有概述，而娓娓道来的探极之经，正若"八达岭"上的雪水，潺潺流入明净的长城湾。郭广生，生于 1956 年，北京人。1975 年入伍东海舰队，为"实践号"海洋调查船轮机兵。1981 年，随原舰转业国家海洋局，任机匠工。1985 年 11 月，参加中国第二次南极考，长城站越冬，专事发电。

那是 8 位队友难熬的极夜，终于等到了太阳出世，大家都想上一次冰盖，开开眼。领队原就不想让去，辶了海湾到了纳尔逊冰盖，被狂风大浪堵隔彼岸，白色的狂浪似和白云相接。天很快黑下来。所幸带了一个不足十平方米的小帐篷，钻睡袋卧于冰上，用罐头盒小便。又尴尬又感欣慰的是，帐篷中有一女子，在墨泼的黑夜中，听凄厉的风雪声，倍感到咫尺天涯和天涯知己的复杂情绪。不眠的一夜，无语的一夜，让人品透了人生，认识了南极的凶险。

天亮的时候，大家甩甩冻僵的腿脚，腰拴着绳子连在一起，开始返还。未想队友平祖庆真的陷进了冰裂。大家一齐卧倒，以增摩擦力，拖住老平，队友用竹竿搭成"井"字，拖拽他出来。人救出来时，脸已如冰雪煞白。那时刻，步话机的电已在彻夜耗尽，假若自救不成，没有另外指望。

在南极，任何问题都会在严酷的环境下放大。1986 年 10 月，北京协和医院张瑞强医生兼做大厨，当然是大家相帮，各露一手。张大夫想媳妇了，那时又无法通话，难免走神。一次早餐时至，饭却没做。大夫躺在床上，发烧 40 度，可能感冒了。这大夫感冒，应是自治之病，药已吃过，针已打过。队长李振培妻是医生，一看打的药瓶，原来是蒸馏水。队长熟练补针，彰显了艺不压身的道理，也说明多学知识，可以救命。

1989 年 11 月，广生到中山站越冬，仍是发电技师。酷寒风雪，冰原千里。摄影师名高翔，教他技艺，广生穷追不舍：拍企鹅，拍鸥燕，和企鹅假打玩儿，企鹅也与他玩耍，学太极动作。日出而发，却有暴风雪突至。几人在澳大利亚人建设的几平米避难所中度夜，幸有睡袋、煤气炉、火种、肉干等物品，过了一夜，可吓得董兆乾队长一夜无眠。

在冰雪风暴中，野趣诱人。北京气象局派来的队员名王星，酷爱冒险。11月份，队长命令：不许上冰。郭只见王对他招手，并未说外出。中餐王未回，队长问："王星呢？"有人答未起床。队长又问："床上没人？"郭未在，没人答。王星未带对讲机，大家在冰盖上拉网寻找一天，未果。夜至风起之时，竟回来了，言自己掉进了海豹洞，一漏到水，开始还撑着四肢坚持，后来支持不住，准备认输，可突然出现一双特大的黑手，将他一点点拉出了豹洞。这是一次天命的关照，两位澳大利亚地质学家考察返回，正巧走到了这个地方，又正巧走近了这个豹洞，又正巧毫无必要地伸头看了看这个豹洞，竟千蹊万巧地发现了这一活物，侥幸遇救。

1990年1月的中山站，广生参加第7次南极考察队，与秦为稼一道，住进俄罗斯机场的小房里。考察冰盖时，本没有他的任务，他争着去了。队伍向冰盖进发，一公里插一标杆。但在插下一杆时，上一杆已看不见了，冰盖的弧度太大。天晚，广生要提前回营做饭，却迷失了方向。找车印儿，雪盖住了，找标杆，夜色来了，坐骑的雪地车也快没油。天太冷，对讲机蓄电也耗光，完了！此时广生的意识，恰似豹洞中的王星。

忽然（中国小说中多有"忽然"之转折）有一亮点，像星星，像月亮，却又模糊。他开车飞追过去，生怕那亮点一熄，他入地无门。15分钟追上了，竟是返营的队友，还惊奇地问他，你怎么才回？这说明大家并未发现他迷失，如不追来，等拉网找他一夜，早成冻鱼了！近零下30摄氏度的酷寒，人会站着冻死而依车不倒！濒临死亡的感觉还来自极地号上，17年未遇的大风浪，扑掉了后甲板的铁门，把绞盘上紧盘的缆绳解脱下来，打到了海里，假如缆绳缠进推进器中，船失去动力，只有坐船待溺！他记忆了那悲壮的场面，一船的老科学家、少壮专家与船员相搀相扶，跌跌撞撞冲上甲板，以绳互拴，绳牵缆杆，拼命2小时，才把缆绳拖入后舱。此时的广播中又传来声调苍凉的命令：全体人员穿上浮衣！这就是说：船有翻沉的可能。大家都懂得一个事实是：人在零下20摄氏度的水中，只能活5分钟，浮衣便是寿衣。

1992年，郭广生领命，到乌克兰赫尔松船厂接"雪龙"号，千辛万苦，前章有述。1993年，"雪龙"首航南极，船长沈阿坤在中山站下的陆沿冰区加大马力冲冰，压载舱撞出了裂口，从冰中退出，焊补裂缝。自1985年始，站上购置了一台摄像机，他跟了北大教授贾国强学习使用，拍企鹅的时候，很受鹅们欢迎。拍贼鸥时，母鸥红起脸啄人，公鸥盘旋俯冲，往人头上拉屎，抓人。但是，他们仍拍到贼子们偷、抢鹅蛋的录像，结怨至深。

他全凭着业余的爱好，跟着人家在冰盖风雪中学会了摄像，做成了第一个工作汇报片儿，没有解说词，后加进了音乐。再拍片儿时，条件好了，技术进步了，拍"雪龙"号第一次破冰的威猛气势，拍操作的程序和特技镜头，拍冰山雪海、霞光日影的奇美壮丽。许多专业记者夸赞说：十分震撼！十分专业！

人爱好什么东西是一种天性，正像猫爱捕鼠，主人拴住它后腿，它前爪还要抓鼠。或谓之写作，好多的作家，大作成于狱中。由于这种自然的属性，我与郭君有了惺惺相惜的感慨。我感谢他天性修炼的本领，帮助了我的采访。他说我的作品承载了他的影像，放大了他的绩效。他说我胖胖的像个地主，唱京剧很有底气！我夸他富态得像个富农。未想一语言中，他真是富农成分，而且年轻时还为此受累。我越发佩服他的真诚和成才的不易，也从心底里对得遇此君大呼侥幸。我们相谈在灯火通明，热浪滚滚的"雪龙"号上，船外是滔天的海浪和泼湿的夜空：

> 水荡天摇云欲立，
> 星汉惨淡月无光。
> "雪龙"庭中情若火，
> 机房繁忙热如汤。
> 棠棣谈"极"成极致，
> 愚兄称幸幸难忘。

难忘，就是不去，我在之后的故事中还会写到他。那是我文章的文眼。

卢成故事

烟台有文友，名卢万成，会讲黄段子。极地办有烟台老乡，名卢成，会讲南极故事。不知卢成与万成之间，辈分若何？却知又遇了乡人。

卢成，32 岁，2010 年第 27 次南极科考队队员，在中山站越冬，任站长助理。时年冬，在日本长野冬训，日、中、朝三国合训，北国风光，千里冰封，万里雪飘。诗人"南极哥"赵勇骚性大发，吟诗作歌，惹得日、朝朋友伸颈侧目，以为妙绝。提起冬训，那是苦中之苦，日人有尚武精神，绝早出发，带一份含米饭团儿、小菜的"便当"，踏上滑雪板，抓起雪爪，背负帐篷爬雪山，下雪坡，攀冰崖，过冰河，倾其耐力，逼其极限，汗湿内衣，风割肤裂。

风雪之夜，雪山宿营，以油炉化雪煮面，吃不饱，但说能量已够。零下几十度里，学习各种课目：登山项目、自救项目、滑雪课目，皆有专人辅导，所幸日人耐心，专业而友好，卢成、赵勇各课得分较高，给日友留下顽强聪颖印象。

次年，卢成又参加了韩国的夏训。中日训练，注重知识、技巧。韩人却专练体能：游泳、快跑、俯卧撑、引体向上，又在冰凉的海水中长时浸泡，并不科学。是年 8 月，队伍拉到中国羊八井训练，海拔 4093 米，冰天雪地，高寒缺氧，为征服南极大陆最高点作准备。

南极最高点距中山站 1300 公里，中国知难而进。美国则选择在最具象征意义的南极点上建站。俄罗斯人亦喜挑战，选择在南极最低温地区建起了东方站，测到世上最低的温度。法国选择在南极磁点建站，大国强邦，各占一面，以示实力。

2010 年 11 月 2 日，"雪龙"自深圳出发，遇到特大风浪。怕船摇断电，烂了鲜菜水果，卢成一日数巡。船过赤道，呼唤同志全上炎热的甲板整理蔬菜，除烂择叶。大白菜、胡萝卜、大葱、大蒜、卷心菜，全来自山东，闻着都有家的气息。一箱箱装罢再入舱冷冻。终于到了中山站临近的海岸，开始"扒箱"卸货。冷藏的菜蔬要趁夜间低温卸运，也就陪着菜睡，陪着菜吃。显示权力的一大串钥匙全无用处，因为所有的门都不用锁，连贼鸥也不偷青菜呀！

在笔者去过的南极，大家过的是一种共产主义生活：有钱没处买东西，东西再多也拿不走一件，吃多了还会腹胀。食堂内、仓库里，到处是水果、牛肉、蔬菜、罐头、鲜果、花生、腰果、蚕豆、小点心。会议室的墙根里垛满茶叶、干果，红、白、啤酒。你不需要贪污、贪欲和贪吃，因为你既拿不走也吃不完。

门厅的墙壁上，挂着短、中、长的各式防寒服，板座下放满大、中、小各式长筒皮靴。从拖鞋到运动鞋，半高、高腰鞋那儿都有，以备你踏雪、远行、近走、锻炼之用。穿一次和不穿它都备在那儿，没有先有而后无的问题。

我们体验了真正的共产主义社会，体验了没有贪污、没有穷富的大同世界。钱再多也没有用处，把它扔在地上都没人拾，因为没有花处！连阳光、空气、风雪、寒冷、紫外线都一样地公平待你，公正待你。让你觉得，连那苦寒的日子，都是你应得的一份儿！

卢成在和我讨论这些心得的时候，俨然一个小小哲学家的味道。回国后，又有天外来客的脱俗：上街购物，选好拿起就走，想不起给钱，惹人取笑。想吃什么就要，妻揶揄道："你以为是在南极吗？"

过惯了干净利索、少心思、少欲念的生活，人变得纯情纯谊，谁会干活谁威信高，谁会讲黄段子谁讨人喜欢，谁会做豆腐、泡黄豆芽、绿豆芽谁就是牛顿、爱迪生。在南极不许种菜，连水仙花也不许带去，不然，勤劳的卢成不把大葱种进中山站才怪！大家各尽所能、各取所需，提前实现了共产主义！

度夏期间，鸟儿又来做客了，落上房顶、天线。贼鸥永远是贼溜溜的样子，企鹅永远是绅士派头。一支几十只企鹅的队伍来参观了，正值换毛的时辰，这里秃一块，那里顶一撮，十分滑稽，大家就给它们取外号：大秃子、二癞子、一撮毛、大灯泡儿，还要唱出一支戏闹秃子的歌儿：

秃子头，光溜溜，

一心一意留背头。

剃头的大哥犯了愁，

我的乖乖！

你没毛儿咋给你留？

众人笑，企鹅笑，扇开了双翅儿，拍着屁股坏笑。有一次打冰钻，一队友滑到了，它们拍着屁股笑的样儿，分明是戏弄人，调皮捣蛋的坏笑。

海豹生崽儿时，聚在了海湾里。那时它不要声音，雄豹严密守护，谁接近便扑扇着短鳍，扭动着肥腰，甩摆着短尾、嗤嗤地打着响鼻，冲将过来，那竖起身子，仰起脖颈，刺出獠牙的凶劲儿，活活赛得过山豹。动物学家想拍摄生小豹的录像，但那厮们害羞，瞪圆了小眼睛，十分警惕。但终是人类狡猾，轮班儿候着，隐蔽了摄影机，终拍下它完整的生育过程，成为人与自然栏目的瑰宝。

卢成驻中山站 17 个月，经历了南极内陆包括极夜在内的各种气候。青年人爱挑战，在十一级的暴风中，故意体验行走起卧的各种感受。在迎风而立时，背后有人对背支持，仍然败退。前进之时，迈开的前腿落不下去，人要后仰。原地不动前倾，倾斜至 45°，人仍不到，拍下来就像魔术节目。

在漫漫长夜里，《南极之光》出版了，大家都成了编辑，姓杨的简称"杨编"，姓马的简称"马编"，姓牛的被称为"牛编"。"十一"节、"仲冬"节，和"进步"站俄国朋友玩雪地足球、篮球、乒乓球，赛完再赛喝酒。俄人量大，成瓶的白酒，喝凉水一般，也是谁喝得多谁是哥。中国人会唱《莫斯科郊外的晚上》，俄人听得愣愣怔怔——这本是俄家的祖传，却被中国人唱得出彩——好像日本人背诵《琵琶行》，中国小伙一愣一怔一样。酒酣耳赤之际，敢闯南极的中俄小伙子没有不敢干的事，俄人脱个光光，用雪团儿擦澡。中国小伙子不甘示弱，扒个精光，围着中山站飞跑起来，活猴一样，小鬼一样。滕州老乡朱宗泉就给了我一盘裸奔的录像：风雪中，冰盖上，裸跑者的硬蹄踢飞雪雾。那裸体冻成红色，像明火里烧烤的胡萝卜一样近乎透明，鸡儿都缩进了肚皮。一方水土养一方人，到哪座山上唱哪支山歌，这就是人！在南极，这就是被严酷环境压迫，尔后反弹，酿成雄性、野性勃发的男人。

与这样的男人恋爱，女子要受得住那种率性、野性的冲击。中山队队员白磊便做出了惊人之举，利用一次中波连线的机会，向女友、向世界讲出了火辣辣爱的嗥叫，那女子亦是性情中人，学火中之凰的鸣唱，2012 年 12 月已结连理，震动南极。

受白磊激励，卢成如法炮制，在北京国际中心科技展活动与中山站连线的时机里，他突然向参展的山东姑娘求爱。该女恰是西藏羊八井集训时的队医，认识卢成，二人干柴烈火，与白磊一样，抢在 12 月结鸾。

美女爱英雄，南极的探索者都是英雄。冰雪中弄险的故事，连环成套。一车呼呼生风前行，突见前有冰缝，不但不能刹车，反而一加油门，冲了过去。车轮下冰凌咔咔塌陷，害怕是以后的事，冲冰的人头皮绷紧，头发是竖立的。还有人过冰缝的凶险，作撑杆跳远状，竿头一滑，人欲落缝，双腿劈叉，前脚前冰沿，后脚后冰楞，弹弹颤颤，滑滑蹭蹭，脚蹬手扒，竿撑腿撑，竟然过去了，没有讲得清的理儿！

还有人滑入豹洞，上身悬着，下身坠着，队员拉上，见洞里有豹。猜想那饿豹猫咬尿泡——空欢喜一场，唇边好肉又丢的怨恨，不知以何种方式表达！卢成打冰钻的一日，钻头卡了，双手抠出，脸沾了雪屑冰碴，活像熊猫，人又被雪埋住，狼狈不堪。这样的照片竟传到了网上，偏偏又叫妈妈看见，妈妈哭成个泪人儿。脸皮也真厚，掉了一层又一层，生物学家说：掉的是表皮，真皮有牛皮厚呢！西藏的奴隶主还用人的真皮做鼓，敲起来威吓农奴。真皮晒成水牛的黑皮，风镜挡住的却又煞白，媳妇认不出人来，戏说道："白的是癣，黑的才叫脸呢！"

脸黑不要紧，最怕大雪深。队友李海峰回营，大雪筑成了山样的雪坝。攀上坝脊前行，不觉就上了集装箱顶，箱下深沟，一旦掉下，轻则摔伤，重则埋葬，大雪纷纷中，找到的可能几乎是零。

难忘的黑五月，到黑七月底，天上有了星星，稀而贼亮，一颗一颗，像要坠地。月亮很近、很大，用天文望远镜看，可见环形山脉。有人看见极光了，大呼小叫，指天画地，形象描写她像××媳妇的绿裙，××女子的头巾，××的××，越说越小。月亮最圆的一日，是祖国的中秋节，吃月饼、喝酒，但全无心思，赶紧散席，回房联系家人。卢成叫一声妈，哽咽着哭起来。媳妇一接电话，心颤骨酥。没有人能写出那滋味的诗和歌，应该把文人骚客弄到南极越冬，叫他出好文章！

中秋节后的日子里，队友杜玉军的奶奶走了。中山站北方有个"望京岛"，一群人带了供果、供酒，摆在了冰上，烧几张纸钱，一齐跪到了雪地，砰砰有声地给奶奶磕头，为奶奶的在天之灵祈祷。那是一次感情宣泄，一次抒情的机会，一群人像狼一样嚎叫，呼天抢地，声嘶力竭，无休无止。他们哭念着无边的歉意，给奶奶，也是为所有的亲人。

探极的队友胜过战友，越冬的同志亲如兄弟！卢成的故事，胜过文友卢万成的诗文。

大鹏之梦

梦之所以具有诗性，概因它祛除了理性，解放了约束，使理想如实呈现，譬如"做梦娶媳妇""梦中登天"。我做过多次登天的梦，亦梦见云彩暄软、柔暖，且具有新棉暖昧的芳馨。2013 年 5 月我访戚鹏，这位 26 岁的山东郯城小子向我娓娓道来，诉说着乡情、极情和梦境。

他的冰雪之梦，做在第 28 次南极考。163 天的随船数据管理员，风浪同舟，日夜伴船，与世隔绝。过赤道时，140 余人的队伍，分作赤道南北两队，拔河比赛。

之后便航长城、中山两站。卸中山站物资时，内陆队一个雪橇连同集装箱一起陷入冰缝，他们一起"扒箱"抢运了 9 吨物资，时刻都有"入裂"的危险。那是真正的命悬一线！

抢险之后便是"护路"，每天开着雪地摩托车，从海冰到中山站，十公里冰雪之路，危险来自天上、地下，和看不见的虚空：晃眼的冰盖雪原，天是白色，地是白色，风是白色，太阳一动不动，没有标识，没有比照，极度的孤独中，你不知前进了还是后退了，也看不见前程多远。没有时空感，没有距离感，车驶向虚空，没有底线，无影无根，永无真境。

梦幻来自那次"白化天"气象，下降风形成了"地吹雪"，坚利的风锋，将地上的雪粒铲扬至半空，使其湍旋、弥漫，撞击破碎成铅粉般的冷雾，重压过来，迷眼呛肺，层层缠绕，让你眼睛不开，呼吸困难，寸步难行。在这样的危险中，三个队友只得围抱住一辆摩托车，冷凝于雾团之中，等待救援。

他们用对讲机一次次地呼救，但是，直到耗尽了电，大本营也听不到电讯。

在这块凡人不可闯入的极地，人间的一切宝贝都失效了，犹如进入了太空：电流、粒子流、质子流都轻而易举地击穿了它，干扰了它，甚至屏蔽了它，让你找不到因由，或毫不讲理。一个明显的物理因素便是，撞击、粉碎了的雪的籽粒，变成了细粉，一千次、一万次地雾化后，不再是平常的雪，平凡的雾，它的物质特性形同陈年的蓝冰，或有更多的蹊跷，你那个砖块似的对讲机又算什么？

三个年轻的队友，被雪粉雾絮缠裹，冻结成了一体，变成一组冰雕。不发抖，不咳嗽，无言语，一动不动。从看不见一切，感觉不到一切，到神志逐渐恍惚、模糊、麻木，在无边的困乏中，人或深入地底，或漂浮虚空。不知过了多长的时间，亦不知是睡着了，还是冻死了。整整的 6 个小时，天地和世界已淡出他们的意识，使他们与冰雪化为一体。在这样的时刻里，大鹏觉得身体变得很轻，仿佛要随风飘起，随雾浮起，眼前的一切都不再真实。恍惚间，雪地摩托车像冲锋舟一样荡动了，飞驶了，银亮的天空闪露出一个蓝色的空洞，如同彩霞，如同深海。一股无法抗拒的吸引力，将一组人、车吸向深蓝，吸向无际。在这悠长的旅途中，他看见了许多幻景：葱茏的山影，婆娑的绿竹，白色的鸟群，银亮的瀑布，大群的人物——如卖火柴的小女孩擦着火柴时的幻见：白发的奶奶、慈祥的妈妈、美丽的女同学……

梦很长……不知不觉中，铅粉样的冷雾开始变暖，像羽绒的被褥，又像桑拿浴的蒸气。风如流水，哗哗有声地淹沐全体，柔滑而清亮。他突然有了想要脱掉外衣的冲动。如同 40 年前，笔者在小水泥厂 40 摄氏度的高温中，在水泥热粉烫润中突感寒冷，浑身生出了鸡皮疙瘩一样——这是一种极端的反应，一种濒临死亡的幻觉呈现！在一曲天籁乐音的合鸣中，他突然听到了真实的大本营的呼唤声，天空突然大亮，蓝洞消逝，铅雾散尽，风雪顿停。在一片闪亮的纯银般的海冰上，红白对映的"雪龙"船像火团一样突现眼前。熟悉的队友欢呼着奔跑上来，面目清晰至可数清睫毛！队友们抱抬着他们登上龙船，眼泪像冰雹一样闪亮晶重。而更加奇堡的是，哥儿仨的梦境雷同！

梦幻已逝，

而珠泪真实，

群雕亦不会解散。

他们体验了人生的极限，

完成飞天后的同归。

陈建芳

2013 年 6 月 13 日，笔者对杭州海洋二所进行采访，领略了像龙井茶加了虎跑水般热烈的人情味。谓之"天堂"的这个城市，人文气味丰足，恰如兼做学府的该所的学术氛围。笔者描述的几位君子，均为二所才俊。

办公室主任陈建芳是一位谦和教授，毕业于浙江大学地球化学系。1993年 7 月上了德国一条海洋考察船，开端了他与海结缘的风浪之路。2003 年 7 月，随"雪龙"去北极，任大洋组副组长。国家海洋局科技处秦为稼处长任首席科学家助理，与陈形影相随，情谊至深。

北极周边的多国组成了一个联盟，名"北极大学"。其中的美国、挪威、芬兰、瑞典都是环北极国家。中国要想参加，所能坚持的理由就是，第一，北极大气与海冰融化的相互作用，对中国环境形成的巨大影响；第二，是中国重视北冰洋运输通道的问题；第三，是有关于低碳经济循环科学研究。

陈建芳无奈地叙述了"雪龙"北极科考设备老化的现实，首先是计数器坏了，无法支持考察进度。继之是测声仪坏了，无有替代。在北冰洋底的地质考察中，绞车放缆海底，全凭感觉——到底后有一个反弹效应。将机械爪插入海底，操纵合起，取回海底沉积物。但是，抓取机械漏电了，在没人操作的情况下，绞车竟自动启动，运作起来，把机械举上了高空，并继续用力运转，还没找到总开关在何处，钢缆就崩断了，钢铁的机械从天砸落，凶险万状！

那是"雪龙"船威猛雄壮的外表下，筋骨皮肉、精神气血尚不完善的窘境，时代需要走出一位造势的英雄，焕发"雪龙"精神。

张海生

第三次的北极考察，张海生担任了首席科学家。在他的领导下，"雪龙"科研设备设施进行了革命性的改造，增添了适应北冰洋科学考察的先进仪器，先进技术得以应用。为此，他获得了令人炫目的"海洋科学技术"一等奖。

祖籍山东的张海生，名字有着誓言般的定义：大海生成，为海而生！1974年，已是海军副连长的海生进入天津南开大学化学系读书，分配到"二所"化学研究室。1996年任副所长，次年获中国地质大学硕士学位。1999年，调任中国海洋局第三研究所（厦门）任所长。三年后，再任杭州二所所长职务，在第六次中国南极考察中，任大洋组副组长。1985年至1987年，每年三个月的南大洋考察，为拓荒之役。乘"向阳红"10号船在中太平洋探索，用抓斗抓到了传说中的海底锰结核。此前，美、俄、英、法皆因大洋底勘探有果，向联合国申请了矿区开采权，中国虽晚了很长时间，竟迎头赶上了，也不失时机地申请到了一块15万平方公里的海底矿区，按规定再返交联合国1/2的矿地。

1989年，张海生赴南极开展海洋环境调查工作。在那片广阔无垠、神秘莫测的大海中，他带领大洋队进行了艰难的探索，以求得中国在南大洋各方位的发言权。科学在于探索，技术在于应用，在对于最有实际应用价值的南极磷虾的研究上，日本人抢得了先机，并且已抢得经济利益。张海生团体对磷虾富氟研究，得出了富氟通过内脏，表现于壳皮的结论。磷虾肉质细嫩，营养丰富。这一研究成果获得了国家首届设立的"自然科学青年基金"大奖，张是海洋界唯一获得本奖的人。

大洋的调查充满艰险，调查完一个点，再赶赴下一个点，不舍昼夜。一个人迷糊半小时，既不能脱衣，也不能入睡。风浪打湿队服，冷风将其吹结成铠甲，在风浪冰雪中，想念得了尿毒症的老父，想那个1984年出生的娃娃。离家之前，医生诊断父亲能活仨月，海生含泪床前，想说出心中难舍难离的话，父亲坚毅地制止了他，叫他什么也不要说，跟上大船走……到了南极，在中山站近处码头卸运物资，对讲机中呼叫："张海生马上给家中联系，有急事！"他一下子就懵了：仨月的时限到了！他几乎不敢接电话，但是，电话里夫人是让他赶快回家，父病危！他知道这是个象征性的召唤，远在天边，海路漫漫，哪是电话催得回的？卸完物资回航，电话一日日打着，似在老父那盏忽忽闪闪的油灯里一次次加油。虽然民间常有濒死的父母待见儿面才能瞑目的说道，但海生的老父竟强撑到儿子赶到医院，尚没进门儿，老父竟说："我儿回来了！"这是一段万人皆知的传奇，被南极精神振奋的老人，竟然又多活了半年，他的灵丹妙药，就是听儿子讲出的一个个南极故事！

他多次考过南极，1999 年考察北极，2003 年第二次考察北极，2008 年的北极之征挂"首席科学家"帅印。全球海洋气候变化，北冰洋因素重要。我们考察的区域为美国、加拿大的大陆架区。俄罗斯人有点霸道，还有点受虐心理，觉得世界上所有的人都觊觎北冰洋。进了北冰洋就要留下买路钱。在寒冷幽深的北冰洋中心点，俄国人已插上了自己的钛制国旗，真有点北极熊的勇猛、刁顽和锲而不舍。

真的北极熊见过，一群五只，跑到了"首席科学家"考察的帐篷外，这里摸摸，那里看看。然后又极有耐心地坐下来，卧下来看船，看人。用直升机轰走了它们，不多时又来了，可能沾过喂饲的便宜。真的北极熊要吃，假的北极熊要钱，好气而又好笑。首席科学家的境界超越了这一切。为了因应中国乃世界气候的变化，还要在冰川雪原中科考。海生的山东汉子，还要依海而生，为海而生。

尚志尚勇

杜尚志，秦皇岛人，1972 年海军副营转业至海洋局。1995 年 11 月，跨上"雪龙"参加十二次南极越冬科考，负责中山站车辆装备维修，卡车、轿车、越野车、吊车、铲车、雪地摩托车，驾、修皆精，一手包揽，为王耀明站长得力助手。

在南极开车艺精也有险，吊车的长臂伸出去，云天下、风浪中，摇摇晃晃。

一次在"长城"吊车，大摇大摆中倒在了海里。南极冰硬过钢铁。履带扎坏了，冻得像木头，难以扒下。发动机停了，天寒发动奇难。须预热良久，不如俄国、澳大利亚的车好。

庆祝二战胜利的日子，俄站请酒，烤肉、沙拉、红肠、好酒，只是缺女人。俄国朋友说：澳大利亚站上有女人，金发女郎哦！说着说着又唱起来赞美姑娘——像白桦树，像红苹果！俄国人真是浪漫！于是他们结伴，到澳大利亚的戴维斯站去，那站建得果真漂亮，那儿的美女高额、挺鼻、金发碧眼。酒酣时还演奏小提琴曲《蓝色的多瑙河》，人的风姿、曲的绰约，令他们情乱神迷。

40岁的尚志尚在年轻，正是讲故事的时候。他说站上有一位医生，界首人士。他在夜间给妻子打卫星电话，小偷也恰好此时潜入家门。电话一响，小偷疾逃，虚惊的倒不是差点少了平板电脑，他想的是：这贼子是偷电脑，还是想偷人？这一个电话，该值多少银子？那时的海市卫星电话，十二元一分钟。小青年谈恋爱，越洋、越球地打，银子也就哗哗流下去，工资加补贴也不够，但不心疼。心疼的是那本《天涯日记》：杜尚志详记了天象、海象、极地之象、各类险象，还有人心万象。可那宝贝被一个冒牌的记者要去了，他像一个不识字的农妇那样糟蹋了那本天书——未写出一篇文章。而今的杜尚志叫我捎给他骂讯：你要了干什么？知道那是一位南极探险者生命搏击的符号吗？看得懂那是一部血染殷红的天书吗？真不是个东西（我帮他骂了！但也知道打马惊骡的道理。用过的资料，一定完璧归赵！）

卢勇情结

卢勇，祖籍山东沂南，高级工程师。1997年，随"雪龙"十四次考赴南极，主研海水化学分析。"中山"建站五年，"长城"建站十四年了，国际上有人监督中国，组织人来清垃圾，卖我们的难堪。这激励了我们的自尊心，老少齐上，粗细不分地清理建筑余料，破车烂舟，废弃坦克，集装"雪龙"，运回国内。

都是研究人员，也学鸭子上架，钢索不会扎，钩子不会挂，风浪又加大，真乃人有精神船也欢！小艇一头拱到大船腚下，东西落水，一件件去捞，浪舔胸背，水凉沁心。大洋队有一好汉，眼看如山的集装箱甩来，飞身跳海，零下十几度的海水，人会速冻僵硬，他竟一个鲤鱼打挺，又爬上小船，捡一条活命。

化验海水的工时还要抢回：营养源、融氧量、基本要素，以经、纬度设点，做完一站又一站。那些稠密而细致的点和站啊，全在浪大风急的噩梦中完成。也有心旷神怡的时候，到澳大利亚的戴维斯站做客：轻盈的澳艇接他们来了，蓝水清冰，冰山白雪。站的周遭有一圈岛链（澳人真懂风水），围成了天然的船坞，四面八方的冰山，屏蔽了这颗亮丽的珍珠。开初的时候，我们也想紧邻着澳站建站，澳人不同意，推荐了中山站址，但是，正是这退而求其次的中策，使中国队因难得福，占据了在南极大陆寻找最高点的最佳基地，使我们后继的多项大陆探研有了坚实的依托。

走在中山站的冰原上，卢勇经历了笔者体验过的困苦：夏日一阵好太阳，雪软化成浓稠的浆汁。冷风一至，凝成了玉片。新雪覆盖了，再化一层，再冻一回，脚踩上去，咔咔有声地分层下陷，多层的玉片，卡住小腿的腓骨，硬拔不出，越捣腾越深，手脚并用脱陷了，还有下一步等你。那时候，人巴不得学会轻功，在水皮儿上轻捷如鸟。这就要羡慕企鹅了，看人家一摇一拽的样子，自在自得，终于找到了优越于人类的骄傲，那仰脸嘲笑的群相，好气又好笑。

有一次陷了一串脚印，还往前爬，姓李的队友喊："回过头来，从陷下去的地方上！"迷途知返啊，爬上来了，小腿红肿，手掌滑皮，气急之时，见企鹅主动近前观赏狼狈之相，便令它滚开！滚开！它们互会了眼神儿（也许有私语），反而更近，看人气急败坏的窘态，两只短翅扇着，喝倒彩的样子。人都有自尊心，卢勇一时火起，抱起一只就走。它像大姑娘害羞，象征性地扭怩了一下，任着他抱。到了船上，他开始交流感情，它不理，拿来冻鱼喂它，不但不识好心，还啄他腮上一口。众朋友帮鹅骂他："叫你不要脸？叫你不要脸？人家是南极姑娘，随便抱的？"有人扮英雄救美角色，送鹅下船，那紧走雪上，又回头盯他两眼的样子似乎在说："你们有纪律，敢把奴怎的？"

又一次去企鹅岛，看见了一种比贼鸥还小的鸟儿，大概正养娃儿，凶恶得不讲道理：你只是从那里一过，又不动它的窝，它却追着人啄，一次次俯冲下来，恶号连连。你跑到鹅群里，它才停战，再看企鹅的样儿，笑得浑身哆嗦，似乎爱看这样的笑话，也似乎告诉卢勇：看，还是我们友好！

1999 年，他参加了首次北极科考。2008 年的第三次北极科考，卢勇又去。一次晚餐中，船上广播：北极熊来了，一只公熊正在破坏冰面上的考察设施。人往船上撤，它跟着追，一直上了船头，躺下便睡，竟睡着了。直升机赶它走，天一明又来了，只好收起龙船舷梯，不然又来睡觉。下午的阳光赤金颜色，一只母熊带着三只幼崽来了，母子们走走停停，好像是听说了这里的风景，带孩子来看一看，玩一玩。在一台测量仪器前，母熊仔细地研究了它，还让孩子离得远些。摆弄不出门道，便拍了几掌，悻悻离开，朝船的方向走来。母熊站在船下，看出出进进的队员。小熊们则一齐坐上雪地，有的用手捂住鼻子，偷眼看人。有的搬起脚丫，研究被冰碴碰坏的厚皮。所有的队员在看到可爱的小熊扯着衣襟跟着妈妈的时候，都想起自己的小宝贝。尤其是搬起脚丫的一招，太像自家的孩子，甚至连白熊温柔的眼神，也比作相夫教子的老婆。这是幽默的比喻，然又是辛酸的比照。拟人化的表演和类人化的情感，总能激起诗人倾情的文思！

红昌诗歌

翟红昌，1977 年 10 月生，济南商河人，2007 年曲阜师大毕业（成我济宁人了）。2010 年中国海洋大学毕业，即入海洋二所工作。2012—2013 年，第 29 次南极科考考察南大洋和中山站。他的叙述富有诗的韵律，曲阜师大与笔者为邻。他说：中国人早在鸦片战争之前就走向海外，对世界各地产生了重大的文化影响。弗里曼特尔港有一纪念牌，详细地记录了一名中国木工对当地建筑文化工艺的贡献。这位二百年前的苦力木工，自发的、本能的创造，表达出了潜意识中的海洋观念，即使在当政者施行海禁的前清王朝，仍禁不住人民走向海洋，跨越海洋，去发现、探索，去另一个世界展现、弘扬民族文化的雄心。

从北半球走向南极，穿过赤道来到这冰雪世界，一路的旋律，便是一首冰火之歌。当他们从狂暴的西风带走出，乍入宁静的冰海、雪地，红昌心中跳出的一个词便是"空灵"，对于一个生存空间被极度压缩的"种群"来说，内心对"空间"拓展的渴望是难以言述的，一句玩笑话便是"真想把南极带回家啊"！反过来说"真想把家带进南极啊！"

做生物研究的红昌，一个深刻印象便是感叹南极丰富的自然资源，数量极大的动植物资源，支撑着天涯复杂的生态系统，这是上天私存的一个宝库！第29次队的行程如诗如画。

2012年12月12日，一个听起来，很吉利的日子，红昌和女友像雪燕一样欢喜跳跃，去政府部门领取了结婚证，甜蜜里带有酸楚与无奈，因为他马上便要同难舍难分的爱人分别，踏上南极的征程。紧张而又匆忙的一切，使他体验了如梦的生活和佳期如梦，他立誓探极回到杭州的时候，办一场诗意的婚礼炫耀他的新娘：艾赫琛——我那亲亲的美丽的温柔可人、善解人意的小艾艾！

这个医院的小护士，像一只白色的蝴蝶，像一片晶莹的雪花，像一只洁白的雪燕……一提起她，红昌诗人的心就化成了温热的水……

红昌颂诗般地讲述着他的事业，他亲爱的小艾艾。应约的另一位潇洒小伙子来到，他气喘吁吁地告诉笔者，他公干须离开，他25岁，名：兰木盛（多么诗意）。他用灵动的表情和好听的歌音告诉我，他和红昌同是二十九队队员，有相同的经历和同样美好的爱。为了不误我的采访，他带来了"含金量"比他高得多的战友——刘诚刚。这样就由刘诚刚与我对话，兰木盛变作一盆兰花陪伴在侧，有一搭无一搭地"帮腔"，说"二话"，十分有趣。

刘诚刚

刘诚刚，江西省吉安市人。2000年，毕业于厦门大学，任职于海洋二所生态中心，副研究员。2001—2002年参加第18次队首考南极。远征路程为上海—新西兰—长城站—中山站—澳大利亚。担任南大洋浮游植物生态调查工作。

大风大浪，冰山雪原，冰裂雪雾，不误现场采水、拖网、浮游植物培养。在普利兹湾调查，站位密集，样品处理量大，上一个站样品未处理完，下一个就已到站。海况好的时候，连续两三天不休息，连一口长气也难喘匀。最后坐在马桶上睡着了，队友全船寻找，以为他落海。其实，落海的危险时时存在：以吊桶提水取样，绳子缠到手上两圈，面对黑水白浪，头晕目眩。巨大的冲击力猛勒了绳子，差一点就会拉下海面，以至多回蹭掉了皮肉。大自然太雄伟了！去过南极的人，心胸都变得开阔，视野也变大了。

海面上的冰太亮了，在太阳下走火入魔。长城站"西湖"的雪，如玉脂的美人，恶劣的天气与坚强的物种形成对照，南极的冰天雪地、冰峰、冰川、无垠的雪原，天生俊逸。空中俯瞰了长城、中山，连"雪龙"都只是小不点儿，大自然才是地球真正的主人，人类在大自然的面前非常渺小！

他讲起一个有趣的故事，队友们发泄心火，跑到了雪地上踢足球。几个聪明的企鹅看出了点门道，便不甘于球迷的角色，一齐跟跄入场，追着足球又踢又抱。充当看客的鹅们哇哇喊叫，比球迷还疯！于是有人把足球给它们，结果它们抱跑了不还了。

年轻的伙伴们寻找刺激，一起钻冰洞，为避免意外，在腰里系上安全绳，冰洞在阳光的折射下透着幽幽蓝光，光滑的冰，坚硬的冰，被大风雕琢出拧劲曲凸，奇形怪状的冰，美妙而又神奇，像无底洞，又通着天。他们对比着西游记的故事，对比着九妖十八洞，也对比着《张羽煮海》里的水晶宫，觉得无论如何也没有眼前的冰洞神奇。他们幻想着洞里能飞出妖精，像白骨精那样美，那样娇娇昵昵。像高老庄的村姑那样纯朴、善良，像敦煌"飞天"之女那样的才情，横吹着竹笛，反弹着琵琶。没有人害怕真的妖精出来，在那个缺少儿女情长、爱情干渴的所在，用队友们的话说，就是"没有怕尼姑的和尚"！

美女的形象也是看得到的，春晚的演出上，真妮儿斯斯文文，假妮儿的演出却有十足的浪气，但仍觉得如看人妖的表演，别别扭扭。有一个饿狼似的小伙儿对大家吹牛："等我回到家，哼……出不了三天，就叫我的小媳妇……哼！生出个娃儿来！"

能吹出这样大牛的人，干起活儿亦有邪劲儿，刘诚刚说：大洋队有个张永山，他护送最后一批物资上"中山"，冰面却突然一齐融化，他们像孙悟空那样驾着云，踢着水冲上岸来，身后的冰咔咔塌陷，真是妖精也爱的英雄！这也和打仗一样，怕死的准死，不怕死的反而闯荡出来了！

啊！

经过了赤道的烤熨，

冰火的淬炼，

极光的陶冶，

陨石的辐射，

他们，成了真人！

啊！

历过了极寒的凝华，

妖风的切割，

雪绒的抛光，

天光的打磨，

他们铸就了金身！

啊！

群星灿烂，

大气雄浑！

十六

气象万千

气象万千，

玉破天惊。

宝石陨雨，

极光彩虹。

雪崖裂谷，

冰峰凌洞。

琼楼玉宇，

天光霞影。

莫称诡异，

须敬神灵……

　　笔者这样诗歌南极，是为神秘怪异之章节写作导语。南极探索之大美大壮、大奇大怪、大惊大恐、大喜大悲，如一幕幕精彩绝伦的戏剧，日夜上演，时时上演。我不断感慨：有幸到了信息爆炸，媒体多维的当今世界。洋洋三十集的《中国南极记忆》多角度、广角度收录，再现了中国民族精英探极的林林总总。它像存入博物宝库的稀世文物一样，随着年代的久远而愈加弥足珍贵，震人心灵！此文的总题曰气象万千，而冰海行舟、冲冰碎玉之章题拟为：

玉破天惊

2007 年 12 月 7 日上午 10 时，执行南极科考的"雪龙"号破浪航行。驾驶台上挤满了好奇的人群，一位长发的美女坐上驾座，用唱歌样的声音高叫："啊！看见冰川了！再靠近点，再靠近点儿吧！"

一座巨大的冰山，通体晶亮，但有哲言称：冰山的 80% 潜在水下。这是第 24 次南极科考遇上的第一座冰山，它巍峨、陡耸而峻峭、银光闪闪、华美高贵而又玲珑剔透。长发的具有艺术家品质的轮机长赵勇拿起了望远镜，以一位作家、艺术家的眼光欣赏着他心中的美呀、妙呀。但是，冰山之后便是无边无垠的浮冰了。它分布在广阔南极大陆的外围海面，随波逐流而又连绵无边，在波浪的鼓舞下撞响着叮咚的琵音。它反射着耀眼的太阳的辐照，影响着这个蓝色星球角角落落每一处的气候。南极海冰是星球气候系统重要的组成部分。科学家认为，它是星球大气和海洋环流变异的天然预警平台，海冰的变化影响着这个世界。初夏里，海冰融化，大量浮冰在风和洋流拂梳下，大群的企鹅乘着冰块，神闲气定，作诗唱歌。如有郭广生那样的摄像机，最美的景致将是企鹅家族的表演。如果有赵勇的才气，也将会写出一车南极的天书。小小企鹅的眼中含着稚气，向着大鹅询问什么，那是专题的询问了。大鹅昂首挺胸，比"雪龙"号上的领队还要深沉。晴明的天光、轻柔的白云、剔透的冰晶、活泼的浪块组合在一起，似是香甜的冰饮，清凉一下、甜爽一下心热的队员们。有大鹅下水了，小鹅跟着，你不知她是跟随了妈妈或娘舅，或是她本家的三姥姥四姨娘。

浮冰在微风和洋流中，愉快地向北漂流，时速达到 15~20 公里，乘客便是幸福至极的企鹅，地球气候变暖，海冰日益减少，反射的阳光辐射亦会减少。地球便因接受更多的热能而加速变暖。在人类对此般现象忧虑的时候，企鹅中的哲学家们也许已忧虑了多年……这里有一首好诗，《海冰上的企鹅》，作者叫瑞子：

我遇到一个天使

在海冰上行动

我不碰你 海冰

我知道你同我都是善良的

我看见

一个雪白的世界和你的肚皮遥相呼应

我看着你的背 像一块海冰

像我家乡的夜空

永远地相依

流淌着歌谣的温情

在孤独的海冰上行动

一个或者群体

我们大家

或者你们一伙

漂荡在长长的寂静里

美丽永恒

我遇到一群天使

在无边的海冰上漂动

揭开海冰消融对于人类之影响，已成为科学界研究南极的重要课题。

在一切的浮光掠影、诗美歌妙之时，"雪龙"已经进入浮冰区域，冰山高度和厚度考验着龙行的每一步，沈权船长站在驾驶台上，向舵手和驾驶员讲道：现在冰图上雷达还看不见冰，前面冰虽厚一点，但还是有裂隙。近处却都是整片的。他向驾驶员发出指令：向东偏南方向前进。

在密集的海冰包围中，撞击中前进的"雪龙"号，航速慢了下来，发出了咔嚓咔嚓的喘息声，时速 8 海里。如想速行，必选一条浮冰密度小、冰体较薄的道路前行。时任大副的段正光说："只能按照一个大约航线走，必要时直升机起飞侦察，启动空中探冰方案。"

驾驶员坐在机首，俯瞰冰海，记录着观测的冰情。雪海无垠，裂隙错杂。红白相间的"雪龙"，只呈一个亮点、一点光斑，它孤独地陷在无边冰海，像圣经中描述的"迷途的羔羊"，充当上帝的直升机高高在上，指点着"雪龙"的航向。这艘具有强大抗冰能力的极地巨轮便如生气的野牛，发威地铿锵前进——"雪龙"有了一个逞能的机会。回想我国早期使用的"极地"号轮，曾在这片海域历尽了坎坷，留下谈冰色变的惊悚。

1989 年 1 月，在南纬 65°的浮冰区，中国的"极地"号——第一艘冰区运输补给、考察船，任务是完成我国在南极大陆建设中山站计划。尽管在浮冰区减低了航速，但由于自身的局限，尴尬的场面还是现于此处：越往南走，冰情越重。据魏文良队长回忆：到达南纬 63°以南地区，船举步维艰，浮冰达 60%~80%，大大小小的浮冰呈椭圆形、六棱形、狗头形，不规则几何形的载雪浮冰，纵横交错、堆挤狼藉。

由于连续不歇气地冲撞，铁棒磨成了针。每一声咔嚓，都让人心疼。到达南纬 66°，刚入极地圈的时候，船艏竟然撞出了一个破洞。探险者停下来，面对着纵横裹绕的浮冰，堆叠刺戳的雪坨：攸关生死的境地。

蓬头垢面、寒衣臃肿，眉须结冰的探险者们哈着如云的雾气，聚首分析前景：在坚冰的密集处，连续的冲撞、挤压，使船艏钢板伤损凹陷。在不断的冲撞下，伤疲的钢铁，开始皲裂，破损的积累，一点点，一片片，一回回……千侥万幸的是，被坚冰撞破的部位是"极地"号一个压载舱，它独立的结构性能，致使这艘伤船有惊无险。但是，十指连心的道理，还是给勇士们带来巨大的心理压力，等待冲出冰围的时候，"极地"号已是战伤累累。

当比"极地"号更坚固，更有力的"雪龙"号来到了大片浮冰区之时，云团样的、雪屋样的，千姿百态蜡像样的浮冰，在乌克兰铸造的特种钢船的撞冲下咔咔玉碎了。那是美丽爽心的场景，新结成的初成冰鲜嫩清澈；白云样的奶油冰，滑腻甜软。浑圆多纹的荷叶冰，显现出华贵的光彩；古玉样的陈年冰，富含柔柔的絮状物，炸出裂隙。大自然雕琢了冰球的圆滑、晶莹；还有草原的乖乖羔羊、憨憨熊猫样儿……每一块陆缘冰都是凛冽的峭壁，从高高冰山垂下的冰挂，像巨大的刺猬抖乍了刺毛，威风凛凛，锋芒毕露。这样的精怪与乖巧、鲜嫩宝贝成伙儿，阻碍"雪龙"，叫你的软硬法儿都不顶用！大副滕征光说：冰面平的冰，不会很厚。如冰面激成疙瘩，高低错齿，是挤压叠加的结果，这就非常厚重坚硬，"雪龙"只得避重就轻：吃柿子拣软的捏！

> 南天冰多雪无涯，
>
> 天王海帝怡有暇。
>
> 鬼斧琢玉雕冰山，
>
> 仙手凝银刻荷花。
>
> 酥油雪塑"奶油冰"，
>
> 水晶巧叠玲珑塔。
>
> 想我婴幼少奶粉，
>
> 不知饮冰是荣华。

奶油冰、荷叶冰，多么淋漓尽致的宝贝啊！我真的无端地想到了家乡的婴幼，做一回画饼充饥的好梦！

严寒的冬季，海冰从南极可延伸向北55°。每年9月，海冰面积达到最大值：2000万平方公里的海域被海冰覆盖，比南极本身的面积还大！每年夏季2月左右，冰面呈最小值，积雪一冬的浮冰，被风削浪撞，碎成了无数的琼阁玉塔。闲散的企鹅徜徉其间，有一种旅者观景的雅性，很有文化。毛泽东没见过这样的景致，亦未听谁描述此景。不然，他的诗词一定会将这种雪光烧灼、云絮扯天、冰山凝玉、玉龙腾飞、翻云复雾的气势描绘出彩！

着燕尾服的绅士迈着方步踱过琼塔，发福的企鹅，皆是一副腹有诗书气自华的傲象。它们看着几只海豹笨拙爬山的蠢相，像长舌妇那样嘲笑它们，俄罗斯诗人将这样有趣的情景写在诗中，诗之题目作《羡慕》，作者扬·昆金：

一座冰山漂浮着，卧着企鹅。

许多海豹在靠近，蠢笨的样子。

冰山是休憩好去处，

海豹试图爬上冰山，与企鹅做伴。

可它们的腿游泳很好，爬山就不行。

一些海豹已爬上冰山躺了下来，

一些只是望而却步，回到水里。

嘿，回去的海豹，

你们是否羡慕山上的企鹅？

还有，嘿，躺着的海豹，

你们是否认为，在水里的比你愚蠢？

　　2月底，冰值最小，85% 的冰块漂流到不冻海域融化。在许多地方，冰化到南极大陆海岸，船可直靠大陆边沿，这当然还要面对另一可怕对手——从南极大陆断裂入海的庞大冰体，冰山扮出千奇百怪的凶相或媚态，体量从几百米到几十公里，最大达 200 公里方圆，冒出海平面几米至几十米乃至百米的高度，那么浩浩荡荡，巍巍峨峨，颠连相接。有的扮中西人形，仙气逼人。亦有婀娜淑女，玉树临风，阳光之下，彩霞照中，那霞底火裙，美艳惊人；还有酥油白荷的芳香，那冰雪下的海水，清亮成虚无的空灵。雪山的倒影如梦，变化成雪龙形状：龙头是由冰上雪坨塑造，有鼻有眼，有须有唇。在躬起的长长龙腹之后，甩出了一条龙鳞斑驳的有力的尾翼。它的头上有一条长云，云下是雪冰映出的倒影，影影绰绰，组成了双龙同舞，双龙戏珠的妙景。

　　云霞折射，海光晃荡，你若以为冰是清的，雪是白的，那便大错特错了。我发现了一片鲜亮的城堡。楼阁呈翡翠或蓝宝石颜色，城墙却闪紫光。落日的水影熠熠飘动了，便似火苗呼呼蹿跃起来，照亮了城外陡峭的冰山冰崖。那险峻的冰山造型，非人工能及：它的顶部平坦、光滑，甚至可作直升机的停机坪。依势望去，那些二三百米高的崖顶，竟也现出了平顶。这在山形上称为崮，那犄角插天、刺破青云的叫作峰，参差逶迤、曲岖嵯峨的称为"岭"，真乃横看成岭侧成峰，远近高低各不同，不识冰山真面目，只缘身在冰海中。无论崮、峰、山、岭，都在海流和风的推动下，每日以10~30公里的速度游移。在暖风的吹熏里，它会进一步翻转，拥挤，坍塌，融溶，分崩离析。这些美丽的奇妙的表演或装扮，给了人们美好的、如入仙境的感受。但使人心惊胆战的是隐于海下更加庞大的山根。冰山水下部分的体积，是水上部分的6~7倍，通常有尖锐的棱角、边缘，船只一旦撞上，便大祸临头。在《泰坦尼克号》那部被诗化的电影里，虽有爱情的点缀，但仍是惨烈至极的结果。行船不单要与冰山保持较远距离，而且要启动船上、水下探测装置，时刻监视冰山的水下分布，有时就要下放袖珍潜艇，摸清坚硬的山根。笔者在建于上海的极地中心见识过"袖珍潜艇"，那个立过汗马功劳的钢铁疙瘩已锈垢斑驳。

沈权船长说：冰区航行最怕大雾天气，晚间能见度差，2月底从中山站撤出时，天黑雾大。一入浮冰区，冰山、浮冰都在雷达上，同样不好分辨状态，行船就万分紧张，你可能临近冰山才发现，躲闪就为时已晚。

2007年12月初，在南极半岛附近海域，一艘加拿大邮轮为给游客游兴刺激，在接近冰山的过程中，不幸被庞大的冰山底角撞破船底，游船倾覆，差点上演又一幕"泰坦尼克"号惨剧，幸有智利军方出动了一架大力神飞机和大批军队前来搭救。

也是这样的天光、海光和水晶城般的冰景瑰丽中，谁也不会想到，一场不可预测的冰崩，想把中国考察队推向死神的怀抱——1989年1月14日22点35分，"极地"号前方800米，突然发生特大冰崩。蘑菇云腾空而起，大量的冰山山体崩裂解体，海荡天摇。落海的山体溅起冲天的浪墙，真是"四海翻腾云水怒，五洲震荡风雷激"的气势。浪墙冰山排山倒海，向"极地"号倾压过来，一股遮天盖地的冰雪合体，喷到空中一两百米，卡车大小的冰块，云朵样的凝雪，啸叫着倾落下来，天塌地陷！船毁人亡就在眼前！

时任"极地"号大副的腾征光，这时发出了紧急指令：各就各位，立即起锚，撤离险区。锚启时冰山正往下压，船随着冰涌的挤压往后撤，稍慢一步便会被埋盖。但是，偌大的冰块一个个堆叠，船已经没有离开的可能了，湾口已经被冰山围堵，而倾崩的冰山又压迫过来，中国考察队面临了灭顶之灾！

时任考察队队长郭琨说："真像是天方夜谭，倾倒的冰山在距船一两米处戛然停住了，奇迹般凝固在眼前！避免了一场大难。大概是冰山的底部触着海底，搁浅卡住了！上天在关键时刻眷顾了中国人，死神在'极地'号前咫尺停步。但是，多灾多难的'极地'号，却被包围在方圆几十里的乱冰当中，寸步难行。考察队陷入了孤立无援，突围无望的万难境地。"

时任"极地"号船长的魏文良描述道：稳住了一点，再顶上去。如再发生冰崩，留下减少压力的距离。随着冰山持续的塌落和挤压，船面对冰山死死难动。

这多年罕见的冰崩，惊动了普里兹湾周围各国考察站。事后从国外信息得知，南极的此地此季最易发生冰崩，但从未见过强度和规模如此之大的冰崩。这罕见的灾难，被初次到来的中国人赶上了。

时任考察队总指挥的解放军少将陈德鸿回忆说："外国同行对这次冰崩评论——这是对中国南极考察队的一次毁灭性的打击！第二个评论说的是'他们6年也出不去！'"这真难界定，是悲观失望，还是幸灾乐祸！

在残酷现实面前，为避免人员损失，这支中国南极考察队被迫下达了撤离命令：全体考察队撤上陆岸，只留8人守船。这就是说：这8人将被锁在钢柜冰堆之中，如冻鱼待在库中！

陈德鸿少将说："我看着大家带着设备，扛着铺盖撤离的时候，心里很不是滋味。有同志为国家的利益置身冰海，这种境界无法言表。"

考察队员开始了悲壮的徒步撤离。第一次来到冰雪大陆的中国人，将在雪野上冰餐露宿，等待命运的安排，一切都是莫测。陈德鸿少将说："我是写了遗书的，主要给家里一个交代。核心内容是说我们中华民族是一个伟大的民族，中国人民是伟大的人民，中山站一定能够建成，给家里交代如何处理后事，在南极牺牲甚至是不可避免的！"

　　"极地"号船长魏文良说："那时候，冰雪封锁了我们，我们又封锁了受难的消息。那时候不像现在，封锁消息是不可能的；那时船长不签字，你这报道就发不回来。为作好长期被困的准备，考察队也把一日四餐改成两餐，并限量供应开水。远离祖国、亲人，面对寂寞、饥寒，每前进一步，都要付出高昂，甚至是血的代价。"

> 冰山崩裂，
>
> 雪坨爆炸。
>
> 烟云冲穹，
>
> 雹石齐下。
>
> 惊雷轰鸣，
>
> 地陷天塌！
>
> 浪墙啸啸，
>
> 涌山倾压。
>
> 银山群聚，
>
> 密密匝匝。
>
> 遁水无路，
>
> 飞天无涯。
>
> 大队撤离，
>
> 勇士留八。
>
> 生死茫茫，
>
> 别泪哗哗。
>
> 何时脱困？
>
> 有问无答……

　　考察队在等待命运的判决，期待奇迹的到来。附近的俄罗斯考察队、澳大利亚考察队向中国考察队伸出了援助之手，为部分离船队员提供了食宿，同时还提供了附近的避难所和食品供给，给危难中的中国人人道主义的支持。

熬人的时间一天天过去，"极地"号周围的冰情没有丝毫变化，希望越来越渺茫。再过一个月，南极的暖季就要过去，那时这片海域还会有新的海冰形成。"极地"号依靠自身的力量，已经无法冲出这方圆几十公里冰区。唯一的希望，就是等待大风大潮的到来。难道"极地"号的突围，真如外国人所言，需要6年吗？

2013年9月12日晚6时，从不看电视的我，浏览到"老故事"栏目，我惊喜地发现了梦寐以求的冰海、大船……

时在第5次考察：浮冰叠叠挡住去路，无法破解。苏联破冰船来到，却望而却步，又退出去了。正在此时，突然有一缝裂开，齐齐崭崭……船挤了过去。

船长魏文良、队长郭琨语：远处冰盖爆炸，像原子弹。冰山塌下来了，罕见的冰崩：1.5海里的冰盖断裂，冰山向"极地"号科考船挤压过来。临近的一座冰山上，一只红色的不祥之鸟蹲坐在那里，冷冷地望着船，幸灾乐祸的样子，看着眼前的一切。

像船体样的冰块翻滚过来，一蓝一白、一蓝一白，底下是蓝的，上头是白的，翻滚着，耀得眼发花。迸溅出粉白的冷雾，几十米高。队员脸立刻煞白，齐叫："队长，完了完了！"有队员照相慌得忘了打开镜头。冰山滚近了，哗哗有声，伸手可及了，却在一二米处突然停住，搁浅了。它耸立在那里，挡住了后边滚滚而来的浮冰。中国南极考察史上最危险的景象出现了：大量的冰山包围了"极地"号，各国的考察飞机在我们头上飞来飞去，又悻悻离开，鞭长莫及，束手无策。卡车样大的冰块一堆一堆的。有些冰块滚跳到冰面上。冰丘、冰山交错，中国、外国的直升机都来拍照——这是世上罕见的冰险。船帮、船体被撞得像麻脸的坑窝。队长决定：把22个老弱病残船员送到岸上去！一老同志有病，他哆哆嗦嗦拿出一封信交给一位姓李的同志："我的小儿子叫我捡南极石头，拍张照片。老婆叫我在路上买电视机，看来我不行了，你就帮我办吧！"

一公里外的苏联站发来紧急预报：当晚有13级的大风。如此待下去，定是船毁人亡。但是，气象班长高登义却预言：不会再有冰崩。但是，历史上苏联船却有被围困 1 年的经历。

船长魏文良问高登义："冰山的运动情况怎样？"这位自信的敢承担的气象班长回答："会围困一周！"一周后 1 月 21 日，风向改变，冰山、冰块慢慢疏散开去。队长郭琨命令"极地"号冲出去。船调了一个 90°角，用了 3 个小时，幸运又一次降临，船刚一出重围，冰竟又重新合上，真乃死里逃生。

船长魏文良回忆：那几天最大的风力 10 级，冰山竟没有动。但用显微镜看，实际变化还是有的。等过了第 7 天，在大潮的作用下，冰山终于浮起来了，冰情有了变化！幸运再次眷顾危难中的中国南极考察队，奇迹再一次发生了：1989 年 1 月 21 日，横在"极地"号退路上的两座冰山开始移动了！渐渐形成了一条 30 多米宽的水道，在潮汐作用下，给"极地"号打开了一扇起死回生的大门。考察队员们欢呼起来，冲上巨轮，冲上岗位。

但是，考察队总指挥陈德鸿少将说："突破这两座冰山是过鬼门关，也要随时随地准备牺牲！不闯也没辙，时机一过，就再也没有办法了。观察了以后，他们认为，可以在两座冰山之间突破。一个清楚的事实却摆在了面前：如果'极地'号在穿越两座冰山时，冰山再次发生崩塌，直接的后果就是船毁人亡，葬身于万年冰底！"咬紧牙关的一闯，决定全队的生死。他在今天的叙述仍使人心颤。

魏文良说："这时候，船对着冰山中间闯去。转了一个 90°，整整转了 8 小时。船被浮冰压得死死的，只能前拱后倒一点点地啃。好险啊！老天爷，'极地'号刚闪身冲出，那冰山竟又合起来了，如果船在其中，便会挤成铁饼！真是老天爷救命！"

在国家海洋局序列的船长里，魏文良船长技术非常过硬。船拱出来后，甲板上大家呼喊着跳跃，不仅为自己的生命得救，也为祖国的探极事业得救而欢呼！

1989 年 1 月 21 日，"极地"号在被困七天后，终于冲出了险境，跨过了鬼门关，驶入开阔的水面。中国考察队将继续完成中国政府宣布的计划，在南极的拉斯曼丘陵上建设中国南极大陆科学考察站——中山站。魏文良感慨地说："政委朱德修说过一句话：'这是咱们民族的万幸，中华民族不但是世界认可的，也是上天认可的'"。

"极地"号暂时脱险，但广阔南极陆缘冰仍然纵横在中国考察队面前，复杂多变的密集冰情，让建站物资无法卸下。在未来的几天里，考察队将再次面对风雪考验，履行中国政府承诺，在拉斯曼丘陵上，建成中国在南极大陆的第一个常年科学考察站——中山站。

拉斯曼登陆和泰山站

在第二次世界大战中，有一个著名的战役，叫作诺曼底登陆。朝鲜战争期间，美军有一个仁川登陆。中国南极考察队的拉斯曼登陆，也是战斗。

1989 年 2 月 25 日，南极普里兹湾，刚刚逃离三次巨大冰崩围困的"极地"号，重新选择登陆地点。登上这片拉斯曼丘陵，再次全力挑战建设中山站的任务。

曾经作为第一次南极考察队队长，建成长城站，此次又一次担任考察队队长的郭琨，提出了一个口号："振作精神，战胜冰崩！"此时，大家思想比较混乱，第一点认为：站址选错了，至今还没能登陆。第二点认为把集装箱放到中山站站址上，全体撤离，是打了败仗。遭遇了与死神擦肩而过的噩运，消耗了考察队宝贵的建站时间，也动摇了按质保量建设中山站的决心。

考察队的决策者从"极地"号起飞，来到东南极拉斯曼丘陵，通过实地的再考察，确定新的中山站建设地址。这里不但有淡水湖，且面向大湖的一面，地势平坦。当时，摆在考察队面前的首要难题，就是如何在最短时间内将"极地"号上的 2300 吨物资，运到新的建站地点。但是，"极地"号大副腾征光说："2月底必须离开，否则南极冰会迅速扩张，往一处集结，抗冰船要离开就困难了，时间把我们限定了，只有抓紧卸货。"

由于"极地"号计划登陆点已被冰崩后的乱冰完全占领，船必须寻找新的抛锚点和登陆点，制定新的卸货方案。几位决策者身先士卒，充当探路者，走过大片浮冰区，找到了新的登陆地点。可是在他们准备返回"极地"号时，多变的南极天气，又一次翻了脸。魏文良无奈地讲述："返回的时候，在下降风的作用下，浮冰又漂了过来，小艇走了一半就走不动了，回不了船。只得第二天再去小艇接人，把小块冰推开，去的时候一个小时，回去走了两个多小时。乱冰加被冰阻乱的浪涌，'极地'号徘徊在一片浮冰群中，虽离开了冰山威胁，但是海深达到了800多米，不具备抛锚条件，唯一的选择就是漂泊卸货，给船员带来很大的困难。小艇通过随时可能被堵死的狭小航道，运货到卸货点，面临的是困难重重的艰巨挑战。"

魏文良说："风浪影响，大船有时候会撞向冰山。指挥台上就留一个水手，一站就是20多个小时，他在台上报告有冰山，我在甲板上左舵右舵，前进还是后退，离开冰山，一招不慎，就出灾祸。"

这些货物大到建设用的钢结构框架，小到建筑用的水泥、沙子、食品，都是必需品。船在大晃，在吊卸大件的时候，用三条绳索拉着，再有个人拉一个绳索稳住货物。如果我们损失一件货，中山站建设就缺一个设施，因为运货没有多余，每件都是南天孤宝。

瞬息万变的天气和冰情是戒败的关键：1月的南极，变化莫测，在不断涌来的温暖洋流和内陆吹来的强风作用下，剧烈地改变着这里的冰山冰情。夜晚，下降风强烈，白天刚刚化开的海面，早上又重新结冰。密集的浮冰，远远超出了小艇排解能力，曾在冰里把推进器桨叶打掉。有时小艇跑着跑着不动了，没有动力了，再派另一小艇把它拖回去，把货回卸大船。将小艇吊上船，再换备用的螺旋桨。没有备用舵，就割一块钢板焊上，小艇时常陷入冰山和浮冰的纠缠，冒不出头来。

队员逯昌贵说："小艇是在后面操纵，放上集装箱以后，驾驶员根本看不到前头，需要一个人坐在集装箱上，用手比画，比画错了，理解不及，船就乱撞。"

在与冰山和浮冰的抗争中，小艇艰难地往返，最长的一次走了近30个小时，困在冰里走不动了。有时船困一夜，没吃没喝，冰围雪困中，下降风很冷，小艇的人员冻得很惨，直升机送来一锅面条，欢声雷动，俄罗斯的船又过来了，给开了条道，跟着人家的船出去了，真是救世主！

1月下旬，来自南极冰盖的下降风越来越猛，每晚9点、10点钟开始刮，愣是横吹，气温骤降，海面的新冰也越来越厚。腾征光回忆道：……冰块有我们小艇的几倍大，岸边没有码头，小艇只能靠在大冰块上。卸货设施是几个汽车吊，地点随时变，哪块冰可用就上哪一块，但哪一块也不可靠，翻转倾歪是常事。

即便如此，留给队员建站的时间也所剩无几了。为争取时间，调一批队员登陆，平整站址地面，掘出一排排基坑。分成了几拨，挖地基的，搅拌水泥的，一天要干20小时。

队长郭琨心疼地说："黑龙江体委的一个运动员19岁，扛着水泥袋睡着了。拍醒了再干……"

1989年2月26日，中山站正式落成。在落成仪式前，大家喝醉了，哭的、唱的都有。仪式开始时，队长郭琨讲话说："同志们！从奠基到落成仅仅用了32天的时间，中山站在茫茫一片冰雪荒原的南极大陆上，神奇般倔强地树立起来了。又一奇迹在我们中国人手上出现了……"

闻听此言，队员没有一个不落泪的，落成时也正好赶上度夏队撤离，所有人都在欢呼，庆祝中山站建成，这是一件非常值得骄傲的事情。

1989年2月27日，考察队返航，与越冬队员告别。

2009年1月27日，中国在冰穹最高点建成了中国南极昆仑站，实现了中国南极考察从南极大陆边缘向南极内陆迈进的跨越。现在，中山站已成为中国在南极最为重要的科研和后勤支撑基地。

神妙的极光

极光，两极上空耀现的五彩光影。极光，人世惊艳的神奇之光。南北极的神光——杨惠根专家孜孜以求的，与冰岛人合作建立观测台，梦想捕风捉影以求真谛的那种天花乱坠的灵物……它在南北极的夜色中，盈满了光彩。数十万米高空上炫舞的神奇之光，把人类思维带入了一个五光十色的世界，这就是世界自然界最大奇迹——极光。它是人类肉眼就能看到的唯一超高空大气物理现象，它飘逸在极地广袤苍穹中，用斑斓的色彩，装点着寂寞孤独的冰雪世界。

加拿大的丘吉尔城，一年有 300 个夜晚都能见到极光。极光五彩绮丽，婀娜诡异是任何彩笔都难以描绘的神奇之光，拱形的极光弧，皱褶飘逸的极光带，云朵状的极光片，帷幕状的极光幔……沿磁力线发射的极光光芒，是最为人类熟知的极光形态。这些高空的彩色发光现象，给远古人类带来莫名恐惧，自有文字记载以来，极光一直是人类猜测和探索的天象之谜。中国的神话，曾描绘大熊星座飘出神奇光带，萦绕北极星周围，而诞生黄帝轩辕的故事。两千多年前的山海经中，形容极光为触龙：人面蛇身，长约千里，为钟山之神。北极的爱斯基摩人认为极光是引导灵魂进入天堂的火炬。而欧美人则一度坚持极光仅是冰原的反射光，直到 17 世纪，这种自然界的神光才被人类赋予了正式名字——极光。

极光一般在纬度很高的地区（我国在石家庄曾看到过极光）。在很长一段时间，没人能揭开极光谜底。在现今科学家的认知中，极光是太阳射进地球外围的高空大气层，从大气稀薄气体的原子和分子进行剧烈碰撞而激发出来的光芒。极光之产生，和日光灯产生光的原理一样，是高能粒子撞击大气层后，大气分子发出的光。

极光出现的高度，一般距地面 100 公里到 500 公里趋于真空。与地球相距一亿五千万公里的太阳，是个庞大而炽热的气体星球。它的内部和表面无时无刻不在进行核裂变反应，产生强大带电粒子流。粒子流以极大速度射向周围宇宙空间，被科学家称为太阳风，它们源源不断奔向地球，并以等离子在地球上空环绕流动，与地球磁场相互作用产生磁层。

这个护卫磁层，位于地球 5 万公里的高空，如同防护罩，阻隔外界带电粒子的侵袭。但是，终究有百分之一的带电粒子寻找到空隙，携带着 1 千伏的电力，高速进入地球高空大气层，遇到稀薄大气分子，在强烈地相撞中发光了。而极光频繁出现在地球的南北两极，主要源自地球磁场的构造——地球磁场终端对着南北两极，形如漏斗，钻入大气层的带电粒子，在没有碰到大气分子发生碰撞致使能力消耗前，它们更多会沿着地球磁场这个漏斗沉降，进入南北两极。当沉降的带电粒子愈加增多时，磁力线能量遇到地球内部的磁感抗，于是在电离层处爆发灿烂的、奇妙的、灵怪的、诡异的极光。

绮丽壮观的极光色彩缤纷：氧气分子和带电粒子相撞，就会发出绿色和红色极光。与氮气分子相撞，则发出紫、蓝和深红色的光。与氖气分子相撞，会发出粉红色的光。与氩气分子相撞发蓝光，与氦气分子发黄光，与其他分子之撞也各呈颜色。科学家还发现，极光颜色还取决于带电粒子自身的波长，以及它们与气体分子碰撞的空间高度，它们的强度，也和沉降粒子的能量步调一致。地球上空的极光，主要以红绿二色为主，因为大气主要是氮气和氧气，其余色彩之现，为天象之妙中之妙！

站在南北极仰望星空，极光景象如同磁层活动的电视直播，磁层粒子等同于电视机的电子束，地球大气为电视屏幕。毛泽东没见过极光，但他凭借灵光闪烁的想象力，把彩虹活化为极光：

> 赤橙黄绿青蓝紫，
> 谁持彩练当空舞？
> 雨后复斜阳，
> 关山阵阵苍。
>
> 当年鏖战急，
> 弹洞前村壁。
> 装点此关山，
> 今朝更好看......

我想，他看似无意的"今朝"之词，是对"极光"的今探！

美丽的极光景象是太阳、磁场和大气层共同表演的作品。南北纬度67°左右附近环带状区域，成为著名的极光区。有北极光首都之称的阿拉斯加费尔班，一年之中发生极光之现象超过 200 天。

极光不但浓妆淡抹，以盛大场面示人，在它旋舞之时，往往伴随尖利的音乐，这种音乐被科学家们称作大气哨声，往往和极光伴随一起。南北极漫长的夜晚上空，是极光展现的舞台，在酷寒和孤独中的南极寒季里，整个天空都是一幅极光景象，变幻莫测的极光动画，在黑漆的天幕上演，伴随原始的哨声鸣奏，给越冬科学家们带来乐趣，抚慰着他们漫长冬季的压抑。上帝真是太仁慈了！

天幕的舞台、追光的观众、奇妙的观赏地，抒写着一部作品的前奏。地球自转与垂线成 23.5° 的倾斜角，造就南北极的极夜，把这种神奇的表演推向大美，推向奇妙！

但是，不要让极光的婀娜多姿迷惑，只顾欣赏它的美丽，忘记了它带来的危机。只以为原子弹爆炸的蘑菇云出现才预示着灾难，太阳释放的带电粒子如同气流飞向地球，进入北极上空磁场时，又形成若干扭曲的磁层，带电粒子的能量在瞬间释放，这种被称为地磁风暴的杀手，以每分钟 650 公里的速度掠过高空，威力相当于芮氏 5.5 级的地震。

当亮度极强的极光发生剧烈运动时，则预示着太阳表面发生过剧烈骚动，太阳黑子增多，射向地球的带电微粒剧增。极光在地球大气层中投下的能量，可与全世界各国发电厂生产电容量的总和相当，这种能量扰乱了无线电和雷达的信号，使飞机、航船失事！

考察队员、空间物理学家胡乔红说："可能有的卫星在太阳风暴里直接被摧毁掉，有的卫星的姿态被改变，地面的测控找不到、抓不着了！"极光所产生的强力电流，也可以集结在长途电话线，或者影响微波的传播，使电路中的电流局部或完全损失。很多太空事件，也是通过磁的作用传递到地面，如1989 年魁北克事件，在很强地球空间暴发中，该市停电 9 个小时。

极光是美丽和灾难的化身，玛雅人曾经预示，2580 年一遇的地球磁极倒转和太阳风暴，将使地球遭遇浩劫，此时天体出现太阳黑洞与地球同处一线的罕有景象。人类或许能够看见极光这个双面的娇娃,有史以来最狂妄、最狰狞的表演。

考察队员、冰川地质学家刘小汉说:"当黑洞、太阳风和地球一线时,假如黑洞吸引力、太阳风很强,黑洞在地球上产生很强的作用,就会像历史上发生过很多次的、很强的太阳风暴之灾。"

极光不是地球独有的景象,其他星体上也能见到它的仙影。在南欧天文台的红外线望远镜里,科学家可以清楚地看到距离地球61000万公里、以10小时为自转周期的木星上,那里的极光烟雾缥缈,五光十色。在拥有高等动物的地球上,极光不只是一道美丽的风景,让仙女施以仙法:利用她产生的能量为人类造福,已成为当今科学界的一项大胆尝试。

南极和北极各自冰封雪藏在地球南北两端,亿万年来,却有一条神奇纽带,将它们梦幻般联系在一起。极光展现的舞台不仅局限于天空,它瞬时仙游的旅途,往往横跨南北两极,天马行空。

南北极是对应的,叫共轭。当太阳风吹来,使磁层发生变化的时候,南北极变化有时一样,有时不一样。

为此,中国在南北极考察站设立研究极光的专业机构,南极中山站和北极黄河站,我们希望通过极光的研究,实现空间天气的预报。科学家想要明白:带电粒子从太阳形成,经过星际空间、磁层、电离层到最后消失的过程,终点落在那极光炫目的一现上。极光成为连接太阳和地球家族的纽带,是日地关系的指示器、暗示语,它作为太阳风和地磁活动窗口,让人类有方向去窥探宇宙间的更深奥秘。

命悬极地

中国极地考察的每一步都是初试,都是命悬一线的高风险,牺牲精神是我们中国人的本钱。

中国选取了要横穿南极大陆,不但要到南极点,不但要到DOME-A,还要到美国的阿蒙森—斯科特站。当年这个计划不能不说是宏大的，早期的中国南极考察，不仅对内陆经验是空白，而且考察装备落后，还不能组织一支内陆冰盖远程考察的车队。在这种条件下，中国科学家试图深入南极短暂内陆考察之经历，惊动了万里之外的北京。

首次内陆考察冰川学家康建成回忆说："我们三个人当年第一次去的时候，就在那儿遇险了，碰到暴风雪，被困了三天三夜。那件事惊动了李鹏总理。当时李鹏总理下了指示，要运用外交力量，想办法把我们营救回来。"

中国人独立尝试的南极内陆之行，留下的却是尴尬的心跳，使我们更加深刻地认识到：在南极，缺少国际合作是不行的，不科学和不现实的。

2004年12月18日，东南极大陆冰盖，中国第25次南极考察队派出了一支由13人组成的南极内陆野外考察车队，任务目标是前方1300公里南极冰穹海冰最高区域，并通过测量在这片区域找到被称为"白眼巨人"的冰穹最高点——DOME-A点。"白眼巨人"，寓意就是希望那里是打开冰雪世界科学奥秘的亮眼。

时任考察队总领队的张占海说："从出发点至500公里这个范围，冰盖有了裂缝，历史上有不少考察队员掉进去失踪了，这是一个很大危险。"

内陆考察机械师崔鹏惠说："走到500~600公里时出现多道冰裂缝，大家很紧张，开着车走一走，停下来，拿着竹竿捅一捅。为了避开冰缝隙，艰难摸索，步步是险。"

冰裂隙是冰盖运动中受力不均产生的断裂带，有的可深达2000米~3000米，在表面冰雪的掩盖下，冰裂隙是张开大口的魔鬼，等待着猎物到来。

2005年1月7日，凌晨4时，气温-44.6℃，海拔3990米，机械师盖军衔突发强烈高原反应，呼吸困难。经后方紧急求助，联系了美国极地站前来营救，美国决定空中支援，美国大兵乘直升机从天而降，既专业又迅速。盖军衔化险为夷，后来顺利归国。

总领队张占海感慨道："这事后来想起来挺可怕的，如果没有这样一个国际协作，这支队伍还真不知道应该怎么走。虽然只有50公里路了，很近，但是我们绝对不能拿队员的生命去冒险，还好……"

在这样的时刻里，时间是生命，飞机是生命，南极特有的国际合作，是生命线的保障。人类超越国界、种族、制度的大爱，在那片圣洁的冰雪上得以施展。

2009 年 4 月 9 日，"雪龙"号极地科学考察船抵达上海长江口锚地，标志着中国第 25 次南极科学考察任务圆满完成。据悉，此次南极科考队乘"雪龙"号在南极内陆冰盖的最高点冰穹 A 地区，建立了中国第一个南极内陆考察站昆仑站，在南极冰穹 A 地区进行了雪冰采样、天文观测、基础测绘考察，完成了南极下坡风结构现场观测试验。"雪龙"号返航途中曾到中国台湾高雄港与台湾同胞进行交流。

12 日 11 点多，中国极地科考船"雪龙"号租用的一架船载直升机在转场过程中出现事故，起飞 1 分钟后即坠入海中。机上共有 4 名哈飞公司机组人员，其中 3 人及时获救，机械师杨永昌经过多方搜救，仍未找到。第二天 23 时 03 分，失事直升机已被打捞上来，初步判定直升机因机械故障出现事故。

直升机失事后，20 分钟内包括"雪龙"号及周边船只在内，迅速展开了救援工作。

12 日 11 时左右，"雪龙"号水手长吴林正在餐厅中吃饭，失事直升机当时正准备从甲板上起飞。

吴林表示，耳中传来的是异常的"嘭嘭"声，好像是直升机机翼拍打到水面的声音。敏感的他立即起身朝外望去，映入眼帘的是直升机已经坠入海中的情景。

在那一刻，吴林什么也没有多想，马上奔到船舷边拿起一个救生圈甩了出去。直升机坠落的地点也就是 60 米左右，看见有人冒出了水面，在海水中漂浮着。

正是吴林及时扔出的这个救生圈，让直升机驾驶员杨华获得了第一个逃生的机会。随之而来的船员们也纷纷采取了一系列救生措施，有抛出救生衣的，有放下舷梯的，"雪龙"号也拉响了警报。

救起 1 人后，风带着潮水，把另外的失事人员不断地往远处推，此时赶到的民船和搜救船只一起，把人捞了上来。

出事机组人员名单：

飞行员：李宝辉（获救）、杨华（获救）。

机械师：唐立军（获救）、杨永昌（失踪。50多岁，哈尔滨人，曾随"雪龙"号参加一次北极科考、一次南极科考）。

经8天的搜寻，"雪龙"号极地科考船失事直升机失踪机组人员杨永昌的遗体，于20日上午在长江口水域振华港机0号码头附近被发现，并打捞上岸。

在地老天荒的南极，船、机事故不断，1978年，新西兰飞机失事冰原，200余人丧命。

由于南极的自然环境恶劣，天气瞬息万变，暴风雪常常突然而来，众多影响安全的因素不可预测，造成失事冰原的事故屡见不鲜。最惨痛的失事莫过于1978年新西兰的一架"DC—10"型飞机在飞往南极的途中，坠毁在埃里伯斯火山上。该机载有257名旅游者，全部遇难。

1979年11月4日，美国驻新西兰海军陆战队的大力神客机从新西兰的美国海军南极支援基地起飞，当飞机飞到埃里伯斯火山上空时，突然不明原因地一坠而下，几乎垂直地摔在坚硬的冰原上，140多名乘客和机组人员全部遇难。自那时起，前往南极的旅游飞机再也不允许在埃里伯斯火山上空飞行了。

神秘的南极，原本是神仙的领地，她们不爱听飞机的吵闹。还有"泰坦尼克"号式的沉船故事，听来令人难以置信：

2007年11月23日，由智利空军发布的照片中，在阿根廷以南靠近南极圈的南设得兰群岛附近海域，失事的"探索者"号邮轮正在下沉。

获救的乘客讲述了从邮轮撞上冰山、弃船逃生到焦急等待、最终全部脱险的经过。

尽管经历了一场海上惊魂的"南极游"，遭遇了"泰坦尼克"式的冰海沉船而安然无恙，世间又有几人？

现年63岁的女子吉莉恩·李说："事故发生那晚，很早就入睡，准备第二天早起观看海上日出。在睡梦中感觉到，船体与什么东西相撞而摇晃，随即听到一阵尖锐的警报声。我实在吃了一惊，客舱里一片漆黑。有些船舱进水了，所以我们尽可能快地穿上保暖衣、厚裤子和夹克外套，戴上帽子和手套，抓起一些照片和护照等随身物品，跑到甲板上。"

"探索者"号当地时间 23 日零时 50 分在穿越乔治王岛外布兰斯菲尔德海峡时，船艏与一座漂浮的冰山相撞，船体发生破裂后进水。

事故发生后，船上广播通知全体乘客在甲板上集合，船员试图用水泵排水。场面很吓人，因为船正朝一边倾斜，一些东西从甲板这端滑向那端。

"我们试着在水中把洞堵上，""探索者"号大副彼得·斯文松说，"一开始我们能够对付得了，但随后发生一次小停电，舱里开始涌进更多海水。"

船体已呈 25°角倾斜，面临沉没危险，船长被迫下令弃船。在船员示范后，游客 8 人一组，登上圆形的橡皮救生筏。或 20 人一组，登上救生艇。救生艇和救生筏随即被缓缓放入海中。

海上波浪有时挺大，人都被打湿了……旅客身处各种奇形怪状的冰块包围之中。我们看到船倾斜得越来越厉害。

救生艇上，一对丹麦恋人甚至当场订婚。"潇洒勇敢的男子原本计划那晚向女友求婚，"普兰特夫人说，"不过他居然就把戒指带在身上，于是就直接在救生艇上求婚，船难帮助了他！"

"她接受了。现在他们两人也许正前往某个温暖的地方享受蜜月吧。"一位夫人说。

数小时风中等待后，所有 154 名乘客及船员终于被挪威邮轮"挪威北方"号及其他救援船只救起。

游客布赖恩说："当我们被挪威人救起时，我感到更安全了。他们给我们送来了热饮料和食物，还有更多衣服。这让人真切感受到不分国籍的友情。"

但是，"探索者"最终沉入南极冰海。这就是南极！海神要没收闯祸的铁盒子！

因为我们的长城站也参与那次救援，还救援了亲爱的同胞，布赖恩的赞美里，也应有伟大的中国人！

海中的邮轮，

天上的飞机。

你是何等的恣意！

但你是否明白，

你闯入了圣洁之地？

在南天门外——

神居的极致处，

你的滋扰，

忘却了禁忌。

一切都在积累啊！

当船倾斜到一定度数，

就会折榫。

当机翅蹭擦了天穹，

便要栽地！

当你遵守了，

极地的规矩，

南极便充满爱意！

极夜——与黑魔、寒魔共舞

谈冬色变的南极，比虎还恶的黑夜，像鬼捂住了人的口鼻、眼睛。厚重的黑暗，比泼墨黏稠，比煤山黑重，比十八层地狱更无声息和人气。呛肺的寒风、透骨的雪暴，可使人血凝晶！

在长达 3 个月暗无天日的时间里，这片白色世界上最为猛烈的暴风雪肆虐的冷空气，从南极大陆高原地区，延着冰盖的表面急剧下降，形成了接近地面的高速下降风。据澳大利亚考察站 20 年统计，在南极，每年 8 级以上的大风 300 天左右，法国考察站曾在南极冬季观察了 100 米 / 秒的飓风，风力相当于

12 级台风的 3 倍！还有冰寒，即使在南极大陆的边缘地带，也会经常出现零下 52℃ 的严寒，而在远离海岸线的南极内陆腹地，俄罗斯人测得了时间上最寒冷的记录：零下 89.6℃。

严酷的自然环境，使这里成为生命禁区。唯一的生命，就是这里的主人——企鹅。

为躲避暴风雪和酷寒，各国的南极考察队，都在每年 11 月来到南极，第二年的 3 月之前撤离，只有极少的队员留守考察站里，度过寒冷而孤独的 16 个月，挑战生命的极限。这就是南极的越冬考察队员，他们在严寒中完成各项科学观测和站区维护。人类在南极的越冬历史，始于帆船时代结束后的 30 年，他们利用新发明的无线电和雪地摩托车，留下了人类在严寒极夜的踪迹。

1899 年 10 月 19 日，挪威第一支南极越冬队的尼古拉、汉斯，在越冬期间献出了生命，成为第一个长眠南极大陆的人类。从 1984~1987 年的 3 年间，有 11 人死于极夜的暴风雪袭击。1981 年，中国政府派出了两名考察队员来到澳大利亚考察站越冬，在南极越冬历史上第一次写下了中国人的名字——地质学家张青松自述："我是第一个在南极大陆越冬的中国人。1981 年，我在戴维斯站待了 12 个月，还有 27 个澳大利亚人，那是一个大家庭，还有法国人、捷克人、南非人，献身于南极的科考事业精诚合作，友好团结……"

在 1984 年的首次南极洲考察中，实现了当年建站当年越冬目标。8 名考察队员留守在刚刚建好的长城站上，完成了站区维护和各项常规任务。8 名勇士之一的越冬队员卞林根回忆："我们的生活可以用悲惨来形容。第一次越冬，我们没准备越冬食品，把吃剩下的度夏食品收集起来，看一看能不能冬季维持下来……实际上，鱼虾都臭了，严寒一冻又看不出来了。解冻化了吃，才知臭了。我们像南极野外考察队一样，只是有了一个避风港，只是能住啊，睡的房子这点还可以，其他条件……当时的艰难，我们也都没说什么，就坚持下来了。"……他淡然、几乎是木然地讲出了这段话，表现出一个惨境中的过来人，那种不动声色的坚韧！

1989 年，中国政府在东南极的拉斯曼丘陵上建设了中山考察站，科考队遭遇了罕见的大面积冰崩,打乱了考察队建站的计划,失去了南极的宝贵暖季,用尽了浑身解数,撤退时能留给越冬队员的,也只是没有任何内部装修的空房。黑暗寒冬,15名越冬队员要完成所有房屋的内部装修任务。

当时的越冬队员,气象观察员逯昌贵说:"工作量非常大,一个冬天没休息。不像现在,冬季除了值班人员,其他人事情不多。我们除了观测以外,平时就搞内部装修,一冬天就过来了……"

当年初次到南极大陆的中国人,因经验不足、国力不强,留下了近似悲惨的回忆。经过30年的发展,中国越冬站无论设施还是后勤补给,都处于先进水平。但无法改变的是南极底部的严寒和孤独。

2008年3月10日上午9时,是中国第25次南极考察队从中山站返航的日子。经历过120多天的考察。在189人中要有17人留在中山站,陪伴严寒和孤独的冬季暗夜,等到下年11月下旬,"雪龙"号极地考察船再来。

就在度夏队员撤离的时候,突然人少了,气氛突然变了:一种掉了队,被遗弃天涯海角的孤独感袭来,像食醋一样酸酸地泡软了越冬队员的身心。

"雪龙"号告别的长笛,划破了宁静的普利斯海湾,过去的3个月,这里曾是繁忙的港湾,中国、俄罗斯、澳大利亚和印度的考察队,都通过这里输送补给品。那种喜庆的热闹一下子变成昔日美梦!

越冬队厨师陈玉彬说:"这时候,心理反差特别大,一下都走了,回到亲人身边了,这里变得冷冷清清。"

即入冬夜的南极大陆又恢复了亘古的宁静,夜色悄然降临,寒季即要到来,越冬队员面临着全方位的生存的考验。极夜从每年5月中旬开始,纬度越高,极昼和极夜的时间就越长,这里的极昼和极夜的时间接近半年。在浓稠的极夜里,严寒和暴风雪这对恶魔合伙发难,越冬队员的一切痛苦由此开始。

取暖问题是生命保障线。必须确保发电机24小时不间断输出电力。冬季的中山站,消耗在发电上的油料超过200吨,但冬季却时常出现用电缺口。5月下旬到6月中旬,气温降到零下35℃以下,各取暖设备频繁使用,发电机组持续过载,冷却水温高达96℃,发电房热浪滚滚。遇到强力降温和风暴,考察站的水管极易发生冻裂或冻堵，事故一旦发生，发电机就会死机或者严重故障。一旦出现这种问题，考察站的取暖和照明就没有了，整个站区心脏停止了。我记得很清楚 1998 年 7 月 29 日，因为连续的低温，水管道发生堵塞。得果断排除，不然就是大难临头。

恶劣的天气也给南极考察带来困难，早期的南极气象观测，要求考察队员每天四次雷打不动地去室外气象站抄录数据。据逯昌贵回忆："没经验，不小心记录本掉了，却没法追。40 米 / 秒的风，刮起铁板来像一张纸一样轻飘，更别想去追个小记录本儿。这算是事故。后来如有大风，我就只带一支笔，数据全抄在手上；看你再刮！或者两个人观测，一人室外观测，通过对讲机报，一个人在房内记录。憨人有憨法儿嘛！"

中山站越冬后勤队员胡帮龙回忆说："中山站来的船少，我们的船或澳大利亚船带来的都是冷冻食品，来后赶紧入库。肉类较多，蔬菜少。为了协调队员们的伙食，和厨师商量调剂，不然，日子就不好过。"

食品是南极考察站上又一个生命线，长期的寒冷导致所有食物都要长时储存。大部分是前一年 10 月从国内采购而来。队员们要靠这些食品生存 13 个月。

考察队后勤人员程言峰：蔬菜一般到 7 月份就没有了，水果能吃到第二年船来。蔬菜保鲜是防冻，防霉变是做好通风换气。鸡蛋要转 180° 圈儿，防止蛋黄和蛋壳粘连。为弥补蔬菜的短缺，创造了一套自力更生的技能，学会了泡发芽苗菜，比如萝卜苗、豌豆苗、黄豆芽、绿豆芽、香椿苗，这些技能被一代代考察队员传承下来。

清脆的开饭钟声，每天三次回响在宁静的中山站。是考察队员耳际的美妙乐音，时时盼望。啤酒、黄酒、葡萄酒和香烟都是按需分配，茅台、五粮液较少，却在节日或队员生日供应，为解馋所备。

南极考察站配备了专业厨师，小小厨房不但关系一日三餐，更直接影响着每个人的心情。让每位队员吃得好、吃得香成为厨师最大的愿望。那位文艺细胞丰富，言谈举止慢悠悠的郭广生说："在南极，一年来一个厨师，365 天做下来蛮烦的，想尽点子，做尽花样，众口难调而又要顾及众口，不是容易事儿！"

而越冬大厨师陈玉彬之所思，更比别人深了一层："技术不是最重要，重要是职业道德和心态。在那种艰苦的条件下，心态不好，技术再好，也发挥不出来。要不，厨师为什么喜欢戴高帽子？心情好，干什么事都顺风顺水的。"

善写故事脚本，善录像、照相艺术的郭广生说："24次越冬队时，天津来了个机械师，谁知道他还有三级厨师证！开始他没露出来，露出来大家都惊讶，没事的时候，他来做搭档，做饭又做菜，和厨师配合得很好，那日子就有味儿！"

远离故乡和亲人的考察队员，在地球的底部忍受着世界上最酷风雪严冬，是一个大家庭。大家清楚，只有相互依靠，才能等到新队友的到来。站长扮演兄长的角色，必须把大家的心拢住，使人在寂寞艰苦中心态不至失常。

不管是厨师、机械师、医生、科学家，还是后勤保障人员，分工明确各司其职，共同维护考察站的运行。但在这个世界的冰雪角落，压力和挑战面对着每一人，孤独仿佛无休止的暴风雪，每天侵蚀着队员们的心理承受能力，挑战他们承受的极限。你想，除了亲如兄弟，相依为命，相助为国的他们，在这永夜的酷寒天涯，鬼都见不到一个，狼蛇虎豹都见不到一只。人世之情，谁比他们更近？

南极诗人瓦尔德玛·峰蒂斯用冰雪的冷峻，写出了孤独、寒冷、渴望阳光的感受，短促的句子似在呼喊《雪中的孤独》：

孤独
讨厌但渴望
使人受伤
不愿承认孤独

寒夜，暖忆
相聚又别离

挣扎，做梦

感受，孤独

渴望喜悦

冰冷的痛苦

从呼啸的风中

记起那些夜

长夜无光。

太阳

你的缺席何时

变成出场

在刺骨寒风中

在冰冷双手里

在白色冰山上

在我爱开始的地方

我为你歌唱

冰寒夜话　儿女情长

　　队员已经离家 10 个多月了，对亲人和外部信息的渴望，无人能与他们相同！早期的南极科考站上，还没有互联网。仅有的几部卫星电话，由站长统一管理且收费不菲。通讯的缺失，使远离家乡 3 万余里的越冬队员们，在这个与世隔绝的冰雪世界，思乡心焦，望眼欲穿！

　　越冬期间，为了收听世界信息，用短波电台接收转播信号，整个气象房坐了一地人，抓住讲话机会的男人们，争抢着、语无伦次地向孩儿倾吐着心语：

　　"爸爸和越冬队的 22 名叔叔阿姨都在这里……都在收听这个通话……爸爸想通过你，还有海洋局、中央电视台的同志们，向全国人民问好，我们有一个共同的祝愿：祖国好，想念祖国，想念亲人……"

南极越冬首批女队员赵萍急切地发话了："希望得到外界的信息，包括世界新闻、国内新闻，包括朋友、家人的……同志们好，孩子好。"这个国家海洋局极地办公室的女处长，她稳重、大方、具有温文尔雅的成熟气质。第30次南极科考队启程的动员会上，笔者与她相识。我们约好，将在南极采访后赴京访她。我手中已有了同志对她美好描述的资料：

赵萍，南极长城站越冬队队员，当时中国越冬队的亮点，就是因为第一次有了两名女性队员。这是南极考察向欧美国家人性化学习的一次尝试。在南极越冬的人员结构上，关于是否安排女队员参加的课题，在国际上一直存在不同的声音。笔者认为，科技进步，民主化进程已至文明时代的今日，仍不能决断这样的问题，简直成一则笑话！

健壮的乌拉圭南极考察站站长站在海湾边，他的身后是闪亮的雪野和冰盖。他的话像冰雪一样晶莹透亮："我们站上的医生是女性，她的工作很出色！大家应该改变南极不适合妇女工作的观念，我们认为妇女完全可以在这里工作，而且会工作得更好……"他摊开双手，以身体语言，补充他言犹未尽的意思。

在1996年的南极条约国协商会议上，以挪威为首的一些国家，向会议提交了议案，明确要求各国在选拔考察队员时，要考虑到性别的平衡。但是一直以来，女性越冬都像是带有实验性的意思，各国对女队员之安排行为褒贬不一。在选拔女越冬队员时，都非常慎重。但是，慎重的选择都呈现出一个结果：每个国家站上都拥有了女队员！

在南极的每个考察站上，每个队员承担的工作都是符合人性化的，因为要考虑到：每位队员在完成自己工作的同时，还要辅助别人工作。这就要求南极人都须有精湛的专业素养和无私的互助精神，在南极，谁也离不开谁！

卞林根无奈地说："下一次雪，就要挖一次仪器，以保证我们的仪器暴露在真实的天气中。一年要挖雪大半年。每次观测，都要有两三个队员帮忙挖出放温度表的百叶箱，挖出道路。"

这样的辛苦，带给两名女队员的挑战就是高强度的体力劳动。

在这一点上，赵萍很有心得，她说："女队员在体力上不如男人，但是你一定要出现在现场，无论是端茶倒水还是慰问队员，还是并肩作战，你是要到的。只有这样，你才能保证不给其他队员太大压力，保证大家能够心态平和……"从赵萍这番话中，笔者发现她是一个懂心理学的秀外慧中的女子。无论从中国传统文化中的"阴阳"说，还是西方性心理学家弗洛伊德的学说中，你都能看到阳刚之气和阴柔之美的绝妙融合。它是玄妙而无形的，又是唯物而实在的。"男女搭配，干活不累"的俗语，是一句深入浅出的至圣名言！

对于南极考察站上的女越冬队员说，他们还要面临一个特殊的挑战，怎样处理和异性队员的关系。聪慧透顶的过来人、女队员赵萍的话让人百思而意蕴无穷："我走的时候，有人告诫我，在南极那个男多女少的地方，你一定要站在圆心上，在圆点上跟所有的男同志保持一个同心的关系，这点挺难的……"

难啊难，难若上青天。这是个好说不好做的难题——像一辆车跑在热闹的街上，你和所有逆行的、直闯的、突然转向的车同行，你的同心圆，等距离如何做到？如何能做？况且，人是感情动物，感情之活泼，如一朵荡飞的浪花，激越的火花。什么可以括约，可以规定？

在繁重的站务工作中，与异性队友在长期封闭的环境中生活，让女队员承受了特别的压力，别离亲人，天各一方，对每一个队员来说，都是个无法弥补的情感缺失。在这个过程中，队员和他们的亲人们，一起付出了巨大的情感牺牲，这是人生的烙印，将永远留在了他们的心灵和记忆的深处。这种情感的亏欠不只有自身，还有妻儿，还有高堂白发，手足兄弟，相依为命的至亲至爱。

当时，担任长城越冬站站长的孙云龙说："去站上大概一个礼拜的时间，父亲就去世了，心中非常难过，记忆深刻啊！作为站长，又不能将悲痛太表面化，影响同志，非常纠结。为了摆脱苦痛，就在外面转，雪地、冰上。晚上在屋里坐一会儿，又到外面转了，常常整个晚上睡不着觉。"

相对于男队员，女性的细腻情感，使得她们的承受更加繁多，这就是天生的母爱情怀。民间俗语云：不要做官的爹，留住要饭的娘！世界上最真诚、最伟大的，便是诗歌不尽的母爱。难道粗心的男人就不会发现吗——再大的男子，也有孩子气。再小的女子，也有母性的慈爱……

朱宗泉是我同乡，一个小兄弟。在南极长城站相见，多了许多话题，少了许多顾忌。他说："大哥，一年多了，真的很想女人，是人都想。你别看×××脸板得结实。他给我说过实话，他想得最狠。在我们厨房里，这种话题最多。男女围到一处帮厨，荤的、黄的、花里胡哨的都有。只要去一个女的，满场活了，欢了！大伙儿精神头儿来了，什么话都能嫁接到'那上头'，上说下答，话掉不到空地儿，活干得风快。你当女的不爱听那故事吗？错！她装作害羞的样儿，有时还骂谁一句，但把那好呱儿学了去了，没人时讲给女伴儿，笑傻笑疯！你讲故事，她脸红了，也不要怕，那才叫有感觉呢！别笑！我们都是一年多没见老婆的人了，没听说过？当兵三年，老母猪赛貂蝉！我有好几个外国朋友，智利的、俄罗斯的、乌拉圭的，他们才想哪，人又直爽，不像咱们，拿着捏着！人家男女见面儿就抱，那个狠劲儿！去年开联欢会，我趁着酒劲，抱了一个××女队员，她吸住不丢，摔跤似的。周围的人给我们鼓掌，不瞒人，公开的……"

今年夏天，朱宗泉带着媳妇来济宁找我，他媳妇说："大哥，他在那边没好作，朝我吹，今天亲了这个，明天抱了那个……你在南极看没看见？"

我忙说没见。宗泉说："大哥只去了不到一月，井里的蛤蟆，能见多大的天？"说着又吹起智利的女子开放、漂亮。从他的故事里，我得知南极存在着性荒问题。也听到过男队员和女同事交好，在回船的码头上，男队员的妻子拥住了南极女，亲得抹泪。笔者被感动了，多美的人情，如果去除了嫉妒和猜忌，月光下的景物，原本比阳光下更有诗意。

我欣赏郭广生弟那逗笑不笑、言之有物的沉稳态度。他不讲自己的故事，专讲我文中缺少的"元素"，说是助我把书写得更人情味。他说：在南极科考比我们发达的×国，越冬队里没有女子，黑暗寂冷的长夜里，男队员不干了。于是政府在第二年安排了女性。男人的一半是女人，女人的一半是男人。黑暗被照亮了，凉雪被烤化了。原本的发着怒火，滴着苦泪的天涯角落，传来男欢女乐的歌声。得咚咚、得嗒嗒，舞蹈声敲击着白玉的极地。抑郁症没有了，孤寂病、疲劳失眠症没有了，连感冒也没有了。但是，另一方面的问题又出现了：队员在分班、生活之间产生了争执，没有人能把握平衡。同事间的嫉妒、猜忌，无名之火出现了、燃烧了，令他们的站长和考察队长一起叫"难"！但是，事件内外远近的每一个人都承认，这种"难"和那种"难"是不一样的。这是超越了精神、孤寂、饥渴，面对文明进步的"难"，到了共产主义社会也会存在！正像跳舞不等同挖粪的"累"。有谁要混用"难"字搅浑男女搭配的活水，还不是要回到男女大限的封建时代？

郭广生的故事发生在中山站上：一天的早上，开来了一辆雪地车，下车的年轻男女来自俄罗斯进步站，男子的潇洒，女子的美丽正是红花绿叶的搭配。友好的俄罗斯人和中山站队员处成了挚友，除了公事，在私事上也来找中国朋友帮忙。雄壮的俄小伙拥抱了郭广生，求见中山站的医生。在那间小小的卫生室里，苗条而美貌的俄罗斯姑娘突然羞红了脸，托她的男伴讲出了她的恳求：她怀孕了，求助流产。她只有19岁，怀孕是犯纪律，想求好心的中国朋友帮助……

但是，中山站没有妇科大夫，帮不了忙。当尴尬而无奈的一对青年离开之后，郭广生连同我们的医生，都因无力帮助而难过。你想，她一个19岁的姑娘，远在四万里外的天涯，不是想走就走得了的冰天雪地。在之后的日子里，她的遭遇会是什么？有人承担责任吗？不会推诿塞责，当脏水泼掉吗？朱宗泉、张国强讲的许多故事，都不似此例的典型，一旦出现此类纰漏，女人比男人更难，世皆如此。我怀着沉重的同情心写出此节文字！

曾二次远赴南极，用她发明的高科技油漆装扮过中国长城站、中山站的女科学家周慧敏也讲过一个悲剧故事：那是"雪龙"号回航的春天，寂寞一年的年轻小伙子，顺随着春气的勃发而春心荡漾了。在澳大利亚港口城市靠岸补给，面对着美若天仙、花枝招展的澳国女郎，他胆大包天地实习了一次在乔治王岛上学来的本事——主动地拥吻了那丰腴最美的一位。但是，他的行动少了预热的时间，冲动而生硬的做手儿，欠缺了礼貌的温情，那女郎的惊叫，引发了考察队友过多的解读，过量的歉意。它所产生的直接后果，便是那位队员受了警告批评。好东西变坏的直接原因，就是它少了程序。

由此我想起另一个场景，1984 年，中国的体操冠军李宁在美国参加奥运比赛，当他拿下第六个冠军退下赛场之时，一位高出他一头的美国女警察挥开双臂，抱揽他一个结实，用头抵起他的下巴，那么蛮力地、野性地强吻了他。他又羞又怕，惊呆在那里，在一盏盏照相机、录像机的镜头下，全世界的观众笑了个前仰后合。那主动热吻了澳女的伙计，怎就没有美女警察的艳福，没人理解呢？

另一个故事听闻于长城站上，我所认识的那个白面书生刘志刚，气象观测员。越冬的三位女队员将他按上座椅，齐心合力地为他理出一颗蛋青的光头。他在三名美女的酥手下哆嗦、颤抖，满头满脸都冒出了热汗。口鼻额唇都明珠闪闪的美女，这是多么温柔、温馨、温暖、温情的恶作剧？这比装成美女与中山男队员热拥的游戏还要精彩，现代的青年人，多一点益智怡情的幽默多么可爱啊！这难道不是那个黑暗苦寒的漫漫长夜需要的游戏吗？

由此，我想起女作家姚艳华创作的小说《柿子红了》：一个青年小子专去偷俏女子的柿子，被女子抓住，按着打、抱着打，最后滚作一团儿，不动了。还有一首安徽民歌《偷石榴》：

妮儿俺在树下走，

来了个短命鬼偷呀偷石榴。

一个石榴出了手呀！

一下子打着了俺的头。

想吃石榴你开个口，

想说话儿咱上绣楼，

谁叫你朝俺丢石榴？

这首歌我听过多遍，那妮儿美得连腔儿都发抖。

南极越冬女队员赵萍说："有一次，我做梦梦到孩子，在怀里冰凉、冰凉，醒后惊恐万分，我就违反了一次纪律，天黑的时候，我们两个女人就跑到智利站打电话了。风雪夜行啊！但是我和林青去了，她拿着一根绳子，一头拴在她的腰上，一头拴在我的腰上，昏黑里跌跌撞撞连滚带爬。电话的那一头说，孩子老抱着你的红毛衣，在屋里转呀转，小孩的表达方式不一样。他是心里有话，又不会讲出来……可能如今提起这事情，娃儿已不记得了，但在那幼小的心灵里，一定会为母爱的亏欠受过伤……"

听了这一段的描述，笔者的眼泪掉下来了。

小儿思妈

儿郎尚幼年，
会想不会言。
思妈无良方，
抱衣转圈圈。
毛衣留妈味儿，
毛衣妈心连。
怜儿沾妈泪，
啃妈儿流涎。
儿妈隔万里，
　迢迢牵衣线……

娇娇女

千惜万爱是娇女，
婀婀娜娜柔无骨。
光昌流丽倚山转，
未料一日南极去。

抛子离夫身何栖?

长夜寒极冰雪屋。

风妖千里学鬼唱,

雪魔万丈噬有欲。

遥想小儿馋娘奶,

夜生噩梦心恐惧。

呼妹相伴问儿讯,

绳索双牵涉雪窟。

忽记半天犹须顶,

咬唇不在人前哭。

极地壮士心若铁,

疲时亦要女慰抚。

笑语一声星满天,

情歌一曲暖雪屋。

男儿有泪不轻弹,

偏偏愿向娇女哭……

闻听女队员寂苦南极,族兄殷家鸿亦怜花惜玉,作诗《琼花吟》礼赞:

星霜万里玉女情,南天千嶂扎野营。

无以针凿对明月,却在极处伴清冰。

琼花含丹映晴宇,雪絮飘载企鹅声。

都夸巾帼美丈夫,可怜追儿梦惊萦。

黑夜和狂风暴雪,是南极漫长冬季的主旋律。永恒不变的白色,是队员们面对的唯一色彩。恶劣的天气限制了活动范围,在绝大多数时间里,只能待在房间里。寂寞、孤独在侵蚀考察队员的情感和意志。对着灯光,同志们一天到晚地说话儿，把该说的，不该说的话都说完了的时候，便是相对无语的无奈⋯⋯

还在有亮光的日子，对黑暗的恐惧就已经开始。说话慢悠悠的郭广生描述："天越来越短了，外出时间少了，大风来的时候，你只能在宿舍里面，转来转去就这十几个人。渐渐地，人都不爱交谈了，连人家姥姥的姥姥家的事都问完了，没啥可交流的了！这时候人就感觉枯燥、烦躁，站坐都不是。"

越冬队后勤人员曹建西说：尽量不想事情，什么可以消磨时间就去做什么。唱卡拉 OK 可以唱一个通宵。可唱的歌儿也充满火药味，比如《造反歌》：

> 贫下中农有力量，
>
> 拿起笔来做刀枪。
>
> 谁要反对毛主席，
>
> 马上叫他见阎王。
>
> 杀杀杀！滚他妈的蛋！

再就打一天的乒乓球，球不赢嘴赢。后来有了创造，就是疯跑到无边无垠、白茫茫的雪地里踢足球，给越冬生活带来发泄烦闷情绪的机会，如果中国足球队到南极练球，说不定是一条出路！

还有一桩美差堪可玩味，中国的高空物理学家都要在考察站留守观测极光。长达好几个月的极夜，给予了观测者绝佳的时机。中山站越冬站长胡红桥兴奋地说："极光色彩非常漂亮，变化非常快，看极光是一件非常愉快的事情。刚开始看到极光，大家非常兴奋。一段时间以后出现了审美疲劳，观测队员又说极光来了，大家问彩色的还是单色的？如果是彩色的大家都往外跑，如果不是彩色的，大家都不去了，看得多了，精神腐败了。最难受的是天天算日子，做梦都在算，臆想能有个什么方法回家一趟，比如坐飞艇、飞机、火箭、气球什么的，再返回到人类社会，饱享凡间的热闹⋯⋯"

白色的风雪，漆黑的夜晚，透骨的寒冷，贫瘠的语言⋯⋯难怪担任中山越冬站长的徐霞兴说："长期于这种环境中，人的心理会变化，难听点就是变态。

心态一变,爱钻牛角尖了,大家相互之间看不顺眼,话不投机。这样的日子叫熬冬,那是非常的艰难,一旦爆发就要滋事。"

为防止越冬的男人们借酒滋事,考察站有一种不成文的规定:烈性白酒被严格管控,只在节日里,才给每四五个人发一瓶白酒,即便这一瓶白酒,也会给队员带来一些意想不到的激动。

我的小老乡,"雪龙"号驾驶员刑豪告诉我,在漫长的远航时日里,寂寞的队员都到驾驶台寻乐子。有几位"吃了枪药"的伙计,专爱顶茬儿抬杠,什么话都能找到插杠的眼儿。这实际上成了一种变态的演绎,男子的口斗,就像森林中猛虎狮子的决斗,要分出个雌雄。好斗的台湾作家李敖,在离开香港凤凰台时事评论员一职时曾对他的对手们预言:我在你们盼我死,我死你会盼我活!据多年的医学采样表明,环境越恶劣,心理和生理面临的冲击和挑战就会越大。对于越冬队员来说,长期面对精神、地理的与世隔绝,会影响着生理机能的改变,从而改变人的心理。这时候出现了一个奇异的现象,越是对近距离的人,越产生攻击性。而对于淡忘多日,分离愈久的人,竟会强烈想念,甚至原来有过冲突,几成对手的人!这就是中美在朝鲜热战20年后,相互渴望成为朋友的科学根据。

你想,如果在死寂的南极冰雪里出现一只老鼠、一只小蛇,或者一只苍蝇,它一定会被心疼地喂养起来,成为公众溺爱的宠物!

最难忘的还是每个人的生日,在队友们的祝福中,给这个寒冬带来家的温暖。在远隔家乡万里的南极度过自己的生日,容易想到母亲、兄妹、妻儿,心中充满了各种愿望。但有一个愿望是共同的,就是祝愿完成南极考察任务,盼望下一批队员到来。

每年的11月,南极迎来夏季。温暖的洋流聚集而来,融化着海面的坚冰,一直躲在海平线下的太阳也每日升高,照亮了这个已被黑夜统治半年的冰雪世界。南极又恢复了生机,长达13个月的越冬考察接近尾声了。

在这片大洋的正北方,新一届的中国南极考察队正在日夜兼程奔向这里,梦中期待的相聚就要到来。大家燃放信号弹,拉挂横幅、气球,喝白酒,迎接

"雪龙"号到来。可就在那个晚上，刮起了暴风。一阵风过去，全都没有了。

2007年12月8日，中国南极中山站新的一批南极考察队领导，提前从"雪龙"号乘坐直升机来到考察站，几句暖心话说罢，同志们早已热泪涟涟。3个月后，他们将乘坐"雪龙"号到家，与亲人相聚，还有人会迎娶他的新媳妇！

格罗夫冰山——寻找神女遗珠

寂寞的广寒宫下，

对照着冰雪南极。

长袖善舞的仙女，

不小心遗失了珠玑。

亿万年时日了，

有人想觅得珍奇，

可冰雪之神的利剑呀！

无人能敌！

是友好的小企鹅

透露了机密，

她说在格罗夫的冰下啊！

藏着名叫陨石的宝贝……

南极大陆荒凉辽阔的程度，从各种渠道得到的浅显认识，都不足以引导想象。一踏上这片白色世界，才会顿觉自身渺小，一旦误入歧途，瞬间可被达40米/秒的超12级台风雪暴湮没。人在大自然面前太渺小了。

俯瞰南极广袤的洁白冰盖，各国科考设立的路线坐标点遍布其中。几十年来，科考队员利用卫星定位系统，在南极大陆定位坐标。"DT085"点，正是中国南极内陆考察队员分别的一个三岔点。从这里开始，考察队员一分为二，一支前往冰区A，研究冰雪，一支深入格罗夫山区。

徐霞兴告诉大家：在 15 次考察中，我们两支队伍在这里分手，一支第一次往南延伸。格罗夫方向也是第一次往西延伸。我作为机械师，约好了回来时在这里相见。第一次开始分手，两个月后，又在这里汇合。DT085 位于中国南极中山站以南 464 公里，与格罗夫山区地质探测科考活动息息相关。

格罗夫由 64 座美丽岛峰组成险峻奇观，从一被发现就成为科学家竞相探索的焦点，但是，它与生俱来的险恶和无数暗藏的冰裂隙，阻挡了探险家的脚步。

1998 年，中国第 15 次考察南极时，俄罗斯、德国、澳大利亚都要前往格罗夫。当我队正准备进入时，山地车出现了故障。单车深入冰雪野外被视为大忌，如果机器出现故障，考察队就会陷入孤立无援的状态，数小时内，队员就可能被严寒夺去生命。更何况中国还没有进入格罗夫的经验。

考察队机械师徐霞兴说："直升机超过 500 公里就飞不到了，所以我给队员说，从明天开始，我们全部要靠自己了，我们没有后援。当时我就给中山站李果说，如果我们再不进入，我们就没有机会了，不知道还要再过多少年，这是我们唯一的机会了。"

艰难的抉择，摆在首次格罗夫考察队面前，延期极有可能使中国失去南极格罗夫考察的机遇。重新整装出发会相对安全，但可能是格罗夫山区永远的迟到者，考察刻不容缓，压力给了中国科考单车冒险的勇气。在充分配备好所需之后，他们决定向未知区域进发，去冒犯那个"大忌"。

格罗夫考察机械师李金雁说："在中山站准备的时候，我尽量把配件多带些，胶带、螺丝都多准备一点，就这样下定决心出发了。"

在 DT085 点前往冰穹 A 时，考察队伍分开了，开启了中国首次单车考察格罗夫的序幕。西行 120 公里，进入了南极壮观的蓝冰区域——格罗夫。单车进入还意味着空间减半——4 个队员挤在一个六平方的小车厢里。如今的格罗夫已经是世界熟知的陨石富集区，当时考察队预定的目标，只是对格罗夫地质进行勘探，他们是一边地质勘测，一边寻找陨石。在常年大风呼啸的冰山上，陨石最容易从雪层中剥落到山崖外，科考队员跪在冰冷的陨石带上，小心翼翼地搜寻陨石。

中国南极考察地质学家林杨廷博士称："从 15 次考察开始，每一次找到的陨石都是递增的，第一次找到 4 块，这 4 块意义重大，是零的突破，弥足珍贵！"

格罗夫考察机械师李金雁说：他多次向国家海洋局极地办报告，格罗夫陨石特别多，我们应该再次派队伍去寻找。这样，我们第 19 次考察，成立了第一支陨石猎人队。

对陨石迫不及待的向往，常常让科考队员们热血沸腾，但这种沸腾却也捂不热冷漠的南极冰盖。在一次风雪考察中，因极寒带来的设备故障，险些酿成一场生离死别的惨剧——一辆雪地摩托车无论如何也发动不起来了！时任考察队长的地质学家刘小汉博士日后回忆："我当时感觉到这下完了，可能要死人了，因为一辆雪地摩托车只坐两个人，可以再挤上一个人，但四个人无论如何都挤不上去。恶劣的环境让大家形成了一种患难与共的默契，我们不会、不容丢弃任何一位队友。面对愈加狂妄的暴风雪和更加低温的黑夜，进入格罗夫的四位考察队员，唯有更加冷静地找到故障原因，才是生路……原因找到了，加油的时候进了雪花、冰粒，堵住喷油嘴。仿佛是赌命一场：用一个队员的暖水瓶里仅存的一点儿热水往里浇去，咬起牙来启动，哈！竟然发动了。那真是老天保佑……最危险的时候，仅凭了几滴热水……"而且还有热水……

当科考队员们从危机四伏的格罗夫山区归来时，满意的地质勘探结果和闪光的四块陨石，让队员们忘记了赌命冒进的危险。历尽艰险的格罗夫探险，也标志着这里将是中国取得瑰宝的标志性基地。

告别了美丽的格罗夫山区，下一步就是前往预定的汇合点 DT085，与另外一组考察组碰面。此时，危险又一次逼近：极寒的低温，使得运输车再一次发动不起来了，他们用掉了两瓶仅有的启动液，老天爷和格罗夫山神又一次保佑车子发动起来，并与另外一组胜利会师。

言语很难描述首次进入格罗夫的惊险，正是这次非常情形下的探险，让中国人打开了解格罗夫的窗口。格罗夫山中陨石的发现，成为中国科考的既定项目，名不见经传的 DT085，也成为中山站延伸至格罗夫山区的大本营。

今天，在南极风雪中鱼贯而行的运输车队，和天空翱翔的运输机，代表中国的南极考察，已处于世界前列，从DT085点向西40公里，就能瞥见格罗夫山区若隐若现的山峰。也知道隐藏于雪中的冰裂隙，会毫无征兆地崩裂开来，也盼望一辆无发动之虞的运输车，让科考队员无忧地一次次捧回珍稀的南极陨石。

风雪中冒险和脱险的神话，每个科考队员都不愿再提，此刻值得他们去做的，就是如何找到更多的陨石，站在探路人的肩膀上做同一件事，目标是超越。寻找陨石，可能是自然科学探索中屈指可数的与运气有关的工作。陨石深埋冰雪层里，需要冰雪搬运，和强风剥蚀才能露出地表。在茫茫无边的南极大陆，陨石露出的概率，往往与漫天飞舞的雪花一样缥缈。但是，吉人天相的中国人来了！

自喻为陨石猎人的勇士们，此后的数次格罗夫考察，竟都收获颇丰。猎人队每次都带回不一样的惊喜，在欢呼声中，珠玑般的陨石富集起来，在水晶宫中堆成玉山。第三次，19次队的猎获达到了4448块陨石，综合前4次考察，共觅得9000多块陨石，令世人瞪大了蓝眼、黑眼。

搜寻陨石充满了诱惑，天外的宝贝握在手中，增强了他们的成就感，忘记了寻找陨石的危险。对格罗夫考察者来说，得到陨石是一种运气，更是一种智慧。

1921年，澳大利亚探险队首次在南极采集到第一块陨石，此后48年间，仅采集到4块陨石。直到1969年，日本南极考察队在大和山区蓝色冰川地表，同时发现9块陨石。此后，日本考察队员仅在这一区域，又采集到520块陨石。至1989年底，科学家已在南极内陆采集到11000块陨石。迄今为止，全世界的南极陨石总数，超过3万块。

中国南极格罗夫考察队长琚宜太告诉人们："19次队的时候，我们找到4448块，22次队的时候是5354块。"

南极考察地质学家林杨廷："5354块，重量也比他们多，大概62公斤，上次队捡到9000多块，差100块就1万块了。"

到了中山站站长李果介绍的时日，他的表述就成为："我们国家的陨石收集，达到了 1 万多块，现在成为世界第 3 位，仅排在日本和美国之后。"

南极大陆公认为世界陨石的富集区，好像某种力量诱使陨石在这里安家落户。实际上，世界上任何角落，陨石坠落概率相等。南极发现更多陨石，最浅显的原因是，在白色洁净的环境中，黑褐色的陨石，更易进入搜寻者视野。干燥酷寒环境如同冰库保存了陨石，抑制了陨石风化，坠落在这里的陨石成为幸运儿，可经历万年，等待人类到来。

陨石当然越多越好，天上掉下来的东西，数量多了才有足够的样品，才有各种不同的类型，因为陨石不是完全一样的，有各种各样的陨石。

尽管全球收集的陨石三分之二来自南极，好像陨石遍布整个南极地表。但大多数陨石存在于被山脉阻挡的、裸露于南极山脉周围的冰面和碎石带中。刚坠落的陨石会深入冰雪以下，埋藏在南极寒冷洁净的环境里，并随着冰川运动而流动。运动冰川遇到隐蔽山脉拦阻而搁浅，同时受到挤压不断攀升，藏至冰雪中的陨石，也被挤压至冰雪浅层。表层冰雪不断风化蒸发，加上下降风的层层剥离，埋藏至深的陨石，最终暴露冰雪之上，逐步聚集在阻拦冰流的山脉处，黑白分明。

南极大陆九成以上是厚达 2300 米的冰雪，直接露出冰面的陆地，仅限于沿岸部分地区和高耸的山脉，统称为裸冰区。南极最大的裸冰区面积 4000 平方公里，存在于日本最早踏足的大和山区周围。美国则雄踞南极横断山脉周围巡视勘查。尽管南极没有领土界限，但区域的先来者，还是成为意识上的主人，后来者是默认的宾客。这条不成文的潜规则，像森林中的动物墨守成规。

最早发现格罗夫山特性的澳大利亚人，称这里为壮观的冷冻库，冰盖下面的陡峭山峰刺穿冰层，露出山尖。在他们眼里这是贫瘠山地、骇人的冰雪荒野现今的见解不同以往。"GROVE"英文意指山村森林，在这片崎岖的山区中，散落着珍稀的天外来客——陨石。

中国科学家涉足在南极寻找陨石的场所绝大多数就是格罗夫地区的碎石带，俯瞰这片 3200 公里的蓝冰区，冰川起伏，岛峰凸现，是南极大陆壮美的森林。机械师徐霞兴描述道："……地貌高低不平，遇到山要分流，冰缝最发达，有的冰缝像一条河。有的冰缝像农田一样，一条条，一垄垄，密密麻麻的，接天连海……"

美丽背后是无尽危机，格罗夫山区一年300天处于暴风雪肆虐中，雪花在这里变成冰粒。周遭坚固的花岗岩，也被风雪雕刻成奇特的风凌石。

风凌石是什么？是鬼斧神工的大自然造化，寒风为刀，千琢万磨，千年万代，无比耐心地雕刻。现仍在创作的过程中……风凌石有多美？观遍世上的珠宝妆饰、皇宫玉器，也找不到如此绮丽的景致。

格罗夫山区是个美丽的地方，有山，有蓝冰，有风凌石，非常漂亮，还有64个岛峰，是走过冰老天荒后，很难形容的一种美景。大家散开捡陨石，全靠徒步，全靠眼睛识别，很累，一天要走几十公里，而且在蓝冰上走，冰滑得让大家常摔跟头。

陨石，黑黝无泽，糙而无华，在审美层面是丑陋的石头，考察队员挑选南极石作纪念品，甚至看不上陨石，但在地球化学家和宇宙地质学家眼里，却是珍贵的宝物。陨石逃脱星际劫难到来，居地年龄可达千万年，南极陨石居地年龄一般可达95万年，更有两颗陨石存在500万年。

耗资亿万的阿波罗登月，仅能从月球正面采集样品。月球的背面，人类还无从涉足。而南极发现的9块月球陨石中，竟有8块来自月球背面。在已经发现的南极陨石中，有更为珍贵的两块来自火星，它们将为探索火星历史和探索火星生命，提供实物证据。人类乐此不疲在南极采集陨石，无异于以物美价廉之方猎取外太空的样品与信息。

陨石从星际空间坠落地球之前，途中受到太阳风和宇宙射线的轰击。相互碰撞，也在陨石上留下宇宙空间辐射线和粒子辐射通量信息。南极陨石涵盖50多种所有类型，分析这些陨石，即可测定陨石的宇宙射线暴露年龄和陨石落地后的地球年龄，以及行星际空间宇宙射线和太阳风的强度。与耗费巨资研制一种宇宙空间探测器比较，在南极搜集陨石，是最经济可行的宇宙探秘策略。

格罗夫山区除有恶劣的天气，最可怕的冰裂隙隐藏在冰雪下面，与无冰缝地带没有区别，科考人员经过时，冰桥不堪重负，崩裂后可落入200米深的冰裂谷。雪暴来临时，冰晶雪雾光线完全散射，使人失去正常的视觉，称为雪盲。考察人员方向感全无，每一步都危机四伏。因为蓝冰很多，人站不住。科考队员同情陨石有着同样的磨难：它们是星球爆炸、崩裂或星球碰撞时的碎块，宇宙中逃逸的尘埃。从宇宙空间，携带其母天体原始信息而来。它们九死一生，寂寞万年。一朝遇救，便造福于人类，是个有良心的好东西！

科学家曾一度对陨石的身份发生误解：认为它们只可能来自小行星，不可能来自月球或者火星，根据是月球和火星质量很大，引力巨大，陨石要坠落到地球，首先要逃离这种引力，而理论计算分离出来的石块，是达不到足够速度的。人类从月球带回来的样品证明，这个认识是错误的，月球样本和陨石比对，有几块如出一辙。美国航空器穿过火星大气层，得到火星大气成分的分析结果，与南极陨石里包裹的气体比对，完全一致，证明陨石的确来自火星。

陨石是最古老的星际岩石。地球上最古老的岩石年龄大约38亿年，而多数陨石的结晶年龄，平均达到45亿年，接近于太阳系形成的时间，这对于确定太阳系内固体物质的演化年代，无疑更为有效。科学家对南极陨石的研究将超越太阳系，延伸到更遥远的宇宙空间。

笔者听过一种传说：但凡宝物，都有猛兽守护。譬如深山野参，长到成精的年份，巨蟒、猛虎欲望吃它，以便成仙。有人意欲强掳，便与猛兽搏斗，十有九死。若是稀世珍宝，天外奇物呢！那冰峰雪谷，风暴地裂便在要冲，多智多福又有胆魄者才能获得。即便是捞获海珍，要潜深海；寻得燕窝，要涉险滩，攀爬悬崖呢！寻宝便是这般道理。

至于南极之瑰宝，笔者跟随第30次考察队伍，在乌拉圭站的海滩，拾到过红铁玉；在企鹅岛山崖，捡到了美纹石；还在碧玉滩上捡到一种色泽墨绿，满是麻坑的宝贝，据信都不是陨石。只有朱宗泉送我的一块，言是来自格罗夫雪山。那宝贝奇形怪状，似多种流汁混成，含糊不清。有焊烧般的结缘，粘贴般的拼图：白一块，黑一坨，紫一斑，绿一抹。这宝贝送给族中的一位长者，窃以为寄爱于他，便如文物存入博物馆中，收藏更妥。

记者评述：中国女性越冬南极
——赵萍、林清在长城湾

　　这里选载的是一份记者采访录加评述，他是在赵萍、林清入列之后，再访南极有感而发的，这位笔下生花的记者名叫袁力，文章读来令人感叹：

　　极地工作没有性别之分，女性介入是必然的。

　　在中国南极考察经历了18个年头的磨合之后，国家海洋局极地办公室才决定，在已经确定了的南极17队越冬名单上补缀两位女性的名字：赵萍、林清。

　　极地办公室主任陈立奇说："我们和我们的队员们已经做好了充分的思想准备。"而主管极地工作的国家海洋局陈连增副局长则表示，极地事业是开拓的事业，我们在认识它的同时，行动则是最主要的。

　　去年7月，国家海洋局正式向外界宣布，年底出发的南极17次长城站队将有2名女性参与。从1985年4月10日，中国首次南极科考队归来，南极就已经开始引起了中国知识女性的关注。

　　1999年中，中国女性赵萍、林清在赴南极越冬的报名表上郑重地填上了自己的名字，这一次她们采用了书面报告的形式。直到年底，她们才突然获准参加17次南极越冬队的冬季训练。事态并没有因此而明朗化，2000年8月，她们的申请才得到了正式批准。

　　对此，陈立奇曾对新闻界表示："南极的自然条件是残酷的，年平均气温只有－56℃，最冷可达－89.2℃。风速最高可达96米／秒。所以，批准女性越冬必须慎而再慎。"

　　对于最终决定选派女性在南极越冬，国家海洋局陈连增副局长说，中国的南极事业发展到现在，作为女性要求介入是一种正常现象，到目前为止，已经有37位女性在南极成功度夏。他说，极地工作没有性别之分，女性介入是必然的。

　　记者日前再返南极，目睹两名女性在南极的工作和生活，对女性在南极越冬有了更深刻的体会。女性在南极越冬需要勇气，南极事业需要女性的介入。

记者体察：

在告别长城站的前一天晚上，心慌慌的，像是那些担心有一天也会失去家园的贼鸥。我茫然地在房间里忙着，重复做着手里的活计。这一整天我都很失落，像是丢掉了表达能力，默默地吃饭，默默地回到房间。女人，我想是因为女人的缘故。

女人是喜欢多愁善感的。就像赵萍在刮着9级大风的那天，仍独自从100米开外的综合库搬回一箱劳保用品，而在晚上却把我叫到房间，为的是帮助参谋第二天外出该不该穿那件白色的毛衣。林清快乐地从集装箱里搬出十几只印有"文体栋"字样的纸箱，里面装的是书或是药品，每一只都有几十斤重，而之后的一天中午，我看见她在餐厅里用纸巾盖住了脸，她在偷偷地流泪。

我喜欢拉着窗帘，即使在白天，我会点上一盏台灯。这个时候，赵萍、林清正穿着比她们身体大出许多的工作服，在站里站外干着她们爱干和不爱干的活。闲暇下来，林清总会把她的头发重新梳理利索，赵萍则很可能又再整理着她的柜子，或是重新摆摆桌子上那几件装饰。

女人是水做的。即使在南极，即使那些敢于挑战生命极限的女人们，她们的性情也是水做的。

2月8日，中国长城站：见面时流下的眼泪常被叫作泪花，是因为它源于幸福。

赵萍来时，我们已经在智利弗雷基地旅馆餐厅的椅子上坐了近半个小时。好天时从长城站走到弗雷只需要40分钟，遇到雪天就难说了，因为要过河，而雪常常把它们的大部分身体藏在了下面，所以要绕道。前一天，乔治王岛上下了一场大雪，航班因此向后顺延了一天。

见她前想法多得像是久别的恋人，见到了心却平静得像手里的那杯咖啡。坐在拐角的椅子上，看着她和所有的人打招呼。她没有太大的变化，只是科考服大了一点，让人觉得她的身子更单薄。她实在是应该待在一个温暖的环境里，那是一个被柔和的东西包围的环境，而不是南极。

终于看见我了，她张开双臂。我设计过我们的见面场面，像小说里描述的老朋友相见时的情景一样，先是大声尖叫，然后是热烈地拥抱。我们确实是抱在了一起，但却是默默的，甚至连招呼都没有。喉咙像是被刚打来的葡萄酒木塞堵住了一样，眼泪就像断了线的珠子，一串接着一串，在别人相见的欢叫声里。

半个月前曾通了一次电话，是在北京时间的大年初一，长城站的年三十。他们正在准备过年的饺子。到底是中国人，即使在南极，即使在蔬菜不太富余的地方，仍然坚持着中国人的生活习惯。赵萍说她知道我会打电话的，刚才还在想，电话就来了。她说她很好，感觉像是在大西北的一个什么地方，她叫我放心。青海是赵萍的出生地，她在那儿读完了小学和中学。

站区餐厅还保留着春节时的气氛，天花板上缀着几盏红灯笼，窗户上贴着中国剪纸，它们是赵萍从北京带来的。有了家庭气氛，人在餐厅里也变得闲散了，大家找到合适的位置坐下，沏上一杯浓茶，谈着随便捡来的话题。一天的疲劳也就顺着指尖、脚尖慢慢地散去。

见到林清是在到站3个小时以后，她把6个人文学者和2名记者送到机场，她是目送"大力神"离开乔治王岛才返回站上的。那天她穿的是天蓝色的科考服，离开时的短发已经能扎在一起了。她快步走进来，说着谁哭了。她说如果不是谁一直泪流不止，她是不会掉眼泪的。

但当晚，在她的房间，在没有人流泪的环境，她却大哭了一场，直到第二天上午她的眼睛还是肿肿的，她不说别人也不问。但后来她告诉我，她是看起来坚强，实际上却是多愁善感。

2月19日，灶台前：闪动的火苗像不像女儿的眼神。

打开厨房水龙头，让带着一点暖意的水轻轻地砸在手上，然后慢慢摆弄手里的菜，或是碗，或是盘子之类的东西。在一旁，大厨有节奏地一次次让这只手里的刀，穿过另一只手按着的菜，刀割断菜落在案板上发出了"嚓、嚓"的响声。

在这个时候是不需要说话的，生活就在身边，心也从喉咙，或其他什么地方，慢慢滑到了原位。

这是女人们想待的地方。如果两个女人不约而同地到这里，这儿就成了最好的谈话的地方。在熟练地做着在家里无数次做过的事情的时候，语言也就像出笼子时的鸟，一句接着一句，自然而然，挡也挡不住。

林清是一名外科医生。当她把一绺长发塞进帽子的时候，她确实有一点飒气。她说她手里的刀是用来帮助病人找回失去了的幸福的。所以，她从第一例手术后就没有再多的恐惧。即使一个人，她仍然能保持平静。

她两岁的女儿继承了她这一点。她已经知道运用她的眼神表达她的愿望，她会在温和平静的目光中掺杂一点坚定。有时也会掺一点羞涩，但仍然很大气，让你不能不用平等的口气和她交涉。

林清不太谈及她的家事，如果没有特定的氛围，她是很少谈到女儿的。就像一个想念孩子的年轻母亲，只有在没有人的时候，才会狂吻照片上的孩子的脸。在她的衣柜里藏着六本家人和女儿的照片。

但是，有一次她破例了。在吃饭的时候，她说，我的女儿会游泳了，而且还敢跳水。她爸爸曾经把她的头按进水里，结果除了让她喝了两口水外，并没有让她对水产生恐惧。

有孩子的人接着她的话题说下去，那顿饭是在谈论孩子不同时期的不同趣事中结束的，已经好久没有如此的家庭气氛了。大家可以从容地在各自的站里吃晚饭，女士们也不必担心吃掉了口红，从而影响了她们在舞会上的迷人笑容。晚饭后，她们回到房间里，一边补上失去的颜色，一边还可以考虑穿什么样的服装最适宜。

……

笔者：以上，删去了的一大段精彩的文字，是精彩表现他与南美朋友的杯盏之情。我之所需，则是美丽的林清和赵萍——这是记者采访的主题！下面，又到了开门见山的采访：

记者：中国人参与南极科学研究已经20余年了，其中也不乏女科学家，她们不仅仅是研究者，而且还颇有建树。据了解，早在80年代就有女性要求在南极越冬，但长城站建站已经16年，中国为什么在17次队才批准女性在南极越冬？

陈立奇：早在80年代，就有中国女科学家参与国际南极考察。1983年11月，中科院地化所的女科学家李华梅，应新西兰政府邀请，参加了新西兰斯科特站的度夏科学考察活动。李华梅在罗斯岛和维多利亚地干谷区考察了第四纪沉积物、火山岩系，回国后发表了一系列科学论文。

随着女性参与南极考察，在南极越冬的请求也就相继出现，李华梅也多次表示希望能到南极越冬。但考虑到南极的生存环境艰苦，且远离大陆，以及站上的各方面条件还不完善等，而没有批准女性的请求。

到16次队，长城站的建站任务基本结束，初步的生存环境已经形成，所以，2000年，女性越冬的考虑才正式纳入选派计划。

记者：社会上就女队员在南极越冬的说法很多，其中一点认为中国迟迟没有同意女队员在南极越冬是怕出现性问题，您认为主要的担心是在哪个方面？

陈立奇：南极考察中出现的性问题历来是各国在选派考察队员中首先要考虑的一个重要问题。由于南极远离大陆，环境相对封闭，队员越冬主要面临的困难是"孤独"。因此，一些考察站希望考察队员两人住在一起，相互对话，减少寂寞。当然，也有些心理学家也建议，适当的性别搭配也是解决"孤独"心理的有效的办法。所以，有些国家正在积极进行男女混合编队的越冬考察试验。目前从国际上看，男女混合编队在南极越冬已是大势所趋，势在必行。但就各国而言，还都需要做好充分的物质和精神准备，其中精神准备尤其重要。

记者：中国有句老话叫"三足鼎立"，既然如此，中国为什么选派的队员是两名？如果此次仅仅是一种尝试，为什么不只派一名女队员？

陈立奇：在女性越冬上，西方国家确实先行了一步。德国曾试验全部9名女队员越冬，但是并不成功。

根据有些国家主管后勤工作的官员推荐，在不具备大规模配备越冬女队员的国家或考察站，试行的最好方式是选派 2 名女队员。其根据是，2 人间可以相互通气，又不至于形成多个中心而出现太多的矛盾。中国首次选派女性在南极越冬确实带有尝试性，所以还是比较重视国外相对科学的说法。

记者：中国在决定派出女越冬队员前都做了哪几方面的准备？

陈立奇：首先，我们确定选派 2 名女性，之后确定站务岗位，认为管理人员和医生更适合女性。然后对主动申请赴南极越冬女队员进行选拔和考察，测评条件分敬业精神、心理素质、身体条件等几个方面。然后到亚布力的中国极地训练基地进行南极越冬训练。回来后再进行心理测试，并进行女队员越冬有关问题的培训。

在我们整个测评中，对心理素质的要求更严格。根据心理专家们的实验，把一个人单独关在屋里，即使吃喝不愁，这个人还是无法坚持一个星期。冬季，长城站要有一个月左右，即使是正午也是黑蒙蒙的，因此，要求考察队员有很好的心理承受能力。此前，由于心理出现问题而不得不中途送回国内的考察队员已有数人。

记者：前不久您随中国政府南极视察团到达长城站，您觉得女队员在那里的工作情况是否令人满意？您认为她们的精神状况如何？

陈立奇：到目前为止，两名女越冬队员的精神状态还都不错。她们工作称职尽责，赵萍除了做好管理员，同时还协助站长做好全站的管理工作，并承担与外站的联络。林清在当好站医的同时，还负责图书管理和娱乐工作，并且是站上的环境官员。

她们热情大方，但又不失东方女性的典雅，受到外站队员们的好评。当然，3 月以后，南极将进入冬季，暴风雪增多，气温急剧下降，自然环境更加严酷，应该说，更大的考验还在后头。

我个人对她们越冬成功是抱有信心的，她们会遇到困难，也会有灰心的时候，她们会流泪，甚至会出现自闭现象，这些都是正常的。我也曾带女队员度夏，她们有时的表现会让人感到莫名其妙，但到了工作的时候，她们仍然一如既往，我甚至觉得她们在有些时候比男队员还要坚强。

记者：假如出现了一些令人尴尬的问题，中国会不会就此中断女性在南极越冬？

陈立奇：女队员在越冬期间出现某种问题是正常的，不少国家都遇到过这种现象，但还没有哪个国家就此否定这一做法。出现问题只能敦促决策层采取更谨慎的态度，更加努力寻求好的解决方式。中国也会如此。

新闻背景：

早在 40 年代就有女性在南极越冬，但她们大多是陪伴丈夫，单独的女性在南极越冬出现在 70 年代以后。

虽然女性在南极越冬在国际上已经不是新闻，但由于女性出现而带来的新问题，常常会引起伦理学家、心理学家、社会学家的关注，女性在南极越冬至今还是一个可圈可点的话题。

在南极大陆，有记载的最早的越冬女性是美国的容乃（Rome）南极探险队（1947 年 3 月至 1948 年 2 月）中的两名女性。她们是在南极半岛西侧的斯通尼通岛考察站上的 Edith Ronne（队长夫人）和 Jennie Darlington（飞行员夫人）。

在美国，南极曾一度被称为男性的世界。直到 60 年代，女性科学家和辅助人员登上了艾尔塔宁号海洋调查船，这种说法才告一段落。1966 年至 1970 年的南极夏季，女性们纷纷参加了南极大陆的调查。

1974 年有 2 名女海洋生物学家在南极越冬。1977 年一对夫妇在美国的麦克默多站度过了冬季，1979 年一位女医师在南极点越冬。1977 年 11 月一位妊娠的军人之妻被送至阿根廷陆军管理的埃斯佩兰扎基地，次年 1 月 8 日她生下了一名男孩，阿根廷称这个男婴为南极属地的第一公民。

到了 80 年代，女性越冬人数迅速增加。1980 年在堵龙宁·莫德陆地的英国私人探险队的队长夫妻、1982 年澳大利亚亚莫森站的医生、1990 年德国诺依迈尔站由 9 名女性组成的越冬队等均在南极越冬。

1990 年至 1991 年，澳大利亚戴维斯站由 Auson Clifton 女士出任站长，她还率领了 3 个女性，她们分别承担气象、生物、通信工作。

女性在南极考察，历史上犹如凤毛麟角，所以她们的每一次出现，都引起世界的关注。在1996年的南极条约国协商会议上，以挪威为首的一些国家向会议提交议案，要求各国在选拔南极考察队员时，应考虑性别平衡。但由于女性越冬都带有试验，所以对这一行为也就褒贬不一，各国在选拔女越冬队员时都十分慎重。

1993年8月在澳大利亚的霍巴特召开了一个题为"女性在南极"的会议。会上曾带领8名女性队员越冬的女队长表示，她的所有女性队员都抱有再赴南极的希望，但最好是参加男女混合队。她说，就她本人而言，与其说是进入越冬前的压力，不如说是越冬后回归社会时的压力更大。据她透露，在越冬回来后不久，她即与越冬期间的通讯伙伴、南非的话务员结婚。

这次会议后来的正式名称为"南极生活：男性社会中的女性"，其中性骚扰也是其话题之一。但最终还是1979年曾在南极点越冬的女医生的发言，"南极既不是男性的世界，也不是纯粹女性的世界"，成了大家的共同认识。这次会议的报告以"冰上的性别"为题，由澳大利亚政府出版局在1994年正式出版。

笔者：刚刚离世的张贤亮说："男人的一半是女人。"孔子曰，食色，性也！伟大领袖毛主席教导我们说："妇女能顶半边天。"世上若无女性半边天，整个天便会塌下来！古今中外，概莫能外……

冰穹 A 惊魂

有资格谈论征服的，是南极诗社的诗人瓦尔特·蒙罗。但是，他的诗《白色的征服》中的结论和《白鲸》中的主人公一样——成了一位敬畏大自然的被征服者！

> 在深沉的梦中
> 像世界上少数
> 来过这儿的人

我是一个幸运儿

充满日复一日的感激

你自然的威严

是独一无二的演艺

美丽，神奇，可爱，多彩

又凶残，可怖，不屈

你的法则不容宽恕

很多人已受罚

未敬畏你的人

如今只能活在我们的记忆中

给你写诗的诗人

与你交好的人们

还有祈求的人们

正受着你的保护和关爱

还有爱你的人们

只见了你一次

便赞自己

没有教训，没有挫折

他们如此感谢你

为了不易的机会

向人类展示

你存在的伟大

　"和平和科学之地"

　我们膜拜你

　对勇敢的人

　你让他们着迷

　我们从他们那儿继承了

　征服你的激情，但是

　在今天的诗中我终承认

　我是被征服的征服者

笔者：我高度评价他：真是一个明白人！

中国科考队要出征冰穹 A。

冰穹 A，又称为 DOME-A 点，位于南纬 88°22′、东经 77°27′，是南极巨大冰盖海拔最高点，海拔 4093 米，被称为人类不可接近之极。高耸的海冰也赋予它更多科学意义，冰穹 A 点与南极极点、南极磁点、南极冰点，被并列为南极四个具有重要科考价值和战略意义的坐标点。

从南极中山站到冰穹 A，这段考察线路被称为世界上最凶险的野外考察线路，世界最为猛烈的暴风雪、酷寒、暗藏杀机的冰雪路面。这里的空气比撒哈拉沙漠还要干燥，局部气温甚至低于火星。

1997 年 1 月 18 日 10 点 30 分，中国开启了南极冰盖考察的序幕，冰山障眼，妖雾弥漫。考察队的 5 台雪地车，拖载了 157 吨的各种物资前进。

2007 年 1 月 25 日，南极内陆冰盖，在距离中山站 174 公里处，中国 24 次考察队出现了车辆机械故障，车队停止了前进。时任南极考察队队长糜文明说："因天气冷，车履带和液压缺少配件，考察队决定，派出直升机，把配件送来，我们像企鹅一样望天等待。我们看到了云层里面的飞机，当它往下降的时候，突然又钻到另一个云层里面去了，有气流。推到最大升力把飞机拉起来，转了一圈跑出来了。"

一个小时后，直升机送来了车辆配件，考察队机械师进入紧张的现场维修。经过生死攸关的 10 小时的维修，车辆又运行起来。

在这片冰冷高原上，长途奔波带来无尽的寂寞。永远单一的白色，给队员们带来视觉疲劳，影响心理。高强度的颠簸，每天重复的劳动，挑战着人心坚韧的底线。没有参照，像是永远没有尽头，又像原地没动行进，耗损了人的耐性。

海拔不断上升，队员们的缺氧反应越来越强烈。南极大陆被平均厚度超过 2300 米的冰雪所覆盖，使它成为地球上海拔最高，是包括青藏高原在内的亚洲大陆平均海拔的 2.5 倍。在这个世界上最寒冷干燥的荒凉大陆上，没有任何植被，进一步减少了空气中氧气的含量。南极大陆海拔 4000 米，只相当世界屋脊 5000 米高度的含氧量。

内陆考察队副队长金波形容说："睡着睡着，就感觉被人掐住喉咙似的，喘不过气来，不自觉地就坐起来了。有时候，要使劲喘几下才清醒，才知道自己在哪里……"

然而，对于考察队员来说，困难还不止这些。暴风雪在这里是家常便饭。内陆考察队队长孙波说："进入南极内陆以后，白化天气非常多。风夹着细小的冰晶体，让人感觉到进入了乳白色的水里，能见度不到 10 米。我们 8 辆车，车头跟前面车尾，间距四五米，像一头钻进牛奶瓶里，不知道天在哪里，地在哪里，东西南北一点感觉都没有。极地办李果处长的形容也十分形象：他说人从风雪里回来，像是从白色的幔帐里挤出来一样。出发后的第 17 天，距离出发地中山站 1026 公里冰盖深处，海拔 3700 米，气温 –36℃，一辆卡特彼勒雪地车被陷入雪中。

内陆冰盖考察机械师魏福海说："车一起步就要陷进去了，原地转一个大坑，走不出了。"

这个区域的冰盖累积率很高，而且松软。全体队员挖雪开路。经 6 个小时的努力，被陷雪地车终于拖拽出来。队员们却出现了严重的体力透支现象，能够得到的安慰是，这里开始出现 DOME—A 结晶雪。

内陆冰盖考察队员崔祥斌博士说："空气突然凝结掉下，好像铺在雪面上一片针一样。有时候，你不敢踩下去，觉得踩下去就会被扎透靴子。天非常干净，很深，很亮，也很蓝，非常漂亮，一种鬼斧神工的仙境！"

2007 年 12 月 15 日午夜 11 时，南极普里兹湾，中国 24 次考察队乘坐着"雪龙"号向着预定终点航行。冰封一片，白雪茫茫。为赶在冰面变软前抢运 2000 多吨物资，决定把 MT865 卡特彼勒重型牵引车，从冰冻的海面上开进中山站。

中国南极昆仑站，是中国政府宣布建设的第三个考察站，离中山站直线距离 1386 公里，被人类认为不可接近之极，负责探路的队员报来消息：从"雪龙"号到中山站，中间有三道冰裂隙，其中两个较宽，约 1.2 米。这样就要在冰裂隙上铺上木板，防止冰面断裂和塌陷。但如果卡特雪地车从侧面滑落木板，车、人将葬身冰海。

面对艰险，中国 24 次考察队下达冒险一搏的艰难命令。

时任中国考察队总领队的魏文良说："选择驾驶员的标准是，技术强，胆子大，身体好，头脑灵活，必须是党员，大家自愿。"

考察队从各个岗位选拔了 18 人担当这次充满危机的冒险行动。担任驾驶 4 辆卡特车的任务者分别是，1 号车驾驶员，考察队副总领队秦为稼。2 号车，考察队助理糜文明。3 号车，内陆考察队队长徐霞兴。4 号车，中国极地研究中心机械师崔鹏惠。

度夏考察队员刘笃彬说："其实你掉下去是很快的。如果说真要发生意外，那就是车毁人亡，掉下去就不可能再上来，地裂有多深？谁也不知道！"

乌云笼罩了普里斯湾的天空，强烈的东北风夹带着雪花呼啸而来，机车开动了：第一车速不能太快，要均匀。第二车距不能太近，第三车不能失速。4 台车在行驶中必须打开车门，一旦发生冰面断裂，车体坠落，人尽可能地逃生。但是，大家心里都明白一个现实，时任"雪龙"号政委汪海浪说："车门开着是一个常规的说法，一种安慰。现场不是那回事！一旦冰断裂，重车下沉在眨眼间。你在驾驶室里，能跳出多远。你可能没地方跳，因为车轮很大，心里都明白……"

第一车的秦为稼短发直竖了,我甚至可以想象"第一车"驾驶员拼死一搏的形象——像项羽,那是他家前屋后的一个历史人物。如果是怕,中国极地考察不会有明天。敢死队迎来了决战的时刻,第一个冰裂隙是一个典型的潮汐缝,自东南向西北方向炸裂。1号卡特车的秦为稼开始冒险一冲,厚重的木板在23吨的车体冲击下,产生了剧烈反弹,前端高高翘起,但被毫不犹豫,猛冲过来的重车宽大的履带,牢牢地压盖下来,只在一瞬间,23吨的卡特车就冲过了潮汐缝。但是,木板下的冰层发生了明显的上下浮动,承重已达到了极限,断裂仿佛就在眼前,连离1号车300米的4号车上的队员,都感觉到了冰面的颤动、南极洲的颤动、人心的颤动。

中国极地研究中心机械师崔鹏惠说:"卡特车依次开始了冒险的冲击,胆大、心细、手稳啊!一定要对准前面那两个跳板,一旦走偏压滑,后果不堪设想,因为两边的冰没有承重力!我就对准冲过去,眼前是冰光闪烁,一片茫茫!四辆车闯险过关,等待在侧的中山站男女考察队员欢呼起来!好奇而惊恐的海豹扭动着肥胖的身体,跳起了舞蹈。远远地看热闹儿的企鹅啊啊地叫起来,加入了中国队的狂欢。"狂欢,太值得狂欢。假如冰之极限被打破,则人们只能到地球的那一面打捞英雄,正如诗云"只能活在我们的记忆中……"

这一节有许多"说时迟、那时快"的细节,而今已不堪细想,真是生死一瞬间!还有冰原五壮士的故事,也是惊心动魄。又是发生在南极大陆冰盖深处,海拔最高处,国际上称DOME—A地区,拥有世界上最恶劣的环境。

2008年1月22日,中国南极内陆考察队第三次来到这里,经历了22天的艰难跋涉,走过了1286公里的冰盖行程。此时,-76℃的可怕低温,随着狂风和暴雪吞没了天地,队员们必须在15天后返回中山站。唯一的选择就是奋力一搏。

17名考察队员中的5名接受了一项重要的任务,用两天时间,围绕海拔4093米的南极冰盖最高点,完成6000平方公里的冰盖观测,并为中国即将建设的第三个考察站,完成选址工作。

内陆考察队队长孙波说:"尽管我们是科学考察,但是表现出来的更多的是一种探险，风险摆在我们面前。"

就是这次具有探险性质的考察，成为一次风险极高的救援行动。2007年1月14日凌晨，5名队员离开大本营。考察队员之一的副队长金波说："孙波队长跟我说过两遍，万一……一定来救我们！我说你放心！但过了一两天就出事了，我们离开大本营最远的点，120公里的位置。雪地车出现了无法修复的故障，整个车失去了动力，我们用随身携带的铱星手机与大本营联系。接到小分队被困野外的消息后，考察队马上提出营救方案，实施营救工作。"

孙波队长说："在冰盖高原，温度低，又失去了支撑体系，你不知能撑多长时，非常危急。"

大本营的12名队员，分成营救组和留守组，两个组都承担了巨大的责任和风险。大本营必须正常维系，否则，这支队伍很难返回中山站。负责营救的队伍，必须有一套灵活可靠的能力搭救野外队，还要有自身的支撑保障能力。

三个小组都存在隐患，如再发生意外，每一组实际上都是孤立无援。更让人惊慌的是，救援小组只有一个出了问题的GPS卫星定位仪，在没有标志的冰盖上，失去方向的后果就是一头拱进牛奶瓶里……

内陆考察队长孙波事后述说："队伍被困在冰盖上，5个人能坚持多长时间！好在有个非常优秀的测绘专家，利用他的测绘技术，通过有问题的GPS，引领救援小组到达了救援点。"

在经历了11个小时的搜救后，救援小组终于找到了被困的5名队员。用了整整3个小时，才把瘫痪的雪地车吊上雪橇。队员们继续努力，沿途坚持计划中的各项考察，并完成了各项工作，真是不要命啊！

东南极时间2008年1月16日6时30分，营救小组和被困人员安全返回了大本营。这次营救行动历时23小时，避免了一次八面临险的灭顶之灾。

以500平方公里冰雪冻结地称为冰盖，超过此冰盖覆盖面积称为冰原。但是，科考队员仍称面积达千万平方公里的冰雪地为冰盖，因为在他们眼里，千古不化的冰层，更像倒扣在南极大陆上的盖子，任何其他命名都不如冰盖二字来得形象！永无停息的风雪展示神力，冰盖上呈现出地球上奇特冰川地貌。

悬浮中气堤、冰核金字塔，都是非常难得的奇景。冰川地貌的现象，在格罗夫山区非常典型，险峻嶙峋的冰形地质，组成了南极一道道亮丽的风景线。

貌似安静的南极冰盖，其实一直处于无形的运动中。学术界的领航者，开始剥开禁锢南极亿万年的白色铠甲，透视它冰冷的胸内。他们发现，南极很多区域都有险峻的奇观，在冰盖之中，众多的，形同人体动脉血管的构造。这些变化不均的活跃营构，以快速流动方式，将冰盖上不同地区的物质，运移到冰盖的边缘，排入南大洋中。

在南极冰盖形成以后的某个地球冰川期，大量海水遭南极冰盖冻结包裹，致使全球海平面大幅下降，白令海峡露出水面，那时亚洲人不必再对遥不可及的北美洲大陆望洋兴叹，他们可以跨过南极冰盖，从西伯利亚，走到绿意盎然的北美新大陆。

在格罗夫山脉，满眼是威力十足刺穿冰面的尖峰，貌似刚健的山岩，也会被冰盖运动中流动的冰雪剥落外皮。流动冰雪甚至会把整个山尖削平，或夹带山石移向大海，失去尖体部分的山岭袒露冰雪之外，形成奇特的羊背石。

在深深的冰盖下，竟然发现了湖泊，震动了整个科学界。一场探求冰下湖泊的科学发现之旅，拉开了帷幕。累计探测到150多个大小不一的，冰盖下神秘液态水系。数千米之下存有星罗棋布的平静湖泊，冰下湖里的生命存在形式、生态系统、微生物系统，在人类眼中同样遥远和古老。

神秘的冰下湖的面积和分布位置，尚无任何规律可循，一类与黑暗冰下世界步调一致，成为科学家眼中亘古不变的静态湖泊，平静宛如玻璃镜面。而另一类并不安于封尘现状，它们拥有不断循环的自身水系，在这类冰下湖的附近，可能存在连续的数十个冰层，融水进入湖泊参与循环。湖水流到另一位置再次冻结，周而复始中，冰层里的物质也就源源不断供给到湖水里。

水道互通联系湖泊，湖水间互相迁徙形成连绵水系，遇到山谷落差，就转变为势力强悍的瀑布。同样，与南极冰盖下，与山脉共存的冰下湖，貌似独立，但在特定时期，冰下湖水也会相互贯通。那么，南极的冰下湖泊，便是一个盛气凌人的复杂而庞大的冰下水世界。

东方湖被称为冰盖下隐藏的绿洲，地球其他任何地方再无与它类似的环境。科学家停止钻探源自一个担心的困扰：穿破东方湖上层的冰面，外界细菌就可能污染湖水，同时湖里未知生命也将染指地球。假若东方湖里存在着新的生命形式，它将展示地球在冰河世纪之前的生命形态和演化过程，这也会从另一个角度解释火星极端环境中存在生命的可能。在冰下湖泊里边，也可能孕育着非常丰富的，与我们当今知道的生态系统、生命体系、完全不一样的一种远古生命的存在。

　　　　　神秘的冰下湖，

　　　　　圣洁来自远古！

　　　　　她并不希望人类打扰。

　　　　　聪明人的停钻，

　　　　　是金盆洗手。

　　　　　向善的觉悟！

冰洋烈火——磷虾

在南极的南大洋上，海洋产品中有一种南极最重要的浮游生物——磷虾。个头细小的磷虾蕴藏数量惊人，科学家普遍的估计值是 4 亿~6 亿吨，甚达 50 亿吨，但成规模捕捞磷虾，一直是人类的禁忌。人类有很多教训，比如对南极鲸鱼的捕捞，在 20 世纪 30 年代，是非常红火的行业，导致鲸鱼数量急剧减少。磷虾是南极生态系统中重要的一环。全面开放磷虾捕捞的大门，将使得磷虾急剧减少，使磷虾资源面临枯竭，危害南极整个食物链，给南极生态系统带来灾难性后果。

要知道磷虾的捕捞量，就要先知磷虾的生命周期。南极的冬季是非常残酷的，因为没有光照，可吃的东西很少，寒冷的冬季过去，磷虾身体就收缩了。有些地方能找到东西吃，有些地方找不到，没有办法找到统一标准。

传统的虾龄是测量虾体，虾的身体越大，虾龄越大，但是，南极的磷虾在饥饿状态下身体会越变越小，有时候看起来像是幼虾的磷虾，其实是一种成年老虾。这种特殊环境影响下的磷虾，用传统测量方式来测量缺乏科学依据。

考察队员、海洋生物学家孙松说："我们买鱼买虾，看它的身体有多长，可能5厘米是成熟的，3厘米是中间的，还有1厘米半厘米的。但发现磷虾收缩体长，却不能代表年龄了。"

南极考察试图从其他方面找到答案，如树有年轮，鱼有鳞片，磷虾是否有界定年龄的印记？科学家又发现，除了身体变化之外，磷虾机体的变化也很快，除正常时期每隔20天就会蜕一次皮外，就在饥饿时，磷虾也不忘蜕皮，科学家用色素法和年龄生化法，同样得不到测定磷虾年龄的良方。

它缩小的另外一个原因，是壳老就蜕皮，没东西吃，个头越来越小。磷虾的生命周期，或许只能从了解磷虾本身去寻找答案。每年1月下旬到3月下旬，磷虾开始产卵，数量可达上万粒，雄虾将一对精荚留在雌虾的储精囊内，一旦雌虾卵子成熟，便开始受精。南极磷虾一般生活在50米下的浅水层，磷虾卵的孵化，一般是在下沉一二千米的过程中进行。受精卵一边下沉，一边孵化。下沉到200米甚至2000米才孵化出幼体。受精卵如不迅速下沉，将成为许多动物的饵料。

刚孵化出来的磷虾幼体脆弱，此时处于海水深层，有效地躲避了更多的天敌。幼体以卵黄维持生命，随着生命需要，必须赶紧离开暗无天日、没有食物的深水区。幼体边上浮边发育，当发育成小虾时，它也几乎到达海水表层了。此时，小磷虾的消化道已经形成，可以主动摄食，不会因缺食物而饿死。由于南极表层水不断向北扩展，有可能将生活在表层水中的磷虾，带出它的分布区。深层的暖水，由北向南拓展，磷虾的幼体，有一段时间在海水深层度过，这有助于磷虾种群保持在适宜生长的南大洋，而不被洋流带走。磷虾超强的繁殖能力和奇特的发育经历，是保护自身种群数量长期自然演化形成的本能，它们尽可能让子孙后代繁衍和生活在适合的家园。

为应对多变的南极环境，磷虾采取了不同的应变方式，把自己演变成为一个多变的个体。科考队员悟出了个中道理，既然不能从变数频繁的机体中得到一个标准答案，那么磷虾身上是否存在不变的，或者变化很小的部分？如果存在一个变化很少的统一体，就可从这个统一体中找到答案。

海洋生物学家孙松说："生物有自己的策略，一定是对它的生存或者种族繁衍有利才行。比如它首先把生殖腺消耗掉，能得到更多能量。"

带着这种启示，科考队员开始关注磷虾的眼睛。生物的眼睛都是由很多生物组成，晶体本身积聚的能量极少。磷虾也没必要在这里消耗能量。再者，如果磷虾把眼睛用于消耗，它就变成了瞎子。磷虾其实是一种没脑子的笨虾。它能够进行觅食求偶、定向休眠、生育等活动，很多时候是依靠外界光的变化，做出的本能反应。考察队员确认，磷虾的复眼是它多变的机体中，一个不变的个例。不变，就意味着存在某种统一的规律。科学家们决定，从磷虾的复眼，揭开磷虾生命周期的大门。

磷虾的生存需要消耗能量。磷虾的脂肪很少，只能消耗蛋白质，首先把身上没有用的东西消耗掉。磷虾的眼睛，是很多小眼组合成的复眼。如果将磷虾的一只复眼纵向刨开，多棱的小眼聚集在一起，就像一个奇妙的万花筒。磷虾复眼中小眼繁多，数起来并非易事。科学家利用一种省事的办法：把磷虾复眼放到水杯中，用超声波将眼体震动开，但是，在显微镜下还是堆在一起，没法数。如果把它挑开，几千个挑来挑去，最后又加在一起。中国科考队最后找到了简便的办法，把磷虾的复眼，放到一个小试管里，加100%的酒精，再加超声波震动，把散掉的复眼摇匀，再把酒精和震散的小眼倒在培养皿里，此时奇迹出现了：高浓度的酒精，因挥发而扩散，把复眼很均匀地推开，小眼便一个个地剥离开来。然后，又用图像分析仪处理，小眼一个个变成清晰的图像，在显微镜的图像中分析拍照，就可以把小眼的数目算出来。算出后我们发现，随着磷虾生长，小眼的数目也在增长。还有一个很重要的方面，磷虾身体收缩的时候，会不会变化？我们测量了身体收缩磷虾的复眼中，小眼的数量与正常磷虾比较，得出结论是营养正常，磷虾小眼会随着生长而增多。但磷虾收缩时，小眼个数也不会变少。磷虾的复眼，是随着虾龄变化，最明显的代表性器官，简单而又直接地告诉我们它生命周期的秘密。后来我们想到，数小眼睛的办法效率太低，不好测试，既然是小眼的数量不会减少，眼睛的直径也不会改变，所以用电脑图像分析测量，测量的结果和小眼的数量是一样的。同样，磷虾复眼直径也按照比例增长，但磷虾变小时，因其小眼数目不变，复眼直径也保持不变。从而为研究磷虾的平均生命周期，提供了科学依据。

远方冰川巍峨壮丽，金色阳光射入眼帘，这是南极浮冰区相对风平浪静的时刻。赤褐色的海水区域，磷虾起伏群游，海鸟欢腾雀跃，须鲸不停地露出海面换气，有经验的考察队员知道，这些南极动物并非为美好的日子歌舞，而在为捕食水下的虾群热身。须鲸用呼吸产生的旋涡，把虾群高密度地聚压在一起，以便大口吞噬。它一口吞下的磷虾量，竟达半吨以上。面积 1400 万平方公里的南极，生活着全球五分之一的鸟类，还生活着 3500 万只海豹。它们的主要食物就是磷虾。

磷虾体内富含 50% 蛋白质，还有其他元素，是迄今为止所发现的，蛋白质最高的生物。专家论证，磷虾的营养价值，远远高于蛋类和牛肉。每 10 只磷虾所含的蛋白质，与 200 克烤肉的营养价值相当。磷虾无疑是巨大的蛋白质宝库。人类对南极磷虾的遐想，用虎视眈眈来形容决不为过。

孙松说："现在发明了一种抽水的办法，而不是网捕，效率很高，就像一个吸尘器把水吸进来。过滤磷虾，效率很高，但对资源破坏非常大。"

南极磷虾主要生活在南极复合区以南的海域中，它的眼部、头部和胸的两侧，腹部的下面，长着粒粒金黄色、略带红色的球形发光体，当它们受到惊吓时，发光器就会发出萤火虫那样的磷光来，故名磷虾。

磷虾是食物提供者，也是食物猎取者，它的生存繁衍，需要摄食冰藻和其他浮游植物。而冰藻的生长要达到足够规模，以足够供应磷虾群体的食物需求，就需要大量养分；如此，企鹅粪便中的养料，就满足了冰藻生长的需求。

简单说冰藻养活了磷虾，磷虾养活了企鹅，企鹅又为冰藻提供了有机营养，这种依赖关系放大到南极同样适用，是这座生物大厦的基石。南极任何一种生物剧烈的增多或减少，都会给整个生物系统造成破坏，都会使南极这座生物大厦砰然倒塌。

孙松说："如果把南极磷虾破坏掉，南极整个生态系统的顶梁柱就塌下来了，生态系统就没有了。磷虾尽管数量很大，但是没有合理开发的话，资源就会被破坏，南极生态系统就会遭到巨大的破坏。"

南极磷虾活动能力很差，它们只知成群结队聚集在一起，虾群多时，可长达半公里，宽几百米，密集程度，可达每立方米海水中就有 10~16 公斤虾。白天，虾群使海面呈现红色。夜晚又会发出大片强烈的磷光，如烧霞落入海面。虾群中的每一只虾，都朝同一方向排列，即使有船只从虾群中穿过，也不会扰乱它们的队形。被冲散的虾群，很快又聚集在一起，仍然按照原来的方向游动，那种集体主义的精神，闪烁着迷人的光彩。

科学家从虾群中取得样本，根据磷虾的生长周期，磷虾的年龄和复眼的数量之间的联系，通过磷虾复眼的直径和体长之间存在的指数函数关系，对样本研究表明：磷虾每个虾群，都是由一个年龄段的成员组成，幼虾和成虾基本上不会混杂在一起，就像是老中青群体，都有自己的组织，给捕捞成虾，保护幼虾创造了条件。

根据这一规律，中国队每年都去南极采集样品，采集了 20 年。这样，我们可以通过负生长的曲线，反过来推断今年环境怎样，和气候变化挂钩，又找到了一个生物学指标。

科学家考察得出结论：环绕南大洋磷虾资源非常丰富，但离开高纬度的海域，磷虾资源量就显著减少，远离南极的海中，更是找不到南极磷虾的踪迹。磷虾的成体适合在低盐度的海域生活，温度大于 1.80 度，就可能给它带来致命的危险。南大洋低温的环境，和恒定的盐度，使磷虾变得娇嫩，应变能力差。南极磷虾适应环境差和浮游能力差的特点，致使它的生存范围，有了很大局限。

根据它的复眼和生命周期的关系推算出，正常情况下，磷虾寿命为 4~6 年。对磷虾的捕捞量，应该是其保有量的 17%~25%。南极须鲸每年吃掉磷虾 1.9 亿吨。由于大量捕捞，须鲸数量变少，每年只有 5000 万吨磷虾被吃掉。科学家计算得出：对磷虾的捕捞量，可以为保有量的 10%~20%，约为 1 亿吨。

如此，磷虾的优质蛋白，就不能全为捷足先登的日本人独获，中国与世界，都应当合理利用！

南极生奇物，

各个有活法。

鲸鱼吃大鱼，

更爱吃磷虾。

大鱼吃小鱼，

好菜是磷虾。

小鱼亦欺小，

吃藻亦吃虾。

磷虾吃冰藻，

冰藻吃鹅粑（企鹅粪）。

企鹅貌温柔，

张口便吞虾。

系统资源流，

叠罗生物塔。

虾儿离不开鸟，

鱼儿离不开虾……

十七

三十立极

　　孔子曰：三十而立。立若达三，便是古圣先贤所倡的立德、立功、立言之"三立"。"立"，已达极致，为世立极也！古人云：天撑四柱——立极之意。三十年中国探极立起了撑起南天的玉柱，炼化了千千万万颗女娲补天的彩石，中国"雪龙"之师探极三十春秋，面世而立，顶天立地。第 30 次探极，又侠肝义胆，搭救了"院士"号俄舰，千辛万苦，绕南极大陆一周，探研探险。回航中又承担了搜救失联"马航"的特殊重任，更赢得举世赞誉。

　　笔者八字占幸，列编为国家第 30 次探极队员，实乃祖上有德。全体队友，除"雪龙"海试结识的大部，又在长城站上、回国之后的诸多场合热聊，时至今日，亲缘不断。约一小时前，第 31 次探极的驾驶员，（已提为三副）邢豪小侄又从新西兰发来有骨有肉的电传和要闻花絮，这在说明，笔者的"雪龙"之作根沐有源之水，身边的精神鼓励，如赤道天火，璀璨亮丽：

　　　　百代好梦在南天，
　　　　三十而立是人寰。
　　　　巨轮满载重洋渡，
　　　　雪海冰峰救俄船。

驮负泰山玉万块，

绕探南极成一圆。

功成该唱凯旋歌，

为觅"马机"又担肩。

此行未负天地意，

"雪龙"青史歌永年！

中国第 30 次南极科学考察队于 2013 年 11 月 7 日从上海出发，实施"一船三站"（长城站、中山站、伊丽莎白公主地泰山站）航行计划。此次考察是"雪龙"首次实施环南极考察航行，考察队由 256 人组成，执行科学考察任务 30 项，南极后勤保障及工程建设项目 15 项。总航程约 3.15 万海里，总时 154 天，预计 2014 年 4 月 10 日返回上海港。

在对多年观测数据综合分析的基础上，我国在南极伊丽莎白公主地，将建立第二个南极内陆夏季站——泰山站。将主要满足我国南极科考科研观测、运行指挥、生活医疗等需要，可供 20 人居住、工作，40 人临时住宿。

这将是我国极地考察史上的又一个里程碑，是我国在南极建立的第 4 个科学考察站。

为适应极地事业未来发展的需求和国际极地航行污染物排放新标准的要求，自 2013 年 4 月~10 月，"雪龙"船开展了恢复性维修改造工程。改造后的"雪龙"船更新了主机、副机等主要设备，改用轻油系统，调整了液舱布局并重新校核船舶稳性，同时对轴系统、机舱管系、部分甲板设备和科考、环保设备进行了维修改造。

总之，重新改造"雪龙"、新建南极考察站、新建破冰船和固定翼飞机场等项目的实施，必将有力地促进我国极地考察平台建设，提高后勤保障能力，使我国极地考察进入陆、海、空立体发展新时代。"雪龙"队伍是在威风锣鼓的背景音乐中起航！

笔者展开了考察队员名册，包罗万象的各类人物惹眼耀目：地球物理学家、地质资源学家、土木工程、能力建设、海洋科学、大气科学、环境科学、生物科学、测绘科学等等学科的大家巨匠如群星璀璨。笔者以"随队作家"的身份列第 82 位，如醉的眩晕，如诗的陶醉，如火的豪情一腔生发。我加入这样一支英雄队伍，去记述一代英豪所创造的历史，乃非人人可有的机遇！

邢豪日志

2013 年 11 月 7 日

"雪龙"船自上海基地码头起航，航线为上海港—弗里曼特尔港—中山站—罗斯海维多利亚地—乌斯怀亚—长城站—南极半岛附近海域—中山站—弗里曼特尔港—2014 年 4 月 15 日返回上海港。

天空晴朗，海浪叠叠。如丝的长云横扯天际，与送行人的红色横幅适成对照。上海市副市长致辞后，向刘顺林总领队发放队旗。"雪龙"长号一声，驶离码头……11 时 54 分，船员各就各位……下午 2 时，大洋队矫玉田队长率全队开始物品固定，清理实验室……新的征程开始……

一切都是那样平常、有序。用刘少奇的话说："斗争就是工作"。做好了一切工作，就保证了斗争胜利。这样一个平凡的开头，会预示一次记入史册的波澜壮阔的航程经历吗？是的！

2013 年 11 月 9 日

8 点 47 分，北纬 $25°12.7'$、东经 $126°02.1'$ 发现日本保安厅侦察机编号 JA720A，瘟头瘟脑，鬼鬼祟祟，围龙船转一遭后，苍蝇般飞走。队员们用手作枪，哒哒哒打了半天。

风浪开始增大，涌浪达到 3m，大家基本上没吃东西，呕吐的人很多，晚上第一次聚餐，大家基本上只吃了西红柿，矫队长鼓励大家一定要坚持吃饭，不怕呕吐，晕船定能克服。下午南极大学正式开课，刘顺利领队讲了南极考察的历史、现状和未来。

2013 年 11 月 11 日

晴转多云，风力逐渐增大。今天进行了探空气球的释放，晚上卡拉 OK 大赛拉开序幕，大洋队共 7 人上场比赛，结果全军覆灭，没有人进入下一轮。矫玉田什么心态？风力又加大了……

上午正式开始了 XBT 的值班任务，下午 3 点学习了十八届三中全会精神，开始了南极大学第二轮课程，船长做了南北极科考的报告，张建松记者讲述了她随船去钓鱼岛的经历……

这是一课能激起兴奋点的话题，中国人中的老老少少，演起日本鬼子都十分在行。"电影学派"的日语不绝于耳。大家谈到了中国的"052"舰、"054"舰、"056"舰和原子弹"胖子"和"小男孩"……

23 点 14 分，于东经 119°17.3′，过赤道拔河比赛。最后以包袱、剪子、锤定胜负。夏立民一男对五女的赛事，他用了"人多心不齐"的战术，取得了胜利，为男子汉争得了脸面。

喝啤酒比赛有趣，20 多位男子汉放开酒量，敞开肚皮，最后海洋三所研究生肖钲霖取得冠军。

2013 年 11 月 15 日

阴有小雨，船接近巴厘岛，手机有了信号，大家纷纷给家里打电话。(笔者：邢豪给我了电话) 船长告诉大家，在太平洋和印度洋交汇处会有一道明显的分界线，大家纷纷到驾驶台去观看。

那是一条神奇的分界线：无边的海平线上，一幅是瓦青色，一幅是蔚蓝色，连天上的云彩，也被映成了不同的色调。这没有风的天气，很难遇到。

2013 年 11 月 17 日

过变更线：17 日晚时针 19 点 32 分——拨回 16 日晚 19 点 32 分。船长过生日：王建忠的生日真有幸，生日骑在了国际日期变更线上，在日期变更线的这一侧，大家喝了酒，吃了好菜。第二天，过了日期变更线，日子却回拨了一天，别人赚了钱，他赚了生命的一天，真是万金难买的喜事！人人称美。

2013 年 11 月 19 日

晴，船停泊在弗林曼特外，马上就要靠港了，附近海豚一直在游荡。这又胖又亮的家伙们，如果不爱跳爱玩儿，一定会得冠心病……

（这小子，他把海豚拟人化了。至于海豚会不会得冠心病，笔者缺少知识，大概是妙星、张庆华一类专家的课题。）

16 点 12 分，南纬 32°01.1′、东经 115°40.4′ 于澳大利亚弗里曼特锚地抛锚，傍晚钓上一条直径 1 米多的大鲽鱼，是用一块猪肉作饵，她像黑色的蝴蝶一样扑扇翅膀，晶黑油亮，波光闪闪。人们从未见过如此大、如此美丽的鲽鱼，她在甲板上扑扇开来，又像随着船行恣意飞翔。

（为了证明鲽鱼的真实，邢豪放了录像：在一片红衣队员的包围下，一米多见方的鲽鱼正在表演，她柔软的翅膀像水波荡漾，眼睛像彩灯那样明亮，墨玉的光影映着蓝天、蓝海和红红的人影，很是上镜。）

2013 年 11 月 20 日

澳大利亚的小城弗里曼特非常的美丽，考察队员们在不值班的时候都上岸去看看，坐小火车半个小时就能到达西澳洲的首府珀斯市，大家都去超市采购各种各样的特产：奶粉和红酒，澳洲羊毛被和绵羊油这些传统物资自然不能少，还有就是一些生活用品，我买了足够三个月喝的零度可口可乐，又买了一大堆巧克力。

傍晚有华侨开来几辆车，邀请几位熟悉的队员去家里做客，有政委王硕仁，二副肖志民，见习三副邢豪，水手马俊、许浩，去中餐馆吃饭，上了一只加上胡须足足有一米的龙虾，七斤八两重。华侨一共有四个家庭，带着老人孩子。宋先生在国内是冶金行业的一位处长，后来到澳洲发展，又把他的父母接到澳大利亚，老爷子以前是派驻罗马尼亚的外交官，依旧风度翩翩，席间流露出对祖国南极考察事业的自豪之情，不知不觉威士忌已经下去好几瓶啦。中餐馆老板来敬酒，对考察队员们不怕辛苦的精神表示崇拜。

回船后接到通知，明日的靠港计划取消，准备提前离开弗里曼特。因为咆哮西风带已生成一个很大的气旋，如果不能抢在气旋前面穿过西风带，那么抵达冰区就可能要推迟好几天。第二天，华侨邀请去沙漠游玩的项目只好取消。

2013 年 11 月 21 日

听说要提前离开的消息以后，很多华侨到码头来送行，送来了各种好吃的，再一次有了从国内出发时离别亲人的感觉。现在真的感觉到，建设一个强大的国家是海外华侨华人最大的愿望。

就在水手们做离开码头准备的时候，突然看到一条橘红色的破冰船缓缓地开进了港池，我看到了船首两侧 5003 的舷号，原来是日本海上自卫队"白濑"号——世界上最新的一条极地考察船，下水后接替原来的 5002"白濑"。在拖轮协助完成掉头后，正好船尾对着"雪龙"的船头，飘扬的太阳军旗，再一次深深地刺痛了每一位队员的心。想起初到集美学习航海技术时雪耻甲午的誓言，看现在的对手就在面前。"白濑"号的船员着白色海军制服，笔挺地站立两舷，听到广播命令后，整齐有序地跑步进入岗位。靠码头后，所有科学家都是西装笔挺，和自卫队官兵在直升机甲板集合，军乐队奏日本国歌。除了船尾的海军旗、持枪的水兵、又在桅杆上挂起了日本国旗。"白濑"号完全按照军舰的模式管理和配员，和海上自卫队的军舰实现了情报共享与统一指挥，将一条科考船搞成这样，充分暴露了军国主义的野心。

"雪龙"号在两条港口拖轮的协助下离开码头，看着码头上前来送别的不是亲人胜似亲人的华侨们，眼睛突然湿润，难道真的是海外华人更爱国吗？我看见"白濑"上的日人在偷看我船，如日机的鬼鬼祟祟……许浩小倅作诗《甲午年见日舰有感》表达了感慨：

> 转眼已是两轮回，
>
> 钓鱼宝岛今未归。
>
> 犹忆昨日杀场血，

甲午相逢亮国威。

2013 年 11 月 28 日

阴，上午，来自大洋队李明广、郭延良、马龙和纪飞开始安装海冰观测仪器，开始第二航段的海冰观测。

南纬海上的风光，粗略看来与北纬的海并没有什么不同。我一个人独自在"雪龙"号的各个角落里穿梭，总觉得少了些许什么。（大概想媳妇了，小子未婚，却有恋人。）

济宁地区出版的民歌中，就有小小子想媳妇的段子：

> 一个小小子儿，
> 哭哭啼啼儿，
> 哭什么儿？
> 想媳妇儿！
> 想媳妇干么？
> 白天，烧锅儿，
> 晚上，暖窝儿……

今天正好是庆祝顺利通过西风带的日子，包饺子。大洋队摩拳擦掌，跃跃欲试伟大的杰作：综合队的姜磊和中山站的续连荣分别是擀面和包饺子的好手，五湖四海，饺子也千奇百怪。有的像元宝，喜庆可爱；有的像福娃，憨态可掬。还有包起包子、馄饨和烧卖的，一盘饺子变成了"大杂烩"。大家各显神通，其乐融融。

大家似乎忘记了西风带连日摇曳晕船的痛苦，也忘记了思家念家。新家里大家情同手足，内心的温暖也慢慢爬满了全身，生活简单如斯，温暖如斯！

加油，"雪龙"的勇士们！

（乖乖！他还"如斯"起来了！看来南极大学毕业的学生，见多识广，雄心豪壮，常在诗画亦如斯了！）

2013 年 12 月 4 日

上午轿队长带领李明广及其余船员下船探冰。

大洋队其余队员早上 8 点在高老师的带领下聚集到后甲板，帮助机组人员将 KA-32 飞机从直升机舱推出。

张麋鸣和孙晨正式参与直升机加油的值班工作。上午 8 点，大洋队队员聚集到"雪龙"船停泊处附近的冰面，帮助直升机组、内陆队"掏箱"。12 点 35 分，完成任务。

2013 年 12 月 6 日

上午轿队长带领大洋队刘梦坛、马龙、郭延良、纪飞、肖钲霖探冰，并成功在冰裂缝上铺设木板架桥。

下午大雾，天气突变，直升机无法继续进行货物运输任务，大洋队及格鲁夫山全体队员来到后甲板，将 KA-32 飞机推入直升机库。

晚上陈帅、贾书磊在雪中继续进行油囊加油作业。

邢豪多次提到的陈帅便是济宁泗水县人，自幼没了母亲，他是一位青年海洋研究专家。但因为年轻，所以要干体力活儿，这是"南极规则"。

邢豪在"雪龙"船卸货时是无暇写日记的，但因了我的授命，仍然写下一段逼真的场记：

2013 年 12 月 6 日，星期五，大雪。

直升机卸货，船要往前撞出一条道路，往常开道的时候都是左一下右一下，把航道拓宽，这次作业要用船上"克令吊"的吊臂。为了把货物吊至冰面，所以，船朝着一个方向，一直撞击下去，形成一个窄窄的航道，吊车的吊臂不断地从货舱中吊出钢架、木箱、雪橇，由于木箱以前曾被直升机旋翼吹散过，威胁飞行安全，这样只把货物卸到冰面，直升机就可以一件件调走。吊臂不断地往船的两边放下货物，1.4米厚的陆缘冰，放货一定要均衡。装货时重物一定要靠下，但到卸货时又有了问题：需要先卸的泰山站物资，反而在船的下层，要先把上面的物资弄到舱面。为了保证船的稳性和卸货的顺序，总是要产生一些矛盾，任何的运筹帷幄只能相对的解决问题，现场就是一刻不闲地倒腾货位、捆扎结实、卸货下船。一处的冰面放满了货物，船又倒回去，往空闲的冰面上排放物资，增加了很大的劳动量。连体的防寒服一动就热，一脱就冷，眨眼之间，寒暑难调。飞机起飞的时候，几千马力的卡32直升机旋翼扇起巨风，满身热汗的人只有卧倒雪地，经受着炮弹爆炸似的冲击。机组地勤人员在飞机起飞悬空15米的时候，要为吊货的钢缆解钩和挂钩，必须在机腹下爬行过去，他穿着连体服，戴着滑雪眼镜，大有被吹飞海里的可能。地勤人员面临另一个危险，飞机吊起的木箱会左右摇晃、打转，要急速躲开，碰着就比车祸毒！

这种工作程序并不简单，大洋队的一个同志好心帮忙，解钩时候却把钩子解掉了，所以我们还是要相信成语：解铃还须系铃人！在恶劣的环境中，飞行员的精力和体力都消耗到了极限，他在雪中，强反光中，一次次起降悬停，做到分毫不差，还要每天飞行极限的十小时。历史上，在长江口曾出现即将转场的直升机，由于驾驶员的不慎操作，毁掉了飞机，牺牲了机械师的案例。干什么都不易啊！

直至2013年12月15日，直升机在天上团团转，队员们在船上、冰上团团转。邢豪描写直升机起飞时的场景：螺旋桨一扇，海冰上的积雪飞溅起来，雪屑像弹片一样散射，队伍全体卧冰，几被雪浪掀滚，冰碴打在衣帽风镜上噗噗作响。如站立不卧，被风吹倒，落入冰汪的可能性很大，众人埋头卧冰，想象着美国、日本飞机轰炸的情形，也想"卧冰求鲤"的故事。大家玩笑说：人不如北极熊勇敢，那愣种一手掩住口鼻，一手遮住熊眼，在几米高的冰屑雪涛里跟跄，摔倒爬起，脚蹬手刨的疯癫劲儿，真真令人服气！只是，邢豪在描写这般之时不惜笔墨，却极少写自己驾船航行的感觉，大概有"不识庐山真面目，只缘身在此山中"的麻木吧!

2013 年 12 月 16 日

经过队领导的商量调度,今天计划将"雪龙"船的四个集装箱的家具、生活物资"掏箱",直升机运走。

中午一艘俄罗斯破冰船沿着"雪龙"船航段一路破冰往内陆区,好不易见了个路友。

经过两个多星期,卸货已进入尾声。6名大洋队队员帮助李明广在距离"雪龙"船100多米的位置钻探取冰,研究海冰物理参数:海冰的反照率、密度、盐度、温度及相关生物研究。15点30分,全体考察队员在几位领队的指挥下,在"雪龙"船附近海冰上照全家福、踢雪上足球和冰上烧烤。足球比赛中,大洋队以3:0横扫"雪龙"船队,与战胜维多利亚队的综合队角逐。最后,以2:1获胜,矫队长很恣儿。

装卸胜利完工,快乐的冰上游戏之后,科研活动紧锣密鼓了。用邢豪的话说:听不见矫队长和"战友""抬杠"了——每天的一段时期里,这位高喉大嗓的队长都会找个碴儿,和对手辩一番,理不足时,便加以山东快书的段子攻击,频频得手!引得看客喝彩。此为航途一景!但是,科研的幕布拉开了……

2013 年 12 月 21 日

走航观测继续进行,走航泵被打开。

刘梦坛、张晔于每天6点、12点、18点、24点进行生物拖网。

矫队长带领物理海洋组进行CTD仪器调试。

地球物理组继续在后甲板调试浅剖仪。

大洋队张晔、马龙参加文体娱乐组会,为元旦晚会做准备。

"雪龙"船驶入浮冰区,为避免损坏走航泵,泵被临时关闭并视情况打开。

晚上过"冬至",大家欢聚一堂吃饺子。"雪龙"船开放酒吧,大家聚在一起,喝酒谈心，这叫大螃蟹泡在热水里——先恣一会儿！

地球物理组继续在后甲板调试仪器为即将到来的罗斯海作业做准备。

20点，船时调整为21点。

大洋队各位队员都在为即将到来的罗斯海作业做准备。"雪龙"船大部分时间都在浮冰区里面行进，生物拖网无法正常进行，走航泵也时关时开。大洋队员帮助地球物理组将地震震源摆好固定，同时接通电源试试绞车是否好用。

上午，地球物理组去后甲板试验两套多道地震和一套单道地震。由于风浪较大，李明广、郭延良在前甲板拆下反照率走航观测设备，一起拼到2013年12月25日晚。

这一切在邢豪的眼中都视为正常，年轻的"老革命"，已有了见怪不怪，长疲不疲的素质。只是常常想起他的小对象。我市梁山籍几闯南极的小勇士，秦大河的高足弟子丁明虎向我透露，是他"集美"海洋大学的同学。又一版本比"集美"还美，说是一位上海俏姐儿。另一与邢豪对饮"过量"了的哥儿们，说是南美洋妞儿。还有人说是一个本乡的"大辫儿"。我希望是山花样的本乡的"大辫儿"，家乡泗水流传着一支很美的民歌：

　　　大辫子甩三甩，

　　　甩到了青石崖。

　　　娘呀娘呀，他几时才回来？

　　　小妮你别哭，

　　　哭也没用处，

　　　八路军打仗不兴带媳妇……

另一为《送别》插曲：

　　　送君送到江水边，

知心话儿说不完。

风里浪里你行船，

我持梭镖望君还……

大方的邢豪一律不辨，只和我约定，倘若结婚，便在"雪龙"船上办礼仪。我将以乡中"大爷"身份，亲登龙门致贺！这一切都是那样幽美、喜庆，充满着人间烟火的纯情，但是，"雪龙"的命运没有平静……

义救"院士"

12月25日，是圣诞节。"雪龙"开始进入不平凡的日月。在圣诞之辰的霏霏小雪中，5时50分正，"雪龙"船收到了遇险俄船的求救信号。当时，"雪龙"船正以"090"度航向，行进于南纬66°52′，东经144°19′。值班二副肖志民收到澳大利亚搜救协调中心紧急通知，请示王船长，船长当即表示，同意救援。7点30分，"雪龙"修改航向为100°，前往遇险地点。此电话后，又接到协调中心发来海事卫星C站电传：

通报"院士"遇险，请过往船只前往救援。

12月27日12点05分，到达遇险船外围冰区，距船（俄）16海里。开始破冰作业。13时，法国破冰船"星盘"号也到达外围冰区，却因主机故障，无法破冰前进，被迫返航。这是从未见过的冰围，五六米厚、最大面积几千平方米。小的也如院落，犬牙交错中，风吹挤爬一堆。船自夹缝挤蹭前行，浑身哆嗦。浮冰上的厚雪覆盖，感觉如撞棉一样，无声无力。太阳照在冰山上，金光闪闪，我船被一座十几米高、二百米长的冰山挡住，距俄船576米，再也动不得了。我船前冰缝40米宽，冰山横在当头，先有游移，后却突然不动了。"雪龙"进不得、倒不动，围在冰中3天。如此，船只得往前走百米，再退百米，一直在动，怕被凝住。

12月29日18点35分，澳大利亚船"南极光"号到达遇险现场外围的浮冰边缘，开始破冰前进，2014年1月1日9点4分，接澳搜救协调中心的消息，俄船取消遇险求救，事件级别降为"紧急"：因为周围冰山移动不再威胁全船安全。澳大利亚船也不屈不挠地往冰里拱进，最近离我船只有几浬。船间不断地联系，俄船与我船更是保持甚高频电台的联系。零下十几度的严寒，大洋队时刻报告着潮汐情况。12月31日上午，我船收到俄被困船船长正式发出的求救信。我船答复启动紧急救援。16点51分，飞机回船，送《海洋报社》记者采访。"救援"，这不是一句心血来潮，可以拍起胸脯随便讲出的豪言。孟子曰："穷则独善其身，达则兼济天下"。在南极那种人难生存、船难平安的险恶冰海，以王建忠为代表所承担的"启动救援"，是一种国际主义、南极协作精神，一种为救人"两肋插刀"的义举。

王船长坐在笔者面前，脸上固定着具有感染力的笑。但是，我在"雪龙"的驾舱内见过他不笑的面孔：那拧起的眉心，有刀刻般的蹙纹。此刻的他，缓舒地叙述着有关救援的感想，一如我在《北极之光》中曾经描写的他那"文采奕奕"的风度：

在圣诞的这一日，东方圣人孔子的后裔驾驶着龙船来到南极。上天规定了他们在这不平安的"平安夜"里，彪炳人类义举的神话。

"雪龙"冰搏

百年前，南极探险先驱斯科特在丧生极地前给妻子的最后一封信中说："关于这次远征的一切，我能告诉你什么呢？它比舒舒服服地坐在家里不知要好多少！"

如果你能理解斯科特的大无畏，也就能理解"雪龙"的冒险救援了。"雪龙"选择了一条陌生的海路，进入更加陌生的海域，展开了一次置自己于险地的陌生的任务——这是"雪龙"参与的第一次极地营救。斯科特、莫森、沙克尔顿……在"雪龙"的周围，冰川和海洋，以及这些伟大英雄一座座虚拟的墓碑，正庄重地注视着来自不同国家不同种族的舰船，它们会见证：东方大国以无畏的牺牲勇气，继承了他们的极地精神。

"绍卡利斯基院士"号建于 1982 年，1988 年始用于极地研究工作。受困时船上载有 74 人，除 22 名船员外，还有一支澳大利亚科考队以及一群来自多国的游客。

此行是"绍卡利斯基院士"号建造 22 年以来的第一次，自 11 月 27 日起航，计划重走 100 年前澳大利亚探险家道格拉斯·莫森的南极探险路线。

发出求救信号之前，"绍卡利斯基院士"号已被困在浮冰之中一天一夜。它像一只陷入糨糊的蚂蚁，在连天的浮冰间无谓地前行、倒车、倒车、前行，试图自行脱困。但作为一艘"冰间航行级"船只，文弱的"院士"基本不具备破冰能力。而且风向已转为逐渐加强的西南风，这使得浮冰慢慢聚拢、堆积、冻结，疲惫的发动机最后停止了工作。

船长伊戈尔·基谢廖夫告诉中国朋友，在发出 MAY DAY 信号时，由于受到浮冰挤压，"院士"号外壳吃水线附近已开始出现裂缝，水手们拿着焊枪在船舱里补漏。而澳大利亚搜救中心的卫星云图上显示，暴风雪将于 12 月 26 日再次来临。而距"院士"距离最近的，是 600 海里外的中国极地科考船"雪龙"号。

"这不是考虑有没有经验的时候。"王建忠对质疑者回答，眉头又一次拧起。载有 101 人的"雪龙"正在由南极"中山站"驶向靠近南极大陆的罗斯海。接到"求救"信号后，"雪龙"号立即将计划航线向东南方向调整，以十五节的最大航速前进，而上一次中国参与的大规模南极救援行动，是 2003 年对韩国南极世宗基地科考队失踪人员的搜救。

"必须前往，因为我们有这个能力。"中国海洋局"极地办"主任曲探宙说。

"雪龙"的随船记者张建松记录了"雪龙"穿越气旋中心的细节：海面上，大雾笼罩，风雪交加，白浪滔天，能见度极差。在风力和浪涌的作用下，船身摇晃剧烈，许多考察队员重温晕船之苦。

曾担任"雪龙"船长 10 年的袁绍宏说:"在正常情况下遇到恶劣天气,'雪龙'都会前往浮冰区避风,以免遭遇冰山撞击。""我们对这片海域很陌生,所走的航线也是第一次。"曲探宙说。

而"院士"号的处境却正在继续恶化。救援船只没到,冰山却慢慢漂过来。26 日,船长伊戈尔·基谢廖夫看到冰山压迫过近,由于缺少探测设备,无法判断其具体规模如何,他摊开两手,抖索着双肩说:"我们的确很危险!"

长期在美国南极麦克默多站研究冰山运动的冰河学家道格拉斯·麦克阿叶尔告诉中国记者,在南极,即便是看上去小船大小的冰山,其水下体积也很可能超过一座高山,"碰撞意味着泰坦尼克号事件再现!"

虽然俄船外壳吃水线的裂缝被迅速焊接,但再次的撞击极有可能使其进一步开裂。"由于情况不乐观,船上的俄国乘客开始互相指责,将被困的原因归结于在冰盖上耽搁时间过长。"澳大利亚游客珍妮特·赖斯描述这些,她余悸未消的样子,大眼里汪满了蓝水。

25 日,接到"院士"号发出的 MAY DAY 信号后,中国极地研究中心应急指挥办公室便在第一时间动员。最新、最快的综合情报不断从北京发往"雪龙"号上。来自研究中心的冰情图显示,"雪龙"前往途中的浮冰最大厚度有 3—4 米,并且在高速流动。刚刚破冰开辟出清水道,很快又闭合起来。副领队徐挺说:"为保障安全,船上岗位都安排了双人值班,许多人彻夜无眠……"

"为保证安全与加强联系,三艘救援船以及澳大利亚搜救中心,互相之间每隔 6 小时便会互相交换一次信息。"澳大利亚海洋安全局局长约翰·杨对中国记者说。

12 月 26 日,是"绍卡利斯基院士"号上被困的人们最恐慌的一天:暴风雪果然来袭,"院士"号上视频显示视距几乎为 0,而风力竟高达 11—12 级。"院士"号上的气氛变得紧张了,尽管有科学救援,物资储备充足,但人在大自然面前,真是太渺小了,他们只有呼唤各自信奉的神的保佑。科考队领队克里斯·特尼说:他不禁想起南极探险家们遇险的事例,开始想象沙克尔顿面对的绝境……100 年前的 1914 年,英国探险家欧内斯特·沙克尔顿的遇险故事,就发生在"绍卡利斯基院士"号被困的另一端，威德尔海，几乎与"绍卡利斯基院士"号同样靠近南极大陆的地方！沙克尔顿所率的"坚毅"号，在冰中被困 11 个月后，被浮冰撞毁，英雄群体如星陨灭。那是怎样的南极天日啊！ 12 月底的极昼，暴风雪却使"院士"号所在的海域变成了极夜。咆哮不止的风声和轰隆作响的浮冰撞击声，如闷雷，如连连炮声。天似乎塌下，海似乎倾歪，日月星辰皆被淹灭！

北京时间 12 月 27 日 16 时，"雪龙"抵达距遇险船只不到 10 海里的海域。高倍望远镜已可见"绍卡利斯基院士"号。27 日稍晚，法国"星盘"号也抵达救援海域，中外"雷锋"比义比勇。

元旦惊魂

相互守望在南极的人类船只，在风暴中度过了他们焦急而挫折的 2014 年元旦。在天崩地裂中，在大自然的淫威里，无论是中牛、澳牛，都在冰雪中难以牛起。

当五星红旗出现在"院士"号的高倍望远镜里时，遇险船上的每一个绝处逢生的人都开始欢呼。一个小型的庆祝 party 自发形成。游客们开始唱自己国家的歌曲，开始呼唤"卡一那"！释放几天来的恐慌和困苦。鲜红的中国直升机飞过来了，绕着"院士"号转了一圈，又飞回去了。

张建松在 12 月 27 日的日志中记录了"雪龙"到达救援区域后的细节：当他们在望远镜里看到"绍卡利斯基院士"号——坚硬的大块浮冰已铺满了海面，看不到清水，浮冰上还有厚厚的积雪……救援并不顺利。"雪龙"号最初的救援方案是通过破冰，靠近"绍卡利斯基院士"号，然后带着他穿过浮冰，幸运脱险。但是，"院士"号被困海域靠近东南极冰盖，气候变化无常，冰层厚，且易发生浮冰堆积。受南极大陆冰盖下降风影响，年平均风速 70 公里每小时，100 米每秒的地球最大风力纪录也由该海域保持，这些都使救援行动异常困难。

12 月 28 日，暴风雪仍在持续。"雪龙"号上的"雪鹰 12"直升机无法起飞。救援行动从 28 日上午 9 时开始实施。8 个小时里，救援进展不顺利，天气状况持续恶化，东南风将碎冰挤得更紧，前面的碎冰实在太厚，一整天"雪龙"船都在尝试着破冰，为了不把自己也陷在里面，"雪龙"船前后左右冲开一片水域，等待澳大利亚破冰船的到来一起设法救援。"雪龙"号只能以 1.5 节航速在浮冰区破冰前行，靠近俄罗斯船。

下午 15 时，"雪龙"号前进至距"院士"号 6.5 海里处，却被南极的冰龙完全阻挡住了。船上海冰监测仪器显示，冰层厚度为 3~4 米，远远超出"雪龙"号破冰能力。"雪龙"号上的中国科学院海洋研究所刘梦坛博士说：当时厚重的浮冰在快速的海流和大风的影响下不断地移动，随后又出现了降雪和白化天气。为避免被困，"雪龙"号调头返回清水区。

这对"院士"号上的人们来说是残酷的：他们大睁双眼盼来的救星抽身离去。克里斯·特尼说："当'雪龙'号破冰前进时，所有人都难以置信地看到它出现在地平线，并试图靠近，我们都非常感激，当看到它知难而退时，希望破灭了……"

"这一天我们在希望中开始，又在失望中结束。"澳大利亚游客布兰登说。卫报制片人劳伦斯·洛珀姆在房间里对着摄像头哭诉："我第一次感到要崩溃，真的很想家，很想……"

坏消息接踵而至。和"雪龙"号同时抵达的法国"星盘"号的一个主发动机，在抵达后出现故障，宣布破冰失败。也不得不停留在浮冰边缘的清水区。一天之后，发动机竟然损毁、物资储备不足的"星盘"号在卫星电话里告诉"院士"号和"雪龙"号，它必须放弃救援返航。"非常抱歉，希望每一个人好运。"

这好像对一个病危的人说："您好自为之……"

12 月 29 日，强劲的东南风裹挟着暴雪袭来，救援工作被迫推迟。但是，"雪龙"号的存在就是"院士"号上人们最大的安慰，"看见'雪龙'号仍在那里，我们就深受鼓舞。"船长伊戈尔说。

早上广播通知，推直升机出库，到受困船只附近查看冰情。据机组人员介绍，快到被困船只时起了大风，下了大雪，能见度不高，为安全起见，绕飞了一圈后又回到"雪龙"船。

晚时，破冰能力优于"雪龙"号的澳大利亚"南极光"号抵达该海域，并于 12 月 30 日凌晨开始破冰作业，试图进入。但"南极光"号前进到距离被困船 11 海里附近，便被浮冰的严阵阻隔，也不得不退回边缘的清水区待命。"这像是开着汽车撞向砖墙。"船长多伊尔形容道。

第二次救援也告失败。紧张进一步加剧。"我开始想起沉没的'坚毅'号"，克里斯·特尼说。100 年前，于辟了"院士"号此次行进路线的道格拉斯·莫森的极地之旅也不顺利，在其 1911 年—1914 年历时三年的南极洲探险中，3 名队员中的 2 人丧生，莫森本人也被困一年侥幸获救。克里斯·特尼还曾写过一本名为《1912：世界发现南汲》的书，书中详细介绍了 1912 年那场使南极举世闻名的"极点竞赛"——英国探险家斯科特及两名队友因天气恶劣、补给不足等原因在南极丧生。

斯科特、莫森、沙克尔顿……冰川、海洋以这些英雄的名字命名，现在，如同一座座无形的墓碑，注视着万里冰原上四艘可怜的危船。

4 天来，相互守望在南极的人类船只的危险还在加大，澳大利亚海洋安全局资料显示，12 月 30 日"院士"号的受困处，风速达到 30 节（时速 56 公里）并伴有大量降雪，浮冰也开始变多变厚。"原来'院士'号是请求帮助破冰，但我们没办法做到，于是我们建议将'院士'号上的乘客转移。"约翰·杨对记者说。这无疑是一个明智之举。

冰城龙吟

如果不亲眼看见邢豪小子的航行日记，你无论如何都不会想象到"雪龙"上被困的勇士们以如何超人的乐观精神度过元旦：

明天就是新年了，来自海洋三所的张麋鸣和肖钲霖两位同学，将从家乡带来的水仙花送到每个队员的房间，他们计算好了，现在泡上水，春节前就可以开花。

多功能厅里，在举行一个小型的元旦联欢会，热烈的气氛达到了沸点。驾驶台上却是另外一种气氛，"雪龙"船直面从未遇到过的浮冰，寸步难行。船长几次都快累倒在驾驶台上，面对着坚冰，冲撞，钻挤，为了找出一条开往遇险船的通道，真是楼上楼下冰火两重天，我值完班只抓到了个欢乐尾巴，中信海直的飞行员，正在酒后醉唱，步履蹒跚，就像跋涉在雪地，跋涉在云朵：《陪君醉笑三千场》……

看节目的29次大洋队队长高金耀教授，正在那里眯着眼睛欣赏。去年的这个时刻，这位看起来十分腼腆的五十岁的物理学家，却在学蒋委员长训话。他长得像蒋公，又操着浙江口音，拿腔捏调，装模作样地训教他的各位政要——交通部长、教育部长、海军司令："自45年抗战胜利以后，到84年中共首次南极考察几十年间，你们都在干什么，空占了一个联合国常任理事国席位，竟然南极考察让中共抢了先！"下面大洋队的弟子们高喊"委员长喝酒！"晚会进入了高潮。有正人君子举杯提议："一人喝酒，全船平安！一人喝醉，全家光荣！"

就在这个时刻，"院士"号船长发函至"雪龙"号，请求提供直升机救援。同时，澳大利亚搜救中心也提出建议，采用直升机转移人员，实施救助。

曲探宙介绍，此前，"雪龙"号船长王建忠在乘直升机勘察情况时，便发现"院士"号右舷冰面十分结实，可以考虑作为直升机应急救援场所。

当日，科考队员们积极参与了救援物资搬运、协助直升机出库、入库、加油、探冰、翻译工作。

"雪龙"号上搭载的"雪鹰12"号直升机，在此次出发前一日刚刚入列。这架俄罗斯产卡-32直升机，最大载客量为14人，具有较强的抗风能力。但直升机救援也存在着较大风险，天气变化无常、浮冰承载能力是否足够、旋翼吹起积雪，是否会影响视线，都威胁着直升机的安全。曲探宙说："雪鹰12"号主要作用在于吊重运输，并没有专业救援设备。而上一架极地科考直升机"雪鹰11"号，便是在2011年12月9日，于南极海冰区上空失控坠毁。

时不容待，更大的暴风雪随时可能再来。为直升机降落场地的安全，"雪龙"通知"院士"号，在船右舷处平整场地，压实雪面，以便降落。

救援成功

新年吉日，"院士"号上的乘客们终于看到了救星，克里斯·特尼和其他 51 名乘客，来到右舷浮冰上，手挽手唱着歌踩雪前行。这天晚上，他们还在冰面上搭起帐篷，唱着根据被困经历改编的自嘲歌曲，庆祝新年；浪漫的澳大利亚人，勇敢的俄罗斯人，便是在灾难之中也未忘诗意：

> 我们是澳大利亚南极探险队，
> 不远万里做科研。
> 雪多，冰多，企鹅多，
> 食物伙伴都不错，
> 遗憾的是我们还困在这。
> 中国人从天上来，
> 飞了一圈儿又离开。
> 澳大利亚人从海上来，
> 冰层太厚也靠不近……

歌者的感情是复杂的：有庆幸，有委屈，有感恩，有激动，也还有几分的担惊。歌者的表情是丰富的：足履薄冰的谨慎，面对恩人的感激、冲动、敬佩、惶惑、歉疚，也还有几分的腼腆。他（她）们给世界添了麻烦，给中国朋友添了辛苦劳累、危险，但他（她）们没忘自尊、自爱！

"主要是大家放松了，每个人都异常积极。"特尼对中国记者说，这是主调。还有笔者 30 里近邻小侄许浩的诗作，他表现出一派大义凛然，不像只是个水手的气魄：

> 夜半闻惊铃，俄船困冰城，国际大援救，"雪龙"当其冲。
> 纵有万般难，愿取义合生，敢受冰雪寒，万险心不惊。
> 南极精神赞，祖国在心中，一夜西风至，"雪龙"变飞龙。

2014年1月2日，天气终于转晴，52名"院士"号被困乘客都聚在右舷甲板，等待直升机的到来。布莱登记得，"雪鹰12"号先是运来了一组工作人员，用木板搭建了直升机临时平台。在飞机上的张建松看到，直升机的左轮刚落下便陷下去一大半，驾驶员赶紧将直升机提起来，保持住平衡，悬停在冰面。飞机停稳的同时，"院士"号上便传来了欢呼声！

布莱登介绍：52人根据船舱位置决定了登机顺序，随后的撤离是迅速而有序的。登上飞机后，特尼向下望去，呈现在他眼前的是茫茫无际的冰海，3艘科考船像惊魂未定的小鸟般静卧其中："那一刻我才明白，自己被卷入了多么大的一个事件"。

鲜红的直升机飞过"雪龙"号，将乘客送往远处等待的"南极光"号旁的浮冰上，随后，救生船将机上乘客运上"南极光"号。

一个花絮是回国后，"院士"号上的澳大利亚游客们，开始在网上互相抱怨，纷纷指责是俄船游览时间过长，导致船只被困南极。他们点名埋怨领队特尼："都是他们那帮人待的时间太久，船长着急也没用啊！"

20时30分左右，经过六架次飞机的运输，救援圆满完成。张建松在日志中写道："雪龙"号驾驶台的甚高频里，先后传来"绍卡利斯基院士"号和"南极光"号的感谢，他们不约而同地说："感谢'雪龙'号，感谢中国朋友，你们完成了一项令人难以置信的救援工作……"

"院士"号获救人员共74名，包括澳大利亚、英国、阿根廷、荷兰、新西兰、智利等多国游客，是世界感谢中国！

船长王建忠则冲回房间大哭了一场，他的泪水酸甜苦辣，五味俱全。

龙困冰城

哭，这也许是他对更大灾难的预感——同样是一夜之间，"雪龙"已被困浮冰之中，更大的冰山，正摩肩接踵漂移而来。

这是1月2日夜晚，"雪龙"船所在海域冰情突变，厚达三四米的浮冰，在东风和东南风裹挟下，象群牛，群象，群山拥压而来，似要将"雪龙"埋葬，

1公里大小的冰山已经靠近。

由于受持续强劲东南风的影响，"雪龙"号所在的海域海冰已十成密集，包围了"雪龙"。王船长心里清楚：这并非"雪龙"号第一次被困冰中。2008年12月，第25次南极科考，"雪龙"号在冰区曾因破冰艰难，被困二十余天，死里逃生。在第26次南极科考中，"雪龙"号计划从凯西站航行至中山站的途中，也被海冰困住。那是天海相连的阵势、冰天冰海，雪霰作雾！

如今则是另一番情形：虽然船困冰洋，但"雪龙"号上的物资储备，足以支持至4月。在被困期间"雪龙"号举行元旦晚会，包括唱歌、小品、三句半、游戏等，随后考察队又组织了一次乒乓球比赛。"雪龙"号副领队徐挺说：脱困前虽然船上食物充足，但淡水储备仅为1个月，他号召大家节约淡水，并列出节水计划。

王建忠说："更为紧张的是远在北京的后方应急指挥部。"

"雪龙"船在澳大利亚"南极光"号极地考察破冰船配合下，成功营救俄罗斯"院士"号客船，准备撤离浮冰区继续执行后续考察任务时，所在地区受强大气旋影响，浮冰范围迅速扩大，造成"雪龙"船及船上101名人员被困。根据对该区域天气变化和海冰变化形势分析，"雪龙"号依靠自身破冰能力，暂时难以脱困。

"雪龙"船受阻后，党中央、国务院高度重视。中共中央总书记、国家主席、中央军委主席习近平立即做出重要指示。他指出：我国南极科学考察队暨"雪龙"船在极其困难的条件下，冒着极大风险，成功完成对遇险俄罗斯籍客轮的救援行动，为祖国和人民争得了荣誉，请向同志们致敬，并转达我对他们的诚挚慰问。习总书记要求各有关方面协调配合，指导帮助他们脱困，确保人员安全。他表示，祖国人民同他们在一起，希望他们保重身体、坚定信心、沉着应对、科学施策，争取早日平安返回。

2014年1月4日早上船时8点，广播通知各位队员身着红色科考服去多功能厅开会，有重要的消息发布。会上刘顺林领队宣读了习总书记的批示及相关领导指示，大家深受鼓舞，情绪更加稳定。

上午带全站仪去驾驶台上面，用免棱镜全站仪测量了"雪龙"船周边的冰山位置及宽度，查看冰山的相对位移。

北京又传来中共中央政治局常委、国务院总理李克强做出的批示，希望科考队沉着冷静应对，务必在确保安全的前提下，等待有利时机，积极稳妥设法突破海冰围困。

有关部门正按照中央重要指示精神，进一步采取措施，全力组织"雪龙"船脱困工作。

万国千舌

与此同时，整个的世界都为这次罕见事故而议论纷纷，甚或飞短流长。有多家外媒批俄船南极事故，评论中澳被迫取消全部科考计划的"性价比"。

俄新网 4 日称："一艘俄罗斯科考船的冒失行动，居然把那么多国家的科考破冰船都难住，这表明南极海域的危险性和在南极实施紧急救援的复杂性。一些科学家对'不必要的科考'行为提出批评，并提出一个实际问题：这么多国家出动这么多船，谁来承担救援成本？"法国《十字架报》的质疑，代表了不少人对"肇事者"的态度。法新社 5 日称，被困的俄罗斯"绍卡利斯基院士"号上搭载 22 名科学家、26 名付费游客、4 名记者和 22 名船员。除"雪龙"号，澳大利亚的"南极光"号，法国的"星盘"号破冰船也中断南极科考任务赶来营救。法国极地研究所所长伊夫·弗雷诺表示，这场救援大戏，迫使法国科学家放弃为期两周的海洋科考活动，中方不得不取消全部科考计划。澳大利亚同行非常生气，因为他们整个夏天都完蛋了！

《澳大利亚人报》以"极地救援耗资 40 万澳元"为题称，纳税人将为营救俄罗斯科考船上的科学家、游客和记者支付 40 万澳元大单。澳大利亚环境部长亨特说："这件事提醒所有在南极海域活动的人，无论是捕鲸者、示威人士、相信气候变化的或者持不同观点的，都必须将安全置于其他一切事情之上。"

对于外界的批评，"院士"号科考负责人、澳大利亚新南威尔士大学气候变化教授克里斯·特尼在英国《观察家报》上撰文辩解：这次科考并不像有些人说的是一次轻松欢快的旅游活动,受挫主要是运气不佳,而不是人为失误……

中国"雪龙"号通过直升机将俄罗斯"绍卡利斯基院士"号上的52名乘客和科学家成功转移到澳大利亚"南极光"号破冰船上,但"雪龙"号随后也被困。在"南极光"号上的英国广播公司记者说,目前局势具有"吊诡"的意味。这种意味大概出自美国与西方各国的政治立场:为意识形态相左的中、俄之船解困,做何戏法?持何心态?驰援之中,想让世界有何观感?此议源于一则消息:一艘可破6米厚坚冰的美国"北极星"船,声言在中、俄被困船求救时驰援……

【环球时报综合报道】"随着中国不断探索,南极变成另一个边疆"。香港《南华早报》5日称:这次挫折不会阻碍中国探索南极的雄心,中国在"雪龙"号被困后,马上宣布将建造一艘比"雪龙"号更先进更大的新破冰船。随着中国不断探索,南极成了另一个边疆。

伦敦大学地缘政治学教授克劳斯·多兹在英国《每日电讯报》上撰文说:"这一地区仍吸引越来越多的科研和战略关注。现在中国已成为主要的极地探索国,中国认为南极为全球共有,它主张在南极拥有利益。与其他探索国一样,中国也对南极潜在的资源感兴趣。"澳大利亚等国担心中国的探极脚步:"中国南极大救援也许是时代正在发生变化的迹象。"与此同时,世界多国的媒体尖刻指责:"俄南极之行被质疑是伪科学探险,52名乘客中,半数为付费乘客,一些探险旅行者把南极视作最后的荒野,那里有冰川奇观、帝企鹅和无际的白色莽原,是天下奇景的大观……"

新西兰南极旅游管理专家利格特说:"传统救援部门相隔遥远,救援受困船只的任务通常会落在南极一些科考队身上,因而会打乱他们详细制定的科考计划"。除"雪龙"号,赶往救援"院士"号还有法国破冰船"星盘"号和澳大利亚破冰船"南极光"号。对比,法国极地研究所主管弗雷诺抱怨:"这浪费了法国、中国和澳大利亚珍贵的极地科研资源。南极旅游需受监督管理,保障安全、保护环境为首要前提。"他有些愤愤然。

还有些舆论是为"雪龙"忧心忡忡,但见心胸太窄。此番救援与近年我国其他救援不同，或静候脱困，或主动施救，都需更专业力量及更多国际合作。"雪龙"号救俄罗斯船，不仅"自找了"巨大风险，而且在极其有限的南极科考周期里，失去了寸时寸金的科研机会。人道主义，价值连城！

不止外国，国内的网络言论，也各个不同地发表了对"救援事件"的心态：

"雪龙"号救人被困，国内大多数人都很担心——这是爱国的悲观者。

"雪龙"号救人被困，一些人指责，没有金刚钻就别揽瓷器活——这种人属于幸灾乐祸和恨铁不成钢的混合类型体。

"雪龙"号救人被困，美狗一片欢腾，美国天下无敌的破冰船要来拯救"雪龙"号了，真给美狗涨面子——看到美"北极星"来救"雪龙"的消息，有人兴奋若狂。

"雪龙"号被困，自信的爱国者说没事，会自行脱险，世界上哪艘破冰船没被浮冰困过？

"雪龙"号被困，忧国者忧心忡忡、纷纷出谋划策，虽然计谋有点可笑，包括用轰炸机轰炸冰层，但无论如何，善意可嘉。

"雪龙"号被困，崇洋者忘乎所以，纷纷出笼狂吠，比如岭南之流，无耻之尤。

美国船来了，充其量是把俄国空船拉出来而已，而且可能连而已的机会都没有。

爱国的中国人，不要悲观，虽然我们有悲观的理由…但我们更多的是信心！

爱国的中国人，凝聚起来，不要内讧，因为我们是一家人；

爱国的中国人，不要受美日豢养的群狗蛊惑，海角天涯让我们携起手来，共同复兴一个伟大的族群！

"雪龙"万岁！"雪龙"之师万岁！

但是，泱泱大国的主流媒体和有识之士，无不对"雪龙"号南极救援，灾难面前彰显大国合作精神和真正的南极精神击节称颂：

中新网 1 月 6 日电：针对中国"雪龙"号南极救援与被救所体现出的大国合作精神，香港《文汇报》6 日文章援引中国社会科学院海疆问题专业研究者王晓鹏的话指出，虽然在南极存在明里暗里的隐性竞争，但在科考、建站以及海难救助等方面，中美俄等多大国，此次都体现了人道主义救助精神。

曾 12 次赴南极的著名极地专家王自盘也表示，如果说目前全球有个角落接近"大同世界"，那么就是南极，各大国都在这里践行和平之举。

王晓鹏指出，"在南极各国科考人员的合作互助是传统所在。从中国两个科考站的建设时期追溯，都得到过其他国家的帮助。此次救援也是合作互助精神的沿袭。"

极地专家王自盘表示，虽然在极地考察领域没有国际救援的相关协议，但是在南极，一方有难、各方援手是天经地义之事。"在南极科学考察历史上，从来没发生过遇到有难发生，他人袖手旁观的事。"

20 世纪 50 年代末，多国签署的《南极条约》就鲜明而响亮地宣布南极为"和平之地"。而半个多世纪来，各国赴南极的科考队也都是在实践和平之举。

久违的阳光斜照冰海，在雪上留下一抹红光。奇异的浮冰静静地塑在那里，有如楼，有如墙，有如象群、牛群和羊群。浮冰上散布着一些活物，似乎越来越近，那是喜好热闹的企鹅汇聚而来。"雪龙"像一只玩具船，困卧在乱冰之中，既无威颜，亦无气力，在晃眼的冰光里，眼睛一眨便可忽略。

这是龙困浅滩的时节，英雄救过了俄船，已空乏其身，承受着义勇带来的重压。我本家兄长，京胡演奏家殷家鸿的一首赞美诗《冰海救"士"》写在当时：

> 艰险昼夜斗浮冰，风急浪高驾大鹏。
>
> 拯溺无辞摇六幕，解悬不择遣三能。
>
> 拨云堪笑千层雪，煮海可烧百丈凌。

院士欢歌南极去，"雪龙"指日朝天升。

又一首好诗《无边的力量》，来自《南非48次南极科考新闻通讯》，作者 Johann Jamneck。它以浪漫主义的激情，歌颂着南极勇士的坚强：

它埋藏在我们内心

用希望填补灵魂

挣扎着要描述

什么叫南极精魂

你在冰雪中找到力量

像高塔一样沉稳

那绚丽的火花

开启了万物

金子般的精神

让音乐永恒下去

向着奇寒的暖春

青春韵律带动你

不忘友情互动

不死的音乐精神

永奏人的经典传唱

白雪似海

冰山如银

冰围赋

大洋科学家矫玉田介绍：当时"雪龙"船周围冰山，分别距离船几百米、1公里和两三公里不等，约7座左右。"雪龙"船左舷冰山相对稳定，右边冰山则随着冰流移动。正前方有一座小冰山，移动起来，让人有看见大片海洋的感觉。为了避免船和冰山相撞，科考队正24小时监测冰山移动速度，使"雪龙"船和冰山保持一定距离。

为了让"雪龙"号早日摆脱困境，中国国家海洋局成立了专门脱困应急小组，24小时与"雪龙"号保持联系，及时分析和研判冰情，研讨应对措施。今天，一直跟踪报道"雪龙"号的《中国之声》记者，也从国家海洋局证实：目前被困的俄罗斯"绍卡利斯基院士"号科考船，已经申请美国破冰船"北极星"号前往救援，7天内有望到达。

澳大利亚海事安全局发布声明称，美国海岸警卫队已经接受了该局的请求，前往南极，帮助"绍卡利斯基院士"号科考船与"雪龙"号破冰船脱险。对此，国家海洋局极地办主任曲探宙给予了证实：应遇险俄罗斯船的请求，美船于今天上午北京时间7点左右离开悉尼，前往俄罗斯受困船、也是我们"雪龙"号受困船所处的海域，大概在12号前后能到这个地区。天气系统及到达冰区后的航速决定它的到达时间。最早不会在10日前，最晚也不会在12日后……

曲探宙说：它要把遇险的俄罗斯船周边密实的冰破散，以使这条被困船能有机动性，然后沿着破冰船破出的水道穿出，具体方法由现场冰情、船况决定。如果它的力量很强劲，后船的骨架很单薄，那就在冰区里面把那条船拖散了。

"雪龙"号困在了南纬66°39′、东经144°25′的密集浮冰区。部分浮冰厚达3至4米，距离最近的清水区约21公里。王建忠描述了那般景象：船被浮冰、冰脊包围，前方、右后方有冰山阻挡，海冰堆积很高。天空晴朗，在白雪的覆盖下，胡乱堆叠的浮冰遍布冰海。阳光晒融的雪水，在寒风下重新凝结，粘连成奇形怪状的形体，冰挂排排，晶明闪亮。危如累卵的一堆形成雪洞，蓝幽幽深不见底，冰面的边痕翻卷成长辫，又被风刻成沙浪样的波纹。雪与奶浆又加了白糖的样子，塑成蛋糕的破块。阳光散射过来，静止的冰堆如犁翻的垡地遍布冰洋。大若火车头，小若枕头或坷垃的冰雪凝块，堆砌海面，裂纹勾拐成几何状的奇怪形体。大方块、小三角、多梭体，五花八门。有蓝冰点缀其间，有冰脊蘸着晚霞，一半红、一半儿蓝，五光十色。不知何处是诈的平静冰面，让你不敢轻信他的美丽。因为他从来不爽快地陷你入海，而是以酥糖那样柔绵的弯折先夹住你，叫你像粘鼠板上的老鼠那样挣扎一会儿，冻僵你，使你筋疲力尽时再慢慢吞下。那时候，或许有美丽的阳光照在你脸上，有活泼的企鹅唱歌送葬。在进入天堂之前，你已经欣赏了天宫外的美景。这可能已经够了！

《参考消息》特派记者张建松与队友碰杯的照片，发上了她自己的报端：面若满月，长发披肩，笑容被冰晶雪面映照得爽朗亮丽。这位我30次队的女队友，因报道"雪龙"的壮举而蜚声文坛，名扬世界。与照片同发的她的文章如是描绘：

7日凌晨4时45分，"雪龙"号启动主机开始"动车"，向船头右前方进行尝试性破冰，试图避开前方的小冰山，向右转向突围。但在连成一片的无垠坚冰中，身长167米、体重2.1万吨的"雪龙"号，转身十分艰难。由于浮冰太密集，冰上积雪太厚，被船"咬破"的碎冰无处可去，只能漂浮在狭窄的航道中。

经过几个小时的反复倒车、加速、破冰后，航向由320°转到350°，身边的"水塘"范围有所扩大。在努力调整航向、拓宽航道的过程中，"雪龙"号自身也危险丛生，船上舵机被海冰"别"了两次。

领队刘顺林十分担心"雪龙"号自身的安全。为了缓和紧张气氛，大洋队队长矫玉田开玩笑地说："如果船坏了，我们就成'雪龙村'了，我们大洋队就是'渔业组'，可以破冰捞鱼给你们吃。"大家听了都哈哈大笑。但谁心里都明白，如果船在南极坏了，那船上101人的安危就真令人担忧了。在"雪龙"号船尾的地平线的尽头，白色的天空下有一抹淡蓝色，那里就是清水区。看上去近在咫尺，却因"雪龙"号难以转向而显得十分遥远。

但"龙"行云路，指时可待！

"卡拉OK"厅正在热唱的一首激情之歌，恰成"雪龙"行运的谶言。这首《花开在眼前》的名歌激荡于1978—2013的火热年代：

花开在眼前

已经开了很多很多遍

每次我总是泪流满面

……

只知道花开在眼前

只知道年年岁岁岁岁年年

花开在眼前

已经等了很多很多年

生命中如果还有永远

就是你绽放的那一瞬间……

也就在"一瞬间"之后，"雪龙"的红运发动了！

神奇的"天窗"

是叫作神奇的"天窗"，还是称作神奇的天路？韩红唱的《天路》很好听，不过在 40 年前，在中国的航天事业发展之始，这样的"天窗"屡屡奇现，帮助我的族人发射了卫星，试验了火箭与导弹。叫天路似乎更准确，但"天窗"一词，是 40 年前所取，具有了先入为主的"注册"效应。

没有人能感受万里冰海，浮冰四围、孤立无援的困苦。病中乱求医，一切方法都可以尝试希望。一丝动力，都可以带来心动。邢豪小子向笔者讲述：

冰山挡住了"雪龙"去路，浮冰堆叠。当时大雪，雷达无法近距离测量冰山的距离。当时我值班，正巧遇到地质科学院的陈虹博士上来，也就不知天高地厚地问他，有没有带激光测距仪？他说有，马上下去拿。但是当时谁也没有用过这种仪器测量冰山，不知道激光投在冰山会怎么反射。在寒风中试了很长一会，却终于测出了距离。从这以后，每隔15分钟，陈虹都要爬上最高的开敞的罗经甲板，测量冰山距离船最远点、最近点，左右几个点的距离，并绘制了冰山的三维立体图。除测距离外，还监测冰山是否扭转，姿态有没有变化。就这样每天20多个小时，自愿坚持在驾驶台上。只要有一丝脱困的希望，一切手段都试试！

关于破冰之术，大家百口百舌，出了千条主意：很多人提出使用爆破的方法，几年前"雪龙"被困，曾尝试过使用炸药，但根本没有将冰炸开。这次正好有位教授是爆破专家，也是山东人，曾经在汶川地震中炸开堰塞湖，获得荣誉称号（不便公开单位和姓名），这次来的任务是来勘察地形，准备炸开中山站和进步站之间的一片"俄罗斯大坡"。

他给出了权威的解释，说使用炸药肯定可以把冰炸开，主要是用量的问题。因为使用过多炸药，"雪龙"船上层建筑的玻璃，极有可能受不了这么大的冲击，还会造成设备的损坏，而且……就这样否了！

1月4日，横在"雪龙"号撤离线路上的大冰山逐渐漂离，已不造成危险。极地考察办公室主任曲探宙介绍："雪龙"船受阻后，原计划的考察和航行任务将不可避免地受到一些影响，后续任务安排，要等船只脱离危险区后再做调整。虽然"雪龙"船受阻，但中山站、泰山站的工作以及对南极格罗夫山的内陆考察，依然按计划进行。他表示，由于现场冰情复杂，"雪龙"船将主要依靠自身能力脱困。目前国内各方面，正在对相关海域的气象进行严密监测，同时收集海冰状况以及天气历史资料，为脱困提供支持配合。

"如果出现极端情况，面临长期被困，就把人接出来，让船舶在冰区越冬。船上的燃料食品充足，支持下去不成问题。"曲探宙说，"但那种情况是百年不遇的，出现的可能性非常小。"

也在1月4日，澳大利亚海事安全局发表声明称，中国"雪龙"号南极科考船已向澳海事局确认，该船虽然被困，但目前处于安全状态。澳大利亚海事安全局的声明说，"雪龙"号4日早晨曾尝试破冰，但没成功。目前，"雪龙"

号正积极寻机脱困。1月6日可能会出现一次天气和海冰变化过程，为"雪龙"号脱困带来机会。中国南极科考队领队介绍说，根据气象预报，6日至7日有一个热带高压将影响这片海域，有可能带来"雪龙"号期盼的西风，将密集的浮冰吹得松散一些，给"雪龙"号突围打开一扇"窗口"。

据俄塔社报道，隶属于俄联邦水文气象和环境监测局的俄南北极科研所此前曾发布消息说，围困这艘俄罗斯船和中国"雪龙"号的浮冰区，约在本月7日会出现短暂的西风，这有利于冰情转好，被困船只有望自行突围。在本月7日出现的西风，将反方向驱赶这些浮冰，使浮冰的密集程度降低，浮冰间将出现较大的空隙，有利于俄中受困船只自行冲出包围圈。

德国《明镜》周刊5日刊《南极的救援大戏》写道："雪龙"号救出俄罗斯"院士"号乘客，但"救世主"自己也被南极的坚冰封住。现在又一艘救援船在赶赴南极的路上——美国"北极星"号破冰船。美国有线电视新闻网称，应澳大利亚、俄罗斯和中国方面请求，美国海岸警卫队的"北极星"号破冰船，5日从澳大利亚出发，前往南极海域营救被厚冰围困的中俄科考船。美国海岸警卫队太平洋区司令祖昆福特说："我们一直在为地球表面最遥远、最艰苦的环境之一提供协助、做好准备，我们对此义不容辞。"

5日，"雪龙"号所在的海域风雪交加、寒风呼啸，船上甲板很滑，极其难走。像往日一样，来自国家海洋局第二海洋研究所的高金耀研究员，从船头实验室小心翼翼地穿过长长的甲板，来到船艉部的风廓仪平台。安装了一种可以测量地磁场数值大小，和指示方向的"三分量地磁仪"。

根据5日凌晨的卫星遥感资料，"雪龙"船周围有两个冰山，其中较大的为900米×500米，正由"雪龙"船东北2.9公里处，漂移至北向5公里处。1月5日，"雪龙"船距东侧清水区域最近距离约为14.8公里，由于风向与洋流的影响，较前一日缩减了3.2公里。

同日，中、美、俄三国气象预报均认为7日凌晨至8日中午，受气旋影响"雪龙"号所在海域将出现偏西风，有利于吹散浮冰进而脱困。而9日转为东南风后，海冰将加速堆积。脱困窗口期只有7、8日两天。

船只突围最大的困难，是船头方向密集浮冰中的一座小冰山，位置多日没有改变。对于最终确定从哪个方向突围的问题，会议现场一度讨论激烈。

1月6日23时，海域风向转为西风，到凌晨，风力达到53米每秒。同时浮冰开始整体快速东移。7日4时45分，由于浮冰开始移动融化，应急指挥部决定向距离最近的东南方向突围，"雪龙"号启动主机开始向船头右方转向。但在浮冰遍布的海域上，"雪龙"号只能反复倒车腾挪，试图避开冰山转向船头右侧。

中国首位驾船穿越北冰洋的女驾驶员白响恩告诉南方周末，如果被困海冰，前进倒车通过船舶自身的震动，是让船舶脱困的常见方法。

"雪龙"号又接到一个消息：被困南极浮冰区的俄罗斯客船"绍卡利斯基院士"号，7日已自行从密集浮冰中成功突围，驶出密集浮冰区，目前航速为7节（1节航速约合每小时1.852公里）。

该船船长基谢廖夫对媒体表示，当日风向转为西风，浮冰出现缝隙。"绍卡利斯基院士"号沿冰缝开始缓慢向北行驶，已驶出20海里，"但行驶过程很困难，雾很大，能见度不超过500米，但浮冰已越来越小并逐渐消失"。这就是说，落水者已爬上海岸，并且有路可行。救溺者还挣扎在冰围之中。

1月7日17时，西风开始渐渐转小，能见度也开始变差，但浮冰仍不见任何变化。驾驶台上没人说话，只有"雪龙"号船长王建忠指挥着船只不断向右破冰。

据张建松的记录，此时驾驶台一侧，厨房里已经准备了皮蛋粥、红枣桂圆等夜宵，大家在等待着一个破冰的不眠之夜。

7日，期盼已久的西风终于吹到"雪龙"号所在海域，久违的阳光照耀着银色冰面。在被冰包围的狭窄空间，"雪龙"号缓缓地倒车、加速、前进、破冰、转向，小心翼翼地循环往复，百折不挠，努力调转船头。

"雪龙"号船尾的冰平线尽头，耀眼的天空下有一抹淡蓝色清水。"雪龙"的转身令人郁闷，它像一条困于泥塘的巨龙，呼吁大喘着挣扎。它的头紧抵住厚冰，冰山挡在头前。它的尾蹭擦着冰沿，嗦嗦颤抖而屡屡滑脱。

17时20分左右，"雪龙"号船头刚刚调转到100度左右，在破冰力量冲击下，横亘在前方的一块大浮冰突然裂开，豁然现出一条清晰的水道，如同一道闪电在眼前蜿蜒。这就是说：如中国卫星发射时的奇景天窗又一次出现，南海观音开始眷顾中国人。半小时后，"雪龙"号穿过清晰的水道进入清水区，成功破冰突围。

刘梦坛告诉南方周末记者，那一刻船上的紧张气氛也一扫而空。酒吧开放，驾驶台上人们高喊"卡拉OK搞起来"。但是，也有人哭，只是无声。

"绍卡利斯基院士"号与"雪龙"号一同驶入清水区。

人们又想起了100年前，斯科特在丧生南极前的最后一封信中对妻子说："关于这次远征的一切，我能告诉你什么呢？它比舒舒服服地坐在家里不知要好多少！"王建忠给笔者的文字中也反复咏叹此调。

但是，就在那封信发出去的航次里，斯科特遇难了。如果他的灵魂尚在，我相信他会说：这样地升入天堂，它比舒舒服服活在世上不知好多少！

"龙"归大海

"雪龙"冲出冰围，才有痛定思痛的时间。众人舒一口长气，却并不敢骄傲。在这片天神预留的冰海上，闯入者要小心，没有什么事情不能发生。关于"雪龙"冲击坚冰，而冰围突裂"天窗"的细节，颜小平以见证者的身份进行描写，描写翔实：

……"雪龙"继续转身，经过一个多小时的前进倒车，船艏指向110°左右，此时活动空间增大，加速距离增加。20点15分，"雪龙"船再次倒车，然后加速前进，接近密集冰区时一大块浮冰横在前面，"雪龙"船继续向右转身冲向大冰块右侧，大冰块突裂开来，船头正直指冰裂缝，冰裂缝迅速扩大，扩至二三十米，足以让"雪龙"船轻松通过。在冰裂缝间行驶了10多分钟后，清亮的水面越来越宽，"雪龙"突围成功了！那一刻是船时22点10分，外面能见度不高，偶尔还有浮冰出现，但船速已经达到12节，航向26°。

朝辞冰城四围间，

千里天路一时展。

两岸企鹅啼不住，

"雪龙"已过万冰山！

今天的加餐不同以往，算是庆祝"雪龙"船成功脱离被困海域。正如刘顺林领队所讲的那样，只有在一条船上的人才能理解脱困那一刻的心情，王建忠船长感谢所有船员及为脱困付出努力的同志们，其实最应该感谢的是船长，他承受了巨大压力，沉着应对复杂的冰情，抓住有利时机果断冲锋，终于驾"龙"冲出了冰围。

透过舷窗，海天阴沉，能见度不高，大家的心情却格外地好。没有风，水面特别平静，和过赤道时的水面一般。稀疏的浮冰看起来非常漂亮，偶尔还会有一两只海豹趴在浮冰上，"雪龙"船经过时惊醒了它的美梦，它伸伸懒腰，向远处逃去，有的扭扭脖子回头望了一眼"雪龙"船，又懒懒地趴在冰上。在这片海域里，海豹根本没见过人，从它老辈里都不知人为何物。对于人，它是近也不敢，远也无理，所以看看热闹才是收益。企鹅明显少了。但一只只都是妖精，不怕人，追看人，象国人围观刚进中国的西人。

驾驶台的气氛紧张。消瘦的"雪龙"号船长王建忠戴着墨镜，一会儿在左舷窗向后观察冰情，一会儿又跑到右舷观察，一边指挥值班船员操舵。夜以继日的拼命，使他看上去很憔悴，但精神饱满。这是一种胜者不骄的姿态，他临危不乱、得胜不矜的儒将风度，是中华文化的深厚结晶。

"雪龙"号第二船长赵炎平、政委王硕仁以及中国第 30 次南极科学考察队领队刘顺林等人，都在窗口密切观察每一块浮冰的位移。你如果一睹这个"雪龙"之首的"全家福"照，便会感慨这群不拿枪而取天下的鸿儒们，有脑可思，有笔善文。会发现这群人精们，与梁山好汉有多大的不同！许浩小侄在《夸将帅》一诗中如此形容"龙船"和船魂：

抗风破冰二十载，铮铮铁骨是雪龙。

脱胎换骨佑成功，开冰破浪显神通。

大洋中山和内陆，船员专家聚船中。

二王联手王加王，顺林利民亦威风。

义救院士显威猛，绕极又建泰山城。

万里之外，"雪龙"号的一举一动受到国家海洋局"雪龙"号脱困应急小组的密切关注，要求船上每半个小时汇报一次情况，包括海冰、冰山状况，"雪龙"航向、破冰状况以及当地海域的风向、风速、海流等气象要素。这像西征万里的孙悟空一样，时时得到如来佛祖、西天王母的关照。这是中国的传统文化。

突围的"雪龙"还在冲锋。东南风将周围的浮冰吹得密密实实地冻结在一起，大块浮冰已经被编号。"雪龙"像啃骨头似的，一块一块地咬上去，一个角一个角地压碎，顽强地扩大着自己的地盘。清冰在钢铁的压迫、冲撞下断折、开裂，如玉崩碎，如弹片飞溅。掺着水声的闷雷，从冰海直震天边，无奈浮冰太厚、冰上积雪太多，被"咬碎"的浮冰无处可去，只能淤积在狭小的航道中。在倒车的时候，"雪龙"号船尾挤压着浮冰，发出巨大的声响。船舷边，还有许多小企鹅在好奇地观望。它从来未见过这样的景致。开裂的海冰水道直通天边，连长云也裂开一道道长缝。长缝里的蓝天与冰裂里的海冰联袂荡动，这十分刺激，十分震撼的场面引得它们目瞪口呆，短翅抖抖。

与往日大刀阔斧破冰的景象不同，这次"雪龙"号破冰转身小心翼翼。因为船头不远处就是一座冰山。看上去虽然不大，但冰山在海面下看不到的部分至少是海面上的6倍。稍不小心，船就会被冰山卡住。

7日下午，大家欣喜地观察到，"雪龙"号船尾方向出现了两个小小的"清水塘"，转身后"雪龙"船头方向正对着其中一个，象窄巷里冲出的大象遇到了广场，象胡同中撞出的烈马踏上草地，眼望了无边草原！

"雪龙"突围的故事跌宕曲折、引人入胜。唯此风采，它才引动整个世界瞪大了蓝眼睛、黑眼睛，还有白多蓝少、黑少的奇怪眼睛。

在千险万难的冰洋中，溺水困冰刚刚获救逃脱的"院士"心有余悸，它幸遇了一位救命的勇士内心称幸，而自然产生的依靠、依赖心理使得他像一个弱冠的小弟，再一次向"雪龙"号恳求："雾大路险，希望可以伴行。"

美国破冰船还赶在救援的路上，中俄船却已破冰突围。已成功自救脱困的中国极地科学考察船"雪龙"号，正按照原计划继续前往罗斯海区域。应俄罗斯"绍卡利斯基院士"号请求，将会短期结伴前行。尽管"短期"，"雪龙"和"院士"的心情也是温暖的。它们已成为一双战友与难友，现在是结伴前行的挚友——如同今日中俄两国不结盟的结伴！

世界又发出这条消息，俄脱困船只再向"雪龙"号请求：雾大路险，希望可以伴行。

曲探宙介绍："俄方遇到了较大的雾，能见度不好，所谓的清水区当中，也还会有很多的浮冰和冰山的活动，所以他们也希望能够再跟"雪龙"船伴行，短时间内，两条船行驶的方向是一致的，但一到低纬区原来计划的航线上，我们是要向东继续航行的，那就看它的目标是不是去澳大利亚或者其他的目的地。"

正如"绍卡利斯基院士"号上乘客所见，南极充满着因暴风雪、冰山和海洋带来的危险。而作为对世界上最偏远的南极的探索者们，一旦需要救援，往往相隔数千公里也要响应。中、俄大船伴行，互有关照。

龙行健

"天行健，君子以自强不息。""地势坤，君子以厚德载物。"龙行健，海势坤，"雪龙"百炼成钢！笔者由衷慨叹！

2014年1月8日，"雪龙"号驶向东侧罗斯海，他们将路过道格拉斯·莫森、罗伯特·福尔肯·斯科特、欧内斯特·沙克尔顿曾航行过的海域。前方，是世界尽头的星辰大海。

王建忠一脸严肃表情,拿着望远镜,望着远方的冰海:天光熠熠,冰光灼灼,无际的大海上,不知道哪里是火焰山,哪里是无底洞。"曾经沧海难为水"的王建忠,又生出先天下之忧而忧的惆怅:

> 长迎粗风暴雨行,
> 大洋踏浪驭"雪龙"。
> 四海翻腾云水怒,
> 五站筑造天地功。
> 凛然大义救"院士",
> 马航失联寻机踪。
> 铁舰金甲雄兵壮,
> "龙"首是瞻王建忠。

在这条龙船上,与船长情同手足的政委王硕仁,一直翻卷在激战的湍流中。那位年轻沉稳、铁疙瘩般的邢豪小倅,小大人一样地手把方向盘,多日里几乎一语不发。他的《航海日记》却一日未断。我在选发他似乎专为我写的"日记"之前,专写一段夸他的《行好歌》:

> 邢豪谐音读行好,
> 行好得好古训老。
> 家住巨野心亦野,
> 近邻名人张春桥。
> 职在驾驶站位高,
> 勇闯两极逞英豪。
> 南海弄帆真大胆,
> 唤我"大爷"嘴乖巧。
> 亲历"卅"次南极险,

"日记" 娓娓说根苗。

邢豪说：2014年1月7日，"雪龙"船船时19点50分，北京时间17点50分，刘顺林领队带领部分船上队员与北京进行视频通话，向全国人民报告喜讯。

从冰区脱困的这一刻开始，大洋队的海上考察活动也开始了。大洋队员整理各自的科考设备，又一次投入到了紧张的科学考察活动中。2014年1月8日，今天"雪龙"船正式进入开阔海域。随着走航泵的开启，大家各司其职，滤膜的开始忙着打水，生物拖网的在后甲板开始活动，忙得不亦乐乎。工作之余，大家也聚在一起聊天，感慨此次救援及脱困途中难得的人生经历。下午，"雪龙"船组织包饺子，大洋队矫玉田队长带领张晔、马龙、郭延良和李明广积极帮忙。

矫玉田，这个好伙计在"救援""脱困"战斗中发号施令，一派张飞猛气，忘了"抬杠"。现在又做小媳妇的活儿，竟是十分灵巧。

2014年1月10日1点34分，测深仪时间呈现不规律跳动，与"雪龙"船实验室管理员讨论，决定将串口2的GPS线拔除，通过校准测深仪的电脑系统时间来校对测深数据时间。

晚船时18点20分，"雪龙"船又入浮冰区，走航泵暂时关闭，到22点左右，船又一次进入开阔海域，走航泵重新打开。时至2014年1月11日凌晨1点，海冰观测组李明广、田忠翔轮班观测罗斯海海冰情况。

1月12日，"雪龙"船船时1点，大洋队全体队员一起参加极地专项中的地球物理作业。大家在矫玉田队长、高金耀老师的带领下，在后甲板开展各项作业：地震、磁力，以及在重力室的测线任务。测线任务一直持续到18点结束。

13日晨：大洋队全体队员参与后甲板直升机平台推飞机，协助维多利亚队登岸做新站的建站准备工作。地球物理组，高金耀老师带领马龙、纪飞在后甲板对地震拖缆、磁力拖缆及软件系统逐一排除故障，保障明天即将到来的测线工作顺利展开。

傍晚，在中部甲板，矫玉田队长带领剩余队员下放 CTD 采水，一直下放至水下 388m，以 50m 为间隔向上采水，作业持续时间 3.5 小时。大洋队全体队员来到后甲板参与陈帅的生物拖网。

生物拖网结束之后，地球物理组的走航作业正式开始。后甲板整理好之后，先投放左舷的地震拖缆，主要由郭延良、张麋鸣、孙晨负责投放。地震拖缆下放约 100m 之后，船体开始上测线减速前行。开始投放人工震源，由矫队长、高老师带队，刘梦坛、马龙、肖钲霖拉震源电缆，郭延良、李明广盘绳，陈帅开绞车。震源投放约 35m 后。大洋队队员分成三小队，郭延良、张麋鸣继续下放左舷的地震拖缆，马龙、纪飞、刘梦坛、孙晨下放右舷的拖缆，李明广、肖钲霖下放磁力仪。两套多道地震及单道地震的拖缆甲板单元接好后，纪飞开始接 380V 高压电。张晔在甲板中部参与重力仪班报表的记录。

2014 年 1 月 16 日晚 20 点 30 分，大洋队矫玉田队长带领郭延良、马龙、肖钲霖参与维多利亚地的陆地帮忙工作，并成功将地球物理组的 OBM 回收。在晴明的天气中的海况，人的情绪亢奋了，矫玉田的对手又来骂阵，不一而足，不仁而足。对辩对骂的事件可能为一只鸟还是两只鸟，是公鸟还是母鸟，是结过婚的公鸟、母鸟，还是未婚同居的公鸟、母鸟。也可能为那颗月亮：说外国月盘虽大，桂树虽大，却比中国的少了一支花儿、一团叶子。中国的月亮，像姥姥或奶奶慈祥的脸，所以有"月姥姥"称谓。南极的月亮，像施粉过多的洋女子，风骚妩媚戏弄人。这就要反骂一阵"吃不到的葡萄是酸的""闻不到的桂花是臭的"之类，没有那种"你姑妄言之，他姑且听之"的大度。也不会有话落到空地上，无人承接。如邢豪这类的日记和矫玉田这样的辩论绵密、浓稠、琐碎，要写一月有余，还是省笔吧！能够证明春华秋实的，是王建忠船长供我的《南大洋考察任务》：

30 次队南大洋考察是极地专项实施以来的第二个航次，以南极半岛海域、普里兹湾海域为重点，开展了物理海洋、海洋地质、海洋地球物理、海洋化学、海洋生物与渔业资源等多学科综合考察，完成了全航程表层海水采集系统的

SBE21、万米测深仪、鱼探仪、ADCP、DGPS 等常规走航观测数据收集任务；完成了极地环境综合专项——南极半岛调查的六个段面 33 个站点和普里兹湾调查两个段面 14 个站点及罗斯海总长度为 300 公里的地球物理测线调查任务。为全面认识南极周边海洋环境、地球物理场与地质构造、气候特征及其演变规律，深入了解极地海 - 冰 - 气相互作用过程及其对气候变化影响，收集了大量的、系统的第一手资料，同时初步开展了南极磷虾、油气等重要资源潜力考察与评估，又一次填补了南大洋断面大纵深综合观测的空白……

南大洋考察实现了多个"首次"：首次在南极普里兹湾海域成功布放一套旨在研究海洋中的碳循环过程的防冰山碰撞结构的海洋潜标系统；首次在南极半岛开展海洋湍流的观测项目，完成 16 站位的垂直剖面湍流的观测，对研究南极半岛复杂流系的海洋混合涡流有很大的价值；首次在罗斯海海域完成 300km 走航地磁力 8 条测线，为了解南极周边海域地质环境特征和构造演化、概查南极大陆架油气资源潜力情况起到了举足轻重的作用；首次在普里兹湾浮冰密集的海域顺利布放 1 套测量温、盐、流锚定潜标，了解特征海洋、气象、海冰的长期变化规律，为海—冰—气相互作用、绕极流变异特征、海洋内部混合与变异过程研究提供科学依据；首次在普里兹湾海域成功布放"海—气界面 CO_2 通量观测浮标"系统，对于开展海气 CO_2 通量和温度、盐度变化连续观测，对研究全球循环和气候变化意义非常重大；地质专业柱状样的取样长度均打破 28 次考察南极半岛和 29 次考察普里兹湾取样的长度记录，分别是 5.27 米和 6.53 米；首次在南极半岛获得小型底栖生物样品，首次获得海蜘蛛样品；首次实现环南极大陆科学考察，取得大量宝贵的海水化学和大气化学样品数据；首次在南极半岛附近海区和普里兹湾海域进行海底热流测量，共完成 5 个站位的热流测量，进行了海底原位温度测量以及柱状样甲板热导率测量……

还有很多的"首次"，船长却平常视之。他说：要记有时代意义的东西！但是，作家不是历史学家，不是科学家。我还要记下矫队长的骂词和陈帅小俀的诗。陈帅是我身边的泗水县人，穷人的孩子早当家，二十多岁年纪，已是南大洋科考专家。我让他记些东西，他记了许多开会、学习、领导讲话的东西，爱好似在政治。随手给我的两首第 30 次科考途中的诗，却足可证明他的才华：

祖国之眼

舷外深蓝，远有异山；

仰面冰雨，低首雪线。

寒窗苦读，热望实现，

至极得偿，为国苦探。

回首

还记得那个汽笛响起的日子么，

如果知道 161 天那么"长"，

或许那时心潮会更澎湃。

还记得那模糊的冰山么，

如果知道后来那么多，

或许那时心情会平静。

还记得那刺天的冰架么，

如果认清那不过是天上的冻云，

南极就少了一个如鼎的音符。

还有那慵懒的海豹，让人惊叹的鲸群，可爱到令人灵魂出窍的企鹅，

潜标如旭日的亮橙，高速网破水的激情，整齐的采水筒啊！

磷虾那鲜红，中山那银冰，珀斯那新爽的风……

> 回首的心，怦动，
>
> 希望新一个航次，
>
> 更多的心惊，
>
> 更美的憧憬……
>
> 在不同的人心里，
>
> 天地多么不同！

泰山凌绝顶

第30次探极，豪气冲天的"雪龙"船，"雪龙"之师，要在伊丽莎白公主地，垒起一座新的泰山，以身心之壮，龙子之勇，斗魔搏妖，莫非真有西天如来、玉皇大帝的撑腰不成？

中共中央政治局常委、国务院副总理张高丽1月26日在国家海洋局与极地大洋科技工作者座谈时强调：……大力弘扬中国载人深潜精神和南极精神，努力把极地大洋工作提高到新水平，为建设海洋强国、实现中华民族伟大复兴的中国梦做出新的贡献。

座谈会前，张高丽看望了极地大洋科考队员和家属代表，通过海事卫星与正在"雪龙"号极地科考船、"大洋一号"科考船和南极长城站、中山站执行科学考察任务的专家代表进行了视频连线对话，代表党中央、国务院和祖国人民，向奋战在冰雪极地和浩瀚大洋的科考队员表示亲切的慰问和新春的祝福。他高度评价了在"雪龙"船成功突破海冰围困过程中，科考队员们所展现出来的顽强精神和过硬素质，以及完成了伊丽莎白公主地夏季站主体建筑建设等项目……

笔者此次入编30次考极之队，也真是风光占尽，幸遇同乡、同宗，亲友罢了，又建了以山东"泰山"命名的南极考察站。杜甫吟咏的泰岱诗章，笔者自幼熟稔，那"造化钟神秀，阴阳割昏晓。荡胸生层云，决眦入归鸟。会当凌绝顶，一览众山小"的意境，果真是"巍然挺立傲苍穹"的境象。

这就是说："雪龙"要在数万公里之外的祖国驮来建材，垒一座新的泰山。

首席科学家刘顺林介绍说，新建的泰山站位于我国南极中山站与昆仑站之间的伊丽莎白公主地，距离中山站约 520 公里，海拔高度约 2621 米，是一座南极内陆考察的度夏站。建成后将成为我国昆仑站科学考察和南极格罗夫山考察的重要支撑平台，进一步拓展我国南极考察的领域和范围。

泰山是五岳之首，在中国历史上具有非常重要的地位，并被联合国确定为世界自然与文化遗产，在国内外享有极高的知名度。南极新建内陆站命名为"泰山"，蕴涵深厚、稳固、庄严、国泰民安等寓意，代表了中华民族巍然屹立于世界民族之林的含义。在此前昆仑站的全国征名活动中，"昆仑"排名第一，"泰山"排名第二，所以这次选择了"泰山"。

选择"泰山"我最爱！尔后的南极科考站，会有"天山""火焰山""微山"。"微山"不单有我与殷赞的家村，殷微子还是孔子 19 世祖呢！（取笑了！）

泰山队所有队员都斗志昂扬于 12 月 26 日正式开始建站。队员们发扬连续吃苦、敢战必胜的精神，经过 45 天的艰苦努力，于 2014 年 2 月 7 日完成主体建筑工程。2 月 8 日，国家海洋局在北京利用远程视频连线的方式，为泰山站举行了开站仪式。

习近平总书记以他博大的关爱胸怀，写下了一封致中国南极泰山站的贺信——

中国南极泰山站：

在中国南极泰山站建成并投入使用之际，我对此表示热烈的祝贺！对不惧艰险、立志造福人类的广大极地科学工作者，表示诚挚的问候！

极地科学考察，是人类探索自然奥秘、探求新的发展空间的重要领域，是一项功在当代、利在千秋的事业。中国南极泰山站的建成，为我国科学家开展长期持续的南极科学考察研究提供了良好条件，有利于拓展我国南极考察的领域和范围、拓展我国海洋事业发展的战略空间。中国南极泰山站和已经建成的中国南极长城站、中国南极中山站、中国南极昆仑站、中国北极黄河站，既是我国极地工作者开展科学考察的平台，又是我国对外科学交流的重要窗口。

我相信，在广大极地工作者辛勤努力下，我国极地科学考察事业一定能够为造福人类做出新的更大的成绩！

习近平

2014 年 2 月 8 日

环南极大陆航行

本航次"雪龙"船，安全航行 3.19 万海里，冰区航行 2200 余海里，航时 2850 多个小时；破冰 13.3 海里，破冰用时 142 小时，遭遇风暴、白化天气；战胜滔天大浪，奇寒南极，变幻时差；环南极大陆航程约 1.15 万海里，成功实现了中国极地科考的首次环南极大陆航行。

笔者读过一本传奇小说《八十天环绕地球》，它是法国著名作家"科幻小说之父"凡尔纳的代表作之一。书中的主人公福格与朋友打赌，能在 80 天内环游地球一周回到伦敦。他虽克服种种困难，但到伦敦时却迟了 5 分钟。他自以为失败，却因自西向东绕地球一周，正好节约了一天时间而意外获得胜利。然而，他与我"雪龙"之师的胜利无法比拟，与"雪龙"绕极科考不可相提并论。总有那么一天，我们的读者会知道"雪龙"之师经历、遭遇、奇遇的爱情、友情故事，将把《八十天》比为真正的"凡作"。由韦唯演唱、尤建华作词的《走进南极》之歌，是动地之曲：

当你走进神奇的南极，

当你把中国墙在冰穹上垒起，

当"雪龙"号的笛声在赤道鸣响，

当冰盖之巅升起了五星红旗。

千里的冰峰，万年的积雪，

你登上了人类不可接近之极，

你为世界写下中国一笔。

……

当冰盖之巅升起了五星红旗。

蓝蓝的天幕，千里的冰地，

你融化了万年坚硬的冰层，

你把足迹印满冰海雪地。

在执行环南极航行中，虽然"雪龙"船遭遇了罕见的严重冰情，但大洋考察取得累累硕果，获得了大约80G的完整环南极海域科学鱼探仪调查声学数据，高速采集器作业121个站，获得了121个站位的水深、温度数据，走航表层海水分析作业121个站；海洋化学专业组取得大量宝贵的海水化学和大气化学样品数据。在这样传奇的航行中，王建忠、王硕仁、刘顺林的"雪龙"驾驭，出神入化。矫玉田的大洋队、邢豪的"驾台俱乐部"在文韬武略的开打中，绽放着中华文化最美的奇葩。

邢豪小侄的日记，将这些奇、美藏进拙朴：

环南极航行的期间，每天都要拨快一个小时，全船所有人的生物钟都被打断，全船所有人都失眠，每天任何时间都有队员在走廊游荡。这时候最难受的就是值班的驾驶员和轮机员，拨钟后不能很好休息，紧接着又要下一个值班，然后又要下一次拨钟，一个失眠。

春节过后的某日，第二船长赵炎平家中通过海事卫星电话报来喜讯，喜得千金，82年生人，31岁的小伙子，聪明、勤劳热情、敬业，操船谨慎，大家纷纷给他祝贺。他却坚守在船上，无法看一眼女儿。

领队宣读过生日的队员名单，送上贺卡。整个考察有五个多月，近一半的队员在南极度过了生日。中国科学院青藏高原研究所赵俊猛教授，地球物理学家，五十多岁，白白净净，温文尔雅，慈眉善目。该君作为著名地球物理专家，他的任务是去格罗夫山建设地震台，在他的中国梦中，要论证青藏高原和南极大陆为同一板块，如得证实，在漫长的一万年的漂移中，这一板块就会漂过赤道区域，从而具有了形成石油煤炭的条件，那样在青藏高原大规模地找油就成为可能。此次南极考察他前往格罗夫山，那里遍地冰裂缝，到处是万丈深渊。这是青藏所第一次来南极，他和助手们挤在三人间里，无论做什么都冲在前头。在卸货期间，赵教授总是拿着扫帚到甲板扫除积雪。

搜救马航的时候，本来没有要求他留下，他却坚持参加搜救。他漂亮的女儿是演员，太太是医生。

格罗夫山队主要任务以陨石为主，必须要有高尚的人格和人格魅力，沿途的景色在不断地变化，一望无际的冰山密密麻麻，星星像要掉下来一样垂到眼前，月亮很大很亮，月光照得大半个海面都是亮的。太阳出来的时候是红色，落下也是红色，把冰山也映成着火一样的红色。

完成环南极考察重新回到中山站外围时，晚上看到了绿色的光在天空翻滚变幻、扭摆。在很多水域都看到了鲸鱼喷水，它们跳跃着，伴着"雪龙"一起前进。

邢豪真是可造之才，我告诉他记录写景状物，他连人的形象，老婆干吗都写下了，好孩子真听话！

天花乱坠

"天花乱坠"是一个形象的词、逼真的词。看得见的雪雨风雹、雾霭冰凌、极光霞虹，奇形怪状。看不见的电流、寒流、粒子流、红外流、妖氛魔障，无处不在。用"天花乱坠"来形容此等南极奇观再合适不过了。我所见证的南极30次科考便是创造出的"天花乱坠"的人间奇迹。花开百树，分枝而叙：

创长城站最快卸货纪录

第30次队考察运输物资总量2200多吨，分为3个阶段，作业23天。中山站第一阶段卸货历时 15 天，实用 12 天，确保内陆队物资于 12 月 14 日全部到位，为泰山站建站打下坚实的基础。在第二阶段卸货任务中，他们仅用两天就将 100 多吨货物安全运至中山站，并回收了站上 100 多吨物资。

86 小时完成新站址地勘任务

受救援活动及船被困影响，维多利亚地勘工作在保证质量的前提下，执行时间由 8 天压缩为 4 天。地勘队反复策划、精心设计、科学组织，所有队员不分昼夜，团结协作，经过 86 小时的日夜奋战，圆满完成了既定的 8 项工作任务，为后续站区建设、码头选址、功能布局和站区规划等提供了翔实的科学数据。

格罗夫山考察发现 583 块陨石

格罗夫山队多次细化研究野外实施方案，安全顺利，共发现陨石样品 583 块，获得陨石富集规律信息；初步摸清格罗夫山中心地带哈丁山地区的冰下地形；安装 10 台地震仪，并对格罗夫山地质与矿产资源进行了调查。

填补南大洋断面大纵深综合观测空白

以南极半岛海域、普里兹湾海域为重点，开展了物理海洋、海洋地质、海洋化学、海洋生物与渔业资源等多学科综合考察，完成了全航程表层海水常规走航观测任务；南极半岛调查 6 个断面 33 个站点和普里兹湾调查 2 个断面 14 个站点及罗斯海总长度为 300 公里的地球物理测线调查的任务，为全面认识南极周边海洋环境、地球物理场与地质构造、气候特征及其演变规律，收集了大量一手资料。初步开展了南极磷虾、油气等重要资源潜力考察与评估，填补了南大洋断面大纵深综合观测的空白。

站区度夏科考成果丰硕

长城站开展了植被观测、南极鸟类保护与管理问题研究、海洋和陆地生物生态资源的本底调查等 16 项科考任务和 4 个调研项目，获取大量的研究数据和样品。

中山站开展了有机物污染分布状况、中山站站基冰冻圈综合考察、GPS 常年跟踪站观测和验潮等 7 项科考项目。

站区后勤及运行保障顺利

中山站完成新发电栋、新越冬宿舍楼、新水泵房及相关外管线的建设，于2 月 26 日通过验收；完成越冬宿舍楼家具安装和收尾工作；扩容升级卫星传输设备，建设完成中山站天翼 3G 网络；更换 7 台新风力发电机，实现向中山站主电网并网送电；利用现代温室种植技术，有效解决了考察站的新鲜蔬菜供给问题。长城站完成 1 号栋、科研栋、生活栋加固改造维修及青铜唐钟安置工作；建造了码头两侧的集装箱支架平台。

国际合作

本次考察实施履行了国际公约相关项目。泰国朱拉隆功大学在长城站开展了南极地区微生物多样性与功能研究。考察期间，考察队派 KA32 直升机飞行两个架次运送了印度站部分物资和人员。

先后帮助智利空军站、海军站和俄罗斯别林斯高晋站吊卸物资、油罐；协助韩国站接送考察队员；接待了乌拉圭、智利、俄罗斯和韩国政府代表团；多次接待友邻站队员的拜访。同时，也应邀参加乌拉圭站、智利空军站、智利海军站、智利南极研究所站和俄罗斯别林斯高晋站等站的交接仪式及建站周年庆活动；参加智利南极研究所 Escudero 站组织的乔治王岛国际研讨会；同时在智利海军站和韩国站的帮助下，开展了泰国科考队员潜水作业和"海洋环境监测系统"回收工作。

中山站度夏期间帮助俄罗斯进步站短期存放 900 公斤食品，接待了俄罗斯进步站、印度站队员来访，多次协助俄罗斯和印度站队员进行科考工作，并访问了澳大利戴维斯站、俄罗斯进步站等。

这个带着创作任务写日记的邢豪小子，写下了一段接送外国考察队员的细节：

离开了中山站以后，我们便驶往罗斯海，这个地方我不是第一次来了，2012 年年底的时候，我们开黄河艇第一次登上难言岛，那时候还没有难言岛这个名字，2013 年返回国内以后才翻译的。送了新站选址队上去。我们继续南下前往美国的麦克默多站，这个站有上千个美国度夏队员，每天有美国空军的运输机来回飞到新西兰基督城。这次的任务是去新西兰站，把 24 桶煤油用直升机吊船上来，然后运到新西兰的一个野外营地。再历尽千辛万苦回到难言岛，接韩国站和意大利站的人员，搭乘我们船返回新西兰。意大利人说，直升机没有浮筒，不能长时间在海上飞，我们又走了几十海里，把船开到韩国站附近的陆源冰那里。韩国人开始上船，用的是他们的两架小松鼠直升机，一架运人，一架运行李，倒是也很快就运完了。现在轮到意大利人了，意大利站长说，他们的行李还没收拾好，要不就明天吧！没办法，我们又把船开回难言岛，然后开始调运我们的物资回船。船两边都是清水，要把物资直接用直升机吊到两个吊车中间的舱盖板上，真正是考验技术的时刻了！三位驾驶员都是我们的山东老乡，果真不负众望，稳稳当当地把所有物资全部放到舱盖，玩杂技一样。

第二天，意大利人还是不敢飞到海上来，只飞到难言岛，然后我们又放小艇把他们全部接下，再给新西兰送油。意大利就是意大利，一群人乱成一片，政委把餐厅的咖啡机也改成英文菜单，让大厨做西餐，同志们一齐反对，叫他尝尝中餐，岂不开眼？最后尽量按西餐做，炸鸡翅、炸鸡腿、牛排、水果罐头、泡菜、冰淇淋，一大堆鬼佬，吃得肚皮和纱灯似的，连伙食费都没收。这些吃的都是我们考察队员们分匀出来的，这叫待客之道。

我们考察队规定在船上不准穿拖鞋出卧室，"意大利"穿着拖鞋乱跑，进餐厅、公共场所。有些穿着拖鞋跑上驾驶台，我值班时会耐心给他们讲，不能穿拖鞋上驾驶台，这是规定，还好，除了极个别的，一般第二次都不会再穿拖鞋来了。我觉得对谁都要讲规矩，这和讲礼貌一样！

据说当年"雪龙"船改造，一年不能接送越冬队员倒班，便从霍巴特搭乘澳大利亚的极光号考察船到戴维斯站，离中山站只有几十海里，送过去后，再把去年的人接到霍巴特，竟收了我们100多万澳币，连船舶折旧费都算进去了。今年我们专门跑去新西兰站吊煤油，再专门去一个叫阿代尔角的地方，又用直升机吊下去，再把新西兰人、高丽人（韩国）和意大利人都送到新西兰，伙食费也没要一分。关键是，他们吃我们考察队员节约下来的东西，竟吃得比我们好。洋伙计惊呼，原来中国人有这么多好吃的！中国爷们有意思：死要面子活受罪！

孔子说："四海之内皆兄弟。"毛主席引用古诗说："海内存知己，天涯若比邻。"山东人民政府说："好客山东。"连乡中老人也经常教育我们："小小的孩儿，大大的肚，一定善待外来户……"

这样美好的天涯情缘，也体现于韦唯的歌唱里：

啊！因为有了你，

地球不再孤单地旋转，

因为有了你，

不同肤色的手臂连起手臂。

你把和谐福音传递，

祖国母亲是你永远的动力。

经天纬地的英雄好汉，

我们中华民族的好儿女……

搜救马航

马航370飞机与机场失联的噩耗炒翻了世界，因为乘客多是国人，大灾临头的感觉真实而悬疑。许多同胞都怀疑，在卫星雷达的分辨率达到10公分的今日，还会有这样大的铁鸟会失踪无迹。许多的网上君子甚至猜测，这是一个天大的政治疑案，它的玄秘性可超过任何一宗世间谍战。在二百名失踪者中，我市占二，其中有画家侯先生，我的一个熟人。我极尽了奇思妙想，却也未想这会牵连到漂荡大洋的"雪龙"队友。

邢豪小佺以他朴素的笔调叙述了这次"天上掉下来的重任"：

在澳大利亚锚地已经抛锚 3 天了，明早进港，大家对陆地充满了无限的憧憬。这里可以收到澳洲的手机信号，用手机上网就可以看国内的各种新闻，有的队员看到新闻，政府处理马航事件的代表团在接待家属的时候说，"雪龙"船已经赶往南印度洋疑似地点前往搜救，消息马上在全船传开，大家的内心极其复杂，前往搜救中国人是我们义不容辞的责任，但是"雪龙"船不可承担过多任务。自 11 月 7 日起航执行 30 次任务，已经过去了 5 个多月，无论人和设备，都已经极度疲惫，离回家的日子越近，大家越急切地盼望回家。如果真前去搜救，那么回家的日子就遥遥无期了，所有人内心都充满了矛盾……

我家乡的《齐鲁晚报》捷足先登了这则消息——《专访搜救行动，中方指挥船"雪龙"号船长王建忠》：

3 月 20 日，承载刚从零下 2℃ 的南极回国的科考人员和船员的"雪龙"号，驶往澳大利亚温和舒适、气温只有 20 多摄氏度的弗里曼特尔港补给，所有人紧绷的神经，即将迎来 4 个月来的第一次放松，他们计划在"雪龙"号补给的四五天内，去购买澳大利亚纪念品。

王建忠神色凝重地告诉访者："2014 年 3 月 21 日，刚刚离开西风带的"雪龙"船抵达澳大利亚弗里曼特尔港口，还没来得及洗去一路风尘，便接到紧急命令，再次奔赴西风带海域执行搜寻马航失联客机的任务，并临时担任中方船只的现场指挥船。当日 18 时，"雪龙"船完成紧急补给，搭载 87 名队员离开弗里曼特尔港，驶往澳大利亚公布的目标海域。"

这就是说：打完一场场恶仗，勋章挂满前胸，刚要舒一口长气的"雪龙"队伍，又要投入史上无有、生平未有、世上罕有的海上搜救了，而且还要指挥。关于"雪龙"队伍临战状态和战前动员情况，邢豪小俚能说会写，很是周详：

第二天一早，广播通知各个队的队员分别到会议室开会。领队宣读，听到名字的靠前站。念了几个船员的名字后，大家都说，船员就不用念了吧，反正全体留下；然后机组全体留下。机组十多人的机票已经订好，本来准备马上下船，乘飞机回国。宣读完留船参加搜救的队员名单，听到自己名字的队员往前挤去。中科院青藏高原研究所的赵俊猛教授和桂林理工大学的廖炳奎教授，还有几个研究生，主动表示要留船参加搜救。

然后准备靠码头加油加水，下午3点以前，所有队员必须回船，疯狂的一天就这样开始了：要下船的人赶紧回房间收拾行李，大家像打仗一样跑上大街买各种东西，搬东西回船的时候，舷梯口排起了长长的队伍，由于船要加油加水，还有装备要在澳大利亚下船维修，甲板部的同志们和轮机部的大部分同志，也都放弃了短暂的上岸机会，坚守在工作岗位上。下午2点半，所有队员回船，接临时回国队员的大巴也到了码头边上，就这样，匆匆离别了一起奋战近半年的战友们，踏上了新的征程。

码头上挤满了自发来送行的华侨们，因为本来计划5天的靠港时间，熟悉的老朋友已经为我们安排了各种活动，就这样，连一顿晚饭都没吃就匆匆别过了。

船开出了平静的航道，第3天到达了疑似区域。在澳大利亚期间，临时采购了整个港口小城的所有望远镜，加上以前就有的，驾驶台上的望远镜达到了14台之多，所有考察队员开始分班，轮流上驾驶台瞭望……

如此，我的30次南极考察队的随船队友都成了侦搜员、指挥员。我留下了邢豪手持望远镜的照片，他很有派儿，身后背景大有寓意：铅灰色的大海上，一排排的浪花恰如象形的字母，在黯淡的天光下，向世人述说着失联者的不幸和搜救者的艰难。

立意清晰、境界崇高的是当事者王建忠与《齐鲁晚报》记者的对话。这位"天堂"城市孕育出的江南才子，一贯地拥有出口成章的本领，他说：

我们熟悉搜寻区域的优势独一无二

齐鲁晚报：作为非专业搜救船只，"雪龙"号为什么会接到搜寻任务？

王建忠：中国船只只有"雪龙"号与珀斯西南疑似海域距离近，搜寻区域是咆哮的西风带，只有常年往返于南极的科考船才熟悉这一海域。3 月 8 日，我们就曾过西风带，我们熟悉搜寻区域的优势是独一无二的。

齐鲁晚报：当时是否对这一命令感到意外？

王建忠：是有些意外，搜寻工作本来与我们的专业方向是不相关的，当时刚完成第 30 次南极科考任务，建立泰山站，"雪龙"号不久后还要参与北极科考任务。

但命令也在意料之中，我们这些科考人员都是国家挑选出来的，MH370 航班上有那么多中国人，参与搜寻是义不容辞的责任。

齐鲁晚报：有没有感觉到压力？

王建忠：长达 4 个月的科考期间，每天都是高强度的工作，在近似封闭的恶劣环境中工作、生活。因此，每次到澳大利亚补给时，心情都是愉悦的。这次又要重返大风大浪的西风带，感觉像是回到了地狱，科考人员和船员放松的心情接着就收回来，立刻绷紧神经。

接到任务时，我和其他人都非常有激情，我们代表的就是中国，必须为中国人努力。由于补给有限，为减少船只压力，160 人只能留下 80 多人，大家都踊跃报名希望参加，人数都报超了。

齐鲁晚报：往搜寻区域赶是怎样的一个过程？

王建忠：我们并不是专业搜寻船，没有搜寻黑匣子的声呐设备。3 月 20 日上午，澳大利亚协调中心接到发现珀斯西南海域存在疑似残骸漂流物报告，当天我们就接到国家海洋局电话，要求做好准备。21 日一早命令正式下达，要求以最快航速到达澳大利亚弗里曼特尔港进行补给。

21日9点30分，我们到达港口。补给通常需要四五天，但我们接到的要求是当天18点必须出发，且要以最快速度抵达疑似残骸漂流物区域。因此，还没补给完我们就出发了，很多物资都是吊在甲板上。

齐鲁晚报：如何理解这个命令？

王建忠：国家还是希望尽早发现MH370航班，不放过一切可能，给乘客家属一个交代，"雪龙"号是搜寻行动中方指挥船。

齐鲁晚报：与澳大利亚方面的沟通有没有困难？

王建忠：完全没有，"雪龙"号是澳大利亚海上搜救中心的老朋友了，这也是我们作为中方指挥船的原因。另外，我们与澳大利亚海上搜救中心经常合作，比如参与救援"绍卡利斯基院士号"俄罗斯科考船、法国"星盘号"。澳方非常配合，我们一到岸他们就优先补给。

"雪龙"号上有大批高素质科考人员和船员，英语沟通基本无障碍，有时考虑我们是外国人，澳方在通话中也会用简单词汇。

齐鲁晚报：作为中方指挥船，"雪龙"号在搜寻过程中主要做什么？

王建忠：我们主要负责与澳方海上搜救中心、中国海上搜救中心、中国海军、参与搜寻的商船及飞机进行沟通。每天会收到澳方海上搜救中心、中国海上搜救中心指示，然后我们根据指示分派任务。

因为参与搜寻船只太多，搜救中心不可能对每一艘船进行指挥，就把任务分配给指挥协调船，其他工作都是由指挥协调船进行安排。飞机的搜寻也主要是指挥协调船进行协调，如果飞机发现哪里有东西，指挥协调船就通知最近的一艘船过去。

齐鲁晚报："雪龙"号多久与澳方和中方联系一次？

王建忠：正常情况下，与澳方每隔6小时联系一次，如果发现可疑物，必须随时联系。我们受中国海上搜救中心委派，每天还向中国海上搜救中心和海洋局汇报，他们要掌握我们整个搜救信息。

齐鲁晚报：澳大利亚划定的搜寻区域值得相信吗？

王建忠：澳方聚集了全世界最优秀的航空等方面专家，我们是信赖对方的。我们船上的技术手段有限，只能根据澳大利亚来确认疑似区域。

搜寻是我们国家的义务

齐鲁晚报：搜寻中会遇到哪些困难？

王建忠：这一海域经常有大风大浪，涌浪最高达到 6 米多，影响搜寻进度。船上很多人因常年科考，视网膜黄斑受损，挺让人心疼的。

齐鲁晚报：海军方面的搜寻区域也是澳方划定的吗？我们与军方接触有没有压力？

王建忠：是的。我们主要与海军指挥所所在的"千岛湖"舰联系，海军没有很强势的感觉，反而非常配合，沟通起来比较顺畅。大家都是为了寻找飞机。

齐鲁晚报：网上对中国一些设备过于落后产生争议，您怎么看？

王建忠：我国搜寻设备确实与国外存在差距，我们在搜寻中利用现有设备，竭尽全力地搜寻。比如，只要看到漂流物就必须进行现场确认，有时只是从眼前晃一下，不管你是否真的看到，我们必须过去确认。不是一个人、一个团体、一个单位能完成的，需要大家齐心协力，特别是"雪龙"号常年在外，经常帮助其他国外船只，也获得其他国外船只帮助。我国在这次搜寻中，借助其他国家先进设备，就是这个道理。

齐鲁晚报：这次搜寻没有发现残骸会不会觉得不值？

王建忠：不能以搜寻成果评价搜寻行动。搜寻是国家的义务，任务交给我们，就是我们的义务。人命关天，生命价值是无法用任何价值来衡量的，我们努力搜寻了……

在指挥官的书卷气十足的说辞之后，照例有邢豪侄儿的俗语日记相映成趣，彰显出角色的特异：

"雪龙"船一马当先搜寻在大海，中国海军的三条舰船也抵达区域，澳大利亚搜救协调中心任命"雪龙"船为该搜索区域的搜救现场协调船。因为和海军协调不便，最后船长和领队商讨后决定，将部分区域划分给海军的指挥船，再由他们的指挥船协调另外两条军舰区域内搜索。协调船不仅要协调舰船，还协调飞过的各国飞机。因为风浪大，"雪龙"船的直升机无法起飞，守着航空电台联络各国参加搜救的飞机，澳大利亚的、中国的，后来日本保安厅的侦察机也加入了搜救队伍，经常听到航空电台里蹩脚的英文。

青藏高原所的赵教授每天都坚守在驾驶台上8小时以上，见他的眼睛因为海面反光照射而流泪，大家都劝他休息一下。他总是说，我专门放弃了宝贵的时间，国内有无数的科研项目等着做，就是为了能早日找到真相，如果现在休息，真的对不起在家里等着他指导的弟子们。

广州海运集团的"中海韶华"号超级散货船也加入了搜救队伍，这条超级散货船有30万吨的排水量，远远看去好像一个小岛一样，人人感叹：祖国的海运实力越来越强大。

28日，吃晚饭的时候，值班的驾驶员发现前方海面有一物体，赶紧在电子海图上做了一个人员落水的标记，船接着掉头回来，来回两三次，就见到一个没有标签的矿泉水瓶子，话传到下面就成了一尺多的棕色物体，再往下传，餐厅的人爬上驾驶台，都在问是不是刚才发现了座椅。使用长焦相机进行了拍照以后，决定不打捞这个塑料瓶子。

晚上站在驾驶台外面，看到夜空划过卫星，感叹自己真的置身世界的焦点中。

邢豪进步了！不只是他，队友们也都自觉清楚，他们已在世界的焦点中，他们成了飞天跨海、行侠好义的英雄集体。我们接着读邢豪日记：

新华社的记者张建松说她的同事跟随中国空军的伊尔-76运输机来到了澳大利亚的珀斯，通过海事卫星电话和她联系，今天上午将从珀斯出发，飞临发现疑似物体的海域。并且协商了一个VHF（甚高频电台）的频率，123.45兆赫兹。他们如果飞临"雪龙"上空，就会和我们联系。我和中信海直通航的梁高升（山东临沂人）机长把报务台的对空电台调至 123.45 兆赫兹。

8 点 5 分，电台开始叫道："雪龙雪龙，这里是中国空军，听到请回答。" 驾驶台上一片欢呼，接着领队刘顺林和空军编队指挥通话。编号 20541 飞机。在遥远的南印度洋首次听到了中国空军的声音，十分骄傲！ 10 点整，再次响起空军的呼叫声。因为油量原因他们返航，又通过我船上空。飞机并未发现疑似物体。另外一架飞机，也从珀斯起飞朝这边飞过来。啊！天使般的中国飞机！愿他们能够越飞越远。

因为天气原因，"雪龙"船一直在摇晃，营救俄罗斯船的 7817 英雄机组现在无用武之地，都充分发挥自己的视力优势，一天到晚坚守在驾驶台。在摇晃中一直使用望远镜瞭望，是一件很艰苦的工作，很容易头晕眼花，不大一会就会流泪。但是我们用它看到了中国的军机，抿着翅膀，灵巧得像一只燕子。

高山仰止

一开始，望远镜大家都抢着用，慢慢地觉得是手握了枪，要打仗，手握了镐，要刨冰。无边的大海、飞机在哪里？遇难者在哪里？远天的云堆，有时会看成仙山。西天的霞光，有时会看成火焰。古诗中有"却有一峰忽然长，方知不动是真山"的奇句，邢豪的眼中就出现了一座海上仙山，它是一艘名叫"韶华"的中国巨轮，当它加入了我们的搜救队伍，游移于大洋之时，看惯了海面的人们产生了一种高山仰止的震撼：

2014 年 3 月 27 日，中国海上搜救协调中心通知我们，有一条中国海运集团下属的超级散货船，英文名"CSB BRILLIANT"中文名中海韶华，在今日加入我队。当它和我们汇合的时候，才知道它是什么样的庞然大物，近 400 米长，50 多米宽，甲板的面积接近三个足球场。我们的"雪龙"连货、加油、加船、自重、满载排水量还不到两万吨，这条韶华轮，光是谷物就可载 30 万吨。我们在一起并排航行，就像是一辆迷你小汽车伴一辆集装箱卡车。韶华轮准备绕过好望角去南美拉铁矿石，接到搜救中心命令，直接赶来同我一起搜索。

韶华轮船长刘祖宾说：超级谷物船一天的租金要几十万，加上燃油消耗和船员工资，绕道这边来搜救，损失不在少数。韶华轮船长说，这么慢的速度他们的主机受不了，和王建忠协商后，两条船决定稍微提高了船速。每天海军和韶华轮将结果告知我船，然后再由我们统一向澳大利亚搜救协调中心汇报。现场协调，现场指挥。

后来又有别国的飞机加入，这些飞机都要受"雪龙"的协调。南极诗社的朋友写过名曰《探险者》的诗句，此处吟咏，或者适宜：

　　　　　　　勇敢的家族乘着山样的波涛

　　　　　　　离开家乡领略粗暴的气象

　　　　　　　搜集着艰险之地的景象

　　　　　　　启发和平的源泉和浪漫的时刻

　　　　　　　为了寻找

　　　　　　　为了探求

　　　　　　　充满冒险精神的水手团体

　　　　　　　牺牲、进取，是海洋和生命的守护者

　　　　　　　生活充满冒险而不随意

　　　　　　　勇敢的船员带着传奇的梦想

　　　　　　　装进胸膛使命和回忆的勋章

　　　　　　　带着乐观和不输你的活力

　　　　　　　去拯救灵魂

　　　　　　　寻找生命之根蒂……

好梦成真

30次探极返乡，邢豪顺道来济宁，说是看看殷大大。2014年10月2日的宴会上，我邀来了殷赞一家人，邢豪带来了梁山小子丁明虎。虎崽是秦大河的弟子，冰川学博士，多次南北极考，心气高，有豪气，酒量也大。几人灌我几杯，几乎拿不住筷子。

邢豪挺神秘地说："雪龙"几日内就要出航，有一特大任务。再问是何任务，豪侄眯眼不答，卖关子道："你们喝下三杯才说！"虎崽仰头便饮，一边说道："什么一两九两的？"梁山好汉的气势显露出来。我们受了鼓舞，一一效法。那豪侄笑道："其实是公开的秘密，'雪龙'号提前出航，是赶在习近平主席出访澳大利亚之前到达霍巴特港，等待主席上船！"

哈！原来有这等好事，大家惊呼起来，你一杯，我一杯敬酒祝贺。因邢豪家距彭丽媛娘家几十里地，还与彭家沾亲带故，大家问豪侄："你称彭丽媛什么？"豪答："按乡俗叫姑！""那称习主席什么？"豪答："称姑父"。"果真见了面，真叫么？"豪仗了酒胆说："我就真叫，乡里乡亲么，在村里数我嘴甜，该叫什么，就叫什么！"

邢豪走后，我们就一直等待消息，2014年11月18日，各大报纸报道了消息：

本报澳大利亚霍巴特11月18日电，18日正在澳大利亚塔斯马尼亚州首府霍巴特访问的中国国家主席习近平在澳大利亚总理阿博特陪同下参观南极科考项目并慰问两国科考人员。

霍巴特是澳大利亚南极科考母港。海风拂面，碧波荡漾。"雪龙"号科考船在执行中国第31次南极科考任务途中，在霍巴特港停靠补给。

习近平和阿博特来到霍巴特港区，参观了澳大利亚南极科考展览，并通过视频连线同中澳南极科考站工作人员通话。中国中山南极科考站、澳大利亚戴维斯南极科考站负责人分别汇报工作。

习近平向两国科考人员表示慰问。习近平指出，南极科学考察意义重大，是造福人类的崇高事业。中国开展南极科考为人类和平利用南极做出了贡献，30年来，中澳两国科考人员开展了全面深入合作。中方愿意继续同澳方及国际社会一道，更好认识南极、保护南极、利用南极。

阿博特向两国科考人员表达问候，他表示，南极科考对人类意义重大，希望两国科研人员加强合作。

习近平和阿博特共同见证了中澳南极合作谅解备忘录的签署。

随后，习近平前往码头，登上中国"雪龙"号科考船，参观了中国极地考察30周年图片展。一张张图片讲述了中国极地科考的奋斗历程和光辉成就。其中，有一张照片是1985年党和国家领导人接见我国首次南极考察立功受奖人员时的合影。当时获奖的汪海浪如今是"雪龙"号副领队，吴林是水手长。习近平同他们亲切交谈，勉励他们再立新功。

习近平来到生物实验室，详细询问大家工作和生活情况。期待他们圆满完成任务。

习近平离开"雪龙"号时，船员和科考人员聚集在甲板上列队欢送。习近平向大家挥手告别，祝他们一切顺利、凯旋。

彭丽媛、王沪宁、栗战书、杨洁篪等参加上述活动。

哎呀！"邢豪梦"成真了！我们关心的是他到底叫没叫姑姑、姑父？文印室的小门、小吴欢欢喜喜地来了："邢豪的材料？邢豪的材料……"我周围不少人认识了这小子。我急急展开来，见已有了标题，邢豪写的《习大大来了》：

终于等到了靠霍巴特港口，两年前处女航到这里的时候，我还是甲板见习生，现在已经是"雪龙"船的三副了。11月17号这一天，船长和领队宣布，今天到的同志们在"1118"活动中有自己的岗位，不能参加合影。我的岗位是在驾驶台值班，一个实习生和我在一起。后来有些岗位又可以去合影了，我等着老天变化。11月17号彩排，最终定下有6个不能参加合影，含我在内，驾驶台两个，机舱集控中心两个，上下船梯口各两个。驾驶台和集控中心两个不光合不了影，就连见也见不到了。我想，这是我泄露天机的惩罚吧！

彩排的时候到了，驾驶台来的是另外一个见习三副——我的菏泽老乡，郓城人。原来另外一个实习生非常渴望去合影，他就把机会让出来了。大概老天爷怕我们出洋相，两个娘家侄儿都没能见到彭姑姑，想唤一声也没机会了！

11月8号上午，来了几条小艇，塔斯玛尼亚州警察局的，开始放蛙人在船周围，我们挂起满旗，将所有国际信号旗串起来从船头拉至船尾。中午，一阵大风刮来，一下把旗杆刮断了，水手们赶紧爬桅杆拉起来，祈祷千万别在活动的时候再刮断了。

10点就开始午饭，饭后开始占位置，我在驾驶台最高的地方，往外看，码头外面的大桥上，路边上全是飘扬的五星红旗，本来塔斯玛尼亚没有多少华人，这一下是不是全出来了！不知道多久，我看到远处的国旗一片一片降了下来。等看到离码头最近的拐弯处国旗降下时，我知道是车队到了，赶紧在对讲机里通知甲板。我看见习主席一行到了码头，和实习生两人制服笔挺站在驾驶台两边，我们一般被称为翅膀或两翼，敬礼！主席上船，澳总理上船，随从上船。合影！参观实验室，然后参观生活区，我们的水手长吴林同志受到习主席接见，吴林84年参加首次队南极建站，凯旋后受到习仲勋同志接见。今年南极考察三十周年，又受到习主席接见，可见他父子俩都关心南极事业、南极队员。习主席上船看了一圈儿，下船时，又朝甲板上列队的考察队员挥手，然后看到我们在舰桥敬礼，也朝上面挥手。我觉得特别亲切……先以为见不到，又见到了，没争着见却有福分。虽然离得远些，可我们驾驶员是鹰眼，看得清清楚楚、真真切切，就是不能喊……

著书喜虎头凤尾，如此的龙凤呈祥，该是祥瑞大吉之象！

余音袅袅

邢豪日记说：无论靠哪个外港，最让我们感动的就是当地的华侨们。"雪龙"只要靠港，每天都有一批批的华人围在码头铁丝网外面。因为码头属港口国监管，我们也没办法让他们进来。

　　这次在霍巴特，船还没靠好，就有当地的华侨组织联系我，因为两年前靠港时有见面，两年来一直盼望我们再回来。活动一结束，塔斯马尼亚大学的华侨教授、当地画家、留学生都等着上船来看看。他们通过大使馆、领事馆联系，都一直没有进展。最后托人找了我，我和二副想办法，让他们三三两两地通过门禁，上船。画家送我们一幅油画，又拉我们去买东西、逛街。一位大姐见到我工作服上的五星红旗，泪光闪闪，说见到这面旗帜真的无比激动。我现在才理解到，祖国的船到这里，才是彰显国家力量，是华侨们最期待的。华侨最爱自己的祖国，这是"雪龙"队伍最感动的。14亿中国人，都爱中华。中华民族的伟大复兴，美丽的中国梦亦像邢豪好梦一样，定可实现！

玉树金果

　　30 年的两极科考，是一部撼天的诗，是一部探险史，是一场可歌可泣的经典戏剧，是一部记录历史人文悲喜的动地天书。一首"南极诗社"洋才子彼德·劳吉娜的诗《银的收获》，告诉我们探极的旨意：在银质的天宇下、玉树上，勇士的科考金果光彩夺目：

我们在南极大陆找寻什么
周边许多人无法理解
这首诗关于南极的收获

这是南极的音乐
白化天知道我们的感觉
让我们忘却艰难险阻

让我们坚强如铁
在险恶的下降风中
我们更多地了解天地和人生

越来越爱自己的家园

所以我们要踏雪、攀冰

一切的苦难结晶了

繁星般的果子……

（奥歌·斯蒂潘娜瓦 译）

30 年南极陆基科学研究成就

南极陆基科学考察与研究活动早在英雄探险时代就已开始，迄今已经有100 多年历史。我国于 1980 年首次选派董兆乾和张青松，到澳大利亚凯西站进行综合考察，还参观访问了美国麦克默多站、新西兰斯科特站、法国迪尔维尔站。他们在那里进行了气象、地质、生物和海洋等学科的现场观测和取样，取得了第一批南极科学资料、数据和样品。随之董兆乾又被派到澳大利亚"内拉丹"号考察船上，参加"首次国际南极海洋系统和储量的生物调查"的水文调查。他还利用登上 3 个南极站的机会，采集了南极大陆上的地质样品 30 余个，海洋动植物样品 33 个以及海水样品 10 瓶。国家海洋局第二海洋研究所，专门组织专家对这些样品进行了分析研究，写出了考察报告和论文。

张青松于 1981 年 1 月被派往澳大利亚戴维斯站越冬，从事西福尔丘陵的第四纪地质地貌考察。他采集了大量标本和样品，并对该区陆缘冰地貌进行了定位观测。1981 年 11 月，吕培顶到澳大利亚戴维斯站越冬，进行海洋生物考察；卞林根到澳大利亚莫森站越冬，进行气象学研究；谢自楚到澳大利亚凯西站越冬，进行冰川考察；王声远和叶德赞到新西兰斯科特站度夏，进行地球化学和生物学考察。颜其德到澳大利亚"内拉丹"号考察船参加澳大利亚首次南极海洋地球物理考察。1982 年 11 月，"南极委"派蒋加伦到澳大利亚戴维斯站越冬，进行浮游生物考察；陈善敏和宁修仁赴智利马尔什站度夏，进行气象学考察；钱嵩林赴澳大利亚凯西站越冬，进行冰川考察。秦大河于 1983 年 11 月到澳大利亚凯西站越冬，进行冰川考察；王自磐和曹冲到澳大利亚戴维斯站越冬，分别进行浮游生物和高空大气物理考察；卞林根到阿根廷马兰比奥站度夏，从事气象观测；陈时华随日本的"白凤丸"船，从事南大洋生态系和生物资源考察；王友恒到阿根廷布朗站越冬，进行气象学观测；魏春江和董金海赴智利马尔什站度夏，进行海兽考察；李华梅和许昌赴新西兰斯科特站度夏；王荣到阿根廷的马兰比奥站和尤巴尼站进行了生物学考察。随着中国南极中山站的建成，中国南极陆基科学考察与研究活动快速发展起来，研究领域也从初期的亚南极环境，滨海与海岸带环境逐渐向内陆扩展。秦大河横穿南极的雪冰环境研究、普里兹—格罗夫大地构造演化研究、格罗夫山的古气候环境研究、南极陨石回收与研究、无冰区古生态环境的地球化学研究、东南极冰盖起源与初期过程研究、冰穹A的天文观测与研究、极区等离子体云的形成过程与机制研究等领域，均获得了国际一流的科学成果。目前，中国南极陆基研究在国际科学刊物发表的数量已居世界前列。南极泰山站顺利建成，新的考察船、固定翼飞机亦指日可待。

30年来我国南极陆基科学考察和研究的发展历程、研究现状和主要科学成果如下：

南极大气观测与研究进展 1985年和1989年中国在南极建立了南极长城气象站和中山气象台，1993年在中山站安装国际标准的臭氧光谱仪，开始了大气臭氧总量和紫外辐射的观测。在中山站建成了大气本底站，开始了温室气体长期观测。2002年以来，在中山站到泰山站和昆仑站的断面上，先后安装了6套由卫星传输资料的自动气象站，获取的资料在国内外研究中已得到应用。对南极地区近代气候的变化规律、大气边界层物理和海冰气相互作用冰雪、能量平衡过程、温室气体的本底特征和臭氧洞形成过程、南极考察气象业务天气预报系统、南极大气环境对东亚环流和中国天气气候的影响等方面开展了一系列的研究，加深了南极气候在全球变化中作用及其对我国天气气候和可持续发展影响的认识。

南极冰川学考察与研究　我国南极冰川学考察与研究历经学习、自主建设及快速发展阶段，目前已经初步形成了涵盖雪冰物理、雪冰化学、卫星遥感等多学科综合发展体系。长城站、中山站、昆仑站和泰山站的建成，逐步完善了冰川学考察后勤支撑体系。经过了40余年的发展，我国南极冰川学一系列重要成果的获得及研究队伍的建设，使我国成为世界南极冰川学研究中的一支重要力量。

南极高空大气物理学观测与研究　日地空间环境易受太阳风暴的作用产生灾害性空间天气，而极区是太阳风能量进入地球空间的入口，因此成为开展日地空间物理观测和空间天气监测最理想的地区。自1984年以来，我国在南极长城站开展了电离层和地磁观测。在中山站建立了国际先进的极区高空大气物理观测系统，观测要素涵盖极光、极区电离层和地磁，并与北极黄河站构成了国际上为数不多的极区共轭观测对。以极区观测为基础，我国在极光、极区电离层、空间等离子体对流、空间等离子体波和空间电流体系等方面取得了一系列研究成果，首次得出日侧极光多波段强度综观统计特征；首次观测到极盖区等离子体云块的完整演化过程；较好地解释了南极中山站的"磁中午异常"现象和极盖区等离子体云宽的形成与演化过程。

南极天文观测与陨石研究　从2007年开始我国在昆仑站逐步建成的冰穹A天文观测基地，获得了大气湍流、透过率、天光背景等关键天文台址参数，以及一系列时域天文学研究成果，在国际上受到广泛关注。台址监测分析表明，冰穹A具有优越的光学/红外和太赫兹观测条件，是目前地面上最好的天文台址，有可能实现在光学/红外和太赫兹波段国际领先的天文观测能力。此外，5次格罗夫山考察共回收陨石12017块，跃居世界第三。大量南极陨石的发现，为我国陨石学和比较行星学提供了极为珍贵的其他天体样本，也为我国月球和火星等深空探测工程科学目标的制定和实现发挥重要作用。

南极大陆地质地球物理调查与研究　我国在南极不同地域进行了考察研究。1980年董兆乾等人开展了早期地质研究，随后开展了东西南极过渡带地质的研究和西南极岛弧火山岩和火山作用的研究。随着中山站的建立，我国地质学家在中山站所在的拉斯曼丘陵及其附近区域考察研究和矿产资源调查，同时对东南极西福尔丘陵东南侧分带状冰碛物进行了统计分析，对威尔克斯地温德米尔群岛冰碛物及典型基岩进行了研究。1998 年中国开展了首次格罗夫山多学科综合科学考察，获得丰硕成果。在地球物理观测与研究方面开展了地磁研究，古地磁研究，重力研究，地温特征和岩石热物理性质研究，以及地震观测研究。

南极古气候环境与古生态地质学研究　张青松于 20 世纪 80 年代初在澳大利亚凯西站和戴维斯站进行了多学科综合考察。长城站和中山站建成后，张青松、谢又予、崔之久等 7 名专家先后对乔治王岛和拉斯曼丘陵进行了考察，探明了乔治王岛中—新生代古生物古生境，以及植物群孢粉组合特征等，还进行了无冰区地貌发育与晚更新世以来环境演变研究。在格罗夫山综合考察中对新生代土壤、冰碛沉积岩砾石、孢粉化石开展了冰川地质分析、沉积环境分析和宇宙核素暴露年龄测试。东南极兰伯特地堑两侧新生代沉积物具有相对丰富的孢粉化石，对这些地层的孢粉研究不仅可以提供年代学证据，还可以恢复当时的古植被和古环境，是研究气候环境变化及东南极冰盖历史演化的直接证据。

南极站基生态环境监测与研究　中国科学家在潮间带群落动态生态学的系列演替、南极生物的生态分布、生物生产力、食物链等方面获得了大量数据和丰富的研究成果。研究内容包括：潮间带生物，藻类区系，底栖动物，冰雪生物，陆生植物，飞行生物等领域，同时也注意到人类活动对南极生物的潜在威胁，认识到保护南极的生物资源与环境已成为刻不容缓的任务。

南极测绘与遥感　30 年来，中国的南极测绘考察和研究取得了丰硕成果。我国完成了东西南极站区附近的大地测量基准建设，在南极中山站、长城站建立了导航卫星跟地面跟踪站、常年验潮站以及绝对重力点。从 1992 年开始开展了南极航空摄影测量工作，获得了拉斯曼丘陵和菲尔德斯半岛地区航空影像图和航测地形图。测绘和编制了覆盖南极近 30 万平方公里的各类地图 400 多幅，命名了 300 多条南极地名。

考察队员生理心理适应性研究　我国南极医学研究随建站起步发展，迄今已对长城、中山和昆仑站的 454 名考察队员进行了系统的生理和心理的适应性研究，获得了不同环境、考察时间和任务的我国队员生理心理适应模式，为考察队员的选拔、适应、防护、站务管理和有关政策制定等提供科学依据，并探讨了南极特殊环境下生命科学的一些问题。

30 年南大洋科研成就

我国自 1984 年南极考察以来，迄今已进行了 30 次南极考察活动。其中，南大洋作为历次考察的主要内容有力地推动我国南大洋研究的开展。自"八五"以来，我国立足全球变化制定并实施多项针对南大洋的考察与研究的计划。围绕"南大洋环流与水团变异""生物地球化学循环与碳通量""南大洋生物生态学"，"南极海冰观测与研究""海—冰—气相互作用"等，以普里兹湾及其临近海区为重点调查区域，进行了长期固定断面的调查，使我国成为这一地区掌握资料最全面的国家之一。如在南极大磷虾基础生物学研究上，解决了困惑国际学术界多年的大磷虾年龄判断指标问题，及用磷虾体长与眼径比率作为检测南大洋生态系统动态变化的指示因子；利用资料的优势，我国学者在普里兹湾及其以北洋区的水团和环流研究做出了与国际水平可比的重要贡献，不仅揭示了南极布兰斯菲尔德海峡的东海盆和中心海盆深层水和底层水的来源，而且发现全球气候变化的最强信号出现在南大洋，进一步揭示了全球变暖已经减缓了南大洋的基本过程，垂向反转环流、水团特性、海盆间水交换、与低纬度海洋的水交换和海冰等均发生明显变化，且发现这些变化与全球大洋热盐环流和 ENSO 等具有紧密的关系，引起国际学术界的高度重视。在南大洋海冰研究方面，利用卫星遥感海冰资料，我国科学家开展了一系列针对南大洋海冰季节变化、年际变化和区域性分布特征的研究活动。并在研究南极海冰自身变化规律的同时，还结合其他资料，对南极海冰变化与地球气候系统其他子系统的变化，特别是与中国气候的关系进行了研究；南大洋是全球典型的高营养盐低生产力地区，我国持续开展了南大洋生物地球化学的研究。重点对南大洋普里兹湾及印度洋伞区相邻海域的 C、N、S、P、Si 等生源要素的生物地球化学循环进行了深入的探讨，揭示了该区域主要生源要素生物地球化学的作用特征和行为方式，建立了海洋 C 循环和 C 通量估算的技术和方法，对极区 C 循环的变化及其气候效应做出了初步的评估，对全球气候预测模式的优化提供了重要的依据。我国还对南大洋生物生态学、海洋渔业资源、地质地球物理等方面进行了广泛与专项的研究，为深入开展南大洋科学研究奠定了良好的基础。

15 年北极科研成就

我国北极考察自 1999 年开始，迄今已经 15 年。考察范围从白令海和楚科奇海开始，逐步向北深入并在 2010 年首次抵达北极极点开展了科学考察活动，实现了我国北极考察历史性的突破；2012 年 "雪龙" 船成功首航北极航道。2004 年，我国在斯瓦尔巴斯群岛新奥尔松（78°55′N，11°56′E）建立了北极黄河考察站。随着研究范围扩大，我国北极考察研究水平已从有限的学科发展到今天的多学科的综合考察，国际合作伙伴不断增多。1999 年，首次北极科学考察至今已 15 年。

20 世纪 90 年代中后期，北极冰层的厚度已经减少了 20%—40%，到 2100 年夏季北冰洋的海冰将全面融化。我国历次北极科学考察确定了与此相关的科学考察目标，1999 年首次北极科学考察确定了以 "北极在全球变化中的作用和对我国气候的影响、北冰洋与北太平洋水团交换对北太平洋环流的变异影响和北冰洋邻近海域生态系统与生物资源对我国渔业发展的影响" 作为三大科学考察目标，开展了多学科综合调查。2003 年第二次北极科学考察把 "了解北极变化对我国气候环境的影响，以及北极对全球变化的响应和反馈" 作为两大主要科学目标，开展了多学科的考察和研究。2008 年第三次北极科学考察确定 "阐述北极气候变异及其对我国气候的影响机理"、"阐明北冰洋海洋环境变化及其生态和气候效应"、"认识北冰洋及临近边缘海晚第四纪古海洋演化历史，了解北极海区重大地质事件对区域乃至全球变化的制约"、"开展北冰洋及邻近边缘海深海微生物资源极地基因资源的多样性研究，与地质年代结合，阐明生物多样性变化演变与海洋环境变化的关系"作为科学考察目标，开展了综合考察和研究。2010 年第四次北极科学考察以"北极海冰快速变化机制、北极海洋生态系统对海冰快速变化的响应"作为两大科学考察目标，开展了海冰及生态系统多学科综合考察和研究。2012 年第五北极科学考察确定"海洋环境变化和海—冰—气系统变化过程的关键要素考察、极区海洋环境快速变化的地质记录及其对我国气候的影响、极区地球物理场关键要素调查与构造特征分析、海冰快速融化下西北冰洋碳通量和营养盐要素生物地球化学循环、北极海域生态系统功能现状考察及其对全球变化的响应、北极航道自然环境调查"。

第一次至第五次北极科学考察，均邀请了部分国家和地区的科研人员参与现场考察：第一次考察有台湾、香港、韩国、日本、俄罗斯等国家与地区的 5 名科考人员参加；第二次北极科学考察有来自美、加、日、芬、韩、俄 6 个国家 13 名科考人员参加；第三次北极科学考察有来自美国、法国、芬兰、日本、韩国等国家的 12 名科考人员参加；第四次北极科学考察有来自美国、法国、芬兰、爱沙尼亚等国的 5 位科考人员和 1 位中国台湾地区的科考人员参加；第五次北极科学考察有来自美国、法国和冰岛的 4 位科学家和 1 位中国台湾地区科学家参加。

随着气候形势进一步变化，北极的科学问题更加突出，亟须探讨和回答的问题有：一、北极在全球气候变化中发挥重要作用，但它在调控全球海洋环流以及在水循环中的作用仍未清楚；二、过去的 10 多年，北冰洋发生了重大的变化，这种变化的性质和长期性需进一步认知，我们面对如何取得预测北极长期变化的能力挑战；三、北冰洋的地质记录是全球地质研究的空白，要有北冰洋大陆架下资源的开发预想；四、北冰洋的生物地球化学循环很大程度上可能与全球生物和大气相关元素的循环关系密切，北冰洋陆架碳、氮、硅和其他物质在全球生物地球化学循环中的具体作用以及北极环境变化影响全球生物地球化学循环的过程需要进一步探知；五、北极作为全球变化的窗口，展现了海洋酸化从工业化以来百年际向未来十年际的快速转化。有关酸化示踪技术和方法，可能产生的影响需要在今后的考察和研究中加以重视；六、北极生态系统的健康状态至关重要，除了极端气候赋予北极生态系统脆弱性外，当前北冰洋的生产力和高营养级的生产力的变化、北冰洋有机污染物污染的程度以及增强的紫外辐射对北极生态系统健康的威胁仍需深入认识。北冰洋亚洲陆架上低盐影响海区的能量流动和物质循环、白令海和楚科奇海对进入中部北冰洋的颗粒物生物的生产和消费过程及影响已经成为亟须破解的知识断层。北极的科学问题关乎当代和将来数代人类生存环境、社会和经济等方方面面，将来气候变化的方向是我们国家政策取向的基点。从这一观点看，当前北极考察目标宏大、任务艰巨。可喜的是我们的北极科学考察已经朝向这些目标做了不懈的努力，获得了丰硕的成果。

十九

中国探极史

　　世人探索极地的真意，"南极诗社"洋才女弗瑞蒂·如尼歌·玛尔德娜德诗为心曲，在《南极洲》一诗中诉说得有情有义。她在替举世的科考行动代言明誓，人类文明进步的渴望，总在奔向一个目标——理想中的天堂：

> 南极洲，我们的处女地
>
> 在你的岩石和冰川中
>
> 隐藏着历史的秘密
>
> 在你寒冷荒凉的土地里
>
> 航海者留下了他们的遗迹
>
> 你把悲剧记在心底
>
> 只展示冰和雪的壮丽
>
> 在寒冷的极昼和极夜
>
> 风雪的魔鬼哭号着
>
> 连越野的卡车

也迷了眼睛

在魔嘴的地裂中

已吞噬了累累白骨

但您白色的毯子下

保佑着许多的天使

他们向您祈求

期望得到的庇护

我们来了

作为好朋友

不会毁掉花草的一叶

不会拔下一根鸟翎

我们将爱护您

像对待不可亵渎的圣母

只会将您的赐福

带给世上的万物……

　　　　(峰蒂斯 译)

中国人最早的极地认知

　　据史料挖掘，中国人早期对南极大陆的最初认知来源于明朝万历三十六年意大利传教士利玛窦（1552—1610）所绘《坤舆万国全图》，其中明确画出地球南方由海水围绕整块陆地，大陆上有各种动物图示，甚至包括类似恐龙动物图像。

　　该图非常先进，以地球为一圆球，把东、西方两个已知世界汇编在同一幅地图上，并引进了南极洲、南北美洲、太平洋、大西洋、印度洋等地理概念，并且第一次在中文地图上，使用了赤道、回归线（图中称"昼长线""昼短线"）、极圈、南极、北极等名词。

在南极大陆上，则绘有陆上动物 8 种，其中就有犀牛、大象、狮子、鸵鸟、恐龙等等。对于南极大陆为什么会有这些动物，专家推测，当时尚未有人真正去过南极大陆，这也许是利马窦本人的一种臆测。

中国南极科考的历史

自明朝以来，虽然最初利玛窦所绘的"世界地图"已包括了南方一片极大的陆地，但中国人一直没有真正地思考过寻求极地探险的问题，这可能与中国人"农耕社会"追求安稳的思想文化氛围有关。

清朝鼎盛时期之后，随着西方列强的侵略以及国内军阀混战，旧中国频遭战乱，根本无力涉足南极。1949 年中华人民共和国成立后的前几年，国际关系紧张、因抗美援朝无法参与极地科考的各项工作，在西方各国热火朝天地开展南极探险、讨论南极条约时，新中国未能参加到南极事务中。1957 年，中国科学院副院长竺可桢曾提出，中国人应该研究南极。1964 年 2 月 21 日，中共中央批准"将来进行南极、北极海洋考察工作"。但不久文革发生。1977 年 5 月 25 日，国家海洋局党委提出"查清中国海、进军三大洋、登上南极洲"，到 20 世纪末在海洋调查科技上接近、赶上和超过世界先进水平的宏伟目标。

1978 年 8 月 21 日，国家海洋局向国家科委提交了《关于开展南极考察工作的报告》。

1979 年 1 月 15 日至 2 月 3 日，新华社驻智利记者金仁伯访问了智利在南极半岛上建立的三个考察站，以及苏联的别林斯高晋站和阿根廷的奥卡达斯站，拉开了中外南极科技合作的序幕。同日本、澳大利亚、新西兰、法国、阿根廷和智利进行了广泛的合作。1979 年 12 月 29 日至 1980 年 3 月 20 日，应澳大利亚科学与环境部南极局的邀请和国家海洋局的派遣，国家海洋局第二海洋研究所研究人员董兆乾和中国科学院地理研究所研究人员张青松参加了澳大利亚国家南极考察队。此后，新西兰、日本、美国、智利、阿根廷等国多次邀请我国的科学家在南极考察站协同工作。1981 年 9 月 15 日，南极委的办事机构——国家南极考察委员会办公室（简称南极办）正式成立，南极委副主任、国家海洋局副局长律巍兼任南极办主任，郭琨、高钦泉担任副主任。由此中国南极事业走向正规。

1983 年 5 月 6 日，国家科委、南极委、外交部、财政部、劳动人事部、国家计委和国家海洋局联合向国务院提出了《关于我国南极科学考察的筹备工作报告》。6 月 8 日，中国驻美国大使章文晋向条约保存国美国政府递交了加入书，至此，中国正式成为《南极条约》缔约国之一，但不具备南极条约"协商国"的资格。9 月 13 日至 27 日，由外交部和南极委组成的以司马骏为团长的三人（司马骏、郭琨、宋大巧）代表团，首次以观察员的身份参加了在澳大利亚首都堪培拉举行的第十二届南极条约协商国会议。在进行大会表决时，中国等非"协商国"的代表被请出会场，安排到咖啡厅"喝咖啡"，连表决结果也无从知道，这给中国代表乃至全体中国人以强烈的刺激。

1984 年 2 月 7 日，王富葆等 32 位获得竺可桢野外科学工作奖的科学家，以"向南极进军"为题，联名致信党中央和国务院。国务院领导批示，同意在南极洲建站和进行科学考察。2 月 24 日至 26 日，国家海洋局在京召开"我国首次南大洋和南极考察总体方案论证会"。4 月 13 日至 15 日，南极办在北京主持召开了南极装备技术研究会。5 月 28 日，国家海洋局二所成立了南极研究小组，由董兆乾任组长，颜其德任副组长。5 月 31 日，国家科委和国家计委批准在上海组建中国极地研究所。6 月 12 日，国家海洋局、南极委、国家科委、海军和外交部联合上报国务院、中央军委"关于我国首次组队进行南大洋和南极洲考察的请示"。25 日被批准。国家计委批准在黑龙江省尚志县青云滑雪场建立南极训练基地。8 月 6 日，国家海洋局、南极委下发了"南大洋和南极洲考察总体方案"的通知。9 月 11 日，中国首次南极考察编队领导班子组成，陈德鸿任总指挥，赵国臣、董万银任副总指挥；郭琨任南极洲考察队队长，董兆乾和张青松任副队长；金庆明任南大洋考察队队长，沈毅楚、王建文任副队长。26日，中华人民共和国外交部向澳大利亚、新西兰、阿根廷驻华大使馆发出公告，公告声明：中国南极委决定在1984—1985年南极夏季派出中国南极考察队赴南极考察，"向阳红10"号远洋科学考察船和"J121"号打捞救生船将于1984年11月20日前往南极半岛海域进行南大洋科学考察。11月20日，中国首次南极考察编队（591人）乘"向阳红10"号和"J121"号从上海港启航赴南极洲建站并进行科学考察。12月31日，中国首次南极洲考察队（54人）登上南极洲南设得兰群岛的乔治王岛，中华人民共和国国旗第一次插上了南极洲，中国南极长城站的奠基典礼在乔治王岛上隆重举行。

翌年2月20日，中国在南极洲乔治王岛上胜利建成中国第一个南极科学考察基地——中国南极长城站。10月7日至18日，南极条约协商国举行特别会议，一致同意接纳中国为南极条约协商国成员。我国对南极事务拥有了发言权和决策权。1986年，中国被接纳为南极研究科学委员会（SCAR）正式成员国。

自1984年，中国已在南极洲建立了中国南极长城站、中山站、昆仑站和泰山站，在北极建立了中国北极黄河站，拥有了"雪龙"号破冰船，在上海建立了中国极地研究中心，形成了"一船、五站、一中心"的中国极地科学考察研究的支撑体系和保障平台，获得了令世人赞誉的科研成果，赢得了对国际极地事务的合法权益。

对30年南极科考发展历程进行系统梳理，具有里程碑意义的重大事件或具有长远影响的战略事件进行提纲挈领式的梳理编排，举例如下：

● 1980年，我国派出首批科学家参加国外南极站考察

● 1983年6月，中国成为"南极条约"缔约国

● 1984年11月，中国首次南极和南大洋科学考察

● 1985年2月，建成中国长城科学考察站

● 1985年10月，中国成为"南极条约"协商国

● 1986年6月，中国成为国际"南极研究科学委员会"成员国

● 1989年2月，建成中国中山科学考察站

● 1995 年 5 月，中国首次徒步远征北极点科学考察

● 1996 年，中国成为"国际北极科学委员会"成员国

● 1999 年 7 月，中国首次北极和北冰洋科学考察

● 2004 年 7 月，中国第一个北极科学考察站——黄河站建成

● 2005 年 1 月，中国南极内陆冰盖考察队到达南极冰盖最高点，完成了人类首次探秘南极冰盖之巅的神圣使命

● 2009 年 2 月 2 日，我国首个南极内陆考察站——中国南极昆仑站正式开站。

● 2014 年 2 月 8 日，我国南极泰山站正式建成开站。

中国北极科考的历史

中国正式以官方形式与北极发生关系，是在 1925 年。那一年，当时的中国政府签署了《斯匹次卑尔根群岛条约》，根据这一条约，签字国的公民均有权利自由出入北极圈内的斯匹次卑尔根群岛。

1950 年，加拿大多伦多大学的中国留学生高时浏进入北极地区进行科学考察，次年到达当年的北磁极，成为有史可查第一个进入北极的中国人。1958 年，新华社莫斯科分社记者李楠进入北极采访苏联的科学考察站，并成为第一个到达北极点的中国人。

1990 年，美国、苏联、丹麦、冰岛、挪威、瑞典等环北极国家发起签署一项条约，决定成立非政府的国际北极科学委员会。中国于 1996 年加入该组织，成为第 16 个成员国。

1995 年 3 月 30 日至 5 月 11 日，中国首次以民间集资方式对北极进行考察，25 名科学家、记者等从加拿大进入北极地区并最后由冰面徒步抵达北极点，沿途进行了海洋、冰雪、大气、环境等多学科的考察。

1999 年 7 月至 9 月，中国政府组织了对北极地区的首次大规模综合科学考察，极地考察船"雪龙"号搭载着 124 名考察队员首航北极，历时 71 天，航行 14180 海里，对北极海洋、大气、生物、地质、渔业和生态环境等进行了

综合考察。

2003 年 7 月，中国政府组织了第二次北极科学考察，"雪龙"号搭载 109 名考察队员远征北极，破冰挺进北纬 80 度，全程历时 74 天，航行 12600 海里，开展了海洋、大气、海冰和生物地球化学等多学科的综合考察，并运用了水下机器人等高新技术，深化了对北极海洋、海冰与大气相互作用的研究。

2004 年 7 月 28 日，中国首个北极科学考察站——中国北极黄河站在挪威斯匹次卑尔根群岛的新奥尔松落成并正式投入运行，从此结束了中国在北极没有科学考察站的历史。

2008 年 7 月，"雪龙"号搭载着 122 名科考队员奔赴北极，开展中国第三次北极科学考察活动。8 月 30 日沿西经 147 度方向抵达北纬 85 度 25 分的北冰洋海域，这是中国船舶目前到达的最高纬度纪录。

目前，中国已进行过第五、六次北极科考，成果斐然。

二十

新船图谱

关于探极的破冰大船，"南极诗社"的社员卡罗斯·卡斯蒂罗·图乐都也曾有梦——《南极船梦》：

众生都讨论你的威猛

像一栋楼

像一座山

你的富丽堂皇

天空样的钢蓝

蹭响了天穹

在你的腹下

你可以翻转大海

冰筑的厚墙

你压它成粉尘

你呼吸的气流

像一朵朵白云

有那样多的天使

保护你，因为

你承载了人类的意志

吓跑了冰妖雪魔

你纯洁湛蓝的咆哮

镇压了滚滚狂涛

钢硬，湛蓝

反映出我梦的渴望

在南极和你亲近

在大海由我所愿

神船是终于实现的梦

乘上你

我敢于冲撞天穹

（峰蒂斯 译）

再造新宠

我国作为联合国常任理事国和极地考察大国，为适应极地考察的需要，添置破冰船的工作已迫在眉睫。2008 年 12 月，完成《新建现代极地科学考察破冰船项目建议书》（初稿）。2009 年 4 月 24 日，国家海洋局向国务院主管领导李克强副总理提出了"关于购置、建造新极地科考破冰船建议"。2009 年 6 月 11 日，国务院办公厅主持召开"关于添置极地考察破冰船会议"，发展改革委员会、财政部、工业和信息化部、海洋局的代表参加了会议，会议形成以下意见：

（1）关于建造方式。根据国务院专题会议精神和发改委立项批复，采用与国外联合设计、国内建造的方案。该方案既能保证破冰船设计的技术先进性和可性能,还可以节约造价,缩短造船周期,并通过引进消化吸收提高国内破冰船设计水平,并能充分利用国内船舶的建造基础与能力,符合当前国家拉动内需和振兴船舶工业的政策。

(2)关于经费安排。建造极地科学考察破冰船的投资。

(3)关于前期工作。

2009年6月22日李克强副总理在会议意见上圈阅同意。

2010年7月24日国家海洋局向国家发展改革委报送了《极地科学考察破冰船项目建议书》,提出建造新的极地科学考察破冰船,并配备船载直升机、极地海洋科考设备等。

2010年11月至2011年2月,国家发展改革委委托中国国际咨询公司组织专家对《极地科学考察破冰船项目建议书》进行评估。项目责任人是杨惠根同志,项目总投资暂按12.5亿元控制。

2011年10月17日国家海洋局委托国信招标集团有限公司面向国际范围发布了招标公告,最终评审出芬兰阿克北极技术有限公司为本船基本设计中标单位。中芬双方有关单位通过4轮3个半月的谈判,于2012年7月31日签署了本船基本设计合同。中国船舶工业集团公司第七〇八研究所为详细设计中标单位,本船详细设计合同于2012年10月22日签署。

新龙形容

该船将配备国际先进的极地海洋科学综合调查手段。

(1)将集成国际先进的现代化造船技术和航海技术,设计建造一艘具备20000海里续航力,载员90人,自持力60天,满足无限航区和南北两极海域航行和科学调查作业要求的"绿色"极地科考破冰船。

(2)结合采用最优的破冰船和海洋综合调查船船型设计,使用国际先进的电力推进系统,船舶结构强度满足PC3要求,满足在两极水域混有陈冰的次年海冰中周年作业的要求,破冰性能同时具备艏向在厚度不低于1.5m加0.2m

雪的极区海冰中达到 2~3 节速度连续破冰航行的能力和艉向破冰航行能够在较厚的堆积冰中不被卡住的机动能力；装备中国船级社（CCS）DP-2 级（英国劳氏船级社 (LR)DP(AA)）动力定位系统；配备船舶减摇系统；配备中型直升机搭载系统；采取相应的减振降噪措施，满足现代海洋探测设施和声学探测要求；保证较高的船舶建造和使用的性能价格比。

（3）具备在全球各大洋区进行大范围水深内的海洋、大气和海底等综合要素的观测、探测，样品采样、处理、分析和保藏能力，具备数据系统集成和信息传输能力，满足环境、海洋地球物理、海洋生态综合调查的需求。具有装备缆控深潜器（ROV）、无人遥控深潜器（AUV）和水下探测系统的支撑平台。

（4）具备一定的考察站后勤物资运输能力。

本船首先在科学调查功能上要落实海洋综合环境调查、海洋生态调查和海底科学调查的这三大调查功能，并且在落实中要结合适应极地环境的特点。

（1）在破冰船型的设计上以考虑作业区海冰环境的适航性为首要条件，提出 1.5 米加 0.2 米雪的连续破冰指标；

（2）考虑作业区海冰的实际状况，优选双向破冰的船型，以保证实际破冰性能与敞水航行经济性的统一；

（3）采用箱式龙骨的底部结构，保证破冰航行与船底声学设备安装和工作之间的协调；

（4）采用全回转电力推进，以实现高机动性能、较为紧凑的船内空间、工况差异大、使用成本经济性之间的有机协调、统一和优化；

（5）选用 DP-2 动力定位，既保证一般海况动力定位的冗余也保证在恶劣海况动力定位性能；

（6）采用大实验室格局，实现调查实验功能柔性最大的兼容与共享；

（7）采用大空间垂直作业车间结合月池系统，保证极地寒冷条件下开展调查作业的实用性；

（8）采用较大面积的调查作业甲板，保证地球物理等重要战略性调查功能的实现；

（9）设计直升机系统，扩大我国南北极考察范围和保障能力；

（10）设计适当的集装箱和站用油舱，提高我国极地考察站科考、后勤物资保障能力和安全性。

如此，中国两极科考新一代破冰船之形容渐露。

济宁州为古大运河河督府，林则徐曾任威加海内的河督。那时节，运河流域富甲天下，运河文化繁荣昌盛。一首名为《新龙船》的民歌，曾唱响大江南北：

> 水连天，太平年。
> 大运河开来新龙船。
> 天烧霞，浪泼天，
> 船号响彻白云间……

唱这首民歌的，大概是我和殷赞的曾祖父的曾祖父。大运河穿过郗山村，插入微山湖。无论康熙的皇船还是乾隆的，都在我家门前经过，留下一路故事、一串歌谣。我在幼小的童年里，会唱许多大运河"运粮船"的歌。母亲教我的一首，是渔民把娃儿卖给了"蛮船"（江南运粮船）：

> 小巴狗，摇铃铛，
> 俺娘卖俺蛮船上，
> 大米干饭鲜鱼汤。
> 端起碗，俺想娘，
> 搁下碗，饿得慌，
> 张大爷，李大娘，
> 捎个信儿给俺娘。
> 俺娘是个花大娘，

俺爹是个打鱼郎。

历史像河水一样哗哗流去。现如今，那一身豪气、八面威风的神物，便是新龙船！

后 记

梦想

像小说中的小音乐家扬科一样，我在水荡天摇的微山湖畔看见过鹳如仙女般舞蹈，梦想做一个舞蹈家；听到过水鸟如天籁般美妙的鸣唱，梦想做一个音乐家；像卖火柴的小女孩一样，我在一堆苇火的光照里，幻见过仙山琼阁、火蝶纷飞的影子；也在南海的深潜里，亲见过海底世界的奇境——便梦想有一日，在神赐的光焰里灿烂一回，见识天外胜境、天上宫阙的神奇。我还梦见一枚枚拖着凤尾的飞弹穿透深空，灿然爆裂，光照天地。我生身山川湖畔，满蓄泼野性情，时时想找个迸泼的机缘。

我写过航天，见识了人神交界的电光流火和族中智者；写过焦裕禄、雷锋这些世间好人；写过微山湖长、短篇小说，散文，电视剧等；之后，就想写粘连着天涯的海角了。于是，我幸遇了曾两次探索南极的慧敏女子，幸得了山东省作家协会、中国作家协会向国家海洋局的合力推荐：铸成我文运发动金链的第一环。之后的幸遇环环相扣，为我造极梦想之实现，拉起了一条闪光的金链，建起了一座金桥。

运遇

在国家海洋局"极地办"，我遇到严肃的秦为稼副书记。他强势的考查，渐变为强势的支持。省九三主委、副省长王随莲促办我造极的外事批件，抢在队伍出发前的三天完成。在天旋海转的"雪龙"号上，我幸遇了海洋局领导，大批探极功勋卓著的鲁籍专家，还有六位亲邻晚生。在南极长城站，对门而居的通信专家，竟是十世前外迁的我同村同宗的兄弟殷赞！幸运的金链仍在延长……

采访如鱼得水，每一位受访对象都是一座金矿。在一位接一位的相邻中，竟然会有一位亲戚。乡亲们敢闯敢拼——山东人闯关东，山东兵打海南，现今竟又有这样多的山东勇士探险两极——我获得了骄傲，并且这种骄傲变成了种种方便。

幸运环环相扣——在我的作品付梓之时，我得知，出版了包括我的《雷锋传》《焦裕禄》《湖人琐记》等多本长篇小说的中国青年出版社的王钦仁主任，竟也是距我家五十里的乡亲。我并非离不开亲人的阿斗，而是我有"出门逢贵"的幸运！

更大的幸运带来金链的延长：在习近平总书记视察曲阜、国家支持加快"首善之区"儒家文化特区建设的吉日里，亲爱的济宁市政协主席赵树国介绍了我的探极奇缘，并率性恳请视察圣地文化建设的全国人大常委会副委员长许嘉璐，为我所著的《"雪龙"纪实》一书作序。这位关怀探极事业，思考儒家文化用于南极之必要，弘扬南极精神救世意旨的文界巨星、国家政要的盈怀仁义欣然开放了——委员长吩咐秘书收接我的书稿，审读俩月之后，写出了洋洋三千言的序文，点画出"雪龙"的眼睛。

> 许委员长知圣意，
>
> 弘扬儒学救世纪。
>
> 我写南极证圣言，

　　君为我"序"抒仁意。

　　龙睛一点成传奇，

　　四海之内皆兄弟。

好风

　　在感动、感恩、感慨之余，我又心生感悟：此乃绝非我一人的幸运，我因选了一条正路，做了一件善事，才得到天地人合的关照。我走上时代情感敦化的金桥，天光与充盈的地气激成的多彩极光笼罩着我：一本《中国当代南极考察事业》如天书神典，本正源清；一本探极功勋郭琨亲著的《首闯南天》，写得人有精神、车船有灵性，叙事娓娓，道情如歌，忆史准确，述人有形；一本曲探审主任的《领队日记》和那一章章、一篇篇描述探极、描写"雪龙"之魂的诗文，如极地雪蝶纷飞，天花乱坠！我学他们，为创造历史的英雄写史，努力做"登峰造极"、创造艺术、文以载道的真诚文人——以南极精神写好"雪龙"之师、"雪龙"之魂。感谢点睛之人。

　　幸运的金链还在延展——《时代文学》的谭好哲、李春风主编，连载了《"雪龙"》，鼓我士气。我要感谢他们，除此之外，还要感谢张九韶严师对文稿的指教、督审，感谢一切关心探极大业、关心《"雪龙"》创作的师长同志！

　　诗言志，歌咏言，律和声。笔者于性情之中，故为文时多有乡诗民歌，如励人率性的"竹枝词"说、"李有才板话"，顺口即可的"山东快书"。能以乡俗地域文化凝成"边缘"文学，这也恰是我文若其人的真实写照吧：

　　身生岛下号"湖人"，

　　苇荷鱼鸟情皆殷。

　　渔猎农工三十载，

　　一梦醒来学作文。

　　《焦》《雷》传记入红典，

又为航天歌功勋。
老来竟成达摩徒，
越洋敢闯南天门。

拙笔画龙神点睛，
雕得冰柱插琼林。
冷水凝华成清冰，
吉日又附南极魂。

后后记

赴南极前，我身体出了毛病。（删百字。）家人、亲友、同事皆问：是否能行？他们的心情如我一样复杂。我借裴多菲的诗言回答："生命诚可贵，爱情价更高……我爱南极！"诤友质问：回不来怎么办？我以鲁迅的诗答道："花开花落两由之……"而面对儿女家妻的哭阻、怒吓，我耐心讲理，写六条做保证（略）。手机里私留了多条短信，还有一首小诗解怀：

生于圣地是万幸，

成仁南极最光荣。

安生乐逝谁为美？

虽仗"云算"尚未清。

此乃后后记。

（京）新登字083号

图书在版编目（CIP）数据

"雪龙"纪实／殷允岭著 . —北京：中国青年出版社，2015.9
ISBN 978-7-5153-3810-1

Ⅰ . ①雪… Ⅱ . ①殷… Ⅲ . ①纪实文学－中国－当代 Ⅳ . ①I25

中国版本图书馆CIP数据核字（2015）第208989号

责任编辑：王钦仁
书籍设计：瞿中华

出版发行：中国青年出版社
社址：北京东四十二条21号
邮政编码：100708
网址：www.cyp.com.cn
编辑部电话：（010）57350507
门市部电话：（010）57350370
印刷：北京科信印刷有限公司
经销：新华书店
开本：700×1000 1/16
印张：40.5 插页：8
字数：597千字
版次：2015年11月北京第1版
印次：2015年11月北京第1次印刷
定价：66.00元（平装）

本图书如有印装质量问题，请凭购书发票与质检部联系调换
联系电话：（010）57350337